HEYNE BÜCHER

SCIENCE FICTION

Herausgegeben
von Wolfgang Jeschke

Von SHADOWRUN® erschienen in der Reihe
HEYNE SCIENCE FICTION & FANTASY:

1. Band:
Jordan K. Weisman (Hrsg.), *Der Weg in die Schatten* · 06/4884

TRILOGIE GEHEIMNISSE DER MACHT

2. Band:
Robert N. Charrette, *Laß ab von Drachen* · 06/4845

3. Band:
Robert N. Charrette, *Wähl deine Feinde mit Bedacht* · 06/4846

4. Band:
Robert N. Charrette, *Such deine eigene Wahrheit* · 06/4847

5. Band:
Nigel Findley, *2 X S* · 06/4983

6. Band:
Chris Kubiak, *Der Wechselbalg* · (in Vorb.)

7. Band:
Robert N. Charrette, *Trau keinem Elfen* · (in Vorb.)

NIGEL FINDLEY

2 X S

Fünfter Band
des
SHADOWRUN®-ZYKLUS

Deutsche Erstausgabe

WILHELM HEYNE VERLAG
MÜNCHEN

HEYNE SCIENCE FICTION & FANTASY
Band 06/4983

Titel der amerikanischen Originalausgabe
2 X S

Deutsche Übersetzung von Christian Jentzsch
Das Umschlagbild malte John Zeleznick
Die Karte auf Seite 6 zeichnete Mirjam Wehner
Die Innenillustrationen sind von Joel Biske

5. Auflage

Redaktion: Rainer Michael Rahn

Printed in Germany 1995
Umschlaggestaltung: Atelier Ingrid Schütz, München
Technische Betreuung: Manfred Spinola
Satz: Satz- und Datentechnik Rudolf Schaber, Wels
Druck und Bindung: Elsnerdruck, Berlin

ISBN 3-453-06211-6

Für HTL

Vielen Dank für die Geduld
mit der unvermeidlichen Schizophrenie
des Autors.
Hier endet die Wirklichkeit.

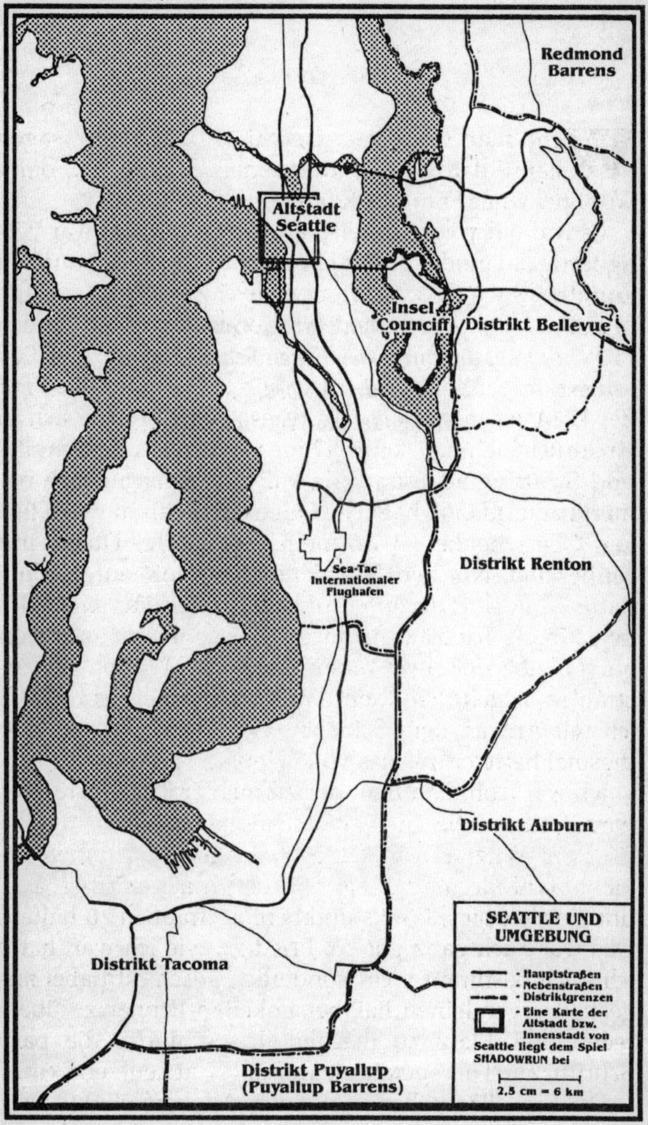
Redmond Barrens
Altstadt Seattle
InselOunciff
Distrikt Bellevue
Sea-Tac Internationaler Flughafen
Distrikt Renton
Distrikt Auburn
Distrikt Tacoma
Distrikt Puyallup (Puyallup Barrens)
SEATTLE UND UMGEBUNG
- Hauptstraßen
- Nebenstraßen
- Distriktgrenzen
- Eine Karte der Altstadt bzw. Innenstadt von Seattle liegt dem Spiel SHADOWRUN bei
2,5 cm = 6 km

1

Wenn man von dieser Geschichte überhaupt sagen kann, daß sie irgendwo einen Anfang hat, dann wohl bei einer Frau mit Kanone.

Es war einer von diesen Tagen gewesen. Ich war völlig fertig, so müde, daß ich kaum die Augen offenhalten konnte, als ich die zwei Treppenabsätze zu meiner Bude in den La Jolla-Apartments erklomm. (Lassen Sie sich nicht zum Narren halten. Der Name mag ja ziemlich schick klingen, aber das ist auch so ungefähr alles auf der D Street in Auburn, was dieses Attribut für sich in Anspruch nehmen kann.) Eine Auswahl von Schnitt- und Schürfwunden an Hals und Brust machte sich bemerkbar, und eine häßliche Quetschung an meinem linken Oberschenkel — wo mein gepanzerter Duster mit Mühe und Not ein Kleinkalibergeschoß aufgehalten hatte — pochte dumpf. Auf der Habenseite stand der beglaubigte Kredstab in meiner Hosentasche, der von Nuyen überfloß und eine behagliche Wärme auszustrahlen schien. Ich konnte nie ganz sicher sein, wenn ich mit Anwar, dem Schieber, Geschäfte machte, aber diesmal hatte er mir das volle Honorar gezahlt.

Ich war froh, den Flur, der zu meiner Tür führte, leer vorzufinden. Die Sicherheitsmaßnahmen im La Jolla sind ein Witz; ernsthafte Schwierigkeiten können sie nicht verhindern, aber sie reichen im allgemeinen aus, um die Chippies, Punks und Penner draußen zu halten. Das war auch ganz gut so. Erledigt, wie ich war, hätte ich mich bestimmt nicht sonderlich geschickt dabei angestellt, irgendeinen halbbetrunkenen Penner zu überreden, mir Platz zu machen. Ich schlurfte die paar Schritte zur Tür, sperrte sie auf und trat seufzend ein.

Das Signallämpchen an meinem Telekom blinkte, wobei jedes Blinken für einen Anruf stand, der während meiner Abwesenheit eingegangen war. Bei neun hörte ich auf zu zählen. Was konnte ich schon erwarten, nachdem ich fast fünf Tage nicht im Sprawl gewesen war? Eine Zeitlang hatte ich ein Funktelefon mit mir herumgeschleppt, damit jedoch sofort aufgehört, als das verdammte Ding bei einem Beschattungsauftrag plötzlich losgeschrillt hatte. Ich hatte vergessen, den Summer abzustellen, und mir wäre fast der Kopf weggeschossen worden. Im Augenblick war ich jedenfalls nicht in Stimmung, mich mit am Telekom hinterlassenen Nachrichten abzugeben, aber es war immerhin möglich, daß einer der Anrufe mit einem Fall in Verbindung stand, den ich gerade bearbeitete. Vielleicht lag sogar ein Angebot vor, einen neuen Fall zu übernehmen.

Fall. Warum nicht das Wort benutzen, mit dem die meisten Leute das bezeichnen würden, was ich tue? *Shadowrun.*

Für mich gibt es einen Unterschied, darum. Andere Leute sehen ihn vielleicht nicht, aber für mich spielt er eine Rolle. Die Umstände mögen mich dazu gezwungen haben, mich durch die Schatten zu schlängeln, aber ich betrachte mich ausdrücklich nicht als Shadowrunner. Ein Shadowrunner nimmt gewöhnlich jede Arbeit an, die physisch zu bewältigen er in der Lage ist: Extraktionen, Datendiebstahl, Transport, Schutz, sogar — in manchen Fällen — unverhohlenen Wetwork. Was mich betrifft, ich bin wählerisch. Ich übernehme Beschattungen, Wiederbeschaffung, ich mache sogar den Leibwächter, wenn ich der Ansicht bin, der Leib, den ich bewache, ist es wert, am Leben zu bleiben. Aber ich muß immer das *Warum* kennen, bevor ich einen Job übernehme, und der Grund muß mir zumindest ansatzweise einleuchten.

Die Welt ist ein düsterer Ort und voller Leute, die entweder ihren Spaß daran haben, sie noch düsterer zu machen, oder sich einen Dreck daraus machen, was dabei herauskommt. Ich bin nicht so beschränkt zu glauben, ich könnte diesen Trend ganz allein ins Gegenteil verkehren, aber ich kann zumindest darauf verzichten, alles noch schlimmer zu machen. Und selbst wenn ich alles noch schlimmer machen wollte — die Konkurrenz wäre einfach zu groß.

Erinnern Sie sich noch, als vor ungefähr zwölf Jahren alte — ich meine wirklich *alte* — Geschichten von hartgesottenen Privatdetektiven aus der Zeit vor SimSinn plötzlich groß in Mode kamen? Total verstaubtes Zeug, das vor ungefähr einem Jahrhundert spielte, aber bei einigen Leuten schien es echt anzukommen. Wenn ich in jenen alten Zeiten im Geschäft gewesen wäre, hätte ich wahrscheinlich eine Lizenz, ein Büro — vielleicht mit meinem Namen auf der Milchglastür, ›Derek Montgomery, Ermittlungen‹ — und eine Kanone gehabt. Und jetzt? Keine Lizenz, und mein Büro ist genau da, wo ich mich zufällig gerade aufhalte. Immerhin hab ich die Kanone.

Das Pochen in meinem linken Oberschenkel erinnerte mich daran, daß letzteres unglücklicherweise auch auf alle anderen zutrifft. Und zu viele Leute sind sich nicht zu schade, ihre Kanone auch zu benutzen, egal wie geringfügig der Anlaß ist. Nehmen Sie zum Beispiel heute. Der Knabe, der auf mich schoß, hatte nicht mal was mit dem Fall zu tun, den ich gerade bearbeitete. Er war bloß irgendein Chiphead, der wahrscheinlich einen Chip von ›Slade, der Scharfschütze‹ eingeworfen und beschlossen hatte, seine Streetline Special in eine Gruppe Fußgänger zu entleeren. Ich war nur zufällig zur falschen Zeit am falschen Ort.

Der Knabe hatte auch nicht viel mehr Glück. Der Bursche neben mir ging die ganze Sache sehr gelassen und sehr professionell an, indem er einen magischen Feuerball auf den Chiphead abschoß und ihn auf der Stelle grillte. Dann bog der Magier ganz genauso gelassen in eine Gasse ein, und das war's dann. So ist das Leben (und das Sterben) in der Erwachten Welt.

Nun, zumindest konnte ich all dem für die nächsten zwölf Stunden den Rücken kehren. Noch besser, ich würde mir keine Sorgen um Leute machen müssen, die mit 'ner Kanone auf mich zeigten. Und wenn sie es doch taten, würde ich viel zu tief schlafen, um irgendwas davon mitzubekommen. Ich versetzte der Wohnungstür einen Tritt, so daß sie ins Schloß fiel, vergewisserte mich, daß das Magnetschloß in Betrieb war, und hängte meinen Duster an einen Haken in der Ecke. Die graue Tünche des verregneten Zwielichts der Auburner Dämmerung sickerte durch das teilweise polarisierte Fenster und erfüllte die Ein-Zimmer-Bude mit einem öden, trüben Licht, das perfekt mit meiner Stimmung harmonierte. Ich erwog kurz, Licht zu machen, und entschied mich dann dagegen. Ich konnte das Bett auch im Dunkeln finden, und das war eigentlich alles, was ich wollte.

Einen flüchtigen Augenblick dachte ich an etwas zu essen. Mein Magen fühlte sich an wie eine geballte Faust, doch selbst die halbe Minute, die es dauern würde, eines der Sojafertiggerichte zu erhitzen, die sich im Kühlschrank stapelten, war gleichbedeutend mit einer halben Minute, die ich nicht schlief. Einfache Entscheidung. Ich setzte mich auf die Bettkante, zog die Stiefel aus und ließ mich, ansonsten vollständig bekleidet, rückwärts aufs Bett fallen. Ich schwöre, ich schlief bereits, als mein Kopf aufs Kissen sank.

Ich trieb durch einen warmen, schläfrigen Nebel, als die Türglocke läutete. Wahrscheinlich einer meiner Nachbarn, der mir einen Höflichkeitsbesuch abstatten wollte. »Verpiß dich und verrecke!« schrie ich mit aller mir zu Gebote stehenden nachbarschaftlichen Höflichkeit.

Der Blödmann an der Tür begriff den zarten Wink nicht. Die Glocke läutete erneut. Mit einem weiteren nachbarschaftlichen Fluch wühlte ich auf der Bettkonsole herum, wobei ich ein mittleres Chaos anrichtete, bis ich die Fernbedienung fand. Ich drückte den richtigen Knopf und öffnete ein Auge, um einen Blick auf den Telekomschirm zu werfen.

Die winzige Überwachungskamera, die in der Wand über der Tür versteckt war — die Gefälligkeit eines Chummers —, erfaßte das Bild meines Besuchers und übertrug es auf den Schirm. Ich öffnete auch das andere Auge, um besser sehen zu können.

Trotz der durch den steilen Blickwinkel der Kamera hervorgerufenen perspektivischen Verkürzung war die Besucherin diese zusätzliche Mühe ganz entschieden wert. Groß und schlank — knapp unter eins achtzig, schätzte ich —, mit kurzen, glatten kupferroten Haaren. Aus dieser Perspektive war es schwierig, Züge zu erkennen, aber der Blickwinkel der Kamera zeigte mir die verchromte Datenbuchse, die ich ansonsten vielleicht nicht sofort bemerkt hätte. Ihre Kleidung war nicht unbedingt Haute Couture, aber sie lag qualitativ ein ganzes Stück über allem, was man auf den Straßen im Südwesten Auburns zu sehen bekommt, insbesondere nach Sonnenuntergang. Der auf Taille geschnittene graue Kunstlederanzug betonte die fesselnden Kurven ihres Körpers eher, als sie zu verbergen, aber — unter Berücksichtigung von Ort und Zeit — ich hätte darauf gewettet, daß die Jacke mindestens ebenso gepanzert wie schick war. Ich taxierte sie auf mittlere Konzernangestellte. Doch das Aussehen ihrer Kleidung verriet mir, daß sie nicht um des Kicks willen im Auburn der Arbeiterklasse war, ihre hübsche Haut zu Markte zu tragen — jenes idiotische Spielchen, das manche ›Sprawling‹ nennen. Nein, dafür wären ihre Klamotten neuer gewesen, hätten aber älter ausgesehen.

Ich drückte auf einen anderen Knopf der Fernbedienung. »Un' was woll'nse?« grollte ich.

Der Rotschopf fuhr beim Geräusch meiner Stimme zusammen und sah sich dann nach dem Sprecher um. Ihre kühlen grauen Augen suchten die Wand in der Umgebung der Tür ab und schienen den Standort der Kamera praktisch augenblicklich auszumachen. (Interessant, dachte ich. Du mußt was von Technik verstehen, um mein Spielzeug so rasch zu finden.)

»Derek Montgomery?« fragte sie. Ihre Stimme war tief und geschmeidig, doch von einem scharfen Unterton der Nervosität durchdrungen. Ich fragte mich, wie es wohl war, sie meinen Namen *ohne* diese Schärfe sagen zu hören.

»Was wollen Sie?« wiederholte ich, indem ich ein wenig deutlicher sprach.

Ich wußte, sie konnte mich nicht sehen, aber ich hatte das seltsame Gefühl, jene Augen seien fest auf meine gerichtet. »Ich will mit Ihnen reden«, sagte sie ruhig. »Es ist wichtig. Es geht ...« Sie zögerte.

»... um Leben und Tod?« beendete ich den Satz für sie.

Wenn sie die Ironie in meiner Stimme bemerkte, ließ sie sich jedenfalls nichts anmerken. »Ja«, kam es wie aus der Pistole geschossen zurück. »Ja, genau, darum geht es.«

Ich gönnte ihr eine abschließende Musterung. Ihre Kleidung verriet Geld, ihr Auftreten verriet Geld. Wenn man in meinem Geschäft ist, besteht das Problem nicht darin, Leute zu finden, die die Dienste eines Detektivs wollen, sondern darin, Leute zu finden, die diese Dienste auch *bezahlen* können.

»Ja, nun, kann sein«, brummelte ich. »Und wer sind Sie?«

Ich rechnete mit irgendeinem Straßennamen, doch sie überraschte mich. »Ich heiße Jocasta Yzerman«, sagte sie nüchtern.

»Na schön. Geben Sie mir 'ne Sekunde.« Ich schaltete das Licht ein und die Überwachungskamera aus und kletterte aus dem Bett. Ein Blick in den Spiegel verriet mir, daß meine Augen blutunterlaufen waren und meine Kleider aussahen, als hätte ich darin geschlafen —

wen wunderte es. Ich fuhr mir mit den Fingern durch das Haar und zerzauste dabei die Seite, die auf dem Kissen gelegen hatte und ziemlich plattgedrückt war. Dann ging ich zur Tür und öffnete sie schwungvoll.

»Kommen Sie rein«, sagte ich, indem ich ihr Platz machte.

In Fleisch und Blut sah meine Besucherin sogar noch besser aus als auf dem Schirm. Die dünne gespannte Linie ihrer Lippen verriet, daß sie offensichtlich irgendwas bedrückte, aber ich stellte mir lieber vor, wie diese Lippen wohl bei einem Lächeln aussahen. Als sie eintrat, hatte sie für meine Bude nicht mal einen flüchtigen Blick übrig. Wie ich es mir gedacht hatte, war sie absolut aufs Geschäft fixiert.

»Nehmen Sie Platz«, sagte ich, während ich die Tür hinter ihr schloß und das Magnetschloß nicht nur einmal, sondern gleich zweimal überprüfte. Dann drehte ich mich zu ihr um und bedachte sie mit meinem besten professionellen Pokerface.

Jocasta Yzerman stand beinahe zitternd vor Wachsamkeit mitten im Zimmer. Doch nach der ersten Millisekunde nahm ich ihre Haltung nicht mal mehr zur Kenntnis, weil sich meine gesamte Aufmerksamkeit auf die Waffe konzentrierte, die plötzlich und scheinbar aus dem Nichts in ihrer linken Hand aufgetaucht war.

Offiziell ist der Colt America L36 als leichte Pistole klassifiziert, kaum mehr als ein Spielzeug: Kaliber fünf Millimeter mit einem acht Zentimeter langen Lauf. Doch selbst die leichteste Pistole scheint ein Kaliber so groß wie ein U-Bahn-Tunnel zu haben, wenn man direkt auf ihr Geschäftsende schaut. Der Art nach zu urteilen, wie das Laserzielgerät auf dem Lauf vor meinem Gesichtsfeld flackerte, war das rubinrote Fadenkreuz auf einen Punkt zwischen meinen Augen gerichtet.

Ich maß die Entfernung zwischen uns. Ein paar Meter. Wenn ich versuchte, mir ihre Kanone zu schnappen, würde ich es *fast* schaffen, bevor sie einen Schuß herausbekam. Ich würde verdammt nah dran sein, aber nah dran zählt nur beim Hufeisenwerfen, bei Handgranaten und beim Tanzen. Statt dessen zeigte ich ihr also meine leeren Hände, zwang ein entwaffnendes Lächeln auf meine Lippen und bemühte mich um meinen besten Immer-mit-der-Ruhe-Tonfall.

»Hey, immer mit der Ruhe«, sagte ich irgendwie lahm. »Wenn es ein Problem gibt, können wir darüber reden und ...«

Mit einer Stimme so kalt wie Stahl schnitt sie mir das Wort ab. »Sie haben meine Schwester umgebracht.«

»Und jetzt bringen Sie mich um? Hört sich wirklich vernünftig an.«

Wiederum entging ihr die Ironie. »Das stimmt. Sie haben Lolita umgebracht.«

»Lolita ...« Da kam mir die Erleuchtung. Es lag wohl an meiner allgemeinen Benommenheit, daß mir ihr Familienname nicht bekannt vorgekommen war. Lolita Yzerman, ein Name aus der Vergangenheit. Wir hatten uns vor ein paar Jahren kennengelernt, als ich ihr aus einer wirklich üblen Klemme geholfen hatte. Es hatte gar nicht lange gedauert, bis wir 'ne ziemlich heiße Geschichte miteinander am laufen hatten, aber dann gab Lolita mir den Laufpaß und verdrängte mich aus ihrem Leben, wahrscheinlich weil sie sich dachte, ein Chummer wie ich sei nicht gerade ein Gewinn für ein smartes, ehrgeiziges Mädchen wie sie. Es war jetzt fast ein Jahr her, seit wir uns zuletzt gesehen hatten.

Und jetzt war sie tot. Die kleine Lolly mit dem überschäumenden Lachen und den großen blauen Augen.

»Genau — Lolita«, sagte Jocasta Yzerman und riß mich damit zurück in die Gegenwart. »Ich bin froh, daß Sie sich an ihren Namen erinnern können.«

Diesmal war es an mir, die Ironie zu ignorieren. »Hey, schauen Sie, ich kenne Lolita ... *kannte* sie, wir hatten da was am laufen. Wahrscheinlich wissen Sie das. Aber das letzte Mal, daß ich mit ihr geredet habe, das letzte

Mal, daß ich sie gesehen habe, war irgendwann Anfang letzten Jahres. Ich hab Ihre Schwester nicht umgebracht. Warum sollte ich auch?«

Beim Reden beobachtete ich ihre Augen. Die Augen eines Menschen können einem 'ne ganze Menge verraten. Wenn auch vielleicht sonst nichts, kann man doch immerhin manchmal erkennen, ob jemand abdrückt und wann er abdrückt. In Jocastas grauen Augen war ein Schatten von ... *irgendwas.* Es war vielleicht nicht unbedingt Zweifel, aber es reichte, um mir Mut zu machen. Wie unbewegt sie die Kanone auch hielt, ihre Augen verrieten mir, daß sie sie nicht wirklich benutzen wollte. Sie hatte sich für diesen Augenblick überwunden, und wahrscheinlich konnte sie sich weit genug überwinden, um tatsächlich abzudrücken. Aber sie wollte es eigentlich nicht. Sie wollte irgendeinen Grund finden, mir nicht das Leben zu nehmen. Und das war ein Verlangen, daß ich nur unterstützen konnte.

»Sie hatten Ihre Gründe«, sagte sie.

»*Was für* Gründe?« fragte ich, indem ich die Hände ausbreitete und einen winzigen Schritt zurückwich. Jocasta bemerkte die Bewegung und reagierte vollkommen natürlich darauf: Sie ging ein paar Schritte vorwärts. Die Entfernung zwischen uns war etwas geringer geworden. Nicht viel, aber es war ein Schritt in die richtige Richtung. »Was für Gründe?« wiederholte ich.

»Um Ihren Kopf aus der Schlinge zu ziehen«, sagte Jocasta kalt. »Es war der einzige Weg, sie davon abzuhalten, Sie zu erpressen.«

Ich starrte sie an. Erpressung ... Klar, nach allem, was ich über Lolly wußte, wäre sie durchaus fähig gewesen, jemanden zu erpressen, wenn der Einsatz hoch genug war. Aber ich war sicher, sie hatte nicht genug über mich gewußt.

»Glauben Sie mir«, sagte ich, indem ich zur personifizierten Aufrichtigkeit wurde, »Lolly konnte mich gar nicht erpressen, weil sie nichts gegen mich in der Hand hatte.« Wieder wich ich einen Schritt zurück, wieder trat Jocasta vor. Diesmal verkürzte der kleine Tanz die Entfernung zwischen uns auf unter zwei Meter.

Und keinen Augenblick zu früh, denn irgendwas in ihren Augen veränderte sich. Als sie sprach, klang ihre Stimme schneidender, angestrengter. Sie holte ihre Wut nach oben, so daß sie in der Lage sein würde abzudrükken. »Sie lügen«, fauchte sie. »Sie sind ein Lügner *und* ein Mörder. Sie haben irgendwas Mieses getan, und meine Schwester wußte davon, also haben Sie sie umgebracht. Sie haben meine Schwester umgebracht.« Sie schrie jetzt, ihr Zustand näherte sich der Hysterie.

Ihr Finger spannte sich um den Abzug. »Stirb, du verfluchter Hurensohn!«

Im gleichen Augenblick wurde ich aktiv. Ich drehte mich zur Seite, Rumpf und Kopf schwangen nach unten und nach links, während mein rechter Fuß herum und nach oben sauste. Gerade noch rechtzeitig. Jocastas schallgedämpfte Pistole hustete einmal, und die Kugel verursachte ein Geräusch wie ein Peitschenknall, als sie die Luft schrecklich nah bei meinem Kopf durchschnitt und dann irgendwo hinter mir etwas zersplitterte. Mein rechter Fuß schwang durch und knallte gegen die Innenseite von Jocastas Handgelenk. Ein perfekter Entwaffnungs-Sensentritt. Dieser Tritt hätte meine Ausbilder bei Lone Star mit Stolz erfüllt, obwohl es ihnen wahrscheinlich leid getan hätte, daß Jocastas Kugel nicht getroffen hatte.

Der Adrenalinstoß mußte mich mehr als üblich aufgepeppt haben. Als ich den Bewegungsimpuls gebremst und mich abgefangen hatte, sah ich, daß der Tritt mehr bewirkt hatte, als die Pistole abzulenken und Jocastas Griff darum zu brechen. Ich hatte die Frau buchstäblich von den Beinen getreten. Sie lag verkrümmt und wimmernd auf dem Boden und preßte ihr sehr wahrscheinlich gebrochenes rechtes Handgelenk gegen den Bauch.

Ich zögerte. Nicht weil ich dachte, sie mache mir etwas vor. Der Tritt war so hart gewesen, daß mein Fuß sogar trotz des Adrenalins schmerzte. Meine Gefühle waren es, die mir einen Streich spielten. Ein Teil von mir war froh, meinen Möchtegern-Mörder leicht verletzt vor mir liegen zu sehen, zumindest bis zu einem gewissen Grad. Hätte ich nicht reagiert, würde ihre kleine Kugel die Denkfabrik von Derek Montgomery über die Wände des Apartments verteilt haben.

Ein anderer Teil von mir sah eine leidende Frau, und ich reagierte auf die vorhersehbare Weise. Sie hatte mich nicht töten *wollen*. Das war etwas, von dem sie dachte, daß sie es tun *mußte*, etwas, zu dem sie sich hatte zwingen müssen, und etwas, das ihr wahrscheinlich den Rest ihres Lebens mit Gewissensbissen verdorben hätte. Ich hob ihre Kanone auf und steckte sie mir in den Hosenbund. Dann kniete ich mich neben sie.

Jocasta hatte sich zu einer embryonalen Haltung zusammengerollt, ihre schlanken Schultern bebten unter den tiefen Schluchzern, die sich ihrer Kehle entrangen. Ich wartete ein paar Sekunden, bevor ich ihr vorsichtig eine Hand auf den Rücken legte, wobei ich sorgfältig darauf bedacht war, die Geste so asexuell wie möglich ausfallen zu lassen. Sie scheute nicht vor meiner Berührung zurück, aber ich spürte, wie sich ihre Rückenmuskeln spannten, als könne sie ihre Haut so irgendwie einem hassenswerten Kontakt entziehen.

Ich seufzte. Okay, wenn sie es so haben wollte. Ich stand auf, zog die Kanone aus dem Hosenbund und legte sie auf einen Tisch in Reichweite. Dann setzte ich mich in den einzigen Sessel des Apartments. Je nachdem, wie zäh sie war, mochte es eine ganze Weile dauern, bis Jocasta sich zusammenriß. Ich konnte es mir ebensogut bequem machen, während ich wartete. Ich stellte das Massagesystem an, eine weitere Gefälligkeit des Chummers, der die Überwachungskamera installiert hatte, dann gab ich mich ganz der warmen Umarmung des Armsessels hin. Und ich beobachtete sie.

Sie brauchte überhaupt nicht lange. Geistig sehr zäh, diese Jocasta Yzerman. Eigentlich nicht weiter überraschend, wenn man ihre Schwester kannte. Zuerst hörten die Schluchzer auf, dann das Zittern. Schließlich entrollte sie sich langsam. Als ich ihr Gesicht wieder sehen konnte, war es vollkommen tränenfrei, und auch ihre Augen waren nicht gerötet oder aufgequollen. Ich warf einen Blick auf ihr rechtes Handgelenk und kam mir wie ein mieser Schweinehund vor. Es war bereits angeschwollen und verfärbte sich, obwohl ich es nicht für gebrochen hielt. Sie schien keinen Gedanken daran zu verschwenden, als sie sich erhob, als sei der Schmerz ihrer Beachtung nicht wert.

Fasziniert betrachtete ich sie. In ihren Bewegungen lag eine Grazie, eine Art Gelassenheit, die zuvor nicht dagewesen war. Es war, als hätte ihre — wenngleich erfolglose — Mordmission sie auf irgendeine Weise innerlich befreit. Ihre Augen ruhten stetig auf meinem Gesicht. Sie zeigten keinen Haß, sie zeigten keine Furcht. Wenn sie überhaupt etwas zeigten, dann Resignation, fast Fatalismus. Ihre Miene war unbewegt, ein wenig unbewegter, und ich hätte sie für tot erklärt.

»Es tut mir leid«, sagte sie ruhig, ohne eine Spur von Gefühl in der Stimme. »Ich werde jetzt gehen.«

Ich war aus dem Sessel heraus, bevor sie einen Schritt machen konnte. Ich wollte nach ihrer Schulter greifen, zog meine Hand aber im letzten Moment zurück. Ich hatte auch zuvor schon emotionale Beherrschung gesehen — und was geschieht, wenn sie verloren geht. Ich wollte nichts tun, was derartiges auslösen konnte. Stattdessen streckte ich nur den Arm wie eine Schranke aus, um ihr den Weg zu versperren. »Nein«, sagte ich, »gehen Sie nicht.«

Sie sah mir in die Augen. »Warum nicht?« Wiederum nicht die geringste Spur von irgendwas in ihrer Stimme, nicht mal Neugier.

Was eine ziemliche Ironie war, weil Neugier genau

das war, was mich im Augenblick verzehrte. Bei dieser ganzen verfluchten Geschichte gab es einige Dinge, die ich besser erfahren sollte. Für die Dame mußte mir jedoch eine bessere Antwort einfallen.

Ich versuchte locker zu klingen. »Ach, ich weiß nicht«, lavierte ich. »Nennen Sie es unangebrachte Gastfreundschaft, aber es kommt mir einfach nicht richtig vor, wenn jemand hereinschneit, mich zu erschießen versucht und dann wieder geht, bevor ich ihm wenigstens einen Drink anbieten konnte.«

Die Antwort fiel wie erwartet aus: Ein Haufen Schweigen. Zumindest ging sie jetzt nicht mehr auf die Tür zu. Ich zögerte einen Augenblick, dann ergriff ich ihre Schulter. Sanft und *sehr* langsam drehte ich sie um. Ich spürte wieder, wie sich ihre Muskeln verkrampften, aber sie bewahrte sich ihre äußerliche Beherrschung. Ich schob sie kaum merklich in Richtung Sessel.

»Setzen Sie sich«, sagte ich. »Ich würde mich gerne etwas unterhalten.«

Sie ging widerstandslos in die Richtung, in die ich sie geschoben hatte. Die Grazie war immer noch da, aber jetzt haftete ihr etwas Automatenhaftes an. Ihr Verstand hatte die volle Kontrolle über ihren Körper, aber diese Kontrolle lag unterhalb der Bewußtseinsschwelle wie bei einem Autopiloten. Es war wie eine Form wachen Schlafwandelns. Sie drehte sich um und ließ sich in den Sessel fallen.

Das bewirkte eine Reaktion. Ich hatte das Massagesystem nicht abgeschaltet, und es lief immer noch auf Hochtouren. Als Rücken und Gesäß den Sessel berührten, zuckten alle ihre Muskeln, und sie schwebte buchstäblich ein paar Zentimeter über der Sitzgelegenheit. Dann wirkte sich die Schwerkraft aus, und sie sank in die Umarmung des Sessels zurück. Diesmal kämpfte sie nicht dagegen an. Ihr ganzer Körper schien zu erschlaffen, und die Augenlider sanken auf Halbmast. Dennoch hielt sie den Blick weiterhin auf mich gerichtet.

Ich betrachtete sie ein paar Augenblicke, dann setzte ich mich auf die Bettkante. »Es tut mir leid wegen Lolly«, sagte ich leise.

Wiederum keine Antwort. Ich seufzte. Ich hatte schon zuvor derart zugeknöpfte Leute gesehen. Gewöhnlich erwachen sie von selbst aus ihrer Starre, weil plötzlich irgendwas in ihnen zerbricht — manchmal im denkbar ungeeignetsten Augenblick. Es gibt jedoch ein paar, die einfach nicht loslassen können. Jocasta war zusammengebrochen, als sie bei mir auf dem Boden gelegen hatte, aber nur für ein paar Minuten. Das war kathartisch gewesen, hatte jedoch offensichtlich nicht gereicht. Die Tatsache, daß es überhaupt dazu gekommen war, gab mir die Hoffnung, daß sie auch noch den Rest des Weges zurücklegen würde. Es bedurfte lediglich des richtigen Anstoßes.

Warum mache ich mir deswegen überhaupt Gedanken? fragte ich mich wiederum. Das war nicht mein Problem. Sie hatte schließlich beschlossen, mich umzubringen, und sie konnte verdammt gut mit den Konsequenzen dieser Entscheidung leben. Ich sollte sie einfach sich selbst überlassen; zum Teufel mit Jocasta Yzerman! Aber aus verschiedenen Gründen war diese Lösung nicht annehmbar.

Ich bin kein Idealist. Ein Idealist könnte in der Welt des Jahres 2052 nicht lange überleben. Tatsächlich bin ich so kalt und hart wie jeder andere, wenn nötig. Aber das bedeutet nicht, daß es mir Spaß macht, einer Situation den Rücken zu kehren, in der ich helfen könnte. Natürlich gab es noch einen anderen Grund. Ich hatte Lolita Yzerman gekannt. Ich glaube, ich könnte sie sogar geliebt haben. Jetzt war sie tot. Es war zu spät, Lolly zu helfen, aber ich *konnte* ihrer Schwester Jocasta helfen.

»Haben Sie ein Bild von Lolly?« fragte ich sanft. Jocasta nickte. Sie griff in ihre Tasche und zog ein handflächengroßes Holo hervor. Sie reichte es mir.

»Nein«, sagte ich kopfschüttelnd. »*Sie* sehen es sich an.«

Sie zögerte, vielleicht weil ihr klar wurde, was ich beabsichtigte, aber dann tat sie es. Sie starrte das Holo einen Augenblick an, bevor sich ihre Züge vor Kummer verzerrten. Das Holo entglitt ihren plötzlich gefühllosen Fingern. Mit einem leisen Klagelaut sackte sie im Sessel zusammen und nach vorn. Die Stirn berührte ihre Knie, und sie hielt sich den Kopf, als wolle sie verhindern, daß ihr der Schädel explodierte. Wiederum wurde ihr Körper von keuchenden Schluchzern geschüttelt.

Ein wenig verlegen wandte ich mich ab. Da ich nicht weiter in den Kummer dieser weinenden Frau eindringen wollte, hob ich das vergessene Holo auf und betrachtete es.

2

Lolita Yzerman. Das Holo war offensichtlich von einem Amateur aufgenommen worden, denn es war ein wenig unscharf und die Perspektive etwas verrückt. Aber es war gut genug. Unverwechselbar Lolly, die aus dem Holo lächelte.

Oberflächlich betrachtet, gab es zwischen Lolly und Jocasta keine Familienähnlichkeit. Jocasta war groß, während Lolly klein war, gewelltes blondes Haar und strahlende blaue Augen hatte. Jocasta war schlank, wirkte irgendwie herb und streng, wohingegen Lolly an den richtigen Stellen reizvoll gerundet war. Doch wenn man näher hinsah, konnte man die Ähnlichkeit erkennen. Die gleichen Wangenknochen. Der gleiche Mund — ein wenig klein für das Gesicht, aber mit guten Zähnen. Und natürlich die Datenbuchse, die beide oben in ihrer rechten Schläfe hatten.

Lolly Yzerman. Sie hatte mir ein wenig von ihrer Lebensgeschichte erzählt. Ich hatte nicht automatisch jedes Wort geglaubt, aber einige Dinge hatten ganz eindeutig wahr geklungen. Ihr Vater, David Yzerman, war ein freischaffender Computer-Designer von bedeutendem Ruf. Lollys Begabung für Mathematik und Naturwissenschaften war früh zu Tage getreten, also war es nur logisch, daß sie den Spuren ihres Vaters folgte. Im zarten Alter von fünfzehn hatte sie sich an der Universität von Washington für Informatik eingeschrieben und weniger als drei Jahre später als Washingtons jüngste Akademikerin aller Zeiten graduiert. Ich vermute, ihr Vater hat sie bei der Ausbildung ebenfalls unterstützt. Schon als Studentin erledigte Lolly auf Bestellung Programmierjobs für eine ganze Wagenladung lokaler Gesellschaften, während sie die ganze Zeit an ihrer ungewöhnlichen Laufbahn bastelte.

Wie vorauszusehen, kam sie zu dem Schluß, sie brauche eine Datenbuchse, um wirklich voranzukommen, doch ihr Vater weigerte sich, auch nur darüber nachzudenken, seine Tochter unter den Laser zu schicken, bevor sie einundzwanzig war. Und wie vorauszusehen, kümmerte sich Lolly einen Drek darum, was ihr Vater sagte. Sie schloß noch ein paar Verträge ab, um die nötigen Nuyen zu verdienen, und lief dann fort, um sich operieren zu lassen. Sie war immer noch erst siebzehn, glaube ich. Lollys Vater bestrafte sie, als sie mit der glänzenden neuen Datenbuchse an Ort und Stelle nach Hause zurückkehrte, aber Lolly war sicher, daß er insgeheim sehr stolz auf sie war. Sie lachte, als sie mir davon erzählte.

Die Aufträge kamen von überall her: Matrixprogrammierung, Systemanalysen, Hardwaredesign und vielleicht sogar ein paar schattige Matrix-Runs, aber darüber redete sie nie. Bis dato ein Universalgenie, begann Lolly sich nun zu spezialisieren. Sie hatte schon immer gerne Rätsel gelöst, und bald fand sie ihre berufliche Heimat in der Signalverstärkung und im ›Waschen‹. Waschen ist eine Mischung aus Kunst und Wissenschaft, bei der ein von Hintergrundrauschen begleitetes Signal aufgefangen und dann von allen Verzerrungen befreit wird. Ihr Ziel war immer gewesen, für die

UCASSA, die UCAS Space Agency, zu arbeiten, um dort die aus dem Weltraum aufgefangenen Signale zu verstärken oder, anders ausgedrückt, das Verhältnis von Signal und Rauschen — S/R-Verhältnis genannt — zu verbessern. Doch sie war immer noch sehr jung und brauchte mehr Erfahrung, bevor sie den Job ihrer Wahl annehmen konnte. Und darum unterschrieb sie bei Avatar Security Technologies, einer Tochtergesellschaft von Lone Star, um Erfahrung zu sammeln.

Lone Star braucht ebenfalls Spezialisten für Signalverstärkung, aber aus ganz anderen Gründen als die UCASSA. Wenn Lone Star Ermittlungen durchführt, ist die Standardprozedur die, das Telekom jeder Person anzuzapfen, die irgendwas, und sei es auch noch so wenig, mit dem Gegenstand der Ermittlungen zu tun hat. Richtig, *jeder* Person, ob sie eines Verbrechens verdächtig ist oder nicht. Eine Verletzung der persönlichen Rechte? Moralisch und ethisch gesprochen: Sie haben's erfaßt, Chummer. Aber dem *Buchstaben,* wenn auch nicht dem Geiste des Gesetzes nach, ist diese Praxis koscher. Das heißt, zumindest so lange, wie Lone Star jeden, dessen Leitung angezapft wurde, davon benachrichtigt ... innerhalb eines Zeitraums von vier Monaten nach *Entfernung* der Wanze. Aber kann Lone Star diese Einschränkung nicht einfach dadurch umgehen, indem man die Wanzen für immer und ewig an Ort und Stelle läßt? Sie haben's schon wieder erfaßt, Chummer. Die Lone Star-Beamten sind für ihre Vergeßlichkeit berüchtigt, wenn es ums Benachrichtigen geht.

Jedenfalls muß sich jemand um den Datenwust kümmern, den die Wanzen produzieren. In Seattle ist dieser Jemand Avatar, und genau dort endete Lolly. Wanzen und Abhöranlagen sind für ihre starken Nebengeräusche berüchtigt. Die Signale werden von all jenem elektronischen Drek verwischt, den heutzutage einfach jeder zu Hause hat. Sicher, die zeitgenössische Software für Signalverstärkung und die automatischen Filteralgorithmen sind hochentwickelt und erste Sahne, aber manchmal sind sie eben nicht sahnig genug. Was dann gebraucht wird, ist jenes undefinierbare Etwas, jene ausschließlich menschliche Kunstfertigkeit, die bei manchen Leuten angeboren zu sein scheint. Zu diesen Leuten gehörte auch Lolly, und der Signalwasch-Job hätte auch speziell für sie erfunden worden sein können. Sie erzählte mir, sie würde dem Geschwätz auf den Bändern niemals zuhören. Das, was die Verdächtigen sagten, interessiere sie einen Drek. Das einzige, was zähle, sei, die Datenströme so zu bearbeiten, daß das S/R-Verhältnis den letzten Kick kriege.

Und auf diese Weise sind Lolly und ich uns damals begegnet. Während ich für einen Angestellten von Lone Star einen ziemlich schattigen Auftrag erledigte, fand ich rein zufällig heraus, daß sich die kleine Lolly ziemlich tief in den Drek geritten hatte. Scheint so, als sei Lolly, die damals erst zwanzig war, in irgendeine machiavellistische politische Auseinandersetzung verstrickt gewesen, bei der sie irgendeinen Burschen erpreßte, der ihr berufliches Fortkommen zu blockieren versuchte, weil sie seine sexuellen Anträge abgewiesen hatte. Die Geschichte war Lolly über den Kopf gewachsen. Wegen eines Hebels, den ich im Laufe der Arbeit an meinem eigenen Fall entdeckt hatte, war ich in der Lage, ihr aus der Klemme zu helfen, was ich dann auch aus reiner Menschenfreundlichkeit tat. Als ihr Widersacher daraufhin die Firma wechselte, war Lolly aus dem Schneider. In der Zwischenzeit hatten wir eine leidenschaftliche Affäre begonnen, die fünf erschöpfende Wochen dauerte.

In dieser relativ kurzen Zeitspanne erfuhr ich eine ganze Menge über Lolita Yzerman. Wegen ihres Aussehens machte sie auf viele Leute den Eindruck einer lebenslustigen Blondine, die nicht mehr im Kopf hatte als die Absicht, sich ein flottes Leben zu machen. *Falsch.* Das war eine Maske, die sie trug, und es war eine gute.

Wenn man es jedoch schaffte, sie zu durchschauen, sah man eine berechnende Person, die rücksichtslos das zu bekommen versuchte, was sie wollte. Ein Teil von mir litt ziemliche Qualen, als Lolly unsere Beziehung abbrach, doch ein anderer Teil war der Ansicht, daß ich vielleicht glücklich davongekommen war.

Ihre Tätowierungen drückten es wohl am besten aus. An den Fußknöcheln hatte sie sich jeweils eine Tätowierung machen lassen, die unter UV-Licht babyblau leuchtete. Die linke lautete: ›Gute Mädchen kommen in den Himmel.‹ Die rechte besagte: ›Böse Mädchen kommen überall hin.‹ Lolly Yzerman kam überall hin.

Und jetzt war sie tot. Ich legte das Holo beiseite und betrachtete Jocasta.

Sie rang noch mit der Fassung, schien den Kampf aber wohl doch zu gewinnen. Das Gesicht ruhte zwar noch auf ihren Knien, aber das unkontrollierte Zucken ihrer Schultern hatte aufgehört. Zähe Frau. Der zweite Schock war schlimm gewesen. Manche Menschen würden sich davon erst nach Monaten erholt haben — und dann auch nur, wenn sie einen guten Seelenklempner fanden.

Ich verspürte das starke Verlangen nach einem Drink. Das Bedürfnis nach Schlaf war mir völlig vergangen — erstaunlich, was ein Laserzielgerät zwischen den Augen alles bewirken kann —, aber mein Verstand fühlte sich infolge des Adrenalinkaters wie geschmolzenes Blei an. Die Bar befand sich in Reichweite des Bettes (sehr bequem), also brauchte ich nicht mal aufzustehen. Ich goß mir einen guten Schluck als Scotch getarnten Synthahol ein, zögerte und schenkte Jocasta dann ebenfalls einen Drink ein.

Als ich mich umdrehte, saß sie aufrecht und betrachtete mich unverwandt. Ihre kühlen grauen Augen blickten klar und konzentriert. Zwar immer noch emotionslos, aber wach und aufmerksam. Jene letzte Katharsis schien sie ein wenig aufgerichtet zu haben, zumindest an der Oberfläche. (Obwohl ich die Träume, die sie wahrscheinlich hatte, nicht mit ihr teilen wollte.) Wie ich schon sagte, zähe Frau. Wortlos reichte ich ihr den Drink.

Ich beobachtete ihre Hand, als sie das Glas nahm. Stetig, nicht das geringste sichtbare Zittern. Sie neigte den Kopf kaum merklich in einer Geste, die ein Dankesnicken hätte sein können, und nahm einen Schluck. Angesichts des Geschmacks verzog sie ein wenig das Gesicht, entweder weil sie keinen Scotch mochte, oder weil sie *echten* Scotch mochte, aber sie nahm gleich noch einen Schluck. Dann senkte sie das Glas.

Ihr Schweigen und ihr stetiger Blick, der immer noch auf mein Gesicht fixiert war, weckten in mir ein unbehagliches Gefühl. Ich nippte an meinem Drink, hauptsächlich deswegen, um irgendwas zu tun. Dann fragte ich: »Können Sie mir sagen, was passiert ist?«

»Lolita ist erschossen worden, aus ganz kurzer Entfernung, mitten ins Gesicht.« Ihre Stimme klang nicht so monoton wie zuvor, aber sie war leidenschaftslos, als beschreibe sie die jüngsten Schwankungen der Börsenkurse und nicht den Mord an ihrer Schwester. »Es ist in ihrem Apartment passiert. Die Polizei sagte, offensichtlich hätte sie jemandem die Tür geöffnet, den sie kannte und dem sie vertraute. Und dieser Jemand hat sie erschossen.« Sie sagte ›Jemand‹, aber in ihren Augen stand immer noch ›Sie‹ — womit sie natürlich mich meinte.

»Wie haben Sie mich damit in Verbindung gebracht?« hakte ich nach. »Woher kannten Sie überhaupt meinen Namen?«

Sie zuckte die Achseln. »Ich wußte die ganze Zeit von Ihnen. Lolita hat mir von Ihrer ... Beziehung erzählt.« Zum erstenmal ließ Jocasta ein wenig Unbehagen erkennen.

»Wir hatten eine Affäre miteinander«, stellte ich trokken fest. »Aber Sie wissen auch, daß sie keine zwei Monate gedauert hat, und danach hatten wir keinen Kontakt miteinander.«

»Bis sie Sie zu erpressen begann.«

Ich seufzte. Schon wieder Erpressung. »Weswegen? Und wie sind Sie überhaupt darauf gekommen?«

»Sie hat mir vor zwei Tagen eine Nachricht geschickt, am Tag bevor ... bevor sie gestorben ist.« An dieser Stelle hätte ihre eisige Selbstkontrolle sie fast verlassen. Das fand ich irgendwie beruhigend. Zäh mochte sie sein, aber sie *war* ein Mensch.

»Und woher wußten Sie, wo Sie mich finden konnten?«

Sie sah mich an, als sei ich ein Idiot. »Lolly hat es mir gesagt.«

Interessant. Soviel ich wußte, hatte Lolly keine Ahnung gehabt, wo ich wohnte. Gut, sie hatte meine Telekomnummer, aber ich war ein paarmal umgezogen, seitdem wir uns das letztemal gesehen hatten. »Erzählen Sie mehr über die Nachricht«, sagte ich.

»Sie war verängstigt und wurde sich gerade darüber klar, wie gefährlich Sie sind. Darum hat sie mir auch alles darüber erzählt.«

Mir kam ein Gedanke. »Eine gesprochene Nachricht?«

Sie schüttelte den Kopf, und ihr kupferfarbenes Haar flatterte. »Nein, nur eine schriftliche.«

Noch interessanter. Aber dem würde ich später nachgehen. »Was hat sie gesagt? Womit wollte sie mich denn angeblich erpressen?«

»Das hat sie nicht gesagt«, erwiderte Jocasta langsam. »Sie hat mir nur mitgeteilt, Sie hätten irgendwas Schlimmes getan. Sie seien zu weit gegangen — das waren ihre Worte. Und wenn sie davon etwas durchsikkern ließe, würde das Ihre hoffnungsvolle Beziehung mit Lone Star ruinieren.«

Ich stieß ein verbittertes Lachen aus, vor dem sie zurückzuckte. »Ach, Drek«, fauchte ich fast. »Wissen Sie, wie meine ›hoffnungsvolle Beziehung‹ mit Lone Star aussieht?« Ich wartete nicht auf ihre Antwort. »Sie suchen nach mir. Sie versuchen mich aufzuspüren. Ich habe ihr Ausbildungsprogramm durchlaufen, ich wollte nämlich Bulle werden. Dann fand ich heraus, was das bedeuten würde, und bin abgesprungen. Sowas gefällt denen bei Lone Star überhaupt nicht. Ich glaube, die Tatsache, daß ich noch lebe, beleidigt ihr empfindliches Konzernfeingefühl. Meine ›hoffnungsvolle Beziehung‹ besteht darin, daß sie versuchen. mich zu finden, und ich versuche, nicht gefunden zu werden.«

Ich schluckte meinen Ärger herunter — über Lone Star zu reden, bringt mich immer in Rage —, und nahm noch einen Schluck Scotch-Ersatz.

Ihre Augen ruhten immer noch auf mir, aber jetzt konnte ich förmlich sehen, wie sich die Rädchen drehten, als sie das Gehörte durchdachte. »Aber Sie haben für Lone Star gearbeitet«, sagte sie schleppend. »So haben Sie Lolita kennengelernt.«

»Ja, sicher, ich hab ein paar Jobs für einzelne *Angestellte* von Lone Star erledigt, aber das war alles Schattenkram, alles inoffiziell und vertraulich. Für Lone Star selbst? Nein. Meine Bezahlung würde aus einer ausbruchssicheren Zelle oder einer Neun-Millimeter-Migräne bestehen.« Ich schnaubte. »Aber ich nehme an, Sie glauben mir nicht. Passen Sie mal auf«, fuhr ich etwas ruhiger fort. »Die letzten paar Tage waren ziemlich hart, und ich fühle mich wie Drek. Ich werde jetzt meine Anrufe durchgehen — wo ich nun schon mal wach bin —, aber dann gehe ich wieder ins Bett. Sie können gern Ihren Drink beenden, und danach können Sie gern die Tür benutzen. Wenn Sie noch mal über die Sache reden wollen, rufen Sie mich in sechsunddreißig Stunden oder so noch mal an.«

Ich kehrte ihr den Rücken, rückte auf dem Bett ein Stück seitwärts, bis das Telekom in Reichweite war, und drehte den Sichtschirm ein wenig, so daß ich ihn besser sehen konnte. Dann drückte ich auf ›Nachricht wiederholen‹. Augenblicklich wurde der Schirm vom Wieselgesicht Anwars, des Schiebers, erhellt. »Dirk«, begann er, aber da hatte ich auch schon auf ›Stop‹ gedrückt. Ich überprüfte Datum und Uhrzeit in der unteren rechten Ecke. Mittwoch, 13. November 2052 — vor sechs Tagen also. Wahrscheinlich die Aufforderung, einen Lagebericht zum Fall zu geben. Nun, den Lagebericht hatte er vor ein paar Stunden bekommen — Fall abgeschlossen —, und ich hatte meine Bezahlung mitgenommen. Zum Teufel mit Anwar. Ich drückte auf ›Löschen‹ und forderte die nächste Nachricht an.

Wieder Anwar, Freitag, 15. November. Löschen. Nächste Nachricht.

Der Schirm erhellte sich wiederum. Noch ein Wiesel, nicht Anwar, aber noch einer seines Schlages. »Montgomery«, knurrte das Wiesel, »der Kredstab, den Sie mir geschickt haben, ist nicht gut. Ich bin sehr unzufrieden.«

»Ach ja?« knurrte ich meinerseits das Bild an. Die Bezahlung von Anwar würde mehr als ausreichen, ausstehende Schulden, einschließlich derjenigen, die ich bei dem Wiesel hatte, zu decken. Er konnte bis morgen warten. Löschen. Nächste Nachricht.

Diesmal blieb der Schirm leer. Nur eine Stimme. Ich konnte mir schon denken, wer es war. Die vertraute Stimme, die aus dem Lautsprecher kam, bestätigte meinen Verdacht. »Mr. Dirk«, sagte die kultivierte Stimme glatt, »hier spricht Mr. ... Johnson. Ich möchte nur eine Bestätigung, daß Sie tatsächlich an dem Fall ...« Ich drückte auf Stop. Es gab keinen Grund, Jocasta geschäftliche Dinge mithören zu lassen. Dieser spezielle Mr. Johnson hatte vor einer Woche von irgendwo aus dem Osten — Chicago, seinem Akzent nach zu urteilen — mit einem simplen Spürauftrag angerufen. Eine vermißte Angestellte, und der große wohlwollende Konzern wollte sichergehen, daß ihr nichts Schlimmes zugestoßen war (von wegen). Und jetzt wollte Johnson wie Gott und die Welt auch einen Lagebericht. Morgen. Speichern diesmal. Nächste Nachricht.

Das nächste Bild und die Stimme trafen mich wie ein Stromschlag. Instinktiv blickte ich über die Schulter. Jocasta war kerzengerade aufgesprungen und starrte auf den Bildschirm.

Kein Wunder. Aus dem Telekom betrachteten mich die großen blauen Augen von Lolita Yzerman. Anstatt ihres vertrauten Zwinkerns begrüßte mich ein Schatten, den ich sehr gut kannte. Angst. Lolly ängstigte sich zu Tode. Ich blickte flüchtig auf die Datumsanzeige: Samstag, 16. November 2052. Vorgestern. Ein Tag, bevor Lolly weggepustet worden war. Ich beugte mich vor.

»Derek«, sagte Lollys Bildnis leise, »wenn du da bist, geh bitte ran. Ich muß mit dir reden.« Sie wartete ein paar Augenblicke, dann senkte sie ihren normalerweise stetigen Blick. Als sie wieder aufsah, war der Schatten in ihren Augen dunkler geworden. »Ich nehme an, du bist nicht da«, fuhr sie traurig fort. Mein Herz flog ihr zu. Armes kleines Mädchen, jetzt ein totes kleines Mädchen. »Wenn du zurückkommst, ruf mich bitte an. Meine Nummer ist noch die alte. Es ist ...« — sie zögerte — »es ist echt wichtig. Ich glaube, ich sitze ziemlich tief im Drek.« Sie zwang ein Lächeln auf ihr Gesicht, aber es war ein erbärmlicher Versuch. »Ruf mich an«, wiederholte sie. »Ich warte auf deinen Anruf. Ich krieg dich, Dirty Dirk.«

Ich hieb auf die Taste, die das Abspielen der übrigen Nachrichten beendete, lehnte mich zurück und starrte auf den leeren Schirm. »Ich krieg dich, Dirty Dirk.« Einer von Lollys Sprüchen, Worte aus der Vergangenheit. Ich verspürte den Drang, eine Wiederholung der Nachricht aufzurufen, um ein letztes Mal in jenen tiefgründigen blauen Augen zu versinken. Doch ich widerstand der Versuchung. Ich wußte, wie weh es tun würde. Mir fiel ein Spruch von einem meiner alten Chummer bei

Lone Star ein. »Manche Mädchen sind wie Malaria, Derek, mein Lieber«, pflegte Patrick Bambra zu sagen, insbesondere dann, wenn er dem Whiskey zugesprochen hatte. »Und wenn du sie einmal im Blut hast, wirst du sie nie wieder los.« Ich fragte mich müßig, ob Patrick Lolly gekannt hatte.

Mit einiger Anstrengung verjagte ich die Depression, die sich über mich zu legen drohte. Ich drehte mich zu Jocasta um.

Und starrte wiederum in die Mündung der L36, während mich der Ziellaser blendete. Ich hatte das verfluchte Ding einfach auf dem Tisch direkt neben dem Armsessel liegen gelassen. Ich konnte nicht bei klarem Verstand gewesen sein. Wenn ich nicht so verdammt müde gewesen wäre, hätte ich niemals etwas derart Dämliches getan.

Bevor ich noch irgendwas sagen konnte, nahm Jocasta den Finger vom Abzug, und der Laser erlosch. Dann entspannte sie den Hahn und legte den Sicherungsflügel um, alles auf eine sehr geschäftsmäßige Art und Weise. Sie streckte mir die Waffe wie ein Geschenk entgegen. »Es tut mir leid«, sagte sie. »Ich habe mich geirrt. Das war kein Erpresser, der mit seinem Opfer redet ... oder mit seinem Mörder.« Ich schaute auf die Pistole und schüttelte den Kopf. Mit einem Nicken verstaute sie die kleine Waffe in einem Beutel an ihrem Gürtel.

Etwa eine halbe Minute lang breitete sich Schweigen zwischen uns aus. Ich fühlte mich emotional zu ausgehöhlt, um ein Gespräch zu beginnen, und sie war zu sehr mit der Prüfung meines Gesichts beschäftigt. Es mußte ihrer Musterung standgehalten haben, weil sie mich mit einem dünnen geschäftsmäßigen Lächeln bedachte. »Sie sagten, Sie übernehmen auch Schattenarbeit?« Ich nickte. »Nehmen Sie auch meine Nuyen?«

Ich war versucht, ihr zu sagen, was sie mit ihrem Geld machen konnte. Ich glaubte nicht, daß ich Jocasta Yzerman sonderlich mochte, aber das konnte gut damit zu tun haben, daß sie in den letzten zwanzig Minuten zweimal mit 'ner Kanone auf mich gezeigt hatte. Doch dann schaute ich ihr wieder in die Augen und sah den Schmerz, der immer noch in ihnen stand und noch lange Zeit darin stehen würde. Sie hatte eine Schwester verloren. Was hatte ich verloren? Eine Ex-Flamme? Nicht mal das, nicht mal eine echte Freundin. Nur ein paar Stunden Schlaf und ein wenig Stolz.

Ich nickte. »Klar.« Keiner von uns brauchte zu sagen, worin der Job bestand.

Sie lächelte kaum merklich. »Wie hoch ist Ihr Satz?« fragte sie. Sie fummelte in einem anderen Beutel an ihrem Gürtel herum und holte einen Kredstab heraus. Einen dreifach beringten beglaubigten Kredstab. Jocasta Yzerman stieg auf Montgomerys Sozioökonomischer Leiter um eine Stufe und fiel auf Montgomerys Intelligenzskala um eine. Ein beglaubigter Kredstab ist bares Geld, man benötigt keinerlei Identitätsnachweis. Und ich habe ein paar Nachbarn, die sie für einen *einfach* beringten Kredstab mit Vergnügen geeken würden.

Ich winkte ab. »Darüber reden wir später. Ich weiß nicht, ob ich überhaupt irgendwas tun kann.«

Sie akzeptierte das mit einem Nicken und schob den Kredstab wieder in den Beutel zurück. Dann zog sie eine Karte heraus und gab sie mir. »Hier ist meine Telekomnummer«, sagte sie wiederum lächelnd. Diesmal sah das Lächeln fast echt aus. »Rufen Sie mich an, wenn Sie irgendwas für mich haben.« Sie glättete ihre Hosenbeine mit den Handflächen und holte tief Luft. »Jetzt gehen Sie besser zu Bett. Sie sehen aus wie Drek.«

»Vielen Dank«, erwiderte ich, vielleicht ein wenig sarkastisch. »Schließen Sie beim Rausgehen die Tür hinter sich.« Ich wollte mich gerade wieder auf dem Bett ausstrecken, als mir ein Gedanke kam. »Wie sind sie hergekommen?«

»Mit einem Taxi.«

»Wartet es auf Sie?«

»Nein.«

Drek. »Sie rechnen damit, ein Taxi anhalten zu können?«

»Klar. Warum auch nicht?«

»Sie kennen Auburn nicht nach Einbruch der Dunkelheit.« Ich hievte mich auf die Beine. »Ich fahre Sie nach Hause.« Ich angelte meinen Duster vom Haken und traf alle notwendigen Maßnahmen, nach draußen zu gehen.

Sie wollte Einwände erheben, aber als sie sah, daß meine Vorbereitungen eine eingehende Überprüfung meines Colts vom Typ Manhunter einschlossen, hielt sie den Mund. Gescheites Mädchen. Ich ließ den massiven Metallklumpen in das eingearbeitete Halfter des Dusters zurückgleiten und öffnete die Tür. »Nach Ihnen«, sagte ich galant.

Einer der ganz wenigen Gründe, aus dem ich die La Jolla Apartments mag, ist der, daß sie so ungefähr das einzige Gebäude sind, das einen eigenen gesicherten Parkplatz hat. Gut, Tor und Schlösser würden die echten Profis nicht aufhalten, aber es ist zumindest ein gewisser Schutz vor den Straßenaffen, die einen geparkten Wagen nur so zum Zeitvertreib demolieren. Die Profis würden ihre Zeit nicht mit meiner Karre verschwenden. Die Karosserie ist die eines ganz normalen 47er Chrysler-Nissan Jackrabbit, total verbeult und runtergekommen, und insgesamt sieht der Wagen aus wie ein Stück Drek. All jene Kleinigkeiten, die den Wagen zu einem wertvollen Besitz machen, sind wohlverborgen und von außen nicht zu sehen.

Ich öffnete die Türen und startete den Motor, während Jocasta alle Mühe hatte, ihre langen Beine im Innern des Wagens zu verstauen. Sie wissen, wie sich ein normaler Jackrabbit mit Petrochem-Antrieb anhört: Wie ein Paar Stiefel in einem Wäschetrockner. Nun, der Motor meines Babys *singt*. Dem Blick nach zu urteilen, den mir Jocasta zuwarf, hatte sie den Unterschied bemerkt. Ich lächelte nur und schaltete die Kontrollsysteme ein.

Quincy, derselbe Bursche, der für das Sicherheitssystem in meinem Apartment verantwortlich war, hatte auch meinen Wagen auf Vordermann gebracht. (Quincy und ich haben 'ne prima Vereinbarung. Dank irgendwelcher grauen Kontakte kauft er sein technisches Spielzeug zu Großhandelspreisen. Ich bezahle dafür, und er baut sie mir umsonst ein. Es ist eine Symbiose. Ich bekomme die brandneusten Errungenschaften praktisch umsonst, und Quincy kann dann mit all der hübschen Hardware herumspielen.) Jocasta glotzte nur, als ich das Überkopf-Display und das Navigations-Subsystem einschaltete. »Wo wohnen Sie?« fragte ich lässig.

»Sechsundfünfzigste Süd«, sagte sie. »Ecke Yakima.«

Ich hob eine Augenbraue — *also doch Tacoma* —, sagte aber nichts, als ich den Bestimmungsort in das Navsystem eingab. Auf dem Schirm erschien eine Karte, auf der die direkteste Route eingezeichnet war. Wie ich vermutet hatte, führte sie über Route 18 und Highway 5, dann nach Süden, bis man das ›Tacoma-Aroma‹ roch.

Jocasta sah fasziniert zu, während ich das Navsystem anwies, den Autopiloten mit den einzelnen Stationen des Weges zu füttern. »Erstaunlich«, sagte sie kopfschüttelnd. »Sowas habe ich bisher nur in einem Nightsky gesehen.« Ich grinste nur, obwohl ich einen Nightsky noch nie von innen gesehen habe. »Hat er auch Riggerkontrollen?«

Jetzt war ich es, der den Kopf schüttelte. »Würde mir nichts bringen.« Ich strich mir das Haar aus der Stirn, um ihr metallfreie Schläfen zu zeigen. »Keine Datenbuchse. Ich bin nicht verdrahtet.«

Das überraschte sie. »Ist das kein Nachteil in Ihrem … Ihrem Beruf?«

Ich schüttelte den Kopf und setzte den Jackrabbit in Gang. Das war ein Thema, über das ich nicht gerne nachdachte. Sicher, die meisten Runner, die ich kenne, haben irgendwelche Cyberhilfen. Zumindest Datenbuchsen. Ich denke schon, daß es Zeiten gegeben hat, wo ich mir ein Smartgun-Interface oder verbesserte Sehfähigkeit gewünscht habe. Aber ich habe immer irgendeinen Grund gefunden, mich nicht verdrahten zu lassen. Es kommt mir einfach nicht richtig vor. Vielleicht bin ich auch nur unsicher, aber die Vorstellung, auch nur ein winziges Stück meiner selbst — Dirk Montgomerys — zu verlieren, schmeckt mir eben nicht.

Die Fahrt verlief schweigend. Als wir durch die mit Apartments übersäten Hügel westlich von Auburn fuhren, leuchtete der Sprawl namens Groß-Seattle wie eine Versammlung aufgepeppter Glühwürmchen, ein ausgedehntes Lichtermeer, das bis zum Horizont zu reichen schien. Sein Funkeln erfaßte auch den Himmel, der so mit chemischen Verunreinigungen und seinem üblichen Teufelsgebräu verschiedener Toxine angereichert war, daß die Luft selbst in einem stumpfen roten Licht zu glühen schien. Die Stadt erstrahlte unterhalb einer festen Wolkendecke, die das Licht wiederum zur Erde reflektierte. Highways wurden so zu schimmernden Flüssen, und die höheren Gebäude zu Pyramiden oder vielfarbig gefärbten Krallen, die sich nach oben reckten, als wollten die Konzerne auch noch die Wolken in Besitz nehmen.

Es war leicht zu erkennen, wann wir in Tacoma einfuhren. Die Gebäude waren höher, die Lichter heller. Selbst die Wagen auf den Straßen waren teurer. Toyota Elites ersetzten Jackrabbits, und Mitsubishi Nightskys nahmen den Platz der Westwind 2000 ein. Sogar die Luft schien sauberer, frischer zu sein, aber ich wußte, das war nur eine Illusion.

Historisch gesehen, ist Tacoma ein verrückter Ort. Die Stadt war mal eine verschlafene kleine Hinterwäldlergemeinde. Auf den Bildern aus der Zeit um die Jahrhundertwende sieht sie aus wie eine typische amerikanische Kleinstadt. Dann strömte das Geld herein, und Seattles arme Verwandte machte sich davon.

Der Taco Dome lag bereits ein ganzes Stück rechts

hinter uns, als mich das Nav daran erinnerte, die Abfahrt zur Sechsundfünfzigsten Straße zu nehmen. Ich fuhr rechts ab, düste das Autobahnkreuz entlang und folgte der Sechsundfünfzigsten, einer breiten, gut beleuchteten Straße, in östlicher Richtung. Die Gebäude auf beiden Seiten waren hoch, wahrscheinlich achtzig und mehr Stockwerke. Ein weiterer Unterschied zwischen Auburn und Tacoma. Ich hätte gewußt, daß ich mein gewohntes Gelände verlassen hatte und nicht mehr in meinem Element war, selbst wenn ich die reichen Typen nicht gesehen hätte, die auf dem Bürgersteig spazierengingen. (Spazierengehen? Nachts?)

An der Ecke Sechsundfünfzigste und Yakima bog ich auf Jocastas Anweisung rechts ab. Nette Gegend, in der sie wohnte, und so ganz anders als alles, was wir auf der Sechsundfünfzigsten passiert hatten. Hohe Gebäude schienen hier nicht angesagt zu sein. Die Häuser, die die Straße flankierten, waren niedrig, drei oder vier Stockwerke, und sahen in jeder Hinsicht wie jahrhundertealte Sandsteingebäude aus. (Natürlich alles nur Schein. Der ›Sandstein‹ war in Wirklichkeit Bauplastik und Stahlbeton mit gemaserter Fassade, die wahrscheinlich irgendeine Art von Panzerung enthielt. Und wenn die Häuser älter als zehn Jahre waren, würde mich das echt überrascht haben. Echter Sandstein hätte sich mittlerweile durch die ätzenden Bestandteile der Luft längst in formlose Sandhaufen verwandelt.)

»Da ist meine Wohnung«, sagte Jocasta, schräg nach vorn deutend. Sie lächelte angesichts meiner Reaktion. »Nicht das ganze Ding, nur die Hälfte des Dachgeschosses.« Ich taxierte das Haus. ›Nur‹ das halbe Dachgeschoß war vielleicht viermal so groß wie meine Bude. Geld. Eindeutig Geld.

Ich drückte leicht auf den Knopf, der die Tür öffnete. »Ich rufe Sie an, wenn ich was für Sie habe«, sagte ich.

Aber sie hörte mir gar nicht zu. Anscheinend ein wenig bestürzt betrachtete sie einen metallgrauen Westwind, der zwei Wagen vor uns parkte.

»Was ist los?« fragte ich.

Sie schüttelte den Kopf und sagte nur: »Tony.«

»Tony? Heißt das Ärger?«

Sie schüttelte wiederum den Kopf. »Nicht in dem Sinn, der Ihnen vorschwebt.« Sie schwieg einen Augenblick. »Es ist Tony DeGianetto. Wir waren ... wir ...« Ich ließ sie vom Haken, indem ich verständnisvoll nickte.

»Ich habe die Geschichte vor einer Woche beendet. Ich dachte, die Trennung sei von beiden Seiten in freundschaftlichem Einvernehmen erfolgt, und habe daher die Schlössercodes nicht ändern lassen.« Sie sah verärgert aus, veilleicht aber auch ein wenig besorgt. »Ich vermute, er ist zurückgekommen.«

Ich wartete darauf, daß sie fortfuhr, doch dazu schien sie nicht geneigt zu sein. Sie schien außerdem nicht geneigt zu sein, aus meinem Wagen auszusteigen. Ich seufzte. »Soll ich mit Ihnen kommen?«

»Na ja ...« Sie zögerte. »Tony ist nicht gefährlich. Aber ich will wirklich nicht mit ihm reden. Ich will das alles nicht noch mal durchkauen. Würde es Ihnen etwas ausmachen?«

Es *machte* mir etwas aus. Ich war müde, und ich war nicht in der Stimmung, für Jocasta Yzerman den Beschützer zu spielen. Aber was sollte es? »Absolut nicht«, sagte ich mit so viel ehrlicher Überzeugung, wie ich heucheln konnte.

Als wir aus dem Wagen stiegen, sah ich hinauf zum Dachgeschoß des Sandsteinhauses. Kein Licht. Ich wies Jocasta darauf hin.

Sie zuckte die Achseln. »Vielleicht ist er gerade erst gekommen.«

Wie auf ein geheimes Stichwort ging am obersten rechten Fenster das Licht an.

Gefolgt von einem viel helleren Licht. Eine Feuerblume blühte auf, und das Fenster kippte auf die Straße.

Ich versuchte Jocasta zu Boden zu reißen, in Deckung, aber die Schockwelle warf mich um. Etwas Hartes knallte gegen meinen Hinterkopf — ich glaube, es war mein Wagen —, und die Lichter gingen aus.

3

Ich konnte nicht länger als ein paar Sekunden lang weg gewesen sein. Als ich die Augen öffnete, regnete immer noch diverser Drek vom Himmel auf Bürgersteig und geparkte Wagen. Meine Ohren klingelten, und in meinem Kopf hämmerte es, als benutze jemand die Innenseiten meiner Trommelfelle als ... nun, als Trommeln eben. Die gesamte Vorderseite meines Körpers fühlte sich an, als sei ich geradewegs gegen eine Mauer gelaufen, und mein Hinterkopf pochte wie verrückt. Aber ich war noch am Leben, und das ließ alles erträglich erscheinen.

Jocasta lag neben mir auf dem Rücken. Ihre Augen waren offen und bewegten sich, aber sie waren glasig und folgten jedenfalls keinem Vorgang in der wirklichen Welt. Ich schaute mich um in der Erwartung, von allen Seiten Schaulustige zusammenlaufen zu sehen.

Keine Schaulustigen. Dann fiel mir wieder ein, wo ich war. Tacoma ist nicht Auburn, wo die Menschen normalerweise dem Unheil *entgegen*eilen, nur um zu sehen, was gerade den Bach runtergeht. Hier hatten die Fußgänger, die noch Sekunden zuvor auf der Straße gewesen waren, ein bewundernswertes Kunststück in puncto Verschwinden vorgeführt. Außer Jocasta und mir war die einzige Person auf dem Bürgersteig buchstäblich *auf* dem Bürgersteig. Schlaff auf dem Zement ausgebreitet. Und der Klumpen von irgendwas, den die Explosion in seinen Schädel getrieben hatte, schien anzudeuten, daß er sich auch so schnell nicht wieder erheben würde, zumindest nicht aus eigener Kraft.

Jocastas Sandsteinhaus stand noch — ein Beispiel moderner Bautechnik —, und selbst die falsche Steinfassade schien nicht sonderlich mitgenommen zu sein. Die beiden Fenster in der obersten rechten Ecke waren jedoch verschwunden, und in den Überresten von Jocastas einstigem Apartment brannte ein munteres Feuerchen.

Jocasta regte sich und sagte irgendwas, aber ich verstand es nicht, da es durch das Klingeln in meinen Ohren übertönt wurde. Dann hörte ich zwar etwas, doch etwas ganz anderes. Das Geräusch war noch weit weg, aber es war unverkennbar rasch näher kommendes Sirenengeheul. Logisch. Keine Menschenseele auf der Straße, aber wahrscheinlich war jeder PANIKKNOPF im Umkreis von drei Blocks gedrückt worden und sandte jetzt sein Signal aus.

PANIKKNÖPFE und Sirenen bedeuteten Lone Star, und das bedeutete, es wurde Zeit zu verschwinden. (Ich selbst war auch noch nicht wieder so richtig beieinander, aber immerhin weit genug, um mir zumindest das zusammenzureimen.) Ich faßte Jocasta unter den Achseln und zog sie auf die Füße. Dann öffnete ich die Beifahrertür und schob sie in den Wagen. Als ich schließlich auf dem Fahrersitz saß, startete ich den Motor und machte, daß ich wegkam. (Klar, ich weiß, daß es immer ganz schlecht ist, den Schauplatz eines Verbrechens zu verlassen. Und ein überstürzter Abgang wie dieser konnte durchaus manche Leute dazu bringen, sich zu fragen, ob der Bursche in dem roten Jackrabbit wohl irgendwie in die Sache verwickelt war, aber, ehrlich gesagt, kümmerte mich das einen feuchten Drek.)

Mein Gleichgewichtssinn war im Eimer, wahrscheinlich aufgrund des Gehörschocks, und meine Tiefenwahrnehmung spielte mir auch weiterhin seltsame Streiche, was alles in allem nicht sehr hilfreich beim Fahren war. Das Steuerrad bewegte sich andauernd unter meinen Händen, wenn sich Quincys aufgemotzter Autopilot einmischte (»Mehr nach links, Blödmann«), um uns davor zu bewahren, in Häuser und andere unbewegliche Objekte zu rasen. Jocasta beobachtete mich mit weit aufgerissenen, ängstlichen Augen, aber sie hatte so viel Verstand, den Mund zu halten. Oder vielleicht konnte ich sie auch bloß nicht hören.

Als wir schließlich wieder in nordöstlicher Richtung auf dem Highway 5 fuhren, ließ das Klingeln in meinen Ohren langsam nach. In dem Ausmaß, in dem die normale Geräuschkulisse wieder zurückkam, ließen auch die wilde Panik und die Paranoia, die in meiner Brust tobten, nach. Ich lockerte den Würgegriff, mit dem ich das Lenkrad umklammert hielt, und ließ die Geschwindigkeitsanzeige auf dem Überkopf-Display von *unerhört* auf *übertrieben* absinken.

Jocasta sah zwar immer noch ein wenig aus, als habe sie ein Explosionstrauma erlitten, aber sie hatte sich unter Kontrolle. Da ich nicht wußte, was ich sagen wollte, versuchte ich es auf die behutsame Tour. »Tut mir leid«, sagte ich.

Sie schüttelte langsam den Kopf. »Ich sollte mich mies fühlen«, sagte sie leise. »Tony ist tot.« Ihre grauen Augen fixierten mich und baten schweigend um Verständnis. »Aber ich kann mich nicht mies fühlen. Ich bin viel zu beschäftigt, mich darüber zu freuen, daß *ich* nicht tot bin.«

Ich lächelte tröstend. »So ist es immer«, versicherte ich ihr. »Sie sind nicht kalt oder gefühllos. Sie sind noch am Leben, obwohl jemand anders das nicht wollte. Das ist Grund genug, sich gut zu fühlen. Später haben Sie noch Zeit genug zum Trauern.«

Jocasta nickte, schwieg aber ein paar Minuten lang. Während sie den Blick über die rechts an ihr vorbeihuschenden Lichter wandern ließ, ging ich noch ein paar Kilometer mit dem Tempo herunter. Jetzt war nicht der richtige Moment für einen Strafzettel wegen überhöhter Geschwindigkeit. Dann spürte ich ihre Augen wieder auf mir ruhen und sah zu ihr hinüber.

»Warum?« Ihre Stimme war leise, knisterte aber buchstäblich vor Spannung.

Ich zuckte die Achseln und drückte mich vor der Antwort, die ihr nicht gefallen würde.

Aber damit wollte sie sich nicht zufriedengeben. »*Warum?*« wiederholte sie.

»Lose Enden«, antwortete ich mit einem Seufzer. »Man läßt seine Werkzeuge nicht so einfach herumliegen, nachdem man sie benutzt hat.«

Sie runzelte die Stirn, während sie darüber nachdachte. Es dauerte nur ein paar Sekunden, bis ich das Begreifen in ihren Augen aufblitzen sah. (*Gescheite Lady,* dachte ich wieder.) »Erklären Sie, was Sie damit meinen.«

Ich zuckte wiederum die Achseln. Ich wußte, sie hatte es sich schon selbst zusammengereimt, aber vielleicht wollte sie es mich aussprechen hören. »Jemand hat Ihre Schwester umgebracht. Wir wollen ihn mal X nennen«, sagte ich, korrigierte mich jedoch augenblicklich. »Oder sie. Jedenfalls hat X Ihnen eine Nachricht geschickt, angeblich von Lolly, und ganz allgemein alles so arrangiert, daß Sie in meine Wohnung kommen und mich wegpusten würden. Dann gehen Sie nach Hause und sprengen sich bequemerweise in Stücke. Ich töte Lolly, Sie töten mich, und dann — ausgleichende Gerechtigkeit — verlieren Sie bei einem Unfall das Leben.«

An dieser Stelle unterbrach sie mich. »Unfälle sprengen keine Apartments in die Luft.«

»Klar tun sie das. Besonders, da Sie in Ihrer Küche mit Sprengstoff rumgespielt haben — nur für den Fall, daß Sie meinen Wagen verminen mußten.« Sie starrte in mein grinsendes Gesicht. »Na klar«, versicherte ich. »Wollen wir wetten, die Spurensuche findet Beweise, daß Sie einen Vorrat von C6-Plastiksprengstoff oder etwas Ähnlichem in Ihrem Küchenschrank hatten? Auf jeden Fall habe ich Lolly ermordet, Sie haben mich ermordet, und dann sind Sie in Ihre eigene Falle getappt. Alles erledigt. Wir sind aus dem Weg, und X ist total aus dem Schneider.«

Sie schwieg fast eine volle Minute lang. Ich konnte ihren Verstand fast ticken hören, während sie alles durchdachte. »Sie müssen recht haben«, sagte sie schließlich. »Man hat mich programmiert und dann geopfert. Sie hat man nur geopfert.« Sie schnitt eine Grimasse. »Ich kann es nicht glauben. So etwas passiert einfach nicht.«

»Vielleicht nicht in Ihrer Welt.«

Ich konnte erkennen, daß sie sich nach meiner Welt erkundigen wollte, sich dann jedoch eines Besseren besann.

Wir näherten uns der Meridian Avenue. Zeit, einen Entschluß zu fassen, wo ich überhaupt unterkriechen sollte. Und dann war da noch Jocasta, um die ich mich kümmern mußte. »Sie tauchen besser eine Weile unter, bis ich weiß, was hier überhaupt los ist«, sagte ich. »Ich kann Ihnen 'ne sichere Bleibe beschaffen, wenn Sie eine brauchen. Nicht unbedingt, was Sie gewöhnt sind, aber ...«

»Das regle ich schon«, unterbrach sie mich. »Ich kann bei Kollegen unterkommen.«

»Wo?«

Sie dachte ein wenig darüber nach. »Sie können mich auf der Hundertachten rauslassen. Am Südende.«

Bellevue. Beaux Arts, um genau zu sein. Noch mehr Geld als Tacoma. Die Neugier gewann die Oberhand. »Was machen Sie eigentlich?« fragte ich. »Bei welchem Konzern sind Sie?«

Sie lächelte ein wenig. »Bei keinem Konzern. Ich bin eine Neo-Ökologin an der Puget-Sund-Universität.«

Ich warf einen Blick auf ihr maßgeschneidertes Kunstleder und schnaubte. »Die PSU muß die Gehälter erhöht haben.«

»Nein, sie bezahlen dort immer noch Drek. Aber KCPS zahlt besser als üblich.«

KCPS. Eine der Schul- und Bildungs-Tridstationen

des Metroplex. Irgendeine Erinnerung rührte sich in meinem Hinterkopf.

Dann fiel es mir ein. »Die Erwachte Welt«, platzte es aus mir heraus.

Jocasta lächelte jetzt ziemlich breit. »Sie sehen sich die Sendung an? Ich hätte nicht gedacht, daß so etwas auf Ihrer Linie liegt.«

Ich ignorierte den feinen Seitenhieb. »Ich habe sie mir ein paarmal angesehen.« *Hauptsächlich, um dich zu sehen,* führte ich den Satz in Gedanken weiter. Sie können mich ruhig für beschränkt halten, aber ich bin mehr an Säugetieren interessiert, die wie Jocasta Yzerman aussehen, als an Novopossums oder Metapedes.

Nun, das erklärte das Geld. Tridmoderatoren kassierten Unsummen, auch wenn sie solche Einschaltquotenflops wie ›Die Erwachte Welt‹ präsentierten. Es erklärte auch das Gefühl der Vertrautheit, das an mir nagte, seitdem ich Jocasta zum erstenmal in Fleisch und Blut gesehen hatte. Okay. Beaux Arts also.

Ich fuhr den Highway 5 bis zur Route 99, dann nach Osten in die relativ ruhige Schlafzimmergemeinde Renton und dann nach Norden auf die 405 durch Newport Hills. Als wir auf die Abfahrt zur Intercity 90 zuhielten, begannen sich die Gebäude zu beiden Seiten des Highways zu verändern. Größtenteils handelte es sich immer noch um Apartmentblocks, nur daß sie größer, sauberer und neuer waren als die in Renton und Newport. Während in den beiden südlichen Bezirken hauptsächlich Lohnsklaven und Manager der unteren und mittleren Gehaltsstufe wohnten, war Beaux Arts der Ort, wo viele hochrangige Konzernexecs ihre Penthäuser hatten. Ich erinnerte mich an den Katalog mit den Sicherheitsbeurteilungen, den ich mal überflogen hatte, als ich noch bei Lone Star war. Die Agentur gab Beaux Arts das Prädikat Luxusklasse, Sicherheitsbeurteilung dreifach-A. Besser geht es nicht.

Ich wurde etwas langsamer und bog nach Westen auf

die Intercity 90 ab, fuhr bis zur East Channel Bridge und dann nach rechts auf den Bellevue Way. Wieder rechts auf die 113. Avenue Südost, dann auf die 108. und hinein ins tiefste, dunkelste Beaux Arts. Helle Lichter wuchsen in den Himmel über mir. Als ich die Zeichen des guten Lebens im Geiste mit meiner eigenen Bude in Auburn und mit meiner Endstation für heute nacht verglich, entschlüpfte mir ein ungewollter Seufzer. Es war verdammt schwer zu glauben, daß all diese Orte in ein und derselben Stadt lagen.

»Wohin jetzt?« fragte ich Jocasta.

»Sie können mich hier rauslassen.«

Ich wollte schon protestieren, beherrschte mich aber. Bellevue ist schließlich Bellevue, und Beaux Arts ist eine der wenigen Gegenden, wo jemand mit Jocastas Aussehen über die Straße gehen kann, ohne zum unfreiwilligen Spielzeug einer Gang zu werden. Mich wurmte ein wenig, daß sie mir nicht so weit traute, um mich genau wissen zu lassen, wo sie blieb, aber nur ein wenig. Es gibt Zeiten, zu denen nicht einmal *ich* mir völlig vertraue, und ich kenne mich eine ganze Ecke besser, als Jocasta Yzerman dies tat.

Dann versuchte ich es mit Nachdenken und realisierte, daß das Beaux Arts Village ein Stück weiter die Straße hinauf lag. Das Village ist eine kleine Enklave mit Mauern und Toren, die viel besser bewacht sind als manche Banken. Die Häuser sind untereinander durch große Bäume getrennt — *echte* Bäume —, und von den meisten hat man einen überwältigenden Ausblick auf den East Channel oder den schwer bewachten Jachthafen südlich der Brücke. Ich lächelte Jocasta gütig an. »Es ist das Village«, sagte ich milde. Sie zuckte ein wenig, und ich wußte, ich hatte sie erwischt.

Ich fuhr jedoch nicht bis zum Village. Da ich weder auf mich noch auf meinen Wagen Aufmerksamkeit lenken wollte, öffnete ich nur die Beifahrertür. »Nicht vergessen«, sagte ich, als sie ihre langen Beine aus dem

Wagen schwang. »Bleiben Sie untergetaucht und halten Sie sich bedeckt. Lassen Sie niemand wissen, wo Sie sich aufhalten oder daß Sie noch am Leben sind. Eigentlich sollten wir jetzt beide tot sein. X macht vielleicht nicht zweimal den gleichen Fehler.«

Sie zuckte ein wenig zusammen, fing sich aber sofort wieder. »Was ist mit Lone Star?« fragte sie. »Sie werden nach mir suchen, nachdem ...«

»Zum Teufel mit ihnen«, fauchte ich aus Prinzip. »So ist es sicherer. Wir wissen nicht, wer X ist und welche Verbindungen er hat. Vielleicht hat er Connections, die bis in den Star hineinreichen. Werden Ihre Kollegen Sie decken?«

Darüber mußte sie erst mal nachdenken, was mich etwas beunruhigte. Dann hellte sich ihre Miene auf, und sie antwortete: »Ja. Er ist mir was schuldig, ziemlich viel sogar.«

Wiederum kam die Neugier hoch, aber ich verbiß mir die auf der Hand liegende Frage. »Okay«, gab ich meinen Segen. »Aber halten Sie Kontakt mit mir. Ich will gar nicht erst nach Ihrer Nummer fragen, aber nehmen Sie meine.« Ich gab ihr eine Geschäftskarte, ohne Adresse. »Rufen Sie mich morgen an. Wenn ich nicht da bin, hinterlassen Sie eine Nachricht.«

Sie steckte die Karte ein, ohne einen Blick darauf zu werfen. »Sie fahren nicht nach Hause?«

Ich schnaubte. »Machen Sie sich um mich keine Sorgen. Ich mußte schon öfter mal von der Bildfläche verschwinden. Wo ich auch bin, Sie können mich immer unter dieser Nummer erreichen. Also machen Sie Gebrauch davon, okay? Morgen?«

Sie nickte, schloß die Wagentür, wandte sich ab und drehte sich gleich wieder um. Ich ließ das Fenster herunter. »Tut mir leid, daß ich Sie in diese Sache hineingezogen habe«, sagte sie leise. Sie sah so bestürzt aus, daß ich mir die geistreiche Erwiderung, die mir auf der Zunge lag, verkniff.

»Kein Problem«, entgegnete ich geschmeidig. »Ich war in dem Augenblick drin, als X mich zu seinem Lockvogel auserkor. Sie sind nur dem Drehbuch gefolgt.«

Sie biß sich auf die Lippe, wobei sie der besorgte Gesichtsausdruck nur noch hübscher machte. Eine Nanosekunde erwog ich vorzuschlagen — ach wie aufrichtig —, daß sie eine bessere Chance hatte, den morgigen Tag zu erleben, wenn sie bei mir unterschlüpfte. Doch dann verwarf ich die Idee und alle schmutzigen Gedanken, die damit einhergingen. Ein kleines Abenteuer mit Jocasta Yzerman wäre bestimmt toll gewesen, aber ich war *wirklich* müde. Und wenn ich sie später, aus welchen Gründen auch immer, loswerden mußte, würde ein Verhältnis alles nur erschweren.

»Ich rufe Sie an«, sagte sie und wandte sich dann zum zweitenmal ab. Die schmutzigen Gedanken kehrten beim Anblick ihrer kleiner werdenden Rückansicht zurück, aber ich zerstampfte sie wie eine Horde Küchenschaben. Ich schloß das Fenster wieder und fuhr los.

Bellevue war eine ziemliche Fahrstrecke von Tacoma und meiner eigentlichen Operationsbasis in Auburn entfernt, doch bis zu meiner Zweitbude war es bequemerweise nur ein Katzensprung. Ich fuhr wieder zurück auf die Intercity 90 und richtete die stromlinienförmige Nase des Jackrabbit nach Osten. Als ich die Route 405 erreichte, bog ich nach Norden, dann nach rechts auf die alte Woodinville Redmond Road ab und schließlich in die Woodinville-Duvall Road ein.

In dem Augenblick, als ich die 405 verließ, änderte sich die Szenerie dramatisch. Ich war in Redmond — den Barrens —, und jeder, der jemals dort gewesen ist, weiß, man kann die Grenze zu diesem Bezirk gar nicht übersehen. Die Gebäude wurden plötzlich niedriger, als seien die schlanken Giganten von Bellevue an den Knien abgetrennt worden, während vereinzelte Inseln blauweißen Lichts aus Kohlenstofflampen den gelben

Schein der Natrium-Straßenbeleuchtung verdrängten. Ich war wieder im Jahr 2050, als Gouverneur Schultz zu dem Schluß gekommen war, die Barrens brauchten lediglich eine bessere Beleuchtung. Unter unglaublichem Kostenaufwand hatten die Techniker der Stadt — unter dem Schutz Lone Stars und der Metroplex-Garde — überall dort, wo sie gefahrlos hinkamen, ultrahelle Kohlenstofflampen angebracht. Die Bewohner der Barrens hatten darauf in typisch warmherziger Redmond-Manier reagiert, indem sie die meisten zerschossen. Die kleinen Erhebungen wurden hier und da von betonierten Abwasserkanälen durchschnitten. Ich konnte das faulige und säurehaltige Wasser, das gewöhnlich großzügig mit toten Hunden oder Schlimmerem garniert ist, nicht sehen und dank des Atemluftfilters des Jackrabbit auch nicht riechen.

Als ich am Cottage Lake vorbei war, trat ich aufs Gaspedal, bis die Geschwindigkeitsanzeige auf dem Überkopf-Display warnend rot zu blinken begann. Dank Quincy, er sei ewig gepriesen, nahm sich die aktive Radaufhängung der Schlaglöcher und Unebenheiten an, während der Motor wie ein Banshee heulte. Zu meiner Linken durchschnitten Mündungsblitze die Nacht, aber die Unannehmlichkeiten kamen nicht einmal in meine Nähe. Die Crimson Crush-Gang schoß heute nacht einfach nicht geradeaus. Jenseits der Paradise Lake Road ging ich ein wenig vom Gas. Die Crusher spielten niemals östlich der Kreuzung, weil sie wußten, die Rusted Stilettos würden sie zum Frühstück verspeisen, falls sie es doch taten.

Nach links auf die High Bridge Road, dann wieder links auf den Jasmine Boulevard — kein Jasmin, und es war auch ganz bestimmt kein richtiger Boulevard — und in das als Purity bekannte Gebiet. Ein wirklich übler Teil der Barrens, wenn man ein Außenseiter ist, aber in Purity herrscht eine Art Kodex, den man in Redmond nicht oft findet. Der Kodex ist simpel: »Leg dich nicht mit mir, dann leg ich mich auch nicht mit dir an (es sei denn, jemand bezahlt mich entsprechend dafür).« Das gilt jedoch nur, wenn man ortsansässig ist.

Und in gewissem Sinn war ich das. Ich hielt mir eine Zweitwohnung in Purity und zahlte mein Schutzgeld einer amerindianischen Straßengang in dem Gebiet. Unser Deal sah so aus, daß ich meine Nuyen zahlte und sie die Bude benutzen — aber nicht mißbrauchen — konnten, wenn ich nicht da war. Bei den meisten anderen Gangs muß man sich den Kopf untersuchen lassen, wenn man sich auf so einen Deal einläßt. Sie brauchen die Bude nur einmal benutzt zu haben, und wenn man wiederkommt, ist sie bis auf die Bodenfliesen ausgeräumt. Wahrscheinlich wird man außerdem noch von ein paar großen Jungs erwartet, die einen um alles Wertvolle erleichtern, was man zufällig bei sich hat — oder vielleicht auch um die Zahnfüllungen, wenn sie gerade militant drauf sind. Aber diese Gang hat Ehrgefühl. Vielleicht liegt es an ihrem stammesgeschichtlichen Hintergrund. Jedenfalls, wenn man sie einmal gekauft hat, bleiben sie bei der Stange, zumindest solange man nicht von jemand anders überboten wird. Mein Geheimnis ist, ich bezahle ihnen mehr, als jeder, der in den Barrens lebt, sich leisten kann.

Ich parkte den Jackrabbit in einem ehemaligen Eckladen, der wegen Geschäftsaufgabe geschlossen hatte, da jemand die Vorderfront mit einem Granatwerfer zum Einsturz gebracht hatte. Das ist meine Privatgarage, für die ich denselben Deal wie für meine Bude abgeschlossen habe. Dann tätigte ich den Höflichkeitsanruf beim Anführer der Gang, einem eiskalt aussehenden Straßensamurai, dessen Namen ich niemals erfahren habe, ließ ihm einen beglaubigten Kredstab zur Deckung der Kosten für die nächsten paar Monate zukommen und trottete hinauf zu meinem Apartment.

Meine Wohnung in Auburn ist klein, aber die Bude in Redmond würde bequem hineinpassen und noch genug

Platz für einen Pool-Tisch und ausreichend Freiraum für das Ausführen der Stöße lassen. Der einzelne Raum war leer wie immer, wenn ich hereinschneite, aber ich sah massenhaft Beweise dafür, daß er es noch nicht lange war. Auch das war absolut normal. Nachdem ich über leere Chip-Behälter und benutzte Hilfsmittel zur Familienplanung hinweggestiegen war, warf ich erstmal das Telekom an. Wie immer überprüfte ich als erstes die Benutzereinträge. Wie erwartet, hatten die Amerindianer Ferngespräche geführt, aber zumindest besaßen sie auch weiterhin soviel Anstand, sie einer anderen Nummer in Rechnung zu stellen. Gouverneur Schultz' Nummer, wie ich mit Freuden registrierte.

Ich tippte den Telekomcode für mein Apartment in Auburn ein. Als das andere Gerät die Verbindung herstellte, schaltete ich ein tolles kleines Utilityprogramm ein, das mir Buddy, eine brandheiße Deckerin aus meiner Bekanntschaft vermacht hatte. Das Programm, dessen Aufgabe es ist, mit der örtlichen Telekomgesellschaft Schlitten zu fahren, überzeugt den Computer der Zentralvermittlung davon, daß die beiden Telekoms — das eine in Auburn, das andere in Redmond — tatsächlich ein Gerät sind, das (elektronisch gesprochen) unter meiner Auburner Nummer beheimatet ist. Bei eingehenden Anrufen klingeln beide Geräte. Ich kann alle Funktionen meines Auburner Telekoms von Purity aus abrufen und kann von den Barrens Anrufe tätigen, während die Computer Stein und Bein schwören würden, daß die Gespräche von der Ecke Dritte Straße Südwest und D in Auburn kommen. Raffiniert und potentiell lebensrettend. Wenn das Programm aktiviert war, mußte man schon besser als sehr gut sein, um mich über die Einträge im Telekomnetz aufzuspüren.

Während die beiden Geräte die notwendigen Formalitäten austauschten, um gemeinschaftlich die Computer des Lokalen Telekommunikationsgitters an der Nase herumzuführen, lehnte ich mich zurück und dachte über meinen nächsten Zug nach. Diese Geschichte mit Lolly, Jocasta und unserem mysteriösen X stand auf meiner Prioritätenliste verständlicherweise ganz weit oben. Aber ich hatte auch noch andere Eisen im Feuer: eine Reihe von Fällen — *Honorar*fälle. Ich konnte sie nicht einfach vergessen, ohne sowohl meiner Straßenreputation *als auch* meinem Bankkonto irreparablen Schaden zuzufügen. Was ich jedoch tun konnte, war, die Intensität meiner Nachforschungen ein wenig zurückzuschrauben.

Das Telekom verkündete piepend seine Bereitschaft, also rief ich eine Liste aller eingegangenen Nachrichten auf. Die Liste verriet mir nicht die Identität eines Anrufers, aber sie nannte mir Zeit und Datum der Nachricht und in den meisten Fällen auch die LTG-Nummer, von der aus der Anruf getätigt worden war. Ich arbeitete mich durch die Liste und löschte dabei überholte Nachrichten wie jene von Anwar, dem Schieber. Ein paar andere, deren Ausgangsnummer ich kannte, versah ich mit einem Vermerk, die das Telekom anwiesen, das übliche Bin-beschäftigt-rufe-zurück-sobald-ich-Zeit-habe auf sie loszulassen.

Blieben noch zwei Mitteilungen, von denen keine eine Ausgangsnummer aufwies. (Das weckte natürlich mein Interesse. Jemand mit der richtigen Hardware würde kaum Probleme haben, die Ausgangsnummer zu unterdrücken, aber das Know-how war nicht allgemein verbreitet.) Die Tatsache, daß beide Mitteilungen mit dem Vermerk ›nur Ton‹ versehen waren, gab mir einen Hinweis darauf, wer der Anrufer war. Ich klickte die erste an und drückte auf Abspielen.

Ich hatte richtig geraten. Die ausdruckslose, gelassene Stimme mit dem Anflug eines Akzents war unverkennbar. Mein Mr. Johnson aus Chicago (wahrscheinlich). »Mr. Dirk«, sagte er, »ich nehme an, daß Sie die Sache weiterverfolgen, die wir vor ein paar Tagen besprochen haben. Der Vorschuß für eine Woche ist bereits vom Gesellschaftskonto abgebucht worden, was, wie ich annehme, bedeutet, daß Sie noch zu unserer Abmachung stehen. Kontaktieren Sie mich bitte unter Beachtung der vereinbarten Arrangements zwecks Bestätigung. Vielen Dank.«

Pedantischer Pinkel. Ich rief die nächste Nachricht auf.

Die Datumsanzeige besagte, daß sie früher an diesem Abend eingegangen war, ungefähr um die Zeit, als Jocasta und ich herabregnenden Trümmern auszuweichen versucht hatten. »Mr. Dirk«, leierte dieselbe Stimme, »die Dringlichkeit dieser Angelegenheit hat sich soeben vergrößert. Wir glauben, daß sich unsere ... unser Aktivposten in unmittelbarer Gefahr befindet. Ich würde es außerordentlich begrüßen, wenn Sie Ihre Bemühungen entsprechend verstärken würden. Ich würde es außerdem begrüßen, wenn Sie das Anhalten Ihres Interesses an unserer Vereinbarung bestätigen könnten. Ich würde es vorziehen, wenn ich niemanden damit beauftragen müßte, *Ihren* Aufenthaltsort ausfindig zu machen. Vielen Dank.«

Ich knurrte innerlich. Ich mag es nicht, wenn man mich beaufsichtigt, auch nicht aus der Ferne wie in diesem Fall, und ich mag ganz bestimmt keine verhüllten Drohungen. Klar, Mr. Kon Johnson würde mir einen anderen Runner auf den Hals hetzen, wenn er zu der Ansicht kam, ich sei mit meinem Honorar durchgebrannt. Aber er sollte meinen Professionalismus so weit respektieren, mich nicht daran zu erinnern.

In einem Punkt hatte der Pinkel jedoch recht. Ich war ein wenig nachlässig mit meinen Lageberichten gewesen. Ich holte die Tastatur heraus und tippte eine rasche Notiz, die ich an das schwarze Brett einer Mailbox abschickte, die Mr. Johnson benannt hatte. Im wesentlichen besagte sie: »Ich bearbeite den Fall, und rufen Sie, verdammt noch mal, nicht mehr an«, war jedoch etwas höflicher formuliert.

Nachdem das erledigt war, lehnte ich mich zurück und überdachte den Fall. Ich war von Mr. Johnson angeheuert worden, um eine Konzernangestellte namens Juli Long aufzuspüren, die aus dem Konzern verschwunden und dann anscheinend in Seattle wieder aufgetaucht war. Der Konzern mache sich Sorgen, hatte Mr. Johnson mir mitgeteilt, daß irgendwas faul war; man fürchtete um Julis Sicherheit. Mein Job bestand ganz einfach darin, sie zu finden, aus allen gefährlichen Verstrickungen im Plex zu befreien und in ein Flugzeug nach Osten zu setzen.

Ließ man all die Sorgen des Konzerns beiseite, blieb das simple Aufspüren einer Ausreißerin. Aus irgendeinem Grund hatte Juli ihre informelle Kündigung eingereicht, indem sie vom Konzern weggelaufen war. Dem Wortlaut von Mr. Johnsons Anweisungen nach zu urteilen, klang es nicht nach einer Entführung oder einer Extraktion durch einen anderen Konzern. Juli floh nicht *zu* etwas, zum Beispiel zu einem anderen Job. Sie floh *vor* etwas. Ich wußte nicht, wovor, und ich mußte es auch gar nicht wissen. Ich habe gesehen, wie das Konzernleben für eine Lohnsklavin wie Juli aussieht, und ich wäre ebenfalls geflohen.

Eine junge Frau mit wenig oder gar keiner finanziellen Rückendeckung — Johnson hatte sich in diesem Punkt sehr deutlich ausgedrückt —, die zum erstenmal in den Seattle-Metroplex kommt. Keine Freunde, keine Konzernarme, die sie beschützen. Rohes Fleisch für die Raubtiere der Straße. Es war praktisch Gewißheit, daß Juli Long in ein paar Tagen im Hafenbecken treibend auftauchen würde.

Das hatte ich auch Johnson gegenüber erwähnt, aber er verlangte, ich solle die Suche trotzdem durchführen. Wenn ich recht und es Juli erwischt hatte, sollte ich ihm einen unwiderlegbaren Beweis für ihr vorzeitiges Ableben schicken. Ich hatte nicht viel unternommen, sondern lediglich eine Routine an meinem Telekom in Gang gesetzt, alle Nachrichtenquellen und Datenfaxe nach dem Namen Juli Long und ihrer Beschreibung zu durchforsten. Wahrscheinlich würde ich ein wenig mehr Mühe in die Geschichte investieren müssen. Letzten Endes.

Ich zog meine Brieftasche und holte die Kopie ihres Dossierkonterfeis heraus. Sah wie ein nettes Mädchen aus. Sauber geschnittenes, flaumiges blondes Haar. Erinnerte mich an Lolly.

Verdammt, ich wurde langsam morbide. Das passiert immer, wenn ich fertig bin. Ich dachte an das frühe Schlafengehen, das ich mir vorgenommen hatte, und lachte. Ich steckte das Bild wieder in meine Brieftasche, schaltete das Telekom auf Standby und brach auf dem Bett zusammen. Bilder flossen über die Innenseite meiner Augenlider. Explosionen, Pistolenmündungen, Laserzielgeräte. Aber hauptsächlich junge blonde Frauen: Manchmal Lolly, manchmal Juli Long. Sie folgten mir hinab in die dunkle Grube des Schlafes.

4

Der frühe Morgen ist eine der ruhigsten Zeiten im Dschungel. Die nächtlichen Raubtiere lassen es mit der Nacht bewenden, und in die Tagjäger kommt gerade erst Leben. Dasselbe gilt für Redmond und auch aus denselben Gründen.

Ich weiß nicht, was mich am nächsten Morgen um kurz nach 08.00 weckte. Vielleicht war es die Ruhe. Die Nächte in Redmond sind normalerweise von Sirenengeheul, dem Dröhnen vorbeifahrender Citymaster oder tieffliegender Gelbjacken und sogar sporadischen Schußwechseln erfüllt. Ich drehte mich in der relativen Stille um und versuchte wieder einzuschlafen.

Aber das Vergessen wollte sich einfach nicht einstellen. Nach fünfzehn Minuten fruchtloser Bemühung gab ich es auf und zwang meinen steifen Körper aus dem Bett. Ich trug immer noch meinen Duster, und die Panzerplatten hatten sich im Schlaf in mein Fleisch gedrückt. Ich tastete mit der Hand unter meinem Hemd herum. Den Wülsten und Vertiefungen nach zu urteilen, denen ich dabei begegnete, hatte ich mich über Nacht in irgendeine Art aufrecht gehendes Gürteltier verwandelt. Das paßte: Mein Mund fühlte sich an, als hätte ich ein paar Ameisen verspeist. Ich fluchte mich bis zum Waschbecken durch, ließ einen Becher mit lauwarmem Wasser vollaufen und spülte mir den Mund aus. (Ich schluckte das Wasser nicht, nein, Sir. Echte Barrens-Bewohner scheinen eine Resistenz gegen Ruhr und andere ähnlich angenehme Arten von Zeitvertreib zu entwikkeln, aber ich habe noch nie lange genug hier herumgehangen, als daß mein Immunsystem das Programm hätte durchziehen können.) Auf Koffein basierende Wachmacher waren die einzigen rezeptfreien Drogen, die ich mir in letzter Zeit neben Alkohol genehmigte. Ich schüttete mir ein paar davon auf die Handfläche und schluckte die bitteren Pillen trocken. Während ich darauf wartete, daß das konzentrierte Koffein mein zentrales Nervensystem auf Trab brachte, sank ich vor dem Telekom zusammen und schaltete es wieder auf Betrieb.

Eine meiner besten Methoden für das Lösen von Problemen ist die, darüber zu schlafen. Die Wahrheit ist, mein Unterbewußtsein scheint ein paar Dutzend IQ-Punkte gescheiter als mein Bewußtsein zu sein und auch besser zu funktionieren, wenn ich ihm sozusagen nicht über die Schulter sehe. Wenn ich versuche, mich durch irgendwas hindurchzupuzzeln, brauche ich meinem Bewußtsein häufig nur eine Pause zu gönnen. Ich pflegte dies in Form körperlicher Ertüchtigung zu tun, was schmerzhaft ist, oder auch in Form von Alkohol, was letzten Endes noch schmerzhafter ist. Mittlerweile neige ich dazu, einfach zu schlafen, und ich kann diese Pausen sogar als notwendig rechtfertigen, um meinen

Körper für den immerwährenden Kampf um Gerechtigkeit in Form zu halten. Wenn ich aufwache, springt mir die Antwort, die ich suche, oft direkt ins Gesicht, wobei sie in der Regel von einer geistigen Notiz wie ›Hier haben wir's, Schwachkopf‹ begleitet wird.

Als ich letzte Nacht abgeschaltet hatte, war die Frage gewesen, was als nächstes zu tun war. Die Antwort, die mein Unterbewußtsein über Nacht ausgegraben hatte, bestand in einem Namen: Naomi Takahashi.

Ich hatte Naomi kennengelernt, während wir uns durch die Ausbildung bei Lone Star kämpften. Wir mußten uns derselben Schinderei unterziehen, die darauf angelegt war, unseren Willen zu brechen, doch wir waren beide fest entschlossen, unseren Willen nicht brechen zu lassen. Das war so ungefähr alles, was wir gemeinsam hatten. Sie betrachtete den Star als Möglichkeit, der Kontrolle ihrer wohlhabenden Familie zu entkommen. Ich war dem Programm als eine Art falsch verstandener Therapie gegen das Schuldgefühl beigetreten, das mich nach dem Tod meiner Eltern bei einem ziellosen Straßentumult heimsuchte. Trotz unserer Unterschiede erkannten wir beide sehr bald, daß die Ausbildung bei Lone Star eine sehr wirkungsvolle Art der Gehirnwäsche ist, ein Programm, das darauf abzielt, alle Rekruten in brutale, mitleidlose Mordwaffen zu verwandeln. Naomi, ich und ein anderer Bursche namens Patrick Bambra — der Chummer, der Frauen mit Malaria verglich — schworen, wir würden uns *unser* Hirn niemals waschen lassen, und wir hingen in einer Art Gruppe für gegenseitige Unterstützung zusammen wie die Kletten. Wir nannten uns sogar die Drei Musketiere, was nur belegt, wie idealistisch und blödsinnig romantisch wir waren. Patrick flog dann ziemlich schnell aus dem Programm, hauptsächlich deshalb, weil ihn selbst die seelenzerfressende Brutalität des Stars nicht dazu bringen konnte, die Welt so zu sehen, wie sie wirklich ist. Naomi und ich überwanden uns jedoch und schafften es, wobei unsere Persönlichkeit im wesentlichen intakt blieb (glaube ich ganz zumindest).

Obwohl die Ausbildung darauf abzielte, uns in Schläger und Straßenmonster zu verwandeln, zerstörte sie uns nicht so weit, daß wir uns mit diesem Schicksal abgefunden hätten. Naomi beantragte die Versetzung ins Archiv und bekam sie auch genehmigt. Ich schied ganz einfach aus und verzog mich in die Schatten.

Naomi und ich hielten die Verbindung aufrecht, doch nur sporadisch und sehr vorsichtig. Sie ist der einzige Freund innerhalb des Lone Star-Systems, den ich noch habe, aber sie säße ganz tief im Drek, wenn ihre Bosse das herausfänden. Ich hatte in den vergangenen paar Jahren ein paar Einzahlungen auf Naomis Gefälligkeitskonto gemacht, hauptsächlich dadurch, daß ich ein wenig Schattenarbeit erledigt hatte, um Freunden und Kollegen von ihr aus der Patsche zu helfen. Jetzt war es an der Zeit, einen Teil dieser Schulden einzutreiben.

Ich warf einen Blick auf die Uhr. Kurz nach halb neun. Das bedeutete, sie war in der Arbeit. Ich wählte ›nur Ton‹ am Telekom und tippte Naomis Durchwahlnummer ein. Ein paar Sekunden später wurde der Schirm durch ihr Bild erhellt.

Naomi Takahashi war so schön wie an dem Tag, als ich ihr zum erstenmal begegnet war. Ihre Stirn runzelte sich ein wenig unter den schwarzen Ponyfransen, als sie registrierte, daß der Anruf kein Bild präsentierte, aber ihre melodische Stimme ließ keinen Unterton der Frustration erkennen. »Lone Star, Archivabteilung.«

Ich schraubte meine Stimme ein paar Töne tiefer als gewöhnlich und verlieh ihr eine raspelnde Schärfe. Ein Stimmanalysegerät ließ sich dadurch natürlich nicht täuschen, dafür wahrscheinlich aber jeder Aufseher, der zufällig mithörte. »Äh, ja«, grollte ich, »ich will Joe Dar*tag*-non sprechen. Isser zufällig in der Nähe?«

Naomis Miene veränderte sich nicht, aber ich sah das Erkennen in ihren Mandelaugen aufblitzen. Selbst mit meiner verstellten Stimme mußte ihr die verballhornte Betonung von D'Artagnan, dem vierten Musketier aus der Literatur, den entscheidenden Hinweis geben. »Es tut mir leid, Sir«, sagte sie geschmeidig, »wir haben hier niemand dieses Namens.«

»Verflucht«, fauchte ich, während ich ihre Vorstellung genoß. »Bis dann.« Als ich die Verbindung unterbrach, sah ich noch ihr subtiles Zwinkern, nicht mehr als ein leichtes nervöses Zucken. Nachricht erhalten und verstanden.

Ich stand auf und reckte mich. Ich wußte, Naomi würde bei der ersten Gelegenheit eine Pause machen, um mich von einem ›sicheren‹ Telekom irgendwo anders anzurufen. Ich wußte nicht, wie lange es dauern würde. Aber wie ich Naomi kannte, nicht lange.

Um mir die Zeit zu vertreiben, schaltete ich das Telekom auf Trideomodus um und flegelte mich aufs Bett. Es geht doch nichts über 'n kleines geistloses Trid, wenn man die Zeit totschlagen will. Am besten etwas mit minimalem Inhalt und unzureichend bekleideten Bühnendekorationen. Etwas wie ›Das Neue Glücksrad‹.

Aber zufällig geriet ich in eine Nachrichtensendung und brachte einfach nicht die Energie auf, aufzustehen und auf einen anderen Kanal zu schalten. Die Sprecherin, eine Platinblonde mit runderneuerten Zähnen und vergrößerten sekundären Geschlechtsmerkmalen plapperte alles über den jüngsten Bandenkrieg heraus, während sie die ganze Zeit ein Lächeln aufgesetzt hatte, das eher in ein Schlafzimmer gepaßt hätte. Ihre äußere Erscheinung war wenigstens eine geeignete Ablenkung, solange ich ihr nicht zuhörte.

Das war natürlich leichter gesagt als getan. Bei Nachrichtensendungen wird der Soundkanal immer elektronisch verstärkt und zusätzlich noch mit Ultraschall unterlegt, so daß sich die Nachrichten ins Hirn des Betrachters schmeicheln. Natürlich ist das ganz einfach ein Trick zur Verbesserung der Einschaltquoten, der es schwieriger macht, abzuschalten oder den Kanal zu wechseln.

Das hinter der Blondine ablaufende Video wechselte von den üblichen, professionell geglätteten Bildern chaotischer Gemetzel zu einem fesselnderen Anblick. Wir blickten auf die nächtliche Stadtlandschaft von Seattle herab. Den Vibrationen und der Art nach zu urteilen, wie ständig die Perspektive wechselte, mußte sich die Kamera an Bord eines Hochgeschwindigkeitsflugzeugs, vielleicht auch eines kleinen Hubschraubers, befinden. Es erinnerte mich an Kriegsberichterstattung. Ich fing an, den Geschehnissen mehr Aufmerksamkeit zu widmen.

»Und jetzt ein KONG-Exklusivbericht«, sagte die Platinblonde gerade. »In der letzten Nacht war ein Team mit ferngesteuerten Kameras unterwegs mit einem von Crashcart unterhaltenen Notfallfahrzeug.«

Oho. Ich setzte mich auf. Crashcart war neu im Metroplex, aber die Gesellschaft hatte nur ein paar Monate gebraucht, um ihre Anweseheit mit Macht spürbar zu machen. Sie stand in direkter Konkurrenz zu DocWagon, dem medizinischen Notfall- und Rettungsdienst, und schlug sich überraschend gut. Ein Teil ihres Erfolgs war darauf zurückzuführen, daß sie Klienten von DocWagon mit niedrigeren Tarifen abwarb oder neue Mitglieder anzog, die sich die Tarife der Konkurrenz nicht leisten konnten. Aber hauptsächlich beruhte er auf ihrer besonderen ›Guerilla-Marketing-Taktik‹.

Alle in der Stadt kreuzenden Fahrzeuge von Crashcart führten Scanner mit sich, die auf dieselben Kanäle wie DocWagons Empfänger eingestellt waren. Später, als DocWagon seine Sendungen zu verschlüsseln begann, wurden die Scanner mit der entsprechenden Dekodier-Ausrüstung gekoppelt. Wenn ein Fahrzeug von DocWagon einen Notruf höchster Dringlichkeitsstufe hereinbekam — sagen wir, es hatte jemanden in jenem Stadtteil erwischt, den manche Medienwitz-

bolde MZM oder Militärzone Mitte nennen —, fuhr ihm das nächste Fahrzeug von Crashcart hinterher. Crashcart ließ immer das Trauma-Team von DocWagon den ersten Rettungsversuch unternehmen. Nur, wenn das DocWagon-Team gegeekt wurde oder einen besonders heißen Rettungsversuch abbrechen mußte, griff Crashcart ein und versuchte, es besser zu machen. In fast einem Dutzend Fällen war Crashcart in der Lage gewesen, das Opfer herauszuholen, nachdem DocWagon versagt hatte. Was es für DocWagon noch schlimmer machte, war die Tatsache, daß drei dieser Rettungsversuche hohen Konzerntieren gegolten hatten, die mit DocWagon einen Super-Platin-Mitgliedsvertrag abgeschlossen hatten. Verständlicherweise waren eine ganze Reihe anderer Super-Platin-Klienten in ihrer Treue zu DocWagon schwankend geworden. Wenn man 75 000 Nuyen im Jahr bezahlt, erwartet man schließlich das Beste. Ein paar waren bereits zu Crashcart gewechselt.

Klar, die Anwälte von DocWagon schrien unentwegt, die ganze Sache sei getürkt und Crashcart heuere Straßenabschaum an, um die DocWagon-Fahrzeuge zu Klump zu schießen und dann einen fixen Abgang zu machen, wenn die Kisten von Crashcart eintrafen. Aber sie hatten keine Beweise. Crashcart machte sich nicht einmal die Mühe, die Vorwürfe zu dementieren. Sie jagten lediglich weiterhin ihren Slogan in den Äther: »Warum den ersten nehmen, wenn man den Besten kriegen kann?«

Die Platinblonde auf dem Bildschirm plapperte immer noch. »Gestern gegen Mitternacht fing das Fahrzeug mit dem KONG-Team an Bord einen DocWagon-Notruf höchster Dringlichkeitsstufe auf. Die Sendung identifizierte das Opfer als Daniel Waters, Journalist und Trideopersönlichkeit bei einem kleineren regionalen Sender.«

Kleinerer regionaler Sender? Das war ein Heuler. Wie wahrscheinlich jeder andere im Plex auch, kannte ich

Waters' Namen und konnte mir mühelos das onkelhafte Halblächeln vor Augen führen, das sein Markenzeichen war. Er war der Topmoderator von KOMA, der regionalen Tochtergesellschaft von ABS, und ganz entschieden *kein* Unbedeutender. Tatsächlich schienen die meisten Leute im Sprawl Waters für einen Born der Wahrheit zu halten, der vielleicht eine winzige Stufe unter Gott dem Allmächtigen rangierte, und Waters hatte die Einschaltquoten, die das belegten.

»In Übereinstimmung mit Crashcarts Vollmachten«, fuhr die Sprecherin fort, »hielt sich das Fahrzeug mit dem KONG-Team heraus, während das Trauma-Team von DocWagon seinen Rettungsversuch unternahm. Danach, nun ...« — sie lächelte breit genug, um ihre Ohren zu verschlucken — »die Bilder sprechen für sich selbst.«

Das Video›fenster‹, das hinter der Blondine zu sehen war, dehnte sich aus, bis es ihr Bild auslöschte und den ganzen Schirm ausfüllte. Gleichzeitig entfernte sich der Nachthimmel des Plex vom Betrachter, als der Kameramann seine Zoomlinse neu einstellte. Zum erstenmal konnte ich genug vom Innern des Flugzeugs sehen, um es als Merlin, einen kleineren Bruder des kippflügeligen Osprey II, zu identifizieren. Die Maschine glich in ihrem Design einem Federated Boeing Commuter. Ich konnte außerdem erkennen, daß die Kamera durch die offene Tür auf der Steuerbordseite filmte. Rechts davon befand sich eine klobige Gestalt, aber das Licht reichte nicht aus, um Näheres auszumachen.

Ich war sowieso nicht an dem interessiert, was sich im Innern der Merlin befand. Die Action spielte sich draußen ab.

Die Merlin kreiste in einer Höhe von weniger als dreihundert Metern über einem der kleinen Parks, die die Ostseite der City zieren. (Und die verwandeln sich für Fußgänger nach Einbruch der Dunkelheit in Todesfallen. Wenn Daniel Waters dort herumgewandert war, verdiente er alles, was ihm widerfahren war.) Ein weiteres Flugzeug hing in der Luft über den Bäumen und Büschen. Es war eine einrotorige Hughes WK-2 Stallion, etwas größer als eine Merlin. Das regelmäßige Aufblitzen ihrer Positionslichter beleuchtete das DocWagon-Logo auf ihren Seiten.

Die Stallion versuchte niederzugehen, konnte jedoch keinen sicheren Landeplatz ausmachen. In der Dunkelheit des Parks wimmelte es von Mündungsblitzen großkalibriger Gewehre und rasch verblühenden Feuerblumen, die nur aus schweren automatischen Waffen stammen konnten. Auftreffende Kugeln schlugen blauweiße Funken auf der Panzerung der Stallion.

Das Trauma-Team von DocWagon ließ sich den Beschuß nicht widerspruchslos bieten. Ich konnte die Flammen ihrer Antwortsalven aus den Geschützöffnungen der Stallion züngeln sehen. Aber die Widersacher am Boden waren gut verborgen, während das Flugzeug ein riesiges schwebendes Ziel war. Obendrein war offensichtlich, daß das DocWagon-Team wesentlich schwächer bewaffnet war.

Über das Ende des Kampfes bestand kein Zweifel, und es kam rasch. Ein Schuß von unten mußte an einer empfindlichen Stelle eingeschlagen sein, weil die Maschine plötzlich unkontrolliert bockte und aus dem Gehäuse ihres Backbordmotors Rauch quoll. Der Lärm der beiden Motoren der Merlin übertönte alles andere, aber ich konnte mir das Bansheegeheul vorstellen, als der Steuerbord-Turbojet der Stallion mit der zusätzlichen Belastung kämpfte.

Das DocWagon-Trauma-Team war angeschmiert, und es wußte das. Immer noch unkontrolliert bockend, tastete sich die Stallion höher und brachte Entfernung zwischen sich und den Park.

Das Crashcart-Team reagierte, noch bevor die andere Maschine den Luftraum über dem Park verlassen hatte, und das mit beinahe militärischer Präzision. Der Motorenlärm änderte sich, als sich die Flügel der Merlin drehten und die Maschine wie ein Stein auf den Park zu fiel. Die Nacht erhellte sich wieder, als die Schützen am Boden das Feuer auf die neue Bedrohung eröffneten.

Das war der Augenblick, in dem ich erfuhr, was die klobige Gestalt zur Rechten des Videobilds war. Ein blendender Lichtstrahl, der in jeder Hinsicht wie ein Todesstrahl aus einem alten Science Fiction-Film aussah, zerteilte die Dunkelheit. Ein Geräusch, als würde eine riesige Segeltuchplane zerfetzt oder vielleicht King Kong furzen, ein kolossales Reißen, das kein Ende nahm, ließ den winzigen Lautsprecher meines Telekoms klappern. Der Lichtstrahl wanderte über den Boden, und ich konnte erkennen, wie Bäume und Büsche unter seiner Berührung zersplitterten.

Einen Augenblick taten mir die Schützen am Boden leid. Die Gestalt in der Merlin mußte eine 7,62-mm-Minikanone, wahrscheinlich ein GE M134, sein, eine Waffe nach Art der Gatling-Kanone mit einer Feuergeschwindigkeit von ein paar tausend Schuß pro Minute. Üblicherweise war jede sechste oder achte Kugel ein Leuchtspurgeschoß. Und selbst dieser geringe Anteil reichte aus, um den Kugelhagel wie einen durchgängigen Lichtstreifen aussehen zu lassen.

Ich konnte ein paar Mündungsblitze erkennen, als die Bodenschützen zurückschossen, aber nicht viele. Niemand, der noch alle Tassen im Schrank hat, legt sich mit einer Minikanone an.

Alles bebte, als die Merlin hart aufsetzte. Der Kameramann nahm rasch die andere Seite des Flugzeugs ins Visier und zeichnete gerade noch auf, wie ein Trupp von vier bewaffneten und gepanzerten Gestalten aus der anderen Tür in die Dunkelheit sprang. Der Kameramann wollte ihnen folgen, doch eine andere klobige Gestalt erhob sich und versperrte ihm den Weg. Die Kamera schwenkte wieder zur Backbordtür.

Der Mann an der Minikanone hatte sein Dauerfeuer

eingestellt und nahm jetzt ausgewählte Ziele unter Beschuß. Die Mündungsblitze waren hell genug, um die Videokamera wirksam zu blenden, was es unmöglich machte, die Ziele wahrzunehmen. Der Kanonier mußte mit einem Blitzkompensator ausgerüstet sein, sonst wäre er selbst geblendet worden. Ich konnte kein Gegenfeuer ausmachen. Entweder waren die Schützen alle tot, oder sie hatten sich in sichere Gefilde abgesetzt.

Es ruckte erneut, und die Merlin war wieder in der Luft. Verspätet schwenkte der Kameramann zur anderen Seite. Die bewaffnete Gruppe war wieder an Bord und mit ihnen ein in ballistisches Tuch gehülltes Bündel, das menschliche Formen aufwies. Die Kamera zoomte näher heran, und das bekannte Gesicht von Daniel Waters füllte den Schirm aus. Sein kurzes graues Haar war blutverklebt, und seine Haut sah wie altes Pergament aus.

Das Bild erstarrte und schrumpfte dann wieder zu einem Videofenster hinter der drallen Blonden zusammen. »Ein weiteres erfolgreiches Rettungsunternehmen von Crashcart«, gurrte sie, »und ein weiterer Exklusivbericht von KONG.« Ihr Multimegawatt-Lächeln verblaßte, um von einem Ausdruck der Besorgnis abgelöst zu werden, der ungefähr so echt war wie ihr Dekolleté. »Viel Glück für dich, Daniel«, sagte sie mit einem leichten Stocken in der Stimme. »Du weißt, wir alle drücken dir die Daumen.« *Von wegen.*

Das Telekom klingelte und meldete einen Anruf, was mir einen Vorwand gab, das Trid abzustellen. Ich hieb auf die entsprechenden Tasten, und die Blondine verschwand, um durch Naomi Takahashis Gesicht ersetzt zu werden. Dem verschwommenen Hintergrund nach führte sie das Gespräch von einem öffentlichen Straßenkom. Ein blitzendes Icon in der oberen linken Schirmecke bestätigte, daß sie den Geräuschdämpfer heruntergezogen hatte. Ich nahm an, daß sie außerdem die Bildschirmpolarisation eingeschaltet hatte, so daß nur sie sehen konnte, was darauf war. Als ich sah, daß sie angemessene Vorsichtsmaßnahmen getroffen hatte, drückte ich auf die Taste, die meine Videokamera anstellte.

Naomi lächelte, als mein Gesicht auf ihrem Schirm erschien, aber es war ein besorgtes Lächeln. Also wußte sie, was los war, zumindest einen Teil. Ihre ersten Worte bestätigten meine Vermutung. »Du scheinst mitten in einem hübschen Komplott zu stecken, Chummer. Hast du irgendwelche neuen Feinde, von denen ich noch nichts gehört habe?«

Ich kicherte. »Nur ein Rotkopf mit 'ner Kanone. Nichts Ungewöhnliches.« Mein Lächeln verblaßte. Zum Geschäft. »Erzähl mir was über Lolita Yzerman. Was sagt der Star dazu?«

Naomi wurde augenblicklich sachlich. »Nicht viel. Sie halten den Deckel drauf. Kurtz bearbeitet die Sache.«

Das waren schlechte Neuigkeiten. Mark Kurtz. Ich erinnerte mich an diesen elenden Wichser noch aus den Tagen meiner Ausbildung, und ich war sicher, daß er sich auch noch an mich erinnerte. Kurtz war einer der Hauptgründe gewesen, warum ich ausgestiegen war, und ich hatte dafür gesorgt, daß er es wußte. Der Mann war absolut rücksichtslos und so hartnäckig wie ein Pitbullterrier. Wenn er einmal eine Witterung aufgenommen hatte, konnte ihn nichts — am wenigsten die Fakten — davon ablenken.

»Ich vermute, ich bin der Hauptverdächtige, richtig?« fragte ich.

»Chummer, du bist der *einzige* Verdächtige.«

Das mußte ich erst mal einen Moment verdauen. Dann fragte ich: »Willst du mich nicht fragen, ob ich es getan habe?«

Sie würdigte mich darauf keiner Antwort. »Ich nehme an, du bist nicht zu Hause.«

»Du nimmst richtig an.« Kurtz war also auf den Fall angesetzt, und sie hatten den Deckel ganz fest zugeschraubt. »Tja, vielen Dank, Naomi. Ich weiß, du riskierst deinen Hals.«

»Kein Problem«, erwiderte sie grinsend. »Dann kann ich also davon ausgehen, daß du dir den Bericht nicht ansehen willst?« Sie wedelte mit einem Chip vor der Videokamera herum.

Ich glotzte ihn einen Augenblick sprachlos an und grinste dann. Freunde wie Naomi findet man nicht sehr oft. Vielleicht einmal im Leben, wenn man Glück hat. Ich machte mir einen Augenblick Gedanken über das Risiko, das sie eingegangen war, und schob dann alle Gewissensbisse beiseite. Zum einen ließ es sich nicht mehr rückgängig machen. Und zum anderen glaube ich, Naomi weiß mehr über Lone Stars Archivcomputer als der Hersteller.

»Willst du ihn nun, oder was?« neckte sie mich.

Ich lachte. »Rein damit und ab, Lady. Der Star bezahlt dich nicht für stundenlange Abwesenheit während der Dienststunden.«

»Worauf du dich verlassen kannst«, pflichtete sie mir bei. »Achtung, es geht los.« Während ihr Videobild den Chip in die Konsole des Telekoms einlegte, wies ich mein Gerät an, eine Datei zu öffnen, um die Daten in Empfang zu nehmen. Das Gerät piepte und summte ein paar Sekunden, in denen es das Übermittelte speicherte, fröhlich vor sich hin und blinkte dann zum Zeichen der Beendigung des Vorgangs. Ich tippte eine Verifizier-Routine ein, und Telekom und Chip konferierten über die Frage, ob das Erhaltene mit dem Abgeschickten übereinstimmte. Ein oder zwei Sekunden später blinkte eine Schriftliste mit der Bestätigung auf.

»Ich hab alles, Chummer«, sagte ich. »*Arigato gazaimashta.* Ich bin dir was schuldig.«

Sie winkte ab. »Halt den Kopf unten, Dirk«, sagte sie mit ernster Miene. »Wie ich Kurtz kenne, wird er diese Geschichte als Möglichkeit betrachten, mit dir ein für allemal ins reine zu kommen. Erst geeken, dann den Leichen die Fingerabdrücke abnehmen, du weißt, was ich meine?« Ich nickte. »Und dann ist da noch der Bursche, dem du es überhaupt zu verdanken hast, daß du in dieser Klemme steckst«, fuhr sie fort. »Hast du irgendeine Idee, wer es sein könnte?«

»Vielleicht nach Durchsicht des Berichts. Im Augenblick nicht.«

»Tja, nun ...« Sie sah jetzt wieder besorgt aus, also beglückte ich sie mit meinem besten zuversichtlichen Ganovenlächeln. Mir kam es nicht besonders überzeugend vor, aber Naomi schien es mir abzukaufen. Ihre Stirn glättete sich, und ihre Augen funkelten wieder. »Okay, ich mach Schluß. Wir bleiben in Verbindung, *omae. Neh?*«

»Worauf du dich verlassen kannst«, versprach ich. »Kopf unten.« Ich schenkte ihr noch ein Rebellenlächeln und unterbrach die Verbindung. Sobald ihr Bild verschwunden war, geschah dasselbe mit meinem Lächeln. Das lag nicht daran, daß mir Naomi, abgesehen von dem Teil über Kurtz, nichts erzählt hatte, was ich nicht schon wußte, sondern unser Gespräch hatte mir endgültig die Realität dessen, was vorging, vor Augen geführt. X, wer er/sie/es auch war, hatte bereits einmal versucht, mich aus dem Weg zu räumen. Warum nicht ein zweites Mal? Und Kurtz würde ihm frohen Herzens helfen und dann meine Leiche verhaften. Ach, sei's drum, ein weiterer Tag in den Schatten.

Ich zog meinen Stuhl näher an den Telekomschirm und rief die Datei auf, die Naomi mir überspielt hatte. Ich erkannte die übliche Titelzeile einer Lone Star-Akte und grinste. Naomi mochte keine halben Sachen. Anstatt nur ein paar Brosamen mitgehen zu lassen, hatte sie die ganze verdammte Akte genommen. Ich ließ die Zeilen über den Bildschirm wandern und begann zu lesen.

Und sah sofort, daß Naomi recht hatte. Ich steckte mitten in einem hübschen Komplott.

Der erste Teil des Berichts befaßte sich mit der Untersuchung des Tatorts und gab im wesentlichen das wieder, was Jocasta bereits erzählt hatte. Lolita war auf dem Rücken liegend direkt hinter der Tür ihres Luxusapartments im achtundvierzigsten Stock mit einem häßlichen Loch in der Stirn gefunden worden. Das Loch sei sternförmig, besagte der Report, was auf eine Kontaktwunde hindeute: Der Pistolenlauf habe sie berührt, als der Schuß abgegeben worden sei, und die expandierenden Gase hätten ihre zarte Gesichtshaut zerfetzt. Die Tür sei unverschlossen gewesen, ohne jegliches Anzeichen für ein gewaltsames Eindringen. Auch gebe es keinen Hinweis darauf, daß die Leiche bewegt worden sei. Die Rekonstruktion des Tathergangs gestaltete sich demzufolge recht simpel. Jemand war an die Tür gekommen, jemand, den Lolly gekannt und dem sie ausreichend vertraut hatte, um ihm die Tür zu öffnen. Der Mörder war hereingekommen, hatte Lolly eine Kanone vors Gesicht gehalten und ihr das Hirn zu ihrem hübschen blonden Hinterkopf hinausgepustet. Als Todeszeit nannte der Bericht die Zeitspanne zwischen 20.00 und 20.20 Uhr am 17. November.

Ich hielt mit dem Lesen inne und lehnte mich zurück. Die Sprache des Reports war faktisch, auf klinische Weise emotionslos, was es dem Leser leicht machte, so zu tun, als sei alles eine intellektuelle Übung. Und genau das wird damit bezweckt. Aber dann und wann quetschte sich die häßliche Realität durch die Tatsachen. Ein junges vielversprechendes Leben war ausgelöscht worden. Das unersetzliche Individuum namens Lolita Yzerman existierte jetzt nur noch in den Erinnerungen derer, die sich was aus ihr gemacht hatten.

Ich rieb mir die Augen, die durch das angestrengte Bildschirmstarren ein wenig tränten, und setzte dann die Scrollautomatik wieder in Gang.

Die Detektive von Lone Star hatten all den üblichen Kram unternommen: Das Anrufverzeichnis von Lollys Telekom überprüft, die Videoaufzeichnung der Kamera in der Lobby ihres Apartmenthauses durchgesehen und ihr Geldinstitut dazu gebracht, ihre Finanzsituation offenzulegen. Einige Schlüsselstellen fielen mir ins Auge.

Laut Anrufverzeichnis hatte Lolly am Samstag, dem 16. November, kurz vor Mitternacht ein Gespräch mit meiner LTG-Nummer geführt. Das Gespräch war nicht gespeichert worden, aber ich wußte, daß es sich dabei um die Nachricht handelte, die sie mir hinterlassen hatte und in der sie mich um Hilfe bat. Das Verzeichnis erwähnte zwar meinen Namen nicht, aber niemand ist besser als Lone Star, wenn es darum geht, eine LTG-Nummer zu ihrem Besitzer zurückzuverfolgen. Das war der erste Strang, der mich mit Lollys Tod in Verbindung brachte.

Dann die Aufzeichnung der Überwachungskamera. Am Sonntag dem 17. um 20.11 hatte eine Gestalt in einem langen Duster und mit tief ins Gesicht gezogenem Hut die Lobby betreten und den Fahrstuhl zum achtundvierzigsten Stock genommen. Um 20.14 Uhr war die Gestalt wieder aufgetaucht und hatte das Gebäude verlassen. Das war gerade genug Zeit, mit dem Hochgeschwindigkeitsaufzug raufzufahren, an Lollys Tür zu klingeln, das Blondchen zu geeken und wieder nach unten zu fahren. Aber da war noch mehr. Als die Gestalt die Haustür öffnete, hatte eine Windbö den Hutrand so weit verschoben, daß die Kamera zumindest einen Teil ihres Gesichts erfaßt hatte. Ich starrte ein paar Minuten lang auf das Standbild der Videoaufzeichnung. Entweder hatte ich einen Zwillingsbruder — einen *mörderischen* Zwillingsbruder — oder X, der Mörder, war magisch aktiv. Das von der Videokamera festgehaltene Gesicht war meines. Der zweite Strang!

Schließlich Lollys Bankeinträge. Ihr Finanzgebaren war, gelinde gesagt, chaotisch. Sie verdiente viel Geld und gab viel aus, schien das Konzept der minimalen Kontendeckung nicht zu begreifen. Aber es gab ein Schema, und der Star hatte es rasch herausgefunden. In den letzten neun Monaten hatte sie zwölf sporadische Einzahlungen gemacht, jede über genau 10 000 Nuyen und alle aus derselben Quelle. Und diese Quelle war ...? Dreimal dürfen Sie raten, und die ersten beiden zählen nicht. Das war der dritte Strang, der sich mit den anderen beiden zu einem Strick verflocht. Und der Strick bildete eine Schlinge.

Ein *sehr* hübsches Komplott.

Okay, *ich* wußte, daß ich unschuldig war; und ich wußte auch, wie es gemacht worden war. Illusionsmagie kann Kameras zum Narren halten, was mein Gesicht auf dem Überwachungsvideo erklärte. Bankcomputersysteme sind ziemlich sicher, aber ein paar von den Deckern, die sich in der Matrix tummeln, konnten mühelos einen Überweisungsbeleg türken, insbesondere, wenn niemand mehr da war, der die ›Summen‹ abheben konnte, die ich angeblich überwiesen hatte. Und der Anruf? Tja, der war echt und lediglich ein Bonus für X. Wie es aussah, hatte Lolly mich angerufen, um die Schraube für weitere 10K Nuyen anzuziehen. Meine Antwort hatte darin bestanden, kurz bei ihr reinzuschauen und ihre Schädelarchitektur dauerhaft zu verändern.

Klar, ich konnte mir das alles zusammenreimen. Aber meine Schlußfolgerungen beruhten auf der Tatsache, daß ich *wußte,* ich hatte Lolly nicht umgelegt. Ohne diese Schlüsselinformation? Lone Star würde mit allem hinter mir her sein, was sie hatten.

Zeit für ein wenig Logik. Wie konnten sie mich aufspüren? Zuerst die offensichtlichen Möglichkeiten. Wie meine LTG-Nummer. Theoretisch ist es eine simple Aufgabe für einen brandheißen Decker oder für die Telekomgesellschaft selbst, eine LTG-Nummer mit dem Standort des Geräts zu verbinden. (Ich rede hier von stationären Telekoms, nicht von transportablen Geräten.) Darauf aufbauend, hätte Lone Star bereits in meiner Bude in Auburn stehen müssen.

Glücklicherweise ist es nicht so simpel. Buddy, der Decker-Wohltäterin, die mich mit dem netten kleinen Utilityprogramm für mein Telekom versorgt hat, ist es auch gelungen, das Standortproblem zu lösen. Soweit es die Selbstdiagnose- und Suchroutinen des örtlichen Telekommunikationsnetzes betrifft, existiert meine LTG-Nummer nicht mehr. Sie *hat* existiert, wurde aber ein paar Stunden vor dem Versuch des Aufspürens gelöscht — *egal wann* der Versuch gestartet wird. Was die für das Zustandekommen der Verbindungen zuständigen Routinen betrifft, ist die Nummer problemlos erreichbar. Erste Sahne, was? Und ich muß nicht mal eine Telekomrechnung bezahlen. (Okay, okay, ich weiß, das hört sich alles ein wenig verworren an. Aber bedenken Sie, in wie viele unabhängige Abteilungen große Computersysteme aufgeteilt sind. Und wie viele Operatoren — und sogar Konzerndecker — den Diagnoseroutinen trauen. Ach ja, die Wunder unseres digitalen Zeitalters ...)

Wie sonst konnte mir der Star auf die Spur kommen? Durch die SIN vielleicht? Aber ich habe keine. Führerschein, Bankkonten, medizinische Unterlagen? Entweder besitze ich so etwas nicht, oder sie laufen unter SINs, die mir nicht gehören.

Die Schlußfolgerung? Es ist schwer, einen Schatten aufzuspüren. Lone Star würde sich auf Techniken besinnen müssen, wie sie von den Cops im letzten Jahrhundert angewandt wurden.

Ah, aber was ist mit der Magie? Tja, wenn ich Lolly tatsächlich kaltgemacht hätte, wäre ich vielleicht ein wenig ins Schwitzen geraten. Ein guter Magier oder Schamane konnte mich theoretisch über einen am Tatort zurückgelassenen frischen Blutstropfen, abgebrochenen Fingernagel, vielleicht sogar einen abgeschälten Hautfetzen aufspüren. Aber da ich es *nicht* getan hatte, würde sie jede derartige Spur zu jemand anderem — nämlich X — führen.

Natürlich konnte es durchaus sein, daß der Star *glaubte,* er hätte mich am Wickel. Jeder, der dem Ausbildungsprogramm Lone Stars beitritt, ist gezwungen, Blut- und Gewebeproben abzugeben, die der Personalakte beigefügt werden. In der offiziellen Begründung dafür heißt es, die Proben würden genommen, um Probleme mit Abstoßung oder Inkompatibilität von Körperteilen zu vermeiden, falls sie einen nach einer Dienstverletzung wieder zusammenflicken müssen. Ich habe den häßlichen Verdacht, die Proben dienen in Wirklichkeit dazu, daß Lone Stars Magier jemanden auf astralem Weg aufspüren können, wenn der Betreffende sich entschließt, von dem Verein abzuspringen. Das ist auch der Grund, warum mein erster Shadowrun, der stattfand, noch bevor ich meinen ›inoffiziellen Abschied‹ nahm, meinen Blut- und Gewebeproben galt, die ich durch etwas ersetzte, das mich nicht in Schwierigkeiten bringen konnte. Wenn jene mutmaßlichen Magier mich anhand jener Proben aufspüren wollten, würden sie bei einem räudigen Hinterhofkater in Redmond landen, vorausgesetzt, kein Penner hatte ihn in der Zwischenzeit verspeist.

Ich entspannte mich ein wenig. Soweit ich es beurteilen konnte, war ich so sicher wie eh und je. Lone Star hatte mich in den Jahren seit meinem Abschied nicht aufgespürt, und ich glaubte nicht, daß sich daran jetzt etwas ändern würde.

Doch was ist mit Jocasta? dachte ich mit einem Ruck. Derjenige, der ihr die Bombe ins Apartment gepflanzt hatte, mochte durchaus im Besitz von irgendwas sein, das es ihm gestattete, sie magisch zu verfolgen. Rituelle Magie kann noch gemeiner sein als C6 Plastiksprengstoff. Andererseits, wenn Jocasta es sich im Beaux Arts Village gemütlich gemacht hatte, war sie wahrscheinlich okay. Die meisten Enklaven dieser Art sind durch hermetische Zirkel, Elementargeister, sogar durch parabiologische Zwitterwesen wie Piasmen oder Höllenhunde geschützt, die den Astralraum mit ebensolcher Leichtigkeit überwachen können wie die irdische Welt. Das sollte eigentlich reichen, um Jocastas wohlgeformten Arsch zu retten.

Okay, ich hatte also etwas Luft zum Atmen. Was ganz gut war. Mein Kopf schmerzte von der Kombination aus zu wenig tiefem Schlaf und zuviel tiefem Nachdenken. Um mich geistig von Lolly und Lone Star abzulenken, rief ich das Ergebnis der Suchroutine auf, die ich in Gang gesetzt hatte, um Hinweise auf Juli Long zu finden.

Zu meiner Überraschung hatte ich einen Volltreffer gelandet. Ich ließ den gesamten Text auf dem Bildschirn erscheinen und überflog ihn rasch.

Dann nahm ich das Bild aus meiner Brieftasche und betrachtete es ein letztesmal. Das war keine gute Woche für junge Blondinen. Die Tatsache, daß ich es vorausgesehen hatte, machte es auch nicht besser.

Juli Long war am Pier 23 im Wasser treibend aufgefunden worden. Tot, natürlich.

5

Ich erinnere mich, einmal gelesen zu haben, daß es besser sei, seine Kindheit zu vergeuden, als überhaupt nichts damit anzufangen. Ich habe in meiner Kindheit vielleicht das Falsche getan, aber ich habe sie gewiß nicht vergeudet. Und ich verfüge über einen ausgedehnten Kreis von Kontakten, Bekannten und sogar Freunden, die das belegen. In meinem Geschäft ist das der Unterschied zwischen sich gerade so durchschlagen und hungern. Hungern hat mir noch nie gefallen.

Der Kontakt *du jour* war ein Chummer namens Bent Sigurdsen. Bent und ich waren in unserer Jugendzeit in Renton dicke Kumpel gewesen. Mit fünfzehn und sechzehn tranken wir häufig gemeinsam illegalen Schnaps und schmiedeten einen Haufen Pläne, Neoanarchisten zu werden, wenn wir erwachsen wären.

Soviel zu den Kindheitsträumen. Wir folgten beide den Pfaden, die unsere Väter für uns ausgesucht hatten, zumindest eine Zeitlang. Wider besseres Wissen studierte ich Informatik an der Uni, wo ich es drei lange, sich endlos hinziehende Jahre aushielt, bis ich schließlich die Courage fand, alles hinzuschmeißen und meinem Vater zu sagen, er könne mich mal.

Bent folgte ebenfalls den Fußtapfen seines Vaters, doch mit dem Unterschied, daß es ihm gefiel. Sein Dad war ein brandheißer orthopädischer Chirurg, und Bent ging zur medizinischen Hochschule, als sei er dafür geboren. Als es für ihn an der Zeit war, sich zu spezialisieren, entschied er, die Orthopädie sei nicht sein Hauptinteresse, aber das stieß bei Sigurdsen Senior auf keinen Widerstand. Bent folgte dem pathologischen Zweig, und als er graduierte — *magna cum laude* —, zog sein alter Herr an den Strippen, so daß er von City Health in den für den Sprawl Seattle zuständigen gerichtsmedizinischen Stab berufen wurde. (Genau, ein Gerichtsmediziner, der Bursche, der Tote auseinandernimmt, um herauszufinden, wem oder was sie ihren Zustand zu verdanken haben. Ich schätze, Bent bevorzugt Patienten, die nicht maulen und ihn *mit Sicherheit* nicht auf Fahrlässigkeit oder Kunstfehler verklagen.)

Jedenfalls hielten Bent und ich über die Jahre den Kontakt aufrecht. Als meine Eltern umkamen, war er da, um sich hemmungslos mit mir zu besaufen und dann dafür zu sorgen, daß ich mich nicht vor die U-Bahn warf. Und als ich Lone Star entkommen war, ließ er mir sofort über Naomi Takahashi mitteilen, daß er *immer noch* mein Freund sei, auch wenn ich neuerdings SINlos war. Danach trafen wir uns auch weiterhin. Nicht regelmäßig, nicht oft. Wir kamen vielleicht alle paar Monate einmal zusammen, um unsere Großhirnrinde mit Alkohol zu malträtieren. Unsere Freundschaft war eine von denjenigen, bei denen es nicht notwendig ist, sich oft kurzzuschließen, bei denen man weiß, daß der andere auch nach ein paar Jahren noch für einen da ist.

Und so hatte ich keine Bedenken, die LTG-Nummer von Bents Labor einzutippen (wobei mich ein weiteres von Buddys tollen Utilityprogrammen abschirmte).

Praktisch sofort erschien Bents pausbäckiges Gesicht auf dem Schirm. »Ja?« Er starrte stirnrunzelnd auf einen, wie ich wußte, leeren Schirm. Bents Bild war durch den schützenden Überzug aus transparenter Plastikfolie, die aus ebenso offensichtlichen wie übelkeitserregenden Gründen das Labortelekom bedeckte, ein wenig verschwommen. Als ich ihn sah, schaltete ich meine Videokamera hinzu.

Sein Stirnrunzeln verschwand augenblicklich und wurde von einem Lächeln abgelöst, das sein Gesicht erhellte und seine blauen Augen funkeln ließ. Wenn Bent Sigurdsen lächelt, sieht er wie die Edamer Katze aus. Man rechnet jeden Augenblick damit, daß er unsichtbar wird und nur dieses Lächeln zurückläßt. »Hey, Chummer«, strahlte er, »ist schon lange her. Wie stehn die Aktien?«

Ich war versucht, es ihm zu sagen, aber das hätte ihm nur die Laune verdorben. Und es gefiel mir nicht besonders, Bent die Laune zu verderben, wenn es auch anders ging. Also zuckte ich die Achseln. »Ganz gut. Hab 'ne Menge Kram am laufen.« (Klassisches Understatement.) »Und bei dir?«

Ich hätte nicht für möglich gehalten, daß sein Grinsen noch breiter werden konnte, aber das tat es. »Könnte nicht besser sein.«

Mir war klar, daß er auf dem besten Weg war, in Fachsimpeleien zu verfallen — zweifellos eine detaillierte Beschreibung, wie sein letzter Kunde im Leichenschauhaus gelandet war —, also ließ ich diesen Gedankenzug entgleisen, bevor er richtig auf Touren kommen konnte. »Ich hab was Geschäftliches, Bent. Hast du 'n paar Minuten Zeit?«

»Klar«, sagte er sofort. »Für einen Chummer immer.« (Ist es ein Wunder, daß ich Bent so sehr mochte?) Er deutete über die Schulter, wahrscheinlich auf seinen Arbeitstisch, der gnädigerweise nicht im Bild war. »Jane Doe hier hat es nicht eilig. Was kann ich für dich tun?«

»Juli Long«, sagte ich und skizzierte dann, was ich über den Abschied der flaumigen Blonden von der Mühsal des Irdischen wußte. »Besteht die Möglichkeit, daß du ihre Akte aufrufen und mir eine Kurzfassung des Berichts geben kannst?«

Bents Lächeln war während meiner Ausführungen verschwunden. Jetzt schaute er traurig in die Videokamera, und es war kaum zu übersehen, daß er um jung Juli trauerte. (Zum hundertstenmal fragte ich mich, wie jemand, der so sensibel auf menschliche Tragödien reagiert wie Bent, diesen Job verrichten konnte.) »Kein Problem«, sagte er. »Der Bericht müßte abrufbereit sein. Long, Juli ... richtig?«

Ich nickte, und schon attackierte er die Tastatur des Telekoms mit der Begeisterung eines Teenie-Deckers. Für einen Moment dachte ich, ich würde bis auf den Anblick seines Gesichts bei der Arbeit nichts mitbekommen, aber dann erinnerte er sich lange genug an meine Existenz, um mein Display mit seinem zu koppeln. Das Videobild schrumpfte auf ein Viertel zusammen und wurde zu einem Fenster in der oberen Schirmecke, während der Rest des Displays enthüllte, was sich auf seinem Monitor zeigte. Ich sah zu, wie er die Such-Syntax eingab, und war angenehm überrascht, wie schnell zwei digitalisierte Bilder von Juli Long nebeneinander auf dem Schirm aufblitzten. Eines war das gleiche Bild, das ich in meiner Brieftasche hatte: Juli warf ein teuflisches Grinsen in die Kamera. Das andere Bild zeigte ein identisches Gesicht, aber vollkommen unbewegt. Wäre nicht die bläuliche Zyanose-Verfärbung ihrer Lippen gewesen, hätte ich mich vielleicht überzeugen lassen, daß sie nur schlief. Der Rest des Schirms war mit Text gefüllt, aber Bent blendete ihn rasch aus meinem Display aus. »Vertraulich«, erklärte er mit einem entschuldigenden Unterton. »Ich sage dir, wenn sich was Interessantes findet.« Ich unterdrückte ein Grinsen. Bents Fähigkeit zu kategorisieren erstaunte mich immer wieder, aber natürlich war jetzt nicht die Zeit, den Witz mit ihm zu teilen.

Seine kornblumenblauen Augen huschten hin und her, während er den Text überflog. Es dauerte vielleicht eine Minute, und es fiel mir schwer, den Mund zu halten und nicht zu versuchen, ihn zur Eile anzutreiben, besonders, als ich sah, wie er vor Überraschung die Augenbrauen hob und die Lippen spitzte. Schließlich war er durch. »Und?« soufflierte ich.

»Interessanter Fall«, äußerte er sich zögernd. »Ich wünschte, sie würde über meinen Tisch laufen.« Dann sah er mich schuldbewußt an. Ich glaubte nicht, daß das Mikro meines Telekoms empfindlich genug war, um das Knirschen meiner Zähne zu übermitteln, aber vielleicht irrte ich mich auch. »Herzversagen«, stellte er fest. »Anscheinend durch den Chip hervorgerufen, den sie gerade benutzte.«

Nun war es an mir, die Augenbrauen zu heben und die Lippen zu spitzen. »Seit wann ist SimSinn gut genug, Menschen umzubringen?«

Er schüttelte den Kopf. »Dahinter steckt noch mehr.«

Ich wartete, bis mir klar wurde, daß er ohne Ansporn nicht fortfahren würde. »Und?«

Bent sah aus, als fühle er sich unbehaglich, und ich wußte, ich strapazierte die Grenzen dessen, was er leichten Herzens tat. Freundschaft ist 'ne große Sache für Bent, aber er hat ein ganz eigenes, irgendwie gewundenes Gefühl für Ethik. Ich beobachtete, wie Freundschaft und Prinzipien miteinander rangen, und war erleichtert, als die Freundschaft gewann. »Hier ist noch ein Verweis auf eine andere Datei«, verriet er mir. »Klassifizierung L-S-S.«

»Was bedeutet?« fragte ich, obwohl ich es mir denken konnte.

»Lone Star Sicherung«, bestätigte Bent. »Lone Star hat die Zusatzdatei aus irgendeinem Grund mit einem Sicherheitssiegel belegt.«

»Kommst du daran vorbei?«

Einen Augenblick sah er fast beleidigt aus, dann kehrte sein Lächeln zurück. »*Natürlich.* Die Frage ist ...«

»Wirst du es tun?« beendete ich den Satz. »Könnte ziemlich interessant sein, Chummer. Etwas, das selbst du noch nie gesehen hast. SimSinn, bei dem man stirbt ...«

Wie ich erwartet hatte, schluckte er den Köder. »Ja«, sann er, »ja, könnte interessant sein.« Dann sah er auf, und unsere Blicke trafen sich. Tief in jenen strahlenden blauen Augen war ein Glanz, der mir verriet, daß er ganz genau wußte, was ich tat, aber es war ihm egal. »Deine LTG-Nummer ist noch dieselbe?« Ich nickte. »Dann rufe ich dich zurück. Keine Bange, Chummer.« Und damit unterbrach er die Verbindung.

Ich lehnte mich mit hinter dem Kopf verschränkten Händen zurück. Wenn Bent Sigurdsen sagte, er werde mich zurückrufen, dann tat er das auch. Das war auch ganz gut so. Der Star versiegelt die Akte einer Leiche nicht, wenn es sich nicht um etwas *wirklich* Ungewöhnliches handelt. Ich erwog kurz, mich ans Telekom zu hängen und meinen Mr. Johnson aus dem Osten mit einem Lagebericht zu versorgen, aber dann ließ ich den Gedanken fallen. Er konnte warten, bis ich die Antwort auf ein paar andere Fragen gefunden hatte. Juli Long ging ganz bestimmt nirgendwo mehr hin.

Der nächste Tag brach kalt und grau an. Kein Regen, aber die Wolken waren wie schmutziges Blei, und in der Luft hing eine frostige Feuchtigkeit, von der ich Kopfschmerzen bekam. (Vielleicht lag es auch an der halben Flasche Ersatz-Scotch, die ich getrunken hatte, um die Träume zu verjagen.)

Lolita Yzerman war ganz nah bei mir gewesen, als ich letzte Nacht einzuschlafen versucht hatte. Klein Lollys Gedenkgottesdienst war für heute, Donnerstag, den 21. November angesetzt. Aber ich hatte einen ganzen Kübel verdammt guter Gründe, nicht hinzugehen. Erst als ich Mittwoch nachts ins Bett kletterte und dann meinen Verstand nicht abschalten konnte, wurde mir klar, wie sehr mich Lollys Tod mitnahm.

Ich versuchte es über eine Stunde, aber mein Verstand wollte einfach nicht mitmachen. Schlafen? Nichts zu machen, Stümper. Immer, wenn sich jenes warme Gefühl des Schwebens einzustellen schien, fegte mir irgendein Bild von Lolly durchs Hirn — ein Lächeln, eine Redewendung oder etwas Intimeres —, und dann war ich wieder wach und wurde immer kribbliger. Die schlimmsten Momente waren die, wenn ich den schattenhaften Fremden mit meinem Gesicht die Kanone heben und sie gegen Lollys Stirn pressen sah ...

Ich ertrug es ungefähr neunzig Minuten, bis ich einlenkte und nach der Flasche Synthahol griff. Nur der schaffte es schließlich, Lolly und alles andere aus meinem Hirn zu verjagen, so daß ich endlich einschlief.

Heute morgen mußte ich natürlich dafür büßen. Hinter meiner linken Augenbraue hatte sich ein dumpfer Kopfschmerz häuslich niedergelassen und schien wenig geneigt, wieder auszuziehen. Ich akzeptierte den Schmerz als Teil meiner Buße dafür, daß ich Lollys Begräbnis versäumte. Als weitere Buße beschloß ich, etwas zu tun, was mir sehr unangenehm war und ich deshalb vor mir hergeschoben hatte. Ich mußte mich mit Buddy treffen.

Verstehen Sie mich nicht falsch. Buddy, die Deckerin, ist eine gute Freundin von mir. Ich respektiere sie, vertraue ihr, mag sie sogar. Aber nicht von Angesicht zu

Angesicht, und *besonders* nicht, wenn ich unter dem Wetter leide.

Jeder hat eine Vergangenheit, aber Buddys ist interessanter als die der meisten. Nach meinen Erfahrungen fangen die meisten brandheißen Decker als typisch langweilige Computerfreaks an. Oft hängen sie sich ins Decken einfach deshalb rein, weil sie mit Maschinen besser zurechtkommen als mit Menschen. Doch Buddy ist von der anderen Seite zum Decken gekommen. Sie war ursprünglich mit neurobiologischen Forschungen an der Uni beschäftigt, wo ihr ein paar bedeutende Durchbrüche auf dem Gebiet der Überwachung gelangen. Wie alle Wissenschaftler mußte sie sich mit Computern vertraut machen und entwickelte mit der Zeit ein besonderes Interesse an den verschiedenen Techniken, das menschliche Hirn mit der Elektronik zu koppeln. Der logische nächste Schritt für sie war, auf diesem Gebiet Forschung zu betreiben.

Das liegt alles eine ganze Weile zurück, es muß so um 2027 gewesen sein, bevor aus dem Decken das wurde, was es heute ist. Buddy war auf dem letzten Stand und hatte außerdem noch einen Hintergrund, der sie von anderen Wissenschaftlern im Computerbereich unterschied: Sie kannte sich nicht nur mit Hardware und Software aus, sie wußte auch eine Menge über die ›Wetware‹ — das Hirn.

Als während des Crashs von '29 die Axt fiel, blieben der Regierung ihre Qualitäten nicht verborgen. Buddy war eine der ersten Personen, die für das ›verbesserte‹ Echo Mirage-Programm rekrutiert wurden, und wurde später Mitglied jenes Kaders, der den Hauptangriff gegen das Computervirus führte, welches die Datennetze der Welt lobotomisierte. Alle Angehörigen von Echo Mirage waren Freiwillige, und Buddy hätte sich das um nichts auf der Welt entgehen lassen. Doch sie zahlte einen hohen Preis für diese Erfahrung.

Die Cyberdecks, die das Echo Mirage-Team benutzte,

waren im Vergleich zu den Spielzeugen, die man heutzutage in jedem Radio Shack mitnehmen kann, barbarisch. Die Software war noch schlimmer. Nach allem, was ich davon verstehe — was herzlich wenig ist —, wimmelten die Personaprogramme von Bugs und stürzten ebensooft ab, wie sie funktionierten. Und ohne Personaprogramm zur Abschirmung ist es die nackte Psyche des Deckers, die sich der fremdartigen Welt der Computermatrix stellt. Die meisten Leute wissen, daß vier Mitglieder des Echo Mirage-Teams starben, während andere mit zerrüttetem Verstand oder in einem Zustand leeren Dahinvegetierens daraus hervorgingen. Buddy überlebte und blieb sogar funktionstüchtig, aber sie blieb nicht ganz unversehrt.

Vielleicht hatte sie schon immer eine Tendenz in diese Richtung gehabt, vielleicht war es ausschließlich das Ergebnis ihrer Erfahrungen. Wie auch immer, sie kam aus dem Echo Mirage-Programm mit etwas heraus, das die Seelenklempner eine ›Bipolare Störung‹ nennen. Auf gut Deutsch bedeutet das, sie ist manisch-depressiv, doch mit einer Besonderheit: Auf dem Höhepunkt ihres Zyklus ist sie ungefähr so down wie ich an einem schlechten Tag. Auf dem Tiefpunkt ist sie durch und durch paranoid. Offensichtlich hat sie das nicht davon abgehalten, im Laufe der Jahre ein paar bedeutende Kontrakte an Land zu ziehen. Ich vermute, den Konzernen ist es im Grunde völlig egal, wie kaputt ein Decker ist, solange er seine Leistung bringt. (Außerdem ist Paranoia nicht der schlechteste Daseinszustand im Sprawl.)

Die persönliche Bedeutung von all dem für mich war, daß ich nie wußte, in welcher Phase des Zyklus' sich Buddy augenblicklich befand. Anrufen half nicht: Sie ging niemals ans Telekom. Man hinterließ einfach eine Nachricht und hoffte das Beste.

Und genau das tat ich. Ich tippte ihre Nummer ein, wartete die Aufforderung zum Sprechen ihres Anrufbeantworters ab — sehr informative fünf Sekunden Stille, gefolgt von einem Piepton —, und teilte ihr mit, daß ich vorbeikommen würde. Da weitere Vorkehrungen unmöglich waren, sprang ich in meinen Wagen und fuhr nach Süden auf die 405. Ich stellte den Verkehrsfunk, falls irgendwas los war, von dem ich wissen sollte.

Und stieß zum erstenmal in meinem Leben auf Gold. Wie es schien, hatte sich irgend etwas Großes und mit Tentakeln bewehrtes aus dem Lake Washington auf die Fahrbahn der Route 520-Brücke geschleimt, die Bellevue mit der Innenstadt verbindet. Nachdem es ein paar Fahrzeuge verspeist hatte, war das Ding zurück ins Wasser geschleimt. Der Sprecher empfahl allen Autofahrern, eine alternative Route zu wählen. Ohne Drek. Ah, die Wunder der Erwachten Welt.

Natürlich nahm ich mir die Empfehlung zu Herzen. Meine alternative Route führte mich über die 405, bis sie nach Westen abbog, dann den Ambaum Boulevard entlang und nach White Center. Buddy hatte eine Wohnung in der Roxbury Street. Es war eine ziemlich geräumige Bude fast unterm Dach des höchsten Gebäudes in dem Stadtteil. Da die Fenster des Apartments nach Westen rausgingen, hatte sie einen großartigen Ausblick auf den Pugetsund und Vashon Island.

Die Aussicht bedeutete Buddy jedoch nichts, sondern erinnerte sie nur daran, wie endlos und bedrohlich die Außenwelt war. Ein paar Tage nach ihrem Einzug hatte sie die großen, wunderschönen Fenster mit Folien aus verstärktem Bauplastik überzogen. Sie hatte auch die Tür, die Wände, sogar den Fußboden verstärkt und jeden möglichen Zugang mit Sicherheitseinrichtungen verkabelt. (Während sie all diese Veränderungen vornahm, hatte Buddy mich gebeten, ihr einen Mechaniker für Klimaanlagen zu empfehlen, der sich auch mit Starkstrom auskannte. Ich hatte den offensichtlichen Schluß gezogen und angenommen, daß sie sich von ihm ein paar unangenehme Überraschungen für all diejenigen einbauen lassen wollte, die versuchten, durch den Entlüftungsschacht einzubrechen.) Gleichzeitig möbelte sie die Schallisolierung des Apartments auf. Was auch ganz gut so war, wenn man Buddys andere Besessenheit berücksichtigte.

Diese andere Besessenheit ist Percussion. Ich habe es mir so zusammengereimt, daß sie schon immer auf schwere Percussionsmusik mit Unmengen von Polyrhythmen gestanden hat. Nach ihrer Echo Mirage-Zeit wurde ihr Geschmack immer abseitiger, bis ihr keine kommerziell erhältliche Musik mehr gefiel. Das war der Zeitpunkt, als sie sich einen Drumcomputer baute, den sie darauf programmierte, eigene Polyrhythmen zu schreiben und zu spielen, wobei sie wahnsinnig komplexe Gewichtungsalgorithmen benutzte, um die Maschine dazu zu bringen, bei dem Zeug zu bleiben, das sie angenehm findet. Und das ist die Krux der ganzen Geschichte. Für jeden anderen klingt Buddys ›Musik‹ wie Straßenarbeiten oder so, als würde man mit Steinen unter den Radkappen herumfahren. Um es noch schlimmer zu machen, spielt sie das Zeug so laut, daß ich mich wundere, daß der Sea-Tac-Flughafen noch nicht mit seinem Umzug gedroht hat.

(Als belanglose Fußnote sei hinzugefügt, daß ich vor einer Weile dachte, ich hätte herausgefunden, daß Buddy ihren Straßennamen von Buddy Rich, einem ziemlich heißen Jazzdrummer aus dem vergangenen Jahrhundert, entlehnt hat. Buddy bestätigte meine Spekulation weder, noch stritt sie sie ab, sondern erklärte nur spöttisch, auch wenn Richs Musik nicht erbärmlich simplizistisch gewesen wäre, sei sie sowieso durch die Bläser und den ganzen darübergelegten Drek versaut.)

Das war also der Grund dafür, warum ich einen Besuch bei Buddy als eine Art Buße betrachtete. Eine paranoide, depressive Trommelsüchtige war an einem Donnerstagmorgen gewiß keine Gesellschaft nach meinem Geschmack.

Ich parkte auf der Achtundzwanzigsten Avenue Südwest, direkt um die Ecke von Buddys Wohnung, und versuchte dann vergeblich, mich zwischen den schweren — und wahrscheinlich säurehaltigen — Regentropfen, die zu fallen begonnen hatten, hindurchzuschlängeln. Ich nannte dem Portier in seiner kugelsicheren Zelle meinen Namen und war erleichtert, als der Türsummer ertönte und ich somit hereindurfte. Zumindest war Buddy soweit beieinander, mich auf die Okay-Liste der Wache zu setzen. Ich nahm den Fahrstuhl zum vierzigsten Stock, wo ich ausstieg und nach links den Flur entlangging.

Buddy mußte mich mit ihren Sicherheitssystemen überprüft haben und zu dem Schluß gekommen sein, daß ich wirklich ich war und keine direkte Bedrohung darstellte. Mechanische Schlösser, Riegel und Ketten klirrten. Magnetschlösser klickten. Die Tür öffnete sich einen Spalt. Ich setzte mein bestes beruhigendes Lächeln auf. »Hoi, Buddy«, rief ich. »Kann ich reinkommen?«

Die Tür öffnete sich etwas weiter und entließ einen Lärm, als würde eine Vielzahl epileptischer Drummer Schläge austauschen. Ich versuchte mein Lächeln aufrechtzuerhalten, biß die Zähne zusammen und betrat das Apartment.

Buddy hatte es so eilig, hinter mir abzuschließen, daß sie mir einen heftigen Schlag mit der Tür versetzte. Dann machte sie sich daran, das runde Dutzend Verriegelungen, die sie geöffnet hatte, um mich einzulassen, wieder zu versperren. Ihr Vertieftsein gab mir Gelegenheit, sie eingehend zu betrachten.

Sie war eine schmächtige Frau, klein und zartknochig. Ich wußte, daß sie Anfang Fünfzig war, aber sie wäre auch für mindestens das Doppelte durchgegangen. Als wir uns zum erstenmal begegnet waren, hatte ich gedacht, sie sehe aus wie jemand, der auf dem Totenbett liegt, und seitdem war es von mal zu mal schlimmer geworden. Buddy hatte keinen wie auch immer gearteten Muskeltonus, was schlicht und ergreifend daran lag, daß sie niemals irgendwas tat, das auch nur vage körperlicher Natur war. Und sie war nur deshalb kein Fettkloß, weil sie nur dann etwas aß, wenn sie sich daran erinnerte ... was selten vorkam. Die leichenähnliche Blässe ihrer Haut half auch nicht, aber was konnte man schon von jemandem erwarten, der wahrscheinlich seit Jahren das Haus nicht verlassen hatte?

Das Zombie-Aussehen wurde durch ihr Kostüm vervollständigt, das aus mehreren Metern grauen Stoffs bestand, der wie ein Sari um ihre Gestalt gewickelt war. Die Aufmachung sah zwar aus wie ein Beerdigungsschleier, aber ich wußte, daß der graue Stoff tatsächlich ballistisch war. Buddys Paranoia war wieder am Werk. Ihr graues Haar war brutal kurz geschnitten, und die ganze rechte Seite ihres Kopfes war kahl, so daß den drei verchromten Datenbuchsen in ihrer Schläfe nichts in die Quere kommen konnte.

Als sie die letzte Kette vorgelegt hatte, musterte sie mich mit hellen Vogelaugen. Dann schenkte sie mir das längste Lächeln, das ich jemals auf ihrem spitzen Gesicht gesehen habe: Mindestens eine Millisekunde. Ich atmete auf. Sie mußte dem Höhepunkt ihres Zyklus ziemlich nah sein.

Jetzt, wo diese Sorge ausgeräumt war, strömten andere Bedenken zurück, deren größte ein immenses akustisches Unwohlsein war. »Hey, Buddy!« schrie ich über den Hintergrundlärm hinweg. »Kannst du die Trommeln vielleicht 'ne Winzigkeit leiser stellen?«

Sie schnitt ein finsteres Gesicht. »Sie *sind* leise«, schnappte sie. Aber dann ließ sie sich erweichen. Aus den Tiefen ihres ballistischen Saris holte sie eine Fernbedienung und drückte auf einen Knopf. Der Lärmpegel der gestörten, spastischen Percussion fiel von schmerzhaft auf lästig. Ich kannte sie gut genug, um nicht noch einmal zu fragen. Weiter würde sie nicht gehen.

Ich folgte Buddy durch den Korridor ins Wohnzimmer. Wie jede andere horizontale Oberfläche war auch der Fußboden mit Massen von Ausdrucken, Chips in Chipetuis, experimentellen Schalttafeln, die Medusenhäupter aus optischen Fasern ausspien (und hier und da sogar echte und authentische Metalldrähte), Werkzeugen, Instrumenten und all dem anderen Drek bedeckt, den man in jedem elektronischen Labor oder Bastlerladen findet. Auf einem Ehrenplatz in der Mitte des Raumes stand Buddys Baby: ein maßgefertigtes Fairlight Excalibur Cyberdeck. Es war von einer verblüffenden Phalanx Peripherie-Mülls umgeben, der auf eine völlig unverständliche Weise mit dem Deck verdrahtet war. Mit einer Beweglichkeit, die ihr Aussehen Lügen strafte, ließ Buddy sich neben dem Deck in einem perfekten Lotussitz nieder und starrte mich dann voller Ungeduld an.

Ich sah mich nach einem Platz zum Hinsetzen um, aber Buddy schien immer noch an ihrer alten Überzeugung festzuhalten, daß Möbel überflüssig waren, da es doch Fußböden gab. Es gab einen kleinen Tisch und einen einzelnen Stuhl, aber beide waren unter irgendwelchem Schrott begraben. Der Fußboden also.

Bevor ich mich setzen konnte, verzog Buddy das Gesicht, langte zum Stuhl hinüber und fegte alles darauf zu Boden. Ich nickte dankbar und nahm Platz.

»Nun?« wollte Buddy wissen. Auch eine ›gutgelaunte‹ Buddy war noch ätzend genug.

»Datendiebstahl«, antwortete ich schroff. Ich kannte die beste Methode, mit ihr umzugehen, und hatte mir auf der Fahrt zu ihr einen entsprechenden Plan zurechtgelegt. »Avatar Security Technologies. Ich will, daß du in ihre Arbeitsaufzeichnungen hackst ...«

»Avatar ist Lone Star. Warum gerade die?«

»Habe ich jemals jemanden namens Lolita Yzerman erwähnt?« Buddy schüttelte den Kopf. »Sie war« — ich zögerte — »eine Freundin. Jetzt hat sie jemand gegeekt. Ich will herausfinden, warum.«

»Sie war bei Avatar?« Ich nickte. »Abhörarbeit«, verkündete Buddy. »Hat wahrscheinlich was gehört, das nicht für ihre Ohren bestimmt war.«

Buddy mag ein wenig sonderbar sein, aber sie ist bestimmt nicht auf den Kopf gefallen. Ein oder zwei Bemerkungen von mir hatten ihr gereicht, um sich in ungefähr zwei Sekunden zusammenzureimen, was mich mehrere Minuten geistige Schwerarbeit gekostet hatte. »Du hast's erfaßt«, sagte ich. »Ich will herausfinden, was nicht für ihre Ohren bestimmt war. Kannst du das?«

Sie schnaubte nur. *Natürlich* konnte sie das. Paranoid oder nicht, sie hatte dasselbe aufgeblasene Ego wie jeder andere Decker, der seinen Namen zu Recht trug.

»Und wirst du es tun?«

Sie dachte einen Augenblick darüber nach — eine lange Zeit für Buddy. »Zum Standardtarif?«

Ich dachte an meinen Kontostand und seufzte. »Zum Standardtarif.«

Sie warf mir ein weiteres Millisekundenlächeln zu. »Ist die Nuyen wert«, verkündete sie. »Du kommst mit.«

»Tut mir leid, Buddy«, erinnerte ich sie. »Keine Datenbuchse, weißt du noch?«

Sie schnitt wieder eine Grimasse. »Immer noch ein Feigling?«

Ich lächelte. »Immer noch ein Feigling.«

»Spielt keine Rolle. Ich hab da was speziell für dich aufgelesen. Ein fest eingebautes Trampnetz.« Sie zeigte auf den High-Tech-Schrott, der sich um das Excalibur stapelte. »Du kannst mitkommen, Buchse oder nicht.«

Ich sah sie schief an, überrascht, daß sie sich tatsächlich um das Elektrodennetz bemüht haben sollte. Höchstwahrscheinlich war es eine kommerziell erhältliche Konstruktion, die für jene gedacht war, die das volle SimSinn-Erlebnis erfahren wollten, ohne für ein Datenbuchsen-Implantat berappen zu müssen. Ich hatte gelegentlich eins benutzt und wahrscheinlich immer noch eins für mein altes Atari Simdeck in der hintersten Ecke irgendeines Schranks vergraben, aber ich hatte nie daran gedacht, eines dazu zu benutzen, um die Matrix zu besuchen. Immerhin hörte es sich durchaus vernünftig an. Die internen Systeme eines Cyberdecks waren wirklich nur SimSinn-Schaltkreise, deren Aufgabe es war, die Quasi-Realität der Computerdaten in eine multisensorische Symbolform zu übersetzen, die leicht verständlich war.

Ich mußte zu lange nachgedacht haben — vielleicht eine oder zwei Sekunden. Selbst an ihren besten Tagen währt Buddys Geduld nicht ewig. »Komm schon«, sagte sie. »Besuch mal die Matrix.«

Und darin lag natürlich eine gewisse Faszination. Wohin man sich auch wendet, überall hört oder liest man etwas über die ›virtuelle Realität‹ namens Matrix. Aber wenn man keine Datenbuchse in seinem Schädel hat, kann man sie niemals direkt erfahren, jedenfalls hatte ich das geglaubt. Und wenn das stimmt, was alle behaupten, dann entgeht einem eine so reiche Erfahrung, als sei man blind geboren. (Tatsächlich ist der zweitbeste Decker, den ich kenne, blind, und er wäre außer sich vor Freude, wenn er sich niemals auszustöpseln brauchte. In der Matrix kann er nämlich sehen.)

Also war die Versuchung recht groß. Aber dasselbe galt auch für die Angst oder Feigheit — nennen Sie es, wie Sie wollen. Ich hatte mir nie eine Datenbuchse einbauen lassen, weil mir die Idee, daß jemand in meinem Verstand herumpfuschte, nicht gefiel. Ich war nicht sicher, ob mir die Idee, daß dieses Herumpfuschen von außen in Gestalt elektrischer Ströme kam, besser gefiel. Das Hirn ist empfindlich. Ein kleiner elektrischer Impuls am falschen Platz, und Dirk Montgomery verbringt den Rest seines Lebens in dem Glauben, er sei eine Orange.

»Hast du das Gerät gebaut, Buddy?« Ich bemühte

mich, meine Stimme möglichst gleichgültig klingen zu lassen.

Buddy schüttelte den Kopf. »Ich hab's von VRI in Cheyenne bekommen. Eines ihrer neusten. Beta-Testmodell.«

VRI und Cheyenne beschwichtigten ein paar von meinen Ängsten. Die Firma ist eine der besten der Welt, und Cheyenne ist die Quelle eines Großteils der erhältlichen Spitzentechnologie für Decker. Aber ›Beta-Testmodell‹ war nicht unbedingt vertrauenerweckend. »Du sollst es auf Bugs untersuchen?« fragte ich.

»Keine Bugs«, sagte Buddy mit jener Art von Gewißheit, die man gewöhnlich mit Naturgesetzen oder Geboten auf Steintafeln assoziiert. »Es ist das Beste, was es gibt, aber zu teuer, um kommerziell erfolgreich sein zu können. Ich zeige ihnen, wie sie es billiger machen können.«

»Dann ist es also sicher?«

Sie schnaubte. »Ich hab's ausprobiert«, sagte sie entschieden. »Hat mir nicht im geringsten geschadet.«

Ich betrachtete ihr Totenkopfgesicht, sah, wie die Ungeduld in ihren Augen Gestalt annahm, und seufzte. Ich wußte die Zeichen zu deuten. Wenn ich nicht mitmachte, würde sie sich sperren und mir nicht helfen. Die Wahl vor der ich stand, ließ sich leicht in Worte kleiden, aber nur schwer treffen. Sollte ich das Risiko eingehen, mir von Buddys Trampnetz das Hirn grillen zu lassen, oder aufstehen und gehen und darauf warten, daß mir unser mysteröser X eben dieses Hirn aus dem Schädel pustete? Entscheidungen, Entscheidungen ...

Letzten Endes war es der Gedanke, tatsächlich die Matrix zu bereisen, der den Ausschlag gab, glaube ich. Ich stehe auf neue Erfahrungen. Eines Tages wird mich das wahrscheinlich umbringen, aber vielleicht nicht heute. Ich seufzte noch einmal und nickte. »Ich bin dabei.«

Buddy bedachte mich mit einem weiteren Millisekundenlachen, einem beifälligen. Ich glaube, Buddy mag mich, zumindest so sehr, wie sie überhaupt jemanden mögen kann, und sie glaubte offensichtlich, ich hätte die richtige Wahl getroffen. Sie beugte sich vor und wühlte in dem Haufen Techno-Drek neben ihrem Excalibur herum. Augenblicke später zog sie etwas hervor, das wie eine Dornenkrone mit einem paar Dutzend haardünner, daraus hervorquellender Glasfasern aussah. Der Apparat wurde durch ein paar Riemen und Bänder einschließlich eines Kinnriemens vervollständigt, um ihn auf dem Kopf seines Trägers (*Opfers*) in der richtigen Position zu halten. Ja, es war ein Beta-Testmodell. Ihm fehlte die Ergonomie der gegenwärtig kommerziell erhältlichen Geräte. Buddy hielt das Netz vorsichtig, fast mit einer Art Verehrung, als sei es die Krone des Königreichs. Sie erhob sich auf die Knie und näherte sich mir in der Absicht, mir das Ding auf den Kopf zu setzen.

Wenn ich noch aussteigen wollte, war jetzt der richtige Moment dafür. Verdammt, *natürlich* wollte ich, aber ich hielt den Mund. Buddy setzte mir das Ding auf den Kopf. Es war wie die schreckliche Parodie einer Krönung. Die winzigen dornenartigen Elektroden pikten meine Kopfhaut, und die Riemen fühlten sich kalt und fremdartig auf meiner Haut an, als Buddy sie festzog.

Während ich mich an das Gefühl zu gewöhnen versuchte, dieses *Ding* auf dem Kopf zu tragen, und mich bemühte, das saure Brennen in meinem Magen zu unterdrücken, ließ Buddy sich wieder in den Lotussitz nieder, die Sohlen ihrer kleinen Füße gegen die Decke gerichtet. Sie nahm das Cyberdeck und legte es sich bequem in den Schoß. Dann nahm sie das Verbindungskabel und stöpselte es in eine der drei Buchsen in ihrer rechten Schläfe. Der Stecker rastete mit einem metallischen Knacken ein, das ich überaus beunruhigend fand. Buddys Finger flogen über die Tastatur, vermutlich ließ sie irgendein Diagnoseprogramm durchlaufen.

Nach einigen Sekunden, die mir wie Stunden vorkamen, sah sie zu mir herüber. »Fertig?« Ich traute mich nicht, ein Wort zu sagen, also nickte ich nur. »Okay«, sagte sie. »Phase eins.« Sie drückte eine Taste.

6

Und ich war blind. Verdammt, was für ein irres, schreckliches Gefühl. Ich hatte mir immer vorgestellt, Blindheit müsse wie eine alles umhüllende Schwärze sein, aber das hier war überhaupt nicht so. Schwärze ist ein Attribut von *irgendwas.* Blindheit ist *nichts.* Ich haßte und fürchtete sie. Ich hörte ein wimmerndes Geräusch und realisierte, daß es meine eigene Stimme war.

»Cool bleiben«, riet mir Buddy. Ihre Stimme war so kristallklar und zuversichtlich wie eh und je. »Das ist nur das Vorbereiten der Bühne. Und jetzt ist Showtime.« Ich hörte das leise Klicken eines Tastendrucks, und die Realität der Matrix überschwemmte mein Hirn.

Wie soll man die Matrix beschreiben? Die Wissenschaftler nennen sie eine ›konsensuelle Halluzination‹, eine virtuelle Realität. Während meiner Ausbildung bei Lone Star hatte ich die verwässerte Form einer ›virtuellen Realität‹ erlebt: Das trifft auf jeden zu, der schon einmal in einem Flugsimulator gesessen oder auch nur ein paar von den besseren Trideospielen gespielt hat. Ich glaubte auf die Matrix vorbereitet zu sein. Ich glaubte, es würde wie in einem Simulator sein, nur etwas intensiver: Vom Ausmaß her anders, doch in der Art ganz genauso.

Falsch! Meine Überzeugung, ein Simulator hätte mich auf die Matrx vorbereitet, war so naiv wie der Glaube eines Kindes, durch das Anschauen eines Softpornos wisse es, wie ein Stündchen im Heu abläuft. Selbst im besten Simulator weiß man ganz tief drinnen, daß man sich in einem Simulator befindet und nicht dort, wo einem die Sinne sagen. Aber in der Matrix *ist* man, und das weiß man auch verdammt genau. Zum Teufel mit der Tatsache, daß mein Körper immer noch in Buddys Bude hockte. Ich — das *Ich,* welches zählt, das *Ich,* welches diesen Körper gewöhnlich bewohnt — war in der Matrix, und mehr gab es dazu nicht zu sagen.

Mein erster Eindruck war der von Ausdehnung. Die Matrix ist groß. So groß wie eine Welt, so groß wie ein Universum. Es gibt einen Horizont, aber er ist *weit* weg und eher eine Begleiterscheinung der Perspektive — wie der Fluchtpunkt in der Kunst — statt eines Krümmungsphänomens wie in der ›wirklichen‹ Welt. (Tatsächlich rufen Entfernungen beim Beobachter das seltsame Gefühl der Nichtlinearität hervor, wenn das irgendeinen Sinn ergibt. Es ist so — und hier spüre ich wirklich die Unzulänglichkeit der Worte —, als vergrößerten sich die Entfernungen um so schneller, je weiter etwas entfernt ist. Als sei die Matrix auf irgendeinen nichteuklidischen Raum gepfropft. Oder vielleicht auch nicht.)

Mein zweiter Eindruck? Die Matrix ist *wunderschön*! der pechschwarze Himmel ist von intermittierenden Lichtstrahlen in mehr Farben überzogen, als es Bezeichnungen gibt, und jeder sieht so fest wie Stahl aus. Der ›Boden‹ ist ebenfalls schwarz und weist dasselbe Netz verwobener Linien aus. Und im Raum zwischen ihnen sind große leuchtende Icons verstreut, die Knoten innerhalb der Matrix repräsentieren. Ich konnte die Gestalt der mir am nächsten gelegenen Icons erkennen — eine spiegelblanke Kugel, eine rubinrote Pyramide, ein Abbild der Space Needle, eine Pagode, die in einem blendenden Grün erstrahlte —, aber die entfernteren Icons waren lediglich Lichtflecken. Am Elektronenhorizont verschmolzen die einzelnen Icons, bis sie aussahen wie eine impressionistische Stadtlandschaft, die in einen sternenlosen Himmel strahlte.

Und da erkannte ich ganz genau, wo ich war. Wenn das Abbild der Space Needle maßstabsgetreu war, hing ich sehr hoch an jenem schwarzen Himmel, vielleicht ein paar tausend Meter hoch, und hatte nichts unter mir. Mein erster Impuls war, mich nach Buddy umzusehen, und das war der Augenblick, in dem ich meinen zweiten größeren Schock erlitt. Ich konnte meinen Körper nicht kontrollieren (wenn ich hier überhaupt einen Körper besaß; ich konnte ihn jedenfalls nicht sehen). Mein Hirn sendete die Befehle, den Kopf zu drehen, aber mein Blickfeld veränderte sich nicht. Es war, als sei ich paralysiert.

Ich gebe es offen zu: Ich geriet in Panik. Ich rief: »Buddy!« und war nur ein klein wenig erleichtert, als ich meine Stimme hörte.

Dann erscholl Buddys Stimme in meinen Ohren, so nah und unmittelbar, als stünde sie direkt neben mir. »Keine Panik, Chummer«, sagte sie. »Ich bin hier.« Ihre Stimme klang irgendwie anders, aber zuerst war ich nicht sicher, woran das lag. In welcher Phase ihres Zyklus' sich Buddy auch befand, ihre Stimme hatte immer einen angespannten Unterton. Aber nicht jetzt. Zum erstenmal, seitdem ich sie kannte, klang Buddy entspannt.

Gut für sie. *Ich* war weit entfernt vom Entspanntsein. »Ich kann mich nicht bewegen«, schrie ich fast. »Und wo bist du?«

Sie kicherte. (Die Buddy, die ich kenne, kichert *nicht*.) »Bleib cool«, riet sie mir wieder. »'türlich kannst du dich nicht bewegen. Ich hab den Zauberstab, verstehst du? Du bist nur ein Passagier. Paß auf.« Nun veränderte sich mein Blickfeld, als bewegte ich den Kopf hin und her und auf und ab. »Und wo ich bin? Ich bin *hier*, und — wenn wir präzise sind — du bist es *nicht*. Du hast dich nur an meine Sinne angehängt. Begriffen?«

Ich antwortete nicht gleich, da sich mein Verstand mit dieser Vorstellung anzufreunden bemühte. Dann, aus heiterem Himmel, hatte ich ein Bild vor Augen, das mir dabei half. Während meiner Ausbildung bei Lone Star hatte ich eine Überwachungsdrone der Art bedient, die für Rigger — noch so eine Datenbuchsen-Connection — konzipiert ist und normalerweise auch von ihnen gesteuert wird, aber beim Star gab es auch manuelle Kontrollsysteme. Man setzt ein Kopfset auf, komplett mit Videoschirm-›Brille‹ und Stereolautsprechern, das einen mit den ›Sinnen‹ der Drohne verbindet. Während man sie mit einer kleinen Handsteuerung lenkt, sieht man alles, was die Drohne sieht. Das war im wesentlichen auch die Situation, in der ich mich hier befand, nur daß sich die Kontrolleinheit in Buddys Händen befand und nicht in meinen. Damit konnte ich leben.

»Begriffen?« Bei der Wiederholung der Frage klang bereits wieder Buddys vertrauter Unterton der Ungeduld durch.

»Begriffen«, erwiderte ich.

»Okay, dann kann's ja losgehen.« Sie kicherte wieder. »Halt deine Hirnzellen fest und genieß die Reise.«

Es war, als sei ich an einer Rakete festgebunden. Wir kippten ab, rasten mit einer Geschwindigkeit abwärts, die vollkommen lächerlich war. Kurz bevor wir uns in den Boden bohrten, zogen wir hoch und tauchten Hals über Kopf in einen glühenden Lichtstrahl ein. Als uns das hellblaue Leuchten umschloß, beschleunigten wir noch mehr. Obwohl ich wußte, daß mein Körper sicher und behaglich in Buddys Apartment saß, hatte ich das Gefühl, als preßte mir das Tempo sämtliche Luft aus den Lungen.

Der Flug hatte erst Sekunden gedauert, als wir auch schon wieder aus dem leuchtenden Datenstrang herausschossen. Unmittelbar vor uns befand sich ein gewaltiges Matrix-Konstrukt, das ich sofort erkannte. Es war das kastenähnliche Lone Star-Gebäude mit dem gewaltigen fünfzackigen Stern auf der Seite. Sein goldener Spiegelglanz reflektierte alle Lichter der Elektronenwelt.

»Wir sind da«, informierte mich Buddy unnötigerweise.

»Willkommen zu Hause«, murmelte ich.

Wir drifteten näher an das Lone Star-Konstrukt heran, und zum erstenmal konnte ich meinen ›Körper‹ sehen, der sich auf der funkelnden Oberfläche des Star spiegelte. In Wirklichkeit war es natürlich Buddys Körper oder vielmehr das Icon, das sie sich ausgesucht hatte. Ich sah eine wunderschöne Frau Anfang Zwanzig. Ihr Körper war schlank, fast perfekt, ihre Miene drückte Wärme und Mitgefühl aus, und ihr fließendes Haar hatte die Farbe polierten Ebenholzes. Die Frau trug ein elegantes Abendkleid, das im funkelnden Glanz grünen Laserlichts erstrahlte.

War dies das Bild, welches Buddy von sich hatte? Die Vorstellung war grotesk und lächerlich, bis mir klar wurde, wie tragisch das Ganze war. Natürlich sah sie sich selbst so. In jungen Jahren, als sie noch ein aufgehender Stern am Forscherhimmel gewesen war, hatte sie wahrscheinlich so ausgesehen. Und vor ihrem geistigen Auge sah sie sich wahrscheinlich immer noch so. Und was war mit der wandelnden Leiche, die der Rest der Welt sah? Das war nur ein Gefängnis, Chummer, ein Gefängnis aus Fleisch, in welches das junge Mädchen hineingeraten war. Kein Wunder, daß Buddy die meiste Zeit in der Matrix verbrachte. Das war der einzige Ort, an dem sie sie selbst sein konnte.

Der funkelnde Goldstern öffnete sich vor uns wie ein Vorhang, der zurückgezogen wird. Ich war zu sehr in meine Gedanken vertieft gewesen, um mitzubekommen, was Buddy getan hatte. Ich versetzte mir im Geiste eine Ohrfeige und zwang meine Aufmerksamkeit wieder auf die Vorgänge um mich herum. Als wir durch die Wand traten, kamen wir in einen von Türen gesäumten Flur, der sich bis in die Unendlichkeit zu erstrecken schien. Wegen der grauen Farbe von Decke, Boden und Wänden hätte er ein echter Korridor in ei-

nem echten Bürogebäude sein können, nur daß die ›Türen‹ tatsächlich Barrieren aus schimmerndem Licht waren. Wir glitten den Flur in gemächlichem Schrittempo entlang.

»Wo sind wir?« fragte ich.

»Im Avatar-Verzeichnis von Lone Stars Datenspeicher«, sagte Buddy. »Hier endet alles Zeug, das von Avatar rausgeht.«

Ich wollte mich nervös umsehen, aber natürlich konnte ich das nicht. Ich wußte, ich war gar nicht wirklich da, doch das Gefühl, sich innerhalb der Einrichtungen des Star zu befinden, war entschieden ungemütlich. »Was ist mit den Sicherheitsvorkehrungen?«

»Wir sind durch die Hintertür rein«, erklärte sie. »Der Vordereingang ist massiv gesichert, aber einmal drin, ist alles nur noch trivialer Drek.«

»Warum? Das ergibt doch überhaupt keinen Sinn.«

»Klar tut es das. Wenn du an deiner Bürotür 'n echt heißes Sicherheitssystem hast, packst du dir dann auch noch deine Schreibtischschubladen mit Alarmanlagen voll? Ein Zuviel an Sicherheit beeinträchtigt die Empfindlichkeit des Systems und damit seine Reaktionsfähigkeit.«

Ich wußte, ich lenkte Buddy mit meinen Fragen ab, aber ich konnte einfach nicht aufhören. »Wie sind wir dann hier so einfach reingekommen?«

»Durch die Hintertür«, wiederholte sie ungeduldig. »Ich kenne den Chummer, der die Sicherheitsvorkehrungen in diesem Teil des Systems angelegt hat. Ich war es, der ihm alles beigebracht hat, was er weiß, und er ist ein phantasieloser kleiner Schwachkopf. Benutzt immer dieselben Tricks.« Während sie weiterredete, gingen wir weiter den Korridor entlang, wobei wir ständig den Kopf drehten, um uns die zahllosen Türen anzusehen, an denen wir vorbeikamen. Plötzlich murmelte Buddy: »Aha«, und wir blieben vor einer Tür stehen, die sich, soweit ich das beurteilen konnte, in nichts von den anderen unterschied. Ich erwog, Buddy zu fragen, woher sie wußte, daß es hier war, entschied mich jedoch dagegen.

»Okay«, murmelte Buddy mehr zu sich selbst, »jetzt wird's interessant.« Der alabasterhäutige Arm von Buddys Icon glitt in mein Blickfeld. Die schlanke Hand hielt ein Skalpell, dessen Klinge wie Diamant glitzerte. Mit außerordentlicher Zartheit fuhr Buddy mit dem Skalpell von oben nach unten an der schimmernden Barriere entlang, die die Tür blockierte. Die Barriere knisterte und teilte sich unter dem Skalpell wie ein Vorhang. Als das Skalpell den Boden erreichte, verschwand die Barriere völlig.

Was als nächstes geschah, ging so schnell, daß ich es kaum mitbekam. In dem Augenblick, als die Barriere zu existieren aufhörte, sprang eine schattenhafte Gestalt direkt an uns vorbei auf den Flur. Ich dachte zuerst, mein Verstand hätte ausgesetzt: Die Gestalt war ein US-Sheriff aus der Zeit des Wilden Westens mit Sporen und Hut und Stern und allem.

Buddy reagierte augenblicklich. Mein Blickfeld wirbelte herum, und Buddys Arm kam wieder in Sicht. Doch diesmal hielt er ein riesiges Ding von einem sechsschüssigen Revolver. Sie stützte die brutale Waffe mit der anderen Hand und gab einen einzelnen Schuß ab, der den Sheriff in den Nacken traf. Die Kugel holte ihn sauber von den Beinen, und als er auf dem Boden aufschlug, flackerte die Gestalt und verschwand. Sein staubiger Hut, der ihm vom Kopf gerissen worden war, hielt sich einen Augenblick länger, dann flackerte auch er und löste sich ebenfalls auf. Buddy öffnete die Hand, und der Sechsschüsser war verschwunden.

»Was, zum Teufel, war *das?*« fragte ich atemlos.

»Leben und Sterben in der Matrix, Dummerchen«, sagte sie gutgelaunt. »Auf dem Eingang war Weißes Ice. Als ich durchbrach, versuchte es ein Aufspürprogramm zu starten, aber ich habe es inoffiziell annulliert. Keine große Sache.«

Wenn ich den Kopf hätte schütteln können, hätte ich es getan. »Bist du sicher, daß es kein anderer Decker war?«

»Auf keinen Fall. Jeder Decker, der diesen Namen zurecht trägt, wäre geblieben, um es auszufechten.« Ich erinnerte mich an das Dröhnen des Revolvers in der Hand von Buddys Icon und war aufrichtig dankbar, daß wir nicht in irgendwelche Decker-Zweikämpfe verwikkelt worden waren.

Als wir durch die offene Tür in den Raum dahinter traten, keuchte ich, glaube ich, vor Verblüffung laut auf. Ausgehend von der Größe des Korridors, hatte ich das typische Drei-Quadratmeter-Lohnsklaven-Büro erwartet. Die Matrix hatte es mir wieder gründlich besorgt. Wir befanden uns in einem Zimmer, das man nur als Raum bezeichnen konnte. Die Wände standen ein wenig weiter auseinander, als die Tür breit war, aber sie erstreckten sich nach vorn und nach oben, bis sie in der Unendlichkeit verschmolzen. Und diese Wände sahen aus wie etwas aus einem Tequila-gespeisten Alptraum. Sie schienen aus rechteckigen Blöcken unterschiedlicher Größe zu bestehen, und jeder Block war mit einer wirbelnden Wolke aus leuchtenden Symbolen gefüllt, manche nur mit Nullen und Einsen, manche mit alphanumerischen Symbolen und manche mit griechischen Buchstaben, grinsenden Gesichtern und anderem Drek (vielleicht verschlüsselte Dateien).

Wie vorauszusehen, verschwendete Buddy keine Sekunde mit Halslockerungsübungen, was bedeutete, ich konnte bei weitem nicht so viel von diesem sonderbaren Raum sehen, wie ich wollte. Sie ging einfach langsam weiter, wobei sie mit den Innenseiten ihrer perfekten Hände die Oberfläche der unendlichen Wände entlangfuhr. »Lolita Yzerman, richtig?« fragte sie.

Ich versuchte zu nicken, natürlich vergebens. »Du hast's erfaßt«, sagte ich statt dessen.

Wir blieben stehen und richteten unseren Gemeinschaftsblick auf eine Wand. Buddy preßte beide Handflächen dagegen, und die beiden Blöcke, die sie berührte, leuchteten schwach auf. »Wird langsam wärmer«, murmelte sie. Ohne Warnung, als sei dies die natürlichste Sache der Welt — und in *dieser* Welt konnte das sehr wohl sein —, erhoben wir uns vom Boden und schwebten steil aufwärts. Im Steigen berührte Buddy einen Block nach dem anderen, wobei sie jeden unter ihren Fingern zum Aufglühen brachte.

Schließlich verharrten wir. »Lolita Yzerman«, verkündete Buddy. Sie berührte einen Block direkt vor uns, und er flammte rubinrot auf. Dann glitten ihre Hände *durch* die Wände des Blocks, und die Symbole darin wirbelten wie ein Daten-Sandsturm um ihre Finger.

»Kannst du die Dateien ausladen?« fragte ich.

»Keine Chance. Das würde Drek auslösen, wie du ihn noch nie gesehen hast. Aber wir können die Dateien durchsehen.«

»Dann los.«

Es war, als hätte mir jemand ein transparentes Computerdisplay vor die Nase gesetzt. Ich konnte immer noch die Wand und Buddys Hände sehen, aber über dieses Bild lief ein bernsteinfarbener Text, und zwar so schnell, daß ich ihn nicht lesen konnte. »Geht das auch etwas langsamer?« fragte ich.

Buddy schnaubte, aber der Text spulte sich jetzt nicht mehr so rasend ab. Für mich jedoch immer noch zu schnell, um ihn zu lesen. Ich spielte mit dem Gedanken, noch einmal zu fragen, entschloß mich jedoch dagegen. Buddy wußte ebensogut wie ich, wonach wir suchten, und ihr würden lohnende Daten ohnehin eher als mir auffallen. Also schwieg ich.

»Dein Chummer war nicht allzuweit oben in der Hierarchie, was?« fragte Buddy.

Ich versuchte ein Achselzucken. »Keine Ahnung. Warum fragst du?«

»Das ist alles nur Drek, womit sie beschäftigt war. Bekannte von vermeintlichen Steuerbetrügern. Nichts, weswegen man umgelegt werden könnte. Alles geringfügiger, schäbiger Kram.«

Ich dachte an die Anstrengungen, die der mysteriöse X unternommen hatte. Daran war nichts Geringfügiges, Schäbiges oder Unbedeutendes. »Irgendwas muß da sein«, sagte ich fest. »Wenn du tiefer gräbst, findest du es auch.«

Buddy antwortete nicht, aber ihr Schweigen war in sich schon eine Rüge. Der Text nahm wieder Geschwindigkeit auf, und ich war schlau genug, mich nicht zu beschweren. Der Text raste noch ein paar Sekunden herunter und hielt dann abrupt an. Ich hörte, wie Buddy vor Überraschung und Frustration scharf einatmete.

»Was ist los?« fragte ich.

»Halt die Klappe«, war alles, was sie sagte, ganz die alte Buddy. Sie zog eine Hand aus der Wand und schob sie in einen anderen Block. Mehr Text flog an meinen Augen vorbei, diesmal jadegrün und im Format einer Verzeichnisliste, aber immer noch viel zu schnell, um etwas lesen zu können. Sie zog die andere Hand heraus und steckte sie in einen dritten Block. Eine weitere Verzeichnisliste, ein weiteres ärgerliches Zischen von Buddy. Dann zog sie beide Hände aus der Wand, und alle Blöcke wurden wieder stumpf. *»Mist!«* spie sie aus. Ein großer roter Knopf materialisierte in der Luft vor uns. Buddy drückte ihn mit einem schlanken Finger nieder.

Und wir waren wieder in der wirklichen Welt. Ich saß im Sessel in Buddys Apartment und hielt krampfhaft die Lehnen umklammert. Buddy — die wirkliche, wandelnder Leichnam-Buddy — hockte vor mir auf dem Fußboden, das leichenhafte Gesicht zu einer Grimasse verzerrt. Sie zog das Kabel aus der Schläfe und stellte das Cyberdeck beiseite.

»Was, zum Teufel, ist passiert?« wollte ich wissen. Buddy antwortete nicht, sondern zupfte nur an den Glasfasern des Kabels herum. Ich löste die Riemen des

Trampnetzes, setzte die Dornenkrone ab und ließ sie unsanft zu Boden fallen. »Was ist passiert?« beharrte ich.

Buddy schoß in die Höhe und fing an, mit abgehackten Bewegungen im Apartment auf und ab zu marschieren. Jetzt war auch die alte, vertraute paranoide Buddy wieder da. »Sackgasse«, sagte sie schließlich.

»Was soll das heißen?«

Sie ließ sich wieder im Lotussitz nieder, umklammerte die Knie mit beiden Händen und schaukelte mit kaum verhohlenem Ärger hin und her. »Die Aufzeichnungen sind verschwunden«, sagte sie. »Nicht gelöscht. *Verschwunden.*«

Das ergab natürlich überhaupt keinen Sinn. Ich schluckte meine eigene Frustration herunter und bemühte mich, meine Stimme beruhigend klingen zu lassen. »Buddy«, murmelte ich, »ich brauche dich, Chummer. Du mußt mir sagen, was du damit meinst. Was hast du entdeckt? Benutze einfache Worte, *Omae,* als würdest du dich mit einem Baby unterhalten. Okay?«

Buddy setzte ihre Schaukelei ein paar Augenblicke fort, und ich hatte schon Angst, ich sei nicht durchgedrungen. Aber dann sah ich, wie die Anspannung ihren Körper verließ. Sie sah auf und gönnte mir ein weiteres Stroboskop-Lächeln. »Du weißt, was dein Chummer bei Avatar gemacht hat, nicht?« Ihre Stimme klang beinahe so entspannt wie in der Matrix.

»Sie hat Wanzenaufzeichnungen gewaschen.«

»Signalverstärkung«, bestätigte Buddy. »Sie bewahren immer zwei Kopien von allem auf. Die Originalaufzeichnung und die verstärkte Version. Okay?« Ich nickte. »Sie führen auch Listen, wer an welcher Aufzeichnung gearbeitet hat und an welchem Fall.«

»Und ...?«

»Und die meisten Listen und Aufzeichnungen sind verschwunden. Die Originalaufzeichnungen, an denen sie gearbeitet hat, *und* die verstärkten Versionen.«

»Gelöscht?«

»*Nicht* gelöscht. Bei jeder normalen Löschung einer Datei wird eine Löschmarke gesetzt, die einerseits anzeigt, daß eine Datei da war, und andererseits festhält, wer die Löschung genehmigt hat. Keine Marken, nirgendwo Marken. Die Einträge sind einfach *verschwunden.* Aus Sicht des Systems waren sie überhaupt nie vorhanden.«

»Aber das waren sie?« fragte ich verwirrt.

»*Natürlich* waren sie das, verflucht noch mal. Auf der Dateiebene findet sich kein Eintrag. Auf der Ebene der Speichermedien gibt es eine Reihe von Clustern, die jenen Dateien zugeordnet waren, und jetzt sind diese Cluster frei. Verstehst du?«

Cluster sagten mir überhaupt nichts, aber ich nickte ermutigend. »Und was bedeutet das?«

Die Stellung von Buddys Mundwinkel verriet mir, daß sie vom Babygeschwätz genug hatte. »*Du* bist dran«, schnappte sie.

»Okay«, seufzte ich. »Die Dateien *waren* also da, sind es aber nicht mehr. Zwei Möglichkeiten. Nummer eins: Jemand ist in das System gedeckt und hat die Dateien ganz einfach weggepustet. Aber um das zu schaffen, müßte es schon ein ziemlich heißer Decker gewesen sein, richtig?«

»*Nova*heiß«, bestätigte Buddy.

»Also Nummer zwei«, fuhr ich fort. »Lone Star hat die Dateien selbst ausradiert. Sie könnten das?« Ein schroffes Nicken von Buddy. »Was bedeutet, sie vertuschen ... irgendwas. So oder so heißt das, es geht nicht um Kleinkram. Was ich bereits weiß.« Ich erhob mich müde. »Danke, Buddy. Ich überweise dir das Geld, wenn ich zu Hause bin.« Ich ging zur Tür.

»William Sutcliffe.«

Ich drehte mich um. Buddy saß immer noch auf dem Fußboden und beobachtete mich. »Wie bitte?«

»William Sutcliffe. Es war seine Leitung. Ein Chummer von ihm stand unter Verdacht, also haben sie Sutcliffes Leitung angezapft.«

»Und wer ist William Sutcliffe?«

»Ich will verdammt sein, wenn ich das weiß«, schnappte Buddy. »*Du* bist der Schnüffler.«

Ich beeilte mich, von dort zu verduften und flog dann fast zu meiner Bude in den Barrens. Unterwegs zermarterte ich mir das Hirn nach irgendeinem Hinweis, um diesen William Sutcliffe unterbringen zu können. Nichts zu machen, Chummer. Ich hatte in meinem ganzen Leben noch nie von ihm gehört. Aber Buddy hatte recht, ich *bin* ein Schnüffler, und ich konnte verschiedene Fühler ausstrecken, um unseren Mr. Sutcliffe aufzuspüren. Die vermeintliche Sackgasse war nicht ganz so wasserdicht, wie es den Anschein hatte.

Das Lämpchen für eingegangene Anrufe blinkte an meinem Telekom, also ließ ich mich vor dem Schirm nieder und drückte die entsprechende Tastenkombination. Der Schirm erhellte sich, und als ich sah, wer es war, schien sich der Raum gleich mit zu erhellen.

Die junge Frau, die mich vom Schirm anlächelte, war eher attraktiv denn schön, die Linien ihres Gesichts waren bestenfalls utilitaristisch. Aber ihre braunen Augen funkelten vor Leben, und ihr Lächeln war strahlend wie die Sonne.

»Hoi, Bruderherz«, sagte meine Schwester Theresa. »Tut mir leid, daß ich dich verpaßt hab. Ich wollte nur mal anrufen, um dich wissen zu lassen, daß ich auch noch lebe. Ich hoffe, bei dir steht alles zum besten, und« — sie zuckte unmerklich die Achseln — »ich schätze, das war's dann schon. Bis später, Derek.«

Nachdem das Bild verschwunden war, starrte ich den Schirm noch ein paar Sekunden mit einem Klumpen im Hals an. Theresa hat diese Wirkung auf mich, immer. Das liegt zum einen daran, daß sie meine kleine Schwester ist — mit fünfundzwanzig ist sie sechs Jahre jünger als ich —, und zum anderen ist sie der einzige nahe Verwandte, den ich noch habe. Aber es steckt noch etwas mehr dahinter.

Ich erinnerte mich an die alten Zeiten, als wir heranwuchsen. Theresa war als Kind groß und schlaksig und schien nur aus Sommersprossen und verschrammten Knien, plötzlichem Enthusiasmus und unschuldigem Gelächter zu bestehen. Sie war diejenige mit der Phantasie, aber diese reichte für uns beide. Selbst in der aufsässigen Phase meiner Jugend war Theresa einer der wenigen beruhigenden Einflüsse in meinem Leben. Ich glaube, sie hat mir meine geistige Gesundheit bewahrt.

Doch dann entwickelten wir uns auseinander. Als Teenager muß man einige der wichtigsten Lektionen im Leben lernen: Daß die Welt ein düsterer und gefährlicher Ort ist und man sich damit auseinandersetzen muß, wenn man zurechtkommen will. Theresa lernte den ersten Teil, aber nicht den zweiten. Statt dessen versuchte sie sich von der Welt um sie herum zu isolieren. Sie vertiefte sich in Bücher, Trideo und in alles, das die große böse Welt daran hindern konnte, in ihre Realität einzudringen.

Aber genau das tat sie natürlich — mit Macht — in dem Jahr, als ich zweiundzwanzig und Theresa süße sechzehn war. Ich hatte gerade eine der schlimmsten Auseinandersetzungen überhaupt mit meinem alten Herrn gehabt. Es war der Abend, an dem ich ihm erzählte, ich hätte die Informatik geschmissen — hätte tatsächlich die ganze Universität von Washington geschmissen. Er rastete völlig aus, was mir zuvor schon klar gewesen war, wurde aber nicht handgreiflich — was ich *bedauerte,* weil ich ansonsten eine Rechtfertigung gehabt hätte, ihm die Zähne in den Hals zu schieben. Statt dessen beschränkte er die Gewalt auf die verbale und emotionale Ebene. Das machte es natürlich nur noch schlimmer. Ich stürmte aus dem Haus und wünschte ihm von Herzen den Tod.

Am nächsten Morgen wurde ich dann benachrichtigt. Der Idiot hatte meinen Wunsch wörtlich genommen. Nachdem ich gegangen war, hatte er meine Mutter zu einer Spazierfahrt eingeladen, wahrscheinlich um sie nach der häßlichen Szene mit ihrem Sohn zu beruhigen. Aus welchem Grund auch immer, er fuhr jedenfalls in eine Gegend, die von einer besonders militanten Gang für sich beanspucht wurde, die sich selbst die Junk Yard Dogs nannte. Und dann — *Gott verdamme ihn in die tiefste Hölle* — hielt mein alter Herr an, und die beiden stiegen aus, um etwas frische Luft zu schnappen. Die Dogs waren in jener Nacht unterwegs, um zu spielen, und meine Eltern waren für sie leichte Beute. Im Polizeibericht hieß es, sie seien schnell gestorben, und ich will das auch glauben.

Mir ging die Sache schon ziemlich an die Nieren, aber Theresa riß es fast in Stücke. Sie blieb bei mir, während ich, so gut es ging, versuchte, sie wieder zusammenzusetzen. Von Anfang an war klar, daß sie nicht damit fertig wurde, aber ich belog mich selbst, indem ich mir einredete, daß sie es schon schaffen und sich wieder in den Griff bekommen würde.

Dann verschwand sie eines Abends, keine Nachricht, kein gar nichts. Ich wurde fast verrückt, aber ich konnte sie nicht finden. Etwa eine Woche später tauchte sie wieder auf und tat so, als sei sie nur mal für 'ne Stunde oder so fort gewesen. Ich machte ihr die Hölle heiß, aber sie stand nur da, schluckte alles und bedachte mich mit diesem hohlen Lächeln. Und da sah ich die glänzende neue Datenbuchse und das Glasfaserkabel, das zu dem SimSinn-Spieler an ihrem Gürtel hinunterlief. Theresa hatte einen besseren Weg gefunden, der Welt zu entkommen.

Sie blieb noch ein paar Monate bei mir. In dieser Zeit versuchte ich, ihren Chipkonsum zu überwachen — und in Grenzen zu halten. Die ersten paar Wochen verbrachte sie einen Großteil ihrer wachen Stunden damit, sich SimSinn-Drek direkt ins Hirn zu jagen. Doch danach wurde sie ein wenig zurückhaltender. Sie war immer noch ein User, aber zumindest war sie nicht der vollkommen süchtige Chiphead, als den ich sie schon gesehen hatte.

Ich denke, ich bin ziemlich hart mit ihr umgesprungen. Wie ein selbstgerechter Abstinenzler machte ich sie immer wieder herunter, weil sie überhaupt Chips einwarf — und weil sie sie benutzte, um der Realität zu entkommen. (Und zur selben Zeit kurbelte ich die Synthahol-Industrie tüchtig an.) Ich machte sie zu sehr herunter. Ein paar Wochen, bevor ich bei Lone Star in die Grundausbildung einsteigen sollte, kam ich nach Hause und mußte feststellen, daß sie verschwunden war. Die Nachricht, die sie hinterlassen hatte, machte unmißverständlich und schmerzhaft klar, daß sie auch ohne meine Vorhaltungen und Maßregelungen zurecht kam. Sie würde woanders unterkommen, bei Leuten, die nicht so verdammt engstirnig seien. Die Nachricht war auf ein Stück Papier gekritzelt, das um ihren Kredstab gewikkelt war. Meine kleine Schwester war endgültig ausgeflippt.

Ich versuchte sie zu finden, auch noch, als ich schon längst in der Ausbildung war. Doch selbst mit den Mitteln des Star ist es praktisch unmöglich, ein Mitglied der SINlosen Unterschicht aufzuspüren. Sechs Monate später war ich *immer noch* auf der Suche, gelangte aber von Tag zu Tag mehr zu der Ansicht, daß sie denselben Weg wie unsere Eltern genommen hatte.

Dann, aus heiterem Himmel, rief sie mich an. Natürlich von einem öffentlichen Telekom, so daß ich ihr auf diese Weise nicht auf die Spur kommen konnte. Ich schrie sie eine Weile an, und sie hörte nur zu, bis ich mich beruhigt hatte. Und dann redeten wir miteinander und kamen zu einer Art Annäherung. Keiner von uns würde seine Sicht der Welt dem anderen zuliebe ändern. Aber was war daran falsch? Für den Augenblick hatten wir beide gefunden, was wir brauchten. Ich hatte den Star, sie hatte ihre Chummer — manche davon Chipheads oder BTLler, aber nichtsdestoweniger ihre Chummer. Wir redeten, und etwas Seltsames geschah.

Wir wurden Freunde. Nicht Geschwister, nicht großer Bruder und kleine Schwester, sondern Freunde. Wir ähnelten einander nicht, wir hatten unterschiedliche Ansichten — ich dachte, sie sei ausgeklinkt, sie dachte, ich machte mir etwas vor —, aber das war in Ordnung, bestimmt. Es war eine seltsame Erkenntnis.

Seit damals stehen wir in regelmäßigem Kontakt. Sie will mir nicht sagen, wo sie sich aufhält, also ist es immer Theresa, die anruft. Wahrscheinlich hat sie Angst, ich würde irgendwas Dämliches tun, wie zum Beispiel versuchen, ihr Geld oder dergleichen Drek zu schicken, und sie hat recht. Zweimal bat sie mich um Hilfe, nachdem sie sich in irgendwelchen Drek gesetzt hatte, aber es war in beiden Fällen nicht allzu ernst. Ich freue mich auf ihre Anrufe und wünschte, wir könnten uns mal wieder von Angesicht zu Angesicht sehen. Aber das liegt jenseits dessen, was sie zuzulassen bereit ist, und da sie diejenige ist, die alles in der Hand hat, muß ich damit leben.

Ich war jetzt froh, daß sie angerufen hatte. Es tat gut, das Gesicht von zumindest einer Blondine zu sehen, die nicht im Leichenschauhaus lag.

7

Wie spürt man jemanden auf, von dem man nur den Namen kennt — William Sutcliffe, zum Beispiel? Da gibt es verschiedene Möglichkeiten, Chummer. Manche legal, die meisten nicht. Selbstverständlich erhöhen sich die Erfolgschancen mit der Illegalität der Mittel. (Nennen Sie das ruhig Montgomerys Gesetz. Copyright wird nicht beansprucht, entsprechend sind die Lizenzgebühren.) Nichtsdestoweniger beschloß ich, es zunächst mit den legalen Methoden zu versuchen.

Es gibt ein paar Datenbank-Suchroutinen, die gerade für diese Dinge maßgeschneidert sind. Es ist, als würde man durch ein Telefonbuch für ganz Nordamerika blättern — oder auch darüber hinaus, wenn man die Suchroutine entsprechend ausdehnt. Das Suchprogramm wühlt sich durch die LTG- und RTG-Besitzerlisten für den Fall, daß Mr. Sutcliffe zugestimmt hat, seine LTG-Nummer in die allgemein zugänglichen Listen aufnehmen zu lassen. In der wahrscheinlicheren Situation, daß er das nicht hat, gibt es ähnliche Dienste, welche die Angestelltenverzeichnisse der Konzerne — obwohl die Anzahl der Konzerne, die sich bereit erklären, die Information freizugeben, verdammt klein ist — und sogar elektronische Publikationen, Nachrichtenfaxe und Zeitungen durchforsten.

Nach allem, was Buddy mir erzählt hatte, konnte der gute Mr. Sutcliffe recht gut ein ziemlich kleiner Fisch und Lone Star bzw. Avatar nur aufgefallen sein, weil er der Chummer eines Steuerbetrügers war. In diesem Fall standen die Chancen recht gut, daß diese oberflächliche Suche etwas zu Tage fördern würde.

Der Augenschein ließ jedoch vermuten, daß Sutcliffe eben *kein* kleiner Fisch war. Die Leute werden nicht umgebracht, weil sie einen kleinen Fisch abhören. Also rechnete ich damit, daß die legalen Suchroutinen nur die erste Runde sein würden und ich einen ernsthaften und scheußlich illegalen digitalen Steptanz aufführen mußte. Ich mußte jedoch ganz unten anfangen. Wer weiß? Vielleicht hatte ich Glück.

Ich schrieb gerade die effektivste Suchroutine und war in Schweiß gebadet, als das Telekom klingelte. Ich erwog kurz, den Anruf über den Beantworter laufen zu lassen, überlegte es mir dann aber anders. Ich drückte die Taste für ›nur Ton‹ und brummte: »Ja?«

Der Schirm erhellte sich mit dem Bild Jocasta Yzermans. Ihr Haar glänzte wie poliertes Kupfer, perfekt betont durch ihr elfenbeinfarbenes Jackett und das jadegrüne Augen-Make-up. Sie sah aus wie eine Million Nuyen. Ihre Stirn runzelte sich, während sie auf einen, wie ich wußte, leeren Schirm starrte. Ich schaltete eiligst meine Videokamera hinzu, und prompt sah sie erleichtert aus. »Mr. Montgomery«, sagte sie förmlich.

»Nennen Sie mich Derek«, schlug ich vor. »Oder Dirk.«

Sie zögerte. Ich konnte erkennen, wie sie zwischen ›zu formlos‹ und ›zu unhöflich‹ schwankte. Sie löste das Problem salomonisch, indem sie sich für keine der beiden Möglichkeiten entschied. »Haben Sie irgendwas herausgefunden?«

Jetzt war es an mir zu zögern. William Sutcliffes Name *war* ein Hinweis, aber ich wußte nicht, ob er sich bezahlt machen würde. »Nicht wirklich«, sagte ich. Ihre Miene umwölkte sich augenblicklich. Eine ungeduldige Frau, diese Ms. Yzerman. »Ich gehe gerade einigen Möglichkeiten nach«, fügte ich rasch hinzu.

Aber sie hörte gar nicht zu. »*Ich* habe etwas«, sagte sie gereizt. »Aber ich weiß nicht, ob ich mir überhaupt die Mühe machen soll, es Ihnen zu erzählen.«

Großartig. Ich knirschte mit den Zähnen, ließ meine Stimme jedoch desinteressiert klingen. »Ist Ihr Anruf. Wenn Sie's alleine durchziehen wollen«, sagte ich achselzuckend, »brauchen Sie mir nur zu sagen, wohin ich den Kranz schicken soll.«

Sie biß sich auf die Lippe. Ich konnte erkennen, daß sie den Schock des Bombenanschlags ebensoschnell wie Lollys Tod überwunden und sich eiskalt unter Kontrolle hatte. Sie wollte nichts mit mir zu tun haben: Sie traute mir nicht, und sie mochte mich nicht (über Geschmack läßt sich nicht streiten). Andererseits brauchte sie Hilfe. Ansonsten hätte sie mich gar nicht angerufen. Ich zwang mich, still zu sein und einfach abzuwarten. Schließlich wurde die harte Linie ihres Körpers weicher. »Jemand versucht, mich zu erreichen«, begann sie. »Ich weiß nicht, wer, aber er hinterläßt Nachrichten in der ganzen …«

»Wo?« unterbrach ich sie.

Sie zuckte die Achseln. »An meinem Arbeitsplatz, in der Universität. Keine Sorge«, sagte sie schnippisch. »Ich bin nicht dort gewesen. Ich habe mir die Botschaften fernmündlich kommen lassen. So dämlich bin ich nun doch nicht.«

Ich wollte ihr schon von den verschiedenen Aufspürroutinen erzählen, die man in praktisch jeder Deckerbude im Dutzend findet, aber dann fiel mir wieder ein, daß sie im Kommunikationsgeschäft tätig war, wenn auch nur peripher. Vielleicht hatte sie es ja doch richtig gemacht. »Okay«, willigte ich ein. »Machen Sie weiter.«

»Er will sich mit mir treffen. Er sagte, er wüßte, woran Lolita gearbeitet hat, bevor sie umgebracht wurde. Er sagt, er hätte eine Kopie der Abhöraufzeichnung.«

Eine Kopie der Aufnahme, die Lolly gerade ›gewaschen‹ hatte? Das würde uns eine Menge Hintergrundinformationen verschaffen, wenn es keine Falle war … aber natürlich war es eine. »Also hat er eine Zeit und einen netten sicheren Ort für das Treffen festgesetzt, richtig?« sagte ich sarkastisch.

»*Nein,* Sie Schwachkopf«, schnauzte sie zurück. »Ich sagte doch, ich habe nicht mit ihm gesprochen, und er hat nichts von einem Treffen gesagt. Ich soll ihn heute nacht anrufen, damit wir darüber reden können.«

Das ließ mich dann doch aufhorchen. »Er hat eine LTG-Nummer hinterlassen?«

»Da ich ihn anrufen soll, muß er das ja wohl, oder?«

Ich ignorierte den Sarkasmus in ihrer Stimme. »Geben Sie sie mir.«

Sie dachte einen Augenblick darüber nach und willigte dann ein. Ich öffnete ein Datenfenster auf dem Telekom und tippte die Zahlen ein, die sie mir nannte. Sie öffnete den Mund, um etwas zu sagen, aber ich schnitt ihr das Wort ab. »Lassen Sie mir ein paar Sekunden.«

Ich legte sie auf eine Warteschleife und vergrößerte das Datenfenster, bis es den gesamten Schirm ausfüllte. Das konnte etwas Großes sein. Ich startete eine meiner höchst illegalen Suchutilities und gab die LTG-Nummer ein. Das Utility-Programm hatte zehn Sekunden daran zu knabbern, dann spie es einen Haufen Text auf meinen Schirm. »Volltreffer!« krähte ich. Ich verstaute meinen Fund im Speicher und holte Jocasta aus dem elektronischen Niemandsland zurück.

»Okay«, teilte ich ihr munter mit. »Ich werde mich mit ihrem mysteriösen Wohltäter treffen. Um welche Zeit sollen Sie ihn anrufen?«

»Um Mitternacht. Aber ich sagte Ihnen doch schon, wir haben noch kein Treffen vereinbart ...«

»Zumindest glaubt *er* das«, warf ich hämisch ein und überspielte Jocasta die Daten, die meine Suchroutine ans Tageslicht befördert hatte. »Sehen Sie die Adresse? Die LTG-Nummer, die er Ihnen gegeben hat, gehört zu einem stationären Telekom, und *da* ist es in die Wand gestöpselt. Heute nacht um Mitternacht besteht eine recht gute Chance, daß Ihr namenloser Freund vor diesem Telekom sitzt und auf Ihren Anruf wartet. Und ich werde ihm einen kleinen Besuch abstatten.«

Ihr Blick war fest. Jene grauen Augen ließen widerwillige Zustimmung erkennen, aber in ihnen stand auch stahlharte Entschlossenheit. Ich wußte, was sie sagen würde, bevor sie den Mund aufmachte. »*Wir* werden ihm einen Besuch abstatten. Schließlich war es *meine* Schwester, die umgebracht wurde.«

Und es ist mein Hals, der dafür auf dem Richtblock liegt, wollte ich erwidern. Aber ich hatte mich bereits entschlossen, sie in diesem Punkt gewähren zu lassen. Wenn sie ihren wohlgestalteten Körper in Gefahr bringen wollte, bitte sehr. Ich war nicht für ihre Sicherheit verantwortlich. Wenn andererseits der heutige Anruf den Zweck verfolgte, Jocasta in eine Falle zu locken — woran ich keine Sekunde zweifelte —, dann drehte unsere Überraschungsparty den Spieß um, und es war nicht verkehrt, einen zusätzlichen Mann (in diesem Fall eine Frau) und eine zusätzliche Kanone mitzubringen. Also sagte ich: »Okay, *Omae.* Sie kommen mit. Wo soll ich Sie abholen?«

Sie schüttelte den Kopf. »Wir nehmen meinen Wagen. Ihren könnte man vor meiner Wohnung in Tacoma gesehen haben.«

Ich blinzelte. »Sie haben einen Wagen?«

»Selbstverständlich. Ich habe ihn nicht genommen, als ... in jener ersten Nacht ...« — Als ich kam, um Sie umzubringen, meinte sie — »so daß ich nicht durch den Wagen identifiziert werden konnte.«

Also hast du lieber ein Taxi genommen, dachte ich. Echt clever, Jocasta. Natürlich ließ ich mir meine Gedanken nicht anmerken. Ich nickte nur zustimmend. »Dann fahren Sie also. Holen Sie mich um dreiundzwanzig Uhr fünfzehn an der Redmond Citypromenade ab. Ich werde eine weiße Nelke tragen.«

Sie schnaubte. Humorgeschädigt, schloß ich. »Wo fahren wir hin?« fragte sie.

Ich grinste. »In die Innenstadt.«

Ich ließ mich in die Polster des Beifahrersitzes sinken und lächelte. Beim Warten hatte ich Rat'-das-Auto mit mir gespielt, und jetzt empfand ich eine gewisse Selbstgefälligkeit, weil ich richtig getippt hatte. Jocasta fuhr einen Hyundai-AMC Harmony, ein gutes Einstiegsmodell für Execs in die Luxusklasse. Bei der Farbe hatte ich jedoch danebengehauen. Ich hatte mir ein stumpfes Konzernschwarz vorgestellt, keineswegs ein Apfelrot. Vielleicht gab es in Jocastas Persönlichkeit irgendwas, das mir bisher entgangen war. Oder vielleicht lag es auch nur daran, daß das rote Modell gerade zum Verkauf gestanden hatte.

Jocasta trug einen anderen schiefergrauen Maßanzug aus Kunstleder mit Accessoires aus poliertem Stahl und

Hematit, und sie sah aus, als sei sie direkt dem Magazin *Corporate Woman* entsprungen. Die passende Handtasche lag zu meinen Füßen, und ich hatte mich bereits davon überzeugt, daß ihr Colt America L36 — die Pistole mit dem Ziellaser, mit der ich bereits persönliche Bekanntschaft geschlossen hatte — darin war.

Meine Garderobe stand in bemerkenswertem Kontrast zu ihrer: Ein schwarzer ›Geschäftsanzug‹, bestehend aus einem engsitzenden Rollkragenhemd und schwarzer Hose, die auch als Trikothose durchgegangen wäre, sowie meinem zuverlässigen Duster. Mein einziges Acessoire war der Colt Manhunter, und der war zu meinem allergrößten Bedauern farblich nicht auf meine übrigen Klamotten abgestimmt. Als sie angehalten hatte, um mich einsteigen zu lassen, war mir Jocastas vor Abscheu verzogene Miene nicht entgangen. Tja, okay, klar, ich sah aus wie irgendein Stück Drek von der Straße, das die Ratte hereingeschleift hat. Aber mein Duster konnte eine Salve abhalten, die Jocasta durchlöchern würde, und ich war außerdem verdammt sicher, daß mich keine klimpernden Juwelen verraten konnten und ich nicht in einer Tür hängenbleiben würde oder mir irgendein anderer Drek dieser Art zustieß.

Ich hatte Jocasta gesagt, wir würden in die Innenstadt fahren, also brachte sie uns sofort auf die Route 520, auf der sie nach Westen fuhr. Jetzt sah sie zu mir herüber und fragte: »Wohin fahren wir?«

»In die tiefste dunkelste Innenstadt. Westlake Center. Suite 4210.«

Der Verkehr war praktisch gleich Null, als wir über die Schwebebrücke und in die Lichter von Seattle Mitte hineindüsten, die in den Himmel leckten. Jocasta kannte sich in der Innenstadt aus, wie ich mit Freuden registrierte, so daß ich ihr nicht sagen mußte, welcher Weg der schnellste war. Wir folgten der I-5 nach Süden, verließen dann den Freeway und fuhren über die Fifth Avenue auf das Seattle Center zu.

Das Westlake Center gibt es seit über sechzig Jahren, aber in dieser Zeit hat es einige bedeutende Änderungen erfahren. Als es Ende der 80er Jahre des letzten Jahrhunderts erbaut wurde, ersetzte es den alten Südbahnhof der Monobahn. (Das war noch zu einer Zeit, als die Monobahn nur von der Ecke Westlake Avenue und Olive Way bis zum Seattle Center und zurück fuhr, bevor die Strecke zu jener kreisförmigen Route ausgebaut wurde, die sie heute nimmt.) Ursprünglich war es ein dreigeschossiges Einkaufszentrum, wobei man den Monobahnhof ins oberste Geschoß integriert hatte.

Seitdem haben sich die Dinge verändert. Ungefähr zur selben Zeit, als die Monobahnstrecke ausgebaut und die veraltete Alweg-Monobahn mit Radantrieb durch die topaktuelle Magnettechnik ersetzt wurde, bemerkte irgendein Stadtplaner, wie ineffizient die Raumausnutzung im Westlake Center war. Nur drei Stockwerke? In der Seattler Innenstadt? Jetzt macht aber mal halblang, Chummer.

Und so erhob sich bald der Westlake Tower in den smogverhangenen Himmel. Mit dem renovierten Westlake Center am Fuße wurde der Tower zu einem sechzig Stockwerke hohen Magnet für Mitglieder der mittleren bis oberen Konzernexekutive. Als der Tower seinerzeit öffnete, zog ich zum Spaß meine besten Klamotten an und schaute beim Vermietungsbüro vorbei. Sie wollten mir noch nicht mal die Vorführsuite zeigen, bevor ich nicht nachwies, daß mein Kredstab aller Ehren und ihrer Bemühungen wert war — was ich natürlich verweigerte. Als ich ging, hörte ich jedoch ein paar zahlungskräftigere Kunden über die Mieten tratschen. Eine kleine Suite im vierten Stock — das war derjenige direkt über dem Monobahnhof und daher offensichtlich der Bereich der niedrigsten Mieten — kostete *dreißig-K* Nuyen pro Monat. Jocastas mysteriöser Wohltäter wohnte im sechsundvierzigsten Stock, hoch genug, um einen guten Blick auf die Stadt zu haben, und ganz zweifellos auch mit einer Miete, die hoch genug war, eine ganze Reihe kleinerer Gesellschaften zu ruinieren. Sowas gibt einem doch zu denken, oder?

Jocasta steuerte den Harmony auf die Stewart Street und in das Parkhaus unter dem Tower. Der Parkwächter schaute in den Wagen, und sein Gesicht ließ doch einigen Zweifel erkennen, als er mich musterte. Aber er öffnete das Tor und ließ uns nach unten fahren. Jocasta und ich tauschten ein rasches Grinsen über die geckenhaft aussehenden schwarzen Handschuhe und den Zorro-Hut des Wächters, aber meine Belustigung hielt sich angesichts der Gerüchte über die Sicherheit im Westlake Center in Grenzen. Tod in Menschengestalt war das, was mir zu Ohren gekommen war — trotz des dämlichen Outfits. Und jene gelackten schwarzen Handschuhe waren in Wirklichkeit Schockhandschuhe mit genug Saft, um selbst einem Troll jegliches Interesse zu verderben.

Es war kurz nach 23.30 Uhr, und alle Geschäfte im Center würden geschlossen haben. Einige von den Restaurants und die Bierkneipe namens Noggins würden noch eine oder zwei Stunden geöffnet haben, und auf den Zeitparkebenen stand immer noch eine Reihe von Wagen. (Die Wagen der Mieter standen, wie ich wußte, nett und behütet ein paar Ebenen weiter unten.) Jocasta folgte den Leuchtzeichen, die ›Aufzug zur Westlake Tower Lobby‹ verkündeten, und parkte so nah bei den Aufzügen, wie sie konnte.

Sie stellte den Motor ab. »Wir sind da«, sagte sie, »aber wie kommen wir nach oben? In der Lobby müssen sich doch Sicherheitsbeamte aufhalten.«

Ich lächelte, um die Tatsache zu verheimlichen, daß ich diese Frage auch nicht beantworten konnte ... noch nicht. Ich war ziemlich zuversichtlich, daß wir irgendwie einen Weg finden würden, an jeder Art Sicherheitsvorkehrung vorbei zu kommen. Vielleicht liegt das an meinem Anflug kindlicher Unschuld. »Vertrauen Sie mir«, sagte ich treuherzig. Sie würdigte diese Bemerkung nicht einmal mit einem höhnischen Schnauben.

Wir waren aus dem Wagen, und Jocasta schaltete gerade die Alarmanlage ein, als ich es hörte: Das explosive Röhren großvolumiger Motorräder, das durch die betonierte Enge des Parkhauses hallte. *Mehrerer* Motorräder, was in mir kein besonders angenehmes Gefühl wachrief. Eine Motorradgang in Stimmung würde ihre Zeit nicht damit verschwenden, im unterirdischen Parkhaus des Westlake Centers herumzugondeln, aber ich war nicht mal in der Stimmung, mich mit ein paar Möchtegerns auseinanderzusetzen. Ich schnappte mir Jocastas rechten Ellbogen und bugsierte sie zu den Aufzügen.

Wir schafften es nicht rechtzeitig. Die schweren Maschinen röhrten sich immer noch stückchenweise näher, als das erste Motorrad schlitternd vor uns zum Stehen kam. Es war eine von diesen neuen japanischen Raketen mit einer Antriebsturbine, die selbst voll aufgedreht nicht viel lauter als ein elektrischer Ventilator ist. Die Maschine sah schnell und gemein aus, und ihr Fahrer paßte zu ihr.

Er war der klassische Elf — groß und schlank, hohe Wangenknochen, leicht spitz zulaufende Ohren — und trug eine mahagonifarbene Lederkluft, eine Nuance heller als seine Haut. Um das rechte Handgelenk trug er irgendein klobiges Armband. Ich konnte nichts damit anfangen, aber es kam mir vage vertraut vor. Seine kleinen Locken waren kurz geschnitten und rot gefärbt. Als er uns angrinste, begriff ich zunächst nicht, warum er eine fast greifbare Aura der Bedrohung auszustrahlen schien ... dann sah ich, daß seine Zähne spitz zugefeilt waren. Charmanter Bursche. Ich versuchte die Farben auf dem Rücken seiner Jacke zu erkennen, aber er stand so, daß ich sie nicht sehen konnte.

Der Elf ließ den Gashebel los und streckte die Hand, als wolle er die Finger entkrampfen. Die Beschläge auf seinen fingerlosen Handschuhen fingen das Licht perfekt ein. Es wirkte fast theatralisch, aber ich fühlte mich ein wenig zu sehr gestreßt, um seine Vorstellung wirklich genießen zu können.

»Guten Abend, ihr Helden«, sagte der Elf mit samtweicher Stimme. »Wir wollten wohl gerade nach oben fahren, wie? Nun, Vielleicht würdet ihr vor eurem Abgang noch gern ein wenig mit meinen Freunden und mir, äh, *plaudern*.«

Auf dieses Stichwort trafen auch die anderen Maschinen ein. Drei, um genau zu sein, zwei Harleys und noch eine von diesen leisen Kamikaze-Schleudern. Die Harley-Fahrer waren menschlich. Der Bursche auf der Suzuki Aurora war ein Ork, der auch für einen Troll durchgegangen wäre. Alle drei trugen dieselben mahagonifarbenen Lederklamotten wie ihr Anführer. Das Dröhnen schmerzte mir körperlich in den Ohren und rief klopfende Erschütterungen in meiner Brust hervor. Als einer der Harley-Fahrer nur so zum Vergnügen am Gasgriff drehte, spürte ich, wie Jocasta neben mir zusammenzuckte. Meine Ohren klingelten wie Glocken.

Der Anführer sagte wieder etwas. Zumindest bewegten sich seine Lippen, aber ich konnte über dem Lärm, der immer noch durch die unterirdische Enge hallte, kein einziges Wort verstehen. Ich schüttelte den Kopf, um ihn frei zu bekommen ...

Und mein Blick fiel auf den Ork, der die Aurora fuhr. Er hielt etwas in der Hand, und seine Augen zuckten zwischen diesem Etwas und uns hin und her. Dann nickte er dem Anführer kaum merklich zu.

In meinem Bauch brannte plötzlich Angst wie ein Klumpen schmutzigen Eises. Obwohl ich es nicht sehen konnte, wußte ich, was der Ork in der Hand hielt: Ein Holo von einem von uns oder sogar von uns beiden. Falle!

Mit aller Kraft stieß ich Jocasta nach links zwischen zwei geparkte Wagen und warf mich dann hinterher. Währenddessen sah ich die Maschinenpistole des Elfs aus dem Halfter gleiten. Die Zeit schien sich zu dehnen, und alles bewegte sich plötzlich mit quälender Langsamkeit. Ich sah, wie der Lauf der Maschinenpistole hochkam, sah den Elf den Abzug drücken. Die ersten Kugeln prallten vom Boden ab, während der Rückschlag den Lauf nach oben und auf mich zu riß.

Dann war ich hinter dem Wagen und prallte gegen Jocasta, so daß wir beide zu Boden gingen. Kugeln fuhren in die Karosserie des Wagens, aber keine durchschlug sie. Ich griff nach Jocasta und kroch mit ihr unter den nächsten Wagen in der Reihe. Ihre Augen waren geweitet, und sie war totenbleich, aber sie schien sich unter Kontrolle zu haben. Ich kam zu dem Schluß, daß sie wohl nicht zusammenbrechen und uns damit beide geeken würde. Dann gab es eine dröhnende Erschütterung, die mir bis tief in die Knochen fuhr, und der Wiederverkaufswert des ersten Wagens, hinter dem wir Schutz gesucht hatten, sank drastisch. Einer der Motorradfahrer hatte schwere Artillerie dabei oder — ich betete, daß es nicht stimmte — war magisch aktiv. Nun, eins nach dem anderen. Während immer noch Wagentrümmer zu Boden klapperten und dadurch die Geräusche unserer Bewegungen übertönten, zog ich Jocasta noch einen Wagen weiter und dann eine Reihe höher. Die taktische Entscheidung war simpel: So schnell wie möglich und soviel wie möglich Distanz — und Metall — zwischen uns und die Motorradfahrer legen.

Natürlich wußten *sie* das ebensogut wie ich, und sie waren im Vorteil, was Geschwindigkeit anbelangte. Wir hatten die Nase nur so lange vorn, wie wir uns zwischen oder unter den geparkten Wagen halten konnten, wohin sie uns nicht so leicht folgen konnten. Unglücklicherweise bedeutete das, wir waren mehr oder weniger festgenagelt. Die Doppelreihe der Wagen, in der wir uns versteckten, war vielleicht zwanzig Wagen lang, aber wir würden niedergemäht werden, sobald wir uns aus dieser Deckung hervorwagten, um beispielsweise zum

Aufzug oder zu Jocastas Wagen zu rennen, der in einer anderen Reihe stand. Ich mußte einen Weg finden, die Chancen ein wenig auszugleichen. Dunkelheit, vielleicht. Ich sah auf und erwog, die Deckenlampen auszuschießen. Aber ich sah sofort, daß es zu viele gab. Ich hatte nicht genug Munition, um sie alle zu erwischen, und die Motorradfahrer würden mir nicht genügend Zeit lassen. Sobald ich unseren Standort verriet, würden sie über uns herfallen.

Der Betonbau hallte von Motorenlärm wider. Die Maschinen fuhren wieder los, wobei sie sich zweifellos teilten, um uns einzukreisen. Ich ließ Jocasta los, zog meine Pistole und legte den Sicherungsflügel um. Die zweieinviertel Kilo Metall lagen beruhigend in der Hand. Ich umklammerte die Waffe wie einen Talisman und ging in die Hocke, bereit, einen raschen Blick über die Haube des Wagens neben mir zu werfen. Die Motorräder fuhren, und ihr Motorenlärm gab mir einen Hinweis auf ihre ungefähre Position. Aber die Echos waren so trügerisch, daß ich mich mit den Augen überzeugen mußte. Ich griff die Pistole noch fester und wappnete mich innerlich.

Gerade als ich den Kopf heben wollte, erhaschte ich eine Bewegung aus dem Augenwinkel. Ich fuhr herum.

Es war der Ork auf seiner turbinengetriebenen Aurora. Während die Harley-Fahrer ihre Hobel aufheulen ließen, hätte ich seine Annäherung niemals hören können, was natürlich genau das war, worauf der Ork gebaut hatte. Er grinste bösartig, eine Hand am Gasgriff seiner Maschine, die andere über dem Kopf, als sei er bereit, einen Baseball zu werfen. Aber das war kein Baseball in seiner Hand. Es war ein Ball aus wirbelnder, leuchtender Energie, irgendein Zauber, und er war bereit, ihn auf uns zu schleudern. So schnell ich konnte, riß ich den Manhunter hoch. Mein Zeitgefühl war immer noch im Turbomodus, also hatte ich massenhaft Zeit, das widerliche Grinsen des Orks noch breiter werden zu sehen.

Wir wußten beide, daß ich es nicht schaffen würde. Seine Muskeln spannte sich, als er Anstalten traf, den Zauber loszulassen.

Und dann blinkte plötzlich der winzige rote Fleck zwischen seinen Augen, die sich weiteten, als ein niedliches Loch zwischen seinen Brauen erschien und sein Kopf zurückgeworfen wurde. Der Zauber — was auch immer — entlud sich, schoß hoch, prallte dann von der niedrigen Decke ab und brachte einen Wagen zwei Reihen weiter zur Explosion. Ork plus Motorrad kippten um und landeten mit dumpfem Knall.

Ich sah zu Jocasta hinunter. Sie deutete mit ihrem Colt America immer noch auf die Stelle, wo sich das Gesicht des Orks befunden hatte. Der Finger lastete immer noch mit ausreichend Druck auf dem Abzug, um den Ziellaser weiterhin in Betrieb zu halten. Sie war stocksteif, als sei sie aus Marmor gemeißelt. Dann begann ihre Hand zu zittern. Die Pistole schwankte, und der Laser erlosch. Ich ergriff ihre Schulter, spürte sie bei der Berührung zusammenfahren. Sie sah mich mit benebelten Augen an. Ich wußte, was jetzt in ihr vorging. Sie hatte zum erstenmal einen Menschen erschossen. Sicher, sie war mit ihrer Waffe vertraut und wahrscheinlich verdammt gut im Scheibenschießen. Aber sie hatte noch nie auf ein lebendiges Wesen geschossen, hatte noch nie persönlich und aus der Nähe erlebt, was ihre kleine Pistole Fleisch und Blut antun konnte. Ich drückte ihre Schulter und schenkte ihr mein bestes beruhigendes Scheiß-auf-die-Welt-Lächeln, während ich sie gleichzeitig im Geiste anschrie, es zu vergessen und zur Tagesordnung überzugehen. Ich war ziemlich erleichtert, als sich ihre Lippen zu einem schwachen Lächeln kräuselten. »Bleiben Sie hier«, sagte ich und bewegte mich dann im Watschelgang vorwärts — was meinen Knien nicht besonders gut tat —, indem ich den Kopf unten hielt.

Einen Wagen weiter streckte ich den Kopf kurz heraus, um zu sehen, was die anderen Motorradfreaks machten. Wie ich es anhand des Motorenlärms schon vermutet hatte, knatterten die Harleys um den immer noch fröhlich vor sich hin brennenden Wagen herum, der durch den Zauber des Orks demoliert worden war. Doch nicht sie bereiteten mir Kopfzerbrechen, sondern ihr Anführer. Mit seiner verteufelt leisen Maschine konnte er überall sein, und ich würde es erst wissen, wenn er mich mit seiner Maschinenpistole in Stücke schoß. Ich riskierte einen raschen Rundumblick.

Und da war er, eine Reihe weiter, und fuhr im Schritttempo auf uns zu. Wie ein guter General hatte er seine Truppen fortgeschickt, um sich den Schauplatz des Tumults aus der Nähe anzusehen, während er anderswo herumgondelte für den Fall, daß der gegrillte Wagen eine Ablenkung war. (Was er auch war, wenn auch eine unabsichtliche.) Ich duckte mich wieder und überdachte meine Möglichkeiten. Die Karre des toten Orks war eine verführerische Möglichkeit, aber einen Augenblick später verwarf ich sie wieder. Ich kann ein Motorrad fahren, aber ich gehöre nicht zu den Besten und kann es nicht mal annähernd mit dem Mitglied einer Motorradgang aufnehmen.

In diesem Augenblick griff Jocasta nach meinem Fußknöchel. Ich war so überreizt, daß meine Reflexe nicht wußten, ob ich sie wegpusten oder laut aufschreien sollte. Ich löste das Problem, indem mir ein kleines kindisches Mißgeschick unterlief. Ich funkelte sie an.

Aber sie schaute gar nicht in meine Richtung. Sie zeigte über den freien Mittelgang. Ich folgte ihrem Finger und fing an zu grinsen.

Da gab es weitere Aufzüge, die jedoch nicht in die Lobby des Westlake Towers, sondern zur Einkaufspromenade im Westlake Center führten. Die Fahrstühle selbst nützten uns nichts. Ich konnte uns förmlich davor stehen und auf die Kabine warten sehen, während wir ein paar Kilo Hochgeschwindigkeitsblei schluckten.

Nein, danke. Aber neben den Aufzügen befand sich eine rote Tür mit der Aufschrift Notausgang. Da wir uns unter der Erde befanden, mußten sich hinter dieser Tür Treppen befinden, die zur Promenade führten. Genau das, was wir brauchten. Wenn die Treppen nicht ungewöhnlich breit oder die Motorradfreaks nicht ungewöhnlich gut waren, gab es keine Möglichkeit für sie, ihre Maschinen mit nach oben zu nehmen. Was bedeutete, wir würden auf einer Stufe stehen, was die Mobilität betraf, aber *wir* würden den Höhenvorteil haben, während wir jene Treppen raufflitzten. Perfekt.

Perfekt — wenn wir die Treppen erreichten, ohne unterwegs durchlöchert zu werden. Die Harley-Fahrer waren für die wenigen kostbaren Sekunden, die wir benötigten, aus dem Rennen. Aber der Anführer auf seiner Kamikaze-Schleuder würde uns in dem Augenblick sehen, in dem wir aus der Deckung hervorbrachen, und uns in ein Sieb verwandeln. Ich riskierte noch einen Blick in der Hoffnung, er könnte wenden oder in eine andere Richtung fahren. Kein Glück. Ich wußte, daß uns die Zeit davonlief. Wahrscheinlich blieben uns nur noch Sekunden, bis die Harley-Fahrer zu dem Schluß kamen, daß der brennende Wagen uninteressant war, und sich wieder zu ihrem Boß gesellten.

»Die Treppe«, zischte ich Jocasta zu. »Machen Sie sich bereit.« Sie nickte und spannte sich für den Spurt.

Ich spannte mich ebenfalls, aber nicht, um zu rennen. Noch nicht: Ich mußte den Elf ablenken, und auf subtile Weise war da nichts zu machen. Ich streckte den Kopf noch einmal über die Haube des Wagens hinaus und packte meine Pistole fester, um das Zittern in der Hand zu unterdrücken. Der Kopf des Elfs zuckte abwechselnd nach rechts und links, während er die Wagenreihe abfuhr. Ich wartete, bis er in die falsche Richtung sah ...

Jetzt. Ich kam hoch und legte an. Ich zog viermal durch, und der große Manhunter brüllte seine Antwort hinaus. Der Rückschlag riß mir fast die Hand ab, und die akustischen Vollzugsmeldungen waren wie Schläge auf meine ohnehin mißhandelten Ohren. Ich weiß, daß ich ihn mit dem ersten Schuß und vielleicht auch mit dem zweiten traf. Mir kam es mehr darauf an, die Schüsse schnell abzugeben, als gegen den Rückschlag anzukämpfen, um auf dem Ziel zu bleiben, so daß der dritte und vierte Schuß danebengingen. Aber sie lagen wahrscheinlich so knapp daneben, daß er sie hören konnte (und wenn Sie jemals den Peitschenknall einer knapp vorbeifliegenden Kugel aus einem Manhunter gehört haben, wissen Sie, wie sehr einen das ablenken kann). Jedenfalls wurde er nach hinten geworfen, als habe er einen Tritt gegen die Schulter bekommen, und sein Motorrad kippte um. Ich glaubte nicht, daß ich ihn schwer verletzt hatte — die Lederklamotten waren mit Sicherheit gepanzert —, aber zumindest war er für ein paar Sekunden außer Gefecht.

»Los!« rief ich Jocasta zu. Sie rannte wie ein Hase auf den Notausgang zu, und ich war ihr dicht auf den Fersen. Sie stieß die Tür auf und jagte hindurch. Ich folgte ihr, als um mich herum Kugeln in Wand und Türrahmen schlugen. Ich wartete nicht erst ab, um zu sehen, was los war, sondern ich war ziemlich sicher, daß Freund Elf uns einen Abschiedsgruß hinterher schickte. Ich knallte die Tür hinter mir zu und sah mich nach irgendwas um, mit dem man sie verbarrikadieren oder absperren konnte. Doch bei dieser Tür handelte es sich schließlich um einen Notausgang, was bedeutete, die Tür war so konstruiert, daß sie nicht versperrt werden *konnte.* Ich gab dieses Vorhaben dann auch sofort auf und jagte hinter Jocasta her, die Betontreppen hinauf. *Breite* Treppen, breit genug für die Kamikaze-Schleuder, aber immerhin zu schmal für die Harleys.

Eine Treppe, zwei Treppen, und das Blut pochte mir noch lauter in den Ohren als unsere stampfenden Schritte. Wir waren auf der Hälfte der dritten, als ich die metallene Notausgangstür auffliegen hörte, begleitet vom Geknatter einer Maschinenpistole. Die Freaks hatten sich gedacht, wir könnten es vielleicht mit einem Hinterhalt versuchen, und gingen jetzt kein Risiko ein. Ich wünschte mir eine Granate oder etwas gleichermaßen Unerfreuliches, was man die Treppe runterwerfen konnte, um die Kids zu beschäftigen, aber natürlich habe ich nie das passende Geschenk bei mir.

Noch eine halbe Treppe, und ich hörte das Geräusch, vor dem ich mich gefürchtet hatte: Das Heulen einer hochdrehenden Turbine. Freund Elf hatte seine Maschine mitgebracht und ging die Treppen an. Wir hatten nicht mehr viel Zeit.

Auf dem Absatz dieser Treppe riß Jocasta die Tür auf und blieb stehen. Einen Augenblick später stand ich neben ihr. Vor uns lag ein kurzer Flur. Direkt rechts neben uns war ein weiterer Notausgang, dessen Tür mit einer Paniksperre versehen war. Wahrscheinlich führte er nach draußen. Am anderen Ende des Flurs war eine hell gestrichene Tür mit der Aufschrift ›Zur Promenade‹.

Nach draußen auf die Straße? Oder auf die Promenade mit ihren Menschenmassen und dem dämlichen Wachpersonal (hoffentlich). So gesehen, fiel die Wahl nicht schwer. »Kommen Sie«, schrie ich und riß Jocasta beinahe von den Beinen, als ich auf die Tür zur Promenade zu rannte. Dem Geräuschpegel nach zu urteilen, war uns der Elf dicht auf den Fersen. Ich durchlebte einen entsetzlichen Augenblick, als sich der Türknopf — keine Paniksperre hier — nicht sofort drehte. Aber dann probierte ich es anders herum, und die Tür öffnete sich problemlos. Erst im letzten Augenblick dachte ich daran, meine Kanone zu verstauen, dann traten wir durch die Tür und schlossen sie hinter uns.

Wir standen einen Augenblick da, überwältigt von der Verwandlung. Von der Leben-und-Tod-Welt der Tiefgarage waren wir direkt in das Alles-wie-Immer einer protzigen Konzernpromenade geschneit. Helle Lichter, auf geschmackvolle Weise die Aufmerksamkeit fesselnde Schaufensterauslagen, sogar ein paar verfrühte Weihnachtsdekorationen hingen hier und da. Es waren nicht viele Leute unterwegs, da die meisten Geschäfte bereits geschlossen hatten, aber die paar Kunden, die noch aus den Restaurants und Bars kamen oder hineingingen, waren in ähnlichem Stil — oder zumindest derselben Qualität — gekleidet wie Jocasta. Ich war ziemlich fehl am Platz.

Wen kümmerte das? Einer der Westlake-Sicherheitsbeamten, ein Troll, der mit seinem Zorro-Hut wie ein *echter* Geck aussah, beäugte mich mit unheilvollem Blick. Wenn wir schnell genug von hier wegkamen, würden Zorro samt seiner Truppe und die Freaks sich vielleicht gegenseitig beschäftigen, bis wir uns verzogen hatten.

Ich konnte das Turbinenmotorrad des Elfs selbst durch die geschlossene Tür hören. Wir hatten keine Zeit. Ich griff wieder nach Jocastas Ellbogen und zog sie von der Tür weg. Zorro, der Troll, stand über uns im Zwischengeschoß und musterte uns über das Glasgeländer hinweg. Je früher er in die Action einbezogen wurde, desto besser.

»Hey, Wache«, rief ich ihm winkend zu. »Wir brauchen Hilfe hier unten. Unten ist irgendwas los.«

Er schoß einen finsteren Blick auf uns ab, und ich sah ihn etwas in sein Kopfset murmeln. Dann fuhr er die Rolltreppe zu uns hinunter. Er legte die schwarz behandschuhten Hände zusammen und drückte, und die Schultern seiner Uniform rissen beinahe in den Nähten, als sich seine Muskeln bewegten. Na schön, ich war beeindruckt. Jocasta und ich entfernten uns weiter von der Tür und steuerten die nach oben führende Rolltreppe an. Ein nach Konzern aussehendes Pärchen war auf dem Weg nach oben. Als die beiden den Troll passierten, gönnte dieser ihnen einen kurzen Blick und tippte in flüchtigem Gruß an die Hutkrempe.

Deshalb war er auch abgelenkt, als die Nottür aufflog und der Elf auf die Promenade donnerte. Der Troll wirbelte herum und riß seine blutunterlaufenen Augen sperrangelweit auf. Er griff nach seiner Waffe, griff schnell danach.

Doch der Elf hatte seine Maschinenpistole bereits draußen und schußbereit. Er zog den Abzug durch und leerte den gesamten Munitionsclip in den Troll, bevor dessen Waffe auch nur aus dem Halfter heraus war. Der Troll stand einfach nur da, und einen Augenblick dachte ich, seine gepanzerte Uniform hätte es tatsächlich geschafft. Aber dann schoß das Blut aus einer Vielzahl von Kopfwunden, und er stürzte vornüber — Krach, Peng — die Rolltreppe hinunter. Die Konzernfrau schrie, und ihr Partner warf sich sehr mutig flach auf den Boden, um es ihr allein zu überlassen, alles Blei, das in ihre Richtung geflogen kam, zu absorbieren. Ich rannte die Rolltreppe hinauf und zog Jocasta hinter mir her. Ich stieß die Konzernbraut beiseite, und ich glaube, ich trat ihrem Verehrer auf den Hals. Jocastas hochhackige Stiefel mußten einen empfindlicheren Teil seiner Anatomie getroffen haben, weil er schrill aufschrie.

Ich riskierte einen raschen Schulterblick. Der Elf hatte einen neuen Clip in seine Waffe eingelegt und legte gerade los. Kugeln schlugen Funken auf den Metallstufen der Rolltreppe und prallten als Querschläger davon. Die Kugeln entrissen der Konzernbraut einen heiseren Schrei und warfen sie als blutiges Bündel auf die Stufen. Der Elf benutzte wieder seinen Lieblingstrick, indem er die Waffe mit dem Rückschlag auf sein Ziel — uns — zuwandern ließ. Wir hatten vielleicht eine Sekunde. Aber wir waren am Ende der Rolltreppe angelangt. Ich warf mich vorwärts, wobei ich Jocasta mit mir nach unten riß. Bevor ich auf dem Boden landete, knallte etwas mit der Wucht eines Baseballschlägers gegen meinen linken Ellbogen. Ich hatte das Gefühl, als stünde plötzlich mein Arm in Flammen. Ich verbiß mir eine laute Obszönität und rollte vom Ende der Rolltreppe weg.

Schnell sah ich mich um. Keine Wache hier oben.

Warum nicht? Hatten die Schwachköpfe die Schüsse und das Motorrad nicht gehört?

Das Motorrad ... Ich duckte mich und riskierte einen raschen Blick die Rolltreppe hinunter. Konzernbraut und Konzernbubi lagen immer noch auf der Rolltreppe, perfekte Hindernisse. (Hindernisse? *Ja.* Ein guter Fahrer kann auf ebenem Gelände über einen flach ausgestreckten Körper fahren, ohne ein übermäßiges Sturzrisiko einzugehen. Aber nicht auf einer Rolltreppe. Der Elf konnte es *vielleicht* schaffen, aber vermutlich würde er über das Schutzgitter segeln, bevor er wußte, wie ihm geschah.) Der Elf durchschaute die Situation ebenfalls. Er stand am Fuß der Rolltreppe und drehte wütend am Gas, während er die beiden Hindernisse anfunkelte. Was bedeutete, er sah nicht in meine Richtung. Ich zog den Manhunter und zielte auf sein dunkles Gesicht. Wie man uns bei Lone Star beigebracht hat — und wie der Trollwächter mit für ihn endgültigen Folgen bemerkt hatte —, bewahrt einen selbst der beste Körperpanzer der Welt nicht vor einem Kopfschuß. Ich schaltete den Ziellaser dazu, um ganz sicherzugehen — jawoll, mitten im Gesicht — und streichelte zweimal den Abzug.

Aber der Wichser mußte das Aufblitzen des Lasers gesehen haben. Er warf sich zur Seite, gerade als die große Pistole losdonnerte, und schickte mir einen schnellen Feuerstoß entgegen, der mich dazu veranlaßte, mich in Deckung zu wälzen. *Beinahe,* verdammt. Ich kroch auf allen vieren zu Jocasta, die sich hinter einer Bank aus synthetischem Marmor verkrochen hatte. Sie hatte ihre Pistole herausgeholt und zielte damit auf das obere Ende der Rolltreppe. Gute Idee. Ich schloß mich ihr an und nahm dasselbe Ziel aufs Korn. Wenn der Elf die Rolltreppe heraufkam — was er tun würde, das wußte ich —, würden wir ihn von seiner schicken Karre pusten. Bis dahin war dann hoffentlich die Westlake-Sicherheit eingetrudelt, um sich der beiden Fußsoldaten anzunehmen.

Die Leiche der Konzernmieze erreichte das Ende der Rolltreppe, gefolgt von dem Konzernbubi. Er lebte noch, und in dem Augenblick, in dem er oben angekommen war, hechtete er über sein verflossenes Rendezvous und steuerte unbekannte Gefilde an. Ich wischte mir kalten Schweiß von der Stirn und bemühte mich um eine ruhige Hand. Der Elf mußte jeden Augenblick kommen.

Ein donnernder Schuß aus einer Schrotflinte und ein Schrei erklangen hinter uns. Ich sah mich um. Der Konzernbubi war auf dem Boden zusammengebrochen und fast in zwei Teile gespalten. Ein Dutzend Meter weiter war eine mit mahagonifarbenem Leder bekleidete Gestalt aus einem Durchgang zwischen zwei Ladenfronten getreten. Er legte eine neue Patrone in die Kammer seiner großen Schrotflinte ein und richtete die Mündung auf uns. Ich rollte herum und schickte ein paar Kugeln in seine Richtung. Keine Chance, ihn zu treffen, aber er war so damit beschäftigt, sich zu ducken und Deckung zu suchen, daß sein eigener Schuß weit danebenging. Ein Schaufenster explodierte in tausend Scherben, und die gut gekleideten Puppen darin fielen auseinander.

Ich schickte ihm noch eine Kugel entgegen, schrie Jocasta zu, »Weg hier!« und rannte in die andere Richtung. Jocasta zögerte — ich glaube, sie wollte immer noch dem Elf eins verpassen —, aber die Klugheit setzte sich schließlich durch. Beim Rennen wollte sie wissen: »Wo ist *der* denn hergekommen?«

Ich zuckte die Achseln und versetzte mir dann im Geiste einen Tritt. Der Elf auf dem Motorrad hatte dieselbe Treppe genommen wie wir. Aber die beiden anderen Burschen konnten jeden anderen Weg einschließlich der Aufzüge genommen haben. Der zweite Harley-Fahrer konnte überall sein, sogar hinter der nächsten Ecke. Wir bogen scharf nach rechts ab, in einen der ›Arme‹ der kreuzförmigen Promenade.

Und der andere Freak *war* hinter der nächsten Ecke.

Direkt dahinter, etwa einen Meter. Nachdem wir wie ein Güterzug um diese Ecke kamen, hatte er gerade noch genug Zeit, die Augen aufzureißen, bevor ich in ihn hineinpflügte. Er flog in eine Richtung, seine Kanone in eine andere, also jagte ich ihm aus nächster Nähe eine Kugel in die Brust, und wir rannten weiter. Ein weiteres Schaufenster zersplitterte hinter uns, diesmal jedoch aufgrund von automatischem Feuer. Das bedeutete, Freund Elf hatte die Rolltreppe bezwungen und war wie der Teufel hinter uns her.

Wir nahmen eine weitere scharfe Rechtskurve und kamen schlitternd zum Stehen. Ein paar Meter vor uns standen zwei Sicherheitsbeamte vom Typ Zorro, die Waffen gezogen und bereit, uns auf der Stelle zu geeken. Ich versuchte ein unbefangenes Lächeln aufzusetzen, aber es ist schwer, harmlos auszusehen, wenn man zweieinviertel Kilo Ziellaser-unterstütztes Metall in der Hand hält.

»Keine Bewegung!« schnauzte einer der Zorro-Cops. »Fallen lassen, *jetzt!*« fügte sein Partner hinzu. Ich bewegte mich nicht und wollte gerade den Manhunter fallen lassen.

Und da trat Jocasta vor. Ihre Hände waren leer. Ihr Colt war auf wunderbare Weise verschwunden. Ihre Haltung war aufrecht, ihre Miene reserviert, und sie sah mit jeder Faser ihres Körpers wie ein hoher Konzernexec aus. »Er ist mein Leibwächter, ihr Idioten«, schnauzte sie zurück. »Die Killer sind hinter uns.« Ihre Vorstellung war tadellos. Die Zorro-Cops sahen das auch so. Die beiden Kanonen schwankten.

Diesen Augenblick wählte Freund Elf, um mit flammender Maschinenpistole um die Ecke zu biegen. Ein Zorro-Cop wurde herumgerissen und ging zu Boden, während das Blut aus seinem Hals sprudelte, und ich spürte etwas gegen die Rückseite meines Dusters hämmern. Der andere Wächter verlegte seinen Zielpunkt von meinem Nasenrücken auf einen Punkt hinter mir und feuerte eine schnelle Salve ab. So nah vor ihm konnte ich den Überdruck der MP wie Schläge auf meinem Gesicht spüren. Ich schickte dem Elf obendrein noch eine Kugel aus dem Manhunter entgegen.

Der Freak hatte eigentlich in unsere Richtung fahren wollen, aber der unerwartete Bleihagel änderte seine Meinung. Er beendete die Kurve nicht, sondern fuhr geradeaus über die Kreuzung. Unser Sicherheitsmann plapperte irgendwas von ›Motorradgangs‹ in sein Kopfset und nahm zu Fuß die Verfolgung auf. (Ein klassischer Fall von heldenhaftem Mut und fehlendem Verstand, wenn man mich fragt.) Er umrundete die Ecke, und die Promenade hallte vom automatischen Feuer wider. Ich hörte das hohe Jaulen der MP des Elfs und das tiefere Röhren der MP des Zorro-Cops. Nein, mehr als eine dieser Waffen. Die Zorro-Cops trafen doch noch in größerer Anzahl ein.

Was auch gut so war. Während sich Sicherheit und Freaks gegenseitig beharkten, konnten Jocasta und ich uns rar machen. Ich kehrte dem Spektakel den Rücken und begann wieder zu laufen, wobei ich im Vorbeigehen nach Jocastas Arm griff. Sie schüttelte mich mit einem Fluch ab, folgte mir jedoch.

Wir befanden uns in einem kleineren ›Nebenarm‹ der Promenade, und vor uns befand sich eine Wand aus Glas. Die Lichter des nächtlichen Seattle leuchteten hindurch, wenn auch ein wenig verschwommen und mit einem grünlichen Schimmer vom kugelsicheren Transparex. Waren wir in einer Sackgasse gelandet?

Nein. Dort war eine Tür, ein weiterer Notausgang. Mit Jocasta auf den Fersen löste ich die Paniksperre, und wir rannten in die kalte Nachtluft hinaus. Rechts von uns war eine Betontreppe, links eine Rollstuhlrampe. Ich hörte mich die Einrichtung von Rollstuhlrampen lauthals verfluchen. Wenn der Elf das Spießrutenlaufen mit den Wachen überstand, würde er mit seiner Karre problemlos die Rampe herunterrasen können. Wir nahmen die Treppe. Zwei Absätze, und wir waren auf Straßenniveau. Als ich stehenblieb, vermied es Jocasta soeben, in mich hineinzulaufen. Ich zögerte, da sich mein Orientierungssinn bei unserer Hatz durch die Promenade völlig in Luft aufgelöst zu haben schien. Ich brauchte einen Augenblick, um alles auf die Reihe zu bekommen. Mich umschauend, sah ich die großen beleuchteten Reklametafeln auf uns herabfunkeln: Eine für die Universelle Bruderschaft (›Sei Alles, Was Du Sein Kannst!‹), die andere für Fiberwear Wegwerfkleidung (›Die Zukunft Ist zum Wegwerfen‹). Das verriet mir, daß wir auf dem Olive Way gelandet und etwa in südöstlicher Richtung unterwegs waren. Die Umgebung des Westlake Centers ist weit und offen, eine Art gepflasterter Park, und erstaunlich gut erleuchtet. Zu dieser Nachtzeit war die Gegend völlig verlassen.

Nun, fast völlig. Ich sah einen meiner ehemaligen Kollegen — einen Lone Star-Motorradbullen, die brave Seele —, der die Fünfte entlanggondelte und sich damit von uns entfernte. Ich kam mir ziemlich exponiert vor.

Ich wollte schon wieder nach Jocastas Arm greifen, besann mich dann im letzten Moment aber doch eines Besseren. »Lassen Sie uns von hier verschwinden«, sagte ich außer Atem.

»Was ist mit meinem Wagen?«

Ich verkniff mir die Bemerkung, was genau sie mit ihrem Wagen anstellen konnte. »Holen Sie ihn morgen früh ab«, riet ich ihr. »Ich zahle auch die Parkgebühr.«

Sie kochte, folgte mir aber dennoch, als ich den Olive Way überquerte. Zwischen der Vierten und Fünften konnte ich eine Gasse ausmachen, deren Mündung dunkel, sicher und einladend aussah. Mir war nach einem Sprint zumute, aber ich hatte nicht mehr genügend Kraft, also verfiel ich in einen schmerzhaften Trab. Während ich dahintrottete, warf ich einen Blick auf meine Uhr. Erst kurz vor Mitternacht. In die letzten paar

Minuten hatten wir eine ganze Menge hineingepackt. Tja, so ist nun mal das Leben in der Großstadt.

Wir waren halb über den Olive Way gekommen — perfekt beleuchtet von den Straßenlaternen —, als ich hinter uns einen weiteren Feuerstoß hörte, dann, wie irgendwas Zerbrechliches zu Bruch ging, und schließlich ein frenetisches Heulen, das mittlerweile schon fast etwas Vertrautes an sich hatte. Zwar wußte ich bereits, was ich sehen würde, aber ich schaute mich trotzdem um. Das Blauweiß eines Hochintensitäts-Halogenscheinwerfers flackerte im Zickzack über die beleuchtete Glaswand des Westlake Centers. Der Elf war immer noch unterwegs und würde sich tatsächlich bald zu uns gesellen. Jocasta sah es ebenfalls, und wir legten einen Zahn zu. Hinein in die Gasse, und das Westlake Center entzog sich unserem Blick.

Gassen sind sich alle sehr ähnlich, ob sie sich nun in Redmond oder in der Innenstadt hinter dem Mayflower Park Hotel befinden, wo wir jetzt gelandet waren. Dieselben blau gestrichenen Müllcontainer, dieselben Aasfresser, sowohl vier- als auch zweibeinig, die darauf warten, daß man irgendwas Dämliches tut. Diese Gasse rannten wir entlang, als sei der Teufel hinter uns her. Wir waren ein paar Dutzend Meter von der Straßeneinmündung entfernt, als ich die Bremse zog. Die Gasse wurde durch zwei Müllcontainer, die einander über die Leere hinweg anstarrten, auf vielleicht sechs Meter Breite verengt. Ich zeigte auf den Container zur Linken und versuchte Jocasta Anweisungen zuzukeuchen.

Sie begriff augenblicklich, was ich meinte, was sehr gut war, weil ich zu intensiv atmete, um zusammenhängend reden zu können. Ihre Pistole lag wieder in ihrer Hand, als sie sich hinter den massigen Metallcontainer duckte. Das Schiefergrau ihrer Kunstlederklamotten verschmolz mit den Schatten, und sie verschwand beinahe. Perfekt.

Ich tauchte in die Deckung des anderen Containers

und hörte das Scharren entweder einer großen Ratte oder eines kleinen Penners, als sich die oder der Betreffende beeilte, mir nicht in die Quere zu kommen. Mit meiner Kanone in der Hand ging ich in die Hocke und schob den Kopf um die Ecke des Containers, um die Gasseneinmündung zu beobachten. Ich überdachte kurz die Möglichkeiten des Elfs, von denen er mehrere hatte. Wegen seines Vorgehens in der Promenade glaubte ich in ihm jedoch den direkten, Mitten-ins-Gesicht-Typ erkannt zu haben. Die Chancen standen gut, daß er uns in diese Gasse hatte rennen sehen, und eben jene Chancen besagten, daß er mit dem Gasgriff in der einen und seiner MP in der anderen Flosse hinter uns her kommen würde. Ich hörte das rasch näher kommende Heulen einer hochgezogenen Turbine und spannte mich.

Eines muß man diesem Elf wirklich lassen: Er hatte Mumm. Keinen Verstand, aber echt Mumm. Er kam hereingedonnert, wobei er sich so tief in die Kurve legte, daß die Auspuffrohre seiner Karre auf dem Straßenbelag Funken sprühten. Sein Scheinwerfer blendete mich so sehr, daß ich das Mündungsfeuer seiner Waffe nicht mehr sehen konnte. Ich hörte und spürte jedoch, wie die Kugeln in meinen Container einschlugen, und wußte sehr wohl, daß er die Gasse entlang rauschte. Ich duckte mich tiefer, so daß mein Gesicht auf Kniehöhe war, und zielte mit dem Manhunter.

Es war Jocasta, die trotz meiner Bereitschaft das Feuer eröffnete. Ihr kleiner Colt spie einmal Feuer, und der Scheinwerfer des Motorrads explodierte. Entweder ein außergewöhnlich guter oder ein extrem glücklicher Schuß. So oder so, ich würde mich nicht deswegen beklagen. Durch die verschwimmenden roten Nachbilder konnte ich seine Silhouette vor dem Hintergrund der leuchteten Gasseneinmündung sehen. Ich pflanzte ihm den Zielpunkt auf die Brust — ein Kopfschuß war im Augenblick zu unsicher — und zog den Abzug sechs-, siebenmal durch. Die große Kanone klickte leer in meiner Hand.

Jocasta legte sich ebenfalls mächtig ins Zeug, aber sie wandte den Trick an, den die Filmcowboys niemals herausbekommen: Sie zielte auf das Pferd. Ihre Kugeln ließen die Funken vom Rahmen des Motorrads sprühen und trafen schließlich den Treibstofftank, der in einer Stichflamme explodierte. Elf und Motorrad gingen getrennte Wege. Er rutschte über den Asphalt, prallte gegen eine Hauswand und schlug mit dumpfem Knall gegen Jocastas Container.

Jocasta bekam den Elf. Ich bekam das Motorrad. Brennend und funkensprühend krachte es vor meinen Container. Die Gesetze der Impulsübertragung bewirkten, daß der beräderte Container einen kräftigen Schub in meine Richtung erhielt und das Metall gegen meine Schulter knallte. Ich vollführte einen viertel Auerbachsalto und landete auf dem Kopf. In den nächsten paar Augenblicken tat ich das, was man in einer derartigen Situation normalerweise tut: Ich sah den hübschen bunten Sternen vor meinen Augen zu.

Ein schrilles Kreischen durchdrang das, was von meinem Bewußtsein noch übrig geblieben war, das und Jocasta, die meinen Namen rief. Ich zwang mich auf die Knie, weiter kam ich nicht. Sie packte meinen Arm — jetzt wußte ich, wie irritierend das war — und zerrte mich auf die Beine. Eine Sekunde schwankte ich, dann schüttelte ich den Kopf, um ihn wieder klar zu bekommen. Es schmerzte teuflisch, brachte jedoch in der Tat ein wenig Klarheit zurück.

Das Kreischen war immer noch in meinen Ohren. Eigentlich überraschend, da ich gedacht hatte, es sei eine Begleiterscheinung meiner innigen Bekanntschaft mit dem Straßenasphalt. Ich sah mich nach seinem Ursprung um.

Es war der Elf. Einen schrecklichen Augenblick lang dachte ich, er schrie vor Schmerzen wegen seines gebrochenen Rückgrats, aber dann dämmerte es mir. Es war sein Armband. Kein Wunder, daß es so vertraut ausgesehen hatte. Ich hatte etwas Ähnliches während meiner Ausbildung bei Lone Star zu Gesicht bekommen, obwohl ich niemals selbst so eines besessen hatte. Es war einer der Überwachungsmonitore der Lebensfunktionen, die DocWagon seinen Super-Platin-Kunden aushändigt. Sobald dem Kunden irgendwas Kritisches zustößt — und ich schätze, ein gebrochenes Genick fällt in diese Kategorie —, ruft der Monitor sofort einen von DocWagons Rettungswagen, während er ein ohrenbetäubendes Geheul von sich gibt, um alle Welt wissen zu lassen, daß es jemanden erwischt hat.

Mein vom Schock betäubter Schädel hatte daran eine Weile zu kauen. Super-Platin kostet fünfundsiebzig K pro Jahr. Echtes Geld, also, und *keineswegs* eine Summe, von der man erwarten würde, daß sie ein Motorradfreak — und sei er der Gangboß — berappen könnte. Und DocWagon ist *sehr* sorgfältig bei der Überprüfung der Bonität seiner Klienten.

Nun, darüber konnte ich mir später noch Gedanken machen. Jocasta zupfte an meinem Arm, während sie ständig Lassen-Sie-uns-von-hier-verschwinden-Geräusche machte. Klang wie eine gute Idee. Ich verfiel in einen schlurfenden Trab, und wir verschwanden von dort.

Wir hielten uns in dunklen Gassen und überquerten auf diese Weise die Pine Street. Wir hatten gerade die Pike Street einen Block weiter erreicht, als wir die Sirene hörten und uns in den Schatten duckten. Es war ein Rettungswagen, wie ich erwartet hatte, dessen Blaulicht und Sirene Überstunden machten. Überraschenderweise war es jedoch ein Wagen von Crashcart, *nicht* DocWagon. Ich lugte um die Ecke, als der Rettungswagen mit quietschenden Reifen nach links auf die Fifth einbog und verschwand. Sonderbar und immer sonderbarer.

8

Wir hielten eins von den neuen Automatentaxis an und fuhren wieder zurück nach Bellevue. Jocasta hatte einen Kredstab — *keinen* namentlich gekennzeichneten — in das dafür vorgesehene gefräßige Maul des Taxis geschoben und unseren Fahrtwunsch auf dem Tastschirm eingegeben. Dann hatte sie sich in den Sitz gekuschelt und von der Welt im allgemeinen und mir im besonderen zurückgezogen. Offensichtlich hatte sie ›einen ziemlichen Braß‹, wie mein alter Chummer Patrick Bambra es ausgedrückt hätte.

Doch es war keine normale Wut. Soviel war klar. Sie hatte eine gereizte, nervöse Unterströmung, als benutze ihr Verstand die Wut, um nicht darüber nachdenken zu müssen, was wir gerade erlebt hatten. Ich konnte den darin liegenden Reiz sehr gut verstehen. Ich wünschte mir fast einen ähnlichen Abwehrmechanismus. Wir näherten uns der Brücke über den Lake Washington, als ich sah, wie das Zittern bei ihr einsetzte und sie die Lippen so fest zusammenpreßte, daß sie beinahe verschwanden. Der Schock fraß sich jetzt durch die Fassade ihrer Wut. Wie sehr ihr Unterbewußtsein auch versuchen mochte, den Deckel daraufzuhalten, ihr Verstand würde die Schrecken des Erlebten nicht länger zurückhalten können.

Ich konnte es als therapeutisches Manöver rechtfertigen, um ihr zu helfen, den Abwehrmechanismus aufrechtzuerhalten, der ihr dabei half, die Fassung zu bewahren. In Wirklichkeit tat ich es natürlich aus dem absolut selbstsüchtigen Grund, daß ich nicht mit Jocasta in einem geschlossenen Wagen sein wollte, wenn sie innerlich auseinanderfiel. Ich sagte etwas, von dem ich glaubte, daß es ihrer Wut neue Nahrung geben würde. »Wir sind reingelegt worden«, bemerkte ich.

Sie sprang sofort darauf an und funkelte mich mit blitzenden Augen an. »Sie haben es verpatzt«, spie sie mir ins Gesicht. »Es hätte keine Falle werden müssen, wenn wir ehrlich gespielt hätten.« Ich wollte etwas sagen, aber sie schnitt mir das Wort ab. »Ich bin noch nicht fertig. Wenn ich angerufen hätte, und zwar so, wie ich es sollte, wäre mir vielleicht ein anderer Ort für ein Treffen genannt worden. Für ein *sicheres* Treffen.«

Ich schaffte drei Worte: »Aber die Motorradfreaks ...«

Und sie legte wieder los. »Sie waren da, um den Kontakt zu schützen, falls wir irgendwas Schwachköpfiges unternehmen würden, wie zum Beispiel der Telekomnummer nachzugehen. Wenn wir ehrlich gespielt hätten, wären uns die verfluchten Freaks nie über den Weg gelaufen.«

»Das können Sie nicht wissen«, protestierte ich.

»Ich weiß, daß wir es versaut haben«, schoß sie zurück, »und ich weiß, daß der Kontakt für uns verloren ist. Er wird mir nicht noch mal vertrauen.« Und mehr sagte sie nicht, weder zu diesem Thema noch zu einem anderen.

Sie kochte immer noch — das Zittern der Wut war stärker als das Schlottern der Angst —, als sie in Beaux Arts ausstieg. Ich beorderte das Taxi nach Purity und fühlte mich sofort wie ein Stück Drek, daß ich sie so gehen ließ. Ich sah aus dem Rückfenster, aber sie war bereits außer Sicht. Der wolkenverhangene Himmel öffnete daraufhin wieder seine Schleusen, was absolut perfekt zu meiner Stimmung paßte.

Am nächsten Morgen, Samstag, dem 23. November, schlief ich lange, und die Bewohner Puritys waren bereits dabei, sich das Mittagessen zusammenzustehlen, als ich mich der Welt wieder anschloß. Die Schrammen an Ellbogen, Rücken, Schulter und Kopf — in dieser Reihenfolge durch Schläge von Kugel, Kugel, Müllcontainer und Gasse verursacht — nahmen alle Farben des Regenbogens an, und ich fühlte mich sehr, sehr alt. Ich erwog kurz, Jocasta anzurufen, um mich für letzte

Nacht zu entschuldigen, aber dann fiel mir wieder ein, daß ich ihre Nummer nicht hatte.

Ich trank gerade die erste Tasse Soykaf des Tages, als das Telekom summte. Das grinsende Gesicht Bent Sigurdsens veranlaßte mich, die Videokamera zuzuschalten.

Sein Grinsen verblaßte ein wenig, als er mich sah. »Hoi, Dirk«, sagte er mit einem Anflug von Besorgnis in der Stimme. »Alles in Ordnung, Chummer?«

Ich fuhr mir mit der Hand durchs Haar, mehr aus Gewohnheit als aus dem Glauben, es könne tatsächlich helfen, und zuckte die Achseln. »Wie könnte es an so einem prächtigen Novembermorgen anders sein?«

»Nachmittag«, korrigierte er mich.

»Was auch immer. Hast du irgendwas für mich?«

Er nickte. »Was weißt du über 2XS?«

»To excess?«*

»Mh-mh. Zahl und Buchstaben: Zwo X-ray Sierra. Weißt du irgendwas darüber?«

Ich schüttelte den Kopf. »Hab noch nicht mal davon gehört.«

Bent blickte finster drein, eine Miene, für die sein Gesicht absolut ungeeignet ist. »Ich wünschte, ich könnte dasselbe sagen«, bemerkte er traurig. »Im Augenblick ist es eine echte Geißel der Straße. Lone Star, sogar das FBI, reißen sich den Arsch auf, um das Zeug auszumerzen oder zumindest rauszubekommen, woher es kommt. Ich dürfte dir das gar nicht sagen, aber bis jetzt heißt es überall nur ›Fehlanzeige‹. Niemand scheint den Finger drauflegen zu können.«

Ich nickte verständig. »Und was *ist* 2XS?«

»Ein Chip. Ein neuer Chip.«

»Nur ein Chip?«

---

* *Anmerkung des Übersetzers:* ›To excess‹ bedeutet ›übertreiben‹, ›ausschweifen‹. Im Englischen wird to excess genauso ausgesprochen wie 2XS, nämlich [tu ik'ses].

Er seufzte. »Ein Chip, wie SimSinn ein Chip und BTL ein Chip ist. Okay?«

Ich ärgerte mich ein wenig über seine Knappe-Worte-knappe-Sätze-für-den-Idioten-Methode, nickte jedoch. »Okay.«

»Denk an den Unterschied zwischen einem SimSinn- und einem BTL-Chip. SimSinn läßt dich einen Film erleben, aber mit allen fünf Sinnen statt nur zweien. BTL bewirkt dasselbe, verstärkt aber die sensorischen Signale bis an die Grenzen des Möglichen.« Er hielt inne, um sich davon zu überzeugen, daß ich folgen konnte. »Jetzt nimm einen BTL-Chip ...«

»Okay, okay«, warf ich ein. »Ich hab's begriffen.«

»Nun, 2XS ist der nächste Schritt. Wie BTL, aber es knallt auch auf der physiologischen Ebene rein: Adrenalin, Endorphine, die ganze Palette, einfach *alles*. Offensichtlich kommt sich der Benutzer vor, als könne er die Welt regieren, während der Chip läuft. Aber er entfaltet seine Wirkung auf einer derart grundlegenden Ebene, daß man ihn nicht auf einem normalen SimSinn-Spieler laufen lassen kann. Er muß in eine Datenbuchse gesteckt werden, so daß er direkt ins Hirn knallt.«

»Und natürlich ist er suchterzeugend wie nur was.«

Er nickte. »Klar. Physisch *und* psychisch. Einmal dran geschnuppert, und du willst nichts anderes mehr.«

»Und natürlich zieht dich das Zeug runter, so daß du am Ende bist, wenn du es ein paarmal eingeworfen hast?«

»Ja«, bestätigte Bent. »Ist ziemlich übel.«

»Ja«, echote ich. Es klang auch ziemlich übel. BTL-Chips — ›Better Than Life‹ — waren schon schlimm genug. Anders als normale SimSinn-Chips hatten BTL-Chips keinen Regler, keinen Begrenzer für die Intensität der Sinnesaufzeichnung. Wenn man einen BTL-Chip einwirft, fühlt und erlebt man *exakt* das, was die Person, die den Chip aufgezeichnet hat, gefühlt und erlebt hat, als würde einem alles selber widerfahren. Alles und jedes: Orgasmus, Lebensrisiko, Angst, Ekstase, sogar jenen Einmal-im-Leben-Kick: Todesqualen. Während einem der Chip die Sinneswahrnehmungen ins Hirn speist, *ist* man das Subjekt der Aufzeichnung.

Was locker wüst genug ist, um die geistige Gesundheit regelmäßiger Benutzer zu ruinieren. (Ich erinnerte mich an den Punk, der auf mich geschossen hatte, bevor Jocasta in mein Leben getreten war. Er hatte wahrscheinlich so oft einen BTL-Chip eingeworfen, der ihn die Aufzeichnung eines Scharfschützen erleben ließ, daß er schließlich zu dem Schluß gekommen war, er *sei* der Scharfschütze.) Aber wenigstens haben BTL-Chips keinen direkten Einfluß auf den Körper. Klar, wenn jemand Angst hat, wird Adrenalin in seinen Körper gepumpt. Aber die Ausschüttung von Endorphinen und jenen körpereigenen Drogen, die es vierzig Kilo schweren Müttern ermöglichen, Autos anzuheben, unter denen ihre Kinder liegen, wird von BTLs nicht angeregt. (Ansonsten würde der verdrehte Schwachkopf, der sich auf BTL das Todeserlebnis reinzieht, selbst abkratzen.) Laut dem, was Bent mir erzählte, galt diese Einschränkung *nicht* für 2XS. Schauerlich. Schauerlich wie der Teufel.

Meine beunruhigenden Gedanken mußten sich in meiner Miene gespiegelt haben. Bents Gesicht war gleichermaßen ernst. »Da ist noch mehr. Wie es scheint, greift es die Gesundheit der Benutzer sehr stark an, und zwar schon nach kürzester Zeit.«

»Das dachte ich mir. Nimm einen Automotor und bring ihn einfach *so*« — Ich schnippte mit den Fingern — »ordentlich auf Touren. Mach das ein paarmal, und es dürfte die Gesundheit dieses Motors einigermaßen angreifen.«

Auf Bents Gesicht erschien ein flüchtiges Lächeln. »Gute Analogie. Macht es dir was aus, wenn ich sie benutze?« Ich winkte sofort ab. »Bitte behalte das alles für dich«, fuhr er fort. »Ich würde ganz schön im Drek sitzen, wenn es rauskommt, daß ich es dir erzählt habe.«

Ich hob eine Augenbraue. »Warum? Ist das nicht allgemein bekannt?«

Er schnaubte. »Von wegen. Das stammt direkt aus Dateien mit der Lone Star-Sicherung.«

LSS, das kitzelte eine Erinnerung. »Juli Long?« fragte ich.

»Natürlich. Du hast mich doch gebeten, mir mal ihre Akte anzusehen.«

»Und das stand alles in der gesicherten Datei?«

Bent sah aus, als fühle er sich unbehaglich. »Neeee. Die Datei hat mich zu ein paar anderen geführt ...«

»Die auch gesichert waren«, beendete ich den Satz für ihn. »Kein Problem, Bent, Chummer. Verschlossen und versiegelt. Niemand wird es von mir erfahren.« Ich hielt kurz inne. »Du willst mir also sagen, daß ...« Ich ließ den unvollendeten Satz in der Luft hängen.

Bent nickte eifrig. »Juli Long war 2XS-süchtig. Sie ist daran gestorben.«

Eine harte Woche für Blondinen.

Ich hatte keinen Grund, weiterhin Ausflüchte zu machen, also kümmerte ich mich um die Modalitäten meiner Anstellung betreffend Long, Juli Carole (verstorben). Unter Benutzung der Standardkanäle machte ich Ansprüche auf die Leiche geltend, wobei ich die Beschäftigungs- und Lebensdaten benutzte, die mir mein in Chicago beheimateter Mr. Johnson gegeben hatte. Dann leitete ich alles in die Wege, daß Julis sterbliche Überreste in die wohlwollend ausgebreiteten Arme ihrer früheren Konzernheimat überführt wurden.

Um meine Gefühle zu schonen, bemühte ich mich, die menschliche Dimension auszusparen, indem ich mich auf die Aspekte des Versands konzentrierte. Natürlich war das aussichtslos. Julis Holo steckte immer noch in meiner Brieftasche, und ich wollte es nicht herausnehmen und vernichten, weil ich es dann hätte betrachten müssen. Die Frage, die mir ständig durch den Kopf ging, lautete: Hatte sie vor oder nach ihrer Ankunft in Seattle mit den 2XS-Chips Bekanntschaft gemacht? Manchmal macht mir mein selbstgewählter Beruf wirklich Spaß. Dies war keiner dieser Momente.

Ich hatte gerade den Schirm ausgeschaltet und mich zurückgelehnt, um ein wenig auszuruhen, als das Telekom wieder summte. Ich wollte wieder ins Bett gehen, aber es konnte was Wichtiges sein. Jocasta vielleicht?

Ich drückte die Taste, um den Anruf anzunehmen, aber der Schirm blieb dunkel. Okay, ›nur Ton‹ konnten auch zwei spielen. Ich ließ die Videokamera ausgeschaltet. »Ja?« sagte ich.

»Bist du das, Derek, mein Alter?« Die Stimme war melodisch und ein wenig schrill, doch eindeutig männlich, und weckte die Vorstellung lachender irischer Augen.

Ich mußte unwillkürlich grinsen. »Patrick, du verdammter Taugenichts«, röhrte ich. »Laß bloß die Finger von meiner Tochter!«

Er brauchte einen Augenblick, um sich zu fassen, dann war er wieder da, seine Stimme die Vernunft in Person: »Ach, Derek, du weißt doch, ich würde nie mit deiner Tochter rummachen, wo ich doch gerade mit deiner Mutter im Bett liege.« Dann lachte er. »Ist 'n Vergnügen, deine Stimme wieder mal zu hören, Junge. Der Humor hat mir in den vergangenen Tagen traurigerweise gefehlt.«

»Ach? Ist das der Grund, warum ich dein Gesicht nicht zu sehen kriege?«

»Einer von den Gästen dieses hervorragenden Etablissements scheint ein paar Bit aus der Videokamera entfernt zu haben.« Der Humor in seiner Stimme verblaßte. »Ich bin in Schwierigkeiten, Derek. Ich muß mit jemandem darüber reden.«

»Und ich hab den Schwarzen Peter gezogen?«

Er schwieg so lange, daß ich mich schon fragte, ob die Verbindung unterbrochen worden war. Dann sagte er leise: »Nein, so ist es nicht, überhaupt nicht. Du bist in diesen Dingen viel besser als ich, Derek.« Ich hörte ein grimmiges Kichern. »Ich glaube, du bist so, wie ich sein wollte, wenn ich mal groß bin, würdest du mir nicht ein wenig Angst einjagen.«

Ich seufzte. Melodramatisch, aber so war Patrick nun mal. »Was ist los?« fragte ich.

»Nicht über diese Leitung«, sagte er rasch. »Wir müssen uns treffen.«

»Warum?«

»Ich kann dir das jetzt nicht erklären«, sagte er. Und zum erstenmal konnte ich hören, was sich hinter seiner Fassade aus Humor verbarg: eine anständige Portion Angst. »Ich bin in einem Laden namens Superdad. Er ist in Kingsgate.«

»Kenn ich. Ich kann heute abend da sein, sagen wir um zwanzig ...«

»Nein!« Er schrie fast, um dann etwas ruhiger hinzuzufügen: »Nein. Kannst du es nicht schneller schaffen? Sofort?«

Ich seufzte wieder. Ich hatte schon genug am Hals, auch ohne mir Gedanken machen zu müssen, wie man Patrick wieder einmal aus dem Drek ziehen konnte. Aber, zum Teufel damit, er war ein Freund, und ich war nicht ganz zynisch genug, Freundschaft einfach in den Wind zu schreiben. Zumindest noch nicht. »Okay. Gib mir eine Stunde.« Und ich unterbrach die Verbindung, bevor er mir danken konnte.

Ich kuschelte mich in meinen Sessel und betrachtete den Rest in der Flasche mit Synth-Scotch — schließlich stand die Sonne schon irgendwo über der Rahnock —, verwarf die Idee jedoch wieder. Ich vermute, der Gedanke, in eine Flasche zu tauchen, um sich zu verstekken, war durch Patricks Anruf ausgelöst worden.

Patrick Bambra hat diese Wirkung auf eine ganze

Menge Leute: Er bringt sie zum Trinken und leistet ihnen dann Gesellschaft. Es war eine Weile her, seit wir das letztemal etwas voneinander gehört hatten. Zuletzt miteinander geredet hatten wir ein paar Monate nach meinem Absprung bei Lone Star, als er mich schweißgebadet anrief und mich bat, ein paar ziemlich stämmigen Schuldeneintreibern die Idee auszureden, die Architektur seiner Kniegelenke neu zu gestalten. Es klang, als sei etwas Ähnliches wieder passiert.

Was mich nicht im geringsten überraschte. Patricks Bemerkung, er wolle so sein wie ich, wenn er groß wäre, hatte einen Funken Wahrheit an sich. Nachdem er aus Lone Stars Ausbildungsprogramm geflogen war, hatte er fast ein Jahr herumgetändelt und hier und da komische Jobs übernommen. Dann schied ich bei Lone Star aus und stürzte mich in den Ermittlungstrubel. Und Patrick entschied praktisch augenblicklich, das sei *der* Beruf für ihn, jedenfalls habe ich es so verstanden. Also fühlte ich mich auf eine ganz verdrehte Art und Weise für ihn verantwortlich. Genau das, was mir jetzt noch gefehlt hatte.

Kingsgate ist einer der weniger appetitlichen Bezirke der Redmond Barrens, und das will etwas heißen. Es liegt östlich vom Highway 405 und gegenüber vom Juanita-Bezirk Bellevues, und zu behaupten, es hätte schon bessere Tage gesehen, ist eine kosmische Untertreibung. Kurz nach der Jahrtausendwende, bevor Seattle wirklich auseinanderzufallen begann, wurde Kingsgate als ›das nächste Bellevue‹ gehandelt. Die Stadtplaner rechneten damit, daß die High-Tech-Unternehmen, die sich in Bellevue ausbreiteten, über die 405 nach Kingsgate rüberlecken und ihr Geld mitbringen würden. Ein paar Jahre lang schien es zu klappen, dann ging irgendwas ziemlich schief. Die erfolgreichen Mieter zogen aus den protzigen Industrieparks und den der Innenstadt nacheifernden Bürogebäuden aus, und ihre weniger erfolgreichen Rivalen konnten sich die astronomischen Mieten nicht leisten. Wenn die Besitzer dieser Gebäude sofort reagiert und die Mieten gesenkt hätten, wäre vielleicht noch etwas zu retten gewesen. Aber sie blieben in der Erwartung hart, die Dinge würden sich schnell wieder ändern.

Natürlich taten die Dinge das nie. Die Anzahl leerstehender Gebäude schnellte ins Uferlose, das Einkommen für die Hausbesitzer fiel. Diese kamen mit ihren Kredittilgungen in Rückstand, und schließlich standen die Banken mit unzähligen leerstehenden Häusern in den Händen da und wußten nicht, was sie damit anfangen sollten. Kurzfristig hatte man Hoffnung, das übrige Redmond könne Kingsgate irgendwie aus dem Drek ziehen, aber natürlich war Kingsgate ein Omen dafür, was dem Rest der Gegend noch blühte.

Und so entstand das Kingsgate von heute. Haufenweise protzige Bürogebäude, die bis auf die Penner und anderen inoffiziellen Bewohner leer sind. Überwachsene Industrieparks, die rivalisierenden Banden nur allzu häufig als Schlachtfeld dienen. Obwohl der Rest der Barrens ziemlich schnell in Chaos und Vergessen abglitt, sollten Sie sich immer vor Augen halten, daß es Kingsgate zuerst und am besten tat.

Superdad war eine schäbige Kaschemme, die sich im Erdgeschoß des ehemaligen Gebäudes der Seattle Silicon befand. Eine flackernde Neonreklame draußen verkündete GI LS-LIVE G RLS. Ich stieß die Tür auf und marschierte in die relative Dunkelheit. Rhythmische Musik pulsierte aus billigen Lautsprechern, wurde jedoch vom Lärm eines auf den Sportkanal eingestellten Trideos fast völlig verschluckt. Meine Nase wurde vom Gestank nach schalem Bier und anderen, noch unangenehmeren Düften attackiert. Einen Augenblick später hatten sich meine Augen an die Beleuchtung, oder vielmehr an den Mangel daran, gewöhnt, und ich sah mich um.

Der Raum war nicht groß für eine Kneipe, vielleicht zwanzig Quadratmeter. Er wurde von einer großen U-förmigen Bar beherrscht, die mit einem schlaksigen jungen Burschen besetzt war, der so mit Chips vollgedröhnt war, daß er fast vibrierte. Hinter der Bar befand sich eine Bühne, auf der ein mächtig ausgestattetes Ork-Teeniemädchen oben ohne tanzte. Irgendwie beeindruckt von ihrem Talent, sah ich ihr einen Augenblick lang zu: Es ist schwierig, so vollständig und beharrlich nicht im Takt zu tanzen, wie sie es tat. Ihre Augen waren nach oben verdreht, so daß nur das blutunterlaufene Weiß zu sehen war, und sie schien für ihre Umgebung absolut blind und taub zu sein und nur für sich allein zu tanzen.

Was auch gut so war, da ihr niemand auch nur die geringste Beachtung schenkte. An der Bar saßen zwei stämmige Orks, von denen einer dem Urban Brawl-Spiel im über der Bühne angebrachten Trideo zusah. Der andere hatte sein Gesicht auf den schmutzigen Bartresen gepflanzt und blies Luftblasen in eine Pfütze aus verschüttetem Bier. Die beiden anderen Gäste saßen an einem Tisch, so weit wie möglich von der Bühne entfernt, gewiefte Straßenwiesel, die in eine intensive Geschäftsbesprechung vertieft waren. Ich schätze, der Nachmittagsbetrieb ist es nicht, was Superdad am Laufen hält.

Ich schlenderte zur Bar. Der bedröhnte Bartender spielte mit einer Flasche Whiskey, indem er sie hoch in die Luft warf und wieder auffing. Während er sie mit der rechten Hand jonglierte, schoß plötzlich seine linke vor und deutete mit einem schmierigen Zeigefinger auf meine Brust. »Sie?« bellte er. »Was zu trinken?«

Ich schüttelte den Kopf. »Ich treff' mich hier mit jemandem«, verriet ich ihm.

Er stellte die Flasche auf der Bar ab und musterte mich rasch. Dann nickte er. »Hinten«, sagte er, indem er mit dem Daumen über die Schulter wies.

Ich dankte ihm und ging durch die Tür links von der Bar, auf die er gezeigt hatte. Ich fand mich in einem kurzen Korridor wieder, der von einer einzigen nackten Glühbirne an der Decke erhellt wurde. Es gab zwei weitere Türen, die eine direkt vor mir mit der Aufschrift Garderobe (ergänzt durch einen unbeholfen aus Goldfolie ausgeschnittenen Stern), die andere mit der Aufschrift Büro. Ich hüllte mich enger in meinen gepanzerten Duster — Paranoia, ich weiß, aber selbst Paranoide haben Feinde — und spürte das Gewicht des Manhunter im Halfter.

Während ich noch herumstand, öffnete sich die Tür zur Garderobe, und ein winziges Mädchen kam heraus. Sie trug nichts außer einigen Kilo silberner Ketten, und ihr Haar hatte denselben Schimmer wie ihre ›Kleidung‹. Sie warf mir ein kesses Lächeln zu, als sie sich an mir vorbeiquetschte — vollkommen überflüssigerweise, da ich den Eingang nicht blockierte — und verschwand dann durch die Tür zur Bar. Ich mußte lächeln. Manchmal bietet einem dieser Job die interessantesten Belohnungen.

Ich ging den Flur entlang und klopfte an die Bürotür. Ich hörte drinnen Bewegung und dann ein zaghaftes ›Ja?‹

»Ich bin es, Patrick.«

Die Tür öffnete sich, und da stand Patrick Bambra und lächelte mich verlegen an. »Ah, Derek«, sagte er, »du bist ein erfreulicher Anblick. Komm rein.« Ich registrierte, daß sein Atem nach Whiskey roch. Er trat zurück, und ich folgte ihm ins Büro, ein kleines Zimmer, das mit Bierkisten, einem Schreibtisch und einer rostigen Metallkoje vollgestopft war. Er setzte sich auf das Bett, welches alarmierend quietschte, und deutete auf den Schreibtischstuhl. Ich schloß die Tür hinter mir, dann setzte ich mich ebenfalls.

Ein paar Augenblicke betrachtete ich ihn einfach nur. Mit einer Größe von über zwei Metern und dünn wie eine Bohnenstange sah Bambra lächerlich aus, wie er mit angewinkelten Armen und Beinen auf dem niedrigen Bett saß und scheinbar nur aus Gelenken zu bestehen schien. Er schien seit unserer Zeit beim Star nicht einen Tag älter geworden zu sein. Er war drei Jahre jünger als ich, aber mit seinem jungenhaften, sommersprossigen Gesicht und leuchtend roten Haarschopf sah er noch mal zehn Jahre jünger aus. Er trug immer noch die dünne Krawatte und die silbernen Kragenecken, die immer sein Markenzeichen gewesen waren. Ich wartete ein paar Sekunden, aber er schien das Gespräch nicht eröffnen zu wollen. »Was liegt an, Patrick?« sagte ich schließlich.

Er zögerte, nicht fähig oder gewillt, Augenkontakt herzustellen. Er rutschte unbehaglich auf dem Bett herum. Mit dieser offensichtlichen Geste der Verlegenheit hätte er jeden anderen zum Narren halten können, aber ich wußte, daß er noch einmal durchging, was er mir erzählen wollte und was nicht. Ich seufzte und stellte mich innerlich darauf ein, weniger als die ganze Geschichte zu hören. »Ich bin da in was reingeraten, das etwas zu haarig für mich ist, glaub ich«, sagte er schließlich. »Manche Leute wollen mich anscheinend tot sehen.«

»Du arbeitest an einem Fall?« Er nickte. »Worum geht es?«

Er sah wieder weg. »Willst du 'nen Drink?« fragte er plötzlich. Er griff unter das Bett und zog eine halb leere Flasche mit synthetischem irischen Whiskey darunter hervor. Einen Moment studierte er das Etikett. »Er ist gar nicht so schlecht, echt nicht.« Ich schüttelte den Kopf. »Tja, ich denke, ich genehmige mir noch einen. Ich hab ihn nötig.« Er griff erneut unter das Bett und brachte ein schmieriges Glas zum Vorschein. Er goß sich einen kräftigen Schluck ein, dachte kurz darüber nach und verdoppelte die Menge. Dann sah er mich wieder an und hielt mir die Flasche hin. »Bestimmt nicht?«

»Worum geht es in dem Fall, Patrick?«

Patrick stellte die Flasche ab und nahm einen Schluck aus dem Glas. Sein ausgeprägter Adamsapfel hüpfte beim Schlucken auf und nieder. »Ich weiß nicht, ob ich dir das sagen kann, Derek, mein Alter«, sagte er gedehnt. »Du weißt, wie das ist, der Ehrenkodex und die Vertraulichkeit, zu der wir uns verpflichten ...«

Ich schaltete die Stimme in meinem Kopf ab, da ich wußte, daß er noch eine Weile so weitermachen konnte. (Bei Lone Star hatte einer unser Mitschüler die Vermutung geäußert, Patrick Bambra müsse den Blarneystein geküßt haben. Ein anderer war zu dem Schluß gekommen, der Stein müsse *Patrick* geküßt haben.)*

Als das Wasser seiner Mühlen schließlich spärlicher floß, fixierte ich ihn mit kaltem Blick. »Du hast gesagt, du brauchtest meine Hilfe«, erinnerte ich ihn.

Es war, als sei er mit heißer Luft aufgepumpt worden und jemand habe eine Nadel in ihn hineingestochen. Er schien in sich zusammenzusacken. Dann nickte er und schlug die Augen nieder. »Ich erzähle dir, was ich weiß«, sagte er ruhig. »Eine Frau hat mich angeheuert, um ihrem Mann zu folgen. Keine besonders noble Geschichte, aber ich brauchte das Geld. Jedenfalls verfolgte ich den Fall eine Weile. Vor ein paar Tagen nahmen die Dinge dann eine Wendung, und die Sache bekam eine persönlichere Note.« Ich holte Luft, um nähere Erläuterungen zu verlangen, aber er fuhr eiligst fort. »Ich kann dir nichts darüber erzählen, Derek, also frag mich nicht. Ich würde nicht nur mein Leben aufs Spiel setzen, verstehst du?« Ich nickte widerwillig. »Ich fand heraus, daß ich jemand anderen aufspüren mußte«, fuhr er fort, »jemanden, der der Universellen Bruderschaft angehört. Du kennst die Bruderschaft?«

---

* *Anmerkung des Übersetzers:* Der Blarneystein ist ein sagenhafter Stein in der Burgmauer von Schloß Blarney in Cork County, Irland. Es heißt, daß ein Mensch, der diesen Stein küßt, ein Experte für Schmeicheleien wird.

»Natürlich.« Teufel, man konnte kaum ein paar Blocks weit gehen, ohne eine Reklametafel der Bruderschaft oder irgendeinen Kerl an der Straßenecke Propagandazettel verteilen zu sehen. »Erzähl weiter.«

»Also ging ich zur Bruderschaft, um sie aufzuspüren ... die Person.« Er musterte mich eindringlich, um festzustellen, ob ich seinen Lapsus mitbekommen hatte, aber ich hatte eine ausdruckslose Miene aufgesetzt, obwohl ich innerlich grinste. Ich reimte mir folgendes zusammen: Freund Bambra, der behauptete, den Frauen abgeschworen zu haben, bevor er das zwanzigste Lebensjahr erreichte, hatte sich in jemanden verliebt, in den er sich nicht hätte verlieben dürfen. *Cherchez la femme,* keine Frage.

»Ich hab mich die Hierarchie raufgelogen«, fuhr er fort, »bis ich auf jemanden in so hoher Position gestoßen bin, daß er die Person, hinter der ich her war, einfach kennen mußte. Aber er hat gemauert, die Schotten absolut dicht gemacht.« Patricks blitzende, uncharakteristisch ernste Augen suchten meine. »Er wollte mich außerdem zur Ruhe setzen, Derek.«

Ich starrte ihn an. ›Zur Ruhe setzen‹ war ein alter Spionage-Ausdruck, den einer unserer damaligen Lone Star-Kameraden ausgegraben und wir dann bei jeder sich bietenden Gelegenheit benutzt hatten. Im wesentlichen bedeutete er, daß jemand zuerst schoß und dann der Leiche die Fingerabdrücke nahm. »Sag das noch mal. Reden wir hier über dieselbe Universelle Bruderschaft?« stieß ich ungläubig hervor. Die Bruderschaft, die ich kannte, war ein locker-flockiger Liebeskult, eine von diesen Nächstenliebe-Vereinen, die auf alle rührseligen Geschichten reinfallen, und von denen gibt es im Sprawl reichlich. Ein Tötungsbefehl und die Friede-sei-mit-dir-Bruder-Show der Universellen Bruderschaft paßten einfach nicht zusammen.

Patrick lächelte matt. »Das war auch mein erster Gedanke«, gab er zu, »aber mein Wort drauf. Ich geb mir alle Mühe, mit diesem feinen Herrn ins Gespräch zu kommen, und als nächstes fliegen mir Kugeln um die Ohren. Mir gefällt das nicht, Derek. Das hat mir noch nie gefallen.«

Ich formte ein T mit meinen Händen. »Auszeit«, sagte ich. »Ich muß mehr darüber wissen. Du kannst mir nicht sagen, wen du gesucht hast, richtig?« Er schüttelte rasch den Kopf. »Was ist mit dem Kerl in der Bruderschaft?«

»Klar, und das eine kann ich dir sagen: Sein Name hat sich für immer in mein Hirn eingebrannt. Es handelt sich um einen gewissen Mr. William Sutcliffe.«

9

Ich schüttelte den Kopf, um klar zu werden. Man sagt, die Welt ist klein, aber das hier war absolut lächerlich. Vielleicht war es an der Zeit, meine eher skeptischen Ansichten in bezug auf Synchronizität neu zu überdenken.

Patrick beobachtete mich, und seinen klaren Augen entging nicht viel. »Könnte es sein, daß du diesen Herrn kennst?« fragte er.

Ich war nicht in der Stimmung, über Lolly oder die Tatsache zu reden, daß sie Sutcliffes Bänder wusch, als es sie erwischt hatte. »Ich hab den Namen schon mal gehört«, antwortete ich vorsichtig. »Wann hast du dich mit ihm getroffen?«

»Das war gestern.«

»Oh.«

Patrick wartete, daß ich noch mehr sagte. »Tja«, sagte er zögernd, als offensichtlich war, daß ich nichts hinzuzufügen hatte. »Ich schätze, es läuft auf folgendes hinaus: Ich brauche deine Hilfe.«

»Wie soll ich dir helfen? Ich kann nicht den Leibwächter für dich spielen. Ich weiß nicht, ob du es schon gehört hast, aber hinter mir sind auch 'n paar Leute her.«

»Ja, das hab ich schon gehört.«

»Aber du machst das ganz richtig. Such dir 'n Plätzchen, wo du 'ne Weile untertauchen kannst. Tu dich mit anderen Runnern zusammen, am besten 'n paar Muskeln.«

Er nickte. »Das hatte ich mir auch schon überlegt. Aber die Sache ist die, auf die Weise hab ich keine Bewegungsfreiheit.«

Ich lächelte und schüttelte den Kopf. »Wenn du mir nicht sagen willst, wen du suchst, kann ich dir dabei nicht viel helfen, oder?« Er wich meinem Blick aus und starrte zu Boden. »Aber es gibt eine Sache, die ich tun *kann*«, fuhr ich fort. »Ich habe selbst Gründe, William Sutcliffe auf den Zahn zu fühlen. Wenn ich irgendwas herausfinde, das du gebrauchen könntest, gebe ich es sofort an dich weiter. Falls du für mich dasselbe tust: Alles, was *du* erfährst, sagst du mir. *Karimasu-ka?*«

»Ich verstehe, Derek«, sagte er rasch, und seine Stimme klang aufrichtig. Patrick Bambra fürchtete um sein Leben, und er würde tun, was notwendig war, um dieses Leben zu schützen. »Ich bin dir was schuldig.«

Ich winkte ab. »Wo hast du Sutcliffe gefunden?«

»Er ist im Stift der Bruderschaft in Redmond. Ecke Belmont und Waveland.« Dann veränderte sich seine Miene und drückte echte Besorgnis aus. »Aber ich würde nicht persönlich dorthin gehen, Alter. Stell die falschen Fragen, und sie könnten beschließen, dich ebenfalls zur Ruhe zu setzen. Und ich wüßte dann nicht, welche die falschen Fragen waren.«

Ich schüttelte den Kopf. »So blöd bin ich nicht.« Er sah ein wenig beleidigt aus — als hätte ich hinzugefügt, »auch wenn *du* es bist« —, sagte aber nichts. Ich stand auf. »Du hast meine Nummer. Melde dich von Zeit zu Zeit, dann sage ich dir, was ich herausgefunden habe. Und du rufst sofort an, wenn du irgendwas für mich hast.« Ich öffnete die Tür und stand schon halb im Flur, als mir etwas einfiel und ich mich noch einmal umdrehte.

»Wenn ich du wäre, würde ich eine Vereinbarung mit dem Barmann treffen. Er soll dich warnen, wenn irgend jemand herumschnüffelt. Er wußte nicht, wer, zum Teufel, ich war, hat mir aber trotzdem sofort gesagt, wo du bist. Ich hätte durchaus derjenige sein können, der dich zur Ruhe setzen wollte.« Ich ließ ihn auf dem Bett sitzen und blaß werden und an diesem beunruhigenden Gedanken herumknabbern.

Auf dem Heimweg kehrten meine Gedanken unwillkürlich zu Patrick zurück. Er war immer ein wenig rätselhaft gewesen oder präziser: ein Anachronismus. Als sei er ein Jahrhundert zu spät geboren. Er liebte die Literatur aus den 30er und 40er Jahren des letzten Jahrhunderts, insbesondere die ›harten‹ Detektivgeschichten, und konnte sich tagelang in die *film noir*-Klassiker vertiefen, die auf jenen Büchern basierten. Als es vor ungefähr einem Dutzend Jahren eine kleinere Renaissance dieses Zeugs gab, war Patrick im siebenten Himmel. Er schaffte es sogar, daß ich eine Weile auf denselben Drek abfuhr, aber ich blieb nicht lange dabei. Es ist schwer genug, im Sprawl zu überleben, selbst wenn man seine ganze Aufmerksamkeit auf das *Heute* richtet.

Aber niemand konnte sagen, Patrick Bambra sei kein Überlebenstyp, obschon manchmal eher unabsichtlich. Er war aus der Ausbildung bei Lone Star geflogen, hatte es jedoch geschafft, Körper und Seele zusammenzuhalten, bis er sich für einen neuen Beruf entschloß. In den Jahren seither hatte er genug Fälle gefunden, um sich über Wasser zu halten. Zwar bestand seine Arbeit größtenteils aus schäbigen Scheidungsklamotten. Dennoch hatte er Anerkennung verdient, weil er es irgendwie geschafft hatte, das zu tun und dabei er selbst zu bleiben. Ich kannte weit fähigere Leute als Patrick, die von sich nicht dasselbe behaupten konnten.

Trotzdem, Patrick war ein Romantiker durch und durch, und der Sprawl ist nicht nett zu Romantikern.

Seine jüngsten Probleme waren ein einschlägiges Beispiel dafür. Ich konnte mir halbwegs zusammenreimen, wie sich die Dinge entwickelt hatten, egal wie verschwiegen Patrick zu sein versuchte. Eine Frau hatte ihn angeheuert, um ihren Mann zu beschatten — soviel hatte er zugegeben —, was gleichbedeutend mit dem klassischen schmierigen Scheidungsfall war. So, wie ich die Sache von hier aus rekonstruierte, hatte Patrick, während er den Burschen beschattete, den Scheidungsgrund zu Gesicht bekommen, mit anderen Worten, das süße junge Ding, mit dem der Bursche seine Frau betrog. Was würde ein durch und durch romantisch veranlagter Typ in einem derartigen Fall tun? Bingo! Sich in besagtes süßes junges Ding verlieben und sie aus diesem höchstpersönlichen Anliegen heraus zu finden versuchen. Zufällig ist sie ein Mitglied der Universellen Bruderschaft, also stochert Freund Bambra dort herum. Und dort stößt er auch auf William Sutcliffe ...

Und Sutcliffe schließt einen Kontrakt auf ihn ab. Ein echter Overkill für Herzensangelegenheiten, egal wie schäbig. Offensichtlich befürchteten Sutcliffe oder andere Leute, die mit ihm zu tun hatten, Patrick könne wichtigere Dinge herausfinden als den Aufenthaltsort seiner Geliebten, so daß sie beschlossen hatten, das Risiko auszuschalten. Genauso, wie sie das Risiko Lolly ausgeschaltet hatten. Mit dem Unterschied, daß Patrick noch lebte.

Eines hatte sich also nicht geändert: Mr. William Sutcliffe war immer noch eine brandheiße Spur. Was sich geändert *hatte,* war die Tatsache, daß ich einen vernünftigen Anhaltspunkt besaß, wo ich mit der Suche nach ihm beginnen konnte.

Patrick hatte gesagt, das Stift der Universellen Bruderschaft befinde sich in Kingsgate, gar nicht so weit weg vom Superdad. Ich bog auf die Belmont. Das Stift stand direkt an der Ecke Belmont und Waveland. Einst war es ein Kinozentrum gewesen, erbaut in Zeiten, als die Leute in Redmond noch ins Kino gegangen waren. (Jetzt schienen SimSinn, bewaffneter Überfall und ziviler Aufruhr Filme als Hauptzeitvertreib abgelöst zu haben.) Das Gebäude hatte eine saubere ansehnliche Fassade, und die zwei Etagen mit Büros über den ehemaligen Vorführräumen waren insofern bemerkenswert, daß alle Fensterscheiben heil waren. Die Wand, auf der früher die Filme angekündigt wurden, war immer noch an Ort und Stelle, vermittelte jetzt aber eine ganz andere Botschaft: ›Die Universelle Bruderschaft — Kommt und entdeckt die Macht des Dazugehörens.‹ Während ich heranfuhr, sah ich vielleicht ein Dutzend Leute durch die großen Vordertüren kommen oder gehen.

Ich fuhr langsam am Eingang und an der Gasse hinter dem Stift vorbei. Als ich das Getümmel der Penner sah, die stießen und drängelten, um durch den Hintereingang in das Gebäude zu kommen, wußte ich, daß dies eine der wohlbekannten Armenküchen der Bruderschaft sein mußte. Ich fragte mich, ob sie auch eine Krankenstation eingerichtet hatten, wo man sich umsonst behandeln lassen konnte.

Als ich wieder in Richtung Purity fuhr, ließ ich mir die ganze Geschichte durch den Kopf gehen. Die Universelle Bruderschaft war einer der wenigen Lichtstrahlen, die in diesen Teil des Sprawl schienen. Sie gab den Hungrigen zu essen, den Heimatlosen Obdach und den Kranken oder Verwundeten medizinische Hilfe. Klang ziemlich gut in meinen Ohren. Ja, klar, ich hatte Gerüchte gehört, daß sie, was das Bezahlen der Steuern — oder vielmehr das *Nicht*bezahlen — anbelangte, einen prima Deal abgezogen hatte, aber welche organisierte Religion hatte das nicht? Die Bruderschaft schien so sehr im Kommen zu sein, wie dies für eine Organisation in der verdrehten Welt des Jahres 2052 überhaupt möglich war.

Das bedeutete nicht, daß individuelle Mitglieder in der Hierarchie der Bruderschaft — insbesondere William Sutcliffe — nicht auf die eine oder andere Weise niederträchtig sein konnten. So schien es einen Sinn zu ergeben. Sutcliffe steckte bis zum Hals in einer trüben Geschichte, von der Lolly beim Abhören der Bänder zufällig erfahren hatte. Dann hatte Sutcliffe herausgefunden, daß sie ihm auf der Spur war — also weg mit Lolly. Ein paar Tage später kommt Patrick vorbei und stellt Fragen über seine Braut in spe. Ich hatte keine Ahnung, ob die Frau, die Patrick aufzuspüren versuchte, irgendwas mit dem Drek zu tun hatte, den Lolly aufgewühlt haben mußte, oder ob Sutcliffe einfach paranoid auf *jeden* reagierte, der *irgendwelche* komischen Fragen stellte. So oder so, er hatte entsprechend reagiert, also weg mit Patrick ... fast. Entweder hatte Bambra mehr Glück als Lolly gehabt, oder Sutcliffe hatte weniger Zeit und Mühe in seine Ausschaltung investiert.

Also war William Sutcliffe immer noch der Schlüssel. Diese Erkenntnis stand mir klar und deutlich vor Augen, als ich meinen Wagen parkte und die Treppen zu meiner Bude in Redmond heraufging. Ich setzte mich vor das Telekom und sah, daß das Mitteilungslämpchen blinkte. Ich tippte auf die entsprechenden Tasten, und Jocastas Gesicht füllte den Schirm.

Sie sah müde aus, entschieden mitgenommen, aber in ihrer Miene spiegelte sich eine Mischung aus Verlegenheit und Entschlossenheit, das loszuwerden, was ihr auf der Seele lag. »Es tut mir leid, wie ich letzte Nacht reagiert habe«, kam sie ohne Vorrede zur Sache. »Ich habe nicht damit gerechnet, daß sich die Dinge so entwickeln würden, und ich war absolut nicht darauf vorbereitet. Ich wollte Ihnen für alles die Schuld geben, weil ich da noch viel zu sehr damit beschäftigt war, Sie zu hassen, um meinen Gefühlen wirklich auf den Grund zu gehen. Tja, das war's.« Sie lächelte müde. »Ich hoffe, Sie haben besser geschlafen als ich. Ich rufe Sie später noch mal an.« Und ihr Bild verschwand.

Ich lehnte mich zurück und sann eine Weile vor mich

hin. Sie hatte schnell geredet, und ihre Worte hatten geschraubt und einstudiert gewirkt, was sie wahrscheinlich auch waren. Aber ich spürte die Aufrichtigkeit. Gut. Jocasta war eine wertvolle Informationsquelle. Mir war es lieber, nicht von dem abgeschnitten zu sein, was sie mir erzählen konnte.

Die Suchroutine für William Sutcliffe lief jetzt seit fast vierundzwanzig Stunden. Wenn sein Name in irgendeiner normalen öffentlichen Datenbank irgendwo in Nordamerika auftauchte, würde ihn die Routine mittlerweile gefunden haben. Ich brach die Suche ab und rief eine Zusammenfassung ihrer Ergebnisse auf.

Nichts. Die Routine hatte sich durch jede öffentliche Datenbank der UCAS gearbeitet und war dann zu den NAN übergegangen: Freistaat Kalifornien, CAS, Québec und sogar Atzlan. Wie ich halb und halb erwartet hatte, waren alle Versuche, das Netz von Tir Tairngire zu durchforsten, mit dem Vermerk ›Zugang verweigert‹ abgeschmettert worden, aber die Chancen standen auch nicht besonders gut, daß ein in Seattle beheimateter Unternehmer wie Sutcliffe Verbindungen ins Elfenland hatte. Nachdem die Suche auf dem nordamerikanischen Kontinent nichts ergeben hatte, war die Routine zur Karibischen Liga übergegangen und dann über den Atlantik nach Europa gesprungen. (Verdammt gut, daß ich die Gebühren nicht würde zahlen müssen.)

Ich kann nicht sagen, daß mich dieses Ergebnis überraschte. Sehr wenige von meinen Chummern wären bei einer derart oberflächlichen Suche aufgetaucht. Dasselbe galt für bedeutende Größen der Unterwelt und für Konzernmänner schwereren Kalibers, wenn auch aus anderen Gründen. Jetzt, wo ich wußte, daß es eine Verbindung zwischen Sutcliffe und der Universellen Bruderschaft gab, spielte es sowieso keine Rolle mehr. Von einer Reihe Schatten-Deckern hatte ich gehört, daß die Bruderschaft ihre Mitgliederliste streng vertraulich behandelte, was wahrscheinlich bedeutete, daß die höherrangigen Mitglieder noch tiefer in den Schatten steckten. Das bedeutete, es würde mir unmöglich sein, Sutcliffe persönlich auf die Schliche zu kommen. Ich würde die Dienste eines guten Deckers in Anspruch nehmen müssen.

Buddy. Ich wählte ihre Nummer, wartete auf den Piepton und erklärte, was ich wollte: Eine umfassende, Scheiß-auf-alles, kommt-nicht-auf-den-Nuyen-an-Suche nach einem William Sutcliffe, beginnend bei der Universellen Bruderschaft. So schnell wie möglich, Standardgebühren mit — und das tat weh — einem 20-Prozent-Bonus bei Lieferung bis morgen.

Ich hängte mit dem Gefühl ein, daß ich Fortschritte machte. Unglücklicherweise konnte ich in den nächsten Stunden persönlich nicht viel tun, um die Dinge voranzutreiben. Ich ließ noch mal alle Möglichkeiten Revue passieren, wie ich Sutcliffe aufspüren konnte. Buddy kümmerte sich bereits um alle bürokratischen Zugangswege. Magie? Ich bin kein Magier, aber selbst die brandheißesten Praktiker dort draußen würden keine große Hilfe sein. Soweit ich wußte, konnte man niemanden magisch aufspüren, wenn man nichts als einen Namen hatte. (*Oder vielleicht doch?* Wenn mittlerweile jemand herausbekommen hatte, wie das funktionierte, würde das bedeuten, daß mich Lone Stars Magier eines Tages finden konnten, wohin ich mich auch wandte. Mir wurde klar, daß es eindeutig in meinem allerbesten Interesse stand, mich, was magische Forschung anbelangte, besser auf dem laufenden zu halten.)

Was war mit der persönlichen Note? Ich konnte im Stift der Bruderschaft auftauchen und versuchen, Sutcliffe auf die altmodische Tour aufzuspüren. Aber das schien keine besonders gute Möglichkeit zu sein, wenn man bedachte, daß ich auf seinem Heimatgelände operieren würde und keine Ahnung hatte, wie weit sich die Korruption — wenn es das war — innerhalb der Organisation der Bruderschaft erstreckte. Wenn ich nicht besonders gut oder mit besonders viel Glück gesegnet war, worauf ich mich lieber nicht verlassen wollte, würde ich wie Patrick enden: Mit einem Preis, der auf meinen Kopf ausgesetzt war.

Nein, wie schwierig es auch sein mochte: Das Beste, was ich im Augenblick tun konnte, war zu warten.

Ich glaube, es war Karl Marx, der Religion als ›Opium für das Volk‹ bezeichnet hat. Natürlich kannte der gute Karl noch kein Trideo. An jenem Nachmittag verlor ich mich mit einer Art perverser Befriedigung im kulturellen Ödland. Machen wir uns nichts vor, wer könnte solche Perlen wie ›Unter den Sternen‹, eine Comedy-Serie über ein schönes, aber naives Rockgroupie, oder diesen Heuler über eine Familie mit ein klein wenig unüblichen Beziehungen zwischen den Generationen, ›Leck mich, Tantchen‹, *nicht* genießen? Ich spürte förmlich, wie sich mein Verstand in Haferschleim verwandelte.

Es war kaum später als 18.00 Uhr, als ich mich durch die Abendnachrichtenshows schaltete. Computeranimierte Moderatoren auf KORO, zwei *äußerst* gelehrte Politikwissenschaftler auf KSTS, eine ausgeprägt weibliche Blondine auf KONG (ein paarmal wieder zurückschalten auf diesen Kanal), ein Krawalljournalist auf dem Piratenkanal FOAD, der einen Hochgeschwindigkeits-Rap vorführte. Und Daniel Waters auf KOMA.

Genau, Daniel Waters, derselbe Bursche, den sie am Dienstag aus dem Park gerettet hatten. Heute war Sonntag, und der Kerl war bereits wieder auf Sendung. Gut, er sah aus wie Drek: Tief in den Höhlen liegende Augen, eine größere Ausbuchtung unter der einen Schulter seiner maßgeschneiderten Jacke, bei der es sich nur um eine Bandage oder einen Gipsverband handeln konnte, und einen bläßlichen Teint, der ihn halb tot wirken ließ. (Hätten sie das nicht mit Make-up richten können? fragte ich mich gelangweilt. Aber dann wurde mir klar, warum sie die Blässe wahrscheinlich gelassen hatten, wie sie war, oder sogar noch verstärkt hatten. »Journalist stirbt beinahe, *besteht* jedoch darauf, auf seinen Moderatorenstuhl zurückzukehren, kaum daß er die künstliche Lunge nicht mehr braucht.« Das *trifft* einen doch, oder nicht?) Ich rief mir das Bild von Waters' Gesicht aus jener Nachrichtensendung ins Gedächtnis: Kalkweiße Haut, kurzes blutverklebtes Haar. Und jetzt? Er sah matschig aus, das stand fest, aber er war auf den Beinen. Und was die Aura beinahe gottgleicher Weisheit betraf, die er gewöhnlich ausstrahlte, sie hatte um kein Jota abgenommen. Wenn überhaupt, schien sie noch greifbarer zu sein als sonst. Ich schätze, die Leute haben Lazarus nach seiner Auferstehung auch ein wenig mehr Aufmerksamkeit angedeihen lassen als vorher. Seine Co-Moderatorin war ebenfalls nicht immun gegen die Verwandlung. Jedesmal, wenn die Kamera auf sie schwenkte, hatte sie ihre strahlenden blauen Augen starr auf Waters gerichtet und trug eine Miene bedingungsloser Bewunderung auf ihrem Cheerleader-süßen Gesicht zur Schau.

Wenn Waters ihre Beachtung zur Kenntnis nahm, ließ er sich jedenfalls nichts davon anmerken. Wie ein echter Profi konzentrierte er sich ganz auf den Job. Obwohl ich erkennen konnte, daß es ihn teuer zu stehen kam. Alle paar Sekunden verengten sich seine Augen ein wenig, als kämpfe er gegen eine Schmerzwelle an. Zum erstenmal tat mir der alte Knabe wirklich leid: Er war noch nicht wieder so weit, zurück an die Arbeit gehen zu können, aber seine Produzenten pochten zweifellos auf das Kleingedruckte in seinem Vertrag, um ihn dazu zu zwingen.

Das Telekom summte und meldete einen Anruf. Aus irgendeinem Grund wollte ich Daniel Waters nicht abschalten, also ließ ich das Trideobild auf ein kleines Fenster in der oberen rechten Ecke des Schirms zusammenschrumpfen und drehte den Ton ab. Dann beantwortete ich den Anruf.

Es war Jocasta, also schaltete ich sofort meine Videokamera dazu und sagte hallo.

Sie lächelte, ein wenig unbehaglich. Immer noch in Sorge wegen vergangener Nacht, vermutete ich. Ihre ersten Worte bestätigten das. »Zwei Dinge«, sagte sie brüsk. »Erstens, ich möchte mich für letzte Nacht entschuldigen. Zweitens, es hat zwar eine Weile gedauert, aber mittlerweile habe ich begriffen, was Sie in dem Taxi wirklich taten, als Sie mich so dämlich angemacht haben. Ich wollte mich nur bedanken.«

Ich konnte ihrem Gesicht ansehen, daß ihr eine Entschuldigung ungefähr so leichtfiel wie mir. Und ich konnte außerdem erkennen, und zwar so deutlich wie nur irgendwas, daß ihr das, was sie als Mangel an Kaltblütigkeit im Moment der Gefahr betrachtete, schwer zu schaffen machte. (Warum, weiß ich nicht. Ich würde sagen, neun von zehn Personen auf der Straße glauben, sie könnten offen auf Menschen schießen und Leute umbringen, die sie umzubringen versuchen, ohne hinterher viel daran zu kauen zu haben. Alle bis auf die sehr seltenen Ausnahmen sind im Irrtum.) Doch Jocasta das an dieser Stelle zu sagen, hätte schulmeisterlich geklungen, also begnügte ich mich mit einem Achselzukken.

Ihre Miene wurde weicher, als habe sie sich einer schmerzhaften Pflicht entledigt. »Wo stehen wir jetzt?« fragte sie.

»William Sutcliffe«, erwiderte ich. »Es waren seine Abhörbänder, an denen Lolly gearbeitet hat.« Ihr Gesicht erhellte sich, und ich konnte ihren Enthusiasmus buchstäblich spüren. »Puh«, machte ich. »Im Augenblick hab ich über ihn nicht viel mehr. Nur seinen Namen. Er findet sich in keiner öffentlichen Datenbank, aber ich hab einen Decker auf ihn angesetzt, der ein paar schattigeren Hinweisen nachgeht. Je nachdem, wie tief gebuddelt werden muß, könnte das einige Zeit dauern. Tage, vielleicht eine Woche.«

Das ernüchterte sie rasch, und ich konnte sie nachdenken sehen. Nach ein paar Augenblicken nickte sie. »Was kann ich tun, um die Dinge ein wenig zu beschleunigen?«

Ich war drauf und dran, die Verbindung zur Universellen Bruderschaft zu erwähnen, nur für den Fall, daß sie irgendeinen Draht zu der Gruppe hat, der mir nicht zugänglich war. Doch dann wurde meine Aufmerksamkeit vom Trideofenster in der Schirmecke angezogen.

Daniel Waters zog immer noch seine Journalistenmasche ab, aber offensichtlich fiel es ihm immer schwerer. Er zuckte und zitterte, als leide er an Delirium tremens oder Veitstanz, und es sah ganz so aus, als verliere er die Kontrolle über seine linke Gesichtshälfte.

»Was ist los?« fragte Jocasta scharf.

»Trideokanal vier. Irgendwas läuft da schief.« Und damit vertauschte ich die Fenster, so daß Daniel Waters den gesamten Schirm ausfüllte, während Jocasta in die Ecke verbannt wurde. Ich drehte den Ton auf.

Waters war in ernsthaften Schwierigkeiten. Auf dem größeren Bildschirm wirkte das Zucken viel ausgeprägter, und sein vertrauter, perfekt intonierter Bariton ging aus dem Leim. Im einem Augenblick war er noch der alte Daniel Waters, Einschaltquotenkönig, im nächsten klang er wie ein hirngegrillter Chipsüchtiger. Ich starrte in makaberer Faszination auf den Schirm.

»... und die Abgeordneten trafen mit dem Finanzminister zusammen«, sagte Waters gerade, »um über die Ratsamkeit einer weiteren Ausdehnung der Kredite für den Dritten Weltkrieg zu diskutieren.« Er hielt inne, blinzelte einen Moment verwirrt. Dann kehrte sein onkelhaftes Lächeln zurück, und er fuhr fort: »Entschuldigung, das muß natürlich heißen, ›um über die Ratsamkeit einer weiteren Ausdehnung der Kredite für den Dritten Weltkrieg zu diskutieren‹.« Er sah sich um, als habe er ein merkwürdiges Geräusch gehört, um dann wieder direkt in die Kamera zu blinzeln. Mit seinen Augen war jetzt eine Veränderung vorgegangen, und mir wurde klar, daß sie in die Unendlichkeit gerichtet waren, als betrachte er tatsächlich sein Publikum und nicht den Teleprompter.

Er runzelte verwirrt die Stirn. »Wissen Sie«, sagte er in angelegentlichem Konversationston, »ich will verdammt sein, wenn ich weiß, was hier vorgeht.« Er zuckte, ein Krampf, der seinen gesamten Körper erbeben ließ, als sei er eine Marionette, die von einem epileptischen Puppenspieler kontrolliert wurde. Die linke Gesichtshälfte sackte herab, und jene Mundseite verzog sich zu einem Schmollen. Er rollte mit den Augen. »Man soll mich in *Drek* tauchen ...«, röhrte er plötzlich.

Bis zu diesem Augenblick mußte der Produzent dem Spektakel ebenso fassungslos zugesehen haben wie ich. Jetzt schien ihm jedoch urplötzlich klar geworden zu sein, daß er *irgendwas* tun mußte. Die Kamera schwenkte zur Seite auf die attraktive Co-Moderatorin. Keine Hilfe von dort. Sie starrte Waters mit weit aufgerissenem Mund an. Schwenk zurück auf Waters. Der rollte wild mit den Augen, und sein halbes Gesicht war schlaff wie rohes Fleisch, keinerlei Muskeltonus. Seine perfekte Aussprache war zu einem unverständlichen Gemurmel degeneriert und hörte sich in etwa an wie ›Ah wugga wah ah wugga wugga‹. Seine Hände, eigentlich sein ganzer Körper, flatterten heftig wie eine Fahne im Sturm. Er packte seine Jacke und riß wie verrückt an ihr herum. Sein Mikrofon löste sich vom Revers und polterte dann zu Boden. Waters' rechtes Auge öffnete sich weit, quoll beinahe aus seinem kalkweißen Gesicht. Er griff wiederum nach seiner Jacke — nein, nach seiner Brust. Noch einmal ein krampfhaftes Zukken, dann kippte er vornüber. Mit dumpfem Krach knallte sein Gesicht auf den Schreibtisch.

Der Schirm verdunkelte sich für einen Moment, dann füllte er sich mit dem Bild einer harmlosen Stadtlandschaft mit dem KOMA-Logo in der unteren Ecke. Allem

Anschein nach waren die Abendnachrichten fürs erste vorbei.

Ich dehnte Jocastas Fenster wieder auf Bildschirmgröße aus. »Haben Sie das gesehen?« fragte ich.

Sie zuckte die Schultern. »Ich bin überrascht, daß so etwas nicht schon längst passiert ist. Sie wissen, wie weit verbreitet der Gebrauch von Drogen und Chips in der Unterhaltungsindustrie ist.«

»Klar«, sagte ich, »aber sie achten peinlich genau auf die Dosierung, bevor sie auf Sendung gehen. Das ist KOMA, wissen Sie noch? Die spielen in der Oberliga. Das ist kein Piratensender, wo es keine Rolle spielt, ob sich die Talente das Hirn grillen. Jedenfalls steckt noch mehr dahinter.« Ich erzählte ihr von Waters' Rettung aus dem Park. »Schon wieder Crashcart«, sagte ich.

Jocasta blieb unbeeindruckt. »Nächste Woche wird er in einem Rehazentrum für Drogensüchtige wieder auftauchen«, prophezeite sie.

10

Natürlich tat er das nicht. Am Mittwoch, dem 27. November, kam die offizielle Verlautbarung, daß Daniel Waters, Moderator der Extraklasse, gestorben war. Keine weiteren Einzelheiten zur Todesursache, nur daß er hinüber war. Kein Begräbnisgottesdienst, kein: ›Schicken Sie Ihre Spenden an die Daniel Waters-KOMA-Gedächtnis-Stiftung‹ etc.

Ich hatte massenhaft Zeit, mir die letzten paar Tage durch den Kopf gehen zu lassen. Buddy hatte mir eine kurze Botschaft zukommen lassen, daß sie auf der elektronischen Jagd nach William Sutcliffe war. Ich rief zurück, um sie zu bitten, mir regelmäßige Lageberichte zu geben, doch das von Buddy zu verlangen, war so, als verlange man von einem Fisch zu pfeifen. Ich hatte meine eigenen Quellen angezapft, jedoch schnell realisiert, daß Mr. Sutcliffe für meine begrenzten Fähigkeiten zu tief vergraben war. Jocasta rief jeden Tag an, um sich über meine Fortschritte zu informieren. Zwar machte es mir nichts aus, mich mit ihr zu unterhalten, aber es irritierte mich doch, daß ich nichts Positives zu berichten wußte.

Die übrige Zeit tat ich fast nichts. Ich legte meine anderen Fälle auf Eis, so daß ich in meinem Apartment herumhängen konnte. Zum einen wollte ich Buddys Anruf nicht verpassen. Zum anderen legte ich keinen Wert darauf, die Aufmerksamkeit des mysteriösen X zu erregen, der meiner Existenz ein Ende bereiten wollte.

Mit anderen Worten, ich hatte massenhaft Zeit zum Nachdenken. Ich ging den Zwischenfall mit den Motorradfreaks mindestens hundertmal durch, und jedesmal schien der Lebenszeichen-Monitor von Crashcart, den der Elf getragen hatte, größere Bedeutung anzunehmen und mehr Fragen aufzuwerfen. Ich rief Crashcart direkt an, wobei ich vorgab, ein Konzernexpedient zu sein, der sich über die Vorteile von Crashcart im Vergleich mit DocWagon ein Bild machen will. Sie überschlugen sich förmlich, mir alle notwendigen Informationen zu geben, um eine Entscheidung fällen zu können.

Offenbar bekam man einen Lebenszeichen-Monitor nur dann, wenn man sich für den Exekutiv-Diamant-Service entschied, der im wesentlichen dem Super-Platin-Vertrag von DocWagon ähnelte: Eine unbegrenzte Anzahl kostenloser Wiederbelebungen, kostenloser Rettungsdienst in Situationen der Kategorie Extrem Lebensbedrohend (obwohl dem Kunden für Crashcart-Angestellte, die im Verlauf einer besonders heißen Extraktion gegeekt werden, Sterbegelder in Rechnung gestellt werden), ein Rabatt in Höhe von sechzig Prozent auf umfassende medizinische Behandlung und zehn Prozent Rabatt auf Cyberersatz-Technologie. Und all das zum Supervorteilspreis von 65 000 Nuyen pro Jahr. Verglichen mit DocWagons Super-Platin-Gebühr von fünfundsiebzig K pro Jahr *war* es ein Supervorteil. Aber fünfundsechzig K jährlich sind ein gutes Stück außerhalb der Reichweite eines durchschnittlichen Motorradfreaks, es sei denn ...

Tja, es sei denn, jemand anders zahlt die Taxe (warum?), oder der Freak ist in Wirklichkeit mehr, als er zu sein scheint (was?), oder es gibt eine Verbindung zwischen besagtem Freak und Crashcart selbst (häh?). Die ersten beiden Möglichkeiten brachten meine grauen Zellen wieder auf Trab: War Freund Elf irgendwie mit dem mysteriösen X liiert? Ich hatte keine Informationen und keine unmittelbare Möglichkeit, welche zu bekommen, also stellte ich die Fragen zurück. Die dritte Möglichkeit kam mir vollkommen unwahrscheinlich vor, aber sie sorgte dafür, daß mir Crashcart auch weiterhin im Kopf herumspukte.

Dann gab Daniel Waters den Löffel ab, nachdem er auf höchst spektakuläre Weise im nationalen Trideo aus der Rolle gefallen war. Interessant, aber scheinbar zusammenhanglos — abgesehen von der Tatsache, daß er von Crashcart aus dem Park herausgeholt worden war. Das waren zwei sonderbare Vorfälle, und in beide war Crashcart auf die eine oder andere Art verwickelt. Es war kein starkes Bindeglied, und zu jeder anderen Zeit hätte ich die ganze Geschichte als zufälliges Zusammentreffen abgetan. Aber im Moment hatte ich gerade sowieso nichts zu tun.

Nein, wir wollen ehrlich sein: Ich wurde einfach verrückt dabei, nur auf Buddy zu warten, bis sie endlich den Drek über Sutcliffe ausgrub. Ich war bereit, *jedem* Hinweis nachzugehen, egal wie absurd, nur um überhaupt etwas zu tun.

Also rief ich noch einmal Bent Sigurdsen an. Er freute sich, von mir zu hören, was allein schon fast die Mühe wert war. »Hoi, Dirk«, grinste er. »Wir müssen damit aufhören, uns auf diese Weise zu unterhalten.« Er war offensichtlich in seinem Labor, trug Handschuhe, die ihm bis zu den Ellbogen reichten, und einen grünen Overall. Zum Glück für meine Verdauung hatte er entweder noch nicht mit seinem Tagewerk begonnen oder eine Pause zwischen seinen Kunden eingelegt und die Arbeitskleidung gewechselt.

»Das kannst du laut sagen.«

»Was kann ich diesmal für dich tun? Oder ist das ein Höflichkeitsanruf?«

»Wenn das alles vorbei ist, schulde ich dir ein Essen. Meine Rechnung, Restaurant und Menü deiner Wahl.«

Er krähte vor Freude. »Schon gebucht. Sorg dafür, daß dein Kredstab was aushält.« Ich stöhnte innerlich. Bent hat etwas von einem Gourmet, und als ich ihm das letztemal ein Essen ausgab, hatte er sich McDuff ausgesucht. Stimmt genau, *das* McDuff, und die Rechnung hatte sich für uns beide auf über dreihundert Nuyen belaufen.

»Ich schätze, ich muß mir mein Essen verdienen«, fuhr Bent fort. »Was brauchst du diesmal?«

»Daniel Waters«, sagte ich schlicht. »Was ist mit ihm passiert?«

»Der Teufel soll mich holen, wenn ich das weiß. Ist der Einschaltquotenkrieg ein wenig ausgeufert? Nein, ich mach nur Spaß.« Sein Grinsen verblaßte. »Weißt du, das ist echt 'ne gute Frage. Man sollte doch meinen, er müßte über meinen Tisch wandern, aber er liegt nicht in der Reihe. Warum nicht, frage ich mich.« Bents Mundwinkel verzogen sich zu einem Schmollen, als sei er persönlich beleidigt, es nicht mit Waters zu tun zu bekommen. Wer weiß, vielleicht war er das wirklich. Er wandte sich vom Schirm ab, um sich an einem anderen Terminal zu schaffen zu machen. Während er auf die Tastatur einhämmerte, vertiefte sich sein Schmollen.

Schließlich drehte er sich wieder zu mir um. »Sie haben ihn sich letzte Nacht vorgenommen«, sann er. »Eindeutig nicht SVW.« Das überraschte mich ein wenig, obwohl ich vermute, das sollte es nicht: Auch Gerichtsmediziner haben ihre Standardvorgehensweise. »Sie haben Labor Eins benutzt — das ist *mein* Labor —, aber sie haben einen von ihren Leuten für den Job mitgebracht.«

Zu jeder anderen Zeit hätte mich Bents mürrische Reaktion amüsiert. Jetzt hatte ich jedoch andere Dinge im Kopf. »Wer sind ›sie‹?«

Er blinzelte. »Lone Star. Wie du schon vermutet hast — du würdest nicht bloß wegen irgendeiner Leiche anrufen.«

Ich ließ ein (absolut getürktes) selbstzufriedenes Grinsen über mein Gesicht huschen. Wenn Bent mir Anerkennung für Intuition angedeihen lassen wollte, die ich nicht besaß, bitte schön. »Erzähl mir, was passiert ist«, sagte ich.

Er zuckte die Achseln. »Steht nicht viel drin. Sonntagabend ist er zusammengebrochen und dann sofort ins Koma gefallen, wie du weißt.« Wie ich *nicht* wußte, aber ich hielt den Mund. »Er wies keinerlei zerebrale Aktivität mehr auf, als der Wagen eintraf, um ihn abzuholen.«

»Crashcart, richtig?«

Bent schüttelte den Kopf. »Nein, alle Angestellten von KOMA sind noch bei DocWagon unter Vertrag. Warum?«

»Ach, nichts. Weiter.«

Bent warf einen raschen Blick auf das andere Terminal. »Da ist nicht mehr viel. Ins Harborview eingeliefert um siebzehn-null-drei am 24. November 2052. Lebenserhaltungssysteme abgeschaltet um zweiundzwanzig-fünfzehn am 26. November — letzte Nacht. Autopsie begonnen zweiundzwanzig-einundfünfzig — das ist schnell —, beendet, oh, eins-zehn heute morgen.« Er zog wieder seinen Schmollmund, aber diesmal war es ein Ausdruck der Verwirrung, nicht des Beleidigtseins. »Waters kratzt um zweiundzwanzig-fünfzehn die Kurve, und der Lone Star-Doc fängt sechsunddreißig Minuten später an zu säbeln«, sagte er gedehnt. »Und die

Fahrt vom Harborview bis hierher dauert zwanzig Minuten, über den Daumen gepeilt.« Er sah mich erwartungsvoll an.

Es dauerte einen Augenblick, dann hatte ich es begriffen. »Klingt, als hätten sie auf seinen Tod gewartet. Wir unterhalten uns doch über Lone Star, oder nicht?«

Bent grinste. »Nicht gerade eine Organisation, die für ihre humanitäre Gesinnung berühmt ist, aber ich glaube, wir können getrost davon ausgehen, daß Lone Star nicht routinemäßig Nachrichtensprecher geekt. Womit stehen wir dann da?«

Ich konnte ihm jetzt besser folgen. »Der Star ist *echt* daran interessiert, woran er abgekratzt ist«, sagte ich. »Woran *ist* er also abgekratzt?« Ich lachte humorlos. »Die Akte ist gesichert und verschlüsselt, richtig?«

»Mit allen Schikanen. Ich soll mal 'nen Blick reinwerfen, nehme ich an.« Ich wollte schon nicken, zögerte dann aber. Es muß der Zweifel auf meinem Gesicht gewesen sein, der ihn kichern ließ. »Cool bleiben, Dirk«, riet er mir. »Das ist ganz gewöhnliche Abteilungspolitik. Kein Problem.«

Wahrscheinlich hat Lolly dasselbe gesagt. Ich nickte, aber mir war nicht wohl dabei. »Du rufst zurück?«

»Sobald ich was habe. Bis später.« Und er unterbrach die Verbindung. Was mich mit noch weniger Beschäftigung und noch mehr Grübelei zurückließ.

Eine Bemerkung zu Bent Sigurdsen: Wenn er sagt, er ruft zurück, dann *ruft* er zurück. Objektiv war nicht viel mehr als eine Stunde vergangen — obwohl es mir so vorkam, als sei ein Vielfaches dieser Zeit verstrichen —, als das Telekom summte. Ich drückte auf die entsprechende Taste, und Bents Gesicht füllte den Schirm. Er war nicht im Labor — buchstäblich das einzige Mal, daß ich mit ihm telefoniert habe, wenn er woanders war. Den Hintergrund bildete eine Fensterwand mit Blick auf den Sund und Bainbridge Island in der Ferne.

»Ich habe etwas«, sagte er, »aber ich weiß nicht, was ich, verdammt noch mal, davon halten soll.« Er legte eine Pause ein, in der er mich mit seinen blauen Augen fixierte. »Woran genau arbeitest du eigentlich, Dirk?«

Jetzt war es an mir, eine Pause einzulegen. Meine erste Reaktion war, die Schotten dicht zu machen und Bent gegenüber einen wohlklingenden Spruch abzulassen, etwa in der Art, es sei besser, wenn er das nicht erführe. Aber dann mußte ich mich fragen, besser für wen? Bent würde sehr wahrscheinlich eher in irgendwas hineinstolpern, das die Aufmerksamkeit unseres mysteriösen X erregte, wenn er *nicht* wußte, was los war. Wie kann man seinem Feind aus dem Weg gehen, wenn man nicht weiß, wer er ist? Hinzu kam noch mein Verlangen, es *irgend jemandem* zu erzählen.

Um es kurz zu machen, ich redete mir alles von der Seele. Beginnend mit Jocastas Auftritt in meinem Auburner Apartment, erzählte ich ihm die ganze Geschichte bis zu diesem Moment. Wenn ich irgendwas ausließ, dann war es ein schlichtes Versehen.

Als ich geendet hatte, war sein durchdringendes Starren weicher geworden. Ich konnte erkennen, daß er im Innern seines Herzens um Lolly und die anderen, die gestorben waren, trauerte. »Danke, daß du mir die Wahrheit erzählt hast«, sagte er schlicht. »Das ist gut zu wissen. Schätze, ich hab mir schon Sorgen gemacht ...« Er brach ab.

»Ob ich noch auf der richtigen Straßenseite arbeite?« Er nickte ein wenig verlegen. »Mach dir nichts draus, Chummer«, sagte ich. »So sind die Schatten eben. Manchmal weiß *ich* es nicht einmal. Also, was kannst du mir erzählen?«

»Es ist ziemlich verdreht. Laut Autopsie zeigte Waters viele derselben Symptome wie Juli Long.«

Ich dachte einen Moment lang nach. »Du meinst, Daniel Waters war 2XS-süchtig?«

»Das ist ja das Verdrehte. Der Bericht führt dieselben

neurophysiologischen Aspekte auf wie bei Juli Long. Es hat ganz klar den Anschein, als seien ähnliche Prozesse abgelaufen.«

»Was ist daran so verdreht?« sagte ich und wiederholte dann Jocastas Kommentar, wie weit verbreitet der Gebrauch von Drogen und Chips in der Unterhaltungsindustrie sei.

Bent lächelte grimmig. »Mag sein, aber Daniel Waters hatte keine Datenbuchse.«

Ich zuckte die Achseln. »Dann hast du dich vielleicht geirrt, vielleicht *kann* man es über einen ganz gewöhnlichen SimSinn-Spieler laufen lassen.«

Er schüttelte den Kopf, noch bevor ich geendet hatte. »Keine Spur. Ich hab mich ein wenig umgetan. Die Abschwächung des Signals bei einem Kopfset würde 2XS wirkungslos machen. Das hätte praktisch denselben Effekt wie bei einem normalen SimSinn-Chip. Und das reicht auf keinen Fall, um das zu verursachen, was Waters zugestoßen ist.«

Wenn Bent Sigurdsen dermaßen entschieden klingt, diskutiert man nicht mit ihm. Ich hatte die Erfahrung gemacht, daß er weiß, wovon er redet. »Okay«, sagte ich, »was ist dann also vorgefallen?«

»Ich weiß es nicht. Aber das ist nicht das einzig Seltsame an dem Bericht. Sieh dir das an.«

Er beugte sich vor, um auf seiner Telekomtastatur herumzuhämmern, und mein Schirm teilte sich. Die eine Hälfte zeigte Bent, die andere eine Lone Star-Dateiüberschrift mit einer Masse Text darunter. Ich überflog den Text. Er wimmelte von medizinischen Fachausdrükken, mit denen der Zustand des verstorbenen Daniel Waters beschrieben wurde.

»Das ist der Bericht«, bestätigte mir Bent, was ich mir bereits gedacht hatte. »Er war verschlüsselt, aber ich habe ihn decodiert. Jetzt paß auf.«

Bent drückte eine Taste, und der Bericht lief über meinen Schirm. Zu schnell für mich, um ihn zu lesen, aber ich konnte erkennen, daß es ein ganz normaler Text war. Und dann plötzlich war er das nicht mehr. Anstelle der üblichen alphanumerischen Zeichen sah ich nur noch ein Durcheinander komischer, bildähnlicher Zeichen, griechischer Buchstaben, mathematischer Symbole, und so weiter. Mein Telekom summte arhythmisch, während der Haufen Drek vorbezog. Dann war es vorbei, und wir waren wieder in einem normalen Text. Bent drückte eine andere Taste. Der Bericht verschwand, und sein ernstes Gesicht erfüllte wieder den ganzen Schirm.

»Was war das?« Die Worte sprudelten aus meinem Mund, obwohl ich glaubte, es bereits zu wissen.

»Es gibt einen Abschnitt, der unter Benutzung eines anderen Algorithmus verschlüsselt worden ist«, erhärtete Bent meine Vermutung. »Ich habe ihn zu knacken versucht, aber keine Chance. Wenn der Rest des Berichts schon einer verschlossenen Tür gleicht, dann ist dieser Abschnitt wie ein Tresorraum.«

Ich dachte einen Augenblick nach. »Kannst du mir den Text rüberschicken? Vielleicht kann ich jemanden finden, der ihn knacken kann.«

Er grinste. »An mir soll's nicht liegen. Bereit zum Empfang?« Ich gab die entsprechenden Befehle ein. »Fang an«, sagte ich. Der Transfer dauerte nur Sekunden, und mein Telekom summte, um den Empfang zu bestätigen. »Empfangen und verifiziert«, verkündete ich. »Noch etwas, das ich wissen sollte?«

»Das war's einstweilen«, sagte Bent mit einem Kichern. »Aber wenn der Text geknackt ist, wirst du mich wahrscheinlich brauchen, um ihn zu übersetzen.«

»So weit war ich auch schon. Danke, Chummer.«

»*De nada.* Wir sprechen uns später. Mach's gut, Dirk.« Er unterbrach die Verbindung.

Ich lehnte mich zurück. Es kam mir so vor, als hätte ich mich in einen Krimi eingeschaltet, der schon dreißig Minuten lief, so daß ich alle wichtigen Hintergrundinformationen verpaßt hatte. Nichts schien sich auf eine logische und offensichtliche Weise zusammenzufügen. Aber ich verspürte eine makabre Gewißheit, daß so ungefähr alles, was letzte Woche passiert war, irgendwie zusammenhing. Es war extreme Paranoia — als gäbe es diesen Großen Plan, den sie erdacht hatten, und ich sei nur ein Bauer, der das Pech hatte zu spüren, daß er nur ein Bauer *war*. Es gefiel mir überhaupt nicht.

Ich tat mein Bestes, um das Gefühl abzuschütteln, um die Bilder schrecklicher Wahrheiten hinter der Fassade der Realität auszusperren. Alles würde einen Sinn ergeben, wenn ich die Teile des Puzzles auf die richtige Art und Weise zusammensetzte. Und das größte Puzzleteil war der doppelt verschlüsselte Abschnitt in dem Bericht des Gerichtsmediziners von Lone Star.

Wenn Bent ihn nicht knacken konnte, bestand nicht die mindeste Hoffnung, daß ich es konnte. Ich brauchte einen Profi — Buddy? Aber das würde bedeuten, sie aus ihrer Suche nach William Sutcliffe herausreißen zu müssen, und ich glaubte immer noch, daß das die Hauptspur war. Buddy war die Beste, die es gab, aber vielleicht brauchte ich gar kein Schwergewicht, um die Lone Star-Verschlüsselung zu knacken. Bestimmt gab es andere Decker, die fähig, verfügbar und billiger waren. Ich rief die Datenbank mit meinen Kontakten auf und überflog sie.

Sie nannte sich Rosebud und war eine Zwergin. Wir trafen uns in einer Bar namens The Mad Woman auf der Einundfünfzigsten Straße Nordost. Rosebud war untersetzt und muskulös mit kurzen Armen und Beinen. Ihr Körperbau erinnerte mich an einen Hydranten. Als ich die Bar betrat, saß sie bereits in einer im Dunkeln liegenden Nische im hinteren Teil. Während sie mich zu sich winkte, holte ich mir an der Bar einen Krug mit Bier und zwei Gläser.

Sie grinste mich unter ihrem widerspenstigen Schopf haselnußbrauner Haare an und streckte die Hand aus.

Ich nahm sie und spürte ihre Finger, die — so dick wie Bratwürste — meine schmerzhaft fest ergriffen. Ich versuchte mich zu revanchieren, so gut es ging, hatte aber keine Chance. Rosebud goß sich ein Glas Bier ein, trank die Hälfte davon und füllte ihr Glas auf. Quasi als nachträglichen Einfall schenkte sie mir ebenfalls ein. Dann, und erst dann, begann sie zu sprechen.

»Ist lange her«, grollte sie mit einer Stimme, die viel zu tief und rauh für jemanden namens Rosebud* war. »Die Geschäfte laufen gut. Bin jetzt Manager.«

Ich erinnerte mich an meine erste Begegnung mit Rosebud, die stattfand, kurz nachdem ich mit dem Star Schluß gemacht hatte. Nach ihrer Graduierung in Matrixprogrammierung war sie auf die Märchen hereingefallen, Shadowruns seien eine leichte Art, haufenweise Nuyen zu scheffeln und noch dazu im ganzen Sprawl den Ruf eines Helden zu erlangen. Das mag für die obersten Ränge stimmen, aber das Einkommen der meisten Shadowrunner läuft im Jahresdurchschnitt auf den Minimallohn der niedrigsten Lohnsklaven hinaus, nur mit der zusätzlichen Chance, gegeekt zu werden. Und was den Ruf anbelangt: Sich einen Namen machen, ist das letzte, was der Runner will, es sei denn er ist top, oder sein Ruf macht nur in den richtigen Kreisen die Runde.

Rosebud hatte das auf die harte Tour herausgefunden. Ihr erster Job hätte so einfach sein müssen wie nur irgendwas: Matrix-Überwachung bei einer Konzernextraktion. Rosebud kam niemals ganz genau dahinter, was eigentlich schiefging. Sie wußte lediglich, daß sich der Konzernwissenschaftler ein paar Kugeln einfing, bevor er herausgeholt werden konnte. Obendrein fehlten seine Aufzeichnungen, und hinter diesen Aufzeichnungen war Rosebuds Auftraggeber noch mehr her als hinter dem Wissenschaftler. Das versetzte Rosebud in

---

* *Anmerkung des Übersetzers:* Rosebud = Rosenknospe.

die wenig beneidenswerte Lage, von beiden Seiten gejagt zu werden: Von ihrem Auftraggeber *und* von dem Konzern, der den Wissenschaftler unter Vertrag gehabt hatte. Von irgendwem bekam sie meinen Namen und heuerte mich schlicht und ergreifend an, um ihren Arsch zu retten. Nur eine Kleinigkeit herauszufinden, welcher von ihren Partnern zuerst Rosebuds Auftraggeber und dann den Konzern, von dem er umgedreht worden war, angeschmiert hatte, um beiden Seiten zu beweisen, daß die Aufzeichnungen des Wissenschaftlers vernichtet und keine Kopien angefertigt worden waren. Nur ein Spaziergang. Ja, klar.

Jedenfalls reichte dieser Vorfall aus, um Rosebud davon zu überzeugen, sich von den Schatten abzuwenden. Sie meldete sich für eine SIN an und gesellte sich wieder zur arbeitenden Klasse, aber zu ihren Bedingungen. Sie fand einen Job in einem Computerladen und Dekkertreffpunkt namens Siliconnections, wo sie jetzt anscheinend Manager geworden war. Aber sie trieb sich außerdem mit einer Clique von Shadow-Technomancern herum, die sich selbst die Dead Deckers Society nannten. Das schien ihr die perfekte Mischung von Sicherheit und Aufregung zu vermitteln. Rosebud war glücklich.

»Freut mich, daß sich alles so gut entwickelt hat«, sagte ich und meinte es auch so.

Sie nickte. »Was ist mit dir?«

»Bin beschäftigt.«

Sie hob eine buschige Augenbraue. »Auf der Straße heißt es, du bist in Schwierigkeiten.«

»Sukochi«, gab ich zu. »Ein paar Probleme. Ich suche noch nach technischen Fähigkeiten, wenn du Arbeit suchst.«

»Matrix-Job?«

Ich schüttelte den Kopf. »Nur ein simpler Entschlüsselungsjob.« Ich zog einen Chip aus der Tasche. »Ich hab die Datei hier. Ich geb sie dir verschlüsselt, du gibst sie mir im Klartext zurück. Ich überweise die Nuyen, und das war's. Wenn du dein Deck bei dir und auch die Zeit hättest, könntest du es sofort erledigen.«

»Ich brauch kein Deck«, sagte sie, indem sie den Chip von mir nahm. »Und Zeit hab ich genug.« Sie strich sich das dichte Haar aus der Stirn. Zum erstenmal sah ich ihre Hardware: Zwei Datenbuchsen und irgendeine ungewöhnliche Art von Chipbuchse in ihrer rechten Schläfe. Die Haut um die Chipbuchse war hellrosa und sah sehr zart aus.

»Neues Spielzeug?« fragte ich.

Rosebud lächelte breit, und zum erstenmal sah sie fast hübsch aus. »Ich war's leid, immer von externer Hardware abhängig zu sein«, sagte sie, indem sie sich mit den Fingerknöcheln gegen den Kopf tippte. »Jetzt hab ich alles, was ich brauche, immer bei mir.« Sie schob meinen Chip in die Buchse. Das schwache Klikken, als er einrastete, ließ mich schaudern. »Weißt du, was für eine Art von Verschlüsselung?«

»Nicht genau. Irgendein Hilfsalgorithmus von Lone Star, glaube ich.«

»Geistlos«, verkündete sie. »Bin gleich wieder da.« Ihre Augen schlossen sich, und sie lehnte sich gegen die gepolsterte Rückwand der Nische.

Ich beobachtete sie fasziniert. Dies war völlig neu für mich. Natürlich hatte ich schon Deckern beim Einstöpseln zugesehen. Es war merkwürdig genug zu sehen, wie sie ihren Verstand direkt mit einem Computer verbanden, indem sie sich ein Kabel in ihre Datenbuchse steckten, aber das hier ging noch einen Schritt weiter. Rosebud hatte sich offenbar so viel Rechenkapazität direkt in den Schädel einpflanzen lassen, daß sie meinen Entschlüsselungsjob erledigen konnte, ohne die Hilfe eines externen Computers in Anspruch nehmen zu müssen. Auf der intellektuellen Ebene begriff ich, daß das Interface dasselbe war, egal wo sich die Hardware eines Deckers befand. Aber soweit es meine Gefühle betraf, war Rosebud buchstäblich zu einem Computer *geworden*. Eine erschreckende Welt, in der wir leben.

Ich trank Bier und beobachtete sie, während sich die Sekunden zu Minuten dehnten. Schließlich driftete meine Aufmerksamkeit von ihr weg zum Rest der Bar, und ich sah dem Kommen und Gehen ihrer rauh aussehenden Klientel zu. Einen Burschen — ein reizbar aussehender Möchtegern-Samurai — mußte ich mir wohl zu lange angesehen haben. Er funkelte mich an, und aus seinem Unterarm fuhren zischend fünfzehn Zentimeter auf Hochglanz polierten Stahls. Betont demonstrativ ließ ich meinen Blick zur Wand neben mir abschweifen.

»Gar nicht so leicht«, sagte Rosebud schließlich, womit sie mir einen tüchtigen Schrecken einjagte. Sie holte den Chip aus der Buchse in ihrem Kopf und warf ihn vor mir auf den Tisch. »Lone Star, sieben-zyklischer Code. Gediegener Drek.« Sie deutete mit einem fleischigen Finger auf den Chip. »Ziemlich heiß, hm?«

»Hast du dir das Zeug nicht angesehen?«

Die Zwergin schnaubte. »Geht mich, verdammt noch mal, nichts an«, schnappte sie.

Ich goß ihr ein Bier ein, um sie zu beschwichtigen. Es schien zu funktionieren. Sie kippte es sich hinter die Binde und hielt mir das Glas zum Nachfüllen hin. »Geklautes Zeug, Rosebud«, verriet ich ihr. Ich zog meinen Kredstab. »Wie ist der Kurs?«

»Für einen Chummer, zweihundert.« Sie holte einen Taschencomputer heraus — ein Basis-Geschäftsmodell — und öffnete den Schlitz für Kredstäbe. (Ich war froh, daß ich ihr meinen Kredstab nicht würde in den Kopf schieben müssen ...) »Schieb ihn rein«, sagte sie mit einem Lächeln, »und dann trink aus. Oder bist du in Eile?«

Tatsächlich *war* ich ein wenig in Eile, aber es wäre unhöflich gewesen, das Geschäftliche zu regeln und dann sofort zu verschwinden. Insbesondere, nachdem Rosebud mir nur zweihundert abgenommen hatte, wo ich mit einem K rechnete. Also geschah es mit leicht benebeltem Kopf und trockenem Mund, als ich schließlich heimwärts fuhr.

Bent antwortete augenblicklich, als ich ihn anrief. »Hast du's?« fragte er und grinste dann breit, als ich den Chip vor die Videokamera hielt. »Das war schnelle Arbeit.«

Ich legte den Chip ins Telekom ein und jagte die entschlüsselte Datei durch die Leitung in Bents Gerät. »Sieh sie dir an, sobald du Zeit hast«, sagte ich.

»Sobald ich hier fertig bin, Chummer«, versicherte er mir. »Hast du selbst schon einen Blick hineingeworfen?«

Ich schüttelte den Kopf. »Es hätte mir sowieso nichts gesagt. Ruf mich an, wenn du Bescheid weißt.«

»Worauf du dich verlassen kannst. Bis später, Dirk.«

Ich unterbrach die Verbindung, lehnte mich in meinen Sessel zurück und rieb mir die schmerzenden Augen. Dann sah ich mich in dem verwahrlosten kleinen Apartment um. Das letzte, was ich wollte, war, hier herumzusitzen, aber ich hielt es für besser, in der Nähe des Telekoms zu bleiben. Verdammt. Das Warten ist immer das Schwerste.

11

Es endete damit, daß ich das tat, was ich normalerweise immer tue, wenn ich auf etwas warten muß: Ich schlief. Und diese Angewohnheit kann ich sogar rechtfertigen. In der Ausbildung bei Lone Star pflegte man uns zu sagen: »Schlaf ist eine Waffe« — ein toller Spruch und einer, den sie meiner Überzeugung nach irgendwo geklaut haben. Was ich also an jenem Mittwochabend tat, war, eine Waffe zu schmieden.

Tatsächlich schlief ich so fest, daß ich beinahe das Summen des Telekoms überhört hätte. Als es schließlich in meinen betäubten Verstand eindrang, wälzte ich mich mit benommenem Schädel und verschwommenem Blick herum, um einen Blick auf die Uhr zu werfen. Null-fünf-dreißig. Es mußte Bent sein.

Richtig geraten. Wie nicht anders zu erwarten, sah er schauderhaft munter aus — frisch, ausgeruht und bereit, den Tag anzugehen. Ich hatte einen Geschmack im Mund, als sei etwas darin gestorben, und für einen Moment haßte ich Bent. »*Guten* Morgen, Dirk«, schwärmte er.

»Blaargh«, sagte ich, oder irgendwas in der Art.

»Ich dachte, du wolltest das hier so schnell wie möglich hören«, fuhr er fort. Dann verblaßte sein Lächeln ein wenig, als ihm mein bemerkenswerter Mangel an Klarheit auffiel. »Willst du dir erst noch einen Soykaf oder irgendwas holen, bevor wir anfangen?«

Ich nickte wortlos und stolperte in die Kochnische des Apartments. Der Vorgang, mir in der Mikrowelle einen Becher Soykaf heiß zu machen, gab mir die Zeit, die ich brauchte, um die Schläfrigkeit aus meinen grauen Zellen zu vertreiben. Und der erste Schluck Soykaf — absichtlich zu heiß — vollendete den Job. Als ich mich schließlich vor das Telekom setzte, fühlte ich mich fast wieder wie ich selbst. »Was hast du für mich?« fragte ich.

Bents Miene wurde ernst. »Mehr, als du hören willst, würde ich sagen. Du bist da in eine ziemlich trübe und düstere Sache reingeraten, Chummer. Kein Wunder, daß Lone Star den Deckel draufhält.«

Bei jedem anderen (Patrick Bambra, zum Beispiel) hätte ich diese Eröffnung als melodramatisch oder beginnende Paranoia abgetan. Bent neigt jedoch nicht zu derartigen Anfällen mentaler Schwäche. Ich verspürte das ätzende Brennen der Neugier im Magen, als ich ihn aufforderte: »Weiter.«

Bents Augen verließen mein Gesicht, um scheinbar einen Punkt über meiner rechten Schulter zu betrachten. Einen Augenblick verspürte ich den Drang, mich umzusehen — echte Paranoia —, doch dann wurde mir klar, daß Bent seinen Schirm geteilt haben mußte, so daß er den Bericht lesen konnte, während er sich mit mir unterhielt. Ich zwang mich zu entspannen, so gut es ging.

»Und das sind die Informationen, die Lone Star unter Verschluß hält. Du wirst gleich verstehen, warum. Als Crashcart Waters aus dem Hubbell Street Park herausgeholt hat, war er ziemlich übel zugerichtet. Eintrittswunde links posterior, oberhalb des Scapulae ...«

Ich unterbrach ihn. »Bitte, Klartext, Bent.«

Er nickte. »Gut. Jemand hat fast seinen halben Körper weggepustet. Waters wurde von einer Schrotflinte in den Rücken getroffen, knapp über dem linken Schulterblatt. Der Schuß hat ihm das Clavicula — sein Schlüsselbein — herausgerissen und den größten Teil seines linken Schultergelenks pulverisiert. Beträchtliche Nervenschäden, massiver Blutverlust, Knochenfragmente in den Lungen ... Er hätte an Ort und Stelle sterben müssen, wenn nicht am Blutverlust, dann zumindest am Schock.«

»Aber das tat er nicht.«

Bent lächelte. »Er war ein zäher Dreckskerl, kein Zweifel.«

»Nach allem, was du sagst, müßte er eigentlich immer noch im Krankenhaus liegen.«

»Stimmt, und dazu komme ich noch. Tatsächlich war die Natur der Verletzung jedoch dergestalt, daß die Behandlung ziemlich auf der Hand lag. Vor zwanzig Jahren hätte man nicht das Geringste für ihn tun können. Aber heute ...«

»Cyber-Ersatz.«

»Du hast's erfaßt, Chummer. Ein interessanter Job außerdem. Sie verpaßten ihm keinen ganzen Arm, sondern nur einen Teil der Schulter. Die Implantation war kein Problem, aber die Tatsache, daß es zwei größere Interfaces ...«

Ich hob die Hand, um ihm Einhalt zu gebieten. »Klingt nach einem bedeutenden Eingriff. Aber er war wann wieder auf den Beinen? Drei Tage später?«

»Er war auf den Beinen«, sagte Bent. »Aber er hätte es nicht sein dürfen. Sie hatten die Cyberware nicht mal voll aktiviert. Und selbst die Teilaktivierung, die sie vorgenommen haben, kam noch zu früh.«

»Warum haben sie es dann getan?«

»Das weißt du ebensogut wie ich. Vertragliche Verpflichtungen. KOMA brauchte ihn so schnell wie möglich wieder auf Sendung, und da er ein guter kleiner Lohnsklave war, folgte er ihrem Ruf, bereit oder nicht.« Bent sah mürrisch aus. »Wenn ich irgendwas in diesem Fall zu sagen gehabt hätte, wäre er mindestens noch einen Monat im Bett geblieben.«

»Woran ist er also gestorben?« fragte ich. »Doch wohl bestimmt nicht am postoperativen Schock oder ähnlichem Drek.«

»Natürlich nicht, und an der Stelle wird es unheimlich. Daniel Waters starb an einer neurophysiologischen Reaktion auf einen Schaltkreis in der Hardware des Cyber-Ersatzes.«

Ich schüttelte den Kopf: Das ergab keinen Sinn. »Irgendeine Art von Abstoßung, also? Aber ich dachte, du hättest gesagt ...«

»Ich weiß, was ich gesagt habe«, fuhr Bent dazwischen. »Laß mich ausreden. Er starb an einer äußerst negativen Reaktion auf einen Schaltkreis in der Cyber-Hardware. Aber dieser Schaltkreis hatte dort überhaupt nichts zu suchen. Er war eine neurologische Kopplung, die weder etwas mit motorischen Funktionen noch mit sensorischen Nerven zu tun hat. Das ist so, als würdest du deinen Wagen auseinandernehmen und eine Kaffeemühle am Getriebe finden. Sie hat dort schlicht und einfach nichts zu suchen. Und es war dieser ...« Er suchte nach dem richtigen Wort. »... fremde Schaltkreis, der Waters umgebracht hat. Er hat sein Hirn mit irgendwelchen Signalen gefüttert, die sein zentrales Nervensystem durcheinandergebracht haben. Es ist möglich, daß die Wirkung nicht tödlich gewesen wäre, wenn sie die Hardware nicht aktiviert hätten, solange er sich noch in einem derartig geschwächten Zustand befand. Jedenfalls neige ich zu dieser Ansicht.«

»Und was war das für eine Hardware?« fragte ich.

»Was Lone Star unter anderem verschleiern will, ist die Tatsache, daß sie es nicht wissen. Ihr Gerichtsmediziner hat den Schaltkreis beschrieben, aber als er auf seine Funktionsweise zu sprechen kam, benutzte er eine politisch akzeptable Phrase, die nichts anderes bedeutet als ›Ich will verdammt sein, wenn ich das weiß‹.«

Ich spürte, wie mir ein kalter Schauer das Rückgrat hinunterlief. »Aber *du* weißt es, nicht wahr, Bent.«

Er nickte zögernd. »Ja, aber nur, weil ich mir schon den Fall Juli Long angesehen habe. In diesem Schaltkreis findet praktisch dieselbe Technologie Verwendung wie bei 2XS-Chips.«

Ich starrte auf den Schirm. Ich wußte nicht, was ich sagen sollte. »Also war es so, als würde er ständig einen 2XS-Chip einwerfen?«

»Nicht genau«, korrigierte mich Bent. »Die Intensität muß viel niedriger gewesen sein.«

»Aber im Prinzip ...«

»Im Prinzip, ja.«

Ich schüttelte den Kopf. Zu viel, zu merkwürdig. »Wo ist der Job ausgeführt worden?« Ich durchforstete mein Gedächtnis nach dem Namen des Hospitals, in das Waters nach seiner Rettung gebracht worden war. »In Harborview?«

»Nicht in einem Hospital. Crashcart hat ihn mitgenommen und in die Crashcart-Zentralklinik mit angeschlossenem Body-Shop gebracht. Die haben den Job ausgeführt.«

»Dann hat *Crashcart* den 2XS-Schaltkreis installiert?«

»Wenn es wirklich einer war.«

»Hör mal«, sagte ich, »wenn 2XS so tödlich ist, wie sehen dann die Symptome aus?«

»Ich kann nur Vermutungen anstellen.«

»Na, dann *stell* Vermutungen an«, fauchte ich.

Er blinzelte, nickte jedoch. »Ich *vermute*« — er betonte das Wort — »man erlebt körperliche und geistige Desorientierung. Gedächtnislücken. Heftige Stimmungsumschwünge. Verlust der motorischen Kontrolle, offensichtliche Lähmungserscheinungen. Auf einer tieferen Ebene Rhythmusstörungen, vielleicht Verlust der Homöostasie ...«

»Und der Tod würde verursacht durch ...?«

»Progressives Versagen der Nervenfunktionen. Zunächst wären die höheren zerebralen Funktionen an der Reihe, also wahrscheinlich irreversibles Koma, gefolgt vom schließlichen Stillstand des gesamten autonomen Nervensystems.«

Ich fixierte Bent mit meinem härtesten Blick. »Chummer«, sagte ich, »du weißt *nichts* über diese Dinge, *karimasu-ka?* Vielleicht hast du die Dateien geklaut, aber du hast sie nicht entschlüsselt, und du hast sie nie durchgesehen. Du hast sie einfach nur mir gegeben. Du weißt *nichts.* Begriffen, *Omae?*«

Er nickte zögernd. »Ich wünschte, es wäre so«, sagte Bent.

Wie bin ich nur in diese Sache reingeraten? fragte ich mich. Ich lag auf dem Bett und starrte an die Decke. Es war noch nicht mal sechs Uhr morgens, aber es war bereits einer von *jenen* Tagen.

Etwas ziemlich Übles ging vor. (Kaum eine Überraschung, dies war schließlich der Sprawl.) Während ich aus der einen Verschwörung — unserem mörderischen X — schlau zu werden versuchte, war ich auf etwas gestoßen, das wie die nächste Verschwörung aussah. Gab es irgendeine Verbindung?

Meine erste Reaktion bestand aus einem schallenden

Nein und dem Verlangen, Daniel Waters, Juli Long und 2XS als falsche Daten aus meinem Verstand zu löschen. Aber bei näherer Betrachtung schien es eine dünne Verbindung zu geben — und zwar in Gestalt keines anderen als unseres Elf-Motorradfreaks. Er schien im Augenblick die zentrale Gestalt zu sein. Er stand mit der Person in Verbindung, die Jocasta angerufen und behauptet hatte, Informationen über Lolly zu besitzen. Die Wahrscheinlichkeit, daß er und sein Ork-Lieutenant nur rein zufällig ins unterirdische Parkhaus des Westlake Center gefahren waren, um dort in der Gegend herumzuballern, war verschwindend gering. Er stand außerdem mit Crashcart in Verbindung, was die beste Erklärung für seinen Exekutiv-Diamant-Vertrag mit dieser Gesellschaft war, den er sich eigentlich gar nicht hätte leisten können dürfen. Und zwischen Crashcart und 2XS gab es eine Verbindung, dokumentiert durch das verfrühte Ableben von Daniel Waters.

Obwohl ich keinen Beweis hatte — echt oder eingebildet —, um die Theorie zu stützen, hatte ich das unbestreitbare Gefühl, daß es ein weiteres Bindeglied gab, das alles miteinander verband. A stand in Beziehung zu B, B stand in Beziehung zu C und D. Was, wenn D irgendwie zu A in Beziehung stand? Und was, wenn der ganze Buchstabensalat irgendwie mit X verbunden war? Sagen wir, beispielsweise, in Gestalt einer Verbindung zwischen William Sutcliffe und Crashcart?

Ich schüttelte den Kopf. Reine Paranoia, sagte mir ein Teil meines Verstandes. Aber ein anderer Teil fragte sich, ob ich paranoid genug war. Ein Paranoider ist manchmal im Besitz aller Fakten ...

Was ich also brauchte, waren alle Fakten. Insbesondere mußte ich mehr über Crashcart in Erfahrung bringen, die Gesellschaft, die für die medizinischen Dienstleistungen verantwortlich war, und den Konzern, dem sie gehörte (falls vorhanden). Diese Art von Informationen war über die Matrix zu beziehen, aber die Art Hintergrund-Drek, die ich wirklich wollte, würde in den tiefsten Schatten verborgen sein. Wiederum brauchte ich einen Decker. Rosebud? Nein, für diesen Run nur das Beste. Es mußte Buddy sein.

Ich trank noch einen Becher Soykaf, um mich zu stählen, dann wählte ich ihre Nummer. Sie hatte den Text auf ihrem Anrufbeantworter insofern geändert, daß es jetzt einen gab: »Verpiß dich und verrecke [*piep*].« Im stillen verfluchte ich Buddys Kommunikationsgebaren und hinterließ eine Botschaft, die im wesentlichen besagte: »Grab alles über Crashcart aus und achte besonders auf Verbindungen mit Sutcliffe.« Ich legte auf, wobei mir Visionen leergefegter Kredstäbe durch den Kopf gingen. Wenn man das Beste will — und das war Buddy —, zahlt man sich dumm und dämlich. Und einer der Hauptnachteile, ein SINloser Schatten zu sein, ist der, daß man nicht einfach die Hände hochwerfen und den Konkurs erklären kann. Kein Geld, kein Leben. Und es gab immer Organschmuggler — Schwarzmarkthändler für Transplantate —, die einem etwaige Schulden buchstäblich aus den Rippen schnitten.

Was sollte ich jetzt also tun? Buddy würde mich irgendwann, wenn es ihr paßte, zurückrufen. Bent hatte mir alles gegeben, was er konnte, und ich wollte ihn nicht noch tiefer hineinziehen. Dito Naomi. Mit Jocasta konnte ich reden, aber sie hatte mir immer noch nicht ihre Nummer gegeben. Wahrscheinlich konnte ich ihr via KSTS oder Universität eine Nachricht zukommen lassen, aber das war nicht unbedingt das, was ich im Augenblick wollte.

Ich warf einen Blick auf das Bett und dachte, es sei immer noch früh genug, um sich getrost noch einmal schlafen legen zu können. Aber mein Verstand war hellwach, und ich kam zu dem Schluß, daß ich an dieser Waffe lange genug geschmiedet hatte.

Ich hätte früher daran denken sollen. Wenn man will, daß das Telekom klingelt, braucht man nur eine Dusche zu nehmen. Splitternackt und vor Seifenschaum triefend sprintete ich durch das Zimmer und drückte auf die Empfangstaste, aber erst, als ich mich vergewissert hatte, daß die Videokamera abgeschaltet war, und zwar ebenso aus Gründen der Diskretion wie auch der Sicherheit.

Ich kannte das Gesicht nicht, das auf dem Schirm erschien. Es war ein junger Ork, vielleicht Anfang Zwanzig. Die Seiten seines Kopfes waren kahlgeschoren und seine Haare zu einer vielfarbigen Irokesensichel aufgetürmt. Er trug eine Motorradlederjacke, nicht allzu sauber, doch dafür mit einem Kragen, der mit synthetischem Leopardenfell gefüttert war. Ich wußte, daß die Kombination aus Sichel und Kragen die Gang identifizierte, in der er Mitglied war, aber ich konnte die Farben im Moment nicht unterbringen, und außerdem war es mir auch vollkommen gleichgültig. Dem etwas unscharfen Bild nach zu urteilen, rief er von einem öffentlichen Telekom aus an.

»Ja?« bellte ich.

Er schnitt dem, wie ich wußte, leeren Schirm eine Grimasse. »Dirk Montgomery?«

Ich zögerte. Ich vermute, meine Paranoia hatte mich eingeholt. »Ich kann ihm was ausrichten.«

Nun war es an ihm zu zögern. »Teri hat mir diese Nummer gegeben.«

Teri ... *»Theresa?«* schnappte ich.

»Ja, genau, Theresa Montgomery. Ich muß mit ihrem Bruder sprechen.«

»Das tust du schon. Warum?«

»Sie is ausgeflippt, ziemlich schlimm, wie's aussieht. Vielleicht hat sie 'n schlechten Chip eingeworfen, vielleicht zu viele. Keine Ahnung.«

Ich schloß die Augen. Ich hatte mich vor diesem Anruf gefürchtet, jedoch in gleichem Maße damit gerechnet. Ich denke nicht, daß ich jemals wirklich geglaubt habe, aus meiner Schwester würde letzten Endes kein Chiphead werden. »Was ist passiert?« fragte ich ruhig.

»Keine Ahnung«, plapperte er mit einem Unterton der Rechtfertigung drauf los. »Ich war nich da, als es passierte. Sie — ich weiß auch nich — sie is irgendwie fickerig geworden. Hat vergessen, wer sie is, fing an zu schreien.«

»Wie geht es ihr jetzt?«

»Sie is nich hier ...«

»*Wo* ist sie?« schrie ich. Ich konnte erkennen, wie der Ork mit dem Gedanken spielte, einfach aufzuhängen, also zwang ich mich zu einem umgänglicheren Tonfall. »Tut mir leid«, sagte ich. »Aber sie *ist* meine Schwester. Als ihr gesehen habt, daß sie in Schwierigkeiten ist, habt ihr sie irgendwohin gebracht, richtig?«

Er zögerte, seine streitsüchtige Miene hellte sich ein wenig auf. »Inne Klinik«, sagte er. »Wir ham sie inne Straßenklinik gebracht.«

Ich knirschte mit den Zähnen. Seit dem Tod unserer Eltern unterhielt ich für Theresa einen Grundlagenvertrag mit DocWagon. Ich hatte ihre Karte immer noch in meiner Brieftasche. Aber sie hatte sich geweigert, sie zu nehmen oder sich bei DocWagon registrieren zu lassen. Das hätte bedeutet, sie hätte ihren Wohnsitz angeben müssen, und wahrscheinlich fürchtete sie, daß ich die Daten benutzen würde, um sie aufzuspüren. Ich hatte den Vertrag in der vergeblichen Hoffnung aufrechterhalten, daß Theresa mich anrufen würde, falls ihr irgendwas zustieße, und mir so Gelegenheit geben würde, falls notwendig, ein Rettungsteam von DocWagon in Marsch zu setzen. Ich wollte diesen Orkbubi anschreien und ihn zur Hölle und wieder zurück wünschen, weil er meine Schwester in irgendeine Pennerklinik gebracht hatte, wo sie doch auf einer anständigen DocWagon-Krankenstation hätte liegen können.

Aber natürlich konnte der Ork nicht wissen, daß Theresa bei DocWagon versichert war, und es klang ganz so, als sei sie nicht in der Verfassung gewesen, es jemandem zu erzählen. Wie gern ich dem Ork auch die Schuld gegeben hätte — konnte ich das? Was, wenn er mich überhaupt nicht angerufen und sich vollkommen von Theresa distanziert hätte?

Ich gab mir alle Mühe, meine Stimme ruhig und friedlich klingen zu lassen. »Okay, ihr habt sie also in eine Straßenklinik gebracht. Wohin? In welche Klinik?«

»Ich war das nich«, sagte der Ork. »So wie die drauf war... Keine Chance, sie auf 'ner Karre im Zaum zu halten. Fitz hat sie in seim Wagen gefahrn.«

»*Wohin* hat Fitz sie gebracht?«

»Zur UB. Zur Universellen Bruderschaft, die ham Kliniken und die Behandlung is umsonst...«

»Welches Stift?«

»Ecke Meridian und Dreiundzwanzigste. Das is das nächste.«

Ecke Meridian und Dreiundzwanzigste. Das war in Puyallup, im Bezirk Wildwood Park, um genau zu sein. Mit dieser Erinnerungsstütze konnte ich nun auch die Banden-Farben des Orks unterbringen. Das Leopardenfell und die Irokesensichel bedeuteten, daß der Ork zu den Night Prowlers gehörte. Verglichen mit echten gesellschaftlichen Abweichlern wie den Tigers und den Ancients sind die Prowlers Waschlappen oder ›Tränentiere‹, die sich im allgemeinen auf weniger endgültige Formen schwerer Tätlichkeit und bewaffneten Raubüberfalls beschränkten. Aber es sind trotz allem noch Leute, denen man nicht gern im Dunkeln begegnet. Die Vorstellung, daß Theresa mit ihnen herumhing, bedrückte mich mehr als nur ein wenig.

»Wann ist das alles abgegangen?« fragte ich ihn.

»Letzte Nacht, ziemlich spät.« Er zuckte die Achseln. »Drei, vielleicht vier, als sie den Rappel kriegte.«

»Danke für den Anruf«, sagte ich und meinte es auch so.

Der Ork lächelte beinahe, aber natürlich wäre ein Lächeln viel zu uncool gewesen. »Geschenkt«, sagte er. »Ich mag Teri. Sie is echt Sahne. Wenn du sie vor mir siehst, sag ihr, Pud sagt Hoi.« Und damit unterbrach Pud, das Ork-Bandenmitglied, die Verbindung.

Ich rief das Telekomverzeichnis auf, suchte die Nummer des Stifts der Bruderschaft in Puyallup heraus und drückte die Taste, um den Anruf zu tätigen. Ich war hocherfreut, eine echte Vermittlung an den Apparat zu bekommen — einschließlich Dekolleté, krausem Blondhaar, makellosen überkronten Zähnen und allem. Nicht nur, daß eine echte Vermittlung in der Regel besser aussieht als die Videokonstrukte der automatischen Telekomzentralen, die in der Konzernwelt stark verbreitet sind, man kann sich mit ihr auch unterhalten.

»Vielen Dank für Ihren Anruf bei der Universellen Bruderschaft«, sagte sie, und es klang, als ob sie es so auch meinte. »Wie kann ich Ihnen helfen?«

»Sie haben eine Klinik in Ihrem Stift?«

Sie nickte. »Haben wir«, sagte sie stolz. »Eine Klinik mit kostenloser Behandlung für all jene Unglücklichen, die sich weder eine Versicherung noch die normale Gesundheitsvorsorge leisten können. Das ist nur einer der zahllosen Wege, auf denen wir zum Baum des Lebens im Sprawl beitragen.«

Ich ließ sie ihr Sprüchlein aufsagen, aber es kostete mich alle Selbstbeherrschung, die ich aufbringen konnte. »Ich wollte mich nach einer Ihrer Patientinnen erkundigen«, sagte ich.

Sie runzelte die Stirn, eine nette kleine Affektiertheit, für die ich sie in meiner gegenwärtigen Stimmung hätte erwürgen können. »Es tut mir außerordentlich leid«, begann sie wie erwartet, »aber wir können keine Informationen über unsere Patienten herausgeben ...«

»Sie ist meine Schwester«, bellte ich. »Ihr Name ist Theresa Montgomery oder vielleicht auch Teri. Sie wurde sehr früh heute morgen eingeliefert. Sagen Sie mir zumindest, wie es ihr geht.« Eigentlich wollte ich sagen, »ob sie noch lebt«, aber im letzten Augenblick wollten die Worte dann doch nicht herauskommen.

Ein Ausdruck echter Besorgnis erschien auf dem Gesicht der Vermittlung. »Das tut mir ja *so* leid. Sie müssen sich große Sorgen machen. Ich werde in den Unterlagen nachsehen.« Ihr Gesicht verschwand und wurde von der Videoaufzeichnung eines Quatschkopfs ersetzt, der unentwegt über die philantropischen Projekte der Bruderschaft plapperte. Ich drehte den Ton leiser und kaute Fingernägel.

Krauskopf tauchte rasch wieder auf. Jetzt machte sie einen verwirrten Eindruck auf mich. »... sehr leid, Mr. Montgomery«, sagte sie, während ich den Ton wieder aufdrehte, »wir haben keine Eintragung über eine Theresa oder Teri Montgomery oder eine Person ähnlich klingenden Namens.«

»Vielleicht konnte sie ihren Namen nicht mehr nennen, vielleicht hat sie auch einen falschen genannt. Sie ist Ende Zwanzig, groß, hat kurze blonde Haare ...«

»Es tut mir leid«, wiederholte die Vermittlung entschlossen, »aber Ihre Schwester ist nicht hier.«

»Woher wissen Sie das?«

Sie biß sich auf die Lippen. »Eigentlich dürfte ich Ihnen das gar nicht sagen, aber aus den Unterlagen geht hervor, daß wir seit gestern abend, zweiundzwanzig Uhr dreißig überhaupt keine Aufnahmen hatten. Sind Sie sicher, daß Ihre Schwester *hierher* gebracht worden ist? Es gibt andere Kliniken, in denen kostenlos behandelt wird.«

Ich zögerte. Pud, der Ork, hatte es zwar gesagt, aber schließlich hatte Fitz sie weggebracht, und Pud war nicht mitgefahren. »Nein«, sagte ich der Vermittlung, »ich bin nicht sicher. Danke für Ihre Zeit.«

Ich schaltete das Telekom ab, bevor sie mir einen zweifellos geschmacklosen Spruch zum Abschied mit auf den Weg geben konnte. Ich schnappte mir meinen

Duster und vergewisserte mich, daß meine Pistole im Halfter steckte. Ich hatte einen Besuch bei einer Gang zu machen.

12

In Puyallup sieht es ähnlich aus wie in Purity mit dem Unterschied, daß ersterer sich offenbar aus den Trümmern zu erheben versucht, während Redmond für seinen Zustand anscheinend vollkommen blind ist. Der Meridian-Bezirk gehört noch zu den besseren. Keine ausgebrannten Wagen auf den Bürgersteigen, und die meisten Häuser haben noch Türen und Fenster. Nichtsdestoweniger liegt derselbe Geruch kaum verhohlener Gewalttätigkeit in der Luft, und die Lone Star-Patrouillen sind immer gut bewaffnet und nach Einbruch der Dunkelheit besonders auf der Hut.

Ich parkte meinen Wagen auf einem bewachten Parkplatz an der Siebzehnten Straße gegenüber vom Wildwood Park. Ich unterschrieb beim Wächter auch noch für einen nichtexistierenden zweiten Wagen, um zu gewährleisten, daß es mehr in seinem Interesse lag, den Wagen für mich zu bewachen, als ihn den örtlichen Assen im Ausschlachten zu überlassen. Dann schlenderte ich die Dreiundzwanzigste Avenue entlang, mitten ins Herz des Territoriums der Night Prowlers.

Shaikujin sind immer verblüfft, wie leicht es ist, Leute aufzuspüren, wenn man einmal ihre Wohngegend kennt, aber genau das ist der Grund, warum es so wichtig ist, dafür zu sorgen, daß potentielle und tatsächliche Feinde nicht wissen, wo man herumhängt. Für Gangs und ihre Mitglieder ist das natürlich gar nicht so einfach. Durch ihre Farben sind sie gebrandmarkt, und jeder, der sie gesehen hat, kennt die wahrscheinlichen Stellen, an denen man sie finden kann. Um nicht gefunden zu werden, muß man sich irgendwo anders verkriechen. Bei einer Gang bedeutet das, man muß auf dem

Territorium einer anderen Gang untertauchen. Was wiederum bedeutet, daß man seine Farben ablegen muß — was kein Bandenmitglied mit auch nur ein klein wenig Selbstachtung gern tun wird —, so daß einen die Gang, dessen Territorium man betreten hat, nicht als warnendes Beispiel für jeden mit territorialen Ambitionen mißbraucht.

Für mich war das gleichbedeutend damit, daß ich zuversichtlich sein konnte, Pud den Prowler aufspüren zu können. Es kostete mich weder zuviel Zeit noch zu viele Nuyen. Ich brauchte lediglich über die Dreiundzwanzigste zu schlendern, für ein ungenießbares Frühstück am örtlichen Soykaf-Stand ein schreiend hohes Trinkgeld zu geben, dann fünf Schachteln Js zu kaufen und zu vergessen, sie mitzunehmen, und mir schließlich woanders noch ein weiteres Frühstück zu kaufen — eine Mahlzeit, die ich ein paar Pennern in einer Seitengasse schenkte. Und die ganze Zeit quatschte ich *jeden* an und fragte nach den Prowlers im allgemeinen und einem jungen Ork namens Pud im besonderen.

Wie Rosebud es formuliert hätte, es war ›geistlos‹. Nach einer Stunde hatte ich so viel Hintergrundwissen, daß ich wahrscheinlich ein Pamphlet mit dem Titel ›Ein Tag im Leben des Pud und seines Chummers Fitz‹ hätte schreiben können. Pud und Fitz — ein Troll, logo — neigten dazu, den Tag mit einer Runde Red-Eyes in The Mill, einer Spelunke in der Nähe, zu begrüßen. Danach führte sie ihr Stundenplan in eine Auswahl von Billardsalons und SimSinnhallen, immer wieder unterbrochen von Spazierfahrten durch ihr Territorium. Schließlich pflegten sie den Tag mit heftigen Stoff-Sessions in der Nähe der Quelle und vielleicht einem netten kleinen Zerstreuungsstündchen (oder was auch immer) mit den Ladies von Hades zu krönen, einer Frauengang, die das Territorium auf der anderen Seite der Shaw Road für sich beanspruchte. In meinen Ohren klang das ganz nach einem erfüllten Leben.

Natürlich war es nur der Anfang von Puds geschäftigem Tag, der mich interessierte. Ich sah auf die Uhr: kurz vor Zehn, was bedeutete, The Mill war die sicherste Wette.

The Mill hatte einst Jimbos Schnellreinigung beheimatet. Man konnte immer noch sehen, wo die alten Neonröhren von der Wand gerissen worden waren. Das einzige Fenster in der schmalen Vorderfront war getönt, so daß man von der Straße nicht hineinsehen konnte. Das einzige Erkennungsmerkmal des Etablissements war ein kleines verrostetes Schild an der Tür.

Frühstück war nicht die beste Tageszeit für The Mills. Als ich durch die Tür trat, sah ich nur zwei Gäste an der Bar sitzen, einen Alki, der sich die erste Mahlzeit des Tages einflößte, und Pud den Ork. Pud war gerade mit seinem zweiten Red-Eye — einer Mixtur aus Bier und Tomatensaft, die ich persönlich widerwärtig finde — beschäftigt, jedoch nicht so sehr in sein Frühstück vertieft, nicht aufzusehen und mich mit dem Bösen Blick zu strafen, als ich hereinkam. Ich zuckte zusammen, als er mich fixierte, aber dann erinnerte mich der logische Teil meines Verstandes daran, daß ich die Kamera während unseres Telekomgesprächs ausgeschaltet hatte. Ich hockte mich ans Ende der Bar, fünf Hocker von Pud entfernt zu dessen Rechten, und bestellte ruhig eine Bloody Mary beim sichtlich gelangweilten Barmädchen. Während sie den Drink mixte, überlegte ich, wie ich Pud ansprechen sollte.

Der Drink kam, und ich nahm einen Schluck. Zu wenig Dill, wie vorauszusehen, und ich glaube, der Gin war verwässert. Ich drehte mich halb in Richtung Pud und hob mein Glas. Er sah zu mir herüber und verzog die Lippen. »Teri bedankt sich«, sagte ich so laut und deutlich, daß er meine Stimme erkennen konnte.

Ich beobachtete die Augen, um ja nicht seine erste Reaktion zu verpassen. Es sind immer die Augen, die einem verraten, wenn man eine taktische Überraschung gelandet hat. Und ich sah, daß das der Fall war.

Wenn ich jedoch mit einer schuldbewußten Reaktion gerechnet hatte, wurde ich enttäuscht. Die Augen des jungen Orks öffneten sich vor Überraschung ein wenig weiter, dann teilten sich seine Lippen zu einem Grinsen. Vollkommen aufrichtig gemeint, darauf hätte ich wetten mögen. »Es geht ihr gut?« fragte er. »Das is Sahne.« Dann fiel ihm wieder ein, wer er war, wo er war und welche Rolle er zu spielen hatte. Er setzte wieder seine normale Schmollmiene auf. »Du bis ihr Bruder, wa?«

Ich nickte. »Teri hat mir erzählt, wo ich dich finden kann, also bin ich vorbeigekommen, um mich persönlich zu bedanken.« Ich brachte das möglichst schnell vor, so daß ihm eventuelle Löcher in meiner Geschichte nicht auffallen würden. Dann traf ich ihn mit einer Bemerkung, die ihn ablenken mochte, zumindest ein wenig. »Kann ich dir noch 'n Frühstück kaufen?«

Er beäugte den geleerten Red-Eye vor sich auf der Bar und grinste unwillkürlich. »Klar, warum nich?« Er schnippte mit dem Fingernagel gegen das Glas, um das Barmädchen auf sich aufmerksam zu machen, dann zeigte er auf seinen Drink. »Noch einen. Diesmal mit Ei drin.«

Mir wurde schlecht bei dem Gedanken, aber ich schaffte es, mein Lächeln beizubehalten. »Frühstück für Champions«, bemerkte ich.

»'ne verwichste Eins«, stimmte mein neuer Kumpan zu.

Ich sah mich angelegentlich um. »Wo steckt Fitz? Ich wollte ihm auch 'n Frühstück ausgeben.«

»Kein' Schimmer.« Pud zuckte die Achseln. »Er is zurückgekommen, nachdem er Teri abgeliefert hat, dann isser abgezischt. Hab ihn seitdem nich mehr gesehn.«

Ich merkte mir das zwecks späterer Verwendung. In den nächsten paar Minuten schlürfte ich lediglich in kumpelhaftem Schweigen meinen Drink, wobei ich versuchte, die grotesken Schlürfgeräusche von links zu ignorieren.

»Ich versuche herauszufinden, was nun genau mit Teri passiert ist«, sagte ich schließlich. »Ich glaube, die Ärzte wollen das auch wissen. Wie ist das eigentlich alles abgegangen?« Pud warf mir einen Seitenblick zu, und ich sah einen Ansatz von Zweifel in seinen Augen. »Teri kann sich kaum noch an was erinnern«, fügte ich hastig hinzu.

Er nickte, und der Zweifel verschwand. »Teri wirft abends gern noch 'n paar Chips ein. In 'n letzten paar Wochen hat sie was Neues probiert.«

»Weißt du, was?«

Er zuckte vielsagend die Achseln. »Nee, geht mich nix an. Ich hab mit dem Drek nix zu tun. Ich zieh das richtige Leben vor.« Beim Lächeln entblößte er seine gelb verfärbten Hauer.

»Sie hat letzte Nacht also gechippt ...«, soufflierte ich.

»Ja, wie ich schon sagte. Ich hab ein' getrunken, so daß ich um die Zeit 'n bißchen benebelt war. Schätze, 's war so ungefähr Eins, als sie komisch wurde.«

»Was heißt komisch?«

Er schmollte ein wenig, offensichtlich etwas vergrätzt, daß ich ihn ständig unterbrach. »Na, zum Beispiel, daß sie vergaß, was sie sagte. Daß sie 'n Satz anfing und dann mittendrin umschaltete und ganz was anderes sagte. Sie wußte irgendwie, daß ihr das passierte, und zuerst war sie echt vonner Rolle, dann kriegte sie 'ne Scheißangst. Als nächstes fing sie an zu zittern. Ich dachte, sie is vielleicht auf'm schlechten Chip, aber ich hab nachgesehn, und sie hatte gar nix eingeworfen.« Er grinste schief und zeigte mir eine eigroße Quetschung hinter dem rechten Ohr. »Teri paßte's nich, daß ich an ihrem Kopf rumfingerte, also hat sie mir eins mit 'nem Ziegelstein verpaßt. Is gar nich ihre Art.«

Ich nickte. »Du hast recht. Das ist nicht ihre Art.«

»Dann is das Zittern so schlimm geworden, daß sie

nich mehr stehn konnte. Jedesmal, wenn sie aufstehen wollte, is sie einfach wieder umgekippt. Da ham wir uns dann gedacht, wir müßten was unternehmen. Es is nämlich so, daß wir Teri alle Sahne finden, selbst Drekheads wie Random. Wir wußten nich, wo wir sie hinbringen sollten. Ich glaub, Fitz is auf die Idee mit der Bruderschaft gekommen. Diese Nächstenliebe-Burschen sind komisch, aber auf der Straße heißt es, ihre Klinik is die beste.«

»Also hat Fitz sie in seinem Wagen hingefahren?«

»War nich wirklich seiner«, vertraute mir Pud an. »Er hatten sich mehr so fürn Abend geliehn. Ganz am Schluß schien Teri drüber wegzukommen, hat mir Fitz erzählt. Aber er wollte nix riskiern, also hatter sie trotzdem hingefahrn.«

»Hat er sie einfach an der Tür rausgelassen?«

»Nee, er is mit rein gegangen. Hat sogar 'n Souvenir mitgebracht.« Er griff in seine Tasche und zog einen kleinen Gegenstand heraus, den er auf die Bar warf. Ich beugte mich vor, um ihn besser betrachten zu können. Es war ein poliertes silbernes Namensschild mit Velcro-Rücken. In das Metall war das Pyramidenlogo der Universellen Bruderschaft und der Name ›J. Bailey, E.K.‹ graviert.«

Pud kicherte. »Keine Ahnung, wie er da rangekommen is. Dieser Fitz, ich könnt mich immer abrollen über den.«

Nachdem ich The Mill verlassen hatte, spulte ich die Unterhaltung immer wieder vor meinem geistigen Auge ab. Doch so oft ich sie auch durchging, es lief immer nur auf zwei Möglichkeiten hinaus.

Erstens: Puds Troll-Chummer Fitz hatte tatsächlich irgendwann in den frühen Morgenstunden eine ausgeflippte Theresa in der Klinik der Universellen Bruderschaft abgeliefert. Dort hatte er einer Neigung zum Kleindiebstahl nachgegeben und das Namensschild der

Eingetragenen Krankenschwester J. Bailey mitgehen lassen. Unterstützende Beweise waren das Namensschild und die Tatsache, daß Pud sich wirklich etwas aus Theresa zu machen schien.

Die andere Möglichkeit war die, daß Fitz Theresa irgendwo anders hingebracht und sich aus irgendeinem Grund große Mühe gegeben hatte, Pud davon zu überzeugen, sie sei in der Klinik der Bruderschaft. Der unterstützende Beweis für diese Theorie kam von Ms. Krauskopf in der Telekomvermittlung des Stifts. Ansonsten sprach wenig dafür: Fitz' Abwesenheit heute morgen kam nicht mal als Indiz in Frage.

Alles lief auf die Frage hinaus, wem ich glaubte. Der Vermittlung in der Bruderschaft oder einem Troll, der Mitglied bei den Night Prowlers war. Im Augenblick war es ein totes Rennen. Also galt es als erstes, Fitz aufzuspüren.

Nein, als *aller*erstes galt es, die Möglichkeit eines harmlosen Irrtums zu eliminieren. Ich fand eine öffentliche Telekomzelle, klebte ein Kaugummi auf die Linse der Videokamera und rief noch einmal die Bruderschaft an.

Ich geriet an eine andere Vermittlung, die diesmal dunkelhaarig und dunkelhäutig war, doch dasselbe blitzende Lachen präsentierte. »Vielen Dank für Ihren Anruf bei der Universellen Bruderschaft«, sagte sie dasselbe Sprüchlein auf wie ihre Kollegin. »Wie kann ich Ihnen helfen?«

Ich erwiderte das Lächeln. »Können Sie mir den Namen des verantwortlichen Leiters Ihrer Klinik nennen?«

»Tja, nun, sicher. Das ist Dr. Phyllis Dempsey. Sie hat die Stelle gerade von Dr. Boris Chernekhov übernommen und ...«

»Könnte ich bitte mit Dr. Dempsey sprechen?«

Sie zögerte. »Dürfte ich fragen, worum es geht?«

Ich schüttelte den Kopf. »Tut mir leid, es ist etwas Persönliches.«

»Es tut mir außerordentlich leid, aber ich fürchte, es ist gegen die Vorschriften, persönliche Gespräche zu vermitteln. Ich *kann* Sie mit Dr. Dempseys Anrufbeantworter verbinden, und Sie können eine Nachricht hinterlassen.«

»Ich hinterlasse die Nachricht lieber gleich bei Ihnen. Sagen Sie Phyllis, meine Frau weiß alles, und der Drek ist echt am dampfen ...«

Die Vermittlung riß die Augen auf. »Ich ... ich ... verbinde Sie sofort«, stotterte sie. »Warten Sie einen Moment.« Sie überließ mich wieder dem Propagandasermon der Bruderschaft. Ich hatte diesen Trick in einer der Detektivgeschichten gelesen, die Patrick Bambra mir vor Jahren geliehen hatte. Gut zu wissen, daß sich manche Dinge niemals ändern.

Es dauerte nicht lange, bis Dr. Phyllis Dempsey an den Apparat ging. Sie war eine statuenhafte schwarzhäutige Elfin mit leicht krausem Haar, das zu einer geschäftsmäßigen Bürste geschnitten war. Sie hatte volle, bewegliche Lippen, die aussahen, als lachten sie gern, aber im Moment waren sie zu einer dünnen Linie zusammengepreßt, und ihre haselnußbraunen Augen funkelten vor Wut. »Also gut«, fauchte sie, »Sie haben Ihre kleine Schau vor Glory abgezogen und wahrscheinlich für einigen Tratsch gesorgt — wonach ich *wirklich* keinen Bedarf habe. Also sollten Sie mir jetzt besser sagen, warum, zum Teufel, ich Lone Star nicht wegen Nötigung auf Ihren häßlichen Arsch ansetzen soll.«

Ich mußte grinsen. Gute, ehrliche Wut war erfrischend, auch wenn sie gegen mich gerichtet war. Ich gelangte zu der Auffassung, daß ich unter anderen Umständen Gefallen an Phyllis Dempsey gefunden hätte. »Ich entschuldige mich für die List, Doktor«, sagte ich beschwichtigend. »Es war ein billiger Trick. Aber ich muß wirklich mit Ihnen sprechen. Direkt, nicht über Ihren Anrufbeantworter.« Ich war jetzt in Fahrt und rollte über ihren Versuch einer Antwort hinweg. »Heute morgen bekam ich einen Anruf, daß etwas mit meiner Schwester passiert sei und sie ein Freund hier in Ihrer Klinik abgeliefert habe.«

Der harte Zug um die Mundwinkel der Ärztin wurde ein klein wenig weicher. »Sie haben schon einmal angerufen, nicht wahr? Candy sagte, irgendein in seine Schwester vernarrter Bruder habe nach einer nichtexistenten Patientin gefragt.«

»Ich dachte, es könnte ein Fehler vorliegen. Unterlagen werden schon mal verschlampt, das kommt in den besten Organisationen vor.«

Das rief ein minimales Lächeln hervor. »Ja«, stimmte sie zu, »Unterlagen werden tatsächlich schon mal verschlampt. Aber ich kann Ihnen versprechen, nicht in diesem Fall. Ich bin seit Mitternacht hier — Gott sei Dank habe ich ab morgen wieder ganz normale Mittagsschicht. Und ich habe den Bericht der Null-Vierhundert-Schicht geprüft. Also kann ich mich persönlich für die Tatsache verbürgen, daß wir *keine* Neuzugänge hatten. Ein seltener Fall, aber so ist es nun mal.«

Ich seufzte. »Vielen Dank, Doktor«, sagte ich. »Ich glaube Ihnen.«

Ein echtes Lächeln jetzt, müde, aber aufrichtig. Sie schwieg einen Augenblick. »Wenn das, was Sie sagen, stimmt, kann ich mir vorstellen, was Sie gerade durchmachen, und ich hoffe wirklich, daß Sie Ihre Schwester finden.« Dann verhärteten sich ihre Stimme und ihre Züge wieder. »Und wenn Sie irgend so ein Schmierfink sind, hoffe ich, daß man Sie in einer dunklen Gasse geekt.« Der Schirm erlosch.

Ich kicherte, während ich meinen Spaziergang über die Dreindzwanzigste fortsetzte. Ich habe schon immer behauptet, daß mir Frauen mit einer starken Persönlichkeit gefallen. Phyllis Dempsey gehörte eindeutig in diese Kategorie. Ich machte mir im Geiste eine Notiz, sie mal zu besuchen, wenn das alles vorbei war — wenn ich so lange lebte.

Aber abgesehen davon, wo stand ich nach ihrer Geschichte? Wenn ich der guten Ärztin glaubte — und das tat ich —, dann führte sie mich direkt zu Fitz, dem Night Prowler. Also wieder zurück zum Geschäft von heute morgen — mit jedem reden, so großzügig mit meinem Geld umgehen, wie ich konnte, doch diesmal mit Hauptaugenmerk auf den Troll. Diesmal war es nicht so einfach, weil ich Pud nicht wissen lassen wollte, daß ich hinter Fitz her war, oder schlimmer noch, dem jungen Ork über den Weg zu laufen, während ich herumschnüffelte. Wir waren unter relativ freundlichen Umständen auseinandergegangen, aber hinter seinem Chummer herzuschnüffeln, war nicht sonderlich freundlich, und drei Red-Eyes — selbst *mit* Ei — könnten dann auch nicht mehr so viel guten Willen erkaufen wie früher.

Ich verbrachte den Rest des Vormittags damit, in den Straßen des Wildwood Park-Bezirks von Puyallup herumzulaufen. Massenhaft Hinweise — ein drei Meter großer Troll mit Irokesensichel und Lust zum Herumpöbeln ist nicht leicht zu übersehen oder zu vergessen —, aber keiner führte zu irgendwas. Bei meinen Wanderungen sah ich Pud ein paarmal, aber er war immer allein, und glücklicherweise sah er mich nicht. (Tatsächlich kam mir der Gedanke, er sei vielleicht ebenso daran interessiert seinen Chummer aufzuspüren wie ich.)

Es war fast 14.00 Uhr, als ich entdeckte, daß ich einen Schatten hatte. Vielleicht hätte ich sie schon früher bemerkt, wenn ich nicht so müde gewesen wäre. Vielleicht auch nicht. Sie war eine junge Orkfrau, wahrscheinlich nicht viel älter als zehn, was bedeutete, sie war körperlich entwickelt wie ein zwanzigjähriger Mensch — ein *großer* zwanzig Jahre alter Mensch. Ich hatte sie noch nie zuvor gesehen, aber ich erkannte die leuchtend gefärbte Irokesensichel und den Kragen aus unechtem Leopardenfell an ihrer Motorradjacke. Warum verfolgte mich ein Mitglied der Night Prowlers?

Ich beobachtete sie ein paar Minuten lang, wobei ich jedoch nicht zu erkennen gab, daß ich sie ausgemacht hatte. Für einen Amateur machte sie ihre Sache ziemlich gut. Schien ein natürliches Talent dafür zu haben. Ich erinnerte mich an den Ausbilder von Surveillance Tradecraft, unter dem ich beim Star gelitten hatte. Für eine Schülerin wie dieses Mädchen hätte er einen Mord begangen.

Natürlich beantwortete das immer noch nicht die Frage, warum sie mich beschattete. Ich ging im Geiste noch mal das Gespräch mit Pud durch und war mehr denn je davon überzeugt, daß er mir seine subjektive Wahrheit erzählt hatte. Dieser Schatten ... Bedeutete er, daß es innerhalb der Night Prowlers unterschiedliche Gruppierungen gab? War alles schon vorgekommen. Innerhalb der Gangs gibt es fast ebensoviel Politik und Hickhack wie innerhalb der großen Konzerne. Während ich immer noch nicht zu erkennen gab, daß ich meinen Schatten entdeckt hatte, ging ich die Dreiundzwanzigste weiter in Richtung Westen entlang, während ich meine Möglichkeiten abwog.

Ich glaube, es war die Erinnerung an Dr. Dempseys Direktheit, die mich meinen Entschluß fassen ließ. Na schön. Die direkte Methode also.

Während ich ein Interesse an der Schaufensterauslage von Fiberwear-Kleidung (›Die Zukunft ist zum Wegwerfen‹) vortäuschte, musterte ich beiläufig die Straße voraus. Vielleicht fünfundzwanzig Meter vor mir war die Mündung einer winzigen Einkaufsstraße, die von zwei hohen Gebäuden flankiert wurde. Perfekt. Ich beschleunigte meine Schritte ein wenig. Nicht genug, um Verdacht zu erwecken, sondern nur so viel, um die Entfernung zwischen mir und dem Orkmädchen zu vergrößern. Mein Plan war die Einfachheit selbst: In der Gasse untertauchen und eine Deckung finden, während mein Schatten sich verlocken ließ, die Gasse zu betreten. Dann würde ich sie mir vornehmen — möglichst ohne

Gewalt und definitiv, ohne sie dabei umzubringen — und schnell ein bißchen Frage und Antwort mit ihr spielen.

Die Gasse war noch zehn Meter entfernt, dann fünf, dann ... huschte ich um die Ecke und preßte mich gegen die Hauswand. Ich schoß einen schnellen Rundumblick ab. Hätte gar nicht besser sein können, eine Sackgasse mit einem Müllcontainer und Drekhaufen. Lang genug, daß es mit Sicherheit keine Einmischung aus Richtung der Straße geben würde, und mit keinem anderen Weg hinaus als dem zur Straße. Perfekt. Ich trabte weiter hinein, wobei ich mich nach einem guten Versteck umsah.

Bewegung voraus. Ich schätze, mein Gehirn hatte bereits auf ›Kampfmodus‹ umgeschaltet. Aus dem Augenwinkel registrierte ich eine Bewegung in einem Abfallhaufen und sprang ohne nachzudenken zur Seite. Der Knall einer großkalibrigen Pistole und das Jaulen des Querschlägers, als die Kugel von der Hauswand hinter mir abprallte, kamen simultan. Ein Hinterhalt. Eigentlich hätte ich jetzt tot sein müssen, aber jemand war entweder zu ungeschickt oder zu ungeduldig. Ich zog meinen Manhunter und schickte eine Kugel die Gasse hinunter, mehr, um den Kopf meines Möchtegern-Mörders unten zu halten, als in der Hoffnung, irgendwas zu treffen. Dann wirbelte ich herum und rannte. Hinter mir erklangen Schüsse — aus mehr als einem Lauf, das stand fest —, und tödliche Wespen summten an meinen Ohren vorbei.

Ich spurtete aus der Gasse und bog scharf links zurück auf die Dreiundzwanzigste. Im Laufen sah ich mich um. Die Verfolger waren noch nicht aus der Gasse aufgetaucht, aber die kleine Miss Ork kam mir, ein Schießeisen von der Größe ihres Arms schwingend, entgegen. Ohne stehenzubleiben, jagte ich eine Kugel in den geparkten Wagen direkt neben ihr. Sie kreischte und warf sich in die Deckung von besagtem durchlöcherten Wagen, als ich auch schon die schweren, bestiefelten Laufschritte meiner Verfolger aus der Gasse herausschallen hörte. Gott sei Dank — sollte Er existieren — waren die Prowlers nur eine Straßengang. Wären sie eine Motorradgang gewesen, hätte ich mich nicht nur mit ihren Kanonen, sondern auch mit ihren Maschinen auseinandersetzen müssen.

Natürlich zahlt es sich nie aus, zu sehr zu verallgemeinern. Das Aufheulen eines hochtourigen Motors erinnerte mich daran. Ich konnte die Maschine noch nicht sehen, aber ich wußte, daß sie kam. Okay, Änderung der Taktik. Ein paar Augenblicke zuvor waren die Bürgersteige ziemlich belebt gewesen, als ich in die Gasse eingebogen war. Und jetzt? Wie leergefegt, Chummer. Es scheint, die Leute aus Puyallup können, was zügige Abgänge betrifft, mit den Bewohnern der Barrens konkurrieren. Ohne bewegliche Deckung — sprich ›Fußgänger‹ — war es abseits der Straße besser. Eine andere Gasse vielleicht?

Nein, ein Stück voraus war etwas Besseres. Es war wohl einmal eine Motorradvertretung gewesen, aber wie viele andere Geschäfte hatte sie unter den negativen Auswirkungen der wirtschaftlichen Rezession und all dem Drek zu leiden gehabt. Ein Rolltor, das ohne Zweifel zur Werkstatt führte, eine einzelne Tür für die Kunden und ein kleines, übermaltes Schaufenster. Mit hochgerissenen Armen, um Kopf und Gesicht zu schützen, warf ich mich durch das Fenster, den Körper bereits für die Rolle nach der Landung zusammengekrümmt. Das Glas zersplitterte in eine Million Scherben. Ich kam mit der Schulter auf, vollführte eine elegante Rolle und ging sofort in die Hocke. Alles wäre perfekt gewesen, hätte nicht die Ladentheke im Weg gestanden, mit der mein Kopf Bekanntschaft machte, so daß hinter meinen Augenlidern ein ganzes Feuerwerk losging. Ich überwand die Dunkelheit, die mich übermannen wollte, kam taumelnd auf die Beine und schwankte in den dunklen Ausstellungsraum.

Ich sah mich um, während die letzten Sterne des Feuerwerks langsam vor meinen Augen verblaßten. Der Ort war perfekt: Dunkel, mit einer hohen Decke und nur zwei Türen. Eine zur Ladentheke (mit der kopfförmigen Beule darin), die andere vermutlich zur Hintergasse. Ich erwog, sofort durch die Hintertür zu verschwinden, aber ich konnte nicht wissen, ob davor nicht schon ein paar Prowlers warteten. Außerdem konnte ich immer noch zu meinem Frage-und-Antwort-Spiel kommen, wenn ich hier aushielt und meine Karten richtig ausspielte ...

Ich wählte meine Stellung sehr sorgfältig hinter einem der massiven Metallpfeiler, die den Deckenkran stützten, der über mir hing. Ich duckte mich und richtete meine Aufmerksamkeit und meine Waffe auf einen Punkt zwischen den beiden Türen. Nach meinem Erlebnis im Westlake Center würde sich *niemand* mehr von hinten an mich heranschleichen.

Gedämpfte Stimmen von der Vorderfront des Ladens, Glassplitter, die unter Stiefeln knirschten. Ich stützte meine Kanone gegen den Pfeiler und dachte im letzten Moment daran, das Laserzielgerät abzuschalten. Auf diese Entfernung war die Sicht auch ohne Zielhilfe gut genug, und in der Dunkelheit würde der Laser nur meine Position verraten.

Eine kleine Gestalt sprang in die Türöffnung, von rückwärts perfekt beleuchtet, so daß sie nach einem Ziel für meine Pistole aussah. Ich zog den Abzug des Manhunter zweimal durch. Die schweren Geschosse schlugen mitten in die Brust der Gestalt ein, wahrscheinlich direkt in ihren Körperpanzer. Das war sehr gut so. Ich war hier nicht auf Tote aus. Die Gestalt taumelte zurück und verschwand. Noch eine Gestalt, noch zwei Schüsse, und der Eingang war wieder frei. Zeit, die Stellung zu wechseln. Ich gab weitere vier Schüsse ab, die ich diesmal *durch* die dünnen Wände beiderseits der Tür jagte. Ich wollte Verwirrung erzeugen, und nach den Schreien

und Flüchen zu urteilen, hatte ich das auch geschafft. Ich flitzte durch die Halle und duckte mich hinter einen anderen Pfeiler näher bei der Hintertür.

Von vorn waren einige gedämpfte Geräusche zu hören, dann nichts mehr. In der plötzlichen Stille hörte ich ein schwaches metallisches Kreischen.

Über mir. Ich sah auf. Die kleine Miss Ork kroch eine der Streben entlang, mit denen der Kran an der Decke befestigt war. Da sie beide Hände benötigte, um sich an der Strebe festzuhalten, hatte sie ihre Kanone zwischen die Zähne geklemmt. Jesus, sie ist ein Gespenst, dachte ich. Das Amateurgehabe auf der Straße war alles nur Schau gewesen. *Dies* war es, was sie wirklich konnte. Irgendwie hatte sie sich ins Gebäude geschlichen, war dann — wiederum *irgendwie* — dort hinaufgeklettert und hatte jetzt fast die perfekte Position erreicht, um mir von oben eine Kugel in den Schädel zu jagen. Versuch's mal *damit,* Körperpanzer.

Meine Pistole ruckte instinktiv hoch und pendelte sich auf ihren Nasenrücken ein. Unsere Blicke trafen sich, und ich sah, wie sich ihre Augen weiteten. Sie hatte keine Möglichkeit, ihre Kanone rechtzeitig in Anschlag zu bringen, und sie wußte es. Ich sah, wie die Erkenntnis des unvermeidlichen Todes von ihrem Bewußtsein Besitz ergriff.

Natürlich drückte ich nicht ab. Ich wirbelte herum, machte zwei Schritte auf die Hintertür zu. Vier großkalibrige Kugeln gefolgt von meinem Stiefel knallten gegen das Schloß, und die Tür sprang auf. Ich spurtete hindurch und auf die Gasse.

Wenn irgendwelche Prowlers dort gewartet hätten, wäre es aus mit mir gewesen. Ich rechnete damit, jeden Augenblick von Kugeln durchlöchert zu werden, als ich mich nach links wandte und die Gasse entlangstürmte. Zu meiner Rechten öffnete sich eine weitere Gasse — nein, mehr ein enger Zugangsweg. Ich nahm ihn, ohne nachzudenken. Vor mir erhob sich eine Mauer, an der eine verrostete Leiter hing. Ich stürzte die Leiter hinauf, als hätte ich einen Raketentreibsatz auf dem Rücken.

Ich stand auf dem Dach eines niedrigen Hauses, dessen ebene Fläche nur von einem Fahrstuhlschacht und ein paar kleinen, zylindrischen Ventilatoren durchbrochen war. Ich verhielt einen Augenblick, um mich zu orientieren. Siebzehnte Straße. Das bedeutete, mein Wagen befand sich in dieser Richtung. Ich wandte mich nach rechts und trabte über das Dach.

Ich hatte gerade den ersten Ventilator passiert, als eine Gestalt hinter dem Fahrstuhlschacht vortrat. Es war Pud der Prowler mit einem kalten Gesichtsausdruck und einer Beretta 200ST in der Hand. Ihr Lauf schwankte nicht, und ihr Zielpunkt war offensichtlich meine Oberlippe. Ich wurde zu Eis. Der Manhunter steckte wieder im Halfter. Mit nur einer freien Hand hätte ich die Leiter nie geschafft. Und keine Chance, daß ich die Waffe ziehen konnte, bevor Pud abdrückte. (Die Ironie in der Ähnlichkeit meiner Situation mit derjenigen der kleinen Miss Ork entging mir keineswegs. Ich war nur nicht in der Stimmung, um sie gebührend zu würdigen.)

»Verrat mir eins«, sagte Pud ruhig. »Warum hastu's getan?«

Langsam — sehr langsam — streckte ich meine geöffneten Handflächen aus. »Wenn ich wüßte, wovon du redest, hätte ich vielleicht sogar 'ne Antwort für dich.«

»Warum hastu Fitz umgelegt? Er war mein Chummer.« Tränen glitzerten in den Augen des Orks, und ich zog ein halbes Jahrzehnt von meiner Schätzung seines Alters ab. Jung oder nicht, die Kanone schwankte kein bißchen, und sein Finger war um den Abzug gespannt. Noch ein paar Gramm mehr Druck, und ich war erledigt.

»Tut mir leid«, sagte ich, wobei ich versuchte, meine Stimme so aufrichtig wie möglich klingen zu lassen. »Ich wußte nicht mal, daß er tot ist.«

»Ja, klar. Die anderen Prowlers sagen, du hättest den ganzen Tag nach Fitz gesucht. Sieht ganz so aus, als hättest du ihn gefunden, was?«

Ich spürte langsam wieder etwas Hoffnung. Puds Kanone hatte sich keinen Millimeter bewegt, aber die Tatsache, daß er noch nicht abgedrückt hatte, war auch schon etwas. Ich mußte daran denken, wie schnell Orks körperlich erwachsen werden. Pud sah aus wie Anfang Zwanzig, aber wahrscheinlich war er erst fünfzehn oder so. Vermutlich hatte er noch nie jemanden gegeekt, oder wenn doch, dann wohl nur in der Hitze eines Kampfes. Mich kaltblütig abzuknallen, war etwas ganz anderes. Hoffte er, daß ich es ihm ausreden würde? Aus den Augenwinkeln überprüfte ich meine Alternativen. Der zylindrische Ventilator war sehr nah, aber er würde mir nur einen Augenblick lang Deckung bieten. Wenn ich leben wollte, mußte ich schnell reden. Und keinen Drek, die Wahrheit und nichts als sie — in der Hoffnung, daß Pud sie mir abkaufte.

»Ich hab Fitz gesucht, das stimmt«, sagte ich ruhig. »Aus dem gleichen Grund, warum ich dich gesucht hab. Ich wollte mit ihm reden.«

»Über deine Schwester?« fauchte er. »Das paßt doch vorne und hinten nich. Den ganzen Aufwand nur, um Danke zu sagen?«

»Nein.« Ich holte tief Luft und ging das Risiko ein. »Ich hab dich angelogen. Die Klinik der Bruderschaft sagt, meine Schwester ist nie dort eingetroffen. Ich wollte herausfinden, was passiert ist. *Darum* hab ich Fitz gesucht.« Ich hielt kurz inne, um ihm einen Moment Zeit zum Nachdenken zu geben. »Was ist mit deinem Freund passiert?« fragte ich.

Zum erstenmal schwankte die Kanone ein wenig. »Jemand hat ihm die Kehle rausgerissen«, sagte Pud mit rauher Stimme. »Drüben im Park. Die anderen Prowlers ham gehört, daß du Fitz suchst. Sie denken, du bisses gewesen.«

»Du aber nicht«, sagte ich sanft. »Wenn ich ihn gegeekt hätte, warum sollte ich dann noch nach ihm suchen? Genau das hab ich nämlich geatn, als sie versucht haben, mich umzulegen.«

Pud schüttelte den Kopf. »Ich weiß nich«, schrie er fast. »Du verwirrst mich.«

»Ich wollte lediglich Teri finden«, setzte ich nach. »Ich wollte nur meine Schwester finden.«

Pud fauchte. Der Lauf seiner Kanone bewegte sich, und er zog durch. Die kleine automatische Pistole spie Feuer, und die Kugeln zerfetzten das Bauplastik des Ventilators neben mir. Die Splitter verschrammten mir Wange und Hände, aber ich rührte mich nicht. Die Beretta klickte leer, und Pud funkelte mich an.

»Mach, daß du hier wegkomms«, zischte er.

Ich machte.

13

Ich schaffte es bis zum Wagen. Erst *dann* kriegte ich das Zittern. Knappe Entscheidungen, zu viele und *zu* knappe. Nur ein paar Sekunden Unterschied im Timing, und die kleine Miss Ork hätte mir ein Paar zusätzliche Nasenlöcher in die Schädeldecke gebohrt. Und wenn Pud auch nur um eine Winzigkeit abgebrühter gewesen wäre, hätte er seine Beretta in mein Gesicht geleert. Ich wurde langsam zu alt für diesen Drek.

Während ich nach Hause gondelte, lautete die Frage, die mich vorrangig beschäftigte, natürlich: Wer hat Fitz umgelegt? Ich war es nicht, und ich glaubte auch nicht, daß es Pud war — oder doch? Der Gedanke war zwar paranoid, aber dadurch wurden die Möglichkeiten auch nicht sonderlich eingeengt. Und das führte zur nächsten Frage: Stand der Tod des Trolls mit Theresas Verschwinden in Verbindung? Vielleicht hatte Fitz sie überhaupt nicht zur Klinik der Bruderschaft gebracht, und jemand hatte ihn kaltgemacht, um ganz sicherzugehen, daß ihr wirklicher Bestimmungsort nie ans Licht kam. Die Frage schien nur noch mehr Dunkelheit und Schatten aufzuwerfen.

Es war eine Erleichterung, in mein vertrautes Apartment zurückzukehren. Als ich eintrat, begrüßte mich das Summen des Telekoms. Ich sprintete hin und hätte in meiner Hast beinahe eine leere Whiskeyflasche durch das Fenster gekickt. Ich drückte auf die Empfangstaste. »Hallo«, japste ich.

Ein verhutzeltes Gesicht erschien auf dem Schirm. »Wurde aber auch verdammt Zeit«, grollte Buddy.

Ich setzte mich vor das Telekom und schaltete die Videokamera zu. »Danke für den Rückruf, Buddy. Hast du irgendwas?«

Sie schaute ein wenig gequält drein, angesichts meines Mangels an Zutrauen. »*'türlich* hab ich was. Ich hab was über Crashcart. Willst du die Datei?«

»In einer Minute. Gib mir das Wichtigste erst mal mündlich.«

Buddy verzog das Gesicht. »Sieh die Datei durch, dann kannst du Fragen stellen.« Ihr Bild verschwand, und der Schirm füllte sich mit Text. Ich beeilte mich, eine neue Datei zu öffnen, um die eingehenden Daten zu speichern.

So viel war es gar nicht. Entweder hatte Buddy nicht viel ausgraben können, oder sie hatte den Text bereits auf den wichtigen Drek reduziert. (Das beunruhigte mich ein wenig. Wer wußte schon, was Buddy für wichtig hielt?) Aber ich konnte deswegen im Moment nichts unternehmen, also fing ich an zu lesen.

Der erste Abschnitt befaßte sich mit Management und Besitzverhältnissen der Crashcart Medical Servives Corporation und ihrer Tochterfirma Crashcart Clinics Inc., die ihre Hauptniederlassungen beide hier in Seattle hatten. Buddy hatte gute Arbeit geleistet und die Aufsichtsräte für beide Konzerne — identische Listen — sowie die Vorstandsmitglieder aufgeführt. Ich überflog die Namen auf der Suche nach einem, den ich kannte — William Sutcliffe, vielleicht? —, aber es kam nichts dabei heraus.

Die Besitzverhältnisse waren ähnlich detailliert erklärt. Anscheinend befand sich Crashcart MSC, die Muttergesellschaft, im privaten Besitz von fünf Personen, die in den Aufsichtsräten sowohl der Mutter als auch der Tochter saßen. Oberflächlich betrachtet war das völlig normal, und nicht einmal der Fiskus konnte daran Anstoß nehmen. Aber Buddy hatte noch tiefer gegraben und in die Art und Weise Einsicht genommen, wie Gelder und Kredite durch die Organisation flossen. Von diesem Blickwinkel aus betrachtet, wurde es rasch offensichtlich, daß vier der fünf ›Besitzer‹ tatsächlich nur Strohmänner waren. Ja, klar, sie existierten, saßen in den Aufsichtsräten und stimmten ab, aber sie waren trotzdem nur Makulatur. Die eigentliche Macht war der fünfte Aktionär, ein Elf namens Dennison Harkness. Laut Buddys Analyse zählte nur seine Stimme. Die anderen vier Aktionäre stimmten mit ihm; ein oder zwei stimmten auch mal gegen ihn, wenn er wollte, daß es nach echter Demokratie aussah. Aber in Wirklichkeit waren sie nur Marionetten, und Harkness zog an den Fäden. Ließ man alle Tünche außer acht, wurde das große und aufstrebende medizinische Imperium Crashcart von einem einzigen Mann regiert.

So schien es jedenfalls. Buddy war noch einen Schritt weiter gegangen. Wie sich herausstellte, war auch Harkness selbst nicht Elf im eigenen Hause. Ihn hatte ein multinationales Konglomerat namens Yamatetsu Corporation (Hauptbüro in Kyoto, Niederlassungen überall, von Adelaide bis Zürich) in der Tasche, und er tanzte nach *ihrer* Pfeife. Interessant, klar. Aber war es auch von Bedeutung?

Ich fragte Buddy, welche Geschäfte Yamatetsu in Seattle betrieb.

Sie antwortete nicht direkt, sondern der Text auf meinem Schirm spulte weiter, ohne daß ich die Tastatur berührte, bis er schließlich wieder zum Stillstand kam. »Danke«, sagte ich und überflog den Abschnitt.

Yamatetsu war ein typischer Multi, und zwar dergestalt, daß er weder Produkte herstellte noch Dienstleistungen anbot. Statt dessen kaufte und verkaufte, vergewaltigte und plünderte er andere Firmen, die alle möglichen Produkte — von Windeln bis zum Nervengas — herstellten oder so verschiedenartige Dienstleistungen wie Wohnraumdesign und Konzernsicherheit anboten.

Nein, das stimmte nicht ganz. Laut Buddys Nachforschungen unterhielt der Konzern eine Abteilung, die Produkte für den militärischen Markt entwickelte. Sie wurde ISP genannt — für Integrierte Systemprodukte — und war keine Tochtergesellschaft sondern tatsächlich Bestandteil der Mutter. ISP war im Sprawl ansässig. Irgendwo. Es war keine bestimmte Adresse angegeben. Ich las den Abschnitt noch einmal in dem Bemühen zu verstehen, was ISP eigentlich tat. Sie entwickelten keine Waffen, wie ich zunächst angenommen hatte. Statt dessen arbeiteten sie an etwas, das Sympathetische-Parasympathetische Integrierte Suprarenale Erregungs-Systeme (SPISES) oder ›Booster-Technologie‹ genannt wurde. Ich durchforstete Buddys Bericht von vorne bis hinten nach einer näheren Erklärung, was diese Booster-Technologie eigentlich bewirkte, fand jedoch nichts.

»Was ist dieser Booster-Kram denn nun?« fragte ich.

Buddys mürrisches Gesicht erschien in einem kleinen Fenster in einer Ecke meines Schirms. »SPISES« — sie sprach es ›SPY-seas‹ aus — »sind Schaltkreise für Cyberware oder auch für direktes Einstöpseln.« Sie tippte gegen ihre Datenbuchse. »Erhöht Sinnesschärfe, Konzentration, Kraft, Reaktion, all den Drek. Sagen sie jedenfalls«, fügte sie hinzu.

Das klang wie verdrahtete Reflexe, vielleicht noch mit Talentsoft gekoppelt. Das sagte ich auch Buddy.

»Drek. Das ist äußerlich, künstlich. SPISES macht es auf natürliche Weise. Sorgt nicht nur für Adrenalinausstoß, sondern regt auch die Endorphine an.«

Eine Neonröhre mit der Aufschrift ›Idee‹ blinkte durch meinen Verstand, aber ich stellte den Gedanken zunächst zurück. Ich würde ihn mit jemandem von anderem wissenschaftlichen Kaliber als Buddy besprechen müssen, bevor ich sagen konnte, ob er einen Sinn ergab. »Erstklassige Arbeit«, sagte ich. »Danke. Du suchst weiter nach William Sutcliffe, okay?«

Buddy schnaubte. »Hab ihn schon gefunden.« Ich führte meine Imitation des nach Luft schnappenden Fisches vor, und sie grinste flüchtig. »Harter Job. Verdammt hart. Wird dich einiges kosten.« Natürlich würde es mich einiges kosten, aber darüber konnte ich mir später noch Gedanken machen. »Hier ist er.«

Ein Bild wie aus einem Dossier erschien auf dem Schirm. Der Knabe sah absolut neutral aus: Offensichtlich mittelgroß, Haare mittelbraun, nichts Markantes in oder an seinem Gesicht. Sah aus wie eine Null oder meinetwegen wie ein Buchhalter. »Wer ist er also«, fragte ich. »Was ist er, wo ist er?«

»Harter Job«, wiederholte sie. »UCAS-Militär, darum hat es so lange gedauert.«

»Er gehört zur Armee?«

Sie zuckte die Achseln. »Glaub schon. Hat aber weder Uniform noch Dienstgrad.«

»Ziviler Berater, vielleicht?« sann ich. Dann sah ich die Ungeduld auf Buddys Gesicht. »Okay, okay, ich hab's begriffen. Was macht er also?«

»Er hat was mit Beurteilung und Beschaffung von Verstärkersystemen für Personen zu tun.« Sie sah mich erwartungsvoll an, offensichtlich wartete sie darauf, daß ich etwas sagte. Daß ich irgendeine Verbindung herstellte. Ich antwortete nicht sofort und konnte genau erkennen, wie sich mit jeder Sekunde mehr Frustration und Verachtung bei ihr aufbauten. Buddy wartet schneller als jeder andere, den ich kenne.

Verstärkersysteme für Personen … Und dann sah ich die Verbindung, auf die Buddy lauerte. »Er macht Geschäfte mit Yamatetsu«, platzte es aus mir heraus. »Buddy, du verblüffst mich.«

Das besänftigte sie, wie ich erfreut zur Kenntnis nahm. Sie nickte. »Er hat es angeleiert, daß sie dem Verein SPISES vorführen«, bestätigte sie. »Die endgültige Bewertung ist für Frühjahr bis Sommer angesetzt.«

Ich schüttelte den Kopf. Die Sache wurde langsam zu mächtig und komplex. Teile des Puzzles führten zu noch mehr Teilen, die zwar irgendwie zusammenzupassen schienen, aber ich hatte immer noch keinen Schimmer, was für eine Art Bild sie letzten Endes ergaben. Dann schüttelte ich die Teile im Geiste durcheinander, und zwei von ihnen wechselten den Platz und fügten sich zu einem ganz anderen Muster zusammen. Ich hatte plötzlich eine Hypothese, die Sinn ergab.

Ich wußte, daß militärische Beschaffung, insbesondere im Bereich spitzentechnologischer Systeme, ein Megamillionen-Nuyen-Geschäft ist. Wenn der Yamatetsu-Konzern seinen Booster-Drek bei der Armee der UCAS loswerden konnte, wie würde dann seine Gewinnkurve aussehen? Verdammt gut, konnte ich mir denken. Und jeder Konzern, der den Namen verdiente, würde alles Erforderliche tun, um einen derartigen Vertragsabschluß unter Dach und Fach zu bringen. Bis hin zu Bestechung in Gestalt von Zahlungen größerer Nuyen-Beträge an jemanden in der Beurteilungs- und Beschaffungs-Infrastruktur. An jemanden wie zum Beispiel William Sutcliffe. Wie empfindlich würden wohl *beide* Parteien — Yamatetsu *und* Sutcliffe — reagieren, wenn sie herausfanden, daß Sutcliffes Telekomleitung angezapft worden war und Lone Star möglicherweise eine Aufzeichnung davon hatte, wie sie das Abzweigen der

Gelder besprachen? Verflucht empfindlich. So empfindlich, daß sie die Person, die das Band wusch — Lolly —, und jeden anderen mit der geringsten Chance, hinter den Drek zu kommen, geeken würden? Um Pud, den Prowler, zu zitieren: 'ne verwichste Eins.

Ich grinste. Es paßte zusammen und beantwortete eine ganze Menge Fragen. Vielleicht waren die Verbindung zu Crashcart und 2XS überhaupt nicht von Bedeutung. Wie, wenn die Rechte nicht wußte, was die Linke tat? Möglich. Der Lolly-Sutcliffe-Aspekt mochte Yamatetsus ISP-Abteilung beinhalten, während der Crashcart-Waters-2XS-Aspekt nur den Crashcart Medical Services-Konzern betraf, und die beiden hatten nicht das geringste miteinander zu tun.

Und was war mit dem Kontrakt auf Patrick Bambra? Ich konzentrierte mich wieder auf den Schirm, der mir eine ziemlich vergrätzte Buddy zeigte. »Wie sieht seine Verbindung zur Universellen Bruderschaft aus?« fragte ich sie.

»Sutcliffe ist Mitglied. Vor drei Jahren beigetreten. Jetzt macht er Freiwilligenarbeit für sie. Hilft bei der Ausbildung ihrer Anwälte und Berater.« Sie fixierte mich mit einem Killerblick. »Das war's«, erklärte sie. »Schieb deinen Kredstab rein — und aus.«

»Danke, Buddy«, wiederholte ich noch einmal, als ich meinen Kredstab in den Schlitz des Telekoms schob und Geld überwies. Eine *Menge* Geld. »Ich weiß deine Arbeit wirklich zu schätzen.« Aber es war niemand mehr da, der meinen letzten Satz hörte. Buddy hatte die Verbindung in dem Augenblick unterbrochen, als die Transaktion beendet war, und somit bedankte ich mich bei einem leeren Schirm.

Ich lehnte mich zurück. Mein Blick fiel auf eine fast volle Flasche Synthahol, die ich mir tags zuvor gekauft hatte. Ich hatte mir einen Drink verdient, und vielleicht würde er dabei helfen, die alten grauen Zellen auf Touren zu bringen. Ich goß mir einen anständigen Schluck unanständigen Pseudo-Whiskey ein und machte es mir wieder auf dem Bett gemütlich, um nachzudenken.

Je näher ich meine Hypothese in Augenschein nahm und nach Löchern abklopfte, desto besser schien alles zusammenzupassen. Der Bestechungsaspekt und die Unter-dem-Tisch-Verbindung zwischen Sutcliffe und Yamatetsu vermittelten mir ein *Gefühl* von Stimmigkeit. Ich hätte Geld darauf gewettet, daß der Teil stand. Ich war noch immer nicht zu hundert Prozent davon überzeugt, daß dies der Grund für Lollys Tod war, aber alles andere konnte kein Zufall sein. Also 95 Prozent. Die Verbindung zwischen Crashcart und 2XS? Der Fall Waters ließ darauf schließen, bewies sie aber nicht. Vielleicht 80 Prozent. Und nominelle 70 Prozent Wahrscheinlichkeit für *keine* Verbindung zwischen Sutcliffe und Crashcart.

Was war mit Patrick? Vielleicht war Sutcliffe ziemlich fickerig und hatte einfach überreagiert, als Patrick mit seiner Schnüffelei begonnen hatte. Patrick wußte nichts und interessierte sich weder für Yamatetsu noch das UCAS-Militär, aber Sutcliffe glaubte das vielleicht nicht. In diesen Teil hatte ich wenig Vertrauen: Vielleicht 30 Prozent Zuversicht.

Theresa und der verblichene Fitz? Keine Informationen. Möglicherweise ein indirekter Zusammenhang dergestalt, daß Puds Beschreibung von Theresas Symptomen unangenehm nach 2XS-Sucht klang. (Zum Teufel mit Theresa dafür, daß sie ein Chippie geworden war.) Kein fester Zusammenhang mit Fitz' Tod. Das war okay: Zufälle gibt es immer wieder, und nur ein Paranoider glaubt, daß alle Vorfälle miteinander in Verbindung stehen.

Zufrieden genehmigte ich mir einen guten Schluck Whiskey. Ich hatte alles unter einen Hut gebracht.

Abgesehen von einer winzigen, nagenden Idee, derjenigen, die mir gekommen war, als Buddy die Booster-Technologie beschrieben hatte. SPISES klang gar nicht so anders als 2XS, *neh?* Natürlich, selbst wenn das stimmte, mußte das nicht notwendigerweise etwas zu bedeuten haben. ›Konvergente Evolution‹ kommt bei Technologien ebenso vor wie bei Lebensformen, und nützliche Entdeckungen ziehen hin und wieder schädliche Entwicklungen nach sich. Aber die Idee ließ mir keine Ruhe, und ich mußte sie bestätigen oder verwerfen.

Das hieß natürlich nichts anderes als Bent. Für einen Augenblick fühlte ich mich schuldig, weil ich so viel von seiner Zeit in Anspruch nahm, aber dann fiel mir das Dinner wieder ein, das ich ihm schuldete. Er würde das Konto ausgleichen, dessen war ich mir sicher.

»Hoi, Bent«, sagte ich, als sein Gesicht auf dem Schirm erschien. »Lange nicht gesehen.«

»Fast acht Stunden«, kicherte er. »Was liegt an?«

Ich hatte Bent im Labor angerufen, aber an dem unscharfen Hintergrund konnte ich erkennen, daß er zu Hause war. Er mußte ein Kom mit dem anderen verbunden haben. Offensichtlich wollte er nichts Interessantes verpassen. »Ich will dich nicht allzu lange aufhalten«, versprach ich, »aber diese Geschichte könnte ganz interessant sein. Hast du jemals von SPISES gehört?«

Er blinzelte, dann schüttelte er den Kopf. »Da klingelt nichts bei mir.«

»Was ist mit Booster-Technologie?«

»In welchem Zusammenhang?«

»Militärisch. Aufpeppen physischer Reaktionen, diese Art von Drek.«

Er wollte wieder den Kopf schütteln, dann zögerte er. »Wofür steht SPISES?«

Ich zermarterte mir das Hirn, um mich zu erinnern. »Sympathetische-Para-irgendwas-renales Erregungssystem. Okay, okay, ich bin kein Experte«, warf ich ein, als Bent grinste.

»Ohne Drek, aber *jetzt* klingelt's«, sagte er. »Ich hab was darüber in medizinischen Journalen gelesen, aber ich kenne mich nicht so mit den Einzelheiten aus. So, wie ich das sehe, ist SPISES, zumindest theoretisch, die nächste logische Entwicklung nach Reflexboostern.« Seine Augen schlossen sich halb, und seine Stimme wurde weniger lebhaft, fast monoton, als er auf Vorlesungsmodus schaltete. Ich gab mir alle Mühe, ihm zu folgen.

»Bei normalen Reflexboostern muß man winzig kleine, ›Initiatoren‹ genannte Geräte direkt in den Kortex der Adrenalindrüsen — die Suprarenalen oder Nebennieren — und in andere Drüsen einsetzen. Wenn du also den Turbo einschalten willst, nimmt ein neuroelektrisches Interface die entsprechende neurale Aktivität auf — praktisch eine Art Startkommando — und heizt ins Hirn implantierte Kontrollchips an, welche dann wiederum die Initiatoren aktivieren. Deine Nebennieren schütten Adrenalin aus, und du wirst aufgepeppt. Kannst du mir folgen?« Ich nickte langsam. »Die Einrichtung normaler Reflexbooster ist, wie du dir sicher vorstellen kannst, ein ziemlich gewaltsamer Eingriff. Interface, Kontrollchips und Initiatoren plus die ganze unterstützende Technologie, ›Klebechips‹ und jede Menge Verdrahtung, um die Verbindung zwischen den Einzelteilen herzustellen. Der erforderliche Eingriff ist wesentlich gewaltsamer als bei Talent-Cyberware und Muskelersatz — und das will einiges heißen. Kannst du mir immer noch folgen?«

Ich nickte wieder. »Und SPISES-Booster-Technologie ist kein so gewaltsamer Eingriff, richtig?« schoß ich ins Blaue.

Er lächelte breit. »Richtig. Theoretisch liegt er in einer ganz anderen, viel kleineren Größenordnung. Wie ich das sehe, funktioniert die Geschichte folgendermaßen: Wenn eine nicht verdrahtete Person einen Adrenalinstoß braucht — sagen wir, sie ist ängstlich oder wütend —, schickt das Nervensystem einen Aktivierungsimpuls an die Nebennieren.« Er zögerte. »Ich vereinfache alles sehr stark, vielleicht zu sehr.«

»Ich muß den Drek schließlich nicht einbauen«, sagte ich grinsend. »Vereinfache, benutz den Osterhasen als Analogie, wenn es sein muß, aber erklär mir, was dieses Zeug bewirkt. Okay?«

Bent lachte schallend. »Kein Osterhase, sondern ich gebe dir hier einen echten, stark abstrahierten Überblick.« Er hielt inne, um seinen Gedankengang wiederaufzunehmen. »Jedenfalls fragten sich die Burschen, die mit Booster-Technologie der zweiten Generation experimentieren: Warum sollen wir unsere Drähte und Initiatoren einsetzen, wenn der Körper seine eigenen hat? Mit anderen Worten, das Gehirn und die Nerven. Ihrer Ansicht nach brauchten sie der betreffenden Person lediglich die bewußte Kontrolle über die neuralen Mechanismen zu geben, die der Körper bereits benutzt, um Adrenalin und andere neurochemische Substanzen auszuschütten. Theoretisch könnte man die kleine Booster-Box in die Datenbuchse einer Person einlegen. Wenn der Bursche auf Touren kommen will, denkt er einfach den entsprechenden Befehl. Die Booster-Box nimmt den Befehl auf und schickt dann einen Impuls zum richtigen Teil des Hirns, was wiederum ein mächtiges Signal an die Nebennieren auslöst. Wenn man bereits eine Datenbuchse hat, braucht man nur noch die Box einzustöpseln. Oder wenn man irgendwelche Cyberware trägt, ein Arm, ein Auge, irgendwas, hängt man den Booster-Schaltkreis einfach an die Cyberware an und benutzt das neurale Interface, das bereits an Ort und Stelle ist. Und diese Art von Reflexboosting ist — wiederum theoretisch — völlig natürlich, weil sie die körpereigenen Mechanismen benutzt.«

»Klingt unglaublich«, sagte ich. »Warum gibt's das nicht auf der Straße?«

Bent wirkte nachdenklich. »In der Praxis ist es niemals so einfach. Erinnerst du dich noch an deinen Vergleich bei 2XS? Als würdest du den Motor eines Wagens im Bruchteil einer Sekunde von null Umdrehungen in den roten Bereich jagen? Genau das bewirkt Booster-Technologie. Wenn man der Literatur Glauben schenken darf, hat sie noch nie jemand an Menschen oder Metamenschen ausprobiert. Nur an Hunden, und das Resultat war ein Haufen *echt* schneller, *echt* gemeiner Hunde, die *echt* früh gestorben sind. Ich denke, 'ne ganze Menge Leute glauben, daß sie die Sache nie richtig hinkriegen und diese Technologie in eine Sackgasse führt.«

Darüber dachte ich ein paar Sekunden nach, dann fragte ich: »Was würdest du sagen, wenn ich dir erzählte, daß irgend jemand sie da draußen vermarktet?«

»Booster-Technologie? Ich würde sagen, jemand wird am Ende mit 'ner Menge echt schneller, echt toter Klienten dastehen, es sei denn, jemand hat einen größeren Durchbruch erzielt, aber noch nichts davon in der Literatur veröffentlicht.« Er beugte sich vor. »Wer vermarktet sie, und wer kauft?«

»Der Yamatetsu-Konzern verkauft.«

Er schüttelte den Kopf. »Nie gehört. Und der Kunde?«

»Potentiell das UCAS-Militär.«

»Ich glaube, das ergibt auf eine schreckliche Art und Weise einen Sinn«, sagte er bedächtig. »Wie bist du darauf gestoßen, Dirk?«

»Ich bin ehrlich davon überzeugt, daß du besser dran bist, wenn du das nicht weißt.« Er akzeptierte das mit einem Nicken. »Und jetzt werde ich dir noch eine Frage stellen. Gibt es irgendwelche Ähnlichkeiten zwischen der, wie hast du sie genannt, Booster-Technologie der zweiten Generation und 2XS?«

Bent schwieg für einen Augenblick. »Manchmal bringt mich die wissenschaftliche Geisteshaltung zur Verzweiflung«, sagte er schließlich. »Wir lernen, Dinge zu klassifizieren, und deswegen entgehen uns Verbindungen und Beziehungen, die für andere Leute offensichtlich sind.« Er sah mir direkt in die Augen. »Was die

Beantwortung deiner Frage betrifft: Ja, die beiden Technologien könnten sich sehr ähnlich sein. *Könnten*«, betonte er noch einmal. »Die Wirkung ist sehr ähnlich. Bis jetzt war mir gar nicht aufgefallen, wie ähnlich. Die tatsächlichen *Technologien* könnten jedoch Lichtjahre auseinander liegen, verstehst du?«

Ich nickte. »Ich verstehe.«

Er schwieg wieder für einen Augenblick, dann fragte er sehr ruhig: »Woran arbeitest du gerade, Dirk?«

Ich zögerte. »Hör mal, Bent, ich halte es für besser, wenn du mich nicht mehr anrufst, Chummer. Wenn ich diese Geschichte überstanden hab, melde ich mich wieder bei dir. Verstehst du, was ich damit sagen will?«

Sein Lächeln verschwand augenblicklich. Er nickte zögernd. »Ich verstehe. Keine Sorge. Ich kann auf mich aufpassen.« Er hielt kurz inne. »Aber wenn es wirklich haarig wird, ruf mich an, okay? Du kannst nicht alle Drachen selbst erschlagen, *neh*?«

»Danke, Bent. Du hörst bald wieder von mir.«

»Halt dich aus der Schußlinie. Bis später, Chummer.«

Ich unterbrach die Verbindung und lehnte mich zurück. Ich fühlte mich sehr einsam. Wenn ich mit Vermutungen richtiglag, saß ich in einer Runde mit ein paar ziemlich gewichtigen Spielern. Und wenn unser mysteriöser und mörderischer X einer dieser beiden Gruppen angehörte, steckte ich bis zum Hals im Drek.

Das Telekom summte erneut, und ich drückte auf die Empfangstaste. Ich hatte eigentlich damit gerechnet, daß es Bent war, der noch etwas vergessen hatte, und war angenehm überrascht, statt dessen Jocasta zu sehen. »Hoi«, sagte sie. »Ich dachte, ich ruf mal an und horche, ob Sie irgendwas herausgefunden haben.«

Ich zögerte, während sich meine Gedanken überschlugen. Meine erste Reaktion war, ihr dieselbe Abfuhr zu erteilen wie Bent, und zwar aus denselben Gründen. Andererseits war sie bereits in die Sache verwickelt und steckte ebenso tief mit drin wie ich, einfach deswegen, weil X sie ebenfalls zur Beseitigung auserkoren hatte. Würde ich ihr unter Berücksichtigung dieser Tatsache nicht einen Bärendienst erweisen, wenn ich ihr wichtige Informationen vorenthielt? Ich war gezwungen, die Frage mit ja zu beantworten. (Eine Woge der Erleichterung spülte über mich hinweg, als ich zu diesem Schluß gelangt war. Es war egoistisch und unwürdig, aber ich fühlte mich sehr einsam und sehr erdrückt, und ich wollte verzweifelt mit *jemandem* reden.)

Sie beobachtete mich schweigend, während ich meine Selbsterforschung betrieb. Jetzt sah es fast nach Besorgnis in ihren Augen aus, als sie mich fragte: »Was ist los?«

»Das Spiel ist gerade sehr viel größer geworden«, begann ich und erzählte ihr dann, was ich über Sutcliffes Stellung beim Militär, Yamatetsus Booster-Technologie und die Besitzverhältnisse im Falle Crashcart sowie die möglichen Ähnlichkeiten zwischen SPISES und 2XS herausgefunden hatte ... Alles, ohne jede Einschränkung. Ich erzählte ihr sogar vom Verschwinden meiner Schwester. Und ich beendete meinen Bericht mit meinen Vermutungen, warum Lolly umgebracht worden war.

Ich muß zugeben, es war gut. Ich hatte schon viel über die Macht der Katharsis gehört, aber ich glaube, ich hatte es bis dato noch nie richtig damit probiert. Das Gewicht lastete immer noch auf meinen Schultern, die Spannung war immer noch in meiner Brust, aber jetzt kam mir alles ein wenig erträglicher vor.

Jocasta schwieg eine Zeitlang, nachdem ich geendet hatte. Offensichtlich ließ sie sich das Gehörte durch den Kopf gehen. »Danke, daß Sie mir das von Ihrer Schwester erzählt haben«, sagte sie leise. »Ich weiß Ihre Ehrlichkeit zu schätzen, und es tut mir aufrichtig leid.« Sie legte wieder eine Pause ein. »Vielleicht hat sie der Troll in eine andere Klinik gebracht. Oder vielleicht hat sie aus irgendeinem Grund selbst die Klinik gewechselt. Sie könnte im Augenblick irgendwo in einem Bett liegen und darauf warten, daß Sie sich bei ihr melden. Haben Sie es woanders versucht? Vielleicht ist alles ganz harmlos.«

Ich nickte. »Sie könnten recht haben.«

Ihre Stimme und Miene waren weicher geworden, als wir über Theresa redeten, doch jetzt kehrte ihr vertrautes geschäftsmäßiges Gebaren zurück. »Sie glauben, daß die Verbindung zwischen 2XS und diesem Booster-Drek von Bedeutung ist, nicht wahr?« fragte sie.

»Ich hab das starke Gefühl, ja, aber immer noch keinen Beweis dafür.«

»Vertrauen Sie Ihrer inneren Stimme«, sagte sie, um dann erneut zu zögern. »Ihnen ist doch klar, daß Sie damit implizieren, Yamatetsu wirft 2XS auf den illegalen Markt.«

»Es ergibt einen Sinn«, sagte ich ein wenig rechtfertigend. »Angenommmen, es *ist* dieselbe Technologie — welcher Konzern würde sich schon von einem anderen gewinnbringenden Markt abwenden?«

Sie schüttelte den Kopf. »Das kaufe ich nicht. Es wäre ein zu großes Risiko. Da muß es noch einen anderen Grund geben.«

»Welchen?«

»Ihr Freund, der Arzt« — ich hatte Bents Identität zumindest bis zu einem gewissen Grad geheimgehalten — »hat gesagt, es gäbe keine Aufzeichnungen darüber, daß jemand Booster-Technologie an Menschen getestet hat, richtig?« Ich nickte. »Aber Yamatetsu mußte menschliche Tests durchführen, bevor sie auch nur daran denken konnten, die Technologie an die Armee zu verkaufen.«

Ich konnte erkennen, worauf sie hinauswollte. »Sie wollen damit sagen, sie benutzen 2XS als Feldtest für SPISES?«

»Könnte sein.«

Ich grunzte. Es ergab zwar einen Sinn, klang aber aus

irgendeinem Grund in meinen Ohren noch nicht völlig korrekt. Als würde ein Teil meines Verstandes sagen: ›Nah dran, aber kein Volltreffer.‹

»Wir übersehen irgendwas«, murmelte ich.

»Aber was?«

»Ich wünschte, ich wüßte es.«

»Und wie paßt Crashcart in die ganze Geschichte hinein?«

»Eine Crashcart-Klinik hat Daniel Waters einen 2XS-Schaltkreis eingebaut.«

»Glaubt Ihr Freund«, ergänzte Jocasta.

Ich sprang Bent zu seiner Verteidigung bei. »Die Symptome sind dieselben, der Schaltkreis ist ähnlich.«

»Ähnlich«, betonte sie, »nicht identisch. Wenn Sie mit der 2XS-SPISES-Verbindung recht haben, hatten sie vielleicht vor, ihm einen Booster einzusetzen, und haben es vermasselt.«

»Warum sollten sie das tun?«

»Vielleicht, um sich Wettbewerbsvorteile zu verschaffen? Sie stecken, weiß Gott, mitten in einem Krieg mit DocWagon um die Marktanteile.« Sie dachte kurz nach. »Oder es könnte eine andere Methode sein, Betatest-SPISES auf die Straße zu bringen.« Ihr Tonfall wurde lebhafter, während sie diesen Gedankengang bis zum Ende verfolgte. »Vielleicht ist das der Grund, warum Yamatetsu Crashcart überhaupt ins Leben gerufen hat ... Als eine Möglichkeit, SPISES zu verbreiten ...«

»Und ihre Wirkung zu beurteilen«, fuhr ich fort. »Sie bauen sie in jemand ein, der übel zugerichtet wird, dann benutzen sie die Nachfolgeuntersuchungen, um sich ein Bild zu machen, wie die Geschichte funktioniert.«

»Das ist auch der Grund, warum sie mit so harten Bandagen gegen DocWagon kämpfen. Wenn sie DocWagon aus dem Geschäft verdrängen können, ist das Risiko geringer, daß jemand herausfindet, was sie getan haben.«

Eine Zeitlang hatte ich mich von Jocastas Enthusiasmus mitreißen lassen. Doch plötzlich verpuffte die Erregung. Die logische Struktur, die wir errichtet hatten, besaß einfach keinen inneren Zusammenhang. Wiederum hatte ich das unabwendbare Gefühl, daß wir etwas Entscheidendes übersahen. Wir hatten die meisten Teile des Puzzles, und wir hatten sie zusammengesetzt, um ein Bild zu erstellen. Aber ich hatte das Gefühl, wir hatten es versaut, indem wir ein paar Teile dort eingesetzt hatten, wo sie ganz einfach nicht hinpaßten. Ich schüttelte den Kopf.

»Was ist?« wollte Jocasta wissen.

»Ich kauf' es nicht.«

»Warum nicht?«

»Sie haben selbst gesagt, ich soll meiner inneren Stimme vertrauen. Es kommt mir einfach nicht richtig vor.«

»Warum nicht?« beharrte sie.

»Ich kauf' es einfach nicht.« Ich sah sie fest an. »Sie etwa?«

Sie schien zu einer zornigen Erwiderung anzusetzen, um sich dann plötzlich zu entspannen. Verlegen lächelnd, sagte sie: »Nicht wirklich. Ich fühle mich ... ich fühle mich *überwältigt*. Das Ausmaß dieser Geschichte, es ist ganz einfach zuviel. Es kommt mir so vor, als sei es das einzig Logische, in ein tiefes Loch zu springen und das Loch dann zu mir herunterzuziehen. Wissen Sie, was ich meine? Aber Sie sind wahrscheinlich an so etwas gewöhnt.«

»Reservieren Sie mir einen Platz in Ihrem Loch.«

Sie lachte. »Vielleicht.« Dann wurde sie wieder ernst. »Was werden Sie jetzt tun?«

»Zusehen, daß ich die fehlenden Teile finde. Aber zuerst will ich versuchen, meine Schwester aufzuspüren.«

»Lassen Sie mich wissen, wie Sie vorankommen. Rufen Sie mich unter dieser Nummer an.« Eine LTG-Nummer erschien auf dem Schirm. Jocasta lächelte. »Ich hoffe, Sie finden sie.«

»Danke.«

Sie unterbrach die Verbindung, bevor ich noch mehr sagen konnte.

14

Hospitäler im Sprawl behandeln sämtliche Daten über ihre Patienten streng vertraulich, um letztere vor Schmierfinken oder noch Schlimmerem zu beschützen. Doch diese Vorsicht darf nicht so weit gehen, daß sie alle Zugangsmöglichkeiten ausschließt, damit besorgte Verwandte und Freunde herausfinden können, ob der alte Onkel Ted schwerverletzt auf einer Intensivstation liegt oder lediglich mit der Kellnerin durchgebrannt ist, auf die er ein Auge geworfen hat.

Die Fortschritte in der Kommunikationstechnologie haben dieses Problem zwar gelöst, dafür aber viele andere erst geschaffen. Alle eingetragenen Krankenhäuser und die überwiegende Mehrheit der Privatkliniken stellen mittlerweile eine LTG-Nummer zur Verfügung, unter der man Zugang zu einer Art Mitteilungssystem erhält. Man ruft einfach an und übermittelt den Namen — den echten und vollständigen Namen — der Person, an der man interessiert ist. Das Mitteilungssystem verrät einem, ob besagte Person gegenwärtig in dem betreffenden Hospital registriert ist, aber nur mit einem Ja oder Nein, ohne weitere Informationen. Dann hat man die Möglichkeit, Name, Beziehung zum Patienten, Kontaktinformationen und beliebige Botschaften zu hinterlassen. Von da an liegt es beim Krankenhauspersonal und/oder dem Patient zu entscheiden, ob dieser sich meldet. Dieses System macht es dem Krankenhaus relativ leicht, die Mehrheit der Schmierfinken draußen zu halten und dennoch eine rasche und effektive Methode bereitzustellen, eine vermißte Person aufzuspüren.

Natürlich gibt es vierundfünfzig Hospitäler und Kliniken im Sprawl, wie das Fremdenverkehrsamt von Seattle bei jeder sich bietenden Gelegenheit stolz hervorhebt. Sie alle zu überprüfen, würde eine ganze Weile dauern.

Das heißt, wenn ich es von Hand tat. Wollen wir noch einmal der modernen Technik danken. Es war eine Arbeit von vielleicht zwei Minuten, ein einfaches Programm zu erstellen, welches das Telekom anwies, jedes Krankenhaus anzurufen, den Namen Theresa Mary Montgomery zu übermitteln und mich von allen positiven Rückmeldungen in Kenntnis zu setzen. Ich konnte das Programm sogar von meinem Telekom in Auburn aus laufen lassen, so daß mein Telekom in Purity für andere Anrufe frei blieb. Ich schätzte, das Programm würde ungefähr eine halbe Stunde brauchen, um die gesamte Liste abzuarbeiten.

Während es also sein elektronisches Spielchen durchzog, rief ich Naomi Takahashi an. Diesmal war sie zu Hause, da es mittlerweile früher Abend war.

Sie nahm sofort ab. Wie gewöhnlich hatte ich meine Videokamera abgeschaltet. »Ja?« sagte sie.

»Ja«, grunzte ich, »ich, äh, ich hab 'nen Anruf gekriegt, daß Sie 'nen Kammerjäger brauchen. Ham wohl 'n Wanzenproblem, was?«

Naomi lächelte. »Keine Wanzen hier, *Omae*«, lachte sie. »Ich bin sehr vorsichtig deswegen.«

Ich schaltete die Kamera ein. »Man kann nie vorsichtig genug sein. Wie läuft's denn so, Mädchen?«

»Im Moment hab ich ziemlich viel zu tun. Ich muß zusätzliche Arbeit erledigen, weil Leute abgestellt werden, um einen Schurken namens Derek Montgomery aufzuspüren.«

Das ernüchterte mich doch etwas — ungefähr so wie ein Kübel Eiswasser. »Sie nehmen es tatsächlich so ernst, nicht wahr?«

»Und noch etwas ernster«, bestätigte Naomi. »Ich

weiß nicht genau, warum. Du mußt da in eine ziemlich üble Sache geraten sein.«

Sie hatte die Frage nicht geradeheraus gestellt, aber ich beantwortete sie trotzdem. »Das bin ich auch, Naomi, aber ich kann dir nichts darüber sagen.«

Sie nickte. »Brauchst du Unterstützung von meiner Seite?«

»Zwei Dinge. Zuerst versprich mir, daß du wirklich vorsichtig bist, okay? Keine Bloßstellung, kein Risiko. Wenn du dich auch nur einen Millimeter aus dem Fenster lehnen mußt, komme ich auch ohne das zurecht. Hast du verstanden?« Ich trug vielleicht ein wenig dick auf, aber ich hatte immer noch ziemliche Angst.

Naomi trug es mit Fassung. »Kein Problem, Chummer, sag mir einfach, was du willst. Ich weiß mich schon zu schützen.«

»Ich will alles, was du mir über einen Konzern namens Yamatetsu besorgen kannst. Speziell seine Unternehmungen in Seattle und speziell alles, was beim Star für Wirbel gesorgt hat.«

»Yamatetsu, richtig? Kein Problem. Und das zweite?«

Ich zögerte. Die Idee war mir gekommen, als ich Naomis Nummer gewählt hatte. Und in gewisser Weise schien sie sinnvoll zu sein. Die Frage war nur, hatte ich den Mut, die Sache durchzuziehen?

»Dirk?«

Ich holte tief Luft. »Wo kann ich einen 2XS-Chip kaufen?« fragte ich.

Vielleicht führe ich ein behütetes Leben, aber ich habe noch nie zuvor einen Chip-Deal abgewickelt. Die einzige Vorstellung, wie so etwas abläuft, hatte ich aus billigen Trideo-Shows. Sie wissen, welche Art ich meine — anrüchige Wohngegenden und rattenverseuchte Chiphöhlen, mit Kanonen wedelnde Dealer, die wie der Abschaum der Menschheit aussehen und einen schnell über den Haufen knallen.

Wahrscheinlich gibt es derartige Orte. Aber als ich es schließlich geschafft hatte, Naomi davon zu überzeugen, daß ich es ernst meinte, nannte sie mir eine Adresse, die so weit von meiner geistigen Vorstellung entfernt war wie eben möglich. Keine heruntergekommene Chiphöhle in irgendeiner Pennergegend. Die Adresse gehörte — ob Sie's glauben oder nicht — zu einem Trideoverleih in einer Einkaufspromenade. Was ist nur aus der Welt geworden?

Gleich nach Beendigung meines Gesprächs mit Naomi überprüfte ich das Suchprogramm. Es hatte die Liste abgearbeitet und sich abgeschaltet, ohne einen Treffer zu landen. Mit anderen Worten, Theresa Montgomery war von keiner Krankenanstalt in Groß-Seattle offiziell aufgenommen worden. Verdammt.

Natürlich lautete das Schlüsselwort ›offiziell‹. Jedes System hat seine Hintertüren. Es war vorstellbar, daß Theresa irgendwo inoffiziell oder unter anderem Namen aufgenommen worden war. Im Augenblick fehlten mir in beiden Fällen die Mittel, um dem auf den Grund zu gehen. So sehr es auch schmerzte, ich mußte diese Angelegenheit zunächst aufs Abstellgleis schieben. Da ich nicht die leiseste Ahnung hatte, wie ich in bezug auf Theresa weiter vorgehen sollte, schien es mir das Beste zu sein, mit etwas anderem weiterzumachen und auf eine Eingebung zu hoffen.

Der Trideoverleih befand sich in der Overlake Promenade in der Touristendorf-Zone von Redmond. Gar keine schlechte Gegend für Redmond: Die meisten Fenster und Türen immer noch intakt, wenig Einschußlöcher in den Wänden und weniger als 50 Prozent leerstehende Gebäude. Der Verleih war ein typischer Trideoladen. Es gab zwei Terminals — natürlich ›vom Hersteller gehärtet‹ —, auf denen Verzeichnisse und Kataloge abgerufen werden konnten, und ein halbes Dutzend Schirme, die ausgewählte Szenen aus den augenblicklich favorisierten Verleihchips zeigten. Ein paar Augenblicke wurde ich von einer wandgroßen Aufmachung abgelenkt, auf der wechselweise Ausschnitte aus *Neil, der Orkbarbar XIV* (Dialogbeispiel: »Stirb, Drekfresser!«) und *Durch die kalte Küche* (Dialogbeispiel: »Oh, o *ja* ...«) zu sehen waren, aber ich schüttelte den Trideobann ab und schlenderte zur Ladentheke.

Die Aufsicht hatte ein Bursche ungefähr in meinem Alter, dessen Job es wahrscheinlich war, sich mit unbilligen Kundenwünschen auseinanderzusetzen, die den Rahmen der Katalogterminals sprengten. Er sah ziemlich ordentlich aus — fast unnormal, wenn man die Gegend berücksichtigte — und lächelte höflich, als ich mich ihm näherte. »Kann ich Ihnen irgendwie helfen?« fragte er.

»Ja, äh, vielleicht«, sagte ich mit einigem Unbehagen. Ich rief mir noch einmal die Schlüsselphrasen ins Gedächtnis, die Naomi erwähnt hatte. »Ich, äh, ich suche nach einem neuen Chip. Was echt Heißes, wissen Sie?«

Seine höfliche Miene veränderte sich nicht. Er gab mir einfach einen Ausdruck. »Das sind unsere neuen Titel«, sagte er. »Sehen Sie irgendwas, das Ihnen zusagt?«

Ich warf nicht mal einen Blick auf die Liste. »Nicht wirklich. Ich glaube, ich suche etwas ... Heftigeres. Etwas ... Exzessives?«

Er nahm die Liste zurück. »Ich fürchte, ich weiß nicht, was Sie meinen«, sagte er sanft.

Natürlich wußte ich, was los war. Er kannte mich nicht. Ich konnte ein verdeckter Ermittler von Lone Star sein. Also würde er selbstverständlich nicht freiwillig mit Informationen herausrücken. Wenn ich echt war, würde ich genau sagen, was ich wollte. War ich jedoch von der Drogenfahndung, konnte ich das nicht, weil das Anstiftung war. Natürlich, *ich* kannte *ihn* ebenfalls nicht, und *er* konnte von der Drogenfahndung sein. Ich war nicht sicher, aber ich nahm an, der Versuch, 2XS zu *kaufen,* war ebenfalls ein Verbrechen. Ich zögerte, dann beschloß ich, das Risiko einzugehen.

Ich beugte mich vor, so daß unsere Gesichter nur Zentimeter auseinander waren. »Hören Sie«, sagte ich, »ich will 2XS, und ich hab das Herumtändeln satt.« Ich schob einen beglaubigten Kredstab über den Tresen. »Wollen Sie mein Geld oder nicht?«

Seine Miene veränderte sich immer noch nicht, aber der Kredstab verschwand. Er ging auf normale Distanz und sagte: »Wir sind immer gern zu Diensten. Warten Sie hier.« Er verschwand nach hinten.

Ich sah mich nervös in dem leeren Geschäft um und bereute, daß mir diese idiotische Idee jemals gekommen war. Er war rasch zurück, und zwar mit einem grellbunten Chip-Etui. Er gab es mir und sagte: »Ich glaube, das wird Sie zufriedenstellen.«

Ich warf einen Blick auf das Etui. Der Titel des Chips lautete offensichtlich *Quartier zu vermieten,* und das Titelbild machte überdeutlich und anatomisch klar, welches Quartier gemeint war. Das Etui wirkte professionell eingeschweißt. Ich sah auf und hob eine Augenbraue. Wenn ich fünfhundert Nuyen — laut Naomi der augenblickliche Marktpreis — bezahlt hatte und nicht mehr dafür erhielt als einen Hardcore-Porno, würde ich mit Sicherheit zurückkommen, um ein Wörtchen mit dem Verkäufer zu reden. Er nickte kaum wahrnehmbar, und ich beschloß, das Thema jetzt nicht weiter zu verfolgen. Ich dankte ihm und ging.

Was, zum Teufel, tat ich eigentlich? Bent zufolge war 2XS ein tödlicher Hammer, der nur via Datenbuchse benutzt werden konnte. Ich hatte weder den Wunsch zu sterben noch eine Datenbuchse. Also, was wollte ich eigentlich?

Ich vermute, es war eine pervertierte Version des alten Erkenne-deinen-Feind-Prinzips. Zumindest teilweise. Was auch vorging, 2XS schien im Zentrum der Ereignisse zu stehen, und das Wissen, was der Chip genau bewirkte, würde mir vielleicht neue Einsichten vermitteln.

Ich mußte außerdem erfahren, womit meine kleine

Schwester ihren Verstand gefüttert hatte. Warum? Morbide Neugier, der Wunsch zu verstehen, wiederum die Möglichkeit einer Einsicht. Suchen Sie sich was aus. Diese Gründe waren der annehmbare Teil, aber vielleicht gab es noch einen anderen. Das Bedürfnis zu beweisen, daß ich mit etwas fertig werden konnte, das meine Schwester total aus der Bahn geworfen hatte? Konnte ich wirklich so kleinkariert sein? Ich verdrängte diese unbequeme Möglichkeit aus meinen Gedanken.

Soviel zum Warum, aber was war mit dem Wie? Auf diese Frage gab es eine nette einfache Antwort: Buddy.

Diesmal rief ich nicht vorher an — ich ging einfach hin. Zum einen wollte ich es *jetzt* tun, solange ich noch den Mut aufbrachte. Zum anderen hatte ich eine Entschuldigung zu kneifen, wenn Buddy beschloß, mich nicht einzulassen. Ich nannte der Wache an der Tür meinen Namen und nahm mit ziemlich gemischten Gefühlen zur Kenntnis, daß er mich hereinnickte.

Ich fuhr den Aufzug zum vierzigsten Stock hoch, ging den Flur entlang und klopfte an Buddys Tür. Dann trat ich ungefähr eine Minute lang unbehaglich von einem Fuß auf den anderen, in der ich zu entscheiden versuchte, ob ich noch mal klopfen, länger warten oder einfach verduften sollte. Ich neigte mehr und mehr zu Möglichkeit drei, als die diversen Schlösser aufsprangen und sich die Tür öffnete.

Buddy durchlief anscheinend gerade eine besonders ruhige Phase ihres Zyklus. Der Drum-Computer spie immer noch seine frenetischen Licks aus, aber die Lautstärke war ziemlich weit unten — irgendwo knapp unterhalb des Dröhnens einer Harley im Leerlauf. Sie stand mit den Händen in den Hüften unter der Tür und betrachtete mich mit raschen, vogelartigen Kopfbewegungen von oben bis unten. Dann warf sie mir ein flüchtiges Lächeln zu und trat zurück, um mich einzulassen. »Hoi, Dirk«, sagte sie, wobei sie mir zum erstenmal tatsächlich genug Zeit ließ, ganz hereinzukommen, bevor sie die Tür hinter mir zuknallte.

»Hoi, Buddy.« Ich hatte eigentlich die Absicht, gleich zur Sache zu kommen, aber mein Mund war plötzlich wie ausgedörrt.

Sie musterte mich erneut. »Du bist ziemlich fickerig«, bemerkte sie. »Fickerig bis zum Gehtnichtmehr.«

Wenn ich dermaßen gestreßt war, daß es sogar Buddy spürte, war ich *zweifellos* fickerig bis zum Gehtnichtmehr. »Ich brauch deine Hilfe, Buddy.«

Sie warf mir noch ein Lächeln zu. »Hatte ich mir schon gedacht. Komm mit.« Ich folgte ihr ins Wohnzimmer, sah überrascht, wie sie eine Fernbedienung aus den Falten ihres ballistischen Sarongs zog und die Lautstärke des Drum-Computers um ein paar Dezibel zurückdrehte. Dann sank sie in den Lotussitz und starrte zu mir auf. »Worum geht's?«

Ich sah mich um und stellte fest, daß das Trampnetz immer noch mit ihrem Cyberdeck verbunden zu sein schien. Ein Teil meines Verstandes fluchte: Eine weitere Entschuldigung beim Teufel. Ich holte den 2XS-Chip heraus — ich hatte die grelle Verpackung auf dem Weg hierher weggeworfen — und hielt ihn ihr hin. »Der ist so ähnlich wie ein SimSinn-Chip«, sagte ich. In meiner Nervosität übernahm ich ihr eigenes barsches Sprachmuster. »Ich will ihn einwerfen.«

Sie betrachtete den Chip, nahm ihn jedoch nicht. »Warum?«

Ich wollte das nicht näher ausführen. Diese Frage hatte ich mir selber schon viel zu oft gestellt. »Ich will das Trampnetz benutzen. Geht das?«

»SimSinn, klar.« Sie starrte mir in die Augen. »Ist mehr als SimSinn, nicht? BTL?«

»Mehr als BTL. Es ist wichtig, Buddy. Kannst du es tun?«

»*'türlich* kann ich.«

»Wirst du?«

Sie dachte lange darüber nach. Zwei, vielleicht drei Sekunden. Dann zuckte sie die Achseln und deutete auf den Stuhl. »Setz dich.«

Ich setzte mich. Sie nahm den Chip, drehte ihn zwischen den Fingern hin und her. Dann sah sie mir wieder in die Augen. »Mehr als BTL?«

Ich nickte und schluckte einen faustgroßen Kloß herunter, der sich unerklärlicherweise in meiner Kehle gebildet hatte. »Ich will ein paar Einschränkungen damit verbinden«, sagte ich. »Ich will, daß du ihn« — ich zögerte — »eine Minute lang laufen läßt. Nur sechzig Sekunden. Dann stellst du ihn ab. Und ich will, daß du den Chip vernichtest. Vernichte ihn. Verstanden?«

Sie sah auf den Chip, dann wieder in meine Augen. »Du hast 'ne Scheißangst davor«, sagte sie. Verdammt richtig, ich *hatte* eine Scheißangst. »Wird er dich fertig machen?«

»Ich weiß nicht«, sagte ich wahrheitsgemäß.

»*Dreißig* Sekunden«, korrigierte sie mich. Sie tätschelte ihr Excalibur mit einem knochigen Finger. »Ich paß auf dich auf.«

»Komm nicht mit, Buddy«, warnte ich sie, obwohl ich nicht einmal wußte, ob das möglich war.

»Machst du Witze?« schnaubte sie. »Will ich *meinen* Verstand versauen? Ich überwache deine Hirnströme.« Und dann machte sie sich an den Verbindungen zwischen der Dornenkrone und ihrem Cyberdeck zu schaffen.

Ich dachte darüber nach. Zur Standardausrüstung eines durchschnittlichen Decks gehörte es gewiß nicht, aber wenn Buddy ein Elektroenzephalogramm oder etwas Ähnliches, das Gehirnströme aufzeichnete, in ihr Cyberdeck eingebaut hatte, würde ich mich wesentlich wohler fühlen. Ich zog meinen Duster aus und legte ihn — und meinen gehalfterten Manhunter — außer Reichweite. Dann versuchte ich eine bequeme Stellung auf dem harten Stuhl einzunehmen.

Buddy hatte ihre Vorbereitungen schnell getroffen. Nur zu bald setzte sie mir das Trampnetz auf den Kopf. »Buddy...«, begann ich.

»Ich paß auf dich auf.« Die Worte klangen schroff, aber ich glaubte, so etwas wie echte Besorgnis aus ihrer Stimme herauszuhören. Oder war es nur meine Einbildung? Sie verschnürte den letzten Riemen, sank wieder in ihren Lotussitz und legte sich ihr Excalibur auf die Knie. Ich sah zu, wie sie den Chip in eine der Buchsen des Decks einlegte. Sie sah zu mir auf und lächelte. »Märchenstunde«, sagte sie leise.

Ich glaube, ich wollte noch irgendwas sagen, daß ich es mir überlegt hätte. Aber bevor ich auch nur die erste Silbe herausbrachte, drückte ihr skelettdünner Finger eine Taste ...

Ich stehe auf einem Hügel und sehe auf das Schlachtfeld hinunter. Mein Helm und meine Rüstung fangen das goldene Licht der aufgehenden Sonne ein, und die vielen darin eingearbeiteten Juwelen reflektieren funkelnde Lichtspeere. Ich trage ein Vermögen am Körper, aber das ist nur angemessen und richtig. Meine Stellung als König ist mir durch Geburtsrecht gegeben, doch ich habe sie mir zusätzlich auch durch meine Leistung verdient. Noch nie hat mich ein Mensch im Zweikampf besiegt, wenngleich es schon viele versucht haben. Ich hebe meine Axt, spüre ihr angenehmes Gewicht in meinen Händen, fahre mit dem Daumen über die rituellen Kerben im Schaft. Ich habe Leben genommen, und ich werde es wieder tun. Derlei ist mein Recht, meine Ehre und meine Pflicht.

Ich sehe Bewegung auf der Ebene unter mir. Es ist der Feind. Die Beute. Bald werden wir diesen Hügel hinunterstürmen und über sie herfallen wie Wölfe über eine Herde Schafe. Bald wird mein Körper im Kampfestaumel zittern, wird die Melodie des Krieges in meinen Ohren singen. Bald wird meine Axt Blut schmecken. Bald wird mir ein weiterer Sieg zufallen. Ein weiterer Sieg in der unendlichen Reihe all derer, die ich zuvor schon errungen habe. Eine weitere Zeile der Saga, die mich als den größten Krieger dieses und jeden anderen Zeitalters feiern wird.

Die Sonnenscheibe erhebt sich über den Horizont. Einen Bogenschuß hinter mir höre ich die Geräusche meiner Armee, die sich für die Schlacht gürtet. Der Rauch der Lagerfeuer beißt süßlich in meine Nüstern. Der Schlag der Schwerter auf Schilde, der Schall der Fanfaren klingt in meinen Ohren. Meine Brust schwillt an und könnte vor Freude über den bevorstehenden Kampf platzen. Ich frage mich flüchtig, wie es wohl sein würde, anders zu sein, als ich es bin, sich zerbrechlich zu fühlen, sich sterblich zu fühlen. Ängsten und den Unwägbarkeiten des Zufalls unterworfen zu sein. Ich kann es mir nicht vorstellen. Und warum sollte ich es auch nur versuchen? Ich bin, wie ich bin, und anders wollte ich es auch gar nicht haben. Ich mache Anstalten, mich meinen Gefolgsmännern anzuschließen.

Ein Geräusch aus den Bäumen zu meiner Rechten. Ich wirbele herum, meine Axt kommt hoch. Acht Krieger des Feindes stürzen mit gellendem Schlachtruf und mit im Morgenlicht funkelnden Schwertern aus dem Dickicht. Sie wollten mich hinterrücks überfallen, mich meuchlings hier erschlagen. Doch meine Feinde wissen nicht, mit wem sie es zu tun haben, sonst hätten sie nicht nur acht geschickt.

Ich stürme ihnen entgegen. Meine Axt singt, als ich sie schwinge, scheinbar begierig zu mähen, zu fällen. Ich brülle mein Vergnügen in den Himmel, und meine Stimme ist wie ein schrecklicher Schrei, der mit dem Fanfarenschall wetteifert. Die Axt findet ihr Ziel. Eine Fontäne heißen Blutes ergießt sich über mich …

Ich lag auf dem Boden. Irgendwo.

Buddys Apartment, dachte ich. Ich wälzte mich herum. Eine Gestalt stand vor mir, eine tote Frau, die in ihr Begräbnisgewand gehüllt war. Ich griff nach meiner Axt.

Nein! Keine Axt. Wer war ich? *Was* war ich?

»Dirk?« fragte die tote Frau.

Ja, Dirk. Derek Montgomery, geboren und aufgewachsen in Seattle. Sterblich, verletzlich. Für einen Augenblick wollte ich sie töten, die Haut dieses ach so besorgten Gesichts von ihren Schädelknochen abziehen. Wie hatte sie mir nehmen können, was ich hatte? Was ich war? Wo war meine Axt?

Meine ... meine was? Die Vision der Axt, der Rüstung verblaßte, wurde zur Erinnerung an einen Traum oder zur Erinnerung an eine Erinnerung. Sie hatte keine Intensität, nichts von der Leidenschaft, die mich Augenblicke zuvor noch durchflutet hatte.

»Dirk?« sagte Buddy noch einmal. Ja, Buddy. Ich kannte sie. Ich kannte mich, ich wußte, wer ich war. Und dann spülte das Gefühl eines Verlustes über mich hinweg wie eine Flutwelle. Ich hätte schreien können. Ich hätte weinen können. Mein Blick zuckte zum Cyberdeck, das auf dem Fußboden lag. Etwas glitzerte. Der Chip steckte immer noch in der Buchse. Ich versuchte nach dem Deck zu greifen, aber meine Muskeln wollten mir nicht gehorchen.

Buddy erkannte, was ich vorhatte. Mit einer Geschwindigkeit, die ihr totenähnliches Aussehen Lügen strafte, bückte sie sich und nahm den Chip aus der Buchse. Warf ihn auf den Boden. Stampfte mit dem Absatz darauf, und er zerbrach in unzählige Splitter.

Und dann heulte ich auf, und die Dunkelheit wusch über mich hinweg und verschlang mich.

Ich kam wieder zu mir, und ich wußte, wer ›ich‹ war ... bin ... was auch immer. Ich lag immer noch auf dem Boden. Ich öffnete die Augen.

Nicht mehr als ein paar Augenblicke konnten vergangen sein. Buddy hockte neben mir, ihre kühle Hand lag auf meiner Wange. Ich sah in ihr Gesicht, sah die Angst und die Besorgnis. »Dirk?« sagte sie noch einmal. Und dem Unterton in ihrer Stimme konnte ich entnehmen, wie die Frage gemeint war.

»Ja«, sagte ich. »Ja, Dirk.« Ich machte rasch eine emotionale Bestandsaufnahme, eine Art mentalen Selbsttest. In meinem Herzen waren immer noch Traurigkeit und schwärzeste Depression, doch das alles wurde von einer schrecklichen Furcht überlagert. Ich zwang mich in eine sitzende Stellung und betrachtete den Boden. Ja, da lagen die Splitter des Chips. Er war wirklich zerstört. Sie hatte ihn zertreten. Ich fand das viel beruhigender, als ich es je für möglich gehalten hätte.

»Bist du okay?« fragte sie.

Ich dachte einen Augenblick darüber nach. »Jetzt ja«, erwiderte ich. Ich fuhr mir mit der Hand durch das Haar, rieb mir die Augen. Versuchte die Überreste jener Erinnerung wegzuwischen. »Was ist passiert?«

»Ich hab deine zerebrale Aktivität überwacht«, sagte sie. »Sie wurde« — offensichtlich ziemlich durcheinander, suchte sie nach Worten — »sie *veränderte sich.* Wurde anomal. Sah wie ein psychotisches Zwischenspiel aus. Wahnvorstellungen, mehr als Wahnvorstellungen. Ich hab dich ausgestöpselt.« Sie deutete auf das Glasfaserkabel, das an der Dornenkrone befestigt war, die ich immer noch trug. Der Stecker lag auf dem Boden, war aus dem Cyberdeck herausgezogen worden. Sie fixierte mich mit ihren klaren Augen. »Was hast du erlebt?«

Ich versuchte mich zu erinnern. Doch die Erinnerung war zu schmerzhaft — oder, korrekter ausgedrückt, das Wissen, daß mehr nicht zurückbleiben würde —, also versuchte ich statt dessen zu vergessen. »Eine andere Welt«, sagte ich.

»Was war das für ein Chip?« Sie wischte mit dem Zeh über die Kristallsplitter.

»Er wird 2XS genannt.«

»Mehr als BTL?«

Ich nickte. »Wie lange ist er gelaufen?«

Sie zuckte die Achseln. »Zehn, zwanzig Sekunden.«

Subjektiv war wesentlich mehr Zeit vergangen. Ich hatte bereits eine Bestandsaufnahme meiner Emotionen gemacht. Jetzt versuchte ich, meinen Körper zu fühlen, *seinen* Status herauszufinden.

Ich war unendlich müde, als wäre ich Marathon gelaufen oder hätte Urban Brawl gespielt und dann drei Runden mit Neil, dem Orkbarbar, gerungen. Ich legte zwei Finger auf das andere Handgelenk — schwierig, so wie meine Hände zitterten — und stoppte zehn Sekunden auf meiner Uhr, während ich meinen Puls zählte. Bei fünfunddreißig kam ich nicht mehr mit, und da waren die zehn Sekunden immer noch nicht um. Mir fiel Bents Bemerkung wieder ein, wie ruinös 2XS für den Körper war, und kam zu dem Schluß, daß er die Wirkung um ein paar Größenordnungen unterschätzt hatte.

Dann kam mir ein schrecklicher Gedanke. »Buddy«, fragte ich, »wie effektiv ist dieses Ding?« Ich zog mir das Trampnetz vom Kopf.

Sie schüttelte den Kopf. »Nicht sehr«, antwortete sie schlicht. »Zwanzig oder dreißig Prozent. Vielleicht.«

Das schien das Zittern noch zu verschlimmern. »Wenn man also«, sagte ich, während ich mich vergeblich bemühte, meine Stimme ruhig klingen zu lassen, »etwas direkt über eine Datenbuchse laufen läßt, kommt es einem intensiver vor?«

»Unendlich viel.«

Ach, Theresa ...

15

Auf der Heimfahrt traf mich immer wieder das niederschmetternde Gefühl der Depression und eines verheerenden Verlusts mit derart brutaler Wucht, daß ich nach Luft schnappte. Die Episoden kamen ohne Vorwarnung, wenn ich am wenigsten damit rechnete. Immer wenn ich dachte, ich hätte die 2XS-Erfahrung überwunden und sei wieder völlig normal, stürzte alles wieder auf mich ein: Die Erinnerung daran, meine Bestimmung zu kennen, zu wissen, daß alles vollkommen der

Kontrolle meines unbeugsamen Willens unterlag, da ich wußte, daß alles, was ich tun wollte, richtig war, und zwar einzig und allein deshalb, weil ich es wollte. Und schlimmer noch, die Erkenntnis, daß ich diese fast gottgleiche Sicherheit und Macht niemals wieder empfinden würde.

Meine Hände zitterten jedesmal so stark, daß ich fast die Kontrolle über den Wagen verlor — ich *hätte* sie verloren, wäre Quincys modifizierter Autopilot nicht gewesen. Außerdem tanzte ständig die Frage am Rande meines Bewußtseins: Und *wenn* ich die Kontrolle verlor? Nun, da ich den mächtigen Krieger in seiner juwelenverzierten Rüstung für immer verloren hatte, was würde es da noch ausmachen, wenn ich starb? Der Tod war die einzig sichere Möglichkeit, die Erinnerung an diesen Verlust auszulöschen ...

Wie die meisten Menschen hatte ich schon an Selbstmord gedacht, aber lediglich als eine Art intellektueller Übung. Immer nur im Kopf, niemals im Herzen, und ich hatte ihn immer kurzerhand als die letzte Zuflucht des Feiglings abgetan. Aber auf meiner Fahrt zurück nach Purity war Selbstmord kein Gedanke, sondern eine Möglichkeit, die ich tief in meinem Innersten ernsthaft in Erwägung zog. Und das erschreckte mich unsagbar.

Was, wenn Buddy den 2XS-Chip *nicht* zerstört hätte? fragte ich mich. Was, wenn ich ihn jetzt in der Hand hätte und wüßte, daß ich nur den Chip in einen Spieler und das Kabel in meine Datenbuchse zu stecken brauchte (vorausgesetzt ich hatte eine), um jene unbeschreiblichen Empfindungen zurückzuholen? Die Antwort war ebenso simpel wie beängstigend. Ich würde den Chip auf der Stelle ablaufen lassen. Selbst in dem Wissen, daß er meine Hirnwellen Amok laufen ließ, mir psychotische Wahnvorstellungen vermittelte und mich millimeterweise umbrachte. *Natürlich* würde ich ihn ablaufen lassen, und sei es nur, um den depressiven Phasen zu entkommen. Bent hatte so verwichst recht gehabt, daß man nie mehr etwas anderes will, wenn man einmal 2XS gekostet hat.

Und dieser Horror war es, den sich meine kleine Schwester in ihr Leben geholt hatte — jedenfalls nahm ich das an. Sie war schon vor Jahren ein Chiphead gewesen, also hatte sie sowieso die Tendenz zur elektronischen Wirklichkeitsflucht — und sie hatte die Datenbuchse. Selbst wenn sie nur einen einzigen 2XS-Chip eingeworfen hatte, als Experiment vielleicht, war sie ein für allemal und unwiderruflich süchtig. Wieviel schlimmer würden die depressiven Nachwirkungen für jemanden sein, der diese Chips über Tage oder sogar Wochen benutzte? Wieviel größer die Anziehungskraft des Selbstmordgedankens?

Das war eine mögliche Erklärung für Theresas Verschwinden und dazu eine, die ich nicht unberücksichtigt lassen konnte, wie schmerzhaft der Gedanke auch war. Ich ließ noch einmal meine Unterhaltung mit der guten Dr. Dempsey von der Klinik der Bruderschaft Revue passieren, wobei ich mich an ihre genauen Worte zu erinnern versuchte. Sie hatte gesagt, niemand sei letzte Nacht *aufgenommen* worden. Das hieß, offiziell. Arbeitete die Leiterin der Klinik aber in der Aufnahme? Wohl kaum. Sie war auf Station oder im Operationssaal oder was sie dort hatten, während in der Aufnahme irgendeine unwichtige Arbeitsbiene Dienst tat.

Ich stellte mir ein anderes Szenario vor. Fitz bringt Theresa in die Eingangshalle der Klinik, klaut das Namensschild und verduftet wieder, um nicht offiziell in die Geschichte verwickelt zu werden. Theresa, die an einer Überdosis 2XS und Nachdepressionen leidet, wandert hinaus auf die Straße und geekt sich vielleicht selbst oder wird gegeekt oder klappt einfach nur in irgendeiner Gasse zusammen. Die Arbeitsbiene in der Aufnahme hat noch keines der entsprechenden Formulare ausgefüllt, also ist Theresa auch nicht offiziell aufgenommen worden. Würde die Arbeitsbiene Dr. Dempsey von einem derartigen Vorfall unterrichten? Wahrscheinlich nicht. Das war eine Möglichkeit, Dempseys und Puds Geschichten unter einen Hut zu bringen. Wenn es sich so abgespielt hatte, was durchaus im Bereich des Möglichen lag, würde ich die Parameter meiner Suche erweitern müssen.

Als ich meine Bude erreichte, hatten sowohl die Häufigkeit der depressiven Anfälle als auch ihre Wucht drastisch nachgelassen. Fix und fertig warf ich meinen Duster auf einen Stuhl. Das Bett sah warm und einladend aus, aber ich hatte noch etwas zu tun, bevor ich schlafen gehen konnte. (Außerdem muß ich zugeben, daß mich der Gedanke an Schlaf — und Träume — im Augenblick ziemlich erschreckte.) Ich sah auf die Uhr — erst kurz nach dreiundzwanzig null-null Uhr —, setzte mich vor das Telekom und tippte Naomis Privatnummer ein.

Wie erwartet, erreichte ich nur ihren Anrufbeantworter. Also hinterließ ich meine Nachricht. »Naomi«, sagte ich zu ihrer Bildaufnahme, »ich brauche noch was anderes, und das hat Vorrang vor« — ich zögerte, nur für den Fall, daß Naomi sich in bezug auf ihre saubere Leitung irrte — »der anderen Sache, über die wir gesprochen haben. Meine Schwester ist verschwunden, Naomi. Ich glaube, sie war auf einem schlechten Chiptrip. Totaler Zusammenbruch. Kannst du die Akten überprüfen und nachsehen, ob sie aufgetaucht ist? MVA-Listen, Verbrechensopfer, du kennst die Routine. Sie ist SINlos, was keine Hilfe sein dürfte. Ihr Vorname ist Theresa Mary. Ruf mich so schnell wie möglich an, okay? Danke vielmals, *Omae.* Du hast was gut bei mir.«

Ich hängte ein, programmierte einen Weckruf für morgen früh neun Uhr und legte mich aufs Ohr. Obwohl ich dringend Schlaf brauchte, weigerte er sich beharrlich zu kommen, während ich mich von einer Seite auf die andere wälzte. Ein Teil von mir freute sich: Ich hatte immer noch Angst vor den Träumen, die ich vielleicht haben würde. Ich kam zu der Ansicht, ich könnte die Zeit ebensogut sinnvoll nutzen, und ging im Geiste noch einmal alle Möglichkeiten durch, die es gab, Theresa aufzuspüren, und mir vielleicht entgangen waren. Magie, vielleicht?

Ich bin ein Normalsterblicher, und die Kreise, in denen ich mich bewege, sind es praktisch ausnahmslos ebenfalls. Nicht, daß ich ein Magophober bin wie manche Leute, denen ich schon begegnet bin. Nur hat es sich einfach so ergeben. Der Hauptnachteil bei dieser Sache ist, daß ich dazu neige, in weltlichen Kategorien zu denken. Nicht, daß ich die Magie vergesse — das ist in der Sechsten Welt unmöglich —, aber sie spielt in meinen Überlegungen nur selten eine größere Rolle. Wenn ein Problem auftaucht, gehe ich es immer mit einer weltlich orientierten Geisteshaltung an und warte mit weltlichen Lösungsversuchen auf. An die magischen Möglichkeiten denke ich nur, wenn nichts anderes funktioniert hat.

Konnte also ein Magier oder Schamane Theresa für mich finden? Theoretisch ja, aber nach allem, was ich über Magie wußte, würde der Betreffende etwas brauchen, das Theresa gehörte — eine Haarlocke, ein Hautfetzen, etwas Blut oder vielleicht etwas, das ihr gefühlsmäßig wichtig gewesen war. Überflüssig zu sagen, daß ich nichts Derartiges besaß. Wenn sie bei den Night Prowlers herumgehangen hatte, würden die sehr wahrscheinlich etwas in dieser Hinsicht Zweckdienliches haben. Das aber setzte die Zusammenarbeit mit mindestens einem Prowler voraus. Berücksichtigte man, daß sie mich nur Stunden zuvor zu geeken versucht hatten, erschien mir diese Möglichkeit nicht übermäßig wahrscheinlich. Was war mit Pud? Keine Chance, dachte ich. Er würde mir keinen weiteren Gefallen mehr tun, nachdem er mir schon den größten erwiesen hatte, indem er mich am Leben ließ.

Die Magie schien eine Sackgasse zu sein, zumindest auf der Grundlage meines limitierten Wissens. Ich konzentrierte mich wieder auf weltliche Nachforschungsmethoden, und es war etwa um diese Zeit, als mich der Schlaf wie eine schwarze Woge umhüllte und das Licht bei mir ausging.

Das beharrliche Summen des Telekoms weckte mich. Ich sah auf die Zeitanzeige. Neun Uhr.

Ich schüttelte den Kopf, um die Spinnweben zu vertreiben. Die Träume waren nicht so schlimm, wie erwartet, aber gewiß auch kein Zuckerschlecken gewesen. Glücklicherweise verblaßten sie sehr schnell im grauen Morgenlicht, das durch die teilweise polarisierten Fenster fiel. Ich stand auf und machte mir eine Kanne Soykaf. Die erste Tasse trank ich so schwarz und heiß, wie ich es gerade noch ertragen konnte, um mich vollends aufzuwecken.

Was lag heute an? Ich verspürte den Drang, Naomi anzurufen, um sie zu fragen, ob sie schon etwas über Theresa herausgefunden hatte. Oder um sie zu piesakken, nehme ich an. Das war natürlich weder vernünftig noch fair. Wenn sie noch in derselben Schicht war, würde sie um null-acht-dreißig mit der Arbeit begonnen haben, was bedeutete, daß sie vor etwa einer Stunde aufgestanden war. Das mußte auch der Zeitpunkt gewesen sein, als sie meine Nachricht abgehört hatte. Wie gut Naomi auch war, sie konnte in dieser Zeit noch keine bedeutenden Fortschritte erzielt haben, insbesondere deshalb nicht, weil sie ihre inoffiziellen Nachforschungen im geheimen ausführen mußte. Nein, ich mußte ihr mehr Zeit lassen, wie schwer mir das Warten auch fiel.

Was dann? Nicht viel. Ich konnte versuchen, etwas über Yamatetsu zu erfahren, aber Naomi war wesentlich geschickter und auch besser ausgerüstet als ich. Ich konnte das Straßenpflaster in und um Puyallup löchern und nach irgendeiner Art von Hinweis auf Theresas Schicksal Ausschau halten. Aber dieses Vorgehen bot bestenfalls eine Außenseiterchance. Die Chancen standen viel besser, daß ich lediglich einen militanten Night Prowler finden würde, den es in den Fingern juckte, mich auf der Straße zu geeken.

Ich erwog, beim Stift der Universellen Bruderschaft in Puyallup hereinzuschneien, um ein Schwätzchen mit der Arbeitsbiene in der Aufnahme zu halten, nahm dann aber Abstand davon. Die Person, die um neun Uhr morgens Dienst tat, würde nicht dieselbe sein, die ein paar Stunden nach Mitternacht in der Aufnahme gesessen hatte. Also eine Sackgasse.

Aber ich mußte einfach *irgendwas* tun. Nein, fügte ich rasch hinzu, ich mußte mit jemandem reden. Ich rief die Nummer auf, die mir Jocasta gegeben hatte, und wählte.

Der Anruf wurde praktisch sofort entgegengenommen, doch der Schirm blieb dunkel. »Ja?« Es war Jocastas Stimme.

»Ich bin's«, sagte ich in den leeren Schirm hinein.

Sofort erhellte sich der Schirm, und Jocasta erschien. Sie trug einen Frotteebademantel, und ihr Haar war ein wenig zerzaust. Ich mußte grinsen. Ich sah sie zum erstenmal nicht in perfekter Konzernaufmachung. Und um ehrlich zu sein, so sah sie viel besser aus. Viel verletzlicher und menschlicher. Ich schaltete meine Kamera ein.

»Morgen«, sagte ich.

Ihr Blick glitt an ihrem Bademantel herunter, und sie zupfte ein wenig verlegen am Aufschlag. »Ja, das ist es.« Dann sah sie mir wieder in die Augen. »Irgendwas Neues von Ihrer Schwester?«

Ich war überrascht — und erfreut —, daß dies ihre erste Frage war. »Nichts Gutes«, sagte ich und gab ihr dann einen kurzen Überblick über meinen gestrigen Tagesablauf. Ich ließ lediglich das Intermezzo mit den Prowlers aus.

Als ich fertig war, musterte sie mich schockiert. »Dieses 2XS klingt wie echter Drek«, sagte sie. Sie schüttelte den Kopf und schien zu schaudern. »Ich hätte nicht den

Mut gehabt, es auszuprobieren.« Ich zuckte die Achseln. »Aber ich kann verstehen, warum Sie sich solche Sorgen um Ihre Schwester machen«, fuhr sie fort. »Was tun Sie sonst noch, um sie zu finden?«

Ich erzählte ihr von Naomi, nannte aber selbstverständlich keinen Namen und ließ durchblicken, daß meine Kontaktperson beim Star ein Mann war. »Das klingt gut«, sagte sie. »Was ist mit Magie?«

»Ich kenne persönlich keine Magier. Und ich weiß nicht, ob mir überhaupt einer helfen könnte. Man braucht etwas, das mit der betreffenden Person verbunden ist, oder nicht?«

»Das gilt nur für rituelle Magie, glaube ich«, sagte Jocasta nach einem Augenblick des Nachdenkens. »Bestimmte Geister können eine Person auf astralem Wege aufspüren. Der Magier braucht lediglich ein mentales Bild von der Person.«

»Das wußte ich nicht.« Der Gedanke beunruhigte mich. Er bedeutete, daß ich nicht einmal annähernd so sicher war, wie ich glaubte. »Gibt es sonst noch was, das ich wissen sollte?«

Sie zuckte die Achseln. »Ich bin keine Expertin. Bestenfalls eine Dilettantin. Sie sollten mal mit Harold reden.«

»Warten Sie mal 'ne Sekunde. Sie sind eine Dilettantin? Wollen Sie damit sagen, daß Sie eine Magierin sind?«

Sie sah wieder verlegen aus. »Nein. Ich stehe auf der schamanischen Seite. Aber ich bin keine Schamanin. Ich … ich habe nur ganz flüchtigen Kontakt mit der Macht, nicht mehr, und ich bin nicht in ihrem Gebrauch geschult.«

»Warum haben Sie nicht schon vorher was gesagt?«

»Es ist nie zur Sprache gekommen.«

»Erzählen Sie mir davon. Was *können* Sie tun? Es könnte wichtig sein.«

Sie zuckte wieder die Achseln. »Ich kann nicht viel

tun. Aber manchmal spüre ich Dinge. Es ...« Sie zögerte, und es war offensichtlich, daß es ihr unangenehm war, darüber zu reden.

»Weiter«, sagte ich beruhigend. »Es interessiert mich. Wirklich.«

Sie schwieg, und das Flackern ihrer Augen verriet mir, daß eine interne Debatte begonnen hatte. Schließlich nickte sie. »Sie wissen, daß die meisten Kinder unsichtbare Freunde haben? Ich hatte auch einen. Lolita hatte immer haufenweise Freunde, aber ...« Sie schüttelte den Kopf, um diesen Gedankengang zu unterbrechen. Einen Moment lang sah ich Jocasta als junges Mädchen vor mir mit demselben verletzlichen Ausdruck in den Augen wie jetzt.

»Ich fühlte mich allein behaglicher, glaube ich. Ich war zehn, als mir zum erstenmal klar wurde, daß ...« Sie zögerte wieder und versuchte es anders. »Wir wuchsen in Arbor Heights auf. Ich ging draußen spazieren — damals war das sicherer als jetzt — und gab vor, daß Sarah bei mir war.« Sie errötete und schlug die Augen nieder. »Sarah war meine unsichtbare Freundin.« Ich nickte, sagte aber nichts.

»Ich ging eine Hauptstraße entlang. Es war Marine View. Ich kann mich noch so deutlich daran erinnern, als sei es gestern gewesen. Es war ein Sonntagmorgen, und es herrschte nicht viel Verkehr. An der Ecke ging ich über die Straße. Bei einer Ampel«, fügte sie mit einem flüchtigen Grinsen hinzu. »Mit mir ging ein Mann hinüber. Er erinnerte mich sehr stark an meinen Vater. Er lächelte mir zu und sagte, es sei ein schöner Tag zum Spazierengehen. Wir waren halb über die Straße, als ich es hörte.« Sie brach ab.

»Weiter«, ermunterte ich sie.

»Wir waren halb drüben«, wiederholte sie, »und ich hörte eine Stimme direkt neben mir. ›Jocasta‹, sagte sie. Ich konnte es so deutlich hören wie, nun, wie irgendwas. Zuerst dachte ich, es sei der Mann, aber es war nicht seine Stimme. Es war auch nicht die Stimme eines Mädchens, nicht wirklich. Dann sagte sie wieder: »Jocasta.« Ich sah zu dem Mann, aber er schien nichts gehört zu haben. Er ging einfach weiter. Und plötzlich wußte ich es — ich meine, ich *wußte* es, wirklich: Sarah hatte das gesagt.« Sie zuckte die Achseln. »Ich weiß, das ergibt keinen Sinn, und damals tat es das noch viel weniger. Aber ich war sicher, daß es Sarah war. Ich hatte Angst, aber ich wußte, ich mußte von der Straße herunter. Ich drehte mich und rannte auf den Bürgersteig zurück. Der Mann sah sich um. Er war verwirrt und wollte irgendwas sagen ...«

Ich glaubte zu wissen, was als nächstes kam.

»Der Wagen kam sehr schnell um die Ecke.« Ihre Stimme war fast ein Flüstern, und ich konnte die Erinnerung an das Entsetzen in ihren Augen sehen. »Ein schwarzer Acura Turbo Cabriolet. Ich kann ihn immer noch vor mir sehen. Selbst im Stand hätte er noch schnell ausgesehen. Er rammte den Mann, und der hatte überhaupt keine Zeit zu reagieren. Er traf ihn frontal, so hart, daß sein Körper zwanzig Meter weit flog, und ich wußte, daß er tot war. Der Fahrer wurde ein wenig langsamer, als wolle er anhalten. Aber dann gab er Vollgas und raste einfach weg. Ich konnte mich wer weiß wie lange nicht rühren, während die Menschen zusammenliefen und die Polizei eintraf. Ich wußte, wenn ich weitergegangen wäre, wenn Sarah nicht meinen Namen gerufen hätte, wäre ich genauso tot wie der Mann. Das verängstigte mich mehr als alles andere.«

Ich schwieg für ein paar Augenblicke, nachdem sie geendet hatte. Ich konnte mir die junge Jocasta leicht vorstellen, wahrscheinlich ziemlich steif und korrekt und das kupferfarbene Haar genauso wie jetzt, wie sie auf dem Bürgersteig stand, während in ihre grauen Augen langsam ein Begreifen trat, das weit über das für ihr Alter Normale hinausging. »Haben Sie je herausbekommen, was eigentlich passiert ist?« fragte ich schließlich.

»Ich wußte es nie ganz sicher. Ich kann nur raten. Ich glaube, ich habe, ohne es zu wissen, einen Geist beschworen. Vielleicht war es mein Bedürfnis nach einem Freund, das ihn gerufen hat, die Kraft meines Wunsches, Sarah möge wirklich sein. Aber ... ich weiß es nicht.«

»Wie ging es später weiter?«

Sie zuckte die Achseln. »Ich wuchs auf. Und natürlich erlaubte ich es mir nicht mehr, an Sarah zu denken. Wenn ich mich an jenen Tag erinnerte, wußte ich immer mit allen möglichen, eminent logischen Erklärungen für das Vorgefallene aufzuwarten. Sie kennen das sicher: Ich hätte den Wagen im Unterbewußtsein gehört, und Sarahs ›Stimme‹ sei nur eine Manifestation meiner eigenen Instinkte gewesen. Diese Art Drek.« Sie grinste. »Ich bin immer wieder verblüfft, wie gut wir darin sind, uns selbst zu belügen.

In den nächsten zehn Jahren«, fuhr sie fort, »veränderte ich mich. Ich begann diese ... diese *Verwandtschaft* mit dem Land zu spüren, das ist die beste Art, wie ich es erklären kann. Als seien wir ... verbunden, meine Seele und das Land.« Sie kicherte. »Wenn ich einmal eine Idee habe, werde ich manchmal besessen davon. Ich glaube, bei dieser war es so. Lolita fing an, mich ›Rothaut‹ zu nennen, und Dad ... Na ja, Dad war ziemlich angewidert von dem Interesse, das ich Biologie und anderen ›dubiosen‹ Fächern in der Schule entgegenbrachte. Und so kam ich schließlich dazu, Neo-Ökologie an der PSU zu studieren. Ich machte schließlich meinen Magister. Und da habe ich auch Harold kennengelernt.«

Sie hatte den Namen schon einmal erwähnt. »Wer ist Harold?«

»Harold-Der-In-Den-Schatten-Lebt«, sagte sie. »Makah, Hundeschamane, und einer der besten NeoÖkologen überhaupt. Er war mein Doktorvater.« Ihrem Tonfall und Augenausdruck zufolge wäre ich jede Wette eingegangen, daß er noch mehr gewesen war als das.

Aber natürlich sagte ich nichts. »Er erkannte etwas in mir«, fuhr sie fort, »etwas in meiner Aura. Er sagte, ich hätte eine Spur der Macht in mir, und daß ich das Potential hätte, eine Schamanin zu werden.«

»Und sind Sie es geworden?«

»Ich versuchte dem Pfad zu folgen«, sagte sie bedächtig. »Mehr, um Harold zu gefallen, glaube ich, als für mich selbst. Ich übernahm sein Totem, Hund, und versuchte zu lernen, was er mir beizubringen versuchte.« Sie zuckte die Achseln. »Ich bin nicht sehr weit gekommen. Wahrscheinlich, weil es ein Weg ist, den man nur beschreiten kann, wenn man von dem Verlangen danach beherrscht wird, und das war ich nie. Ich war immer mehr an den intellektuellen Anforderungen der Neo-Ökologie interessiert als an ... nun, an magischem Hokuspokus. Und ich glaube, ich habe es Harold verübelt, daß er versucht hat, jemanden aus mir zu machen, der ich nicht bin.«

»Sie haben deswegen Schluß gemacht«, schoß ich ins Blaue.

Sie sah mich an. Einen Augenblick blitzen ihre Augen, dann wich der Ärger gequälter Belustigung. »Bin ich so leicht zu durchschauen?« fragte sie. »Sie haben natürlich recht. Ich *habe* deswegen Schluß gemacht. Aber wir haben danach auch weiterhin noch zusammengearbeitet; das tun wir gelegentlich immer noch, und wir sind auch immer noch enge Freunde.«

»Was haben Sie über Magie gelernt?«

»Was glauben Sie wohl?« Sie kicherte leise. »Nicht so fürchterlich viel. Manchmal kann ich astral wahrnehmen. Nicht immer und gewöhnlich dann, wenn ich es am wenigsten will. Und das war's auch schon. Einmal habe ich einen Geist beschworen, obwohl Harold mir wahrscheinlich mehr dabei geholfen hat, als er zugeben wollte. Aber er blieb gerade mal lange genug, um mir einen höllischen Schrecken einzujagen.« Sie dachte einen Moment lang nach. »Soll ich mal mit Harold reden?«

Ich erwog es. »Im Augenblick nicht, aber vielen Dank für das Angebot. Vielleicht, wenn das Weltliche nichts bringt. Ich will lieber niemanden in die Sache verwikkeln, wenn ich nicht muß.«

Jocasta akzeptierte das mit einem Nicken. »Was werden Sie in der Zwischenzeit unternehmen?«

»Warten«, sagte ich schulterzuckend.

»Was ist mit — wie haben Sie ihn genannt? — X?«

»Dasselbe. Mein Kontakt bei Lone Star riecht auch mal bei Yamatetsu rein. Wenn ich mehr erfahre, weiß ich vielleicht eher, was wir unternehmen können.«

»Ich bin ein guter Datenbeschaffer. Vielleicht kann ich auch ein bißchen herumwühlen.«

Ich dachte darüber nach. »Vielleicht«, sagte ich zögernd. »Sie müssen aber sehr, *sehr* vorsichtig sein. Wenn Yamatetsu wirklich in diesen Drek verwickelt ist, werden sie alles, was auch nur einigermaßen relevant ist, mit Wachhundprogrammen gesichert haben. Und die wichtigen Dinge natürlich mit Ice und möglicherweise Deckern.«

»Ich lasse die Finger von allem, was direkt mit Yamatetsu zu tun hat«, sagte sie scharf. »Ich bin doch nicht bescheuert. Aber es ist ein Grundsatz der wissenschaftlichen Forschung, daß man eine Menge über einen unbekannten Vorgang erfahren kann, wenn man seine Wirkung auf Vorgänge studiert, *die* man versteht.«

Ich hob beschwichtigend die Hände. »Sie sind die Expertin. Passen Sie nur auf, daß Sie dabei nicht umkommen.« Ich zögerte, dann fügte ich hinzu: »Das wäre eine ziemliche Verschwendung.«

Ihre harte Miene wurde weicher. »Das liegt nicht in meiner unmittelbaren Absicht.« Ihre Lippen verzogen sich zu einem Lächeln, das gleichzeitig müde und warm war. »Ich schlage vor, Sie nehmen sich Ihren Ratschlag selbst zu Herzen. Viel Glück wegen Theresa.« Und damit war sie auch schon weg.

16

Es heißt, stille Wasser seien tief. Ich hatte mich mit dieser Redensart nie richtig anfreunden können, da ich wußte, daß stille Wasser viel öfter abgestanden sind; aber auf Jocasta Yzerman traf sie zweifellos zu. Sie war fast das genaue Gegenteil von Lolly, und das nicht nur im Aussehen. Lolly hatte der Welt immer ein sanftes, verletzliches Gesicht gezeigt, aber die wirkliche Frau darunter war so scharf und kalt wie ein Skalpell gewesen. Auf der anderen Seite hatte sich Jocasta mir gegenüber kalt und spröde gezeigt, als wir uns über ihren Ziellaser kennengelernt hatten. Ich hatte sie als zähes Konzernmiststück ohne Spur von Menschlichkeit abgestempelt. Aber jetzt hatte ich hinter die Maske geschaut — nein, sie hatte mir *gezeigt,* was hinter der Maske steckte. Ich sah, daß sie menschlicher, anteilnehmender und verletzlicher als Lolly war. Sonderbar und immer sonderbarer, sagte Alice im Wunderland.

Ich lag auf dem Bett, starrte gegen die Decke und versuchte die Uhr zum schnelleren Gehen zu zwingen. Es war ein langer Morgen und ein noch längerer Mittag gewesen. Ich hatte mir selbst versprochen, Naomi nicht vor 15.30 anzurufen. Jetzt war es 15.00 Uhr, und das war es schon seit einer halben Stunde — jedenfalls kam es mir so vor. Schließlich gab ich auf — zum Wichs mit allen Versprechen — und rappelte mich auf. Ich tippte Naomis Durchwahlnummer ein und verbrachte die Sekunden, in denen die Verbindung hergestellt wurde, damit, mir mein Vorgehen zu überlegen. Diesmal kein D'Artagnon, falls jemand die Bedeutung erkannt hatte.

Der Schirm erhellte sich, doch nicht Naomis Bild tauchte auf. Die Frau, deren Bild erschien, war zehn Jahre älter und trug eine Lone Star-Uniform. In Naomis Abteilung trugen alle Angestellten Zivilkleidung. Was, zum Teufel, war los?

Das Gesicht der Frau hätte aus Stein gemeißelt sein

können. Als sie den Mund zum Sprechen öffnete, sah es aus, als hingen ihre Kiefer an Scharnieren. Die Bewegung stand mit keinem anderen Teil ihres Gesichts in Verbindung. Ihre Augen waren wie Feuerstein. »Lone Star Public Relations«, sagte sie.

Ich unterbrach sofort die Verbindung und überprüfte die Nummer, die ich eingegeben hatte. Ja, es war Naomis Nummer. Vielleicht hatte der Telekomnetz-Verteiler bei Lone Star gerade einen Anfall, sagte ich mir. Aber ich glaubte es nicht.

Ich warf meinen Duster über und rannte fast auf die Straße, um ein Münztelekom zu finden, das funktionierte, keine leichte Aufgabe in den Barrens. Als ich schließlich eines fand, mußte ich feststellen, daß seine Videokamera in Ordnung war, also zerschmetterte ich sie mit dem Kolben meiner Kanone, sehr zur Belustigung zweier Punks, die sich das Schauspiel ansahen. Dann gab ich noch einmal Naomis Nummer ein.

Und geriet wieder an Steingesicht und ihr ›Lone Star Public Relations‹.

»Ja, äh, hoi«, sagte ich mit angerauhter Stimme. »Ich, äh, ich will Naomi Takahashi sprechen.«

»Es tut mir leid«, sagte Steingesicht mit einer Stimme, der es überhaupt nicht leid tat. »Ms. Takahashi ist unabkömmlich. Wer spricht, bitte?«

»Ein Chummer von ihr.« Ich suchte nach einem Namen aus der Vergangenheit, bei dem keine Warnlichter aufblinken würden. »Gerry Moore«, sagte ich und nannte damit den Namen eines ehemaligen Bekannten von uns, der vor ein paar Jahren nach D.C. gegangen war. »Ich bin ein paar Tage in der Stadt und wollte sie mal wieder sehen. Können Sie mich mit ihr verbinden?«

»Schalten Sie bitte Ihre Videokamera ein«, befahl Steingesicht.

»Ich spreche von einem Münztelekom. Jemand hat die Kamera zerschlagen.«

Die Frau griff nach irgendwo außerhalb des Bildschirms; zweifellos ließ sie gerade feststellen, woher der Anruf kam. In meinem Magen bildete sich ein kalter Klumpen der Angst.

»Hören Sie«, sagte ich, wobei ich mich bemühte, die Anspannung aus meiner Stimme herauszuhalten, »kann ich jetzt mit Takahashi sprechen oder nicht?«

Sie blickte nach unten, wahrscheinlich las sie meine LTG-Nummer von einer verborgenen Anzeige ab. Sie würde wissen, daß ich bezüglich des Münztelekoms die Wahrheit gesagt hatte. Bei allen öffentlichen Telekoms im Bereich von Seattle ist die dritte Ziffer der LTG-Nummer eine Neun. »Es tut mir leid«, log sie erneut, »Ms. Takahashi ist in Ausübung ihrer Pflicht getötet worden.«

Die Welt schien um mich herum dunkel zu werden. Ich beugte mich langsam vor, bis meine Stirn auf dem kühlen Plastik der Zelle ruhte.

»Sind Sie noch da?« sagte Steingesicht. Ich sah sie Anstalten machen, die Verbindung zu unterbrechen.

Ich zwang mich, einen Anschein von Beherrschung zu wahren. »Wann?«

»Es ist mir nicht gestattet, diese Information gegenwärtig freizugeben.«

Ich wollte um mich schlagen, durch den Bildschirm greifen und dieses verfluchte zugeknöpfte Miststück erwürgen. Jetzt hätte ich die Streitaxt gebraucht, die ich gestern geschwungen hatte. »Was, zum Teufel, ist passiert?« schrie ich. »Sie arbeitet im *Archiv.* Wie kann man *im Archiv* in Ausübung seiner Pflicht getötet werden? Bei einem Chipzusammenstoß? Bei einem Tippunfall?«

Steingesicht ließ meine Wut völlig kalt. »In letzter Zeit hat es ein paar gegen Lone Star und seine Angestellten gerichtete Anschläge gegeben«, erklärte sie mit unbewegter Miene. »Ms. Takahashi hat ihr Leben bei einem derartigen Anschlag verloren. Die Beerdigung findet am Dienstag statt, aber da Sie kein unmittelbarer Familienangehöriger sind ...«

Ich hieb so hart mit der Faust auf den Unterbrecherknopf, daß das gehärtete Plastik splitterte. Sie war tot, Naomi mit den blitzenden Mandelaugen, die so gern gelacht hatte. Und ich hatte sie getötet, dessen war ich mir sicher.

Ich verließ die Zelle und ging durch die nachmittäglichen Straßen von Purity. Ich wußte weder, wohin ich ging, noch kümmerte es mich. Mein Verstand überschlug sich in einer ätzenden Mischung aus Wut, Trauer und Schuldgefühl. Ich knirschte so hart mit den Zähnen, daß ich spüren konnte, wie sich meine Kiefermuskeln verkrampften. Ich wußte, als einsamer Spaziergänger in den Barrens war ich eine Versuchung für den Straßendrek, der mich für meine Stiefel oder meinen Duster mit Freuden umlegen würde. In gewisser Weise wünschte ich mir, daß jemand etwas gegen mich unternahm. Nicht, weil ich meinen Tod herbeisehnte, wenngleich mein Tod vermutlich eine Form der Buße gewesen wäre. Nein. Ich hoffte, jemand würde mich überfallen, so daß ich meine Wut an einem anderen auslassen, jemanden umbringen konnte, so wie jemand — X — Naomi umgebracht hatte.

Es konnte nur X gewesen sein. Klar, vielleicht hatte es ein paar terroristische Anschläge gegen Lone Star und dabei sogar ein paar Tote gegeben. Aber dieser Zufall war einfach zu groß. Ich beauftrage Naomi, Drek über Yamatetsu auszugraben, und *zufällig* verliert sie bei einer terroristischen Gewalttat das Leben? Nein. Sie hatte zu tief gegraben, war auf etwas Wichtiges gestoßen.

Natürlich hatte sie zu tief gegraben. Ich hätte es wissen müssen. Naomi war eine gute Datenbeschafferin, die beste, die ich je gekannt hatte. Sie würde so tief gegraben haben, wie es die Klugheit gestattete, und dann noch tiefer gegangen sein, Warnungen hin oder her. Sie würde weitergegraben haben, bis sie auf Gold gestoßen war und jemand oder etwas — ICs, zum Beispiel — ihr Einhalt geboten hatte. Endgültigen Einhalt. Es mochte

X gewesen sein, der abgedrückt oder dazu angestiftet hatte, aber ich war es, der sie umgebracht hatte.

Ohne mir darüber bewußt zu sein, wohin mich meine Schritte führten, stand ich wieder auf der Treppe, die zu meiner Bude führte. Ich mußte *irgendwas* tun, aber was?

Vielleicht hat Naomi irgendwas gefunden, dachte ich, als ich die Tür hinter mir zuwarf und meinen Duster auf den Fußboden fallen ließ. Vielleicht hatte sie die Ergebnisse ihrer Wühlarbeit oder zumindest die Spuren, denen sie folgte, irgendwo festgehalten. Auf keinen Fall würde sie Aufzeichnungen wie diese in ihrer Maschine im Archiv verwahrt haben. Sie würde sie in ihrem privaten Telekom gespeichert haben. Vielleicht hatte sie das System in ihrer Wohnung sogar mit dem im Archiv gekoppelt — so ähnlich, wie mein Telekom hier mit demjenigen in Auburn gekoppelt war. Es war einen Versuch wert.

Ich setzte mich vor mein Telekom und tastete Buddys Nummer ein. Nach dem Summton fing ich an, ins Mikrophon zu schreien. »Buddy! Buddy, zum Teufel. Wenn du da bist, nimm ab. Es ist verdammt wichtig!«

Nichts, keine Antwort. Wenn sie gerade deckte, war sie sich des eingehenden Anrufs wahrscheinlich nicht mal bewußt. Was, zum Teufel, konnte ich tun, um ihre Aufmerksamkeit zu erregen? Mir fiel nichts ein. *»Buddy!«* schrie ich noch einmal mit einem schrecklichen Gefühl der Sinnlosigkeit. Was konnte witzloser sein, als einen leeren Telekomschirm anzuschreien?

Dann war der Schirm plötzlich nicht mehr leer. Ein Bild war darauf, kein normales Videobild, sondern etwas, das einer dreidimensionalen Computeranimation mittlerer Auflösung ähnelte. Ich sah eine wunderschöne junge Frau mit ebenholzfarbenem Haar, die ein elegantes lasergrünes Kleid trug. Ich erkannte sie augenblicklich: Buddys Icon aus der Matrix. Was, zur Hölle ...?

Es dauerte einen Moment, bis ich begriff, was los war. Buddy *war* eingestöpselt gewesen, aber irgendwie hatte sie meinen Anruf mitbekommen. Aus unerfindlichen Gründen hatte sie beschlossen, ihn zu beantworten, doch warum sich der Mühe des Ausstöpselns unterziehen und dann ihr fleischliches Selbst zum Telekom bewegen? Warum etwas derart Umständliches tun, wenn sie doch lediglich hier und da in der Leitung, die ihr Telekom mit der größeren Matrix verband, ein paar Elektronen umleiten mußte? Ein hübscher Trick.

»Was ist los?« schnappte Buddys Stimme aus dem Lautsprecher. Der Mund des Icons bewegte sich nicht. Ich vermute, Buddy wollte keine Computerenergie dafür verschwenden, das Bild weiter als nötig zu animieren. »Ich bin beschäftigt.«

»Naomi ist tot«, sagte ich. Die Worte blieben mir fast im Halse stecken.

»Naomi?«

Dann fiel es mir wieder ein. Buddy hatte Naomi nie kennengelernt. »Eine enge Freundin. Jemand, der mir 'ne Menge bedeutet hat.« Buddy antwortete nicht. Sie wartete nur auf das, wovon sie gewußt haben muß, daß es als nächstes kommen würde. »Ich brauche deine Hilfe.«

»Inwiefern?«

»Ich muß wissen, wie sie gestorben ist. Die Daten müssen im Lone Star-System sein.«

»Schon wieder Lone Star«, fauchte Buddy fast. »Du verlangst nicht viel, was?«

»So schlimm wird es nicht sein«, sagte ich fast flehend. »Ich will alles über die Vertuschung wissen, weil es mit Sicherheit eine geben wird. Und was hat eine Vertuschung für einen Sinn, wenn man seine Lügen so tief gräbt, daß niemand an sie heran kann?«

Darüber dachte sie einen Sekundenbruchteil nach. »Mag sein«, räumte sie ein.

»Der Kram, den ich will, befindet sich in den Dateien der Abteilung für Public Relations«, beeilte ich mich fortzufahren. »Minimales Ice dort, wenn überhaupt welches, richtig?«

»Mag sein«, wiederholte sie. Ein weiterer Sekundenbruchteil Pause. »Der übliche Tarif?«

»*Das Doppelte*«, sagte ich aus einem Impuls heraus. »Aber ich will es schnell.«

Das leuchtende Icon bewegte sich nicht, aber ich konnte mir Buddys Schulterzucken gut vorstellen. »Sind deine Nuyen.«

»Da ist noch was anderes.«

Sie schnaubte. »Natürlich ist da noch was anderes.«

»An diese Nummer ist ein Telekom angeschlossen.« Ich tippte Naomis Privatnummer ein und übermittelte sie Buddy. »Kannst du in das Telekom eindringen und die Dateien kopieren?«

»Naomis Telekom?«

»Stimmt genau.«

Noch eine Pause, die noch länger war — fast zwei Sekunden, eine Ewigkeit für Buddy. »Sie hat dir bei irgendwas geholfen.« Es war keine Frage.

Meine Augen brannten. Wahrscheinlich vom Betrachten des intensiv leuchtenden Icon, sagte ich mir. »Ja.«

»Ich werde es tun«, antwortete sie augenblicklich. »Doppelter Tarif für Lone Star, das Telekom ist umsonst. Ich ruf dich an.« Das Icon verschwand.

Ich wollte mich auf dem Boden einer Flasche verstecken und nicht eher herauskommen, bis die Welt ein besserer Ort geworden war. Ich wollte auf meinem weißen Pferd weiterreiten und mit meinem Schwert ein paar Gurgeln durchschneiden. Ich wollte mich an Jocastas Schulter ausweinen wie ein Kind. Ich wollte irgendein armes Schwein finden, das mich schief ansah, damit ich ihm seine erbärmlichen Knochen zu Brei schlagen konnte. Und — schrecklicherweise — am heftigsten wollte ich mich in der Pseudorealität des 2XS-Chips verlieren.

Natürlich tat ich nichts von diesen Dingen. (Nicht wirklich, abgesehen von einem anständigen Schluck Whiskey, um meine Nerven zu beruhigen.) Ich saß nur da und wartete auf Buddys Rückruf. Es war schwierig, aber ich unterließ es sogar, Jocasta anzurufen, um ein wenig zu plaudern. Wie alle anderen auch hat mein Telekom eine Warteschleife, aber ich wollte nicht riskieren, daß eine ungeduldige Buddy einhängte, statt darauf zu warten, daß ich die Leitung wechselte.

Es war kurz nach achtzehn-null-null Uhr, als das Telekom summte. Fixe Arbeit, aber diese zwei Stunden waren mir wie Jahre vorgekommen. Ich drückte den Empfangsknopf, bevor das erste Summen beendet war.

Buddy erschien auf dem Schirm. Die echte Buddy, nicht das Laserlicht-Icon. »Was hast du für mich?« fragte ich augenblicklich.

»Den Bericht über den Tod deiner Freundin«, erwiderte sie. »Bereit zum Empfang?«

Ich öffnete eine Datei. »Los.« Der Bericht war nicht lang, viel weniger als ein Megabyte an Daten, und die Sendung dauerte nur ein oder zwei Sekunden. Ich wollte ihn sofort durchgehen, konnte Buddys Ungeduld aber förmlich spüren. Sie wollte fertig werden und wieder zurück an ihre eigene Arbeit, wie diese auch aussehen mochte. »Danke«, sagte ich. Ich schob meinen Kredstab ein und wartete, während sie die entsprechende — das heißt große — Abbuchung vornahm. »Und ihr Telekom?«

»Nichts.«

Ich runzelte die Stirn. »Ich weiß nicht genau, wonach ich Ausschau halten muß«, sagte ich bedächtig. »Vielleicht solltest du einfach alles überspielen, was da ist, und ...«

»Da war nichts«, schnappte sie wieder. »Der Speicher des Telekoms war leer. Völlig leer. Keine Programme, keine Daten. Wie eine neue Einheit, die darauf wartet, mit Software geladen zu werden. Jemand ist mir zuvorgekommen.«

»Jemand hat alles gelöscht?«

»Das sagte ich doch.«

»Muß man so etwas persönlich erledigen, oder geht das auch über die Komleitung?«

»Über die Leitung.«

»Ist das schwierig?«

»Nicht besonders. Wenn man einmal die Schutzvorrichtung des Telekoms durchdrungen hat, braucht man nur noch einen generellen Löschungsbefehl zu geben.«

»Und ist die Schutzvorrichtung gut?«

»Nicht besonders«, wiederholte sie. »Jeder Decker, der seinen Namen zu Recht trägt, könnte es tun.«

Ich knallte so hart mit der Faust auf den Tisch, daß das Telekom hüpfte. »Zum *Teufel*«, fauchte ich. »Sie *hat* also was entdeckt.«

»Und das hat sie wahrscheinlich umgebracht«, sprach Buddy den Gedanken aus, der mir im Kopf herumging.

»Tja, nun«, murmelte ich ohne die geringste Lust, darauf — oder auf mein Schuldgefühl — näher einzugehen. »Danke, Buddy.«

»Ja. Tut mir leid wegen deiner Freundin.«

»Mir auch, Buddy.«

Ich unterbrach die Verbindung und rief die Datei auf, die Buddy überspielt hatte. Wie erwartet, hatte sie die ganze Akte kopiert mit Lone Star-Titelzeile und allem. Buddy machte keine halben Sachen, insbesondere dann nicht, wenn sie den doppelten Tarif bekam. Der Bericht war sehr simpel, der Zwischenfall, der darin beschrieben wurde, extrem schrecklich. Naomi war früh zur Arbeit gekommen, angeblich, um Rückstände in der Abteilung aufzuarbeiten. Um etwa Neun Uhr dreißig war sie mit dem Fahrstuhl zur Cafeteria im zehnten Stock hinuntergefahren und hatte eine Viertelstunde später den Fahrstuhl zurück zum dreißigsten genommen. Klang wie eine ganz normale Lone Star-Soykafpause. Zwei andere Arbeiter waren mit Naomi im Fahrstuhl gewesen, und ein Großteil des Berichts bestand aus ihren Zeugenaussagen.

Sie hatten gerade den zwanzigsten Stock passiert, als

etwas in der Fahrstuhlkabine materialisierte. Die zwei Aussagen unterschieden sich drastisch — wie vorauszusehen —, aber einiges stimmte überein. Erstens, das *Ding* war eine zweibeinige Kreatur gewesen, jedoch ganz eindeutig weder Mensch noch Metamensch, und zweitens, es war schrecklich. Es hatte den beiden Zeugen überhaupt keine Beachtung geschenkt, sondern gleich mit einem Arm zugeschlagen und Naomi buchstäblich den Kopf abgerissen. Dann war es verschwunden. Ende der Vorstellung. Niemand wußte, was es war, woher es kam oder, was für Lone Star noch wichtiger war, wie es die Schutzvorrichtungen des Hauptquartiers durchdrungen hatte. Die offizielle Schlußfolgerung lautete, irgendeine Terroristengruppe hatte beschlossen, den Star zu verunsichern, indem sie ihm irgendein magisches Ekelpaket — einen Stadtgeist, mutmaßte der Bericht — auf den Hals hetzte, um Schrecken zu verbreiten. Naomi Takahashi war schlicht und einfach gestorben, weil sie das Pech gehabt hatte, in der Nähe zu sein.

Von wegen. Wenn ich ein Terrorist mit einem Stadtgeist wäre und jemanden umbringen wollte, einfach irgend jemanden, warum sollte ich mir dann die Mühe machen, das Monster in einen Fahrstuhl zu schicken? Viel eher würde ich es in die Eingangshalle oder in ein Großraumbüro oder meinetwegen auch in die Exec-Suite schicken. Und wenn ich tatsächlich so viel Drek im Hirn hätte, mir einen Fahrstuhl auszusuchen, warum sollte ich die Wirkung dann nicht maximieren und *alle* darin geeken, hmm? Nein. Naomis Tod war eine Hinrichtung. Eine besonders ungewöhnliche und schmutzige, aber nichtsdestoweniger eine Hinrichtung. Sie hatte in der falschen Datenbank herumgeschnüffelt oder sich Zugang zur falschen Datei verschafft, und irgendein Killermagier von Yamatetsu hatte sein Spielzeug losgeschickt, um sie zum Schweigen zu bringen.

Ich ging noch einen Schritt weiter. Dieser mutmaßliche ›Killermagier‹ war wahrscheinlich X persönlich. Ich wußte bereits, daß X magisch aktiv war. Die Aufzeichnung der Überwachungskamera in Lollys Wohnhaus hatte das bewiesen. Warum von mehr als einem mörderischen Magier ausgehen?

Yamatetsu. Der Multi mußte der Schlüssel sein. Ich mußte mehr über den Konzern herausfinden. Das Warum und Wie ebenso wie das Was. Und dann mußte ich einen Weg finden, X zur Strecke zu bringen — und ganz Yamatetsu, wenn das dazu nötig war.

Und ich mußte es selbst tun. Keine Freunde mehr die Drekarbeit tun und ihren Hals für mich riskieren lassen.

Aber wie? Den Rest des Abends bis spät in die Nacht hinein rang ich mit dieser Frage, ohne eine vollständig befriedigende Antwort zu finden. Als ich am nächsten Morgen aufwachte, fühlte ich mich wie Drek — zu wenig Schlaf, zuviel Streß —, zwang mich aber zum Aufstehen und zurück ans Telekom.

Immer eins nach dem anderen. Ich wußte praktisch nichts über den Yamatetsu-Konzern, nur die rasche oberflächliche Schilderung, die Buddy mir gegeben hatte. Es war an der Zeit, dem abzuhelfen. Ausgangspunkt: die öffentlichen Datennetze.

Die meisten Einträge im Datennetz beschäftigten sich mit Yamatetsus internationalen Unternehmungen. Gott, der Konzern war ein Monster. Von seinem Hauptquartier in Kyoto breitete sich sein Einfluß buchstäblich auf die ganze Welt aus: Atzlan, Europa, die (ehemalige) Sowjetunion, angeblich sogar Tir Tairngire. Er besaß oder kontrollierte mehrere hundert kleinerer Konzerne in buchstäblich jedem Industriezweig — Automobile, Nahrungsmittel, Elektronik, Hotels, Waffen, Reisen, und so weiter — und war an tausend weiteren zumindest finanziell beteiligt. Über seine Gewinne gab es keine Informationen, aber nach den Informationen zu schließen, die mir zugänglich *waren*, schätzte ich, daß seine jährlichen Gewinne das Bruttosozialprodukt von einer ganzen Reihe kleinerer Staaten überstiegen. (Ich muß zugeben, daß mir das nicht besonders viel sagt, da Finanzdinge nicht meine starke Seite sind. Weitaus vielsagender war die Tatsache, daß Yamatetsu fast *doppelt so groß* zu sein schien als Mitsuhama. Und bis vor ein paar Tagen hatte ich nicht mal den Namen gekannt. Das war erschreckend.)

Yamatetsus Investitionen in Seattle waren — relativ — gering. Dem Konzern gehörte das City Center Building Ecke Pike und Fünfte, und da hatte er auch sein regionales Hauptquartier. Von dort aus herrschte sein Managementteam unter der Leitung des obersten Vize Jacques Barnard über die Schicksale von lediglich einem Dutzend örtlicher Gesellschaften und etwas mehr als dreitausend Angestellten. Kleine Fische, Kleingeld, nur eine Bagatelle.

Der Konzern besaß außerdem eine Zweitniederlassung in Fort Lewis. Tatsächlich klang die Beschreibung im Datennetz so, als habe Yamatetsu seinen eigenen kleinen Industriepark zwischen den Bäumen versteckt. Wie vorauszusehen, bot keines der öffentlichen Datennetze einen Hinweis darauf, welche Art von Arbeit in der außerhalb gelegenen Niederlassung verrichtet wurde, aber ich konnte es mir schon denken. Was findet man im allgemeinen im Bezirk Fort Lewis? Das Militärische, Chummer. Fort Lewis beherbergt Seattles Metroplex-Garde, den McChord-Luftwaffenstützpunkt, Ausbildungseinrichtungen und Unterbringungsmöglichkeiten für fast zwanzig Konzern-Sicherheitstruppen (sprich ›Privatarmeen‹). Berücksichtigte man dazu noch die Tatsache, daß es jedem Konzern gut gefällt, seinem potentiellen Markt so nah wie möglich zu sein, dann war klar, daß ich Yamatetsus ISP-Abteilung, Entwickler und Verkäufer der SPISES Booster-Technologie, gefunden hatte.

Ich versuchte ein wenig Hintergrundmaterial über

den obersten Vize Jacques Barnard auszugraben. Lern deine Feinde kennen und der ganze Drek. Aber in den Datenbänken, zu denen ich Zugang hatte, war — keine Überraschung — nichts über ihn zu finden. Keine Postadresse, keine LTG-Nummer. Vermutlich wußte entweder jeder, der mit Barnard Kontakt aufnehmen wollte, wie er das tun konnte, oder er tat es via Yamatetsus Seattler HQ.

Okay. Diese Informationsquelle hatte ich also ausgeschöpft. Was war der nächste Schritt?

Ich lehnte mich zurück und durchdachte alles noch einmal. Wonach suchte ich eigentlich?

Nach X, gellte ein Teil von mir. Nach X, so daß ich ihn umbringen kann.

Doch wie willst du ihn aufspüren? wollte der logischere Teil meines Verstandes wissen. Angenommen, X gehörte zu Yamatetsu — immer noch eine Annahme, wenn auch eine verdammt gute —, welchen Platz nahm er oder sie dann in der Hierarchie ein? Oder, um dieselbe Frage anders zu formulieren: Wo hatte der reizende Deal mit Sutcliffe seinen Ursprung? Auf der Direktionsebene, was bedeutete, daß die gesamte Seattler Niederlassung seine Aktionen decken würde? Oder am anderen Ende der Skala — vielleicht bei einem ehrgeizigen Produktmanager, der gewillt war, alles zu tun, was seiner Karriere nützte? Vielleicht war es Wunschdenken, aber ich neigte dazu, das untere Ende der Skala zu favorisieren. Wenn jemand auf Direktionsebene oder sogar Barnard persönlich den Deal angeordnet hatte, wären keine Fehler gemacht worden und ich würde mir keine Gedanken mehr darüber machen müssen.

Blieb also die Frage: Wie sollte ich X aufspüren? Ich wußte nichts über ihn oder sie ... aber X wußte nur allzuviel über mich.

Ich scheute vor dieser gedanklichen Richtung zurück. Aber wenn ich wirklich die Absicht hatte, X aufzuspüren, war ich gewillt, meinen Hals dafür zu riskieren?

(Wie ich ach so gewillt gewesen war, den von Naomi zu riskieren? spottete eine perverse Stimme in mir.) Die Wahrheit war, ich konnte mir einfach keine bessere Möglichkeit vorstellen, die Sache anzugehen.

Okay, dann also zur Taktik. Ich machte mich wieder über das Telekom her und überprüfte den Status von Naomi Takahashis Apartment. Der Mietvertrag ging bei ihrem Tod automatisch auf ihre Eltern über. Wenn die nichts unternahmen, um ihn zu erneuern, erlosch er am 31. Dezember. Ob sie ihn erneuerten oder nicht, das Apartment würde etwa einen Monat lang leerstehen. Das ergab eine perfekte Bühne. Ich brauchte lediglich ein paar Andeutungen fallenzulassen, daß ich mich dort eingenistet hätte, und X dann zuvorzukommen, wenn er kam, um mich umzulegen. Einfach.

Einfach — *vielleicht* —, wenn X von dieser Welt war, nur einer von vielen Straßensamurai. Das Problem war, ich wußte, daß X magisch aktiv war. Und man muß Feuer mit Feuer bekämpfen.

17

Wie die meisten Bewohner der Schatten habe ich Schieber immer als notwendiges Übel betrachtet. Ich habe nicht gern mit Mittelsmännern zu tun und eine starke Abneigung dagegen, jemandem einen Prozentsatz zu bezahlen, der Menschen wie mich gegeneinander ausspielt und sich dabei selbst aus den Schatten heraushält. Meine besondere Verachtung war im allgemeinen für Wiesel wie Anwar reserviert, und zwar ungeachtet der Tatsache, daß er mir in den letzten eineinhalb Jahren einige meiner bestbezahlten Jobs vermittelt hatte. Jetzt war ich jedoch froh über seine Existenz.

Abgesehen von Jocasta Yzerman, die ich nicht mitrechnete, kannte ich keine Magier. Aber ich brauchte einen, und zwar schnell. Wenn ich ernsthaft daran dachte,

X in eine Falle zu locken, durfte ich die entschieden unnatürliche Weise, auf die Naomi gestorben war, nicht vergessen. Wenn ein anderer monströser Horror wie dieser noch einmal seinen häßlichen Kopf erheben sollte, tat ich besser daran, mich auf eine derartige Bedrohung vorzubereiten. Und das bedeutete, ich brauchte einen Magier.

Anwar war wohl in besonders wohlwollender Laune: Er erleichterte mich lediglich um dreihundert Nuyen für Name und Kontaktdaten und um weitere fünfundsiebzig für ein vorbereitendes Telekomgespräch, um für meine Unbedenklichkeit zu bürgen. Was für ein Handel!

Ich bekam den Namen eines gewissen Rodney Greybriar, der im Bezirk von Capitol Hill, Galerstreet 1766, Suite 5 wohnte. Keine LTG-Nummer. Offensichtlich zog es Greybriar vor, Geschäfte von Angesicht zu Angesicht zu tätigen. Ich war nicht besonders glücklich darüber, mußte jedoch zugeben, daß sich Anwar niemals einer derart langen und profitablen Karriere erfreut hätte, wenn es zu seinen Geschäftsprinzipien gehört hätte, seine Klienten zu hintergehen.

Capitol Hill haftet etwas Anachronistisches, fast bohemeartiges an, ein absoluter Gegensatz zum übrigen Sprawl. Als ich die Galer entlangfuhr und nach einem Parkplatz suchte, hätte ich tatsächlich fast glauben können, daß ich irgendwo sehr weit weg von Seattles Innenstadt war. Die Gebäude waren eine schizophrene Mischung aus Häusern, die zwischen 1980 und 1990 erbaut worden waren, und zeitgenössischen Apartmentkomplexen, deren Palette von der seelenlosen Unterschichtskaserne bis zum Mittelschichtsgebäude mit einer Andeutung von Sicherheitsvorkehrungen reichte. Greybriars Haus, Galerstreet 1766, gehörte zu den ersteren. Das Haus stand unter Denkmalschutz, und das Erdgeschoß prahlte mit einer liebevoll restaurierten Neonreklame, die das Haus als Fitness Connection Aerobics Center auswies. Die Reklame war immer noch an

Ort und Stelle, aber das Fitneßcenter war schon vor langer Zeit in sechs geräumige Apartments umgewandelt worden. Suite 5 befand sich im zweiten — und obersten — Stock und nahm anscheinend die halbe Etage ein. Ganz nett, dachte ich. Im Magiegeschäft müssen 'ne Menge Nuyen stecken.

Auf der anderen Straßenseite löste sich ein Wagen vom Bordstein, also schoß ich über den Mittelstreifen und nahm den Parkplatz, was mir einen ausgestreckten Mittelfinger von einer Frau mittleren Alters einbrachte, die es auf denselben Parkplatz abgesehen hatte. Dann ging ich den halben Block zu Greybriars Haus zurück. Suite 5 hatte anscheind einen Privateingang, eine schmale Treppe, die von der Straße hinaufführte. Während ich die steile Treppe nahm, lockerte ich den Manhunter im Halfter. Witzlos, es darauf ankommen zu lassen.

Die Tür zu Suite 5 hatte weder einen Spion noch eine Klingel. Ich musterte den Türrahmen, die Decke, selbst den Fußboden, sah jedoch keinerlei Anzeichen für irgendwelche Sicherheitsvorrichtungen. Keine Kameras, keine Sensoren. Vielleicht brauchen Magier solchen Drek nicht, dachte ich, wobei mir plötzlich sehr kalt wurde. Ich wollte an die Tür klopfen.

Und eine Stimme in meinem Ohr ließ mich erstarren. »Sie müssen Mr. Dirk sein«, sagte die Stimme. Ein warmer Kontraalt, eindeutig weiblich, die Art, die ich normalerweise gerne in mein Ohr flüstern höre.

Aber nicht gerade jetzt. Ich fuhr herum und hielt nach ihrem Ursprung Ausschau, während ich gleichzeitig nach meiner Waffe griff. Ich drehte mich so schnell, daß ich mich fast die steile Treppe hinunterkatapultiert hätte. Alles vergeblich. Niemand war da.

Was es nur um so beunruhigender machte, als dieselbe einladende Stimme neben mir kicherte. Drek, jetzt wußte ich, warum ich mich nicht mit Magiern abgab. »Genug der Spielchen«, schnappte ich.

Die Stimme antwortete sofort, ihr Tonfall zerknirscht. »Es tut mir leid, Mr. Montgomery. Ich wollte Sie nicht erschrecken. Bitte treten Sie ein. Rodney erwartet Sie bereits.«

Die Tür öffnete sich ohne jegliches Klicken irgendwelcher Schlösser oder Riegel. Mein Herz fühlte sich immer noch so an, als poche es in meiner Kehle, also schluckte ich es herunter, zwang es dorthin, wohin es gehörte, und trat ein. Die Tür schloß sich hinter mir, sobald ich hindurch war. Ich fuhr erneut herum.

Diesmal war jemand da. Eine gertenschlanke Blondine, die in ein knöchellanges Gewand von jadegrüner Farbe gekleidet war, das den Glanz ihres hüftlangen Haars auf perfekte Weise hervortreten ließ. Sie hatte die Hände sittsam hinter dem Rücken verschränkt, was lediglich ihre prächtige Figur betonte. Sie war groß — sie reichte mir bis zur Stirn — und betrachtete mich mit riesigen, fast unwirklich grünen Augen. Um ihre Lippen spielte die Spur eines Lächelns. »Es tut mir leid«, sagte sie, und es war derselbe laszive Kontraalt wie zuvor. (Von wegen, wollte ich sagen, beherrschte mich jedoch.) Ihre Augen funkelten vor Belustigung. Jetzt erst fiel mir auf, daß sie farblich ihrem Kleid entsprachen. »Aber Sie sind so nett zusammengefahren«, fügte sie gelassen hinzu. »Bitte gehen Sie durch.« Mit schlanker Hand deutete sie nach vorn.

Ich stand in einem kleinen Flur, der mehr wie ein Vorzimmer wirkte, überließ es der Blondine, die Tür zu verschließen — falls das nötig war —, und betrat das eigentliche Apartment.

Ich nehme an, ich hatte mir das Apartment so ähnlich wie das von Buddy vorgestellt, düster und klaustrophobisch, von einer Unordnung erfüllt, die an Verwüstung grenzte, doch mit magischem Zeug anstelle des High-Tech-Krams. Fetische, Amulette oder ähnlicher Drek, schätze ich. Krüge mit Molchaugen und Froschzehen. Und Bücher, Bücher, überall Bücher: Staubige Wälzer mit kabalistischen Symbolen auf den Deckeln und verzierten Opferdolchen als Lesezeichen.

Falsch. Suite 5 war hell und luftig und auf eine Weise dekoriert, die den Eindruck der Geräumigkeit maximierte. Das spärliche, doch reizvolle — und teure — Mobiliar war in altskandinavischem Stil gehalten. Und es war so angeordnet, daß das Apartment aussah, als sei es direkt den Seiten eines Wohnungseinrichtungsblättchens entsprungen. An den Wänden hingen mehrere Kunstdrucke, hauptsächlich geometrische abstrakte Zeichnungen. Es war wirklich alles tadellos, nichts war fehl am Platz, und nirgendwo waren Bestandteile der Anatomie von Molchen oder Fröschen zu sehen.

Der Raum, in dem ich mich befand, war L-förmig, und ich stand an der Spitze der langen Seite. Und aus jener, für mich unsichtbaren Ecke hörte ich eine Stimme — diesmal männlich — sagen: »Mr. Dirk, nehme ich an. Bitte gesellen Sie sich doch zu mir.«

Der Stimme folgend, umrundete ich die Ecke. Obwohl dieser ›Flügel‹ nicht weniger kunstvoll eingerichtet war als der Rest, wirkte er mehr wie ein Büro. An zwei Wänden standen Bücherregale, obwohl ich nicht einen vermoderten alten Wälzer sah. Die dritte Wand wurde von einem Telekom der Spitzenklasse eingenommen. In der Mitte des Raums stand ein Schreibtisch in demselben klaren Stil wie das übrige Mobiliar, auf dem ein weiterer Computer stand. Aus diesem Blickwinkel konnte ich nicht genau erkennen, was auf dem Schirm war, aber es sah ein wenig wie meine Vorstellung von einem Pentagramm aus.

Hinter dem Schreibtisch saß ein Elf, und hinter ihm stand die grün gekleidete Blondine. Ich sah mich um. Es gab keine andere Tür, die in den Büroflügel führte, und keine körperliche Möglichkeit, wie sie mich auf dem Weg von der Eingangshalle bis hierher hätte überholt haben können. Ich starrte die Blondine an, knirschte mit den Zähnen und schwor, mich nie wieder mit Magiern einzulassen.

Das höfliche Lächeln des Elfs verblaßte, als er den Ausdruck auf meinem Gesicht sah. Er wandte den Kopf, anscheinend war ihm nicht bewußt, daß die Blondine dort stand. »Amanda«, schalt er, »ich bitte dich, damit aufzuhören, unseren Gast zu plagen.«

Amanda ließ den Kopf hängen und sah so reumütig aus wie ein unartiges Kind. Anfangs hatte ich geglaubt, sie sei in etwa genauso alt wie ich, mußte jetzt jedoch einräumen, daß ich mich leicht um ein Dutzend Jahre verschätzt haben konnte. »Ich habe nur Spaß gemacht, Rodney«, flüsterte sie.

Die Haltung des Elfs wurde weicher. »Das weiß ich«, sagte er. »Aber Spaß und Geschäft vertragen sich nur selten. Jetzt laß uns allein. Wir unterhalten uns später.«

Amanda nickte, warf mir ein strahlendes Lächeln zu und löste sich dann in Luft auf. Mal sieht man sie, mal sieht man sie nicht.

Bevor ich mich dazu äußern konnte, lächelte der Elf ein wenig gequält und sagte: »Ich entschuldige mich für Amanda. Ihr, äh, Elan verträgt sich manchmal nicht mit ihren guten Manieren.« Er stand auf und trat mir mit ausgestreckter Hand entgegen. »Mein Name ist Rodney Greybriar, Mr. Montgomery.«

Ich schüttelte die Hand und betrachtete den Elf eingehend. Für einen Elf war er klein und untersetzt. Er maß ein paar Zentimeter weniger als ich, doch seine Schultern waren fast ebenso breit wie meine. Er hatte dichtes haselnußbraunes Haar. Anders als bei den meisten Elfen war sein Haar lockig, und er trug es schulterlang im Nacken und kurz an den Seiten, wodurch die Spitzen seiner Ohren betont wurden. Außerdem war sein Gesicht breiter als das des durchschnittlichen Elfs, und er hatte ein markantes Kinn. Er trug schwarze Hosen und Stiefel, ein weißes, durchgeknöpftes Hemd und ein gutgeschnittenes schwarzes Jackett. Auf beiden Revers blitzten silberne Anstecknadeln mit mir unbekannten — und wahrscheinlich magischen — Symbolen.

»Unser gemeinsamer Freund Anwar sagt, Sie benötigten meine Dienste«, fuhr Greybriar fort. »Und ich möchte hinzufügen, er stellt ihnen ein solides Leumundszeugnis aus. Also, wie kann ich Ihnen helfen?«

Zum erstenmal achtete ich auf die Stimme des Elfs. Ein wenig höher, als ich von jemandem seiner Statur erwartet hätte, und mit einem deutlichen englischen Akzent. (Echt oder angenommen? fragte ich mich.) Der Gesamteindruck war irgendwie geckenhaft, fast weibisch.

Ich schwieg einen Moment und nahm mir die Zeit, mein Anliegen bestmöglich zu formulieren. Greybriar schien mein Zögern zu mißdeuten. »Ich hoffe wirklich, Amanda hat Sie nicht zu sehr, äh, verstört«, sagte er mit aufrichtiger Besorgnis.

»Sie hat mich nicht *verstört*«, korrigierte ich. »Sie hat mich zu Tode erschreckt. Wer ist sie überhaupt?«

Der Elf wandte sich ab, vielleicht selbst ein wenig verstört, oder vielleicht war ›verlegen‹ das bessere Wort. »Amanda ist, äh, ist eine Gefährtin von mir.« Seine Mandelaugen funkelten vor trockenem Humor, als er mir einen verstohlen verschwörerischen Blick zuwarf. »Nicht immer und vollständig nach meinem Geschmack, möchte ich hinzufügen.« Ich hob eine Augenbraue, aber er schüttelte den Kopf. »Nicht was unsere sexuelle Orientierung anbelangt«, erklärte er eiligst. »Die Dinge würden ganz anders liegen, wenn Amanda ein Mensch oder ein Metamensch wäre.«

Damit hatte ich am wenigsten gerechnet. »Was ist sie dann?«

Greybriar grinste und kicherte dann trocken. Überrascht stellte ich fest, daß mir der britisch klingende Elf gefiel. »Eine sehr gute Frage«, räumte er ein, »eine, zu deren Beantwortung ich selbst einige Zeit benötigt habe. Wollen wir?« Er deutete auf eine Couch im Wohnzimmer-Teil des L-förmigen Raums. »Bitte nehmen Sie Platz.« Als ich es tat, ließ er sich in einem Armsessel nieder. »Eine Erfrischung?«

Ich konnte nicht widerstehen. »Tee?« fragte ich unschuldig.

Der Elf grinste wieder, und ich fand sein Grinsen ansteckend. »Tatsächlich ziehe ich um diese Tageszeit ein Bier vor.«

Ich schüttelte den Kopf. »Für mich nicht. Sie sprachen gerade von Amanda.«

»Ja, ja, das tat ich, nicht wahr?« Er machte es sich ein wenig gemütlicher in seinem Sessel. »Amanda ist, was in manchen Kreisen als Anima, als freier Geist bekannt ist«, sagte er zögernd. »Ich halte sie für irgendeine Art Stadtgeist, wenngleich sie über derartige Dinge niemals spricht.«

»Wie kommt es«, begann ich, um dann einfach den Faden zu verlieren. »Wie ...?« Ich gestikulierte vage mit der Hand.

»Tatsächlich«, lächelte Greybriar, »bin ich selbst nicht ganz sicher, was das Warum anbelangt. Amanda ist sehr ... vorsichtig in bezug auf das, worüber sie redet oder auch nicht redet. Sie fing an, hier vor etwas über einem Jahr, äh, herumzuhängen, könnte man sagen. Zuerst hatte ich den Verdacht, sie könne eine schiefgegangene Beschwörung sein, aber ich mußte feststellen, daß ich zunächst nicht fähig und später nicht mehr willens war, sie zu bannen. Sie ist harmlos, wirklich, obwohl ihr Sinn für Humor gelegentlich einen Hang zum Peinlichen hat. Aber sie hat nie etwas getan, das mir geschadet hat. Ich sehe in ihr eine Art undiszipliniertes Kind ...«

»Das habe ich gehört!« sang Amandas Kontraalt, obwohl sie nicht zu sehen war.

Das Lächeln des Elfs wurde breiter. »Sehen Sie«, sagte er leise, um dann mit lauterer Stimme fortzufahren, »... wenngleich ein ziemlich bezauberndes.«

»Das ist schon besser«, erwiderte die Anima.

Ich schüttelte den Kopf. »Wohnt sie hier?«

»Nicht im Sinne des Wortes. Sie kommt und geht, wie es ihr beliebt. Obwohl sie anscheinend immer ihre Aufwartung macht, wenn ich Besuch habe, sei es aus geschäftlichen oder gesellschaftlichen Gründen. Manchmal ist es ein wenig peinlich.«

Ich mußte kichern. »Ist Amanda ihr richtiger Name?«

»Nicht ihr wahrer Name, nein. Sie hat vorgeschlagen, daß ich sie so nennen soll, und der Name scheint zu ihr zu passen, finden Sie nicht auch?« Der Elf rieb sich kurz die Hände und sagte: »Nun, kommen wir zum Geschäft. Was kann ich für Sie tun?«

»Ich brauche magischen Schutz«, sagte ich unverblümt. »Eine Art« — ich zögerte, da ich die Fachausdrücke nicht kannte — »eine Art magischen Einbruchsalarm. Ich werde mich in einem Apartment aufhalten. Ich brauche etwas, um die Dinge draußenzuhalten.«

»Ich verstehe.« Greybriar nickte, dann legte er die Hände zusammen und führte sie an die Lippen. »Und was wird Ihrer Meinung nach bei Ihnen einzubrechen versuchen?«

»Ein Stadtgeist, glaube ich.«

Er hob eine Augenbraue. »Ach? Sie haben es sich wohl mit einem Schamanen verdorben, wie?«

»Nicht, daß ich wüßte.«

»Warum dann ein Stadtgeist?«

Ich hatte nicht die Absicht gehabt, das Thema zur Sprache zu bringen, doch jetzt schien es vernünftig, dem Elf mehr Informationen zu geben. Ich schilderte rasch die Ereignisse, die zu Naomis Tod geführt hatten, wobei ich ihren Namen natürlich nicht nannte.

Greybriar hörte ohne Unterbrechung zu, während sich seine Brauen im Verlauf meiner Erzählung mehr und mehr verengten. Als ich geendet hatte, schwieg er einen Augenblick. Dann fragte er zögernd: »Die offizielle Auffassung geht also dahin, daß es ein Stadtgeist war, ist das richtig?« Ich nickte, und das Stirnrunzeln des Elfs vertiefte sich. »Es *könnte* ein Stadtgeist gewesen sein«, fuhr er fort, »aber der Beschreibung nach bezweifle ich es.«

»Was war es dann?«

Er zuckte die Achseln. »Da gibt es mehrere Möglichkeiten.« Er beugte sich vor und stützte die Ellbogen auf die Knie, während er mich immer noch über die zusammengelegten Fingerspitzen hinweg scharf beobachtete. »Doch tatsächlich beunruhigen mich andere Dinge viel mehr als die Natur des Täters. Sind Sie mit den magischen Schutzvorkehrungen vertraut, die Lone Star benutzt?«

»Nein.«

»Im besonderen bin ich das ebenfalls nicht. Aber ich weiß sehr wohl, wie *ich* die Sache angehen würde, und ich kann mir vorstellen, daß sich eine Organisation wie Lone Star in bezug auf astrale Sicherheit auf nichts einläßt.« Er fixierte mich mit kühlem, stetigem Blick. »Das Ding, was es auch sein mag, hätte einfach gar nicht in der Lage sein dürfen, das zu tun, was es getan hat.«

»Moment mal. Ich hab immer gedacht, wenn etwas mächtig genug ist, kann es jede Schutzvorrichtung durchbrechen. Oder ist das Drek?«

»Nein, ist es nicht. Magie ist wie alles andere: Es gibt keine undurchdringlichen Barrieren. So wie die kugelsicheren Fenster in einem Konzernbüro keine Artilleriegranate aufhalten können. Aber jetzt überlegen Sie mal: Was würde geschehen, wenn Sie tatsächlich eine Artilleriegranate durch das Fenster eines Konzernbüros schössen? Könnten Sie dann in aller Ruhe durch das Fenster klettern und Ihren ruchlosen Geschäften nachgehen?« Ich schnaubte, und Greybriar nickte zustimmend. »Genau. Sie hätten wer weiß wie viele Alarme ausgelöst und jeden, der nicht gerade taub ist, aufgescheucht. Dasselbe trifft zu, wenn Sie eine magische Schutzvorkehrung durchbrechen. Lone Star hat wahrscheinlich magische Barrieren, Siegel und zweifellos Elementargeister, die auf der Astralebene patrouillieren. Der Versuch eines Einbruchs am hellichten Tag würde ganz sicher Alarm auslösen und jeden magisch aktiven Angestellten im Gebäude aufscheuchen. Ist jedoch etwas Derartiges geschehen? Nein.« Er machte eine kurze Pause. »Also steckt viel mehr dahinter.«

So wie in dem gesamten Fall. Ich nickte langsam. »Ich werde das berücksichtigen.«

»Tun Sie das.« Er lehnte sich wieder zurück. »Was Ihr Verteidigungsproblem anbelangt, da kann ich Ihnen helfen, aber es wird teuer.« Ich nickte zustimmend. »Siegel als Hauptverteidigung, würde ich sagen, mit einem patrouillierenden Feuergeist. Und vielleicht einen Geistbeobachter, um Sie darauf aufmerksam zu machen, wenn der Elementargeist angegriffen wird. Klingt das angemessen?«

»Sie sind der Magier.«

»Also gut. Wie lange brauchen Sie den Schutz?«

Ich dachte darüber nach. »Eine Woche. Für den Anfang.«

»Hmmm«, murmelte der Elf. »Das *wird* teuer. Mein Standardtarif für eine Woche beträgt siebentausend Nuyen.«

»Mach ihm ein Angebot«, erklang Amandas erregender Kontraalt aus dem Nichts.

Scheinbar angewidert rollte Greybriar mit den Augen, aber das Lächeln, das um seine Lippen spielte, schien vor allem anderen Nachsicht auszudrücken. *Interessant.* »Unter Berücksichtigung der Tatsache, daß Amanda Sie mag«, fuhr er glatt fort, »würde ich sagen ... Fünftausend?« Er wartete auf eine Antwort aus dem Äther, doch es kam keine. »Fünftausend«, wiederholte er. »Ist das annehmbar?«

Ich seufzte. Es war eigentlich nicht annehmbar, aber immer noch besser, als mir den Kopf abreißen zu lassen. »Abgemacht.« Ich nahm die entsprechende Überweisung vor und gab ihm die Adresse von Naomis Apartment.

Als ich ging, flüsterte mir Amandas körperlose Stimme ins Ohr: »Bis bald, Derek.« Ich hoffte nicht.

Noch ein idiotischer Gesichtspunkt, nörgelte ich vor mich hin, als ich in südwestlicher Richtung in die tiefste Innenstadt fuhr — Korruption bei Lone Star selbst. Wie hätte das *Ding* sonst durchkommen sollen, um Naomi zu geeken?

Dann fiel mir ein, daß ich bereits Anzeichen für üblen Drek im Star gefunden hatte: Die fehlenden, jedoch nicht gelöschten Dateien im Avatar-Verzeichnis. Zum Teufel mit diesen Giga-Verschwörungen. Es war viel zu leicht, etwas zu vergessen. Ich wurde entschieden zu alt für diesen Drek.

Ich freute mich nicht gerade auf den nächsten Schritt meines Plans, aber im Augenblick sah ich keine bessere Möglichkeit. Meiner Annahme folgend, daß X irgendein Mittelklasse-Manager bei Yamatetsu war und er (oder sie) für den Kontakt mit Sutcliffe in Fort Lewis verantwortlich war, mußte ich einen Weg finden, die Aufmerksamkeit des Mörders zu erregen, ohne ihm einen Grund zu liefern, eine Falle zu wittern. Nicht leicht. Noch schwieriger war es, einen Weg zu finden, die Falle zu schließen.

Was glaubst du eigentlich, was du tust? zeterte ein Teil meines Verstandes. Glaubte ich wirklich, X zur Strecke bringen zu können? *Ja,* antwortete ein anderer Teil mit Macht. Ich war völlig verrückt. Durchgedreht und reif für die Klapsmühle.

Ich hatte immer noch keine Ahnung, wie ich X aus seinem Bau locken konnte. Aber ich weiß genug über die Art, wie mein Verstand funktioniert, um ihn mit dem Hintergrundmaterial zu versorgen, das er braucht. Eines der Dinge, die er brauchte, war ein besseres Gefühl für den Yamatetsu-Konzern.

Ich parkte meinen Wagen auf dem Parkplatz des Seattle Hilton an der Ecke Sechste und University, ließ meinen Manhunter im Handschuhfach und ging dann die drei Blocks zum City Center Building Ecke Fünfte und Pike zu Fuß. Yamatetsus Seattler Hauptquartier war ebenfalls ein zwischen 1980 und 1990 errichtetes Gebäude, und vor etwa einem Jahrzehnt war seine Jahrhundertwende-Opulenz restauriert worden. Ich ging durch die Drehtür — wie lange war es her, daß solche Türen allgemein üblich waren? —, wobei ich ganz genau wußte, daß ich von verborgener Elektronik nach Angriffswaffen abgetastet wurde.

Dann stand ich in der marmorgefliesten Lobby. Ich sah hoch. Die Lobby war doppelt so hoch wie üblich. Sie maß vom Boden bis zur Decke mehr als zehn Meter und besaß ein Zwischengeschoß, von dem aus man den Eingang überblicken konnte. Von der Decke hingen zwei riesige umgedrehte Schalen aus — vermutlich — echtem Glas. Türkise und Aquamarine wirbelten in kunstvoller Kunstlosigkeit darin umher wie Glaskugeln. Die Schalen leuchteten von innen und schufen ein äußerst friedliches Ambiente in der Lobby. Ich nahm die Rolltreppe zum Zwischengeschoß, das mit Teppichen in dunklen Farbtönen anstatt mit poliertem Marmor ausgelegt war. Antike Möbel vom Ende des letzten Jahrhunderts bildeten gemütliche und einladende ›Sitzekken‹, und hier und da waren in beleuchteten Glaskästen zeitgenössische Kunstgegenstände und solche der Jahrhundertwende aus Keramik, Kristall und Licht ausgestellt. An jedem anderen Ort wäre ich sicher gewesen, daß die Kunstgegenstände und Antiquitäten Duplikate waren. Hier in dieser eleganten Umgebung war ich jedoch von ihrer Echtheit überzeugt.

Ich schlenderte auf die Fahrstühle zu. Zu meiner Rechten befand sich eine kleine, ach so moderne Weinbar, an der bereits reger Betrieb herrschte, da gutgekleidete Konzernangestellte die Cocktailstunde genossen.

Zu meiner Linken eine Reihe kleiner Boutiquen, die Sorte, bei der man einen dreifach beringten Kredstab vorzeigen muß, um überhaupt durch die Eingangstür gelassen zu werden. Direkt vor mir war das unvermeidliche Sicherheitspult, direkt zwischen den Fahrstühlen und zufälligen Besuchern wie mir gelegen.

In den meisten Konzerngebäuden wäre solch ein Pult mit einem hartgesichtigen Troll, den man in eine Wächteruniform gezwängt hatte, bemannt gewesen. Hier jedoch stieß ich auf eine elegante, wunderschöne junge Frau, deren Outfit ich für einen Geschäftsanzug aus der Zeit der Jahrhundertwende hielt. Das Blau des Anzugs harmonierte perfekt mit den Deckenlampen. Sie entsprach dem antiken Ambiente fast bis aufs I-Tüpfelchen, das einzig anachronistische Wesensmerkmal war das Glasfaserkabel, das vom Pult zu ihrer Datenbuchse verlief.

Als ich mich näherte, begrüßte sie mich mit einem warmen Lächeln, das jedoch vor ihren Augen haltzumachen schien. Tatsächlich glitzerten diese Augen auf eine etwas unnatürliche Weise, und ich vermutete, daß mein Bild auf elektronischem Weg von ihrer modifizierten Optik zu einer Datenbank in ihrem Sicherheitspult transferiert wurde.

»Guten Tag«, sagte sie höflich. »Kann ich Ihnen behilflich sein?«

Ich schüttelte den Kopf. »Ich seh mich nur um«, sagte ich, indem ich mein schönstes Touristenlächeln Marke Alles-so-schön-bunt-hier aufsetzte. »Gehört dieses ganze Gebäude zu Yamatetsu?«

»Das ist korrekt, Sir. Nur einen Moment, bitte.« Sie hielt inne und schien in die Unendlichkeit zu starren. Ich nahm an, daß sie gerade einen Ruf oder eine Nachricht über ihre Datenbuchse empfing. Ich wollte mich abwenden, aber sie kam rasch wieder zu sich. »Entschuldigen Sie bitte, Sir. Gibt es sonst noch etwas, womit ich Ihnen behilflich sein kann?«

Plötzlich fühlte ich mich unbehaglich. Es war, als würde die stumme Kommunikation der jungen Frau alles symbolisieren, was vorging. Ich befand mich in der Festung meines Feindes — X —, und ich spürte es, gründlich und beunruhigend. Aber ich hielt mein albernes Lächeln aufrecht. »Nein, danke«, sagte ich liebenswürdig. »Ich wünsche Ihnen noch einen netten Tag.« Ich ging weiter, und zwar in Richtung des nach unten führenden Fahrstuhls.

»Sir.« Die Stimme klang scharf. Männlich und zweifellos von einem beachtlichen Resonanzkörper unterstützt. Instinktiv sah ich mich um.

Eine der Fahrstuhltüren hatte sich geöffnet und gab den Blick auf drei Männer — Troll, Ork und Mensch — in dunkelgrünen Sicherheitsuniformen frei. Alle drei waren bewaffnet, auch wenn noch keiner der drei seine Waffe gezogen hatte. Ich beschleunigte meine Schritte und sehnte mich nach meinem Manhunter. Eine Gruppe Sararimänner betrat gerade die Rolltreppe. Wenn ich zwischen ihnen Deckung finden konnte, bestand eine einigermaßen gute Chance, daß niemand zu schießen anfangen würde. Ich könnte es gerade schaffen, hier herauszukommen.

»Sir«, schnappte der Troll erneut. Ich machte zwei schnelle Schritte auf die Rolltreppe zu ...

Und fiel vornüber, um als Häufchen Elend auf dem Teppichboden zu landen. Ich versuchte mich zu bewegen, aber meine Muskeln weigerten sich, mir zu gehorchen. Es war, als sei ich ein Fremder in meinem eigenen Körper und jemand habe den Strom abgeschaltet.

Ich lag mit der rechten Wange auf dem Teppich. Meine Augen waren offen, aber ich konnte sie nicht bewegen, und so sah ich lediglich meine rechte Schulter. Ich konnte noch Schmerzen empfinden — insbesondere an Kiefer, Knien und Rippen, die den Fall in erster Linie aufgefangen hatten —, aber das war's auch schon.

Mein Blickfeld änderte sich, und ich wußte, daß mich

die Wachen herumgewälzt hatten. Vollkommen hilflos betrachtete ich ihre Gesichter. Der Mensch, klein und dünn im Vergleich zu seinen stämmigen Begleitern, wandte sich an den Troll und sagte: »Hab ich's nicht gesagt, daß ich ihn erwischen würde?«

Der Troll grunzte. »Bring's zu Ende«, befahl er.

Der Mensch deutete mit dem Zeigefinger auf eine Stelle zwischen meinen Augen. »Gute Nacht«, sagte er gelassen.

Der Vorhang senkte sich, die Lichter gingen aus, und das war's dann.

18

Das Bewußtsein kehrte so plötzlich zurück, wie es mich verlassen hatte, eher ein plötzliches Einschalten als der langsame Aufstieg zum Wachzustand, der für den natürlichen Schlaf typisch ist. In jenem Augenblick kümmerte es mich natürlich einen Drek, *wie* das Bewußtsein zurückkehrte, Hauptsache, es war wieder da. Ich hatte nicht wissen können, was der Wachmagier — welcher der wieselgesichtige Mensch gewesen sein mußte — mit seinem Zauber anrichten würde, als er mit dem Finger auf mich gezeigt hatte. Er hätte mich genausogut in einen Baum verwandeln können, anstatt mich schlafen zu legen.

Nun, ich war kein Baum. Ich war wach, und mein Körper schien wieder vollkommen meiner Kontrolle zu unterstehen. Was mir im Moment herzlich wenig nützte.

Ich befand mich auf der Rückbank eines Luxuswagens — ein Mitsubishi Nightsky, vermutete ich —, eingequetscht zwischen zwei Mitpassagiere. Der Chummer zu meiner Rechten war ein Troll. Der Bursche zu meiner Linken war ein Mensch, aber nur unwesentlich kleiner als sein Kumpel. Beide überragten mich, und ich kam mir vor wie ein Kind in Gesellschaft einer Urban Brawl-

Mannschaft. Meine Leibwache trug hochmoderne Geschäftsanzüge, wie ich zur Kenntnis nahm.

Als der Wagen um eine Ecke bog, schwankte ich »zufällig« zwischen den beiden hin und her. Keine Panzerung, die ich ausmachen konnte, nur stahlharte Muskelwülste unter dem Stoff. Natürlich oder vercybert? Es spielte eigentlich keine Rolle. Ich war überzeugt, daß mich jeder der beiden in Stücke reißen konnte, ohne ins Schwitzen zu geraten. Keiner reagierte in irgendeiner Weise auf die Rückkehr meines Bewußtseins, obwohl mir klar war, daß sie sich dessen sehr wohl bewußt waren. Diese Jungs in ihren Tausend-Nuyen-Anzügen waren durch und durch Profis.

Was mich erleichterte. Zumindest ein klein wenig. Wenn mein sofortiger Tod beabsichtigt gewesen wäre, hätte ich niemals das Bewußtsein wiedererlangt. Ich wäre zu Mus verarbeitet und durch die Kanalisation gespült oder in eine Zimmerpalme verwandelt worden, um den Dachgarten irgendeines Hauses zu zieren. Daher glaubte ich keine Angst davor haben zu müssen, in einer dunklen Gasse mit einer Kugel im Rücken zu enden, zumindest nicht sofort. Und solange ich am Leben war, hatte ich die Möglichkeit, zu fliehen oder dieses Ende zumindest hinauszuzögern.

Natürlich waren die unmittelbaren Zukunftsaussichten immer noch nicht sonderlich angenehm. Wenn ich von der Annahme ausging, daß meine gegenwärtigen Aufpasser in den Diensten von X standen — eine logische Annahme —, dann brachten sie mich wahrscheinlich zu jemandem, der herauszufinden hatte, was ich wußte und wer es sonst noch wußte. Wahrscheinlich auf höchst unangenehme Art und Weise. Wodurch Flucht an die oberste Stelle der Tagesordnung rückte.

Doch die war im Augenblick völlig unmöglich. Ich konnte keinen Muskel bewegen, ohne daß es meine beiden monolithischen Bewacher sofort bemerkten. Ich war unbewaffnet und in einem Handgemenge absolut unterlegen. Eine polarisierte Scheibe trennte die Rückbank, auf der ich saß, vom Fahrer auf dem Vordersitz, also bestand keine Möglichkeit, einen Unfall herbeizuführen. Keine vielversprechenden Aussichten.

»Wohin fahren wir?« fragte ich. Wie vorauszusehen, bekam ich keine Antwort, nicht einmal eine noch so winzige Reaktion als Bestätigung dessen, daß ich etwas gesagt hatte.

Ich musterte die Seitenfenster. Sie waren teilweise abgedunkelt, was wahrscheinlich bedeutete, daß sie für jeden, der hineinzusehen versuchte, undurchsichtig waren. Von innen konnte ich jedoch hinaussehen, aber nicht uneingeschränkt. Wir fuhren einen breiten, von Bäumen flankierten Boulevard entlang. Zuerst hatte ich keine Ahnung, wo wir uns befanden, doch dann sah ich die Fairways eines perfekt gepflegten Golfplatzes. Ich hatte das City Center Building erst vor einer halben Stunde betreten. Das verriet mir, wo wir waren — wir fuhren in nordöstlicher Richtung auf der Madison —, und gab mir eine gute Vorstellung, wohin wir fuhren — in die Luxusgegend Madison Park.

Am Ufer des Lake Washington gelegen, war Madison Park eine der berühmtesten — oder berüchtigtsten — Luxusenklaven im Seattler Sprawl. Sie war wie Beaux Arts, nur noch vornehmer, eine Gegend mit Bäumen, Stränden, sanften Hügeln und einem Golfplatz. Einem verdammten Golfplatz! Wie viele Hektar nimmt ein Golfplatz in Beschlag, während sich die Menschen in Redmond und Puyallup wegen eines Zwei-Quadratmeter-Fleckchens in der letzten Gasse gegenseitig abmurksen? Ich bin kein Rationaler Kommunist oder Neoanarchist oder sonst irgendein Randgruppen-›Ist‹, aber manchmal ist der Unterschied zwischen den beiden Enden der sozioökonomischen Skala so himmelschreiend groß, daß selbst ich es nicht ignorieren kann.

Wenn die Penner in Redmond gewillt sind, sich für ein Stück Gasse gegenseitig zu geeken, ist es ziemlich offensichtlich, daß sie sich nicht an Schilder halten, die besagen, ›Golfwägelchen sind drei Meter vor dem Grün zu parken‹. Da die Golfer im Madison Park kein Verlangen danach haben, Pennern auszuweichen, wenn sie über die Fairways schlendern, ist es ebenso offensichtlich, daß der Golfplatz ziemlich beachtliche Sicherheitsvorkehrungen haben muß. Tatsächlich trifft das auf den gesamten Bezirk Madison Park zu. Es gibt dort keine Mauern mit Stacheldraht, aber die Grenzen dieser Region *sind* gesichert. Durch unauffällige Kontrollpunkte an allen Zufahrtsstraßen, wobei besagte Kontrollpunkte mit gut bewaffneten, gut gepanzerten und gut bezahlten ›privaten Sicherheitsberatern‹ — in Wirklichkeit Madison Parks private Polizeitruppe und Armee — bemannt sind. Tunichtgute, Touristen, Schaulustige und andere Personae non gratae werden zurückgeschickt, bevor sie allzuweit in das Allerheiligste eindringen können, während ungeladene Gäste, die Mittel und Wege finden, die Kontrollpunkte zu umgehen, festgenommen werden. Infolge der Privatarmee plus des intensiven Aufgebots, das Lone Star bereitstellt, hat Madison Park die geringste Verbrechensrate in der ganzen Stadt, dafür aber die meisten ›bei einem Fluchtversuch erschossenen verdächtigen Personen‹ und ›Todesfälle infolge Widerstands bei der Verhaftung‹.

Was die Häuser selbst angeht, nun, die meisten davon sind weniger Häuser als vielmehr Anwesen. Gewöhnlich von einem Multi-Hektar-Grundstück und hohen Mauern umgeben, werden sie zusätzlich von Bewaffneten bewacht. Es heißt, ›das Heim eines Menschen ist seine Burg‹, und die Bewohner von Madison Park nehmen sich diese Redensart sehr zu Herzen.

Der Nightsky fuhr weiter in Richtung Nordwesten und bog dann rechts ab. Ich versuchte den Straßennamen zu erkennen, aber die Schilder in Madison Park sind so diskret angebracht, daß sie praktisch unsichtbar sind. (Ich denke, die Grundthese ist die, wenn man nicht weiß, wo man sich befindet, dürfte man gar nicht dort sein.) Ich wußte nur, daß wir in Richtung See fuhren.

Dann erreichten wir unseren Bestimmungsort. Der große Wagen nahm eine scharfe Linkskurve und rollte durch ein hohes Tor in einer noch höheren Mauer. Sobald er hindurch war, schlossen sich die Flügel des Tors hinter uns. Ich erhaschte einen Blick auf einen Wächter in schwarzer Uniform, der in Habachtstellung dastand, als wir ihn passierten, und sein Heckler & Koch SMG wie im Bilderbuch präsentierte.

Der Wagen kam vor dem Haus seufzend zum Stand. Mein menschlicher Wachhund betrachtete mich und sagte gelassen: »Wir wollen das ganz zivilisiert abwikkeln, okay? Sie sind hier zu Gast.« (Ja, klar.) Dann öffnete er die Tür und stieg mit einer grazienhaften Eleganz aus, die seine Größe Lügen strafte. »Bitte hier entlang, Sir.«

Ich rutschte über den Sitz, froh, der Enge zwischen den beiden Muskelbergen zu entkommen. Als ich ausstieg und mich umsah, versuchte ich möglichst gelassen zu wirken.

Wenn ich um meine Freiheit kämpfen wollte, war dies *nicht* der rechte Augenblick. Mein menschlicher Wachhund stand drei Meter von mir entfernt. Er hatte keine Waffe in der Hand, aber er sah konzentriert und bereit aus, problemlos in der Lage, mir den Kopf abzureißen. Selbst wenn ich eine Möglichkeit fand, ihn kampfunfähig zu machen oder mir sonstwie vom Leib zu halten, waren immer noch sichtbare Waffen am Start. Zwei weitere Wachposten flankierten die Eingangstür des Hauses. Ihre SMGs waren nicht — ganz — auf mich gerichtet, aber das ließ sich im Bruchteil einer Sekunde ändern. Und dann, um das Thema endgültig abzuschließen, spürte ich hinter mir eine drohende Präsenz. Der Troll war ebenfalls ausgestiegen. Ich seufzte und verbot mir den kleinsten Fluchtgedanken.

Statt dessen sah ich mir das Grundstück genauer an. Meiner Schätzung nach war es über zehn Hektar groß und kunstvoll angelegt, und es erinnerte an das uralte Heim eines britischen Barons — oder zumindest an unsere moderne Vorstellung davon. Zur Linken des Hauses befand sich ein Tennisplatz, während sich zur Rechten der perfekt geschnittene Rasen direkt bis zum Ufer des Lake Washington und zu einem Dock aus Stahlbeton erstreckte, an dessen Ende eine etwa fünfundzwanzig Meter lange Motorjacht festgemacht war. Das Grundstück mit seiner langen Küstenlinie war der potentielle Alptraum jedes Sicherheitsbeamten, doch ich war sicher, daß sein Besitzer angemessene Vorsichtsmaßnahmen getroffen hatte.

Das Haus selbst entsprach dem Grundstück. Scheinbar aus grob behauenen grauen Steinblöcken errichtet, war es — bis zu den Giebeln und dem Wappen über der Eingangstür aus geschwärzter Eiche — das genaue Abbild eines Gutshauses aus dem neunzehnten Jahrhundert. Ich versuchte den Wert des Besitzes zu schätzen, gab es aber rasch auf. Zweifellos mehr als fünf Millionen Nuyen, aber *wieviel* mehr?

Meine menschliche Eskorte deutete höflich auf die Eingangstür. Ich nickte in huldvollem Einverständnis mit der Einladung und marschierte los. Die beiden Knochenbrecher in ihren Geschäftsanzügen bezogen einen Schritt hinter mir und jeweils einen Schritt zu meiner Linken und Rechten Stellung. Unter anderen Umständen hätte ich es vielleicht genossen, zwei derart aufmerksame Begleiter zu haben. Aber natürlich nicht jetzt. Als ich die drei Stufen zur Eingangstür hinaufging, nahmen die beiden Wachtposten mit den SMGs Haltung an. Ich hob überrascht eine Augenbraue. Was ging hier eigentlich vor? Dieser Würdenträger-auf-Besuch-Drek ging mir langsam auf die Nerven.

Die Tür öffnete sich, kurz bevor ich sie erreicht hatte, und ich betrat einen eleganten, mit dunklem Holz getäfelten und üppigem burgunderroten Teppich ausgelegten Flur. Ein weiterer schwarz uniformierter Wachposten stand direkt hinter der Tür, wiederum in perfekter Habachtstellung. Die Wände des Flurs wurden von zwei mittelalterlichen Rüstungen flankiert. Kaum hatte ich sie, gefolgt von meinen beiden Wachhunden, passiert, als hinter uns ein lautes elektronisches Piepen erklang. Ich fuhr herum und sah, daß hinter den Visieren beider Rüstungen rote Lampen glühten. Der Posten an der Tür drückte eiligst einen Schalter, worauf die Lichter erloschen und das Piepen verstummte. Einen Moment lang fragte ich mich, was los war, dann wurde mir klar, daß das Piepen genau in dem Augenblick begonnen hatte, als meine beiden Wachhunde die Rüstungen passiert hatten. Zweifellos irgendwelche Waffendetektoren.

»Einen Augenblick, bitte«, sagte der Mensch und trat vor mich. Der Troll blieb hinter mir. Als mich der Mensch aufforderte, ihm doch bitte zu folgen, blieb mir kaum etwas anderes übrig.

Er führte mich weiter den Flur entlang, dann durch eine Tür zur Rechten und eine Treppe hinunter. Zur Folterkammer im Keller? Wir bogen um eine Ecke, und mir wurde klar, daß ich in gewisser Weise recht hatte.

Ich stand im Eingang eines großen, hell erleuchteten Bereichs, der mit üppigen Geräten vollgestopft war, welche sowohl bedrohlich als auch vertraut aussahen. Es dauerte einen Augenblick, bis ich die Geräte erkannte: Ein Nautilus III-System gleich in der Nähe des Eingangs, ein Schwimm-Ex in der gegenüberliegenden Ekke und ein paar mächtige Ultra-Gym-Einheiten. Ich befand mich in einem Trainingsraum, der die Mehrzahl der Fitneßclubs beschämt hätte.

Eine der Ultra-Gym-Maschinen arbeitete. Inmitten ihrer pumpenden hydraulischen Arme und stampfenden Nockenwellen konnte ich eine menschliche Gestalt erkennen. »Mr. Montgomery, herzlich willkommen«, rief die Gestalt. Eine kräftige Männerstimme, so stetig, als habe es sich ihr Besitzer in einem Sessel bequem gemacht, anstatt sich die Seele aus dem Leib zu trainieren. »Bitte kommen Sie doch zu mir herüber. Ich hoffe, Sie haben keinen Anstoß an der, sagen wir mal, irregulären Art meiner Einladung genommen, aber ich war der Ansicht, Sie würden abgelehnt haben, wenn ich Sie durch normale Kanäle ausgesprochen hätte.«

Ich ging näher, wobei ich registrierte, daß meine beiden Wachhunde an der Tür stehenblieben. Jetzt konnte ich meinen ›Gastgeber‹ deutlicher erkennen. Ein Mann mittleren Alters, doch mit der Konstitution eines Zwanzigjährigen, in etwa meine Größe und Figur. Kurzes meliertes Haar, konservativer Stoppelschnitt, der die Datenbuchse in seiner Schläfe deutlich erkennen ließ. Kräftiges Gesicht mit einer gebieterischen Adlernase und kalten Augen. Plötzlich realisierte ich mit einem Schock, daß ich ihn kannte. Nicht persönlich, natürlich, sondern als einen ›Mr. Johnson‹, für den ich vor einem Jahr einen Wiederbeschaffungsjob erledigt hatte.

Der Mann mußte das Erkennen auf meinem Gesicht bemerkt haben. Er lächelte. »Ja, wir sind uns schon begegnet, aber damals nannte ich Ihnen aus, äh, offensichtlichen Gründen meinen Namen nicht. Es ist an der Zeit, dem abzuhelfen. Ich bin Jacques Barnard, Mr. Montgomery. Oberster Vizepräsident des Yamatetsu-Konzerns. Ich bin gegenwärtig mit der Leitung unserer Unternehmungen in Seattle betraut.« Er lächelte. »Ich hoffe, Sie halten mich nicht für unhöflich, wenn ich Ihnen nicht die Hand schüttle, aber ich bin gerade in der Aerobicphase meines Trainings.«

»Ich weiß genau, was Sie meinen«, sagte ich kühl.

Barnard kicherte. »Ich glaube, unsere Unterhaltung wird mir sehr viel Spaß machen.« Dann wurde sein Lächeln breiter, als ihm ein Gedanke kam. »Ich habe zwei Ultra-Gyms. Hätten Sie vielleicht Lust, sich mir anzuschließen?«

Ich wollte schon ablehnen, aber dann dachte ich mir:

Wenn ich schon sterben sollte, konnte ich das ebensogut in Topform tun. »Warum nicht?« Ich setzte mich auf den Sattel, stellte die Füße auf die Pedale und schnallte mir den Gürtel um die Taille.

»Ich würde Stufe Drei vorschlagen«, sagte mein Gastgeber bescheiden.

Ich sah auf das Kontrollbord von Barnards Maschine. Er fuhr Stufe Achtzehn von zwanzig möglichen, und sein Timer hatte soeben zehn Minuten überschritten. Ich grinste ihm zu und wählte ebenfalls Stufe Achtzehn. Teufel, er war zwanzig Jahre älter als ich. Ich packte die Handgriffe und drückte den Startknopf.

Ich hatte nie zuvor ein Ultra-Gym benutzt, und in den ersten zehn Sekunden schwor ich mir, es nie wieder zu tun. Stellen Sie sich ein gleichzeitiges Training der Brust-, Schulter-, Arm- und Bein-Muskulatur vor, wobei ein Trollausbilder Ihren Gliedern die richtigen Bewegungen aufzwingt, Ihnen jedoch die Beschäftigung mit den Gewichten selbst überläßt. Ich dachte, ich würde sterben. Ich ließ den Startknopf los, und die Maschine kam grollend zu einem Halt. Ohne Barnards amüsiertem Blick zu begegnen, stellte ich Stufe Drei ein und drückte den Startknopf erneut. Viel besser.

»Es dauert etwas, bis man sich daran gewöhnt hat«, bemerkte Barnard.

»Ja, genau.« Ich wartete einen Augenblick, dann stellte ich die große Frage: »Was wollen Sie denn nun eigentlich von mir?«

Barnard schwieg zunächst, als müsse er seine Gedanken ordnen. »Sie haben letztes Jahr gute Arbeit für mich geleistet«, sagte er schließlich. »Ich habe Ihre Professionalität und Ihre, sagen wir mal, Diskretion durchaus zu schätzen gewußt. Ich dachte, vielleicht könnte ich in Zukunft Ihrer Dienste noch einmal bedürfen, und so habe ich … nun, ich habe beschlossen, Ihre weitere Karriere zu verfolgen.« Er kicherte. »Ich hoffe, es macht Ihnen nichts aus, einen Fan zu haben, Mr. Montgomery.« Seine Stimme war immer noch absolut stetig. Das Training schien keinerlei Auswirkung auf sie zu haben. Der Mann war unglaublich fit.

»Fahren Sie fort.«

»Wie ich schon sagte, ich habe Ihre Karriere verfolgt, wobei mich Ihre Fähigkeiten auch weiterhin sehr beeindruckt haben. Ich war sehr erfreut, daß Sie es geschafft haben, den Fängen von Lone Star zu entgehen. Das hätte Ihrer Karriere solch ein unwürdiges Ende bereitet.«

»Sie haben mich also überwachen lassen.«

»Gewiß«, antwortete er leichthin. »Ich war überrascht, alarmiert und, ja, enttäuscht, als ich erfuhr, daß Sie in den Mord an Miss Yzerman verwickelt sind. Das war natürlich zu einem Zeitpunkt, als ich noch der Auffassung war, Sie könnten sich dieses Verbrechens wirklich schuldig gemacht haben.« Ich begegnete seinem kühlen Lächeln. »Stimmt genau, Mr. Montgomery«, fuhr er fort, »ich bin jetzt davon überzeugt, daß Sie unschuldig sind.«

»Ich nehme nicht an, daß Sie sich die Mühe machen werden, Lone Star Ihre Meinung mitzuteilen?«

Er lachte. »Wenn ich der Ansicht wäre, daß sie mir dort glaubten, würde ich es vielleicht sogar tun. Außerdem basiert meine Überzeugung einzig und allein auf der Tatsache, daß Sie sehr daran interessiert zu sein scheinen, den *wirklichen* Mörder zu finden.«

»Woher wissen Sie das?«

»Berufliches Interesse?«

»So könnte man es nennen.«

Er dachte einen Augenblick darüber nach. »Wissen Sie, was ein Beobachter ist?«

Ich wußte es nicht wirklich, aber mir fiel ein, daß Greybriar den Ausdruck erwähnt hatte. »Eine Art Geist«, antwortete ich.

Er nickte. »Ich habe Sie in den letzten paar Tagen von einem Beobachter, äh, beobachten lassen. Eine relativ einfache Angelegenheit, da wir uns schon begegnet waren und ich Gelegenheit hatte, Ihre Aura zu studieren. Wenngleich«, fügte er mit einem Kichern hinzu, »ich einige Schwierigkeiten hatte, den kleinen Burschen zu überreden, die Arbeit wieder aufzunehmen, nachdem er von einem anscheinend ziemlich angsteinflößenden freien Geist verjagt worden war.«

Das mußte Amanda gewesen sein. Ich schwieg einen Augenblick, in dem ich mir die Implikationen durch den Kopf gehen ließ. »Ich wußte gar nicht, daß Sie ein Magier sind«, sagte ich schließlich.

»Ach, ich stümpere nur ein wenig herum. Mehr ein Hobby als alles andere, obwohl es manchmal durchaus ein Vorteil im Geschäft ist.« Barnard schwieg, und für etwa eine Minute war nur das Surren und Zischen der Ultra-Gym-Maschinen zu hören. Schließlich sagte er: »Sie scheinen ein Interesse am Yamatetsu-Konzern entwickelt zu haben. Können Sie mir den Grund dafür verraten?«

Jetzt waren wir also beim ernsten Drek angelangt. Alles bis zu diesem Punkt war simples Geplänkel gewesen, ein verbales Vorspiel. Jetzt kamen wir zum Geschäft. »Neugier«, sagte ich.

Barnard kicherte wieder. Er kicherte sehr nett. Das ließ ihn fast harmlos klingen, wie jemandes lieben Onkel.

»Ein wenig mehr als das, würde ich sagen. Sie haben Nachforschungen über Yamatetsu im allgemeinen, unsere Abteilung für Integrierte SystemProdukte im besonderen, unser SPISES-Produkt und die Beziehung zwischen ISP und dem Militär angestellt. Sie haben sogar versucht, mehr über mich persönlich herauszufinden. Habe ich irgend etwas vergessen?«

Ich stellte das Ultra-Gym ab und schälte mich aus seinen mechanischen Eingeweiden. Wenn ich schon geistig zerpflückt werden sollte, wollte ich nicht auch noch körperlich ausgelaugt werden. »Das ist im wesentlichen alles«, sagte ich.

»Nicht wirklich«, korrigierte er mich freundlich. »Sie hatten außerdem ein ziemlich brennendes Interesse an Crashcart und sogar an etwas, das 2XS genannt wird. Sie waren sehr fleißig. Und, ach ja, an einer gewissen Theresa Montgomery, aber ich nehme an, das ist etwas Persönliches und gehört nicht zum Geschäft. Ihre Schwester, nicht wahr?«

»Was wollen Sie eigentlich von mir?« fragte ich noch einmal.

Der Timer an Barnards Maschiene piepte; er ließ den Startknopf los und kletterte aus der Maschine. Einer der beiden Knochenbrecher an der Tür warf ihm ein Handtuch zu, das er sich um den Hals legte. Nun, da er aus der Maschine heraus war, sah ich, daß er einen oder zwei Zentimeter kleiner als ich war, aber durch seine selbstbewußte Art kam er mir viel größer vor. »Das ist genau meine Frage an Sie, Mr. Montgomery.« Barnards Tonfall war ruhig, ohne auch nur eine Spur von Drohung. »Was wollen Sie? Und warum schnüffeln Sie in meinen Angelegenheiten herum? Das vermittelt mir ein unbehagliches Gefühl.«

»Warum? Haben Sie etwas zu verbergen?«

»Natürlich haben wir etwas zu verbergen.« Seine Stimme war gelassen, er traf lediglich eine Feststellung. »Zeigen Sie mir einen erfolgreichen Konzern, der nichts zu verbergen hat. In den meisten Fällen, wie auch in unserem, ist es nichts Illegales. Warum sollte es auch? Wir erwirtschaften ausreichende Profite durch völlig legale Methoden, ohne das Risiko strafrechtlicher Konsequenzen einzugehen. Doch das bedeutet nicht, daß wir unsere Geheimnisse ausposaunen wollen — Investmentstrategien, strategische Pläne, vertrauliche Joint Ventures. Geschäftsgeheimnisse, in der Entwicklung befindliche Produkte, neue Technologien, die noch nicht zur Veröffentlichung geeignet sind. Wenn wir auf Menschen wie Sie stoßen, die extrem an unseren Unternehmungen interessiert sind, fragen wir uns immer, warum und wer sie dafür angeheuert hat. Die Konkurrenz, vielleicht? Viele Shadowrunner verdienen sich ihren Lebensunterhalt mit Industriespionage. Ich muß mich fragen, ob Sie sich entschlossen haben, ebenfalls diese Laufbahn einzuschlagen.«

»Keine Industriespionage«, sagte ich behutsam.

»Dann also etwas Persönliches?« Ich antwortete nicht. Er trat näher an mich heran, und ich spürte eine Aura kalter Entschlossenheit um ihn. Keine direkte Bedrohung oder Einschüchterung, aber ich hatte den Eindruck, daß ich ihm besser nicht in die Quere kam, wenn ich hier lebendig herauskommen wollte.

»Hören Sie mir gut zu, Mr. Montgomery.« Sein Tonfall war ruhig, fast angelegentlich, aber seine Augen brannten sich in meine. »Ich will Ihnen nichts Böses. Ganz im Gegenteil. *Solange* Sie nicht an etwas arbeiten, das meinen Interessen zuwiderläuft. Sollte das der Fall sein, würde ich Ihnen dringend empfehlen, die Sache fallenzulassen. Es gibt immer andere Klienten. Ich will, daß Sie mir gegenüber ehrlich sind und mir sagen, woran Sie arbeiten.« Er bedachte mich mit einem frostigen Lächeln. »Nennen Sie es einen fairen Tausch dafür, daß ich es mir nicht so leicht gemacht habe, wie ich gekonnt hätte.«

Ich wußte ganz genau, wovon er redete. Wenn er den Verdacht hatte, daß ich einen Run gegen Yamatetsu durchführte, wäre die einfachste Lösung gewesen, mich zu geeken. Problem gelöst. Diese einfache Lösung stand ihm natürlich immer noch zur Verfügung. Rasch überlegte ich, was ich ihm erzählen konnte, was ihn befriedigen würde, ohne gleich alles zu verraten.

»Ich versuche den Kopf aus der Schlinge zu ziehen«, sagte ich schließlich. »Wie Sie schon sagten, glaubt Lone Star, ich hätte Lolita Yzerman umgelegt.« Er nickte, höflich interessiert. »Ich glaube, sie starb, weil sie etwas mitgehört hat, das nicht für ihre Ohren bestimmt war.« Ich holte tief Atem: *Jetzt kommt's.* »Ich glaube, sie hat etwas über 2XS herausgefunden.« Ich hielt inne und hielt nach einer Reaktion Ausschau.

Es gab keine. »Ja, 2XS scheint sehr schnell eine ziemliche Geißel der Straße geworden zu sein«, bemerkte er gleichgültig. »Doch warum Ihr Interesse an Yamatetsu?«

Das war die schwierige Verbindung. »Ich wußte ein wenig über ISP und SPISES«, fuhr ich fort. »Ich hatte den Verdacht, dazwischen könnte es eine Verbindung geben.«

Seine Lippen kräuselten sich zu einem kalten Lächeln. »Ja«, sagte er ruhig. »Ich nehme an, es besteht tatsächlich eine oberflächliche Ähnlichkeit zwischen den beiden Technologien. Und natürlich haben Sie daraus den Schluß gezogen, daß der große böse Konzern 2XS auf die Straßen geworfen hat, um unsere ohnehin exzessive Profitspanne noch zu vergrößern. Ist es das?«

Ich zuckte die Achseln. »Ohne den Sarkasmus, ja.«

Barnard schüttelte den Kopf. »Wir haben einen ziemlich exzessiven Ruf, wie?« Dann wurde er wieder ernst. »Hören Sie zu, ich werde Ihnen das nur einmal sagen. ISPs Aufgabe besteht darin, die SPISES Booster-Technologie zu entwickeln und sie dem Militär und auf anderen, ähnlich gelagerten Märkten in Nordamerika und der ganzen Welt zu verkaufen. Haben Sie irgendeine Vorstellung, wie groß dieser potentielle Markt ist?«

»Nicht wirklich.«

»Groben Schätzungen zufolge, geht es in die *Millarden* Nuyen. Und ganz ohne Risiko. Die Technologie funktioniert, und wenn der erste Vertrag unterschriftsreif ist, wird alles hieb- und stichfest durch Patente und Eintragungen vor dem Konzerngerichtshof in der Genfer Orbitalstation abgesichert sein. Was kostet im Vergleich dazu ein 2XS-Chip? Zweihundert Nuyen? Dreihundert?«

»Fünfhundert.«

Er sah gelinde überrascht aus. »Tatsächlich? Aber das ist der Straßenverkaufspreis. Der Hersteller würde wahrscheinlich nicht mehr als ein Zehntel daran verdienen. Fünfzig Nuyen pro Chip. Und wie viele Chips kann ein Süchtiger einwerfen, bevor er ausgebrannt ist? Fünfzig? Nein, nehmen wir ruhig hundert an, obwohl ich sicher bin, daß das eine gewaltige Übertreibung ist.« Mir war klar, worauf er hinaus wollte. »Gesamtgewinn Fünftausend Nuyen pro Süchtigem. Kein großer Profit, Mr. Montgomery, besonders, wenn Sie das sehr reale Risiko strafrechtlicher, äh, *Komplikationen* berücksichtigen.« Er sah nachdenklich aus. »Ich frage mich allen Ernstes, warum sich der Hersteller überhaupt damit abgibt. Nein, ich versichere Ihnen, ISP hat mit SPISES zu tun und nur mit SPISES. Damit ist die Abteilung die nächsten zehn Jahre mehr als ausgelastet.« Er seufzte. »Natürlich werden Sie mir das nicht glauben. Vielleicht glauben Sie Dr. Skyhill.«

»Häh?« sagte ich — oder auch etwas ähnlich Stringentes.

Barnard grinste. »Dr. Adrian Skyhill, leitender Direktor der Abteilung für Integrierte Systemprodukte und nicht nur ein erstklassiger Wissenschaftler, sondern auch ein brillanter Verwaltungsfachmann. Ich würde Sie morgen gern mit ihm bekannt machen. Sehen Sie sich an, woran ISP *wirklich* arbeitet. Ich werde dafür sorgen, daß seine Sekretärin bei Ihnen wegen des Termins anruft.« Er hielt kurz inne, während sich sein Lächeln vertiefte. »Ich schlage vor, Sie bringen jemanden mit, der sich mit Biotechnik auskennt und intelligente Fragen stellen kann.«

Ich sah Barnard fest an. »Warum tun Sie das?«

Er zuckte die Achseln, während er sich abwandte und den Schweiß von der Stirn wischte. »Wie ich schon sagte, ich will Ihnen nichts Böses, und ich anerkenne und respektiere Ihre Verwegenheit. Sie sind auf dem falschen Dampfer, aber wenn ich Sie davon nicht überzeugen kann, schnüffeln Sie weiter in meinen Angelegenheiten herum. Das wäre unannehmbar und würde mich zwingen, andere Maßnahmen zu ergreifen, die für uns beide sehr unangenehm wären.« Er musterte mich wieder, und ich sah noch etwas anderes in seinen Augen. »Sie gefallen mir, Mr. Montgomery, und es ist möglich, daß Sie mir irgendwann in der Zukunft noch einmal behilflich sein können.« Barnard sah zu den beiden Profis im Anzug und nickte. Ich wurde gerade entlassen.

Doch ich war noch nicht ganz bereit, entlassen zu werden. »Eine letzte Frage, Mr. Barnard.«

Er funkelte mich an. Offensichtlich war er verärgert. Wenn er jemanden entließ, erwartete er, daß die Person *ging*. »Nun gut, Mr. Montgomery, eine letzte Frage.«

»Welche Verbindung besteht zu Crashcart?«

»Offiziell gehört die Firma ISP«, antwortete Barnard schroff. »Als solche ist sie grundsätzlich autonom. Ich weiß wenig und kümmere mich noch weniger um sie. Ist sonst noch etwas? Nein? Dann sprechen wir uns vielleicht in der Zukunft einmal wieder.« Er wandte sich ab, sehr betont, und steuerte eine Tür an, die wahrscheinlich in den Umkleideraum führte. Ich drehte mich ebenfalls um und ging auf die beiden Wachhunde zu.

Bevor Barnard den Raum verlassen konnte, summte durchdringend ein an der Wand angebrachtes Telekom. Ein Blick zurück zeigte mir, daß der Vize fluchend zum Kom eilte. »Barnard«, hörte ich ihn sagen, dann, einen Moment später, in scharfem Tonfall: »Was? Verdammt, wir regeln die Sicherheit selbst. Schicken Sie das Evanston-Team *sofort* nach ABT und ...«

»Mr. Montgomery, es wird Zeit zu gehen.« Der Troll stand neben mir, und seine Stimme — schon sein Atmen allein — übertönte alle weiteren Worte Barnards. Offensichtlich Ärger in Chicago, und ebenso offensichtlich ging es mich nichts an.

»Sie haben recht«, sagte ich dem Troll. »Zeit zu gehen.« Ich folgte meinen Leibwächtern nach draußen, wobei ich mir sehr stark wie ein unbewaffneter Ritter vorkam, dem aus irgendeinem Grund gestattet wurde, die Drachenhöhle unversehrt zu verlassen. Außerdem hatte ich auch weiterhin das starke Gefühl, daß hier mehr vorging, als ich begriff.

Aber es gab keine Möglichkeit, Barnard deswegen ins Kreuzverhör zu nehmen.

19

Yamatetsus ISP-Abteilung befindet sich auf der Cresco Road ganz in der Nähe vom Ufer des Spanaway Lake in Fort Lewis. Wunderschöne Gegend: Hunderte von Hektar üppigen, immergrünen Waldes, der größtenteils von den Schrecken dessen, was wir lachend ›Zivilisation‹ nennen, noch unberührt ist. Eine Fahrt nach Fort Lewis ist wie eine Reise zurück zur Jahrhundertwende und darüber hinaus, als Seattle noch eine ›Stadt‹ und nicht die Megalopolis, nicht der Sprawl von heute war.

Die Cresco Road windet sich durch diese Wälder und führt zu einem netten kleinen Industriepark. Anders als ähnliche Parks sonstwo oder die zum Gotterbarmen schrecklichen Freihandelszonen, die ich bei einem Besuch in Quebec sah, schien sich dieser Ort fast im Einklang mit seiner Umgebung zu befinden und nicht einfach nur eine Pestbeule zu sein, die dem Land von Leuten zugefügt worden war, die das einen Drek kümmerte. Ich wußte, daß es beachtliche Sicherheitsvorkehrungen geben mußte, doch von der Straße aus waren weder Zäune noch Wachtürme zu sehen, und die Gebäude selbst waren niedrig und verschmolzen mit den Konturen der Landschaft. Das einzig Störende war das gelegentliche, von Menschen verursachte Donnern, der gewaltige Lärm gepeinigter Luft, wenn die Flugschüler der UCASAF mit ihren ESA Stilettos im Tiefflug vorbeirauschten, um auf dem McChord-Luftwaffenstützpunkt zu landen.

Jocasta machte es sich auf dem Beifahrersitz ihres Hyundai-AMC Harmony gemütlicher. »Ich fühle mich wie im Urlaub«, sagte sie, während sie die Landschaft betrachtete.

Auf mich traf das zwar nicht zu, aber ich nickte trotzdem. Ich wußte durchaus zu schätzen, daß sie mir zutraute, ihren Wagen zu fahren, aber ich vermißte Quinceys Spielereien. Neben meinem Pseudo-Jackrabbit wirkt jeder andere Wagen hirntot.

Nach meinem Gespräch mit Barnard hatten mich meine beiden Aufpasser zum Hilton zurückgefahren, um meinen Wagen abzuholen. Als sie mich absetzten, gab mir der Troll eine Visitenkarte, auf der nur der Name Barnard und eine LTG-Nummer stand. »Mr. Barnard hat mich angewiesen, Ihnen das hier zu geben, für ... unvorhergesehene Fälle. Er ist jedoch zuversichtlich, daß Sie keinen Grund haben werden, sie zu benutzen.« Ich beschloß, sie wie einen Talisman ganz nah bei meinem Herzen zu tragen.

Als ich schließlich nach Hause kam, fand ich auf meinem Telekom eine Nachricht von einer gewissen Beryl Hollyburn, Dr. Skyhills Verwaltungsassistentin, vor, die mir bestätigte, daß mein Gast und ich am nächsten Tag — das heißt, heute — um elf Uhr eine Verabredung bei ISP hatten. Ich rief sofort Jocasta an. Barnard hatte recht: Ich würde jemanden brauchen, der intelligente Fragen stellen konnte und die Antworten verstand. Jocastas Fachrichtung war nicht unbedingt Biotechnik oder Biomechanik, aber sie verstand immer noch mehr davon als ich. Außerdem wollte ich niemand anders mit in die Sache hineinziehen.

Doch was, wenn — wie ich vermutete — unser mörderischer X zur ISP-Abteilung gehörte? Führte ich uns dann nicht direkt zur Schlachtbank?

Nicht wirklich, argumentierte ich (und bemühte mich verzweifelt, meiner Begründung zu glauben). Obwohl mein Selbstvertrauen gestern zeitweilig erschüttert worden war, hielt ich es immer noch für logisch, daß X zum mittleren Management gehörte und seine/ihre Vorgesetzten nicht wußten, was vorging. Mich und Jocasta in der Anlage oder auf dem Weg dorthin umzubringen, würde schon innerhalb des Konzerns zuviel unerwünschte Aufmerksamkeit erregen, geschweige denn außerhalb.

Und um dieses Aufmerksamkeitspotential noch zu vergrößern, hatte ich eine ›Versicherung‹ mit den Informationen, die ich bereits besaß, installiert. Ich hatte ein simples Programm auf meinem Telekom geschrieben, das alles, was ich wußte, an drei Stationen weiterleiten würde, falls ich nicht rechtzeitig einen speziellen Widerruf eingab: An Jacques Barnard, an Mark Kurtz beim Lone Star und an den Herausgeber des Datenfax *Seattle Intelligencer.* Als zusätzliche Schutzmaßnahme hatte ich Barnard eine Textbotschaft geschickt, in der ich erklärte, was ich getan hatte, und vorschlug, diese Information jedem zugänglich zu machen, der seiner Meinung nach davon profitieren konnte. Sicher, es gab Möglichkeiten, diese Art Schutzmaßnahmen zu schlagen, aber es war besser als nichts.

Meine geringe Zuversicht schmolz dahin, als wir uns dem Tor näherten. Drei voll gepanzerte Sicherheitsposten beobachteten uns aus verschiedenen Blickwinkeln, während ein vierter seinen Helm absetzte und sich dem Wagen näherte. Silbrige Pupillen reflektierten das Licht, als dieser uns musterte. Dann flogen seine Finger über die Tastatur eines handgroßen Computers, der an seinem Gürtel hing und in seine Datenbuchse eingestöpselt war. Ich konnte mir vorstellen, wie die winzige Einheit ein von seinen Cyberaugen aufgezeichnetes Bild von mir abstrahlte und irgendwo ein Zentralcomputer dieses Bild mit dem Inhalt einer ›Autorisierte Besucher‹-Datei verglich. Alles mußte gestimmt haben, weil nur Sekunden vergingen, bis der spiegeläugige Posten sagte: »Willkommen bei Yamatetsu, Mr. Montgomery. Folgen Sie der Straße zum Verwaltungsgebäude. Bitte weichen Sie nicht vom Weg ab.« Er vervollständigte den Gedanken nicht — »oder wir blasen Sie zur Hölle« —, aber dieser Zusatz hing fast greifbar in der Luft. »Ich wünsche Ihnen einen angenehmen Aufenthalt«, sagte er — irgendwie unangemessen, dachte ich — und trat zur Seite. Das Tor rollte lautlos zurück, und ich fuhr hindurch.

»Freundliche Sorte«, bemerkte ich. Jocasta antwortete nicht, sondern sah lediglich weiterhin aus dem Fenster.

Die zum Verwaltungsgebäude führende Straße war gut gekennzeichnet, so daß es keine vernünftige Entschuldigung für eine eventuelle Kursabweichung gab. Wir kamen an einer ganzen Reihe von Abzweigungen vorbei, die zu außerhalb liegenden Gebäuden führten, doch all diese Nebenstraßen waren mit großen, leuchtenden Durchfahrt Verboten-Schildern in Englisch, Kanji und intersprachlichen Icons versehen. Das Verwaltungsgebäude war fast einen halben Kilometer vom Eingangstor entfernt, was bedeutete, daß der ISP-Industriepark größer war, als ich gedacht hatte.

Wir fuhren auf den Parkplatz vor dem niedrigen fensterlosen Gebäude, und ich parkte in einer der mit der Aufschrift ›Besucher‹ gekennzeichneten Boxen. Als ich den Motor abstellte, riß sich Jocasta endlich von der Aussicht los und sah mich an. »Mir gefällt es hier nicht«, sagte sie leise. »Es kommt mir« — sie suchte nach dem richtigen Wort — »... kalt vor.«

Ich bedachte sie mit einem beruhigenden Lächeln, obwohl ich mich selbst nicht sonderlich ruhig fühlte. »Sicher«, sagte ich leichthin. »Schließlich ist das hier die Forschungsanlage eines Riesenkonzerns. Nicht der beste Platz, wo man seine Zeit verbringen kann.« Sie nickte, aber das Unbehagen auf ihrem Gesicht blieb.

Ich dachte darüber nach, als wir ausstiegen und uns der Vordertür des Gebäudes näherten. Ich hatte gehört, daß Magier manchmal die Natur eines Ortes spüren können, das emotionale Äquivalent einer Messung der radioaktiven Hintergrundstrahlung. Orte, an denen Leiden oder Schrecken stattgefunden hatten, würden eine besonders hohe Messung ergeben und den Magier stark beunruhigen. Dieser Ort? Im Laufe der Entwicklung der SPISES-Technologie mußte ISP Hunderte von Versuchstieren ›verbraucht‹ haben, zweifellos auf unangenehme Arten. Und später hatten sie jene entmenschlichende Technologie in menschliche Versuchskaninchen implantiert. Kein Wunder, daß der Ort eine häßliche, kalte Aura ausstrahlte.

Die Tür öffnete sich, als wir uns ihr näherten, und enthüllte einen Empfangsbereich, der stilvoll und auf seine seelenlose Konzernart fast reizvoll war. Zeitgenössisches Mobiliar, Tafeln an den Wänden, auf denen zivile Auszeichnungen vermerkt waren, das Yamatetsu-Logo — ein stilisiertes Y — auf praktisch allem. Direkt vor uns befand sich das obligatorische Empfangspult, hinter dem eine kurvenreiche Empfangsdame saß. Sie sah auf, als wir eintraten, und badete uns in jenem spezifischen, breiten Begrüßungslächeln, daß ich mittlerweile so gut kannte. »Willkommen bei Yamatetsu«, sagte sie, aber anders als der Torposten klang sie fast so, als meinte sie es auch. »Mr. Montgomery und ...?« Sie lächelte Jocasta erwartungsvoll an.

»Und Begleitung«, sagte ich.

Ihr Lächeln verblaßte um kein Jota. »Natürlich. Bitte warten Sie einen Moment.« Sie drückte eine Taste auf ihrem Pult, und ich sah, wie sich ihre Lippen bewegten, obwohl ich keinen Laut hörte. Implantiertes Mikrofon, nahm ich an. Ich fragte mich, wie sie das nächstjährige Modell wohl ausrüsten würden.

Bevor ich überhaupt mitbekommen hatte, daß die Empfangsdame fertig war, öffnete sich die Tür neben dem Empfangspult, und eine junge Elfin erschien. Sie war ungefähr in meinem Alter, klein, hatte glattes, dunkles Haar und sah aus wie der vollkommene Profi.

Ich erkannte sie von der Telekomnachricht als Beryl Hollyburn, Skyhills Verwaltungsassistentin. Sie lächelte frostig und machte keinerlei Anstalten, uns die Hände zu schütteln. »Dr. Skyhill wird Sie jetzt empfangen«, sagte sie kühl. Sie drehte sich um und ging wieder durch die Tür, offensichtlich in der selbstverständlichen Annahme, daß wir ihr folgen würden.

Wir folgten. Einen typischen Konzernflur entlang, hell, aber steril. Ich betrachtete Beryls rückwärtige Ansicht, fand ihren Gang jedoch ebenso unattraktiv wie ihr Benehmen. Jocasta bemerkte meinen forschenden Blick und schnaubte mit trockener Belustigung. Die Elfin blieb vor einer Tür stehen und klopfte verstohlen an. Mein Blick fiel auf das Schild an der Tür: Kein Name, nur das Wort ›Verwaltungsdirektor‹. Von drinnen kam eine gedämpfte Antwort. Beryl öffnete die Tür und trat zur Seite, um uns eintreten zu lassen.

Das taten wir auch, und zwar in ein geräumiges, Exec-mäßiges Büro. Links von der Tür befand sich eine komfortable Sitzecke, bestehend aus einem Ledersofa und zwei dazu passenden Sesseln, die um ein Kaffeetischchen mit Marmorplatte gruppiert waren. Zur Rechten befanden sich ein großer Schreibtisch und eine Art Buffet. Die Sitzgruppe und der Rest des Büros waren peinlich aufgeräumt, Schreibtisch und Buffet jedoch angenehm unordentlich, offensichtlich das Gehege eines Managers des hemdsärmeligen Typs. Von der Anlage her war es ein Eckbüro, und obwohl scheinbar zwei große Fenster in zwei der Wände gesetzt waren, konnte man den Blick aus jenen ›Fenstern‹ eindeutig nicht als Fort Lewis-mäßig bezeichnen. Ein azurblaues Meer schwappte auf einen tropischen Strand, während sich Palmen in einer sanften Brise wiegten. Die Illusion war so perfekt, daß ich fast damit rechnete, Salz und den Duft tropischer Blumen zu riechen. Jocasta und ich standen da und gafften wie Touristen.

Der Mann hinter dem Schreibtisch kicherte. »Meine

große Schwäche«, bemerkte er. »Ich finde, es entspannt mich.« Er stand auf und kam zu uns, wobei er eine große Hand ausstreckte. »Ich bin Adrian Skyhill.«

Ich musterte ihn von oben bis unten, während wir uns die Hände schüttelten. Er war ein Mensch, ein klein wenig größer als ich, also knapp unter zwei Meter, aber seine Körperfülle ließ ihn noch größer aussehen. Er hatte eine tonnenförmige Brust und einen beachtlichen Bauch. Ein kleinerer Mann hätte vielleicht korpulent ausgesehen, doch Skyhill wirkte lediglich stattlich. Er hatte ein rundes Gesicht mit sandfarbenem Haar und Bart, beides kurz geschnitten. Um die Augen hatte er Lachfältchen, und sein breiter Mund schien sich von Natur aus zu einem Lächeln zu krümmen. Er war mir auf den ersten Blick unsympathisch.

Ich tat mein Bestes, diese Reaktion zu verbergen. »Derek Montgomery«, sagte ich, während ich den Druck seines Griffs erwiderte.

»Freut mich«, sagte er, indem er meine Hand losließ und sich Jocasta zuwandte. »Ma'am?«

»Nennen Sie mich Jane«, sagte Jocasta kühl. Skyhill nahm behutsam ihre Hand, und einen Moment lang dachte ich, er würde sie küssen.

»Dann bin ich Adrian.« Skyhill gestikulierte vage in Richtung Sitzgruppe. »Bitte nehmen Sie doch Platz.« Jocasta und ich setzten uns auf das Sofa, während Skyhill einen Sessel nahm. »Barnard schlug vor, ich solle mich mit Ihnen treffen, und Kyoto hatte keine Einwände«, fuhr er fort, »also sind Sie nun hier. Ich kann Ihnen eine Stunde geben« — er beehrte Jocasta mit einem Lächeln —, »nicht mehr, fürchte ich.« Er schlug die Beine übereinander und lehnte sich zurück. »Was kann ich für Sie tun?«

Jocasta wollte gerade die erste der zuvor von uns abgesprochenen Fragen stellen, diejenige über die exakte Natur der Forschungen von ISP. Doch Skyhill hatte etwas gesagt, das meine Aufmerksamkeit erregte, und so kam ich ihr zuvor. »Nach dem, was Sie gerade gesagt haben, stellt sich mir die Frage nach der Verbindung — auf Geschäftsführungsebene — zwischen ISP und Yamatetsu Seattle. Erstatten Sie Jacques Barnard Bericht?«

Skyhill schwieg. »Das ist ein wenig kompliziert«, sagte er schließlich.

»Stellen Sie mich auf die Probe.«

Einen Augenblick lang konnte ich das Mißfallen auf dem Gesicht des großen Mannes erkennen, doch dann kehrte sein unaufrichtiges Lächeln zurück, um es zu verhehlen. »Yamatetsu bevorzugt ein Matrix-System, aber damit ist ›Matrix‹ im alten Sinne gemeint. Das hat nichts mit Computernetzwerken zu tun. Unseren Geschäftsführungsprinzipien zufolge erstatte ich sowohl Barnard hier in Seattle als auch unserem Obersten Verwaltungsvizepräsidenten Eiji in unserer Zentrale in Kyoto Bericht. Dieses Verfahren gewährleistet, daß die ISP-Abteilung einige Autonomie genießt, verhindert jedoch gleichzeitig, daß unser internationales Mandat im Namen lokaler Interessen kompromittiert wird.« Er lächelte. »Ich bin sicher, das ergibt nicht viel Sinn.«

Ganz im Gegenteil, ich begriff ganz genau, was er damit sagte. Mir war außerdem klar, daß Jacques Barnard diese Regelung leidenschaftlich hassen mußte. Theoretisch unterstand die ISP-Abteilung Yamatetsu Seattle, was bedeutete, daß Barnard für Gewinne und Verluste von Skyhills Organisation verantwortlich war. Doch Skyhill hatte irgendwie einen Gönner gefunden — diesen Eiji —, der weiter oben in der Hierarchie stand. Eiji hatte offensichtlich angeordnet, daß Skyhill sowohl Barnard als auch ihm selbst Bericht erstattete. Skyhills ersten Bemerkungen zufolge hatte es den Anschein, als müsse Eiji sein Einverständnis geben, bevor Skyhill Barnards Anweisungen folgte. Es war die klassische Konstellation für interne Machtkämpfe in der Geschäftsführung und ein Magengeschwür für Jacques Barnard: Er war für die Bilanz verantwortlich, ohne jedoch die volle Autorität zu besitzen. Zweifellos zielte Skyhill auf Barnards Job, und wenn dieser nichts tat, um ihn zu bremsen, würde er ihn wahrscheinlich auch bekommen. Interessant.

Doch ich verbarg meine Spekulationen hinter einer Maske vager Verwirrung. »Konzernpolitik habe ich noch nie richtig begriffen«, sagte ich. Dann nickte ich Jocasta zu fortzufahren.

»Dr. Skyhill«, begann sie höflich, »wir wissen, daß sich die ISP-Abteilung auf irgendeine Art elektrochemischer Drüsenstimulation konzentriert. Sie nennen das ›Booster-Technologie‹. Ist das richtig?«

Er nickte. »Das ist im Augenblick unser Hauptanliegen. Wir nennen es Sympathetisches-Parasympathetisches Integriertes Suprarenales Erregungssystem oder kurz SPISES.«

»Haben Sie alle vorbereitenden Forschungs- und Entwicklungsarbeiten hier ausgeführt?«

»Nicht wirklich. Tatsächlich haben wir die ursprüngliche Technologie von einer Gesellschaft im Mittelwesten gekauft, deren Namen ich nicht nennen darf. Vertraulichkeitsabsprachen und diese Dinge. Die Technologie war in einem ziemlich primitiven Zustand, als wir sie kauften, doch wir haben mehrere Dutzend Millionen Nuyen in Forschung und Entwicklung gesteckt — alles ist hier in dieser Anlage geschehen. Jetzt ist SPISES der beste Reaktionsbeschleuniger und Stimulator der Welt.«

»Sie müssen ausgedehnte Versuchsreihen mit Tieren angestellt haben.«

»Natürlich. Wiederum alles hier auf diesem Gelände.« Er stand auf, ging zum Schreibtisch und ergriff eine Fernbedienung. Seine dicken Finger berührten einige Tasten, und die Strandansicht in einem der ›Fenster‹ verschwand, um von einem einfachen Grundriß der ISP-Anlage abgelöst zu werden. Ein blinkender Cursor erschien auf der Karte, der sich unter Skyhills Kontrolle zu farblich hervorgehobenen Stellen bewegte, während er über sie referierte.

»Wir befinden uns hier im zentralen Verwaltungsgebäude«, begann Skyhill. »Direkt davor liegt der Besucherparkplatz, und weiter südlich ist das Tor, durch das Sie gekommen sind. Dieses Gebäude enthält nichts weiter als Büros, Konferenzräume und derartige Dinge. Im Keller ist das Computersystem für die ganze Anlage untergebracht.« Wir nickten gehorsam. »Die anderen Gebäude umringen die Verwaltung in einem Abstand von fünfzig bis hundert Metern.« Er lächelte gütig. »Wir wollten den Arbeitern ein Gefühl der Geräumigkeit vermitteln, so daß sie sich nicht eingeengt fühlen wie die Leute in anderen, weniger gut konzipierten Anlagen.«

»Waren Sie von Anfang an dabei, Dr. Skyhill?« unterbrach ich.

»Ich bin vor sechs Jahren gekommen, noch bevor der Konzern das Land hier gekauft hat. Jay Hawkins, Barnards Vorgänger, hat mich angestellt.«

Nichts in Skyhills Tonfall ließ Rückschlüsse auf Animositäten zu, aber ich merkte mir diese Tatsache zwecks späterer Verwendung. Verborgene Bitterkeit darüber, daß Barnard den Posten als Seniorvize bekommen hatte, auf den Skyhill spekuliert hatte? Vielleicht.

Skyhill setzte seinen elektronischen Rundgang fort. »Das südlichste Gebäude hier, Gebäude A, ist das Tierversuchslabor. Daneben war ursprünglich die Computerbibliothek, bis wir das System erneuert und in die Verwaltung verlagert haben. Jetzt ist Gebäude B unser Primatenlabor. In Gebäude C, hier, sind Biophysik und Biomechanik untergebracht — Labors, Maschinenlager und Produktionseinrichtungen. Und hier ist Gebäude D, Versuchsklinik und Auswertungslabors.«

Jocasta deutete auf das letzte Gebäude, das ungefähr in nordöstlicher Richtung vom Haupttor lag. Die anderen Gebäude waren alle mit einer Beschriftung versehen. Dieses war nur mit dem Buchstaben E und einem

Kleeblatt-Symbol versehen, das dem internationalen Symbol für Radioaktivität ähnlich sah, doch nicht mit ihm identisch war. »Was ist das für ein Gebäude, Doktor?« fragte sie. »Es ist als biologisch gefährlich gekennzeichnet.«

Skyhill kicherte. »So stolz wir auf SPISES sind, Jane, so sehr sind wir uns dennoch der Tatsache bewußt, daß es nur ein Schritt auf einem langen Weg ist. Was wissen Sie über Viruschirurgie?«

»Nicht viel. Warum frischen Sie mein Gedächtnis nicht auf?«

»Gewiß, gewiß.« Skyhill setzte sich auf die Schreibtischkante. »Viruschirurgie ist eine Idee, die in den 80er und 90er Jahren des letzten Jahrhundert aufgekommen ist« — er grinste breit —, »und zwar in erster Linie in der Science Fiction. Die dafür erforderliche Technologie lag damals noch Jahrzehnte entfernt. Tatsächlich reift sie jetzt erst langsam heran. Die zentrale Idee ist, Viren zu benutzen, um maßgeschneiderte DNA-Stränge in gewisse Zellen zu verpflanzen und diese Zellen zu zwingen, das neue genetische Material in ihre eigene Genstruktur zu inkorporieren.«

»Klingt wie Gentechnik«, bemerkte ich. »Was ist daran neu?«

Skyhill warf mir einen raschen verärgerten Blick zu, verbarg ihn jedoch so schnell hinter einem Lächeln, daß ich ihn kaum bemerkte. »Theoretisch ist es das auch«, fuhr er fort. »Aber bei der normalen Gentechnik arbeiten wir entweder mit unizellularen Subjekten — wie *E. coli*-Bakterien, die so verändert sind, daß sie Insulin absondern — oder mit soeben befruchteten Zygoten vor der ersten Teilung. Was hat es aber mit der echten Viruschirurgie auf sich?« Er kam langsam in Schwung. Ich konnte mir vorstellen, wie er an der Universität vor seinen Biologiestudenten auf und ab ging und sie zu Tode langweilte.

»Nehmen wir an, Sie sind Diabetiker, was bedeutet,

Sie können nicht genug Insulin produzieren, ein Enzym, das normalerweise in der Bauchspeicheldrüse entsteht. In diesem Fall fehlen den Zellen ihrer Bauchspeicheldrüse die Gene, um die Enzyme zu produzieren. Wenn wir uns auf Gentechnik beschränken, können wir eine Bakterie erzeugen, die Insulin absondert, Ihnen das Insulin täglich injizieren und dafür sorgen, daß etwaige Kinder von Ihnen diesen Makel nicht erben. Nicht die beste Lösung. Unter Benutzung der Viruschirurgie können wir andererseits das Gen hernehmen, das Insulin erzeugt, es in ein besonderes Virus verpflanzen, das nur Zellen der Bauchspeicheldrüse befällt, und Sie dann mit diesem Virus infizieren. Das Gen, welches Ihnen fehlt, wird vom genetischen Code der Zellen, die es brauchen, aufgenommen, und plötzlich produzieren Sie Ihr eigenes Insulin. Interessant?«

Ich mußte zustimmen. »Interessant.«

»Dann lassen Sie uns noch einen Schritt weitergehen. Nehmen wir an, Sie wollen, ach, ich weiß nicht, sagen wir einfach Infrarotsicht, aber Sie wollen keine Operation. Theoretisch könnten wir Ihnen über ein Virus einen Genkomplex implantieren, der die Zellen in Ihrer Retina verändert, um sie infrarot sehen zu lassen. Oder wie wäre es mit schnelleren Reaktionen? Vielleicht eine viruserzeugte genetische Veränderung der Zellen Ihrer Nebennieren. Es geht einen Schritt über SPISES hinaus, weil es absolut keine implantierte Hardware gibt.«

Für mich klang das alles immer noch wie Science Fiction, doch Jocasta nickte, als sei es absolut einsichtig. »Ich nehme an, dann haben Sie ein Quarantänelabor«, sagte sie. »P3-Protokoll?«

»P5«, korrigierte er grinsend. »Zumindest nennen wir es so. Es ist ein verbessertes P3-Protokoll mit zusätzlichen magischen Vorsichtsmaßnahmen. Die Magie war meine Idee.«

»Interessant«, sagte Jocasta. »Aber gehen wir wieder zurück zu SPISES. Ist es reif für den Markt?«

»Wir haben bereits eine prinzipielle Übereinkunft für unseren ersten Verkauf erzielt«, strahlte Skyhill. »Für viele potentielle Kunden ist es noch zu teuer, aber wir tun alles, um den Preis zu senken.«

»Ich kenne ein paar der Vorläufer von SPISES«, sagte Jocasta glatt. (Tatsächlich wußte sie nicht mehr darüber als das von Bents Kommentaren, woran ich mich noch hatte erinnern können, aber ich begriff langsam, daß sie eine verdammt gute Hochstaplerin war.) »Nach allem, was ich weiß, waren sie sehr, äh, *schädlich* für die Versuchspersonen.«

Ich rechnete damit, daß Skyhill das abtun würde, doch er nickte bedächtig. »Das war in der Tat ein Problem«, gab er zu, »und wir haben es auch noch nicht ganz beseitigt. Manche Menschen werden von SPISES absolut nicht beeinflußt — negativ, meine ich —, während andere es überhaupt nicht vertragen. Wir mußten unsere freiwilligen Versuchspersonen nach sorgfältigen Kriterien auswählen und außerdem sicherstellen, daß unsere Kunden ebenfalls mit dem Auswahlverfahren umgehen können. Natürlich versuchen wir, die Technologie zu verfeinern, so daß sie bei jedem anwendbar ist.«

»Welche Kontraindikationen gibt es?«

»Der Mangel an anaerober Fitneß ist eine sehr beachtliche, außerdem fehlende — nun, in Ermangelung eines besseren Ausdrucks — geistige Zähigkeit. Die Beta-Spannkraft muß ungefähr vier-null auf der Blaydon-Woczicischen Persönlichkeitsmatrix betragen, wenn Sie mit dem Test vertraut sind.«

Wiederum hätten sie auch Elfisch reden können, soviel verstand ich, aber Jocasta schien ihm folgen zu können. »Interessant«, wiederholte sie. »Besteht die Möglichkeit einer Besichtigungstour?«

20

Das war tatsächlich der Fall, und zwar mit Skyhill als Führer. Unterwegs redete Jocasta auch weiterhin mit dem guten Doktor über Dinge, die für mich völlig bedeutungslos waren. Also schaltete ich meine Ohren auf Durchzug und konzentrierte mich auf die optischen Eindrücke.

Manche waren beunruhigend. Das Biomechanik/Biophysik-Labor, unser erster Halt, sagte mir wenig. Ich hatte schon zuvor mikroelektronische Labors zu Gesicht bekommen, mit ihren weißbekittelten Technikern, die an Mikromanipulatoren arbeiteten, während sie durch ihre Mikroskope starrten, und dieses war nicht viel anders. Aus der Fassung brachte mich erst das, was ich in den anderen Labors sah. Im Tierlabor sahen wir Reihen um Reihen von Käfigen mit Beagles und anderen Versuchstieren sowie ein Video von einer weißen Maus, aus deren Schädel Fiberglasfasern zu wachsen schienen und die eine riesige Hauskatze angriff und fertig machte. Im Primatenlabor beobachtete uns traurig das sanftäugige Kapuzineräffchen, als wir an ihm vorübergingen.

Und schließlich kam die Klinik und das Auswertungslabor. Die Betten der Klinik waren leer, doch Skyhill führte uns zu einem glasverkleideten Kontrollraum im Keller, der zu einer kleineren Ausgabe des Stadtkampfsimulators der UCAS-Armee gehörte. Wir sahen zu, wie eine junge Frau, die lediglich ein Trikothemd, Shorts und eine elektronische Vorrichtung trug, die auf ihren Rücken geschnallt und mit ihrer Datenbuchse verbunden war, vier Sicherheitsdrohnen ausmanövrierte, im Kampf übertrumpfte und gründlich den Drek aus ihnen herausprügelte. »Abgesehen von der Datenbuchse und dem SPISES-Gerät ist sie vollkommen unvercybert«, sagte Skyhill — überflüssigerweise. Die Frau trug so wenig am Leib, daß noch von der säuberlichst implantierten Cyberware die Narben deutlich zu sehen gewesen wären.

Als wir das Gebäude verließen, war ich froh, an die frische Luft zurückzukehren. Die Nachmittagssonne versuchte heldenhaft durch die Wolkendecke zu brechen, und die grünen Wälder von Fort Lewis waren linderndes Balsam für meine Seele. Genau das, was ich nach dem Rundgang durch ISPs Gruselkabinett brauchte.

Skyhill schlug die Richtung zur Verwaltung ein. »Was ist mit dem Virenlabor?« fragte Jocasta.

Skyhill gab jenes Kichern von sich, das mehr und mehr an meinen Nerven zerrte. »Tut mir leid. Strikte Yamatetsu-Richtlinien: Keine Besucher in Biogefahr-Bereichen.«

»Sehr vernünftig«, sagte Jocasta leichthin. Nach einer kleinen Pause fragte sie: »Worin haben Sie Ihren Doktor gemacht, Adrian? In Medizin?«

»Ich habe es erwogen«, sagte Skyhill, offensichtlich erfreut, wieder über sich selbst reden zu können, »und vielleicht hole ich ihn eines Tages nach. Nein, mein Feld ist Bioelektronik, wenngleich mich die Leitung dieses Projekts gezwungen hat, meine Grundlagen erheblich zu erweitern.«

»Wie sieht es mit magischer Ausbildung aus? Ich nehme an, Sie müssen auch bei den magischen Aspekten der Forschung auf dem laufenden sein?«

»Sehr richtig. Ich habe ein paar Kurse in magischer Theorie und natürlich Mago-Ethik belegt. Aber das ist alles nur akademisch. Ein Jammer, aber ich bin durch und durch von dieser Welt.«

Als wir in die Verwaltung zurückgekehrt waren, wimmelte uns Skyhill so schnell ab, wie es ihm unter Beachtung der grundlegenden Höflichkeitsgebote möglich war. Wir hatten unsere Stunde — und mehr — bekommen, und er hatte uns jeden Dienst erwiesen, den er uns schuldig sein mochte. Mit einer letzten unaufrichtigen Bitte, ihn anzurufen, falls wir weitere Fragen hätten, war er verschwunden.

Was mir nur zu recht war. Ich war glücklich — nein, ekstatisch —, das ISP-Gatter im Rückspiegel schrumpfen zu sehen, als ich den Harmony auf die Perimeter Road lenkte und auf die I-5 zuhielt.

Jocasta war unterwegs schweigsam und nachdenklich. Schließlich fragte ich: »Was glauben Sie?«

»Ich glaube, ich mag Dr. Adrian Skyhill nicht«, erwiderte sie, und als ich zustimmend grinste, kam es von Herzen. »Und das liegt nicht nur an dem geheuchelten Lächeln.«

Sie hatte sichtlich Mühe, ihre Eindrücke in Worte zu kleiden. »Er ... Er kam mir irgendwie unecht vor.« Sie schüttelte frustriert den Kopf. »Ich weiß, das ist sehr vage, aber da war etwas mit seiner Aura. Sie war ...« Wieder suchte sie nach dem richtigen Wort. »Sie war glatt, überhaupt nicht aufgewühlt. *Unnatürlich* ruhig für einen derart aufgewühlten Menschen.«

»Sie glauben, er war aufgewühlt?«

»Sie nicht?«

Ich dachte daran, was er über die politische Situation mit Barnard gesagt hatte. Ich hätte ihn vielleicht als getrieben anstatt aufgewühlt beschrieben, aber ihr Wort war keineswegs unangemessen. Ich nickte langsam. »Kann man« — jetzt war ich um die richtigen Worte verlegen — »kann man an einer Aura Streßabbau betreiben?«

Daraufhin lachte sie, jedoch nicht unfreundlich. »In gewisser Weise kann man das. Es wird Aura-Kosmetik genannt. Aber es ist eine Art Metamagie, etwas, das nur den mächtigsten Magiern und Schamanen zugänglich ist. Und Skyhill ist ein Normalsterblicher.«

Behauptet er wenigstens, dachte ich, behielt den Gedanken aber für mich. »Was war mit dieser P-irgendwas-Quarantäne?« fragte ich. »War das schlüssig?«

»Das war es. Viruschirurgie ist starker Tobak ... wenn sie klappt. Aber wenn etwas verpfuscht wird, kann sie ziemlich tödlich sein.«

»Wie, zum Beispiel?«

»Zum Beispiel, wenn man versucht, Diabetes so zu heilen, wie Skyhill es beschrieben hat, aber man entwikkelt zufällig ein Virus, das die für die Insulinproduktion verantwortlichen Gene *zerstört*. Und dann entweicht das Virus. Jeder mit diesem Virus Infizierte verliert die Fähigkeit, Insulin zu produzieren und wird augenblicklich zu einem Diabetiker.«

»Das kann geschehen?«

»Sie meinen das mit dem verdammten Virus?« Sie nickte. »Es ist nicht besonders wahrscheinlich, nicht bei den modernen Techniken. Aber es kann trotzdem vorkommen, insbesondere in einem frühen Stadium der Forschung. Deshalb gibt es ja auch Quarantänelabors: Um zu gewährleisten, daß nichts Gefährliches auf die Welt losgelassen wird. Derartige Labors sind ihrem Protokoll entsprechend gekennzeichnet: P1 entspricht etwa einem Operationssaal in einem Krankenhaus, P2 ist sicherer und P3 ist das Sicherste. Eine Zeitlang gab es mal ein P4-Protokoll, aber durch die Entwicklung neuer Technologien wurde es bedeutungslos.«

»Was ist mit Skyhills P5?«

Sie dachte einen Moment lang nach und kicherte dann. »Ich lege keinen Wert darauf, ihn für eine gute Idee zu loben, aber dem P3-Protokoll Magie hinzuzufügen, *ist* eine gute Idee.«

»Jetzt die alles entscheidende Frage. Haben Sie außer an SPISES noch an irgend etwas anderem gearbeitet?«

Jocasta schwieg gedankenverloren so lange, daß der Harmony fünf Kilometer Highway fraß. Dann sagte sie: »Ich glaube nicht, Dirk. Wir haben so ziemlich alles gesehen, was da ist. Sie haben keine 2XS-Chips hergestellt.«

Ich seufzte. Ich war zu demselben Schluß gelangt. Noch eine Sackgasse.

Ich hielt vor meiner Bude in Purity an und stieg aus. Ich sah auf die Uhr. Fast 14.00 Uhr, was die Zeit war, auf die ich mein Telekom programmiert hatte, alles, was ich wußte, an verschiedene und ausgesuchte Adressen zu schicken, falls ich ihm bis dahin nicht gesagt hatte: »Nein, nein, ich bin noch am Leben, siehst du?«

Jocasta kam mir auf dem Bürgersteig entgegen, bereit, auf den Fahrersitz zu klettern und loszufahren. Im Vorbeigehen lächelte sie mir zu.

»Kommen Sie noch auf einen Drink mit rauf?« fragte ich, einem Impuls folgend, und sofort war es mir peinlich, wie klischeehaft es klang.

»Warum nicht?« sagte sie leichthin.

Den ganzen Weg die Treppe hinauf bereute ich die Einladung, war jedoch viel zu verlegen, um sie rückgängig zu machen. Ich öffnete die Tür und ging einen Schritt zur Seite, um sie eintreten zu lassen.

Sie sah sich um, gab jedoch keinen Kommentar ab, wofür ich zutiefst dankbar war. Sie zog sich den einen Stuhl heran, der vor dem Telekom stand, und setzte sich. Sie fühlte sich ganz wie zu Hause, jedenfalls hatte es den Anschein.

»Das Hausmädchen hat sein freies Jahr«, sagte ich in einem schwachen Versuch, einen Witz zu machen. »Ich leiste Ihnen gleich Gesellschaft.« Ich warf den Duster aufs Bett und ging dann zum Telekom, wo ich schnell den Code zum Abbrechen des Programms eintippte. Das Gerät piepte zur Bestätigung, annulierte den vorgesehenen Sendevorgang und speicherte die Information wieder in versteckten und verschlüsselten Dateien. »Ich storniere nur gerade eine Versicherungspolice«, sagte ich. »Möchten Sie was zu trinken? Ich habe Whiskey, Bier ...«

»Ein Bier wäre prima.«

Ich ging in die Hocke, um den Miniaturkühlschrank zu öffnen, den ich unter dem Waschbecken installiert hatte. Ja, den Göttern, welchen auch immer, sei Dank, ich hatte tatsächlich noch Bier. Ich holte zwei heraus, klaubte rasch die zwei am wenigsten verschmierten Gläser zusammen und goß ein. Ich reichte ihr ein Glas und setzte mich mit meinem aufs Bett. »*Kampai.*« Mit einem Lächeln erwiderte sie den Toast und nippte an ihrem Bier.

Jocasta sah hier sehr fehl am Platze aus, fand ich. Jemand mit ihren Konzernklamotten und derart professionellem Gehabe sollte nicht in einer verkommenen Billigbude in den Barrens sitzen und labberiges Bier aus einem schmutzigen Glas trinken. Doch jetzt saßen wir hier. Ich glaubte, etwas sagen, eine unbeschwerte Konversation beginnen zu müssen, wußte jedoch nicht, wie ich anfangen sollte.

Gnädigerweise brach Jocasta das Schweigen. »Wissen Sie«, sagte sie langsam, »als ich noch jünger war, habe ich oft gedacht, wie aufregend es sein würde, in den Schatten zu laufen.« Sie kicherte. »Ich versuchte mir vorzustellen, wie es wohl sein würde, ein berühmter Shadowrunner zu sein.«

Ich gestikulierte ein wenig, um die Bude, die Barrens, das alles einzuschließen. »Aber dann ist Ihnen klar geworden, daß Sie den luxuriösen Lebensstil nicht verkraften, richtig?«

»Nein, das ist es nicht. Ich erkannte, daß ich nicht so hart war, wie ich gedacht hatte — hart im Geiste, meine ich. Bei weitem nicht hart genug.« Sie schwieg einen Augenblick. »Darf ich aufrichtig sein?«

Ich hasse diese Frage. Die einzig wahre Antwort darauf lautet, nein, füttern Sie mich lieber weiter mit schmackhaften Lügen, aber ich antwortete auf die konventionelle Art. »Natürlich.«

»Als ich Ihnen zum erstenmal begegnete, mochte ich Sie nicht. Der offensichtliche Grund war, daß ich glaubte, Sie hätten Lolita ermordet. Aber selbst nachdem ich wußte, daß Sie es nicht getan hatten, fühlte ich mich in Ihrer Gegenwart unbehaglich. Es hat eine Weile gedauert, bis mir der Grund klar geworden ist. Wahrscheinlich klingt es ziemlich dumm, aber Sie sind, was ich nicht bin und niemals sein könnte. Sie haben mir Angst eingejagt, und ich mag es nicht, wenn man mir Angst einjagt.«

»Und wie sieht es jetzt aus? Fürchten Sie mich immer noch?«

Sie lächelte. »Ich glaube, respektieren ist ein besseres Wort.«

Wiederum breitete sich ein ungemütliches Schweigen aus. Worauf lief ein Gespräch hinaus, das an diesem Punkt angelangt war?

Es klopfte an der Tür. Eine willkommene Flucht vor gesellschaftlichem Unbehagen. Ich sprang buchstäblich auf die Füße und ging zur Tür. Unterwegs verfluchte ich die Umstände, die mich daran gehindert hatten, an dieser Tür dasselbe Sicherheitssystem Marke Quincey anzubringen wie in meinem Auburner Apartment. Die verstärkte Sicherheitskette war vorgelegt, was theoretisch verhinderte, daß sich die Tür weiter als ein paar Zentimeter öffnete, aber machen wir uns nichts vor, mehr Platz als neun Millimeter — weniger, wenn man APDS-Munition benutzt — braucht man nicht, um der Person, die auf ein Klopfen oder Läuten an der Tür antwortet, das Leben schwer zu machen. Ich wollte gerade das Magnetschloß öffnen, als Jocasta bellte: »Nicht!«

Ich drehte mich um. Sie saß unnatürlich steif und hoch aufgerichtet da und starrte auf die Tür. Nein, *durch* die Tür, als könne sie sehen, was sich auf der anderen Seite befand, und das gefiel ihr kein bißchen. Ich spürte, wie sich mir die Nackenhaare sträubten. »Was ist los?«

»Öffnen Sie nicht«, sagte sie. Ihre Stimme war leise, kaum mehr als ein Flüstern, doch sie knisterte vor Intensität. »Gehen Sie von der Tür weg.«

Mir lag ein sarkastischer Kommentar auf der Zunge, den ich jedoch rasch herunterschluckte. Ich entfernte mich von der Tür, wobei ich kein Auge von ihr ließ, ertastete meinen Duster und zog meine Kanone heraus. Ich legte die Sicherung um. Jocasta saß immer noch wie angewurzelt da. »Jocasta«, sagte ich, »Sie sollten besser ...«

Keine Warnung. In diesem Augenblick war alles unnatürlich still, die Ruhe vor dem Sturm. Im nächsten flog die Tür aus den Angeln, als sei sie von einem Schnellzug erfaßt worden, wirbelte durch den Raum und krachte gegen die gegenüberliegende Wand. Bevor ich reagieren konnte, schoß eine Tennisballgroße Kugel aus strahlendem Licht durch den leeren Türrahmen. Als sie die Mitte des Raums erreicht hatte, erblühte sie zu einem donnernden Feuerball.

Ich schrie, als die Flammen über mich hinwegwuschen. Die Erschütterung reichte aus, um mich von den Beinen zu holen und mich gegen die Wand zu schleudern. Alles wurde schwarz.

Doch nur für einen Augenblick. Die Wand vibrierte immer noch von meinem Aufprall, als die Welt wieder in mein Blickfeld rückte. Das Apartment war ein Totalschaden. Es sah aus, als sei eine Granate darin explodiert. Die Möbel waren zersplittert, die Fenster auf die Straße gesprengt. Kleine Feuer brannten überall, auf dem Boden, an den Wänden, sogar an der Decke. Der Gestank nach verbranntem Fleisch kratzte mir in der Nase. Ich sah an mir herab. Meine Kleider waren versengt und schwelten. Meine entblößte Haut war gerötet und fühlte sich wund an. An einigen Stellen hatte sie bereits Blasen geworfen. Verbrennungen zweiten Grades, wenn nicht mehr.

Warum war ich überhaupt noch am Leben?

Keine Zeit, jetzt darüber nachzudenken, oder ich würde es nicht mehr lange bleiben. Zwei Angreifer stürmten herein, Maschinenpistolen im Anschlag.

Zweifellos rechneten sie damit, der Vollständigkeit halber nur noch ein paar Kugeln in zwei Haufen gegrillten Fleisches pumpen zu müssen. Ich begrüßte den ersten mit einer Kugel aus dem Manhunter, die durch die Unterlippe schlug und ihm das, was er für ein Gehirn hielt, aus dem Hinterkopf pustete. Der zweite Killer duckte sich, wirbelte herum und zog durch, während ich meine Waffe noch in Anschlag brachte. Kugeln bohrten sich um mich herum in die Wände, und ich wußte, ich war tot. Dann traf ihn eine Kugel seitlich in den Hals und brachte ihn aus dem Gleichgewicht und seine Kanone vom Ziel ab, während ihm eine zweite den Unterkiefer zerschmetterte. Als er hintenüber kippte, jagte ich ihm noch eine Kugel in die Kehle, und das war es dann. Seine Todeszuckungen sorgten dafür, daß sich der Munitionsclip der MP in die Decke entleerte, dann war es im Apartment still.

Nein, nicht still. Ich konnte hastende Schritte im Flur hören. Ich rannte durch das Zimmer, übersprang die Leichen und platzte durch die Türöffnung. Eine Gestalt floh über den Flur, ein kleiner wieselartiger Elf. Der Magier des Killer-Trios? Eine gute Wette. Ich schickte fünf Kugeln hinter ihm her. Er kreischte auf, als sie neben ihm in die Wand schlugen. Mindestens eine Kugel traf, brachte ihn ins Taumeln und schlug ihm etwas aus der Hand. Doch dann wirbelte er herum und schnatterte etwas in einer Sprache, die ich nicht kannte. Ich versuchte mich zurück in das Apartment zu werfen, aber es war zu spät.

Der Spruch traf mich, doch er tötete mich nicht. Statt dessen brachte er nur meinen Schädel zum Klingeln, etwa so wie ein guter solider Fausthieb auf die Kinnspitze. Ich torkelte zurück, bis ich gegen die Wand stieß, glitt langsam zu Boden und sah hilflos mit an, wie zwei Elfen um zwei Ecken am Ende des Flurs bogen und verschwanden. Ich versuchte meine Kanone zu heben, um ihm noch ein Abschiedsgeschenk mit auf den Weg zu geben, aber der Manhunter wog plötzlich eine Tonne. Ich gab mein Vorhaben als schlechte Idee auf.

Dann schwamm Jocasta in mein Gesichtsfeld. »Alles in Ordnung?« fragte sie drängend.

Ich nickte und versuchte ein forsches Unkraut-vergeht-nicht-Lächeln in mein Gesicht zu zwingen. Ihrer Miene nach zu urteilen, schaffte ich es nicht ganz. »Alles in Ordnung«, sagte ich, und das war nur zum Teil gelogen. Meine Denkprozesse waren so zäh wie kalter Sojasirup, aber die Desorientierung legte sich langsam. Dennoch fühlte ich mich ziemlich lausig.

So gern ich es auch getan hätte, ich konnte nicht einfach sitzen bleiben und mich in Jocastas Anteilnahme aalen. Sogar in den Barrens werden ein Feuerball und ein Feuergefecht *irgend jemandes* Aufmerksamkeit erregen. Wir mußten die Gegend verlassen.

»Helfen Sie mir auf«, sagte ich. »Wir müssen von hier verschwinden.«

Wir nahmen meinen Wagen, doch Jocasta fuhr. Sowohl mein Gleichgewichts- als auch mein Wirklichkeitssinn kehrten langsam zurück, aber ich traute mir noch nicht wieder zu, mich hinter das Steuer zu setzen. Die ersten paar Minuten schwiegen wir beide: Jocasta konzentrierte sich auf das Fahren, während ich den Gegenstand in den Händen herumdrehte, den meine Schüsse dem Elfenmagier aus der Hand geschlagen hatten. Es war ein weiter Armreif aus gehämmertem Silber. Darin eingearbeitet war ein großer schwarzer Stein, wahrscheinlich ein Onyx, der von in das Metall eingravierten feinen Linien und Schneckenverzierungen umgeben war. Ich kannte die Symbolik nicht, aber sie war ziemlich verschlungen und schien magische Bedeutung zu haben. Ich fand das Ding ziemlich beunruhigend.

Der Armreif war jedoch nicht das einzig Beunruhigende. Ich glaubte mir zusammenreimen zu können, was im Flur passiert war, warum der letzte Spruch des Elfs mich nur umgehauen hatte, anstatt mich auf der

Stelle zu geeken. Entweder hatte ich ihm nicht genug Zeit gelassen, etwas Tödlicheres zuwege zu bringen, oder er hatte einfach nicht mehr genug Saft gehabt, nachdem er den Feuerball geschleudert hatte. (Natürlich konnte ich mich auch irren.) Doch was war mit dem Feuerball selbst?

Ich sah zu Jocasta hinüber. Sie war ebenso angesengt wie ich, und ihre Klamotten waren genauso hinüber wie meine. Zu jeder anderen Zeit wären die beträchtlichen Hautflächen, die durch die Brandlöcher in diesen Klamotten zu sehen waren, faszinierend gewesen, doch jetzt sah diese Haut gerötet und verbrannt aus. Sie saß steif auf dem Fahrersitz und versuchte die Kontaktfläche mit der Polsterung so gering wie möglich zu halten.

»Was, zum Teufel, ist eigentlich passiert?« sagte ich schließlich. »Wir hätten gegrillt werden müssen. Waren Sie das?«

»Spruchabwehr«, beantwortete sie meine erste Frage. »Magier und Schamanen können Menschen in ihrer Nähe vor den Auswirkungen magischer Angriffe schützen.« Sie lächelte kaum merklich. »*Teilweise* schützen«, fügte sie hinzu.

»Dann *waren* Sie es?«

Sie schüttelte den Kopf. »Kein Stück«, sagte sie entschieden. »Ich kenne die Theorie, aber die Praxis hab ich nie gelernt.«

»Könnten Sie es instinktiv getan haben?«

Sie würdigte diese Frage nicht mal mit einer Antwort. Ich griff nach einem Strohhalm, das wußte ich. Die einzige andere Möglichkeit fand ich nicht unbedingt beruhigend: Jemand anders hatte uns beschützt. Was bedeutete, jemand anders beobachtete uns. Und, um ehrlich zu sein, die Vorstellung gefiel mir nicht besonders.

»Womit spielen Sie da herum?« fragte Jocasta. Ihrem Tonfall konnte ich entnehmen, daß sie das vorangegangene Thema ebenso beunruhigend fand wie ich und sofort davon wegkommen wollte.

»Sagen Sie es mir. Der Elfenmagier hat es fallengelassen, als ich ihn angeschossen habe. Vielleicht ist es irgendwelcher magischer Drek.«

Jocasta nahm mich beim Wort und fuhr an den Straßenrand. Ich gab ihr den Armreif, und sie musterte ihn eingehend. »Es ist ein magischer Gegenstand«, sagte sie nach einer Weile. »Ich kann die Kraft in ihm spüren. Ich glaube, er ist schamanisch.«

»Ach?«

»Schamanen können auch Feuerbälle schleudern. Das können Sie mir glauben.«

Ich nahm mir das zu Herzen. »Und was ist es nun?«

Sie schwieg eine Minute oder so. »Es ist irgendein Fokus, ein Kraftfokus, glaube ich. Aber ...«

»Aber was?«

»Aber er hat irgendwas Komisches an sich«, sagte sie fast entschuldigend. »Er ist ... ›unrund‹, besser kann ich es nicht beschreiben. Hier, nehmen Sie ihn zurück, er gefällt mir nicht.«

Ich nahm ihr den Armreif wieder ab, und sie fuhr weiter. Mir fiel auf, daß wir in Richtung nördliche Innenstadt fuhren. »Wo fahren Sie hin?« fragte ich.

»Zur Uni«, sagte sie. »Wir brauchen ein Versteck, richtig?« Ich nickte: Meine Bude in Purity war, wie man so schön sagt, aufgeflogen. »Harold kann uns helfen. Vielleicht kann er uns etwas über diesen Armreif sagen.«

Ich grinste sie an. Unser Verstand schien sich auf parallelen Bahnen zu bewegen. Irgendwas sagte mir, daß der Armreif wichtig sein könnte. Offensichtlich hörte Jocasta dieselbe innere Stimme. Natürlich war ich nicht so sicher, daß Harold Der-in-den-Schatten-wandelt eine gute Wahl war. Er mochte ein brandheißer Universitätsprofessor sein, aber diese Talentausprägung mochte nicht die sein, welche wir im Moment am dringendsten brauchten, um am Leben zu bleiben.

»Fahren Sie nach Capitol Hill«, sagte ich.

Sie straffte sich sichtlich. »Warum?«

»Ich hab dort einen Kontakt. Ich glaube, er wird uns eher helfen können.«

»Ich vertraue Harold. Er wird uns verstecken, und ...«

Ich fiel ihr sanft, aber bestimmt ins Wort. »Und als Gegenleistung ziehen wir ihn in denselben Drek hinein, in dem wir stecken. Der Chummer, zu dem ich will, ist ein Shadowrunner. Das ist sein Geschäft, das ist sein Leben. Er weiß, was auf ihn zukommt, und er weiß, wie man in meiner Welt am Leben bleibt.« Ich betonte das Wort ›meiner‹. Jocasta zuckte zusammen, und ich wußte, ich hatte mit meinem Argument ins Schwarze getroffen.

»Ich weiß Ihre Bemühungen zu würdigen«, sagte ich so aufrichtig, wie ich konnte, »und wenn uns mein Chummer nicht sagen kann, was dieses Ding hier ist, können wir Harold nach seiner Meinung fragen. Aber wir werden es auf eine Weise tun, die ihn nicht das Leben kostet. Okay?«

Sie gab keine Antwort, aber an der nächsten Kreuzung bog sie nach rechts ab, und ich wußte, ich hatte gewonnen.

21

Der silberne Armreif fing die Nachmittagssonne ein, während ihn Rodney Greybriar in den Händen drehte. »Verblüffend«, sagte er. »Äußerst faszinierend.« Er sah auf und lächelte Jocasta zu. »Auf den ersten Blick stimme ich mit Ms. Yzerman überein. Ein Kraftfokus, gewiß, und sogar einer von beträchtlicher Macht. Doch wie Ms. Yzerman ...«

»Jocasta«, sagte sie.

Greybriars Lächeln vertiefte sich. »Wie *Jocasta* habe ich etwas Sonderbares in seiner Aura gespürt. Sogar etwas sehr Sonderbares.«

»Und das ist alles?« fragte ich.

»Im Augenblick, ja«, sagte er gelassen. »Kann ich das eine Weile behalten?«

»Ja, klar«, sagte ich. Es war seltsam: Ich mochte den kompetent wirkenden Elf immer noch, aber er war so weltmännisch, daß ich langsam glaubte, im Vergleich mit ihm schlecht wegzukommen. Ich kam mir unkultiviert vor, während er die Krone der Zivilisation und Höflichkeit war. War es nur sein Akzent oder einfach die Tatsache, daß er ein Elf war? Mit einiger Mühe schob ich diese Gedanken weit von mir. »Können Sie herausfinden, was es ist?« fragte ich ihn.

»Ich werde auf jeden Fall tun, was ich kann«, versicherte er mir. Er dachte einen Augenblick lang nach, dann sagte er: »Erzählen Sie mir noch einmal, was in Ihrem Apartment passiert ist.«

Ich schilderte ihm den Angriff erneut. Als ich beim Feuerball angelangt war, begannen meine zahllosen Verbrennungen trotz der Schmerztabletten, die ich geschluckt, und trotz der Brandsalbe, die der Elf uns für unsere versengte Haut gegeben hatte, wieder zu stechen. Als ich fertig war, nickte er. »Auch in diesem Punkt würde ich Jocasta recht geben. Mit allergrößter Wahrscheinlichkeit hat Ihnen eine Spruchabwehr das Leben gerettet.«

»Könnte ich es getan haben, ohne mir dessen bewußt zu sein?« fragte Jocasta.

Der Elf schüttelte den Kopf. »Ich habe Ihre Aura untersucht. Sie haben zwar das Potential, aber Sie sind den Weg des Schamanen noch nicht weit genug gegangen, um Ihre Macht ausreichend kontrollieren zu können.« Ohne Warnung hob er die Stimme und rief: »Amanda!«

Die gertenschlanke Blondine stand plötzlich neben ihm. Jocasta erschrak angesichts der Plötzlichkeit ihres Auftauchens, doch sie fing sich rasch wieder. Amanda bedachte mich mit einem warmen Lächeln und wandte sich dann an Rodney. »Ja?«

»Amanda«, begann er, doch die Anima wußte bereits, was er sagen wollte. »Ja, ich habe sie gerettet«, sagte sie schlicht.

»Warum?« fragten der Elf und ich simultan.

Amanda zuckte die Achseln. »War das falsch?« fragte sie unschuldig.

»Ich würde nur gern wissen, warum«, fuhr Rodney fort.

Der Geist zuckte wieder die Achseln. »Er gefällt mir, das ist alles. Es wäre doch eine Schande gewesen, einfach zuzusehen, wie er gegrillt wird.«

Rodney warf mir einen sinnenden Blick zu. Ein Königreich für seine Gedanken. »Folgst du ihm?« fragte er.

Amanda wirkte verlegen, fast wie ein Kind, das mit der Hand in der Keksdose erwischt worden ist. »Manchmal«, erwiderte sie, »wenn ich nicht hier bin.«

»Macht es Ihnen etwas aus?« fragte mich Rodney. »Wenn es Sie stört, werde ich sie bitten, damit aufzuhören.«

Ich fragte mich, ob Amanda damit aufhören würde, auch *wenn* er sie darum bat. Die Bezeichnung ›Freier Geist‹ schien weitaus inhaltsschwerer zu sein, als ich zunächst gedacht hatte. »Sie hat unser Leben gerettet«, sagte ich. »Wenn sie es wieder tun will, wollen wir uns deswegen nicht streiten.«

»So sei es.« Rodney rieb sich kurz die Hände: zum Geschäft. »Ich nehme an, Sie brauchen, äh, einen sicheren Ort, wo Sie bleiben können, korrekt? Vermutlich etwas anderes als ein Hotel.«

Ich nickte. »Mir scheinen plötzlich die Apartments ausgegangen zu sein«, sagte ich trocken.

Wie es mit den Buden nun mal so ist, im Vergleich zu Purity war es gewiß ein Aufstieg um ein paar Stufen. Fünfzig, vielleicht. Rodney hatte uns den Magschlüssel zu einer kleinen Zwei-Zimmer-Wohnung in Capitol Hill gegeben, die nur ein paar Blocks von seiner eigenen Bude entfernt war. Klein, nach den Maßstäben von Capitol Hill, vielleicht, aber meine gesamte Bude in den Barrens hätte in das kleinere der beiden Schlafzimmer gepaßt. Die Wohnung hatte eine echte Küche, nicht bloß Mikrowelle und Waschbecken, und das Badezimmer hatte sowohl eine Badewanne als auch eine Dusche. Und man hatte hier sogar eine halbwegs ordentliche Aussicht.

»Sie gehört zwei Chummern von mir, die gegenwärtig in Übersee arbeiten«, hatte Rodney uns mitgeteilt. »Bitte, äh, sorgen Sie, wenn eben möglich, dafür, daß noch alles in einem Stück ist, wenn sie zurückkommen.« Dann wurde er ernster. »Sie haben mich für astrale Sicherheit angestellt, aber ich habe noch nichts dergleichen eingerichtet. Wäre es Ihnen lieber, wenn ich es hier tue?«

Ich dachte einen Augenblick darüber nach und sagte dann: »Sorgen Sie lediglich für ein Minimum, bis ich mir unseren nächsten Zug überlegt habe.«

Er nickte. »Was immer Sie wollen, aber ich kann Ihnen nur raten, äh, einfach dort zu bleiben und sich bedeckt zu halten, bis Sie wissen, wie dieser Zug aussieht.«

Guter Rat. Sobald wir dort angekommen waren, losten Jocasta und ich um das große Schlafzimmer. Ich hatte verloren. Während also Jocasta die Badewanne ausprobierte, nahm ich mir das Telekom vor.

Das war der einzige Nachteil dieser Wohnung, wie ich schnell herausfand. Das Telekom spielte nicht annähernd in derselben Liga wie die Einheiten in meinen Apartments. Was für eine Wohnung, die Shadowrunnern gehörte, wie Rodney hatte durchklingen lassen, erstaunlich war. (Oder vielleicht doch nicht so erstaunlich. Wenn sie wegen eines größeren Jobs ›in Übersee‹ waren, hatten sie vielleicht sämtliche brauchbare Ausrüstung mitgenommen und lediglich ein hirntotes Telekom dagelassen, nur um bis zu ihrer Rückkehr alle eingehenden Nachrichten aufzuzeichnen.)

Jedenfalls mußte ich improvisieren. Ich rief schnell

mein System in Auburn an, das überraschenderweise immer noch ans Netz angeschlossen war, und lud Buddys Verarsch-das-LTG-Utility. Das neue Telekom benutzte eine andere Hardware als meine beiden Einheiten, und seine Fähigkeiten waren wesentlich eingeschränkter, aber ich schaffte es, zumindest eine rudimentäre Verbindung zwischen den beiden Apparaten herzustellen. Ich konnte von dieser Wohnung aus nicht mit der gewohnten Geheimhaltungsgarantie telefonieren, aber zumindest wurden alle in Auburn eingehenden Anrufe auf dieses Telekom gelegt, ohne daß irgend jemand von der Schaltung wußte. Man muß auch für die kleinen Freuden dankbar sein.

Ich war mit meinem Betrug an der Telekomgesellschaft gerade fertig geworden und inspizierte den Spirituosenschrank — bemerkenswert gut sortiert —, als das soeben eingerichtete Telekom summte. Zweimal summte, um anzuzeigen, daß der Anruf ursprünglich an meine Auburner Nummer gerichtet war. Ich zögerte. Ich war etwas nervös — verständlicherweise, nachdem jemand versucht hat, mich zu grillen. Außerdem war es durchaus möglich, daß der Anrufer dieselbe Person war, welche die Killer angeheuert hatte, und einfach sehen wollte, ob ich noch in der Verfassung war, ans Telekom zu gehen.

Also ging ich nicht ans Telekom, jedenfalls nicht persönlich. Ich drückte den Knopf, der den Text des Anrufbeantworters abspielen ließ. »Hier ist eins-zwei-null-sechs, acht-sieben, sechs-sechs-null-drei. Bitte hinterlassen Sie eine Nachricht.«

Ein hartes männliches Gesicht füllte den Schirm aus. Mitte Vierzig, stahlgraues Haar und eine Kinnlade wie ein Löffelbagger. Dunkle kleine Schweinsäuglein, und seine Stimme klang wie zwanzig Kilometer schlechter Straße. »Nehmen Sie schon ab, Montgomery«, krächzte er. »Ich weiß, daß Sie gerade an dieser Nummer herumgepfuscht haben.«

Mir wurde kalt — Quincy hatte mir versichert, es sei unmöglich, die Schaltung zu entdecken —, dann wütend, was wahrscheinlich lediglich die Reaktion auf die Angst war. Ich drückte die Empfangstaste, vergewisserte mich jedoch zuvor, daß die Videokamera ausgeschaltet war. »Und wer, zum Teufel, sind Sie?« fauchte ich zurück.

»Captain Scott Keith, Drug Enforcement Department.«

Ich war froh, daß die Kamera ausgeschaltet war: Ich bin sicher, ich wurde kalkweiß, und meine Augen quollen über. Scott Keith und DED kannte ich glücklicherweise nur dem Namen nach. DED war eine halbautonome Abteilung von Lone Star, die sich hauptsächlich aus Ex-Mitgliedern der alten UCAS Drug Enforcement Agency oder DEA rekrutierte. In den letzten Jahrzehnten hatten die DEA und später das DED ihr Augenmerk über Drogen hinaus auch auf illegale Chips gerichtet, aber niemand hatte sich die Mühe gemacht, den Namen zu ändern. Scott Keith hatte sich bis fast an die Spitze der DED-Hierarchie gelogen und betrogen, was ihm einen Ruf eingebracht hatte, der einer Kreuzung zwischen Raubritter und Konzernkiller würdig gewesen wäre. Unter seiner Führung hatte das DED eine phänomenale Erfolgsquote im Kampf gegen BTL-Verteiler und -Dealer aufzuweisen, doch um den Preis noch eklatanterer Verstöße gegen die bürgerlichen Rechte der Bevölkerung, als bei Lone Star üblich — und das wollte etwas heißen.

Also will ich es gerne zugeben. Es machte mir eine Scheißangst, daß Scott Keith mich aus dem Telekom anglotzte, und daß er wußte, ich hatte gerade irgendeinen Trick damit abgezogen. Nicht, daß ich irgendwas mit dem DED zu tun gehabt hätte. Ich bin weder Chipdealer noch Chipkonsument, und deshalb hat man kein offizielles Interesse an mir. Aber wenn Keith mich aufspüren konnte, und sei es auch nur in diesem bescheidenen

Rahmen, was war dann mit den anderen Abteilungen Lone Stars, denjenigen, die mir nur allzugern das Fell abziehen würden? Selbst wenn Keith Zugang zu Informationsquellen hatte, die dem Rest des Stars verschlossen waren, konnte ihn nichts davon abhalten, sein Wissen an andere Mitglieder der Organisation weiterzugeben. Die Dinge standen plötzlich um einiges gefährlicher für mich. Genau das, was mir gerade noch gefehlt hatte.

Natürlich durfte ich Keith nicht wissen lassen, daß ich bis in die Haarspitzen zitterte. »Und, was wollen Sie?« grollte ich.

Mit dem, was als nächstes kam, hatte ich nicht gerechnet. »Lone Star hat Probleme«, sagte Scott Keith. »Und das bedeutet, ich habe Probleme.« Er grinste böse. »Und das bedeutet, *Sie* haben Probleme, Montgomery. Es sei denn, wir können eine Art Vereinbarung treffen.«

Alles in mir schrie ›Falle!‹, aber ich konnte nicht das Risko eingehen, einfach aufzulegen. »Was für eine Vereinbarung?«

»Sie helfen mir, ich helfe Ihnen, zum Beispiel.«

»Vergessen Sie's, Keith.« Ich traf keine Anstalten, die Verbindung zu unterbrechen, aber ich hoffte, mein Tonfall würde ihn denken lassen, daß ich es tat. Ich wollte sehen, wie ernst es ihm mit dieser ›Vereinbarung‹ war.

»Warten Sie«, schnappte er. »Legen Sie nicht auf. Wenn Sie sich nicht wenigstens anhören, was ich zu sagen habe, sind Sie noch dämlicher, als ich dachte.«

»Reden Sie«, sagte ich nach einem Moment.

»Ich hab gehört, Sie wühlen nach Drek über Yamatetsu.«

Das ließ meine Augenbrauen auf Höhe des Haaransatzes schießen, aber ich schaffte es, einen gleichmütigen Tonfall zu bewahren. »Vielleicht.«

»Wir auch. Fragen Sie mich nicht, warum, weil ich es

Ihnen, verdammt noch mal, bestimmt nicht sagen werde.«

»Interessiert mich 'nen Drek, warum sie's tun«, log ich. Ich konnte mir *denken,* warum Keith an Yamatetsu interessiert war. Jemand beim DED, vielleicht sogar Keith selbst, hatte die Verbindung zwischen SPISES Booster-Technologie und 2XS hergestellt. »Reden Sie weiter.«

»Wir sind zurückgepfiffen worden«, schrie er beinahe. Zum erstenmal war seine Wut nicht gegen mich gerichtet, und ich genoß es sehr, ihn mit den Zähnen knirschen zu sehen. »Mir wurde befohlen, die Untersuchungen einzustellen.«

»Ach?« sagte ich amüsiert. »Und wer hat den Stecker gezogen?«

»Die Vizepräsidentin«, antwortete er. »Corbeau, dieses Miststück.«

Sehr interessant, Mariane Corbeau, Lone Stars Vizepräsidentin für den Bereich Seattle, hatte den Ruf, jemand von der vollkommen unbestechlichen Sorte zu sein. Natürlich benutzen manche Leute die Aura der Unbestechlichkeit nur als Handelslobjekt, um den Preis in die Höhe zu treiben. Offensichtlich traf das auf Corbeau zu. Jedenfalls hatte es den Anschein, als habe sich Yamatetsu, vielleicht in Gestalt von Jacques Barnard, eine Vize gekauft.

Ergab das überhaupt einen Sinn? fragte ich mich, als ich an das verwickelte innerbetriebliche Gerangel bei Yamatetsu dachte. »Weiter«, sagte ich, mehr um mir Zeit zum Nachdenken zu verschaffen als alles andere.

»Ich glaube, sie hat sich verkauft«, schnaubte er, meine Gedanken laut aussprechend. »Seit sie wieder voll im Dienst ist, benimmt sie sich ziemlich sonderbar.«

Das erregte erneut meine Aufmerksamkeit. Mir kam ein besonders häßlicher Gedanke. »Widerholen Sie das«, schnappte ich. »Sie sagten, ›wieder voll im Dienst‹. War sie krank?«

»Sie hatte 'nen Autounfall. Wär fast dran gestorben.« Seiner Miene nach zu urteilen, war er nicht gerade überglücklich darüber, daß sie überlebt hatte. Schielte Scott Keith auf ein Vizepräsidentenbüro?

Natürlich war das im Augenblick unwichtig. »Wann war das?« fragte ich.

»Liegt schon ein paar Monate zurück.« Dann verengten sich seine Augen zu Schlitzen. »Warum interessiert Sie das?«

»Reine Neugier«, log ich. »Machen Sie weiter, Sie wollten mir einen Handel anbieten.«

»Ja, einen Handel.« Sein Lächeln war hochgradig unfreundlich. »*Ich* kann über Yamatetsu nichts mehr ausgraben. Also werden *Sie* graben. Sie werden Drek ausgraben, insbesonderes solchen, der Corbeau anschmiert, dann kann ich Ihnen den Rest der Truppe vielleicht vom Leib halten.« Er kicherte bösartig. »Ich könnte Ihnen sagen, Sie seien tot. Oder vielleicht zeig ich ihnen auch den Beweis, der belegt, daß *Sie* die Yzerman-Schnalle nicht gegeekt haben.«

»Und wenn ich sage, verpiß dich?«

Er zuckte die Achseln und versuchte eine treuherzige Miene aufzusetzen — eine absolute Unmöglichkeit. »Ich weiß 'ne Menge über Sie, was die anderen Abteilungen nicht wissen, Montgomery. Zum Beispiel weiß ich von der Bude, die Sie in den Barrens haben, und von der tollen Konzernbraut, mit der Sie durch die Gegend ziehen — die Schwester von dem toten Mädchen. Es ist ganz einfach meine Pflicht, mein Wissen an meine Kollegen weiterzugeben, stimmt's?«

Es war beruhigend zu wissen, daß Keith mir nicht so dicht auf den Fersen war, wie er dachte, sonst hätte er gewußt, daß mein Ausweichquartier in den Barrens in einen Pizzaofen verwandelt worden war. Aber ich konnte nicht abstreiten, daß er genug über mein Vorgehen wußte, um dem Rest des Stars einen ziemlich guten Hinweis darauf zu geben, wie sie mich aufspüren konnten. »Sie verlangen also lediglich von mir, daß ich was über Yamatetsu ausgrabe?« fragte ich ihn.

»Nein. Ich verlange von Ihnen, daß Sie *richtig tief* graben. Finden Sie die Leichen im Keller, Montgomery.« Er hielt kurz inne, und ich sah sein breites Grinsen, als ihm eine neue Idee kam. »Lassen Sie uns daraus 'n kleines Spiel machen«, sagte er, »und was wäre 'n Spiel ohne 'n Zeitlimit, hm? Wenn Sie nicht einigen Drek ausgraben, und zwar in — was meinen Sie, Montgomery? — drei Tagen? Ja, das klingt gut. Wenn Sie in drei Tagen nicht einigen richtig üblen Drek ausgraben, muß ich meine Pflicht tun, länger kann ich es nicht zurückhalten. Klingt das nicht nach einem echt guten Spiel? Na, was ist? Spielen Sie bei meinem kleinen Spiel mit?«

Verfluchter sadistischer Schweinehund, dachte ich. Doch ich hielt meinen Tonfall so lässig, wie ich konnte. »Warum nicht? Ich hab gerade nichts Besseres vor. Geben Sie mir 'ne Nummer, wo ich Sie erreichen kann.«

Er grinste, wobei er seine Soykaf-verfärbten Zähne bleckte. Eine lokale LTG-Nummer erschien am unteren Schirmrand, und ich speicherte sie ab. »Wenn Sie irgendwas finden, erzählen Sie's dem netten Apparat«, instruierte mich Keith. »Bis bald, Montgomery.« Er hob seine Uhr vor die Videokamera, so daß sie meinen Schirm ausfüllte. »Die Uhr läuft.«

Ich hieb so hart auf die Unterbrechungstaste, daß die Tastatur beinahe zerbrach. Drekskerl! Scott Keith vereinigte in sich alles, was an Lone Star schlecht war. Ich wußte, worauf er hoffte. Er hoffte, bei dem Versuch, den Star abzuschütteln, würde ich Yamatetsu direkt in den geöffneten Rachen springen. Oder, um eine andere Metapher zu benutzen, er hoffte, ich würde aufs Schlachtfeld marschieren, während er gelassen im Hintergrund abwartete, wer mich geekte. Dann würde er diese Spur verfolgen, weil eine Morduntersuchung kein direktes Vorgehen gegen Yamatetsu war.

Natürlich hatte er sich nach beiden Richtungen abgesichert. Wenn ich es schaffte, am Leben zu bleiben und tatsächlich etwas Nützliches präsentierte, würde er es benutzen, um Mariane Corbeau abzuservieren und sich auf ihren Platz zu schlängeln. Und was würde er dann tun? Meinen Namen von Lollys Tod reinwaschen und dem Rest des Star Anweisung geben, Dirk Montgomery zu vergessen? Nicht im Traum: Er würde alles benutzen, was er wußte, und außerdem noch all das, was er zusätzlich erfahren konnte, um mich aufzuspüren und zur Strecke zu bringen, und sei es nur, um die Tatsache zu verschleiern, daß die Verdrängung Corbeaus eine vorsätzlich geplante Aktion war. Einfach großartig.

22

Also hieß es wieder mal: Auf zu Buddy. Seit ich das Gespräch mit Herrn Scott Keith beendet hatte, spukte mir eine häßliche Idee im Hinterkopf herum. Tatsächlich sogar mehrere Ideen, alle mehr oder weniger unangenehm. Die Gedankenkette lief in etwa folgendermaßen: Die unbestechliche Mariane Corbeau, Vizepräsidentin bei Lone Star, stellt irgendwas Dämliches mit ihrem Wagen an und kommt dabei ziemlich übel unter die Räder. Kurz nachdem sie wieder voll im Dienst ist, zwingt sie Keith und das DED, eine auf Yamatetsu abzielende Untersuchung einzustellen. Offensichtliche Schlußfolgerung: Sie ist gekauft worden.

Nicht so offensichtliche Schlußfolgerung: Yamatetsu hat sie auf andere Weise am Wickel. Yamatetsu ... oder irgendeine Abteilung oder Tochtergesellschaft des Konzerns. Zum Beispiel Crashcart Medical Services, die der halbautonomen Abteilung Integrierte Systemprodukte gehören? Crashcart, der Verein, der irgendwas Unschönes in die Cyberersatz-Schulter eingesetzt hatte, die der verstorbene und vielbetrauerte Daniel Waters erhalten hatte. »Sorgen Sie dafür, daß die Yamatetsu-Untersuchung eingestellt wird, Corbeau, sonst schalten wir den 2XS-Schaltkreis in ihrem Cyber-Arm ab.« Es ergab auf eine schreckliche Art und Weise einen Sinn.

Vorausgesetzt, daß Corbeau nach ihrem Unfall von Crashcart eingesammelt worden und irgendeine Cyberprothese erforderlich gewesen war. Ansonsten war das ganze logische Gebäude im Eimer. Unglücklicherweise ist das nicht die Art von Info, die in Anbetracht der medizinischen Ethik — und der Furcht vor Kunstfehlerprozessen — leicht ausgegraben werden kann. Die Aufzeichnungen von Crashcart und DocWagon sind, wenn das überhaupt möglich ist, noch unantastbarer als die Krankenblätter in den medizinischen Archiven der Kliniken. Es werden definitiv keine Auskünfte erteilt.

Daher mein Besuch bei Buddy. Sie öffnete die Tür ihres Apartments beim ersten Klopfen und ließ mich wortlos eintreten. Alles schien so wie bei meinem letzten Besuch, abgesehen davon, daß Buddy anscheinend weniger Interesse am Hausputz hatte denn je. Sie sagte nichts, bis sie ihren gemütlichen Lotussitz eingenommen hatte. Dann sah sie mir direkt ins Gesicht. »Was ist es diesmal?«

»Crashcart. Zuerst das Klientenverzeichnis; und wenn die Person, an der ich interessiert bin, tatsächlich Klient ist, will ich ihre Krankenakte sehen.«

Daran hatte sie einen Augenblick zu kauen. »Hart. Sehr hart.«

»Hast du denn dort keine Hintertür?«

Ihre Miene wurde fast unmerklich weicher, die größte Annäherung an ein Lächeln, die ich in jener Phase ihres Zyklus' je von ihr bekommen würde. »Vielleicht. *Trotzdem* hart. Warum?« Ich lächelte nur und schüttelte den Kopf. Sie wurde erneut ärgerlich, sowohl über mich, weil ich es ihr nicht sagte, als auch über sich selbst, weil sie eine derart unprofessionelle Frage gestellt hatte. »In Ordnung«, meckerte sie schließlich. »Um wen geht es?«

»Mariane Corbeau. Vizepräsidentin bei Lone Star.«

Buddy ließ nicht die leiseste Reaktion erkennen. Eine Zielperson war so gut wie die andere. »Hast du ihre SIN?«

»Sie wollte sie mir nicht geben.«

Buddy sah noch griesgrämiger aus, und ich fragte mich, wie es wohl war, ›unberechenbare Dementia‹ — ein Ausdruck, den ich mal bei einem Seelenklempner aufgeschnappt hatte — zu haben. Ihren Reaktionen nach fragte ich mich manchmal, ob ihre Fragen und Kommentare überhaupt ihrer geistigen Kontrolle unterlagen und nicht vielleicht für sie ebenso überraschend — und manchmal bestürzend — kamen wie für mich. Das mußte eine der entsetzlichsten Situationen überhaupt sein. Wie kam Buddy damit zurecht?

Während mir all das durch den Kopf ging, überdachte Buddy mein Ansinnen. »Okay«, sagte sie schließlich. »Standardtarif.«

Ich nickte und bückte mich, um das Trampnetz aufzuheben.

»*Nein.*« Buddys Stimme war scharf. Ich verharrte reglos, die Dornenkrone halb auf dem Kopf. »Nein«, sagte sie etwas ruhiger. »Harter Run. Keine Tramper.«

»Ich muß mitkommen, Buddy.« Ich hielt meine Stimme leise und vernünftig und redete mit ihr so, wie ich vielleicht mit einem unberechenbaren Hund geredet hätte. »Ich weiß nicht genau, wonach ich suche und was wichtig ist. Das weiß ich auch erst, wenn ich es sehe. Ich muß mitkommen.«

»Verlangsamt meine Reaktion.« Ihre Stimme war jetzt eher gereizt denn wütend, und ich hatte den Eindruck, diese Auseinandersetzung gewinnen zu können.

»Es ist wichtig, Buddy«, sagte ich, indem ich meine Stimme zur Verkörperung ernster Aufrichtigkeit machte. »Ich muß mitkommen.« Dann fügte ich hinzu: »Doppelter Tarif?«

Sie sah besorgt aus, und ich fragte mich, ob mein Drängen nicht unangebracht war. Schließlich war sie der Experte. Wenn sie jetzt immer noch ablehnte, würde ich es dabei bewenden lassen.

Dann nickte Buddy plötzlich. »Doppelter Tarif. Okay.« Ihrer Miene konnte ich entnehmen, daß es ihr nicht gefiel. Das galt auch für meinen Kredstab, aber ich wußte, es würde besser sein, wenn ich die Dinge aus erster Hand sah.

Das Trampnetz fühlte sich fast vertraut an, als sie die Riemen befestigte. *Unangenehm* vertraut, dachte ich, als ich mir die letzte Gelegenheit ins Gedächtnis rief, bei der ich es getragen hatte. Die Sehnsucht nach der Scheinrealität des 2XS-Chips war verblaßt, aber manchmal träumte ich noch Bilder aus jener Erfahrung. Ich setzte mich — diesmal auf den Boden — und nickte Buddy zu. »Es kann losgehen.«

Sie legte sich ihr Excalibur-Deck auf die Knie und hämmerte dann auf die Tasten ein.

Wiederum jener Augenblick der Blindheit, dann platzte der Elektronenhimmel der Matrix in mein Bewußtsein. Ich hätte gedacht, ich erinnerte mich an seine Schönheit, aber ich sah augenblicklich, wie blaß und unzulänglich die Erinnerung war, wenn es darum ging, ein Erlebnis wie dieses zu konservieren. Ich hörte mich angesichts der Herrlichkeit laut aufstöhnen.

Wie beim erstenmal stürzten wir aus dem Ebenholzhimmel auf das leuchtende Netzwerk des ›Bodens‹ unter uns zu und tauchten dann in eine der Daten›leitungen‹ ein, welche die Landschaft durchzogen. Das Gefühl von Geschwindigkeit war überwältigend, und ich wollte vor Begeisterung laut aufschreien.

Viel zu früh verließen wir die Leitung in einer anderen Ecke der Matrix. Ein riesiges Icon erwartete uns. Kein funkelnder goldener Stern, diesmal, sondern ein Kreuz, dessen vier Arme aus vier identischen, in einem beruhigenden Grün leuchtenden Würfeln bestanden. Die Regelmäßigkeit des Icons und seine einschmeichelnde Farbe weckte ein Gefühl des Friedens in mir.

»Crashcart Medical Services«, sagte Buddy überflüssigerweise.

Wir näherten uns langsam. Als wir dem Icon näher kamen, wurde seine wahre Größe — wenn ›wahr‹ überhaupt eine Bedeutung in der Matrix hat — offensichtlich. Es überragte uns wie ein Konzernwolkenkratzer. Und es dehnte sich immer noch weiter aus, oder vielleicht schrumpften wir auch. Schließlich standen wir an seinem Fuß, zwei Ameisen, die auf einen Apartmentblock starrten.

Wir waren jetzt buchstäblich in Reichweite des grünen Gebildes, und zum erstenmal wurde mir ein schwaches Summen in den Ohren bewußt. Es dauerte einen Moment, bis ich es unterbringen konnte, dann erkannte ich es als ein Geräusch wie von mächtigen elektrischen Transformatoren. Nicht das Summen von Motoren oder sich bewegenden Teilen, sondern das Geräusch der Energie selbst. Ich glaubte fast den leichten Ozongestank in der Luft riechen zu können.

Buddy streckte ihre schlanke Hand in Richtung der grünen Wand aus. Als sich ihre Finger der Wand näherten, veränderte sich deren Farbton von einem vollen und beruhigenden Ton zu einem Grün, das schrill und giftig war. Das Summen wurde lauter und höher. Buddy zog rasch die Hand zurück, als habe sie einen elektrischen Schlag erhalten. »Massiv«, grummelte sie. »Bist du sicher, daß es wichtig ist?«

Ich machte mir nicht die Mühe zu antworten. Sie — wir — begutachteten die nichtssagende Wand ein paar Augenblicke. Dann glitten beide Hände von Buddy in mein Gesichtsfeld. Eine hielt ein kleines Kästchen mit einer Skala darauf, etwas in der Art eines ärztlichen Diagnoseinstruments. Die Skala wies keine Markierungen und keine offensichtlichen Sensoren auf, durch die der Apparat Informationen über seine Umwelt sammeln konnte. Doch dann fiel mir ein, daß dieser ›Apparat‹ in einem realen Sinn gar nicht existierte. Er war lediglich ein Symbol für irgendein Programm, das Buddy auf ihrem Cyberdeck laufen ließ, so, wie die gesamte Matrix ein Symbol war.

Sie hielt den kleinen Apparat hoch in der linken Hand, während sie mit der rechten über die Wand vor uns strich. Sie berührte die leuchtende Oberfläche nicht, brachte die Hand aber so nah, daß der Farbwechsel, der mir zuvor aufgefallen war, noch deutlicher ausfiel. Ihre Hand als Sensor benutzend, schien Buddys Icon ein etwa zwei Meter hohes und doppelt so breites Stück der Wand zu untersuchen. Manchmal zuckte die Nadel auf der Skala, und dann wechselte die Farbe nicht wieder zu ihrem ursprünglichen Ton zurück, sondern behielt ihre giftige Färbung bei.

Buddy schien völlig wahllos vorzugehen, ohne eine logische Reihenfolge oder einen Plan, den ich ausmachen konnte. Aus Gründen der Notwendigkeit stand sie außerdem sehr dicht vor der Wand, was es mir unmöglich machte zu erkennen, ob die Bereiche des permanenten Farbwechsels irgendeinem Muster folgten.

Sie arbeitete mehrere Minuten lang, und ich war viel zu fasziniert — und, machen wir uns nichts vor, verängstigt —, um sie zu unterbrechen. Schließlich grunzte sie jedoch und trat von der Wand zurück. Der kleine Apparat war plötzlich aus ihrer Hand verschwunden. Sie stemmte ihre/unsere Hände in ihre/unsere Hüften und betrachtete ihr Werk.

Auf dem dunkleren Hintergrund der Wand zeichnete sich ein heller, strahlend grüner Umriß ab, nicht unähnlich einer Tür. Die Linien waren nicht zusammenhängend und an manchen Stellen breiter und intensiver als an anderen, doch Buddy machte einen zufriedenen Eindruck. »Nicht so schlecht, wie ich dachte«, bemerkte sie.

»Nicht so hastig«, warf ich ein, »wir sind noch nicht drin«, aber sie schnaubte nur.

Bei unserer Annäherung schwang die Tür auf. Als wir über die Schwelle traten, spürte ich für einen Augenblick einen Schwall beißender Kälte, und der Geruch nach Ozon war plötzlich viel intensiver. Doch dann waren wir hindurch.

Hindurch und mitten in einem Bild aus dem Alptraum eines Paranoiden. Wir standen auf einem Flur, einem langen Krankenhausflur, den weißbekittelten Ärzten und gestärkt aussehenden Schwestern und Pflegern nach zu urteilen, die in beiden Richtungen an uns vorbeihasteten. Doch Wände, Fußboden und Decke des Flurs waren Spiegel. In jede Richtung — links, rechts, oben *und* unten — erstreckten sich Reflexionen in die Unendlichkeit. Wir schienen inmitten eines Gitters zu hängen, eines sich bewegenden Gitters aus Gestalten, das sich endlos in alle Richtungen erstreckte. Die Spiegeloberflächen waren jedoch nicht perfekt, wie mir einen Moment später auffiel: Sie wiesen einen leichten silbernen Glanz auf, der es einem genau zu bestimmen ermöglichte, wo sich die Wände befanden. Ansonsten, glaube ich, wären wir vollkommen desorientiert, richtungslos und vollkommen auf unser Gefühl angewiesen gewesen, um uns zurechtzufinden.

Die Ärzte und Schwestern schienen unsere Anwesenheit nicht zur Kenntnis zu nehmen. Buddy mußte hastig ausweichen, um einem vorbeieilenden Arzt Platz zu machen, wurde dadaurch jedoch beinahe von einem Pfleger angerempelt, der so darauf erpicht schien, seinen Bestimmungsort zu erreichen, daß er wahrscheinlich mit Freuden über uns hinweggestampft wäre. Buddy fluchte wüst. In der nächsten Spiegelwand sah ich, wie eine Unendlichkeit von Buddy-Icons mit der Hand über ihren Körper strich, als wolle sie ein Bild ausradieren. Als sie die Hand sinken ließ, sah ich, daß sich Buddys Aussehen verändert hatte. Nicht länger die prachtvolle junge Frau im Abendkleid — sie sah jetzt aus wie eine ziemlich arrogante Ärztin mittleren Alters, die denselben weißen Kittel trug wie alle anderen Ärzte um uns.

Die Wandlung war verblüffend. Es war, als seien wir

plötzlich sichtbar geworden. Eine große Schwester, die uns in Grund und Boden gestampft hätte, sprang plötzlich beiseite und grüßte mit einem respektvollen Kopfnicken. In unendlich vielen Spiegelbildern sah ich Buddys veränderten Kopf zufrieden nicken.

»Was jetzt?« flüsterte ich.

»Hör auf zu flüstern«, fauchte Buddy in normaler Lautstärke. »Sie können uns nicht hören, wir unterhalten uns nicht hier.«

Ich ließ die philosophischen Implikationen dieser Bemerkung außen vor. »Was jetzt?« wiederholte ich.

Buddy schwieg einen Augenblick, dann setzte sie sich entschlossen in Bewegung. Der Verkehr floß um uns herum anstatt zu versuchen, durch uns hindurchzumarschieren. Offensichtlich hatte das System akzeptiert, daß wir hierher gehörten.

Der Flur war lang, mit vielen Biegungen und Abzweigungen. Unbezeichnete Türen, deren Farbe etwas grauer war als das Silber der Wände, säumten den Flur. Meiner Schätzung nach waren wir vielleicht einen halben Kilometer weit gelaufen, als sich der Flur zu einer Art zentralen Eingangshalle verbreiterte, von der andere Flure in alle Richtungen abzweigten. Ein spiegelblankes Pult, das ich für die Aufnahme hielt, stand in der Mitte. Das Pult war mit mehreren diensteifrig aussehenden Weißkitteln besetzt.

Buddy ging direkt zum Pult. »Die Akten?« verlangte sie mit einer Stimme, die nicht ihr gehörte.

Ein Weißkittel sah zu ihr auf. Zum erstenmal fiel mir auf, daß die Augen der Gestalt in einem unangenehmen Silberglanz leuchteten. »Welche Station?« fragte er.

»Intensivstation«, flüsterte ich.

»Intensivstation«, antwortete Buddy.

Der Weißkittel zeigte auf einen Flur zu unserer Rechten. Für einen Augenblick leuchtete der Boden jenes Flurs in einem schwachen Rot. Buddy nickte und wandte sich ab.

»Warten Sie«, schnappte der Weißkittel. Wir drehten uns wieder um. Die silbernen Augen des Weißkittels hatten sich mißtrauisch verengt. »Zeigen Sie Ihre Autorisierung.«

Mit unnatürlicher Geschwindigkeit zuckte Buddys rechte Hand vor und schwang ein Skalpell mit einer Klinge, die im Rot eines CO^2-Lasers glühte. Obwohl die Klinge kaum zwei Zentimeter lang war, trennte sie den Kopf des Weißkittels glatt von dessen Schultern. Der Körper des Weißkittels sank auf seinem Stuhl zusammen, während sein Kopf auf das Pult fiel. Dann lösten sich Kopf und Körper auf. So gelassen, als hätte sie soeben eine Wanze zerquetscht, ging Buddy den Flur entlang, den der tote Weißkittel bezeichnet hatte.

Das war der Moment, als ich mir wirklich wünschte, zumindest etwas Kontrolle über den Körper des Icons zu haben. Ich wollte mich insbesondere umsehen, ob jemand ein übermäßiges Interesse an der rücksichtslosen Art und Weise nahm, in der sich Buddy des Weißkittels entledigt hatte. Doch die Kontrolle hatte Buddy, und entweder war es ihr egal oder sie wußte, wie viel oder wie wenig Aufmerksamkeit man ihr schenkte. Den Gestalten nach zu urteilen, die durch unser Gesichtsfeld spazierten, schenkte uns niemand auch nur die geringste Aufmerksamkeit.

Dieser Flur unterschied sich von dem ersten. Einerseits nicht so überfüllt, andererseits mehr Türen in den Wänden. Diese Türen hatten eine schwach grünliche Tönung.

»Zeit fürs Geschäft«, murmelte Buddy mehr zu sich selbst. Sie strich sich wieder mit der Hand über den Körper, und ihr Spiegelbild kehrte zu seiner normalen Gestalt zurück. Sofort mußte sie einem vorbeirauschenden Arzt Platz machen, der uns offensichtlich nicht sehen konnte.

Schnell gingen wir den Flur entlang, wobei wir immer wieder dem Gegenverkehr auswichen und Buddy jede Tür, an der wir vorbeikamen, mit der Handfläche abtastete. Bei der Berührung leuchteten die Türen jedesmal hell auf, doch keine strömte die Kraft aus, die ich in der Außenwand gespürt hatte. Nach vielleicht einem Dutzend Türen grunzte Buddy zufrieden. »Corbeau, richtig?« fragte sie.

»Du hast's erfaßt.«

Sie drückte gegen die Tür direkt vor uns, die sofort aufschwang. Der Atmosphäre des Flurs nach zu urteilen, wäre dies in einem echten Krankenhaus wahrscheinlich der Eingang zu einem privaten oder halbprivaten Krankenzimmer gewesen. Doch wir befanden uns in der Matrix, und nichts ist jemals so, wie man es erwartet. Der Raum war viel größer, als er nach den Zwischenräumen zwischen den Türen auf dem Flur hätte sein dürfen. Buchstäblich jeder Quadratzentimeter des verfügbaren Platzes wurde von altertümlichen Aktenschränken eingenommen. Eine weißgekleidete Person durchsuchte eine Aktenschublade, sah jedoch auf, als wir eintraten. Offensichtlich konnte uns diese Gestalt sehen. Ihre silbernen Augen leuchteten rubinrot auf, während sie einen Schritt auf uns zukam.

In Gedankenschnelle warf Buddy etwas, eine kleine Kugel aus silbernem Licht, auf die Gestalt. Die Kugel barst und dehnte sich zu einem glitzernden Netz aus, das sich um die Gliedmaßen der Gestalt wickelte. Bevor sie reagieren konnte, schoß Buddy vorwärts und jagte der sich windenden Gestalt eine Spritze in den Arm. Sie wurde augenblicklich schlaff, löste sich jedoch nicht auf.

»Wir müssen uns beeilen«, murmelte Buddy. Sie öffnete die nächste Schublade. Anstelle der Aktendeckel, die der Metaphorik dieses Ortes entsprochen hätten, war die Schublade mit einer wirbelnden Wolke alphanumerischer Zeichen gefüllt. Ohne zu zögern, steckte Buddy die Arme bis zu den Ellbogen in die Wolke.

Wie zuvor erschien vor meinen Augen plötzlich leuchtender Text, der sich so schnell abspulte, daß er zu einem verschwommenen Nebel wurde. Diesmal mischte ich mich jedoch nicht ein, sondern ließ Buddy hantieren, wie sie wollte.

Es dauerte nicht lange. Schon nach wenigen Sekunden stabilisierte sich der Text. Ganz am oberen Ende meines Gesichtsfeldes stand der Name CORBEAU, MARIANE T. »Können wir das kopieren?« fragte ich.

»Nein.«

Also konzentrierte ich mich darauf, so schnell zu lesen, wie ich konnte. Anscheinend hatte Ms. Corbeau in einer Nacht Ende Juni auf der I-5 etwas Unkluges getan und ihr neues Spielzeug, einen Porsche 999 Doppelturbo, um einen Lichtmast gewickelt. Wie vermutet, hatte Ms. Corbeau kürzlich ihre persönliche Krankenversicherung gewechselt: Von DocWagon Super-Platin zu Crashcart Exekutiv-Diamant. Corbeau war von einem Rettungsteam aufgelesen und in Crashcarts Zentralklinik gebracht worden. Nachdem man ihren Zustand stabilisiert hatte, war unrettbar verlorenes Gewebe — in diesem Fall ein Bein — entfernt worden. Als die Techniker der Intensivstation einigermaßen sicher gewesen waren, daß sie nicht abkratzen würde, war Corbeau auf Anweisung von J. Carter und K. Mobasa zwecks körperlicher Wiederherstellung in eine andere Abteilung verlegt worden, behandelnde Ärzte waren D. Horbein, X. Marthass, P. Dempsey und A. Kobayashi.

Und an dieser Stelle endete die Akte. Sie hatte die Intensivstation am Ende der ersten Juliwoche verlassen, Akte weitergereicht und geschlossen. Zum Teufel.

»War es das, was du wolltest?« fragte Buddy.

»Für den Anfang. Ihre Akte ist weitergereicht worden. Ich will wissen, wohin, und dann will ich mir diese Akte ansehen.«

Sie schnaubte wieder, diesmal war sie anscheinend wirklich wütend. »Das reicht dir nicht?«

Ich zögerte. Wenn man ein Bein verliert, bekommt man Ersatz dafür — zumindest, wenn man es sich leisten kann, was Mariane Corbeau zweifellos konnte. Ich hatte die meisten meiner häßlichen Ideen bestätigt: Corbeau *war* von Crashcart behandelt worden, und sie *hatte* einen Cyberersatz bekommen. Aber ich wußte immer noch nicht mit Sicherheit, ob an der Cyberware, die sie ihr verpaßt hatten, irgendwas außergewöhnlich war. Dieses letzte Bindeglied fehlte mir immer noch. Ob ein weiterführender Blick in ihr Krankenblatt dieses Bindeglied liefern konnte, hing davon ab, wie detailliert die Eintragungen waren. Möglicherweise fand ich nichts Interessantes, sondern nur die medizinische Beschreibung des Genesungsvorgangs einer Person, die bei einem Autounfall ein Bein verloren hatte. Aber *vielleicht* war mehr da. Ich mußte dieser Möglichkeit nachgehen.

»Wir müssen weitermachen.«

Ich dachte, Buddy würde protestieren, aber das tat sie nicht. Statt dessen zog sie die Hände aus den wirbelnden Daten und knallte die Schublade zu. Ohne einen Blick auf die Gestalt zu werfen, die immer noch reglos in der Ecke lag, verließen wir den Raum und standen wieder auf dem Flur.

Ich rechnete damit, daß Buddy zur ›Aufnahme‹ zurückkehren würde, um sich weitere Informationen zu verschaffen. Statt dessen wandte sie sich in die andere Richtung. Sie schien zu wissen, wohin wir gingen, also mischte ich mich nicht ein. Wir gingen nach links, wieder links und noch einmal nach links. Wenn dies die von uns normalerweise so bezeichnete Realität gewesen wäre, hätte der Flur, in dem wir uns jetzt befanden, in der Eingangshalle münden müssen. Doch die Geometrie war anscheinend ebenso launenhaft und willkürlich wie alles andere in der Matrix.

Der Flur hatte sich ebenfalls verändert. Er hatte sich verbreitert, die Türen waren weniger geworden und standen weiter auseinander. Hier herrschte fast kein Verkehr, nur manchmal huschte eine weißgekleidete Schwester vorbei. Archivierte Aufzeichnungen, vermutete ich. Buddy berührte erneut jede Tür, an der wir vorbeikamen. Diesmal dauerte es länger. Wir waren meiner Schätzung nach bereits mehr als einen Kilometer gelaufen und hatten bestimmt achtzig Türen geprüft, bevor sie fand, wonach sie suchte. Ohne ein Wort — sie war wohl immer noch wütend auf mich — öffnete sie die Tür und ging hindurch.

Sie fielen sofort über uns her: Drei ungeschlachte Gestalten, so groß wie Trolle. Ihre Kleidung hatte das vertraute nichtssagende Weiß, aber ihre Körper wiesen diese drei als etwas Besonderes aus. Sie bestanden nicht aus normalem Fleisch und Blut — sofern man davon in der Matrix überhaupt reden konnte —, sondern waren Schöpfungen aus kantigem glänzenden Metall, als bestünden sie zur Gänze aus Cyberware. Ihre Gesichter waren scheußlich, übereinander geschachtelte Flächen aus spiegelblank poliertem Chrom, zwischen denen rote Augen brannten wie glühende Kohlen. Sie fielen über uns her, kaum daß wir durch die Tür waren, oder, um genauer zu sein, sie fielen über Buddy her, die als einzige von uns beiden einen Körper besaß. Finger wie Dolche schnitten durch das Fleisch von Buddys Icon, aber der Schmerz tobte in *meinem* Verstand. Es war, als würde ich zerrissen.

Mit der Geschwindigeit eines verchippten Fechters tänzelte Buddy zurück. Plötzlich war das Skalpell in ihrer Hand, dessen winzige Klinge im Vergleich zu den rasiermesserscharfen Fingern der Opposition lächerlich aussah. Sie täuschte einen Gegner durch eine Finte und landete dann einen blitzschnellen Hieb bei einem anderen, als der sich auf sie stürzen wollte. Das Skalpell schnitt tief, und mit einem markerschütternden Kreischen löste sich die Gestalt auf. Buddy versuchte sich rechtzeitig zu fangen, um die wütende Attacke der dritten Gestalt abzuwehren, aber sie war eine Millisekunde zu langsam. Finger wie glühende Dolche zerfetzten ihre linke Schulter. Wir schrien gleichzeitig, Buddy und ich, eine schreckliche Harmonie des Schmerzes. Durch einen roten Nebel der Qual sah ich Buddys linken Arm zu Boden fallen und sich auflösen.

Sie taumelte zurück, um Zeit zu gewinnen. Doch dagegen hatten die beiden glänzenden Angreifer etwas. Sie drangen auf sie ein, indem sie mit den Fingern Finten gegen Buddys Gesicht und Bauch durchführten.

Diesen Kampf konnten wir nicht gewinnen. »Stöpsel uns aus!« schrie ich.

Aus dem Nichts tauchte vor unseren Augen ein großer roter Knopf auf. Buddys verbliebener Arm hob sich, um ihn zu drücken.

Die silbernen Monster waren zu schnell. Bevor sie den Knopf berührte, waren beide heran und gruben ihre Finger in ihre/unsere Kehle. Wiederum explodierten in mir Höllenqualen.

»Dirk!« hörte ich Buddy verzweifelt schreien. Dann umgab mich ein schwarzes Nichts.

Ein Augenblick der Desorientierung, dann war ich wieder in meinem Körper und lag auf Buddys Fußboden, während sich das Trampnetz in meinen Skalp grub. Mein Herz schlug wild und unregelmäßig, aber ich spürte, daß sich mein Puls bereits verlangsamte und wieder stetiger zu pochen begann. Die Erinnerung an die Qualen, die ich durchgemacht hatte, war stark, aber der eigentliche Schmerz war verklungen. Ich zog mir das Trampnetz vom Kopf und wälzte mich herum.

Buddy.

Sie war über ihrem Deck zusammengesunken. Ich kroch zu ihr, legte sie sanft auf den Boden und stellte ihr kostbares Deck beiseite. Ich fühlte an Hals und Handgelenk nach ihrem Puls, preßte ein Ohr auf ihre Brust. Nichts.

Obwohl ich wußte, daß es sinnlos war, probierte ich sämtliche Wiederbelebungsmethoden aus, an die ich mich erinnerte, bis ich völlig erschöpft und naß geschwitzt war.

Nichts.

Behutsam hob ich sie auf. Ihr Körper war wie der eines Kindes in meinen Armen, als ich sie aus dem Apartment und zum Fahrstuhl trug. In der Lobby trat der Wächter vor und bot mir seine Hilfe an. Ich musterte ihn einmal mit kaltem Blick, und er zog sich zurück. Ich verfrachtete sie in meinen Wagen und drängte mich rücksichtslos in den fließenden Verkehr. Noch während ich mein Gedächtnis nach der nächsten Unfallklinik durchforstete, wußte ich, daß es sinnlos war. Buddy war tot. Die ICs des Crashcart-Systems hatten sie umgebracht.

Ich hatte sie umgebracht.

23

Buddys Blut klebte an meinen Händen, und ihr Tod lastete auf meinem Gewissen. Das versuchte ich Jocasta zu erklären.

Wie erwartet, konnte die Unfallklinik nichts für Buddy tun. Das schwarze Ice im Crashcart-System hatte ein tödliches Biofeedback in Buddys zentralem Nervensystem verursacht, das in erster Linie Herzschlag und Atmung gestoppt hatte. Niemand hätte irgendwas tun können.

Was mich betraf, ich hatte einen Blick auf das Medusenhaupt geworfen und überlebt. Das Ice hatte dasselbe bei mir versucht und fast Erfolg gehabt — daher auch das Herzklopfen und die Rhythmusstörungen, als ich wieder zu mir gekommen war. Ohne Trampnetz wäre ich im Eimer gewesen. Ich hätte dem Angriff niemals standhalten können, wäre das Interface zur Matrix durch das Netz nicht indirekt. Das Killer-Ice hatte meinen Herzschlag ebenso zu stoppen versucht wie Buddys, aber es hatte nur Rhythmusstörungen bewirkt. Buddys Interface war natürlich die Datenbuchse, was dem Ice direkten Zugang zu ihrem Hirn ermöglichte. Als sie es nicht geschafft hatte, uns rechtzeitig auszustöpseln, war sie rettungslos verloren.

Und es war meine Schuld.

Ja, klar, Jocasta hatte alle angemessenen Bemerkungen gemacht. »Sie war ein Profi, sie kannte die Risiken«, und den ganzen Drek. Ja, sie hatte die Risiken gekannt. Und sie hatte aufhören wollen, nachdem wir die erste Datei gefunden hatten. Ich war derjenige gewesen, der sie gedrängt hatte, noch einen Schritt weiterzugehen — gegen ihr besseres Wissen. Um es noch schlimmer zu machen: Ihr Tod war völlig umsonst gewesen. Ich hatte nicht das bekommen, was ich wollte, hatte nicht mal einen flüchtigen Blick auf Mariane Corbeaus Krankenblatt erhascht. Ich wußte nicht mehr, als wenn wir uns nach der ersten Datei ausgestöpselt hätten.

Nein, Moment, das stimmte nicht ganz. Die erste Datei war nicht mit Killer-Ice geschützt gewesen. Nur die zweite, die sich vermutlich mit der Natur von Corbeaus Cyberersatz beschäftigte, war mit tödlichem Eis vollgestopft. Das ließ einige Rückschlüsse zu.

Natürlich konnte es reiner Zufall sein, daß Crashcart gerade diese Art von Dateien so stark schützte, vielleicht war es auch ihre übliche Verfahrensweise. Doch keine der beiden Möglichkeiten kam mir sonderlich wahrscheinlich vor. Irgendein Decker — vielleicht sogar Buddy — hatte mir mal erzählt, daß jeder Systemdesigner nur dort Ice einbaut, wo es wirklich benötigt wird, weil es die Reaktionszeit des Systems zu sehr verlangsamt. Das konnte nur bedeuten, daß Crashcart in bezug auf Corbeaus Genesungsaufzeichnungen und deren unbefugte Einsichtnahme ziemlich empfindlich war.

Wenn Buddys Tod der Preis für dieses bißchen Information war, dann war es verflucht teuer bezahlt. Lolita, Naomi und jetzt Buddy. Wie viele noch? Wie viele Freunde würde ich noch umbringen?

Dann verdrängte ich diesen ganzen Selbstmitleid-Drek aus meinem Verstand. Ich konnte es mir nicht leisten, über derartige Gedanken zu einem Wrack zu werden, nicht wenn X oder vielleicht auch Scott Keith nur allzu bereit waren, mich von der Last der irdischen Mühsal zu befreien. Und wenn ich tot war, wer würde dann die Rechnung mit dem Mörder oder den Mördern begleichen? Wie sehr ich auch innerlich litt, ich mußte auf der Höhe bleiben.

Es war an der Zeit, eine Bestandsaufnahme dessen zu machen, was ich wußte — oder zu wissen glaubte. Meinen Verdacht, Corbeaus Entscheidung, Keith vom Yamatetsu-Fall abzuziehen, sei keine typische Korruptionsgeschichte, konnte ich wohl als bestätigt betrachten. Yamatetsu hatte durch seine Tochtergesellschaft Crashcart 2XS oder etwas Ähnliches in Corbeaus neues Bein einbauen lassen. Dann hatte man diesen zusätzlichen Schaltkreis als Druckmittel benutzt und entweder damit gedroht, ihn abzuschalten, oder ein wenig mit der ruinösen Wirkung von 2XS gespielt. Ich wußte es nicht genau, aber das spielte auch keine Rolle. Corbeau hatte vor Yamatetsu gekatzbuckelt, und der Konzern glaubte, alles im Griff zu haben.

Was war also Yamatetsu/Crashcarts wirkliches Ziel bei all dem? Nicht nur ein billiger Feldversuch für ihre SPISES-Technologie, wie Bent und ich vermutet hatten. Wenn das alles war, hätten sie sich wahrscheinlich nicht solche hochkarätigen Versuchskaninchen wie Corbeau und Daniel Waters ausgesucht. Nein, wie es aussah, schwebte ihnen Größeres vor.

Sie hatten alles so eingerichtet, daß sich Menschen in Machtpositionen freiwillig in Yamatetsu-Kliniken begaben — daher auch Crashcarts brutale Marktstrategien. Und dann hatten sie sich einfach zurückgelehnt und darauf gewartet, daß ihre Klienten ihre Dienste benötigten, so daß so viele mächtige Personen wie möglich mit ihren Schaltkreisen vollgestopft werden konnten. (Oder vielleicht hatten sie auch gar nicht gewartet. Ich fragte mich plötzlich, wie Corbeaus Wagen wohl von der Straße abgekommen war. Durch die Gewehrkugel eines Scharfschützen in einen Reifen, vielleicht?)

Das war alles ein einziger übler Drek. Ich hatte auch schon vorher an eine Verschwörung gedacht, aber diese neuen Aspekte ließen meinen ursprünglichen Verdacht eher kümmerlich erscheinen. Doch erschreckend oder nicht, meine Theorie paßte zu gut. Ich konnte keine Löcher in ihrer Logik erkennen. Ich schätzte, daß ich jetzt wohl alles auf der Reihe hatte. (Aber hatte ich das nicht gestern auch schon gesagt?)

In Ordnung, wie sah also der nächste Schritt aus?

Und da stand ich, Chummer, und war *verdammt* ratlos und viel zu verängstigt, um noch klar denken zu können. Ich brauchte Hilfe.

Einer der Vorteile der neuen Wohnsituation war die Tatsache, daß Jocasta in Augenblicken wie diesem bei mir war. Nachdem sie versucht hatte, mir über Buddys Tod hinwegzuhelfen, hatte sie sich zurückgezogen, um mir Zeit und Gelegenheit zu geben, meine Dämonen niederzuringen. Im Augenblick las sie etwas auf dem Telekomschirm. Als ich ihr über die Schulter sah, stellte ich fest, daß es etwas namens *Neoanarchistischer Führer durch Nordamerika* war. In meinen Ohren klang das nach angenehm lockerer Literatur.

»Haben Sie ein paar Sekunden Zeit?« fragte ich.

Sie markierte die Stelle und lächelte mich an. »Bereit zum Reden?«

Ich redete, und das nicht zu knapp. Ich erzählte ihr alles: Von Scott Keiths beunruhigendem Anruf, vom Run auf das Crashcart-System und davon, wie wenig ich über Mariane Corbeau erfahren hatte. In erster Linie konzentrierte ich mich jedoch auf mein logisches Konstrukt: Der Yamatetsu-Plan, rekonstriert von einem gewissen Herrn Derek Montgomery.

Jocasta war eine gute Zuhörerin. Ihre seltenen Fragen

trafen immer den Punkt, und ihrer Miene nach zu urteilen, schien sie meiner Schilderung in bezug auf die logischen Konsequenzen oft einen Schritt voraus zu sein. Als ich fertig war, spitzte sie die Lippen zu einem lautlosen Pfeifen. »Ich dachte immer, Privatdetektive ermittelten in Scheidungsfällen«, sagte sie mit einem verschmitzten Lächeln, »und nicht bei Konzernplänen, eine ganze Stadt zu übernehmen. Heute Seattle und morgen die ganze Welt.«

»So hört es sich an, nicht wahr?«

Ihr Lächeln erlosch jäh. »Ja, das tut es«, sagte sie langsam. »Und das stört mich. Es ist zu ... zu ...«

»Manga?« schlug ich vor, indem ich den Blut-und-Eingeweide-Stil japanischer Erwachsenen-Comics beim Namen nannte, der praktisch uverändert bis zum heutigen Tag überlebt hatte.

»Zu *manga*«, stimmte sie zu. »Zu aufgeblasen und ohne Logik dahinter. Die Fakten sind da«, fügte sie hastig hinzu, um meinem Einwand zuvorzukommen, »und sie passen auch so zusammen, wie Sie gesagt haben. Aber ich kann nicht erkennen, was Yamatetsu davon hat.«

»Vielleicht wollen sie die Herrschaft über Seattle übernehmen«, schlug ich vor.

Sie schüttelte den Kopf. »Konzerne wollen nicht den Platz der Regierung einnehmen. Nach dem Chaos hatten die Konzerne die Möglichkeit, Regierungen zu *werden*. Da die meisten normalen Zivilregierungen in Trümmern lagen, hätten die Konzerne einfach zugreifen und alles übernehmen können. Doch das taten sie nicht.«

»Warum nicht?«

»Zuviel Verantwortung«, sagte sie mit einem Lächeln. »Wenn man eine Regierung übernimmt, muß man den Drek bewältigen, den Regierungen eben bewältigen müssen. Soziale Programme, die Aufrechterhaltung der Infrastruktur ... Verträge mit der Müllabfuhr aushandeln, um Gottes willen. Zuviel Arbeit. Vergessen Sie nicht, offiziell sind Konzerne exterritorial. Sie können praktisch tun, was sie wollen, besonders ein so großer Konzern wie Yamatetsu. Sie ziehen es vor, die Macht hinter dem Thron zu sein.« Sie schüttelte erneut den Kopf. »Die Kosten überwiegen den möglichen Nutzen. Wir übersehen etwas.«

»Was denn? Sie *haben* Daniel Waters mit Drek vollgestopft, und es sieht so aus, daß sie dasselbe mit Corbeau getan haben.«

»Ich weiß. Ich glaube nur nicht, daß es ein Griff nach der Macht ist.«

»Was dann?«

Sie dachte einen Augenblick darüber nach. »Protektion, vielleicht? Oder vielleicht reiner Pragmatismus. Es ist gut, wenn man Corbeau auf seiner Seite hat, falls man Lone Stars Aufmerksamkeit ablenken will. Waters ist gut, falls man die *öffentliche* Aufmerksamkeit ablenken muß.« Sie zuckte die Achseln.

»Ich weiß es nicht. Ich glaube nur, wir übersehen etwas.«

»Wie geht es dann von hier aus weiter?« fragte ich nach einer Weile. »Was ist der nächste Schritt?«

»Tja«, sagte sie zögernd, »ich glaube ...«

Ich hörte nie, was sie glaubte. Es klopfte an der Tür, und gleichzeitig materialisierte direkt vor uns eine Gestalt. Es war die blondhaarige und gertenschlanke Amanda. »Keine Angst«, sagte sie mit einem Lächeln. »Es ist Rodney. Soll ich ihn einlassen?«

»Ich werde es tun«, sagte ich eiligst, indem ich aufsprang. Das Sicherheitssystem dieser Wohnung war fast so gut wie meines in Auburn. Ich benutzte es, um den Flur vor der Wohnungstür abzutasten. Ja, es war Rodney, und er war allein.

»Hab ich doch gesagt«, flüsterte mir Amanda direkt ins Ohr, obwohl sie auf der anderen Seite des Zimmers neben Jocasta stand.

Ich öffnete die Tür, bat Rodney herein und schloß hinter ihm ab.

»Ich hoffe, ich störe nicht«, sagte er anstelle einer Begrüßung. »Wahrscheinlich hätte ich zuerst anrufen sollen, aber ich mag Telekoms nicht besonders.«

»Nein, Sie stören niemanden«, sagte ich. »Worum geht es?«

»Nun, um das hier.« Er griff in einen kleinen Umhängebeutel aus Kunstleder und zog den silbernen Armreif heraus, den ich ihm gegeben hatte. Mir fiel auf, daß er ihn nicht mit der bloßen Hand berührte, sondern ihn mit einem feinen seidigen Tuch anfaßte, das in einem eigenen schwachen Licht zu glimmen schien. Das wollte mir ganz und gar nicht gefallen. »Ich habe herausgefunden, was ich konnte. Tatsächlich sogar mehr, als mir lieb ist.«

Jocasta gesellte sich rasch zu uns. Sie streckte die Hand aus, als wolle sie Rodney den Armreif abnehmen, schien sich dann jedoch eines Besseren zu besinnen und ließ die Hand sinken. »Was ist es?« fragte sie leise.

»Dürfte ich mich wohl zuerst setzen?« erkundigte sich der Elf. »Ich bin ziemlich erschöpft. Und könnte ich Sie um etwas zu trinken bitten?«

»Tee?« schlug ich vor.

»Gin.«

Es dauerte ein paar Minuten, bis wir alle um den niedrigen Kaffetisch des Apartments Platz genommen hatten. Greybriar sah tatsächlich ein wenig blaß aus, und seine Augen lagen tief in den Höhlen, als liefe er auf Reserve. Der erste Schluck Gin schien ihn jedoch neu zu beleben. Er legte den Armreif, der immer noch in das dünne Tuch gewickelt war, in die Mitte des Tisches.

»Er ist schamanischen Ursprungs, wie wir vermuteten«, begann er, »aber ich konnte keine Verbindung zwischen ihm und irgendeinem konventionellen Totem erkennen. Es *besteht* jedoch eine Verbindung, und zwar eine sehr starke, aber zu einer Wesenheit, die keine mir vertrauten Grundzüge aufweist.«

Ich warf Jocasta einen raschen Seitenblick zu, die zögernd nickte. Mir fiel wieder ein, wie sie den Armreif beschrieben hatte — »ein Kraftfokus, aber irgendwie ›unrund‹«. Rodney sagte genau dasselbe, wenn auch mit anderen Worten. »Sie wissen also nicht, was das ist«, sagte ich.

»Ich *wußte* es nicht«, korrigierte mich Rodney, »anfangs nicht. Aber ich habe mit einigen anderen darüber gesprochen, insbesondere mit Leuten, die dem Weg des Schamanen folgen und mehr über diese Dinge wissen. Die Person, die mir die größte Hilfe war, ist ein Bursche, der sich Mann-der-vielen-Namen nennt. Er schien den Armreif sofort einordnen zu können.« Der Elf verzog das Gesicht. »Doch er wollte mir nichts darüber sagen.«

»Aber Sie konnten ihn überzeugen«, sagte Jocasta.

»Letzten Endes. Er redete von Dingen, mit denen ich nicht viel anfangen kann — Insektentotem. Ehrlich gesagt, hätte ich nicht gedacht, daß er etwas Derartiges ist.« Er sah Jocasta fragend an, doch sie zuckte nur die Achseln. »Auf jeden Fall beschrieb Viele-Namen diesen Gegenstand als einen ›totemspezifischen Kraftfokus‹, der mit dem Totem Wespe verbunden ist.«

Ich hob eine Augenbraue. »Das ist alles?«

»Nun, er ließ außerdem durchblicken, ich solle nicht damit herumspielen.«

»Sind Sie deswegen so müde?« fragte Jocasta. »Sie *haben* damit herumgespielt, nicht wahr?«

Der Elf lächelte verlegen. »Ich war schon immer ziemlich neugierig. Ich versuchte die Natur der Verbindung zu seinem Totem zu ergründen. Auf der Astralebene hat dieses *Ding*« — er deutete auf den Armreif — »mehr Macht, als ich je in *irgendeinem* Gegenstand gesehen habe. Es zu untersuchen, war so, als wolle man einen Wirbelsturm mit bloßen Händen untersuchen. Ich muß zugeben, daß mich der Versuch mehr erschöpft hat, als ich erwartet habe.«

»Haben Sie irgendwas herausbekommen?« fragte Jocasta.

»Nicht wirklich, nein. Höchstens die Tatsache, daß ich nicht noch mehr Zeit damit verbringen will.«

»Also haben Sie das Ding hierhergebracht«, sagte ich. »Aber was hat das alles zu bedeuten?«

»Tatsächlich habe ich nicht die leiseste Ahnung«, sagte der Elf. »Muß es im größeren Rahmen überhaupt etwas zu bedeuten haben? Vielleicht ist der Schamane, den man geschickt hat, um Sie, äh, auszuradieren, nur zufällig ein verdrehter Mistkerl, der Wespe folgt. Laut Viele-Namen sind Schamanen, die einen Insektentotem folgen, üble Kerle, vielleicht genau die Sorte, der Wetwork Spaß macht.«

Ich nickte langsam. Rein verstandesmäßig war das durchaus eine Möglichkeit, aber gefühlsmäßig konnte ich mich nicht damit anfreunden. Die Paranoia schien die Oberhand zu gewinnen, aber das mußte mittlerweile gar nicht mal so schlecht sein. »Mag sein«, sagte ich. »Vielen Dank für die Hilfe. Ich weiß sie zu schätzen.«

»Sie sind mehr als willkommen«, sagte er. »Anscheinend ...«

»Kontakt!« Die Stimme gehörte Amanda, das Wort hatte man uns während der gesamten Ausbildung bei Lone Star ständig eingehämmert. ›Kontakt‹ bedeutet, echter Drek geht *gerade jetzt* ab. Ohne nachzudenken, warf ich mich zur Seite und griff automatisch an die Stelle, wo meine Pistole gewesen wäre, hätte ich meinen Duster getragen.

Etwas zerfetzte die Luft dort, wo sich einen Augenblick zuvor noch mein Schädel befunden hatte. Ich wälzte mich herum und immer weiter. Dabei erhielt ich einen flüchtigen Eindruck von einer scheußlichen Gestalt, zweibeinig, doch eindeutig weder Mensch noch Metamensch. Sie schien aus dem Nichts aufgetaucht zu sein und hockte jetzt obszön auf dem Sofa, wo ich gesessen hatte. Sie öffnete ein mit nadelscharfen Zähnen bewehrtes Maul und schrie. Ich sah nicht mehr, während ich auf allen vieren über den Boden zu der Stelle kroch, wo ich meinen Manhunter gelassen hatte. Hinter mir hörte ich Pistolenschüsse — eine leichte Waffe, wahrscheinlich Jocastas Colt —, doch ich verschwendete keine Zeit mit Hinsehen. Ich war ihr keine Hilfe, solange ich meine Kanone nicht in der Hand hielt. Und ich wußte, sie war trotz all ihrer gegenteiligen Ängste ebensosehr ein Überlebenstyp wie ich.

Ich schnappte mir den Duster vom Stuhl und zerrte ihn auf den Boden. Ich rollte wieder herum, falls jemand/etwas auf meinen Rücken zielte, zerrte dabei die Kanone aus dem Halfter, sprang auf und nahm Kampfhaltung an. Das *Ding* rückte Jocasta auf den Leib, während sie Schuß um Schuß aus ihrem kleinen Colt auf seine vorgewölbte Brust abgab. Rodney, der noch blasser und erschöpfter aussah, deklamierte irgendwas in einer verdrehten Sprache — etwas, das wie ›In hoc signo, vincavi ad munditia‹ klang —, und um seine rechte Hand nahm ein grelles sprödes Leuchten Gestalt an. Von Amanda war nichts zu sehen.

Ich zielte mit dem schweren Manhunter auf die Stelle, wo sich das Ohr des Wesens befunden hätte, wäre es ein Mensch gewesen. Für einen Augenblick gestattete ich mir, sein groteskes Äußeres zur Kenntnis zu nehmen. Es war groß und hager und hatte lange Gliedmaßen, an denen die Gelenke an den falschen Stellen zu sitzen schienen — oder vielleicht hatten sie auch ein zusätzliches Gelenk. Sein Kopf war deformiert und knollig und wurde von zwei riesigen, eitergelben Facettenaugen dominiert. Stachel und dünne Antennen, die Fühler sein konnten, wuchsen oberhalb der Augen aus dem Schädel, dessen untere Hälfte spitz zulief und nur aus einem Maul bestand. Das Ding öffnete sein Maul, um erneut schrill zu kreischen, und ich sah seine Zunge — kurz, schwarz und spitz — darin herumpeitschen. Als das Wesen seine dünnen Hände, die jeweils nur drei mit daumenlangen Krallen bewehrte Finger aufwiesen, nach Jocasta ausstreckte, reagierte sie darauf, indem sie ihm eine weitere Kugel in die Brust jagte. Ich hörte, wie die Kugel ihr Ziel traf — ein *Knacken*, als bräche Plastik —, und sah Splitter vom Punkt des Einschlags wegfliegen. Das Ding hatte eine Schale, wie mir mit Schrekken klar wurde, oder wohl eher ein Exoskelett — einen natürlichen Panzer.

Natürlich nahm ich mir nicht die Zeit, all diese Eindrücke gleich zu verarbeiten. Die Analyse kam später. Im Augenblick zeichnete ich lediglich alle Sinneswahrnehmungen auf, wie es eine Kamera getan hätte. Der rubinrote Punkt des Ziellasers ruhte jetzt seitlich auf dem mißgestalteten Kopf des Dings, und ich drückte wieder und wieder ab, während ich den harten Rückschlag abfing und den Lauf ruhig hielt. In der abgeschlossenen Enge der Wohnung hallten die donnernden Erschütterungen des Manhunter wie körperliche Schläge in meinen Ohren.

Die Monstrosität war übermenschlich schnell. Das Aufleuchten des Ziellasers mußte ihr den Sekundenbruchteil gegeben haben, den sie zu reagieren brauchte. Anstatt sich mitten in ihren Schädel zu bohren, zerschmetterte mein erster Schuß lediglich einen Teil des Hinterkopfs der Kreatur, während sie sich abduckte. Eine scheußliche Wunde, doch offensichtlich nicht tödlich. Die nachfolgenden Schüsse schlugen in die zuckende Schulter, die das Ding erhoben hatte, um seinen Kopf abzuschirmen. Die großkalibrigen Kugeln pulverisierten sein Exoskelett, und grünlich-schwarzer Schleim spritzte auf den Teppich, aber mir war klar, daß weder Jocasta noch ich bis jetzt einen tödlichen Treffer gelandet hatten. Ihr Colt klickte leer, und ich hatte ein halbes Magazin verbraucht. Wie, zum Teufel, sollte man dieses Ding töten? Eine besonders wichtige Frage, wenn man bedachte, daß ich seine Aufmerksamkeit erregt zu haben schien, da es sich jetzt in meine Richtung wandte. Ich jagte den Rest des Magazins in seinen Leib, während es sich zum Sprung duckte. Die Schüsse fraßen große Löcher in seinen natürlichen Panzer, schienen aber keine kritischen Wunden zu reißen. Ich hielt hinter mir nach irgendeiner Deckung Ausschau. Nichts.

»Rodney! Tu es!« Es war Jocastas Stimme, aber der Gedanke war meiner.

Aus dem Augenwinkel sah ich den gelockten Elf seine Vorbereitungen beenden. Er streckte dem Horror die rechte Hand entgegen und brüllte etwas, das wie *›Esse!‹* klang. Ich spürte mehr, als daß ich es sah, wie etwas seine ausgestreckten Finger verließ, kaum sichtbar, wie eine Schockwelle in unbewegter Luft. Es flog durch das Zimmer und rammte das Monster ...

Mit der Wucht eines rasenden Wagens. Das Ding wurde umgeworfen, und ich hörte das Knacken, als ihm Brust und Kopf eingeschlagen wurden. Es taumelte zurück, bis es von der Wand aufgehalten wurde, versprühte schwarzes Blut aus einem Dutzend Wunden. Kreischte einmal, ein verzweifelter erstickter Laut, brach dann auf dem Fußboden zusammen.

Jocasta schob ihre Kanone in den Gürtel und rannte durch den Raum zu Rodney. Der Elf war auf die Knie gesunken, seine Haut war aschfahl, das Gesicht schlaff vor Erschöpfung, der Körper schweißgebadet. Er hob den Kopf, als Jocasta ihn stützte, aber ich glaube nicht, daß er den Blick wirklich auf ihr Gesicht konzentrieren konnte. »Ist es tot?« fragte er mit hohler Stimme. Ich sah noch einmal auf die Überreste der Kreatur, um sicherzugehen.

Und das war der einzige Grund, warum ich die Luft flimmern sah, als ein weiteres dieser Dinger in der Ecke Gestalt annahm. »Jocasta!« schrie ich. Während sie entsetzt herumwirbelte, warf ich das leere Magazin aus dem Manhunter aus und ließ ein neues einrasten, ohne die Augen von dem neuen Besucher abzuwenden. Das Ding stand zwischen uns und den Fenstern. Ich hatte die Tür abgeschlossen, was bedeutete, ich mußte sie aufschließen, bevor wir auf diesem Weg entkommen konnten, und ich glaubte nicht, daß uns das Ding so viel Zeit lassen würde. Es gab keine sinnvolle Deckung. Der letzte Zauberspruch hatte Rodney offensichtlich vollkommen ausgelaugt. Und unsere Kugeln schienen nicht mehr auszurichten, als das Ding ordentlich zu vergrätzen.

Das Wesen rückte langsam gegen Jocasta und Rodney vor — vorsichtig, als sei es nicht ganz sicher, wer von den beiden seinen Genossen gegeekt hatte. »Laß sie in Ruhe, du lausiger Wichser!« schrie ich, während ich die Kanone schnell hochriß.

Das Monster wandte sich in meine Richtung und machte zwei erschreckend schnelle Schritte auf mich zu. Und das war der Augenblick, in dem ich ihm drei Kugeln ins linke Auge jagte.

Die schiere Aufprallwucht der Kugeln ließ seinen Kopf zurückschnappen. Das Facettenauge selbst zerbarst in einem Sprühregen aus Kristallsplittern und ätzender Flüssigkeit. Es schrie seine Qualen in den Himmel, während es wild mit den Armen ruderte, und ich pumpte ihm obendrein des Rest des Magazins in den Bauch. Es schrie wieder.

Doch es fiel nicht. Ich konnte es nicht glauben: Drei Schüsse durch das Auge ins Gehirn — vorausgesetzt, sein Gehirn befand sich in seinem Kopf —, weitere zwölf in die Eingeweide, und das aus nächster Nähe. Jedes halbwegs normale Wesen hätte sich jetzt im Todeskampf gewunden. Es schrie ein drittes Mal, und ich schwöre, ich konnte seine Willenskraft spüren, während es damit rang, seinen Schmerz zu beherrschen. Es richtete sein verbliebenes Auge auf mich und rückte einen weiteren Schritt vor.

Ich wirbelte herum, ließ den Manhunter fallen, nahm einen Stuhl und schwang ihn wie eine Keule gegen die Kreatur. Sie parierte den Schwung mit einem Arm, was ein Mensch mit einem gebrochenen Handgelenk bezahlt hätte, doch ihr schien das überhaupt nichts anhaben zu können. Dann entriß sie mir den Stuhl mit der anderen Hand und schleuderte ihn gegen die Wand. Ich wich zurück, obwohl ich tief im Innern wußte, daß es kein Entkommen gab. Das Ding streckte seine Krallenhand nach mir aus, verfehlte mich jedoch um einiges — wahrscheinlich aufgrund eines Mangels an Tiefensicht wegen des fehlenden Auges, aber ich war sicher, es würde nicht zweimal denselben Fehler begehen. Ich tauchte wieder weg, wobei ich mich nach etwas — *irgend* etwas — umsah, hinter dem ich in Deckung gehen konnte. Nichts. Ich wußte, es drängte mich in eine Ecke, aber ich konnte nichts dagegen tun.

»Verschwindet hier!« rief ich Jocasta und Rodney zu. Wenn dieses Ding mir die Eingeweide rausreißen würde, gab es keinen Grund, warum es sie ebenfalls das Leben kosten sollte. »*Haut ab,* verdammt noch mal!«

Natürlich taten sie das nicht. Jocasta schoß in seinen Rücken, obwohl ich nicht wußte, was sie mit ihrem kleinen Colt zu erreichen hoffte, wenn mein Manhunter das Wesen nicht stoppen konnte. Rodney, der Idiot, versuchte noch einen Spruch zusammenzubringen, und murmelte in Latein vor sich hin, obwohl er wußte, daß ihn die Anstrengung wahrscheinlich umbringen würde. Schwachköpfe! Das *Ding* hob eine Krallenhand, um mich in Stücke zu reißen.

Der Schlag kam nicht. Statt dessen wirbelte das Ding herum, wobei es wild auf die leere Luft einschlug und vor Wut und Enttäuschung laut aufbrüllte. Hatte Rodney seinen Spruch losgelassen? Nein, der Elf murmelte immer noch vor sich hin, wenngleich er die Verrenkungen des Monsters jetzt ebenfalls offenen Mundes betrachtete. Die gute alte Jocasta beharkte es immer noch mit Kugeln, wie vorauszusehen mit minimalem Effekt. Was, zum Teufel, ging hier ab?

»Verschwindet hier!« Nicht meine Stimme. Diesmal war es Amandas. Einen Augenblick sah ich ihr schattenhaftes Bild im direkten Handgemenge mit dem *Ding.*

Sie schlug mit einem unstofflichen Arm zu und landete einen Treffer auf seiner Brust. Verblüfft sah ich das Exoskelett des Monsters nachgeben, als sei es von einer Streitaxt getroffen worden. Das Ding schlug zurück, seine Klauen fuhren wirkungslos durch Amandas Körper. Nein, ich hatte mich geirrt, es *gab* eine Wirkung. Keine Wunde im normalen Sinn, aber ihr Aussehen veränderte sich. Sie sah weniger menschlich aus. Die Umrisse ihres Körpers veränderten sich, wurden hagerer, als ob ... Mein Verstand rebellierte gegen den Schluß, den ich zog. Die Klauen des Dings fuhren erneut durch ihren transparenten Körper. Sie schrie noch einmal auf, und jetzt war ihre Stimme ziemlich unmenschlich: Wind, der durch eine verlassene Gasse heulte, hätte menschlicher geklungen. Die Worte waren jedoch glockenklar: »Verschwindet hier.«

Ich rannte zu Jocasta, griff nach ihrem Arm. Sie starrte immer noch den Kampf an und das, in was sich Amanda verwandelte. Ich mußte sie schütteln, um ihre Aufmerksamkeit von dem Anblick loszureißen. Doch dann war sie wieder in der wirklichen Welt. Wir packten Rodney bei den Schultern und schleiften ihn buchstäblich aus der Wohnung. Während wir den Flur entlanghasteten, hörte ich eine hohle, seufzende Stimme im Ohr. »Lebt wohl.«

24

Er nimmt es sehr schwer.« Jocasta saß auf Rodneys Sofa und rieb sich die Augen mit den Fäusten wie ein müdes Kind.

Ich nickte. Erst als wir aus dem Gebäude heraus und unterwegs zum Wagen waren, hatte der Elf sich so weit von seiner Erschöpfung erholt, daß er vollständig realisierte, was vorging. Er hatte wie ein Wilder gekämpft und sich aus unserem Griff zu befreien versucht, darauf erpicht, wieder zurück in die Wohnung zu stürmen. Zurück in die Schlacht, um Amanda zu retten. Ich mußte ihn mit Gewalt davon abhalten und schob ihn dann auf den Rücksitz des Jackrabitt, während Jocasta fuhr. Schnell. Den ganzen Weg zu seiner Bude hörte ich ihn hinten weinen und immer wieder ›Amanda‹ rufen. Ich wußte, sie würde nie mehr antworten.

Als wir schließlich in seinem Apartment angekommen waren, steckten wir ihn ins Bett. Jocasta hatte ein paar Lethe-Schlaftabletten in ihrer Handtasche, und sie brachte den Elf dazu, sie zu schlucken, wenngleich es wahrscheinlich eher so war, daß sie ihm die Nase zuhielt und die Pillen so seine Kehle hinunterzwang. Wenigstens schlief er jetzt mehr oder weniger friedlich.

»Ich glaube, ich weiß, was ihm wirklich zu schaffen macht«, sagte Jocasta leise. »Sich selbst überlassen, wäre Amanda unsterblich gewesen. Geister sterben niemals, sie werden nur weiser und mächtiger. Sie hätte ewig leben können. Statt dessen hat sie all das weggeworfen, so daß er leben konnte. Und das lastet ihm jetzt natürlich höllisch schwer auf der Seele.« Sie schwieg eine gute Minute, in der sie mit ihren Gedanken rang. Ich ließ sie ringen. Schließlich sagte sie: »Ich glaube, er hat sie geliebt.«

Meine erste Reaktion war spöttischer Natur. Wie kann ein Mensch einen Geist lieben? wollte ich sagen. Doch dann ging mir auf, daß das im wesentlichen genau das war, worin wir uns verlieben. In den meisten Fällen wohnt der Geist — oder die Seele, wenn Sie so wollen — in einem fleischlichen Körper. Doch wer hat je behauptet, daß dies eine notwendige Bedingung ist? Rodney Greybriar hatte sich benommen, als betrachte er Amanda als eine Art Plage. War er wie der Schuljunge, der über das Mädchen, dessen Bild in seinem Spind hängt, sagt: »Was, *die* soll ich lieben?« Ich glaube, der Elf sagt das ein wenig zu oft.

Ich schüttelte den Kopf. Ich war total erledigt. Vielleicht war das der Grund dafür, warum ich an Dinge wie Liebe und Seele dachte. Nicht mein übliches Verhaltensmuster. Ich seufzte.

Jocasta brach in meine Gedanken ein. »Wie geht es jetzt weiter?«

»Ich weiß nicht. Vielleicht gar nicht.« Sie musterte mich mit festem Blick. Ich war müde, und wenn ich müde bin, pflege ich laut zu denken. Manchmal kommen mir dabei meine *besten* Gedanken, wenn der geistige Wachhund, der ›politisch unkorrekte‹ Gedanken zensiert, in einer Ecke döst.

»Sie hatten vorhin recht«, fuhr ich fort. »Privatdetektive ermitteln gewöhnlich tatsächlich in Scheidungsfällen. Ich, jedenfalls. Ich habe auch schon Leuten dabei geholfen, verlorene Gegenstände wiederzufinden, und Leute aufgespürt, die sich vor verschiedenen Verpflichtungen gedrückt haben, und ich habe schon Leute aus üblen Bürointrigen rausgehauen.« Daraufhin lächelte Jocasta ein wenig traurig. Sie hatte die Anspielung auf Lolly verstanden. »Darin bin ich gut. Das liegt auf meiner Linie. Ich bin ein kleiner Fisch, Jocasta. Ich hab noch nie was anderes geglaubt. Wir sind alle kleine Fische — Sie, ich, so ungefähr jeder, der mir je über den Weg gelaufen ist. Wir spielen nicht in der Oberliga. Jocasta, die größte Verschwörung, in der ich jemals ermittelt habe — wenn man das überhaupt so nennen kann —, drehte sich alles in allem um sieben Orks, die ein Schwindelunternehmen aufgezogen hatten.« Ich wußte, ich plapperte dummes Zeug, aber das bedeutete nicht, daß ich damit aufhören konnte. »Aus meiner Sicht der Dinge habe ich gewonnen, wenn ich *für einen Menschen* etwas positiv ändern kann — zum Beispiel, zu verhindern, daß er gegeekt wird. Wissen Sie, was ich damit sagen will?«

Sie nickte. »Ich weiß.«

»*Dieser* Drek ist davon ungefähr so weit weg wie ... wie ...« Mir fiel kein passender Vergleich ein, und ich mußte mich damit zufriedengaben, ausdrucksvoll mit den Armen zu wedeln. »Im Moment habe ich das Gefühl, daß es einfach an der Zeit ist, die großen Spiele auch den großen Jungs zu überlassen, wissen Sie? Beim kleinen Drek zu bleiben, dem Kram, bei dem ich was ändern kann. Dem Kram, mit dem ich mich auskenne.« Ich seufzte. »Ich glaube, vielleicht … Vielleicht sollte ich einfach nur versuchen, meine Schwester zu finden. Und es dem DED und Yamatetsu überlassen, sich gegenseitig die Augen auszukratzen. Theresa und ich könnten ein für allemal aus Seattle verschwinden. Irgendwo neu anfangen, in Atlanta vielleicht, wo uns niemand kennt. Oder vielleicht könnten wir auch über die Grenze zu einer der Native American Nations gehen. Was meinen *Sie?*«

Sie schwieg eine lange Zeit. Ihre Augen ruhten forschend auf meinem Gesicht. Schließlich sagte sie: »Fragen Sie mich, ob ich das gutheiße?«

Ich dachte darüber nach und antwortete dann wahrheitsgemäß: »Ich glaube schon.«

Sie nickte. Wiederum eine lange Pause. »Wissen Sie, ich glaube, Romane und Filme und Trideo haben uns mit dem Märchen, *eine* Person könne die Welt verändern, einen schlechten Dienst erwiesen. Sie wissen, was ich meine: Slade, der Scharfschütze, bringt eine ganze Regierung zu Fall. Neil, der Orkbarbar, wehrt ganz alleine die Invasion ab.«

Sie lächelte bei der Vorstellung. »Aber so läuft es in Wirklichkeit nicht. In der wirklichen Welt würde Lone Star Slade wegen zivilen Ungehorsams ins Gefängnis stecken, und fünfzig Krieger würden selbst Neil den Schädel einschlagen. Manche Dinge sind viel zu groß für einen Menschen. Veränderungen kommen auf die Art zustande, wie *Sie* arbeiten, Derek. Eine ganze Menge kleiner Leute arbeiten an dem Kram, den sie ändern können, wo es auf sie ankommt. Für sich betrachtet, scheint es belanglos zu sein, aber es summiert sich.«

Sie kicherte selbstironisch. »Jetzt haben Sie mich zum Philosophieren gebracht. Aber ich glaube dennoch, wenn Sie gegen irgendwas vorgehen, das zu groß für Sie ist, und Sie dabei getötet werden, dann ist die Welt verloren. Weil Sie dann nicht mehr unten im Schützengraben stehen und für die Leute etwas verändern, denen Sie in der Vergangenheit geholfen haben. Sie wissen, was ich meine?« Ich nickte, und sie kicherte wieder. »Wer weiß? Wenn Sie tatsächlich über die Grenze gehen sollten, komme ich vielleicht mit.« Sie sah auf die Uhr. »Es ist später, als ich gedacht habe.«

Ich sah selbst auf die Uhr. Schon nach 22.00 Uhr. Ich hätte auf ungefähr 19.00 getippt. Die Zeit vergeht wie im Flug, wenn einem der Drek aus dem Arsch geprügelt wird.

Ich weiß nicht mehr, wessen Idee es war, oder ob es eine jener Gelegenheiten war, wenn zwei Seelen denselben Gedanken haben, ohne daß Worte nötig wären. Wie auch immer. Jocasta und ich teilten das Bett in Rodneys zweitem Schlafzimmer. Es war das, was wir beide brauchten: Den Schrecken der vergangenen paar Tage beiseite zu schieben und uns in den Empfindungen der körperlichen Liebe zu verlieren. Da war viel Zärtlichkeit und Wärme und schließlich war da ein tiefer erfrischender Schlaf.

Ich erwachte etwa um zwei in der Früh. Durch ein Loch in der Wolkendecke schien der Mond durch das teilweise polarisierte Fenster. Jocastas Kopf ruhte auf meiner Schulter, ihr Arm hing locker über meiner Brust. Im Mondlicht wirkte ihr Gesicht still und friedlich. Ich konnte mir mühelos das Kind vorstellen, das sie einmal gewesen war, das einsame Mädchen, dessen ›unsichtbare Freundin‹ einmal zu ihr gesprochen hatte. Ich verspürte einen leichten Stich, als ich sie betrachtete. Nicht Liebe: Liebe entsteht nicht auf diese Weise. Aber Zärtlichkeit zweifellos. Ich fragte mich, ob es ihr auch nur vage ernst damit gewesen war, Seattle ebenfalls zu verlassen. Ich hoffte es: Ich konnte einen Freund brauchen.

Vielleicht eine Viertelstunde lag ich da und starrte an die Decke. Mein Körper benötigte mehr Schlaf, aber mein Geist wollte sich nicht entspannen. Ich *hatte* die Entscheidung getroffen, mich zu verdrücken. Es war keine von den logischen Entscheidungen, wo man das Für und Wider abwägt und dann kategorisch sagt: »Ich wähle Möglichkeit A.« Es war mehr die Einsicht, daß ein Teil meines Verstandes bereits von emotionalen Faktoren überzeugt worden war, und ich wußte, daß Logik das Gefühl im tiefsten Innern nicht ändern konnte.

So sei es. Finde dich mit der Entscheidung ab. Was würde der erste Schritt sein, sie in die Realität umzusetzen? Offensichtlich der, Theresa zu finden. Aber wie?

Ich ließ meine Gedanken treiben, indem ich ihnen keine Richtung vorgab, sondern mein Unterbewußtsein alles auf meinen inneren Schirm zaubern ließ, was es mir zeigen wollte. Während ich endlich ruhiger wurde und wieder in Richtung Schlaf glitt, ließ ich noch einmal die beiden Anrufe bei der Bruderschaft, meine Suche in den anderen Kliniken und meine Bitte an Naomi, die Aufzeichnungen Lone Stars auf eine Erwähnung meiner Schwester zu überprüfen, vor meinem geistigen Auge Revue passieren. Von da schaltete ich auf die Nachricht von Naomis Tod. Und von da — ich erkannte den morbiden Trend, der sich abzeichnete — auf meinen letzten Matrix-Run mit Buddy. Eine nicht gerade logische Gedankenkette — ist es nicht wunderbar, was der dösende Verstand alles bewerkstelligen kann? —, und ich ging noch einmal den Bericht der Intensivstation über Mariane Corbeaus Unfall durch.

Und plötzlich war ich hellwach, mein ganzer Körper kribbelte. Ich hatte ein Bindeglied, und ich wußte, was ich als nächstes zu tun hatte. So sanft wie möglich löste ich mich aus Jocastas Umarmung und legte ihr ein Kissen als Ersatz für meine Schulter unter den Kopf. Ich zog mich rasch an und kritzelte eine Notiz, in der ich erklärte, wohin ich ging. Dann schlich ich mich aus dem Apartment und hinein in die Nacht.

Das Stift der Universellen Bruderschaft in Puyallup erwies sich als ehemalige zahnärztliche Klinik. Ein weiteres, unter Denkmalschutz stehendes Gebäude wie Greybriars Apartmenthaus. Die Restaurationsarbeiten waren hervorragend gelungen bis hin zum neonbeleuchteten Merkurstab über der Vordertür. Im Einklang mit den Vorschriften des Komitees für Denkmalschutz waren die Schilder, die das Gebäude als Stift der Bruderschaft auswiesen (›Entdecken Sie Ihre inneren Qualitäten!‹ ›Auf dem Weg in eine bessere Zukunft‹), auf den Rasen beiderseits der Tür verbannt.

Ich fuhr langsam daran vorbei, wobei ich das Gelände musterte. Um drei Uhr irgendwas in der Früh war kaum Verkehr auf der Straße und noch weniger Bewegung in der Umgebung des Stifts. Wenige Lichter brannten, und ich war sicher, daß der Vordereingang verschlossen war (obwohl man meinen sollte, daß der Weg in eine bessere Zukunft ein Anliegen ist, das rund um die Uhr Bestand hat). Wie bei der Niederlassung in Redmond war der Eingang zur Suppenküche und zur Notaufnahme anscheinend in einer Seitengasse. *Anders* als in Redmond befand sich das Stift in Puyallup in der Mitte eines Blocks, was bedeutete, daß sich die potentiellen Patienten durch fünfzig Meter dunkler Gasse tasten mußten, um ihr Ziel zu erreichen. *Dieser* Eingang stand allen Hilfesuchenden offen.

Hierher also hatte Fitz, der Troll, Theresa gebracht, als sie ausgeflippt war. Ich konnte mir vorstellen, wie der ungeschlachte Wohltäter meiner Schwester den gestohlenen Wagen neben dem Müllcontainer in der Gasse parkte und sie, deren hagerer Körper in seinen Armen wie der eines Kindes aussah, zur Kliniktür trug.

Ich parkte den Wagen zwei Blocks entfernt, schlich zurück wie ein Gespenst durch die Nacht und bezog Stellung. Geduckt im Schatten eines weiteren Müllcontainers in einer weiteren Gasse, wobei ich um die Ecke lugte, um die Kliniktür im Auge zu behalten.

Ich war wegen jenes Bindegliedes hier, das ich beim Starren auf die mondbeschienene Zimmerdecke entdeckt hatte. Jene Information, die in der Crashcart-Datei über Mariane Corbeau vergraben war, hatte mich hergeführt. Als ich im Bett lag, hatte ich den Schlußeintrag in dieser Datei so deutlich vor mir gesehen, als würde er mir auf einem Bildschirm gezeigt. Plötzlich war mir aufgefallen, was ich bei der ersten Durchsicht der Datei übersehen hatte. Der Name, oder sollte ich sagen, die Bedeutung des Namens. ›Genehmigt von Dr. J. Carter und Dr. K. Mobasa, behandelnde Ärzte Dr. D. Horbein, Dr. X. Marthass, Dr. P. Dempsey und Dr. A. Kobayashi.‹ *Dr. P. Dempsey,* Dr. Phyllis Dempsey, frisch angestellte Verwaltungsdirektorin der Puyallup-Klinik der Bruderschaft, Nachfolgerin eines gewissen Dr. Boris Chernekhov.

Zufall? Vielleicht, aber ich glaubte es einfach nicht.

Angenommen, Dr. Dempsey war irgendwie nicht koscher. Das klärte eine ganze Reihe von Fragen. Es bedeutete, Fitz, der Troll, *hatte* Theresa hergebracht, wie er gesagt hatte. Kein Überlegen mehr, warum er gelogen haben könnte oder woher er das Namensschild der Schwester hatte, mit dem er die Lüge untermauerte. Und was war mit Fitz' Tod, dem Mord, den die Prowler mir in die Schuhe schoben? Der Troll hatte Theresa gemocht. Alle Prowlers hatten Teri ›Sahne‹ gefunden. Wetten, daß er am nächsten Tag wieder hingegangen war, um sich nach dem Befinden seiner Freundin zu erkundigen? Er hatte die falschen Fragen auf die falsche Art und Weise gestellt — Trolle sind nicht gerade für ihr Fingerspitzengefühl berühmt —, und dafür hatte man ihm die Kehle rausgerissen.

Anscheinend war es Zeit für eine weitere Unterhaltung mit Dr. Dempsey, eine intensive Unterhaltung. Am Telekom hatte sie erwähnt, daß sie wieder zur Nachmittagsschicht zurückkehren würde. Sie hatte außerdem etwas von einem ›Vier-Uhr-Bericht‹ gesagt, den sie gelesen habe. Hinzu kam die Tatsache, daß Kliniken im allgemeinen Zwölfstundenschichten fahren. Schlußfolgerung: Dempseys Schicht ging wahrscheinlich von 16.00 bis 04.00 in der Früh. Was bedeutete, sie würde in — ich sah auf die Uhr — etwa zwei Minuten Dienstschluß haben. Würden die Leute, deren Schicht beendet war, im Krankenhaus bleiben? Unwahrscheinlich: Sie würden mit Sicherheit nach Hause wollen. Und würden sie durch den Vordereingang gehen, was das Auf- und Zuschließen der Türen erforderlich machte? Wiederum unwahrscheinlich: Sie würden den Weg durch die Gasse nehmen. Den ich nicht aus den Augen ließ.

Wenn irgendwas geschehen würde, dann bald. Ich sah wieder auf die Uhr. 04.02.

Bingo! Die Tür zur Gasse öffnete sich. Im Lichtschwall, der sich aus der Tür ergoß, sah ich fünf Gestalten herauskommen, hörte die gemurmelten Gute-Nacht-Grüße. Dann teilte sich die Gruppe. Okay, die Götter waren auf meiner Seite. Drei Gestalten gingen in die andere Richtung und entfernten sich von mir. Zwei kamen mir entgegen. Eine große Gestalt — ein großer Mensch oder ein Ork, vermutete ich — und eine etwas, doch nicht viel kleinere. Dr. Phyllis Dempsey mit Freund/Leibwächter. Ich duckte mich tiefer in den Schatten des Müllcontainers und zog den Manhunter.

Die beiden Gestalten näherten sich mir. Seite an Seite, kein Gespräch. Der Bursche neben ihr war ein Mensch, und der Art, wie seine Augen wachsam immer wieder von links nach rechts und zurück wanderten, konnte ich entnehmen, daß er ein Leibwächter war. Doch seine Nachtsicht würde nach der Helligkeit der Klinik immer noch ziemlich lausig sein. Selbst mit verbesserter Optik war er für ein oder zwei Sekunden im Nachteil, und mehr brauchte ich nicht.

Jetzt! Die beiden Gestalten waren mit mir auf gleicher Höhe. Meine Beine waren unter mir wie Federn gespannt. Jetzt streckte ich mich und warf mich auf die größere der beiden Gestalten. Knallte ihm meine Kanone seitlich hinter dem Ohr auf den Schädel. Als er sich krümmte, pflanzte ich ihm meine andere, durch einen Zemetbrocken beschwerte Faust ins Genick. Er ging schlaff zu Boden, ohne ein Geräusch zu verursachen.

Alles war so schnell gegangen, daß Dempsey lediglich die Zeit gehabt hatte, sich halb zu mir umzudrehen. Dann packte ich ihren Arm, riß sie fast von den Beinen und knallte sie gegen die nächste Hauswand. Ich hielt ihr den Lauf des Manhunter unter die Nase und schaltete den Ziellaser ein. Ihre Pupillen verengten sich zu Stecknadelköpfen, und ich wußte, im Moment war sie praktisch blind.

»Reden wir«, zischte ich sie an.

Ihre Brust hob und senkte sich rasch, und ich konnte das Glitzern ihrer weißen Zähne vor dem Hintergrund ihrer schwarzen Haut sehen. Ich dachte, sie würde keuchen und die Zähne vor Furcht blecken. Doch dann wurde mir klar, daß sie lachte, und das jagte mir gründlich Angst ein. Ich trat einen Schritt zurück, die Kanone weiterhin auf ihr Gesicht gerichtet, während der Laser über ihre Augen zuckte.

»Guten Abend, Mr. Montgomery«, sagte sie ruhig und mit einem wahrhaft bestürzenden Unterton der Belustigung in der Stimme. Was, zum Teufel, fand sie so komisch? »Und was kann ich heute nacht für Sie tun?«

Obwohl ich es war, der nach allen objektiven Kriterien sie und die Sache im Griff hatte, kroch in mir langsam das Gefühl hoch, daß tatsächlich sie im Vorteil war. Ich steckte wieder tief im Drek, wahrscheinlich viel tiefer, als ich vermutete. Und ich wußte nicht einmal, warum oder wie. Aber ich würde ihr nicht zeigen, wie ich mich fühlte, also behielt ich meinen rauhen und eindringlichen Tonfall bei. »Ich will meine Schwester, Sie alte Schnepfe«, sagte ich. »Wo ist sie?«

Dempsey kicherte, ein leises und gräßliches Geräusch in dieser düsteren Gasse. »Oh, es geht ihr gut, Derek Montgomery. Besser als den meisten Leuten im Sprawl.« Sie grinste. »Besser als Ihnen, zum Beispiel. Und, aus einer ganz bestimmten Warte betrachtet, sehr bald noch besser.«

»Wovon reden Sie?«

»Wenn Sie Glück haben, werden Sie es letzten Endes herausfinden.« Ihr Lächeln, obszön im zitternden Laserlicht, ließ den Satz wie eine Drohung klingen. Nein, nicht wie eine Drohung, wie eine unheilvolle Prophezeiung.

Wieder überkam mich dieses Gefühl, daß sie alles unter Kontrolle hatte, daß sie nur mit mir spielte. Ich umklammerte die Pistole noch fester. »Wo ist sie?« fauchte ich.

»Dort, wo Sie nicht zu ihr gelangen können.«

»Wo?« fragte ich noch einmal. Sie lachte nur leise. Furcht und Abscheu vermischten sich, brannten in meinem Magen und explodierten dann in rote Wut. Ich schlug mit der Pistole zu, knallte ihr den Lauf fest gegen die Stirn, so fest, daß ihre Haut aufplatzte. Der Hieb hätte schwindelerregend schmerzhaft sein und ausreichen müssen, buchstäblich jeden vorübergehend zu betäuben, und den meisten wäre obendrein noch schlecht geworden. Obwohl der Knall von Metall auf Knochen laut durch die völlig verlassene Gasse hallte, gab sie durch nichts zu erkennen, daß er ihr auch nur im geringsten weh getan hatte. Ihr Lächeln war unverändert, ihre winzigen Pupillen fixierten mich immer noch. *»Wo?«* wiederholte ich.

Sie schwieg. Ich erwog, sie noch einmal zu schlagen, fester diesmal. Aber die Angst, sie einen noch härteren Schlag ungerührt wegstecken zu sehen, reichte, um mich davon abzubringen. »Ein Troll hat sie hergebracht«, sagte ich statt dessen.

»Natürlich. Er ist am nächsten Tag wiedergekommen und hat zu viele Fragen gestellt. Zu seinem Unglück.«

»Sie haben sie fortgebracht.«

»Natürlich«, wiederholte Dempsey.

Ich hätte vor Erleichterung seufzen können. Immer war da die Furcht gewesen — so tiefsitzend, daß ich sie nicht mal mir selbst eingestehen konnte —, Theresa könnte tot sein. In den Tiefen von Dempseys Augen schien sich etwas zu verändern, die Andeutung einer noch tiefergehenden Belustigung, und ich war überzeugt, sie wußte, was in mir vorging.

»*Wohin* haben Sie sie gebracht?« Ungeachtet der Nähe zur Klinik und der sehr realen Gefahr, gehört zu werden, schrie ich mittlerweile fast. »*Wohin?*«

Jetzt lachte sie. Laut und schallend, aus vollem Halse. »Aber das *wissen* Sie doch, Derek«, preßte sie zwischen ihren Heiterkeitsanfällen heraus. »Sie sind schon dort gewesen. In Fort Lewis. Die ISP-Anlage. Das gute alte E-Gebäude.«

Ach, Jesus ... Daher bezog ISP also seine Versuchspersonen für SPISES, aus den kostenfreien Kliniken der Stadt. Und das war auch der Grund, warum David Sutcliffe Patrick hatte geeken wollen, als der nach seiner vermißten Angebeteten gefragt hatte: Wahrscheinlich hatte man sie bereits nach Fort Lewis verfrachtet. O Jesus, Theresa ...

Ich war einen Augenblick abgelenkt gewesen, und das nutzte Dempsey aus. Sie stürzte mit derart übermenschlicher Geschwindigkeit vorwärts, daß ich die Bewegung kaum sah. Ihre linke Hand stieß vor, packte meine Pistolenhand und drückte den Manhunter nach außen. Der Laser tanzte in der Dunkelheit neben ihrem Kopf. Ihre rechte Hand packte mich seitlich am Hals, und ihre langen Fingernägel gruben sich in mein Fleisch. Die Frau hatte unglaubliche, schreckliche Kräfte. Ich konnte nicht gegen sie kämpfen. Mein Pistolenarm war so wirkungsvoll neutralisiert, als klemme er in einem Schraubstock, und ihre rechte Hand zog meinen Kopf langsam aber sicher näher an ihr Gesicht heran. Ihr Mund war weit aufgerissen, als wolle sie ihre Zähne in meine Kehle schlagen. Ein verwichster Vampir?

Ich konnte meinen rechten Arm nicht bewegen. Ich konnte die Kanone drehen, aber nicht weit genug. Sie verstärkte ihren Griff, und ich konnte spüren, wie sich die kleinen Knochen meines Handgelenks bewegten. Der Schmerz machte mir augenblicklich klar, daß ich nur noch ein paar Sekunden hatte, bevor sie mir das Handgelenk brach — bevor sie mir die Kehle herausriß.

Meine linke Hand war immer noch frei. Ich knallte ihr eine Serie kurzer Haken an den Kopf, aber unsere Körper waren zu dicht beieinander, so daß ich die Hebelkraft meines Arms nicht richtig einsetzen konnte, und meine Faust fühlte sich an, als hätte ich den Müllcontainer verprügelt. Ich riß ein Knie hoch, wobei ich auf ihre Weichteile zielte — klar, das ist nicht so wirkungsvoll wie bei einem Mann, aber ein solider Schlag in den Unterleib läßt auch eine Frau in die Knie gehen. Doch sie drehte sich weg, und mein Knie stieß gegen ihren steinharten Oberschenkelmuskel. Sie lachte und zog meinen Kopf noch näher zu ihrem Mund. Ihre Augen waren immer noch auf meine geheftet.

Ich brachte die linke Hand nach oben und trieb meine Finger in diese Augen. Sie schrie auf. Mit aller Kraft drückte ich zu und stieß ihren Kopf nach hinten. Dann warf ich mich mit meinem vollen Gewicht auf sie und trieb sie rückwärts — einen Schritt, zwei — gegen die Hauswand. (Es klappte. Stark war sie vielleicht, aber sie hatte trotzdem nur die Körpermasse einer Elfin.) Mit dem häßlichen Geräusch brechender Knochen knallte ihr Hinterkopf gegen die Wand. Sie schrie erneut, und ich rammte ihr meine linke Schulter gegen den Hals.

Dann schrie *ich,* als sie ihre Zähne in meiner Schulter

vergrub — eiskalter Schmerz, der sich in Feuer verwandelte. Ich riß mich los, spürte mein Fleisch unter ihren Zähnen nachgeben.

Der Zielpunkt meines Lasers lag auf der Wand direkt neben ihrem Ohr. Das Licht wurde von ihrer Schläfe reflektiert. Ich drückte ab.

Der Manhunter brüllte auf und keilte aus. Die Kugel schlug Splitter aus der Mauer, die mir um die Ohren flogen, und der Querschläger traf Dempsey seitlich am Kopf. Ihr Griff um Hals und Handgelenk verkrampfte sich, um dann schlaff zu werden. Ich riß mich los und stolperte einen Schritt zurück.

Sie lebte noch, was eigentlich nicht hätte der Fall sein dürfen. Ein Teil ihres Schädels war buchstäblich weggefegt worden, doch sie stand immer noch. Die rollenden Augen, die jetzt längst nicht mehr menschlich aussahen, auf mich fixiert, machte sie einen Schritt auf mich zu. Ihre Stimme war ein scheußliches blubberndes Ding.

Ich schoß wieder. Und wieder und wieder. Schoß weiter, nachdem sie längst zu Boden gegangen war, bis das Magazin leer war. Widerstand dem Impuls, ein neues einzulegen und das auch noch in sie zu leeren. Dann drehte ich mich um und floh aus der Gasse, als sei der Teufel persönlich hinter mir her. Und ich war nicht mal völlig sicher, daß er das nicht tatsächlich war.

25

Meine Schulter fühlte sich an wie die reine Hölle. Nicht einmal die analgetische Salbe, die Jocasta aufgetragen hatte, konnte die Schmerzen vollständig betäuben, und das Fleisch schien über den Verband zu quellen, den sie mir angelegt hatte. Die Wunde selbst brannte, der vertraute Schmerz zerrissenen Fleisches, doch tiefer in der Schulter spürte ich ein dumpfes Pochen, das mit meinem Herzschlag synchronisiert zu sein schien. Zunächst war die Empfindung auf die Schulter beschränkt gewesen. Doch jetzt schienen Schmerz und Schwäche auf den ganzen linken Arm auszugreifen.

Jocasta kniete neben mir auf dem Sofa. Ein gut ausgerüstetes Medkit lag auf dem Kaffeetisch, von dem ein Glasfaserkabel zu einem Sensor führte, mit dem Jocasta meine Schulter abtastete. »Irgendein Gift, glaube ich«, sagte sie, während sie die Analyse des Medkits studierte. »Es schlägt ein Breitband-Gegengift in Pflasterform vor.«

»Ich würde seinem Urteil mehr trauen als meinem«, sagte ich. »Mach weiter.«

»Was *war* sie?« fragte sie, während sie die Schützhülle von dem Pflaster zog und es mir nahe der Wunde auf den Rücken klebte.

Ich zuckte mit den Schultern. Ich war etwa gegen 05.00 zurückgekommen. Da ich auf der Rückfahrt langsam fahren und gelegentlich anhalten mußte, um einen Anfall von Schüttelfrost abzuwarten, hatte ich reichlich Zeit zum Nachdenken gehabt. In einer ersten Reaktion auf den Kampf hatte ich geglaubt, Dempsey sei irgendein unnatürlich starkes Monster mit Giftzähnen gewesen. Jetzt wurde mir klar, daß da lediglich die Angst aus mir gesprochen hatte.

Ihre Kraft? Cyberware, schlicht und ergreifend. Nicht jedes Ersatzglied muß nach Chrom aussehen. Die Tatsache, daß ihr die erste Kugel zwar den halben Kopf weggerissen, sie aber dennoch nicht gegeekt hatte? Manchmal läuft es eben so. Der Wundschock — oder das Fehlen desselben — ist einfach unberechenbar. Der eine wird an der Hand getroffen und stirbt am Schock. Ein anderer bekommt ein paar Dutzend Kugeln ab und hüpft noch minutenlang in der Gegend rum, bevor sein Hirn zugibt, daß er tot ist.

Und ihr Giftbiß — wenn es wirklich ein Toxin war

und nicht bloß fehlende Mundhygiene? Ich kenne Straßensamurai mit Dornen statt Fingernägeln und Messern in den Unterarmen. Wenn ich es mir richtig überlegte, war es eigentlich eher verwunderlich, daß ich bis jetzt noch nicht von Giftzähnen — wahrscheinlich mit Stahlspitzen überkront — gehört hatte.

»Ich weiß nicht, was sie war. Ich weiß nur, daß sie meine Schwester genommen und Yamatetsu übergeben hat. Das *Miststück.*« Der Schmerz in meiner Schulter ließ langsam nach, als das Pflaster seine Arbeit aufnahm. Den Göttern sei Dank für die moderne Medizin. Ich sprang vom Sofa, empfand das dringende Bedürfnis auf und ab zu gehen.

Jocasta musterte mich schweigend. Ich wußte, daß sie begriff, was ich durchmachte, da sie gerade erst die eigene Schwester verloren hatte, aber meine Wut und meine inneren Qualen waren unmittelbarer. Sie brannten und ätzten und wanden sich in meinem Magen. Ich mußte irgendwas unternehmen.

»Was hast du jetzt vor?« Jocastas Stimme klang gelassen, beruhigend — das letzte, was ich im Moment wollte.

»Sie umbringen«, grollte ich. »Meine Schwester zurückholen.«

»Wie?«

»Ich *weiß* es nicht.«

»Dann laß uns darüber reden. Ich will dir helfen, Derek. Ich *werde* dir helfen. Aber ich muß wissen, wie.« Ich wollte die Logik in ihren Worten nicht akzeptieren, aber mir blieb nichts anderes übrig. Widerwillig setzte ich mich neben sie.

»Also gut«, sagte sie mit einem beruhigenden Lächeln, »dann laß uns überlegen, wie wir vorgehen müssen.«

Eines wurde rasch offensichtlich: Wenn wir auch nur in die Nähe von Yamatetsus ISP-Anlage kommen wollten, brauchten wir mehr Leute und ernstzunehmende Muskeln — oder Muskel-Ersatz.

Das Schlüsselwort war ›ernstzunehmend‹. Wie jeder, der auf den Straßen und in den Schatten arbeitet, kannte ich einige Dutzend Leute, die sich als Shadowrunner bezeichneten. Genaugenommen waren sie das wohl auch. Doch unter den Shadowrunnern existieren ebenso Abstufungen wie, sagen wir, unter professionellen Riggern. Die überwiegende Mehrheit der Rigger ist absolut in der Lage, einen Truck über einen Highway zu fahren, ohne irgendwo anzuecken — oder zumindest nicht allzu oft. Doch darüber hinaus gibt es die Burschen, die einen Panzer mitten in der Nacht durch einen stürmischen Canyon und einen Hagel anfliegender Raketen steuern können, während sie gleichzeitig die angreifenden Helikopter mit der Kanone des Panzers beharken. Trotz allem, was man im Trid zu sehen bekommt, sind diese letzteren sehr dünn gesät.

Dasselbe gilt für den Shadowrunner von Format. Er ist einer von Tausend — wahrscheinlich noch seltener — und der Dutzendware so ähnlich wie ein Schreckgespenst einem Schoßhündchen. Ich bin einmal einem Shadowrunner dieses Kalibers — einem Samurai, der sich Hangfire nannte — bei einem gesellschaftlichen Anlaß begegnet, und das hat mir gereicht. Ich danke allen Göttern, daß ich noch nie gegen einen antreten mußte.

Doch jetzt waren solche Schwergewichte genau das, was ich finden mußte. Durchschnittliche Shadowrunner anzuheuern, ist nicht schwer: Man geht in die richtige Art von Bar und läßt durchblicken, daß man ein Talent für einen Job braucht. Dann siebt man einfach alle Bewerber, bis man gefunden hat, was man braucht. Doch die Creme hängt nicht in Bars rum und nimmt auch nicht jeden Job an. Und sie arbeitet fast immer über Mittelsmänner.

Was der Grund dafür war, daß ich Anwar anrief. So wenig ich das kleine Wiesel leiden kann, das Netz seiner

Kontakte ist viel größer, als meines je sein wird. Ich gab eine grobe Beschreibung des Jobs und den Grad der Befähigung, der mir vorschwebte, wobei ich natürlich den Namen des Konzerns verschwieg. »Ich schätze, ich brauche zwei, vielleicht drei wirklich gute Kanonen«, sagte ich. »Für einen Decker sorge ich selbst« — ich dachte an Rosebud, deren Tarife vernünftig waren —, »desgleichen für einen Magier.« Rodney, natürlich. »Aber ich brauche Muskeln.«

Ich konnte die kleinen Nuyen-Zeichen hinter Anwars dunklen Augen förmlich aufleuchten sehen. Dies würde eine große Sache werden, was bedeutete, daß er eine große Provision einsackte. »Ja, sicher, sicher«, sagte er. »Klar, ich kenn 'n paar von den Leuten, die du willst. Du willst auch gescheite, nicht nur harte Burschen? Spielt die Rasse 'ne Rolle?« Ich schüttelte den Kopf. »Dann haben wir da Easter aus Detroit — Troll, echt guter Ruf. Oder Ripper aus Atlanta — Zwergensöldner, einer der Härtesten. Oder vielleicht ...«

Ich schnitt ihm das Wort ab. »Bleib hier in der Gegend«, sagte ich. »Ich brauch sie heute nacht, wenn es sich eben machen läßt.«

»Oh, ein *Eil*auftrag«, blökte Anwar, und die Nuyen-Zeichen leuchteten heller. »Ja, willst du ...« Er brach ab, und seine Augen verengten sich. »Du kannst zahlen, hm?« sagte er mißtrauisch. »Spitzenleute verlangen auch Spitzennuyen.«

Ich nickte. Jocasta und ich hatten das bereits durchdiskutiert. Ich konnte vielleicht siebzig K Nuyen zusammenkratzen, im wesentlichen dadurch, daß ich alles verpfändete, was mir gehörte oder je gehören würde — kein allzu großes Problem, da ich tatsächlich die Absicht hatte zu verschwinden, sobald ich Theresa hatte. Jocasta hatte versprochen, für den Rest geradezustehen. (Sie hatte nicht gesagt, warum, und ich kannte mich zu gut mit geschenkten Gäulen aus, um sie zu fragen.) »Ich kann zahlen«, sagte ich dem Wiesel.

»Ja, okay. Wenn du was aus der Gegend willst, dann gibt's da 'ne Gruppe, die sich Wrecking Crew nennt. Zwei Samurai, ein Magier, ein Decker.«

»Ich brauch nur die Muskeln. Für Magier und Decker sorge ich selbst.«

Anwar schüttelte den Kopf. »So läuft das nicht. Die Crew arbeitet immer zusammen. Keine Ausnahmen: Wenn du einen willst, mußt du alle nehmen.«

Vier schwergewichtige Shadowrunner würden mein Budget sprengen. »Wer noch?« fragte ich.

Er zuckte die Achseln auf seine wieselige Art und Weise. »Niemand, wenn du sie heute noch willst.«

Ich knirschte mit den Zähnen. »Wie ist ihr Tarif?«

Der Schieber sah mich an, als hätte ich ihn nach seiner Lieblingsstellung gefragt. »Du machst 'n Angebot, sie entscheiden, ob sie's annehmen«, schnappte er. Ich wußte, das war das übliche Protokoll, aber ich hatte auf einen Tip gehofft, um nicht mehr Zeit als nötig mit Verhandlungen zu verschwenden.

Ich stellte das Telekom auf Warten und wandte mich an Jocasta, die schweigend vom Sofa aus zugesehen hatte. »Insgesamt vier. Jeder zwanzig?«

Sie dachte einen Moment darüber nach. »Mach dreißig daraus.«

Ich zögerte. Das waren insgesamt hundertzwanzigtausend Nuyen — meine siebzig plus fünfzig von Jocasta. »Bist du sicher?«

»Mach dreißig daraus«, sagte sie fest.

Ich widmete mich wieder dem Telekom und holte Anwar aus seinem elektronischen Limbus zurück. »Okay«, sagte ich, »insgesamt Eins-zwanzig. Sie zahlen deine Provision.«

Das Wiesel ließ keine Reaktion erkennen. Anwar würde einen verdammt guten Pokerspieler abgeben. »Ich geb dein Angebot weiter«, sagte er unverbindlich. »Und der Job?«

»Bereit zum Empfang?« fragte ich. Als er bereit war,

jagte ich eine kurze Instruktionsdatei über die Leitung. Die Datei enthielt alles, was Jocasta und ich über die ISP-Anlage wußten oder rekonstruieren konnten, sowie eine Einsatzbeschreibung. Obwohl das Protokoll dem Schieber bei Deals wie diesem verbot, in den Informationsaustausch zwischen Auftraggeber und Ausführendem Einsicht zu nehmen, hatte ich die Vorsichtsmaßnahme ergriffen, ein Einmal-Lesevirus in die Datei einzubauen. Das Virus sorgte dafür, daß die Datei nur einmal geöffnet werden konnte und jeder Versuch, sie zu kopieren oder den Kopierschutz zu entfernen, zur sofortigen Löschung führte. Vielleicht ein wenig paranoid, aber Paranoia schien langsam der Preis dafür zu sein, am Leben zu bleiben.

Das Wiesel bestätigte den Empfang der Datei und unterbrach dann die Verbindung. Ich lehnte mich zurück und versuchte abzuschalten. Jetzt war nichts mehr zu tun, als zu warten.

Das brauchten wir nicht lange. Ein Segen, weil die Anspannung an meinen Eingeweiden nagte. Als das Telekom summte, hätte ich fast ein paar Möbelstücke über den Haufen gerannt, um so schnell wie möglich hinzukommen. Ich drückte auf die Empfangstaste. »Ja?« bellte ich ins Mikro.

Das Gesicht auf dem Schirm war mir unbekannt, aber es konnte nur einem gehören. Auf eine harte Weise hübsch, hatte er ein langes Gesicht mit großem Kiefer, kurzem Haar und einem Mund, den man je nach Stimmung als entschlossen oder grausam beschreiben konnte. Seine Augen waren grau und glitzerten silbrig, was auf Modifikationen hindeutete. Sein Benehmen war vielleicht noch charakteristischer. Es hatte nichts von dem prahlerischen Macho-Gehabe und dem Anflug barbarischer Wildheit, die die meisten Möchtegern-Runner als Beweis ihrer Professionalität demonstrieren. Er hatte mehr von einem hochrangigen Militär an sich und war so überzeugt von sich und seinen Fähigkeiten, daß er nicht zu posieren brauchte. Entweder man nahm ihn ernst oder ließ es bleiben. Im letzteren Fall würde man wahrscheinlich sterben, aber auf die eine oder andere Art würde ihm das ebenso wahrscheinlich ziemlich egal sein.

»Mr. Johnson?« sagte er ruhig.

Mein Verstand setzte für einen Moment aus. Warum sollte mir Anwar noch einen Johnson vor die Nase gesetzt haben? Ich war derjenige, der die Shadowrunner anheuerte, was, wie ich plötzlich realisierte, *mich* zu Johnson machte.

»Ja«, sagte ich schließlich.

»Sie können mich Argent nennen.«

»Vielen Dank für den schnellen Rückruf.«

»Ich habe ihr Angebot mit meinem Team besprochen«, fuhr er fort, als hätte ich gar nichts gesagt, »und ihnen Ihre Instruktionsdatei gezeigt. Wir haben beschlossen, Ihren Kontrakt zu akzeptieren.« Ich unterdrückte einen Seufzer der Erleichterung. »Ihr Mittelsmann sagte, es soll heute nacht über die Bühne gehen. Stimmt das?«

Ich nickte. »Es ist wichtig, daß wir schnell machen.«

»Wenn Sie es so haben wollen«, sagte der Samurai gleichmütig, »schlage ich vor, daß wir uns um achtzehnnull-null zu einer Einsatzbesprechung treffen. Haben Sie einen sicheren Treffpunkt?« Ich nickte und gab ihm die Adresse von Rodneys Apartment.

»Einverstanden«, sagte Argent. »Hawk und ich sind um Punkt Achtzehn da.«

Und das war es. Ich hatte ein Team von Shadowrunnern angeheuert.

Rodney war aus dem Schlafzimmer gekommen, während Jocasta und ich auf den Anruf der Wrecking Crew gewartet hatten. Er sah zum Fürchten aus — blasse Gesichtsfarbe, tief in den Höhlen liegende Augen. Ich wußte nicht, ob ihn seine Zauberei so fertig gemacht hatte oder der Kummer über Amandas Tod, und es schien nicht der richtige Zeitpunkt zu sein, ihn danach zu fragen. Bis zu Argents Anruf war er nicht besonders gesprächig, doch dann sagte er: »Ich komme heute nacht mit.«

»Es ist nicht Ihr Kampf, Rodney«, sagte ich ruhig.

Er starrte mich mit einem seltsamen Ausdruck in den Augen an. »Vielleicht ist er das doch.« Zum erstenmal, seit ich ihn kannte, sah er gefährlich aus. Ich erinnerte mich an den Killer-Spruch, der das *Ding* zerfetzt hatte, und nickte rasch.

»Ihre Entscheidung. Wenn Sie meinen, daß Sie dazu bereit sind.«

»Ich bin dazu bereit.« Ich war gewiß nicht in der Position, deswegen mit ihm zu streiten.

Ich schlug die Zeit bis 18.00 Uhr auf die konstruktivste Weise tot, die ich mir vorstellen konnte. Zunächst ließ ich den Rundgang, den Skyhill uns in der ISP-Anlage verpaßt hatte, wieder und wieder vor meinem geistigen Auge Revue passieren, wobei ich mich auf Dinge wie Lageplan, logische Positionen der Wächter und andere taktische Erwägungen konzentrierte. Dann rief ich Anwar nochmal an. Ich wollte von ihm alle Hintergrundinformationen, die er mir über das Team von Shadowrunnern geben konnte, das sich selbst Wrecking Crew nannte.

Ziemlich beeindruckende Dossiers, die die Burschen da hatten. Argent, der Anführer, hatte sein Handwerk in Fuchis Konzernarmee und drei Jahren Wüstenkrieg gelernt. Zweifellos ein zäher Kunde. Ein äußerst beunruhigender Vermerk in seinem Dossier erregte jedoch meine Aufmerksamkeit und wollte mich nicht mehr loslassen. Argent hatte zwei Cyberarme. Nun war diese Tatsache an sich nicht so ungewöhnlich, besonders nicht nach drei Jahren Krieg. Ich glaube, ich wäre überraschter gewesen, wenn er durchgekommen wäre, *ohne* irgendwelche Körperteile zu verlieren. Nein, was ich so bestürzend fand, war die Tatsache, daß die Cyberarme freiwillig empfangene Ersatzglieder waren. Im Klartext: Argent hatte beschlossen, sich seine perfekt funktionierenden Arme aus Fleisch und Blut abtrennen und durch metallene ersetzen zu lassen. Welche Sorte Mensch konnte eine derartige Entscheidung treffen? Was würde einem durch den Kopf gehen, während man dem Chirurgen sagte: »Machen Sie schon, weg damit!« Unheimlich.

Argents Stellvertreter war ein Amerindianer namens Hawk. Er war außerdem ein Kampfschamane, eine Rarität im Sprawl. Laut Anwars Daten war Hawk ein Adlerschamane, der eine komplette Dienstzeit bei den Sondereinheiten der Sioux — stimmt genau, die berüchtigten Wildcats — gedient hatte, und zwar bei der magisch aktiven Spiritwalker-Einheit. Dann hatte er sich ausmustern lassen, um solo weiterzumachen. Ziemlich harter Hund, dieser Hawk.

Dann war da noch Toshi, eine weitere Messerklaue. Sein Hintergrund entsprach mehr dem der meisten Runner, die ich kannte. Auf der Straße aufgewachsen, bei allen möglichen Gangs mitgemischt, mit Cyberware aufgepeppt und sich dann einen soliden Ruf geschaffen — das übliche.

Abgerundet wurde das Team durch Peg, die Deckerin. Ein weiterer interessanter Fall. Infolge eines Motorradunfalls im Alter von sechzehn Jahren war Peg querschnittsgelähmt. Die Rückenmarksschäden waren so schwer und so weit oben, daß selbst Cyberware nicht helfen konnte. Man braucht Bewegungsnerven, um mit den Cybergliedern kommunizieren zu können, und sie besaß ganz einfach keine funktionstüchtigen mehr. Doch Peg besaß eine Datenbuchse, und sie wich in die Matrix als die einzige Welt aus, in der sich ihre Verletzungen nicht nachteilig auswirkten. In den seitdem vergangenen zehn Jahren hatte sie Jobs auf jedem Kontinent ausgeführt, obwohl sie ihr Zimmer in der San Francisco-Klinik, wo sie zu Hause war, nie verlassen hatte. Seit drei Jahren war Peg der einzige Decker, mit dem die anderen Mitglieder der Wrecking Crew zusammenarbeiten wollten.

Interessant zu lesen und sehr beruhigend. Ich bekam gute Leute für mein Geld. Meine Zuversicht wuchs: Wir hatten eine gute Chance, die Sache glatt durchzuziehen.

Also vertrieb ich mir die Zeit mit Lesen und Planen. Doch hauptsächlich damit, mir Sorgen zu machen.

Um Punkt 18.00 Uhr hörte ich das Dröhnen schwerer Motorräder auf der Straße. Drei, dachte ich: Argent, Hawk und Toshi. Eine logische Vorgehensweise war, daß Argent und Hawk zur Besprechung gingen, während der andere Samurai draußen patrouillierte, nur für den Fall, daß es eine Falle war.

Es klopfte an der Tür. Rodney schloß die Augen und schien ein paar Sekunden lang in eine Art Trance zu gleiten. Dann erhob er sich und sagte: »Sie sind es.« Ich nickte, und er öffnete die Tür.

Argent kam als erster herein. Ein großer Mann, noch größer, als ich nach seinem Bild auf dem Telekomschirm vermutet hatte. Trotz meiner festen Absicht, meine Augen auf sein Gesicht zu richten, wurde mein Blick wie magisch von seinen schlanken Metallhänden angezogen. Nicht das spiegelblanke Chrom, das sich die meisten Möchtegern-Straßenmonster aussuchen, sondern mattschwarzer Lack, der seine Hände noch tödlicher — bösartiger, sogar — wirken ließ, als ich es für möglich gehalten hätte. Mein Blick glitt wieder zu seinem Gesicht, suchte in seinen kalten Augen nach einem Hinweis auf seine Persönlichkeit. Doch der Ausdruck war unleserlich.

Hinter Argent stand ein Amerindianer, überraschend schmalgesichtig und auf eine asketische Weise hübsch, doch mit einem muskulösen Körper, der Argents an Größe in nichts nachstand. Das mußte Hawk sein, der

Kampfschamane. Beide Runner trugen die üblichen ›Geschäftsanzüge‹, eng sitzende schwarze Klamotten, die unter der Oberfläche die charakteristischen Ausbuchtungen von Panzerung aufwiesen. Keiner trug sichtbare Waffen, aber ich wußte, sie würden irgendwo welche versteckt haben.

Argent überflog den Raum mit kühlem Blick, während Hawk einen Meter hinter und rechts von ihm stand. Perfekt aufeinander abgestimmte Schußfelder für Rechtshänder. Dann nickte mir die große Messerklaue zu. »Guten Abend, Mr. Johnson.« Er deutete auf das Telekom. »Ich hätte gern, daß Peg sich zu uns gesellt, wenn Sie nichts dagegen haben.« Auf ein Nicken von mir ging der Samurai zum Telekom und tippte eine Nummer ein. Der Schirm blieb leer, aber aus dem Lautsprecher erklang eine weibliche Stimme. »Ich bin da, Argent.«

Dann setzte sich Argent auf das Sofa, während sich Hawk lässig an die Wand neben der Tür lehnte. Ihre scheinbare Lässigkeit konnte mich nicht täuschen. Ich wußte, sie waren bis in die Haarspitzen hinein gespannt und auf alles vorbereitet.

»Okay«, sagte der Samurai ruhig, »betrachten wir noch mal die Lage. Es handelt sich um einen glatten Einbruch plus Rettungsunternehmen. Ort: Die Forschungsanlage eines Konzerns. Gegenstand: Eine menschliche Frau. Keine weiteren Einschränkungen oder Bedingungen. Richtig?«

»Nur eine«, sagte ich. »Wir drei kommen mit.«

Argents kalte Augen flogen über Jocasta, Rodney und mich. »Sie sagten nichts von Touristen.«

Bevor ich antworten konnte, ergriff Hawk das Wort. Seine Stimme war sehr tief, noch tiefer, als seine Größe ohnehin schon nahelegte. »Der Elf ist ein hermetischer Magier, Argent.« Er fixierte Rodney mit neugierigem Blick. »Initiat?« Rodney nickte. »Die Frau ist magisch aktiv, aber auf einer niedrigen und unkontrollierten

Ebene. Ich würde sie vielleicht als Adept einstufen. Und Mr. Johnson ...« Er betrachtete mich von oben bis unten und grinste trocken. »Mr. Johnson ist ein Normalsterblicher, aber er hat 'ne ziemliche Wut im Bauch und ist bereit, jedem, der ihm krumm kommt, richtig den Marsch zu blasen. Nicht unbedingt deine Standardtouristen.«

Anscheinend nicht geneigt, die Einschätzung des Amerindianers in Frage zu stellen, zuckte Argent die Achseln. »Schön«, sagte er nach einem Augenblick des Nachdenkens. »Sie kommen also mit.« Er änderte abrupt das Thema. »Ich habe Peg beauftragt, mehr Hintergrundmaterial über die Anlage zu beschaffen. Insbesondere über Anzahl und Aufgabenverteilung der Wachen sowie Sicherheitsvorkehrungen.« Er warf mir einen Chip zu. »Hier sind die taktischen Daten, die sie zusammengestellt hat. Ich will, daß Sie drei sich das ansehen — und einprägen —, und zwar bis dreiundzwanzig-null-null. Aufbruch ist um vierundzwanzig.«

Ich nickte. Argent war der Profi, und ich war absolut gewillt, die taktischen Dinge in seine metallenen Hände zu legen.

»Wir werden Sie mit Waffen versorgen«, fuhr Argent fort. Ich wollte etwas sagen, doch er ließ mich nicht zu Wort kommen. »Ich *weiß*, daß Sie Ihre eigene Artillerie haben. Aber wenn Sie unsere benutzen, weiß ich, daß sie auch funktioniert.« Er wandte sich an den Schamanen. »Hawk, warum hältst du nicht ein Schwätzchen mit deinem *Kollegen?*«

Rodney und der Amerindianer vertagten sich in die Küche, und ich konnte sie leise über Dinge wie Zaubersprüche, Initiationsgrade, Erschöpfungsstufen und anderen Drek reden hören, alles Dinge, die für mich böhmische Dörfer waren. Argent sah aus, als hätte er sich einfach abgeschaltet. Seine Augen blieben geöffnet und überflogen träge den Raum, aber er schien sich innerlich zurückgezogen zu haben. Ich erwog ganz kurz, eine Unterhaltung anzufangen, verwarf dann aber die Idee.

Statt dessen nahm ich den Chip, den mir der große Samurai gegeben hatte, legte ihn ins Telekom ein und rief den Text auf. Peg war fleißig gewesen. Irgendwie hatte sie herausbekommen, daß die reguläre Sicherheitsabteilung, die die ISP-Anlage bewachte, fünfundzwanzig Mann zählte, und sie hatte sie sogar mit all ihren Namen aufgelistet. Die Zeiten für die Schichtwechsel waren angegeben und sogar historische Daten — wann höhere Offiziere Überraschungsinspektionen durchgeführt hatten. Danach kam eine Aufstellung der elektronischen Sicherheit — eine deprimierend lange Liste, die alles einschloß, angefangen von normalen Bewegungsdetektoren an der Peripherie bis zu Vibrations/Druck-Einheiten in der Nähe der einzelnen Gebäude. Dennoch stellte die Deckerin in ihren Kommentaren fest, daß sie mit keinerlei Schwierigkeiten rechnete, diese Systeme im Zuge der sogenannten ›Matrixüberwachung‹ auszuschalten. Ich wünschte, ich hätte ihre Zuversicht teilen können.

Der unangenehmste Punkt auf der Liste war jedoch die Neuigkeit, daß ISP ›Paraspezies‹ als Teil ihres Sicherheitssystems einsetzten. Mit anderen Worten, sie hielten sich Erwachte Critter als Wachhunde: ein paar Höllenhunde, um genau zu sein. Höllenhunde waren im Grunde gute kleine Hundchen, die Feuer speien und einen militanten Troll in weniger als einer Minute in Grillburger verwandeln konnten. Ich fragte mich, wie Argent und seine Truppe mit diesen Schoßtierchen fertig werden wollten.

Nach den Sicherheitsaspekten erging sich das taktische Dossier in Fragen des Timings und der ›Disposition der Aktivposten‹ — im wesentlichen Schätzungen für den Zeitpunkt des Eindringens und die Dauer der Mission, Rückzugs- und Treffpunkte sowie verschiedene Notpläne für den Fall, daß wir die Chose vermasselten. Es gab sogar eine Schätzung unserer Erfolgschancen: 90 Prozent plus minus 4 Prozent Ungenauigkeitsintervall. (Also, wo diese Zahlen herkamen, konnte ich nicht einmal vermuten. Doch sie wurden in derart autoritativer Art präsentiert, daß ich sie nicht anzuzweifeln wagte.) Alles in allem war es ein Stück Arbeit, das in seiner Präzision fast militärisch wirkte. Wenn man natürlich den Hintergrund des Anführers bedachte, konnte das nicht weiter überraschen.

Nach einer Weile kehrte Rodney von seiner Besprechung mit Hawk zurück, und er und Jocasta schlossen sich mir am Terminal an. Trotz der Komplexität und des hohen Datengehalts von Pegs taktischem Dossier gab es sehr wenige Dinge, die wir uns wirklich merken mußten. Im wesentlichen zwei Grundregeln: Hört auf die Wrecking Crew, und wenn sie sagen, tut irgendwas, dann tut es *sofort* und stellt keine Fragen. Und wenn die Geschichte zum Teufel ging, sollten wir uns alle außerhalb der Anlage direkt gegenüber dem Haupttor treffen. Peg würde den Alarm ausgeschaltet und genug Computer-Chaos angerichtet haben, um dafür zu sorgen, daß die Wachen irgendwoanders schwer beschäftigt waren.

Ich hatte zwar damit gerechnet, daß die Zeit kriechen würde, doch Mitternacht kam fast zu schnell. Die relative Stille auf der Straße wurde vom Dröhnen eines startenden Motorrads durchbrochen.

»Es wird Zeit«, sagte Argent, der sich mit der lautlosen Geschmeidigkeit einer Raubkatze erhob.

»Wie fahren wir?« fragte ich. »Ich hab einen Wagen, aber nur 'nen Zweisitzer.«

»Sie und Sie« — der Samurai zeigte auf Jocasta und Rodney — »nehmen den Wagen. Mr. Johnson fährt mit uns.«

Die Wrecking Crew fuhr Motorräder, die perfekt zu ihrem Stil und zu ihrem Geschäft paßten: Schnell und mit fast brutaler Leistung. Hawk und Argent fuhren Harleys — ›Kampfhobel‹, hatte Hawk sie grinsend genannt. Toshi, der zweite Samurai, ein großer, reizbar aussehender Elf japanischer Abstammung, saß auf einer Honda Viking. Das Motorrad sah schneller aus als die anderen, doch dafür auch unruhiger, was wahrscheinlich seiner Persönlichkeit entsprach.

»Ausrüstungscheck in Fort Lewis«, verkündete Argent. »Mr. Johnson, Sie fahren mit mir.« Ich nickte. »Folgen Sie uns«, sagte er zu Jocasta, die meinen Wagen fuhr. Rodney saß auf dem Beifahrersitz. »Und halten Sie sich dicht hinter uns.« Er drehte am Gas, und der bullige Motor dröhnte wie ein schweres Maschinengewehr. »Okay, Mr. Johnson, steigen Sie auf.«

Ich schwang ein Bein über die Maschine und setzte mich auf den hinteren Sattel. Argents Schultern waren wie eine große Mauer vor mir. Ich stellte die Beine auf die Fußrasten und packte die Handgriffe. »Okay«, sagte ich.

Er gab ein wenig Gas, und wir waren unterwegs. Das Dröhnen des Motorrads wurde von den Häusern um uns zurückgeworfen und verstärkte sich noch, als die anderen hinter uns ebenfalls losfuhren. Die Nachtluft war kühl und peitschte mir ins Gesicht. Argent legte die schwere Maschine in die Kurve zur Dreiundzwanzigsten Avenue Ost. Von da an ging es immer geradeaus nach Süden bis Madison, und er brauchte nur Gas zu geben. Die anderen beiden Motorräder fuhren neben und ein wenig hinter uns, eine V-Formation aus rasendem Metall.

Toshi grinste mich an. Im Licht der Straßenbeleuchtung wirkte sein Lachen wild und barbarisch. Er nahm die Beine von den Fußrasten und ließ die metallenen Spitzen seiner Stiefel über den Asphalt schleifen, so daß Funken sprühten. Ich riskierte einen Schulterblick. Jocasta und Rodney im Jackrabbit waren dicht hinter uns, und unsere Gruppe bildete einen kleinen Konvoi, während wir nach Süden und Fort Lewis entgegen brausten.

26

Ungefähr einen Kilometer von der ISP-Anlage entfernt, bogen wir von der Straße ab und in bewaldetes Gelände ein. Während die Wrecking Crew ihre Maschinen abstellten, fuhr Jocasta meinen Jackrabbit so tief zwischen die Bäume, wie es eben möglich war. Ich schwang mich von Argents Harley, wobei sich meine Muskeln ein wenig über die beinahe einstündige Fahrt auf dem Sozius beklagten.

»Waffencheck«, sagte Argent ruhig. »Mal sehen, was Sie da haben, Mr. Johnson.« Ich zog meinen Manhunter, vergewisserte mich, daß er gesichert war, und reichte ihn Argent. Der große Samurai überprüfte rasch den Mechanismus, drehte ihn dann um, so daß er den Lauf hielt, und gab ihn mir zurück. »Guter Zustand. Okay, behalten Sie den.« Er wandte sich an den anderen Samurai. »Toshi, einen Roomsweeper für Mr. Johnson.«

Der reizbar wirkende Samurai hatte den ›Kofferraum‹ seiner Viking, den Stauraum unter dem Sattel, geöffnet. Aus dessen Tiefen zog er eine kurzläufige Schrotflinte und warf sie mir zu. Ich prüfte die Waffe schnell durch, wobei ich mich bemühte, mich so effizient und geschäftsmäßig wie Argent anzustellen. Der Remington Roomsweeper schien neu zu sein, sein Mechanismus glänzte wie Seide, doch eingeschossen, so daß alle Teile wie geschmiert ihre Arbeit taten. Ich prüfte das röhrenförmige Magazin unter dem Lauf — sechs Patronen —, sah dann auf und wollte nach mehr Munition fragen. Argent kam mir zuvor. Ich nahm die Schachtel, die er mir anbot, und begutachtete die Patronen: Doppelnull Würfelschrot, für Großwild geeignet. Ich stopfte mir die Taschen meines Dusters mit einem Dutzend zusätzlicher Patronen voll und stellte die Gurtlänge des Roomsweeper so ein, daß er bequem an meiner Hüfte hing. Es war eine gute Waffenkombination — die Schrotflinte für das eilige ›Bestreichen‹ eines Raums, der Manhunter für

Ziele, bei denen Treffergenauigkeit anstatt Feuerkraft gefragt war.

»Daisho«, sagte ich zu Argent — das Wort für die traditionelle Langschwert/Kurzschwert-Kombination der japanischen Samurai. Er grinste anerkennend. Ich fühlte mich ein wenig nervös, doch bereit: Voll da, wie aufgedreht, hochkonzentriert und bereit zum Tanz.

Während ich meine Ausrüstung überprüfte, hatten Toshi und Hawk — letzterer trug jetzt ein Messer so lang wie mein Unterarm an der Hüfte — Jocasta und Rodney versorgt. Beide trugen jetzt schallgedämpfte Uzi III SMGs. Gute Wahl, dachte ich: absolut tödlich, doch einfach genug zu bedienen für Leute, die über keine ausgedehnte Erfahrung mit Handfeuerwaffen verfügen. Selbstverständlich sah ich mir auch die Ausrüstung der Crew an. Argent hatte zwei Ingram Smartguns gehalftert und vier Granaten in einem Brustgurt. Toshi trug eine Heckler & Koch HK227S und eine Ares Viper Flechettepistole an der Hüfte. Hawk war, abgesehen von seinem Messer, mit einem AK-98-Sturmgewehr bestückt, wenngleich der Überfluß an Fetischen in Gürtel und Brustgurten darauf hinwies, daß er sich nicht ausschließlich auf irdische Feuerkraft verlassen würde, wenn wir auf Widerstand stoßen sollten.

Argent tippte mir auf die Schulter. »Noch eins«, sagte er. »Es ist dumm, unnötige Risiken einzugehen.« Er hielt eine handelsübliche Zweifarbenpackung Tarnfarbe in der Hand. Er tauchte zwei Finger in den Farbstoff und übermalte rasch mein Gesicht. Wangenknochen, Stirn, Kinnlinie und Nase bestrich er mit dunkler Farbe, dann trug er den helleren Ton auf die Höhlungen der Wangen, unterhalb der Augenbrauen und unter dem Kinn auf. Es kam mir wie ein ziemlich oberflächlicher Job vor. Sollte die Farbe nicht dicker aufgetragen werden? fragte ich mich. Doch dann fiel mein Blick auf Jocasta, der seitens Hawk die gleiche Behandlung zuteil wurde. Die dunkle Farbe wurde auf die vorspringenden

Punkte des Gesichts aufgetragen, auf die Stellen, die im allgemeinen heller wirken, die helle Farbe auf die im Schatten liegenden Bereiche. Die Wirkung war die, daß jeder Eindruck von Tiefe, von Dreidimensionalität verwischt wurde, wodurch es überraschend schwer war, das Gesicht *als Gesicht* zu erkennen. Diese Burschen wußten, was sie taten.

Dann kam mir ein interessanter Gedanke. »Was ist mit Infrarot?« fragte ich. »In der Hinsicht bringt die Farbe nichts.«

Der große Samurai nickte. »In dieser Frage vertreten wir unterschiedliche Auffassungen. Toshi hat etwas, das er seinen ›Kühlanzug‹ nennt. Chemische Kühlbatterien unter seiner Panzerung, die die Körpertemperatur senken. Obwohl ich glaube, daß ihn das nur langsamer macht.« Die kleinere Messerklaue warf Argent einen mürrischen Blick zu. »Ich ziehe diese Methode vor«, fuhr der Anführer fort, indem er auf die Granaten in seinem Brustgurt deutete. »Thermogranaten. Sie strahlen mehr Hitze als Licht aus, so daß Infrarotsicht mehr darunter leidet als normale Sicht.«

Er wandte sich brüsk ab — Fragestunde beendet —, schnallte sich ein Miniaturmikro um das Handgelenk und steckte sich den drehtlosen Empfänger ins Ohr. Er hob das Mikro vor den Mund und sagte leise: »Peg, Punkt eins.« Die Antwort konnte ich natürlich nicht hören.

Punkt eins. Laut taktischem Plan bedeutete das, wir hatten zehn Minuten, um zu unserer Einbruchsstelle zu kommen. Dann würde Peg mit ihrer elektronischen Störung der ISP-Sicherheitssysteme beginnen. Ein oder zwei Minuten später würden wir über den Zaun steigen, und damit war das Spiel dann eröffnet.

Toshi warf mir etwas zu: Eine Nachtbrille. Ich war seit meiner Zeit beim Star mit der Technologie vertraut, also hatte ich keine Mühe, sie aufzusetzen und richtig zu justieren. Als ich sie einschaltete, ließ sie den nächtlichen Wald fast taghell erscheinen. Ein wenig verwirrend waren zunächst die leichte Körnigkeit und das schwache Nachleuchten heller Gegenstände, was einen Verwischeffekt zur Folge hatte, wenn ich den Kopf bewegte, aber aus Erfahrung wußte ich, daß ich ihn schon bald nicht mehr zur Kenntnis nehmen würde. Toshi rüstete Jocasta mit einem entsprechenden Gerät aus, doch Rodney lehnte die ihm von Hawk angebotene Einheit ab. Vermutlich machten seine Elfenaugen eine derartige technologische Intervention überflüssig.

Argent hob die geballte Faust, und wir rückten vor, glitten wie Gespenster durch das Gehölz. Wenigstens traf das auf die Wrecking Crew zu. Die beiden Samurai verursachten ungefähr so viel Lärm wie ein kleines Waldtier — mit anderen Worten, nicht viel —, während sich Hawk vollkommen lautlos bewegte. Er hätte eine holographische Projektion sein können. Im Vergleich dazu bewegten wir anderen uns wie eine Herde Elche.

Wir brauchten fast die gesamten zehn Minuten, um zu Punkt zwei zu gelangen, einer Stelle direkt vor dem Zaun und in unmittelbarer Nähe vom E-Gebäude, dem Quarantänelabor. Der Himmel war total wolkenverhangen, und unter den Bäumen war die Nacht so dunkel wie das Innere eines Kohlensacks. Ohne die Nachtbrille wäre ich blind gewesen. Auf der anderen Seite des vier Meter hohen Zaunes lag die Anlage ebenfalls in völliger Dunkelheit da. Nicht ein einziges Licht brannte. Das verriet uns eins: Die ISP-Sicherheit verließ sich entweder auf Infrarot oder Nachtbrillen oder Wesen, die im Dunkeln sehen konnten.

Sobald wir den Zaun erreicht hatten, ließ sich Hawk auf die Knie sinken. Seine Augen schlossen sich, seine Atmung verlangsamte sich, bis sie fast nicht mehr wahrzunehmen war. Nach vielleicht einer Minute schüttelte er sich, als sei er gerade aufgewacht, und erhob sich wieder. »Keine Geister oder Elementargeister auf Patrouille«, flüsterte er. »Zwei Höllenhunde, aber ich glaube nicht, daß sie mich ausgemacht haben. Die Gebäude sind alle bewacht und mit magischen Barrieren versehen. Die Barriere um das E-Gebäude ist *sehr* stark.«

»Könntest du sie durchbrechen?« fragte Argent.

»Vielleicht«, antwortete der Amerindianer nach einem Moment des Nachdenkens. »Aber mir wäre es lieber, wenn ich es nicht zu versuchen brauchte. Anschließend wäre ich nämlich nicht mehr zu viel zu gebrauchen.«

Der Anführer akzeptierte das mit einem Nicken. Er hob sein Handgelenksmikrofon und wollte gerade hineinsprechen.

»Wir bekommen Gesellschaft«, sagte Rodney ruhig. Alle anderen sahen in Richtung ISP-Anlage. Nur Rodney stand mit dem Rücken zum Zaun und beobachtete den Wald. Er deutete in die Richtung, aus der wir gekommen waren. »Fünfzig Meter.«

Argent war so schnell neben dem Elf, daß ich seine Bewegungen gar nicht wahrnahm. Er hatte beide Ingrams gezogen und starrte in die Richtung, die Rodney angegeben hatte. »Sicherheit?«

Der Magier schüttelte den Kopf. »Ich glaube nicht.«

»Bewaffnet?«

»Ja. Ganz ähnlich wie wir.«

Der große Samurai knirschte vor Wut mit den Zähnen. Offensichtlich machte er sich nicht viel aus Komplikationen. »Okay, macht euch dünn«, flüsterte er uns anderen zu. »Erst schießen, wenn wir eine positive optische Identifikation haben.«

Seine beiden Kollegen nahmen ihn beim Wort. Als er sagte, »Macht euch dünn«, machten sie sich dünn. In Wirklichkeit verschwanden sie einfach. Ich duckte mich neben Jocasta hinter einem kleinen Busch. Rodney rührte sich nicht, sondern stand nur das Latein vor sich hin murmelnd, während er sich scheinbar in der Landschaft aufzulösen schien. Jedesmal, wenn ich den Blick von ihm wandte, war es anschließend schwieriger, ihn noch auszumachen. Ich schüttelte den Kopf. Magier.

Im Unterholz vor uns raschelte es. Ich sah eine schwarzgekleidete Gestalt näher kommen. Sie trug eine hochentwickelte Vollrüstung komplett mit Helm, deren Machart mir auf bestürzende Weise bekannt vorkam. Ich hatte Rüstungen wie diese gesehen. Ich hatte Rüstungen wie diese *getragen.* Die Hände der Gestalt waren leer, und sie schien keinen Gedanken an Deckung zu verschwenden, da sie vollkommen aufrecht ging. Die Gestalt griff sich an den Kopf und setzte den Helm ab. Meine Nachtbrille erschwerte das Wahrnehmen von Einzelheiten, aber ich erkannte das häßliche Gesicht.

Ich stand hinter meinem schützenden Busch auf. »Keith, Sie Schwachkopf!« zischte ich. »Was, zum Teufel, machen Sie denn hier?«

Als sei meine Bewegung ein Signal gewesen, tauchten sechs helle Laserpunkte auf Scott Keiths Gesicht und dem Rumpf seiner Lone Star Active Response Team-Rüstung auf. (*Sechs* Punkte? wunderte ich mich. Dann wurde mir klar, daß Argent mit beiden Ingrams angelegt hatte.)

Scott Keith blinzelte und wandte das Gesicht ab, um nicht vom Laserlicht geblendet zu werden. »Okay, okay«, flüsterte er. »Ich weiß, daß Sie nicht allein sind. Das bin ich auch nicht.«

Neben mir erklang Hawks gelassene Stimme, obwohl ich wußte, daß er mindestens zehn Meter von mir entfernt stand. »Was geht hier eigentlich ab, Mr. Johnson?«

Daraufhin wurde Keiths häßliches Grinsen noch breiter. Wenn wir uns nicht zu nachtschlafender Stunde mitten in einem Wald befunden hätten, wäre er wahrscheinlich in schallendes Gelächter ausgebrochen. »Mr. Johnson? Wir haben's aber ganz schön weit gebracht, was?«

Ich machte einen Schritt auf ihn zu, wobei ich meine leeren Hände zeigte, als zwei Zielpunkte auf *meiner*

Brust erblühten. »Gehen Sie runter, dann reden wir darüber«, zischte ich.

Wir duckten uns von Angesicht zu Angesicht ins Unterholz. Sein Körper stank nach Schweiß vom Tragen der Vollrüstung, sein Atem nach Alkohol und Zwiebeln. Der erbärmliche Wichser hatte sich ein paar hinter die Binde gekippt — wahrscheinlich hatte er sich Mut angetrunken —, bevor er hierher kam.

»Was machen Sie hier, Keith?« fauchte ich ihm ins Gesicht. »Ich tue das, was Sie wollten«, log ich, »und mach Yamatetsu die Hölle heiß. Versuchen Sie, mir die Tour zu vermasseln?«

»Also, *das* ist ja mal 'ne Idee«, sagte er mit geheuchelter Überraschung. »Ich wünschte, da wäre ich selbst drauf gekommen. Nein, Montgomery — oh, ach ja, *Mr. Johnson* —, ich bin nur hier, um dafür zu sorgen, daß Sie die Sache durchziehen und nicht an den Abschaum verkaufen.«

»Woher wußten Sie, daß es heute nacht ist?«

Keiths unangenehmes Grinsen wurde noch breiter. Ich mußte mich zusammenreißen, um nicht vor seinem Atem zurückzuweichen. »Ach, ein Freund von Ihnen hat mir erzählt, Sie würden Muskeln anheuern«, sagte er angelegentlich. »Er hat mir sogar gesagt, wen, ist das nicht nett? Also wußte ich natürlich, was sie vorhatten.« Er zögerte, dann sagte er mit höhnischer Fürsorge: »Einmal-Leseviren bringen's nicht mehr. Ich dachte, ich sollte Ihnen das mal sagen.«

Ich behielt meine ausdruckslose Miene bei — glaube ich —, aber meine Gedanken überschlugen sich. *Anwar, du mieses Wiesel. Hast mich an das DED verhökert, was?* Ich speicherte das unter der Rubrik ›Unerledigte Geschäfte‹ und zwang meinen Verstand zurück in die Gegenwart. »Okay, Keith«, sagte ich, »Sie wußten also die ganze Zeit von der Sache. Aber jetzt sind Sie hier und haben — wieviel? Vier …?«

»Fünf.«

»Und haben fünf Mann bei sich, die Ihnen den Rükken frei halten. Ich hab meine Runner. Und was machen wir jetzt? Es gleich hier austragen, so daß die Überlebenden — wenn es *überhaupt* welche gibt — über den Zaun klettern können? Was, zum Teufel, haben Sie eigentlich vor, Chummer?«

Er zuckte lässig die Achseln, als überlege er sich das zum erstenmal. Ich wußte jedoch, daß ihm etwas ganz Bestimmtes vorschwebte. »Ich glaube, wir bleiben einfach hinter euch Burschen«, sagte er. »Wir werden eure Ärsche decken.« Er wandte sich so rasch ab, daß er meinen einfingerigen Gruß gar nicht mehr mitbekam.

Wie vorauszusehen, gefiel Argent die Abmachung nicht die Spur. Hawk gefiel sie noch weniger, und Toshi stand kurz davor, einseitig zu entscheiden, Keith und seine Leute einfach zu geeken. Schließlich wurde die ganze Angelegenheit jedoch durch die Tatsache entschieden, daß wir eine Abmachung hatten — und die durch die Tatsache hervorgerufene berechtigte Wut, daß ich von meinem Schieber verladen worden war. Wir würden reingehen, und die Jungens vom DED konnten mitkommen. Aber beim ersten Anzeichen von *irgendwas* war Großreinemachen angesagt.

Mir gefiel die ganze Sache nicht besser als Argent, doch zumindest wußte ich genug über Keith und seine Lage, um mich ein wenig zuversichtlicher zu fühlen. Scott Keith bewegte sich auf sehr dünnem Eis, wenn er eine ganze Fünf-Mann-Einsatztruppe des DED mitgebracht hatte. Wenn etwas schiefging und die Yamatetsu-Wachen auch nur einen DED-Cop — tot *oder* lebendig — in die Finger bekamen, war Keith reif für den Müll. Selbst die besten DED-Killer konnten nicht sicher sein, die Wrecking Crew ohne eigene Verluste und ohne eine ganze Wagenladung Lärm aus dem Verkehr zu ziehen, so daß die Chancen einer Falle recht dünn waren. Keith mußte wohl davon überzeugt sein, daß die nächtliche

Expedition ihn mit ausreichend Drek versorgen würde, um Mariane Corbeau zur Strecke bringen und ihren Job übernehmen zu können, weil das — abgesehen von einem schnellen Rein-und-Raus, bei dem kein Alarm ausgelöst wurde — das einzige Resultat war, welches seiner Karriere bei Lone Star kein gründliches Ende bereiten würde.

Also beendeten wir unsere Zwangspause vor dem Zaun, die sechs Mitglieder meiner Gruppe plus Scott Keith und seine schwarzgepanzerten Leute mit ihren H&K MP5s. Etwas verspätet gab Argent Punkt zwei durch, und Peg begann damit, die elektronische Sicherheit auszuschalten. Nach ein paar Minuten nickte der metallarmige Samurai, und wir starteten den eigentlichen Einbruch.

Ich hatte mich schon die ganze Zeit gefragt, wie Argent beabsichtigte, über den Zaun zu kommen. Es war ein schwerer Kettenzaun, ungefähr vier Meter hoch und mit drei Lagen Stacheldraht obenauf. An seinen Stützpfeilern war das ganze Ding mit Porzellanwiderständen befestigt, also war klar, daß Saft darauf war. Und zwar *beträchtlicher* Saft, der Größe der Widerstände nach zu urteilen. Ich konnte mir keinen Weg hinüber vorstellen, der nicht entweder Ausrüstung, die wir nicht besaßen, oder Magie benötigte.

Wie sich herausstellte, kein Problem. Argent murmelte etwas in sein Handmikro und flüsterte dann: »Strom ist weg.«

Mit einem Bolzenschneider in den Händen sprang Toshi vor. Vergrößerte Stärke und Geschwindigkeit des Samurai machten kurzen Prozeß mit dem Zaun, als er ein etwas über mannsgroßes ›Tor‹ in die Kettenglieder schnitt. Er warf Hawk den Schneider zu und tauchte dann durch das Loch, das er geschnitten hatte. Auf der anderen Seite kam er geduckt hoch, während sein SMG die Gegend nach Zielen absuchte.

»Los«, schnappte Argent. »Eine Minute.«

Einer nach dem anderen stiegen wir durch das Loch im Zaun. Das Schattenteam und ich zuerst, gefolgt von Keith und seinen Leuten. Sobald die letzte schwarzgepanzerte Gestalt hindurch war, schloß Toshi das Loch im Zaun unter Benutzung von, wie mir schien, kleinen Metallklammern, mit denen der Draht an Ort und Stelle gehalten wurde. Kaum war er fertig, als Argent flüsterte: »Okay, Peg.« Die Klammern, oder was sie auch sein mochten, sprühten für einen Moment blaue Funken, und ich wußte, der Strom war wieder eingeschaltet worden.

Wir machten uns auf den Weg zum E-Gebäude. Toshi und Argent, die wahrscheinlich beide bis zum Gehtnichtmehr aufgepeppt waren, eilten in geduckten Sprints voraus, die immer wieder von Augenblicken völliger Reglosigkeit durchbrochen wurden, in denen sie sich umsahen. Obwohl sie sich gegenseitig überhaupt nicht zu beachten schienen, fiel mir doch auf, daß ihre Vorstöße perfekt aufeinander abgestimmt waren, so daß immer einer dem anderen Deckung gab. Hawk war hinter ihnen und erforschte das Gelände sowohl mit seinen weltlichen als auch mit seinen außerweltlichen Sinnen. Dann kamen Jocasta, Rodney und ich. Wir hatten alle unsere Waffen gezogen, und die beiden sahen fast so angespannt aus, wie ich mich fühlte. Hinter uns waren Keith und seine Leute ausgeschwärmt. Sie waren natürlich ebenfalls Profis und bewegten sich in einer langsameren Version von Argents und Toshis Methode, wobei sie eine Rundum-Sicherung durchführten.

Hawk und Rodney machten den auf uns einstürmenden Ärger fast gleichzeitig aus — der Elf schrie »Uh-oh!«, während der große Amerindianer ein kommunikativeres »Kontakt!« bellte. Die Dinger sprangen uns aus der Dunkelheit an, tauchten plötzlich im Sichtfeld meiner Nachtbrille auf. *Große* Hunde von der Farbe der Nacht mit einer Schulterhöhe von fast einem Meter. Klaffende Kiefer gewährten einen Blick auf übergroße

Zähne. Ihre Geschwindigkeit war erschreckend. Während einer auf Toshi zu sprang, gab er einen harten, grunzenden Laut von sich und spie eine gut einen Meter lange Flammenzunge. Wenn sich der verchippte Samurai nicht nach hinten geworfen hätte, wäre er von den Flammen eingehüllt worden. Noch im Ausweichen gab Toshi einen kurzen Feuerstoß aus seinem schallgedämpften SMG ab. Meine Brille ließ mich erkennen, daß jeder Schuß traf, aber der Hund schien nicht beeindruckt.

In diesem Augenblick trat Hawk vor. Direkt zwischen die Kiefer der angreifenden Höllenhunde, so sah es jedenfalls aus. Ich war sicher, daß er ein toter Mann war. Doch die zwei Hunde traten auf die Bremse, erstarrten förmlich, wo sie gerade standen. Ich konnte ihre vor dem Hintergrund des schwarzen Fells blutroten Augen erkennen, die auf ihn fixiert waren. Sie standen steifbeinig da, die Nackenhaare wüst gesträubt. Einer jaulte leise. Dann warf Hawk die Arme nach oben und nach vorn und den Kopf in den Nacken, als wolle er dem Himmel etwas zurufen, wenngleich er keinen Laut von sich gab. Wie auf ein geheimes Signal kniffen beide Hundchen gleichzeitig den Schwanz ein, drehten sich um und verschwanden augenblicklich in der Dunkelheit.

Erst als sie wirklich und wahrhaftig weg waren, gab Hawk seine starre Haltung auf und ging wieder in die Hocke. Wir rückten wieder vor, der Schamane dicht hinter den beiden Samurai. Obwohl er Schritt hielt, wirkten seine Bewegungen müde. Darüber machte ich mir meine Gedanken. Im wesentlichen stammte mein Wissen über hochkarätige Magie aus Trideofilmen, in denen Magier den ganzen Tag lang Killer-Sprüche einsetzen und trotzdem noch die Energie haben, die ganze Nacht ihrem Liebesleben nachzugehen. Ich begriff langsam, daß die Realität ein wenig anders aussah.

Die Begegnung hatte mir auch noch eine andere wichtige Erkenntnis gebracht. Nicht einer der DED-

Cops und auch kein Mitglied der Crew hatte einen Schuß auf die Höllenhunde abgegeben. Nur Toshi hatte gefeuert, was verständlich war, weil einer der Hunde ihn als Mitternachtsimbiß auserkoren hatte. Das überzeugte mich davon, daß der Grad der Disziplin hoch war. Meine Befürchtungen bezüglich der Anwesenheit der DED-Cops waren gar nicht so sehr dahin gegangen, von Keith und seinen Freunden eine Kugel in den Rükken zu bekommen, sondern daß sie beim geringsten Anlaß sofort mit allem, was sie hatten, das Feuer eröffnen und alles vermasseln würden. Ich hatte immer noch genug Sorgen, aber eine weniger war eindeutig ein Segen.

Wir erreichten das E-Gebäude ohne weiteren Zwischenfall. Wie alle anderen Gebäude auf dem ISP-Gelände hatte es weder Fenster, noch war es beleuchtet. Außerdem entsprach es in seiner Architektur ganz dem ›Beton-Blockhaus‹-Stil aller anderen Gebäude, die wir während unserer Besichtigungstour gesehen hatten. Die Stahlbetonwände standen in 45-Grad-Winkeln zueinander, und die Ecken waren abgerundet, so daß sie keine hervorstechenden Angriffspunkte boten. Es war fast so, als hätten die Architekten es unter dem Gesichtspunkt der Verteidigung entworfen. Ich war sicher, daß jene Mauern ein paar Schüssen aus einer Panzerkanone widerstehen konnten.

Die Tür folgte derselben Konzeption: Mit Flanschen verstärktes Metall. Die Tastatur für das Magschloß war durch einen Schirm aus durchsichtigem schwarzen Makroplast geschützt, auf dem eine kleinere Tastatur angebracht war. Ein Schloß, welches das Schloß schützte: Einfach großartig.

Argent flüsterte in sein Handmikro: »Punkt drei, Peg. Schaffst du das Schloß?« Er wartete einen Augenblick, dann fuhr der Makroplastschirm zischend zurück. »Nein«, beantwortete er irgendeine Frage der Deckerin, »du hast das Hauptschloß freigelegt, aber die Tür ist immer noch gesichert.« Eine weitere Sekunde des Schweigens, dann runzelte er die Stirn und sagte: »Isolierter Schaltkreis.« Er winkte Toshi nach vorn. »Tu es, *Omae*«, befahl er.

Toshi strich sich das Haar aus der Stirn, und zum erstenmal sah ich die Datenbuchse in seiner Schläfe. Samurai *und* Decker? Mein Respekt vor dem reizbaren Elf erhöhte sich um ein paar Grade. Er zog ein Fiberglaskabel aus einer Gürteltasche, stöpselte es in die Buchse in seinem Kopf und befestigte ein paar Haftleiter auf dem Rahmen des Schlosses. Seine Augen verdrehten sich, bis nur noch das Weiße zu sehen war, als er mit der Arbeit begann.

»Mach schon, mach schon«, ertönte eine flüsternde Stimme in meinen Ohren. Es dauerte einen Augenblick, bis mir klar wurde, daß es meine eigene Stimme war.

Die Schloßtastatur gab ein leises Piepen von sich. Toshi zog das Kabel aus seinem Kopf, rollte es zusammen und stopfte es wieder in seine Gürteltasche. Er sah Argent fragend an, erhielt ein kurzes Nicken als Antwort und drückte dann eine Taste. Die Tür fuhr zischend zurück, und Licht ergoß sich nach draußen.

Es ging gleich rund. Im Eingang standen drei gerüstete und bewaffnete Sicherheitsposten. Als sich die Tür öffnete, fuhren sie zu uns herum, wobei sie die Waffen hoch- und die Münder aufrissen, und es blieb keine Zeit für Feinheiten. Argent fällte zwei mit Kopfschüssen aus seinen schallgedämpften Ingrams, dem dritten blies Toshi mit seiner H&K den Hals weg. Das lauteste Geräusch bei dem gesamten Vorfall war das Scheppern, als die Wachen auf dem Boden aufschlugen. Wenn ich es mir nicht schon zuvor gedacht hätte, wäre mir spätestens jetzt klar geworden, daß ich *weit* von meinem Element entfernt war. Wir drängten uns alle in den Eingang, und Toshi drückte auf die Taste, die die Tür hinter uns schloß. Jocasta und ich setzten die Nachtbrille ab, während Keith und seine Leute die aktiven Visiere ihrer Helme hochschoben.

Die einzige ins Gebäude führende Tür lag direkt vor uns. Beim Warten in Rodneys Apartment hatte uns Jocasta aufgezeichnet, wie eine P3+-Quarantäne ihrer Meinung nach angelegt sein würde. Diesem Schema zufolge, würde die Tür vor uns zum Verwaltungsbereich führen. Von dort aus kam man in die Umkleideräume, wo man die Schutzanzüge anziehen konnte, deren Tragen innerhalb der Laborräume Pflicht war. Dahinter würde das Labor selbst liegen, das von der Außenwelt zumindest durch eine Luftschleuse getrennt sein würde, wahrscheinlicher jedoch durch eine Art Autoklav, der alles sterilisierte, was herein- oder herausging. Außerdem würde es noch die Versorgungseinrichtungen geben, die zum Beispiel die Sauerstoffzufuhr für das versiegelte Labor regelten.

Mit anderen Worten, uns erwartete hinter der Tür eine ganze Reihe von Gängen und Arbeitszimmern, was die taktische Situation ziemlich kitzlig machte. Hinter jeder Ecke mochten sich bewaffnete Posten verstecken, während uns jemand in einem Zimmer allein anhand der Geräusche ausmachen und uns mit einem Kugelhagel direkt *durch* die Bauplastikwände oder Türen eindekken konnte. Keine angenehme Aussicht.

Hawk schloß wieder die Augen und verlangsamte seine Atmung. Nach wenigen Sekunden erwachte er mit grimmiger Miene aus dem tranceähnlichen Zustand.

»Und?« flüsterte Argent.

»Noch eine Barriere, sehr stark«, sagte der Schamane mit besorgter Stimme. »Ich weiß nicht, ob ich sie durchbrechen kann.«

Argents Lippen bildeten einen dünnen Strich. »Versuch es erst gar nicht.« Er musterte mich mit seinen kalten Augen. »Mir gefällt das nicht.«

Tja, mir gefiel es bestimmt noch weniger. Aber laut

der verschiedenen, unbetrauerten Dr. Dempsey war meine Schwester irgendwo hier drinnen. Dann fiel mir wieder ein, was Skyhill über ›zusätzliche magische Schutzmaßnahmen‹ gesagt hatte, und ich entspannte mich ein wenig. »Das gehört alles zu den Quarantänemaßnahmen«, sagte ich.

Ihren Mienen glaubte ich entnehmen zu können, daß weder Argent noch Hawk mir das wirklich abkauften. Doch Profi ist Profi, und beide beschlossen anscheinend, sich damit zufriedenzugeben. Auf Argents Handzeichen rückte Toshi vor und überprüfte die Tür. Er nickte und riß die Tür auf, die mit ekelerregenden Spritzern von Blut und Gewebe dekoriert war.

Irgendwas war hier ganz und gar nicht in Ordnung. Ich hatte büromäßige Flure, industriegrau ausgelegte Böden und Bauplastikwände erwartet. Doch ich sah nichts dergleichen. Wir blickten anscheinend in einen großen Treppenschacht mit einer abwärts führenden Treppe. Nein, kein *Treppen*schacht. Es war eine spiralförmige Rampe, mehr als zwei Meter breit, die nach unten führte. Wände, Boden und Rampe sahen aus, als bestünden sie aus Stahlbeton, doch ihre Farbe war kein konventionelles Grau, sondern ein helles Beige. Und die Oberfläche war nicht glatt, sondern leicht geriffelt. Die Beleuchtung war gedämpft, ungefähr so hell wie das Licht in der Abenddämmerung, doch rötlicher als Sonnenlicht. Die Luft, die sich aus jener Tür wälzte, war warm und brachte einen seltsamen Geruch mit sich. Der Geruch weckte Erinnerungen an eine Brauerei, aber er war doch nicht ganz so. Rubinrote Laserpunkte huschten über die Wände, als bis zum Zerreißen gespannte Finger Abzüge berührten. Nach ein oder zwei Sekunden verschwanden sie wieder, was mir verriet, daß die Waffenbesitzer ihre Reaktionen wieder im Griff hatten.

Argent sah zu mir herüber und hob fragend eine Augenbraue. Ich zuckte die Achseln und deutete mit meiner leeren linken Hand vorwärts. Mit einem grimmigen Grinsen auf den Lippen schüttelte er den Kopf und bedeutete mir höflich: »Nach Ihnen.«

Großartig. So wortlos unser Gespräch gewesen war, so sehr hatte es doch den Punkt getroffen. Ich umklammerte den Roomsweeper fester und ging vorsichtig durch die Tür. In dem Augenblick, als ich die zartbraune Oberfläche betrat, wußte ich, daß es kein Stahlbeton war. Der Boden war weich und gab unter meinen Stiefeln ein klein wenig nach. Einem Impuls folgend, ging ich in die Hocke, um ihn zu betasten. Er fühlte sich warm an, etwas kälter als Körpertemperatur, wie das sich abkühlende Fleisch einer Leiche. Hastig riß ich meine Hand zurück. Mir gefiel das alles überhaupt nicht.

Ich warf einen Blick zurück auf Argent, doch dessen Miene hatte sich nicht verändert. Mein Blick wanderte weiter zu Jocasta, und ich konnte Angst und Besorgnis bei ihr deutlich sehen. Das stärkte meinen nachlassenden Willen. Ich trat auf die Spiralrampe.

Die Rampe war durch ein Geländer geschützt, das jedoch unnatürlich hoch war und anstatt bis zur Hüfte bis zu den Schultern reichte. Es würde trotzdem zumindest teilweise seine Funktion erfüllen, mich davor zu bewahren, von der Rampe zu stürzen, aber es entsprach einfach nicht der Art, wie die meisten Leute es konstruiert hätten. Ich lehnte mich über das zu hohe Geländer und sah nach unten. Die Spiralrampe erstreckte sich zweieinhalb Umdrehungen — etwa zwanzig Meter weit — in die rötliche Dunkelheit hinab. Ich konnte keine Bewegung erkennen, absolut nichts, was auf etwas Ungewöhnliches oder Unangenehmes hingedeutet hätte. Doch jener sonderbare, vage biologische Geruch saß mir nach wie vor tief im Hals und löste alle möglichen geistigen Warnsignale aus.

Ich winkte den anderen zu, und sie schlossen sich mir an. Ich sah Argent fragend an und zeigte nach unten. Nach einem Augenblick des Nachdenkens nickte er.

Toshi und er übernahmen die Führung. Es war fast so, als hätte ich irgendein Einführungsritual bestanden, und die Profis seien jetzt wieder gewillt, die Dinge in die Hand zu nehmen. Jocasta war neben mir, als ich mich auf den Weg nach unten machte. Wir wechselten ein Grinsen — offenkundig unecht — und gingen weiter.

Die Rampe mündete in eine große quadratische Kammer, die etwa fünfzehn mal fünfzehn Meter maß. Boden, Wände und die gut fünf Meter hohe Decke bestanden aus demselben, leicht nachgiebigen Material wie die Rampe. Das Licht war noch rötlicher und kam aus etwa dreißig Zentimeter durchmessenden Halbkugeln, die in Kniehöhe an den Wänden befestigt waren. Sie erinnerten mich auf ekelhafte Weise an leuchtende Blutblasen, und das von unten kommende Licht warf unsere Schatten — verlängert, verzerrt und schrecklich — an Wände und Decke. Der biologische Geruch — Hefe, das war es, woran er mich erinnerte — war jetzt noch stärker.

In der Kammer gab es zwei Türen an gegenüberliegenden Wänden, die nach Norden und Süden führten. Argent, dessen modifizierte Augen den rötlichen Farbton des Lichts aufnahmen, bis sie wie die Augen der Höllenhunde aussahen, warf Hawk einen Blick zu. Der Schamane sagte sofort: »Mir gefällt das nicht. Astrale Barrieren an beiden Türen.«

»Welche ist die stärkere?« fragte der Samurai. Ohne Zögern deutete Hawk auf die Nordtür. Argent richtete seine unheimlichen Augen auf mich. »Nun, Mr. Johnson, irgendwelche klugen Ideen?«

Ich wußte, was ihm durch den Kopf ging. Er und sein Team waren für einen normalen Einbruch mit dem Ziel einer Personenrettung angeheuert worden, womit dieses Unternehmen nicht einmal mehr eine schwache Ähnlichkeit aufwies. Sein erster Gedanke war auszusteigen, abzuhauen und sein Team mitzunehmen und mich und die übrigen hier verfaulen zu lassen. Das einzige, was ihn davon abhielt, war seine Professionalität. Er *hatte* meinen Kontrakt akzeptiert — natürlich nur verbal, weil Vereinbarungen in den Schatten einfach nie zu Papier gebracht werden —, und das war bindend genug. (Wenn er nicht der Ansicht gewesen wäre, daß diese Geschichte für mich ebenso überraschend kam wie für ihn, hätte er mich auf der Stelle gegeekt.) Also bot er mir jetzt einen eleganten Weg, ihn und seine Leute aus dem Kontrakt zu entlassen, ohne daß eine Seite an Gesicht verlor oder böses Blut entstand. Ich brauchte nur zu sagen, daß wir angeschmiert waren, und er würde uns hinausführen und dabei alles in seiner Macht Stehende tun, um dafür zu sorgen, daß wir es sicher nach draußen schafften.

Aber das war nicht das, was mir vorschwebte. Ich war aus einem ganz bestimmten Grund hier, und wie viele Schauer mir auch den Rücken herunterlaufen mochten, ich würde weitermachen. Ich sah ihm direkt in die Augen. »Nach Norden«, sagte ich. »Die Leute geben sich immer mehr Mühe, den wichtigen Kram zu schützen.«

Argents Augen waren kalt und hart, und ich konnte sehen, daß er meine Entscheidung abwog — und vielleicht mein Leben. Während er meinem Blick mehrere Sekunden lang standhielt, hörte ich das Hämmern meines Herzschlags in den Ohren, und der Schweiß stach mir in die Augen. Doch dann nickte er schroff. »Wir gehen nach Norden«, flüsterte er.

Toshi kümmerte sich wieder um die Tür, riß sie diesmal noch heftiger auf. Argent warf einen raschen Blick durch die Öffnung, bevor er hindurchhechtete und sich abrollte. Ich hörte das gedämpfte Trommelfeuer seiner Ingrams. Bevor ich überhaupt reagieren konnte, waren Hawk und Toshi schon durch die Tür — ersterer nach links ausweichend, letzterer nach rechts —, und ich konnte ihnen nur noch folgen.

Der Raum hinter der Tür war noch dunkler als die

Kammer, in welche die Rampe mündete, der Boden weicher, die ›Ecken‹ zwischen Wänden und Boden und Wänden und Decke noch gerundeter. Ich nahm diese Dinge jedoch nur mit einem Teil meines Verstandes zur Kenntnis. Meine Hauptaufmerksamkeit galt den Gestalten, die sich in dem Raum bewegten. Zwei mächtige zweibeinige Dinger standen in der Mitte des Raumes. Ich erkannte sie augenblicklich: Dieselben Monster, die uns in Capitol Hill angegriffen hatten. Eines wankte unter dem konzentrierten Beschuß der Wrecking Crew. Noch während ich in den Raum stürzte, sah ich das häßliche Ding zusammenbrechen, sein Kopf eine zerschmetterte Ruine. Ich riß den Roomsweeper herum, um das zweite dieser Wesen, das gegen Argent vorrückte, aufs Korn zu nehmen, nahm jedoch im letzten Moment den Finger vom Abzug. Es war sehr wahrscheinlich, daß unser Eindringen in das Labor bis zu diesem Augenblick noch nicht entdeckt worden war, warum also unsere Probleme noch vergrößern, indem ich mit einer nicht schallgedämpften Schrotflinte anfing, um mich zu schießen?

Es schien sowieso nicht nötig zu sein. Die drei Shadowrunner hatten ihr Feuer jetzt auf die neue Bedrohung verlagert, und die schiere Aufschlagswucht des Kugelhagels trieb den Horror zurück. Neben mir erklang ein leises Spucken. Rodney kniete neben mir und gab kurze, genau gezielte Feuerstöße aus seiner Uzi ab. Das Gesicht des Elfs wirkte wie Stein, und ich konnte die Anspannung in seinem Körper buchstäblich spüren. (Natürlich, dachte ich einen Augenblick später, Amanda war ja auch von diesen Dingern getötet worden.) Das Wesen, dem aus einem Dutzend mächtiger Wunden eine schwarze Flüssigkeit troff, stieß einen erstickten Schrei aus und fiel zu Boden.

Eine weitere Gestalt stand neben mir: Scott Keith, dessen normalerweise gerötetes, jetzt jedoch leichenblasses Gesicht in auffallendem Gegensatz zu seiner schwarzen Rüstung stand. »Was, zum Teufel, war *das?*« fragte er mit gedämpfter Stimme.

Ich spürte, wie ich die Zähne zu einem wilden Grinsen bleckte. »Willkommen bei Yamatetsu, Chummer«, zischte ich.

Ich sah mich in dem Raum um. Er war groß, vielleicht dreißig Meter lang und halb so breit, aber das trübe rötliche Licht erschwerte das Abschätzen der Dimensionen. Ich schätzte die Deckenhöhe auf mindestens das Doppelte meiner Körpergröße. An den Wänden lagen Gestalten. Ich zählte ein glattes Dutzend. Menschlich wirkende Gestalten, die zu schlafen schienen. Die nächste war fünf oder sechs Meter von mir entfernt. Ich ging langsam darauf zu. Eine eisenharte Hand legte sich auf meine Schulter — Toshis Hand —, doch ich schüttelte sie ab. Der Samurai zuckte die Achseln.

Aus dem Augenwinkel sah ich eine Bewegung am anderen Ende des langen Raums. Eine Gestalt in menschlicher Größe, keine weitere ungeschlachte Monstrosität. Instinktiv wirbelte ich zu ihr herum, während meine Kanone hochkam, doch zu spät. Ich sah das Mündungsfeuer einer großkalibrigen Waffe. Der Knall wirkte gedämpft, als seien die Wände schallschluckend.

Der Aufprall, als die Kugel mich traf, hatte jedoch nichts Gedämpftes an sich. Mein gepanzerter Duster stoppte die Kugel und verteilte ihre kinetische Energie auf eine größere Fläche, aber es war immer noch so, als würde ich einen heftigen Tritt in die Rippen bekommen. Ich war sicher, daß ich eine Rippe oder vielleicht auch zwei brechen hörte, und der Schmerz war wie ein Messerstich in die Seite. Alle Muskeln auf jener Seite schienen sich als Reaktion zu verkrampfen, wodurch ich herumgerissen wurde und meine Kanone vom Ziel abwich. Ich schaffte es lediglich noch, nicht vor Schmerzen laut aufzuschreien.

Bevor die andere Kanone noch einmal aufblitzen konnte, sah ich Hawk sein AK-98 hochreißen und drei einzelne Schüsse abgeben. Ich hörte einen Schrei vom anderen Ende des Raumes, und aus der großen Waffe löste sich noch ein Schuß, der in die Decke fuhr, als die Gestalt hintenüberkippte. Die zwei verdrahteten Samurai liefen vorwärts, und ich folgte, so schnell ich konnte ... wobei ich in dem Augenblick stehenblieb, als ich nahe genug war, um einen ungehinderten Blick auf die erste reglos daliegende Gestalt werfen zu können.

Lange schlanke Glieder, blondes Haar. Ein scheinbar friedlicher Gesichtsausdruck, wie im Schlaf. Es war Theresa.

27

Hawk und Rodney knieten neben dem reglosen Körper meiner Schwester, während sie sich leise unterhielten. Ich stand hinter ihnen und konzentrierte meine ganze Willenskraft darauf, nicht vor Ungeduld von einem Bein auf das andere zu hüpfen. Jocasta hatte eine Hand auf meine Schulter gelegt, wahrscheinlich in dem Versuch, mich zu beruhigen. Ich wußte ihre Fürsorge zwar zu schätzen, *wollte* mich im Augenblick jedoch gar nicht beruhigen. Schließlich ging es um meine Schwester, verdammt. Die anderen hatten sich im Raum verteilt und waren auf alle unangenehmen Überraschungen gefaßt — *rechneten* tatsächlich sogar damit: Die beiden Schüsse vom anderen Ende des Raumes waren nicht schallgedämpft gewesen. Scott Keith sah zwar ständig in meine Richtung, kam jedoch nicht zu mir, um irgendwas zu sagen, wofür ich dankbar war. Er fragte sich wahrscheinlich immer noch, in was er sich da reingeritten hatte.

Nach einer Zeitspanne, die mir wie eine Stunde vorkam, wahrscheinlich aber nur ein paar Minuten betragen hatte, sah Hawk auf. Sein hübsches Gesicht sah besorgt aus. »Was ist?« wollte ich wissen.

»Sie liegt im Koma«, sagte der Amerindianer. »Wahrscheinlich schon seit mehr als vierundzwanzig Stunden. Und da ist noch was anderes.« Er hielt etwas hoch, das wie eine blaßgelbe Nabelschnur aussah.

Das war mein erster Eindruck, und ich erkannte erst, wie angemessen er war, als Rodney Theresa vorsichtig auf den Rücken drehte. Sie trug Shorts und ein ärmelloses Trikothemd, und die widerwärtige Schnur verschwand darunter. Der Elf zog das Hemd hoch, um Theresas Bauch zu entblößen, und ich konnte erkennen, daß sich das *Ding* zu einer grotesken Parodie einer Plazenta verbreiterte, die irgendwie an ihrer Haut befestigt war. Die Haut in unmittelbarer Umgebung des faustgroßen Anhängsels war gerötet, und ich glaubte eine abnorme Konzentration von Blutgefäßen darunter zu erkennen. Ich verfolgte die gelbe Schnur mit den Augen und realisierte, daß sie mit dem weichen Material der Wand verschmolz. Langsam streckte ich die Hand aus, um sie zu berühren, zog die Finger jedoch im letzten Moment zurück. Mir drehte sich der Magen um, und Galle stieg mir in die Kehle. Ich wollte mich abwenden, zwang mich jedoch, weiter hinzusehen. »Was ...?« Mehr brachte ich nicht heraus, bevor mir die Stimme versagte.

Rodney antwortete. »Ich bin nicht ganz sicher«, sagte er ruhig. »Die Verbindung« — er deutete auf die Nabelschnur — »ist aktiv, aber ich kann nur raten, was es damit auf sich hat.«

»Nur zu«, sagte ich verdrossen. »Raten Sie.«

»Sie füttert sie«, erwiderte Hawk. »Hält sie am Leben.«

»Da ist noch mehr«, sagte Rodney, wenngleich anscheinend widerwillig. »Mit ihrer Aura ist etwas entschieden nicht in Ordnung. Ich weiß es nicht genau ...«

Hawks volltönende Stimme schnitt ihm das Wort ab. »In ihrer Aura sind andere *Präsenzen.* Als seien andere Elemente darin aufgenommen worden.«

»Elemente?« fragte ich. »Was für Elemente?«

»Sie haben eigene Auren«, sagte Hawk. Trotz seiner monolithischen Selbstkontrolle konnte ich erkennen, daß er verstört war. »Auren von astralen Wesen. Als sei sie eine Art Wirt für astrale Parasiten.« Er brach ab.

»Da ist noch mehr«, schnappte ich. »Raus damit.«

»Die Auren sind wie ... Ich habe sie schon einmal gespürt.«

»Wie *was?*«

»Wie die da.« Hawk deutete auf die zerschmetterten Körper unserer monströsen Angreifer.

»Sie wissen, was sie sind?« Anstelle einer Antwort nickte er langsam, widerwillig. »Was, zum Teufel, *sind* sie?«

Er zögerte, dann schien er eine Entscheidung zu treffen. »Insektengeister«, sagte er ruhig. »Ich dachte, sie gehörten zum Wespe-Totem, aber *das da*« — er deutete auf die Nabelschnur — »ändert die Dinge. Vielleicht eine andere Form von Wespe.« Er zuckte die Achseln.

Zuviel, zu schnell. Ich wollte mich zurückziehen und der Welt ›Auszeit‹ zurufen. Ich spürte, wie ich die Schultern hängen ließ. Dieser geistige Schock so rasch nach den durch Dempseys Angriff hervorgerufenen körperlichen Schocks und die Kugel in die Rippen bewirkten, daß ich mich nur noch zusammenrollen und alles vergessen wollte. Doch dann hörte ich Rodneys Stimme leise etwas in Latein singen. Ich sah ihn an, sah seine Augen stetig auf mich gerichtet, und ich spürte, wie mich Erleichterung durchströmte. Mein Verstand klärte sich, und ich fühlte mich so ausgeruht und kampfbereit, als hätte ich soeben acht Stunden geschlafen. Selbst die mächtige Quetschung und die vermutlich gebrochenen Rippen auf der linken Seite schmerzten jetzt nicht mehr so stark. Der Elf lächelte schwach und brach seinen Gesang ab. Dann widmete er sich wieder meiner Schwester.

Ich holte tief Luft. Angst und Anspannung waren immer noch da, aber ich fühlte mich jetzt in der Lage, damit fertig zu werden. »Astrale Parasiten, also«, sagte ich. »Was könnt ihr deswegen unternehmen?«

»Hier überhaupt nichts«, sagte Hawk sofort. »Ich glaube, unter den richtigen Umständen könnte es möglich sein, etwas zu unternehmen. Das erste Problem ist, sie zu befreien ...«

»Ohne ihr zu schaden«, fügte Rodney hinzu, »oder sie zu töten.«

Ich warf einen Blick auf die Nabelschnur, nickte und wandte die Augen ab. Der Anblick verursachte mir immer noch Übelkeit. »Okay«, sagte ich, »tut, was ihr könnt.«

Als nichts aus den Ecken gekrochen kam, um uns aufzufressen oder in Stücke zu schießen, verteilten sich die anderen noch weiter in dem großen Raum. Toshi kehrte gerade vom anderen Ende zurück. Er trug irgendwas. Es schien buchstäblich gewichtslos zu sein, wenn man sah, wie wenig es die Bewegungen des Elfs behinderte, aber ich erkannte den Gegenstand schon als Leiche, noch bevor der Elf sie unsanft vor meinen Füßen ablud. »Kennst du den?« fragte er.

Ich wollte schon eine spitze Bemerkung machen, erstarrte jedoch. Ich kannte ihn tatsächlich. Nicht persönlich, aber von einem Bild aus einem Computerdossier. Es war David Sutcliffe. »Alter Bekannter«, murmelte ich.

Toshi fixierte mich mit scharfem Blick und wartete darauf, daß ich ihn weiter aufklärte. Als ich das nicht tat, zuckte er die Achseln und wandte sich ab. »Große Doppeltüren am anderen Ende«, sagte er zu Argent. »Wohin jetzt?«

Argent kam zu mir und senkte die Stimme, so daß nur ich ihn verstehen konnte. »Wohin, Mr. Johnson?« sagte er, aber ich hörte keinen Sarkasmus. »Um sie geht es, richtig?« Ich wußte, was er mir wirklich damit sagen wollte. Unsere Abmachung hatte sich auf die Rettung meiner Schwester bezogen. Alles, was darüber hinausging, sprengte den Rahmen unseres Kontrakts, und Argent hatte das Recht, sein Team abzuziehen — und uns mit rauszubringen, wenn wir das wünschten —, wenn er das Gefühl hatte, daß es zu hart wurde. Das war etwas, was ich bedenken mußte, um von jetzt an vernünftige Entscheidungen zu treffen, und ich wußte es zu schätzen, daß er den Vorgang vertraulich behandelte. Jocasta und Rodney waren kein Problem, aber es war etwas, das ich Scott Keith besser nicht hören lassen wollte.

Ich nickte dankend. Die Wahl fiel mir nicht schwer. Ich hatte, was ich wollte. »Wie geht es voran?« fragte ich Hawk. Er und Rodney taten etwas Unerklärliches mit ein paar Fetischen. Der Schamane hatte sein großes Messer gezogen, und in dem rötlichen Licht sah die Klinge aus, als sei sie bereits naß vom Blut, aber ich verdrängte diesen Gedanken.

»Es geht«, sagte er, ohne aufzusehen. »Ein paar Minuten noch.«

Ich nickte wieder. Ich hob die Stimme ein wenig und sagte: »Wir verziehn uns, wenn Hawk fertig ist. Geben Sie Bescheid, Argent.« Der große Samurai nickte und flüsterte etwas in sein Handmikro.

Wie ich erwartet hatte, stand Scott Keith einen Augenblick später vor mir. »Was soll das heißen, Sie wollen sich verziehen?« Wie viele andere, die ich kennengelernt habe, überspielte er seine Angst mit Wut. »Sie haben den Drek noch nicht ausgegraben.«

Ich machte eine Geste, die diese ganze Kammer mit einschloß. »Und was ist das hier?« Ich zeigte auf die toten Monster. »Oder das?« Ich deutete auf Theresa. »Und was ist damit? Warum machen Sie nicht ein paar Fotos und sehen zu, daß Sie hier lebend rauskommen, Sie Schwachkopf? Oder von mir aus bleiben Sie auch, wenn Sie wollen, es interessiert mich nicht.« Ich deutete noch einmal auf Theresa. »Sieht so aus, als würde hier gerade was für Sie frei.« Und dann ließ ich ihn einfach stehen und vor sich hin fluchen.

Hawk und Rodney beendeten gerade ihre Operation an Theresa. Jocasta — ganz die Wissenschaftlerin — sah ihnen über die Schulter. Hawk setzte sein großes Messer so zartfühlend wie ein Skalpell ein. Die Nabelschnur löste sich in einem Schwall von Blut und einer Flüssigkeit, die kein Blut war, vom Bauch meiner Schwester. Rodney preßte ein Heilpflaster auf das rohe Fleisch, das entblößt worden war, während der Schamane das Ende der Nabelschnur berührte, das sofort in Flammen aufging und zusammenschrumpelte. Theresa bewegte sich und stöhnte — ein herzzerreißendes Geräusch —, erwachte jedoch nicht.

Der große Amerindianer nahm sie auf, und in seinen Armen sah sie wie ein Kind aus. »Was ist mit den anderen?« fragte er mich.

Ich sah mich in dem Raum um. Da lagen weitere elf Gestalten, wahrscheinlich im selben Zustand wie meine Schwester. Konnten wir sie einfach hier ihrem wie auch immer gearteten, gotterbärmlichen Schicksal überlassen, für welches all das hier nur das Vorspiel war? Wenn nicht, was konnten wir dann tun? Wir waren genug Leute, wenn man die DED-Cops mitzählte, um sie alle zu tragen, aber das bedeutete, alle bis auf einen von uns würden mit einem Körper beladen sein, wenn wir uns hier herauskämpfen mußten. Und da war noch ein anderer wesentlicher Gesichtspunkt. Ich sah auf die Uhr: Hawk und Rodney hatten zehn Minuten intensiv arbeiten müssen, um Theresa von der Nabelschnur zu befreien. Wenn man davon ausging, daß sie schnell Übung bekamen, würden sie für die übrigen im Schnitt vielleicht acht Minuten benötigen. Das bedeutete, es würde *eineinhalb Stunden* dauern, um sie alle zu befreien. Ich konnte nicht glauben, daß man uns auch nur noch ein Viertel dieser Zeitspanne uns selbst und unserem Tun überlassen würde.

Ich sah Jocasta an. Ihre Augen ruhten auf mir, und ich wußte, daß sie wußte, was ich durchmachte. Hawk ebenfalls: Seine dunklen Augen waren voller Mitgefühl. Ich wollte, daß mir jemand anderer sagte, was ich tun sollte — das *Richtige* —, aber dies war ganz allein meine Entscheidung.

Ich hatte die Wahl, Theresa und uns selbst zu retten, wenn wir uns jetzt verzogen, oder wahrscheinlich alle umzubringen, wenn wir blieben. So gesehen, war es klar, daß ich nur eine Entscheidung treffen konnte — trotz allem nicht einfach, aber klar. Manchmal muß man sich mit kleinen Erfolgen bescheiden, wenn man kann. »Wir verschwinden«, sagte ich.

Scott Keith wollte etwas sagen, aber ich zeigte ihm nur den Finger. Der DED-Offizier griff nach seiner Pistole, aber der Ziellaser von Toshis H&K auf seiner fetten Nase überzeugte ihn davon, sie stecken zu lassen. Toshi schien mich nicht besonders zu mögen, aber Keith gefiel ihm noch weniger, und er war ganz offensichtlich scharf auf einen Vorwand, ihn zu geeken. Das schien mir eine ausreichende Versicherung zu sein. Ich drehte Keith den Rücken zu.

Hawk gab die bewußtlose Theresa an Argent weiter. Der große Samurai warf sie sich über die Schulter, schien durch das zusätzliche Gesicht jedoch nicht weiter beeinträchtigt zu sein. »Denselben Weg raus, den wir gekommen sind«, sagte der Anführer der Wrecking Crew.

Ich drehte mich um und warf einen langen letzten Blick auf die Kammer. Elf komatöse Gestalten, jede wahrscheinlich ein Wirtskörper für astrale Parasiten. Und ich ließ sie hier. Ich wußte, in meinen Träumen würde ich diesen Ort noch sehr oft besuchen.

Und das war der Augenblick, als das Geschrei und die Schießerei losging. Ich wirbelte herum.

Drei der ungeschlachten Monstrositäten — ›Insektengeister‹ hatte sie Hawk genannt — waren plötzlich mitten unter den DED-Cops. Ohne jede Vorwarnung. Die

Wesen schienen ganz so wie in dem Apartment in Capitol Hill aus dem Nichts aufzutauchen.

Die DED-Bullen waren schnell und gut ausgebildet, das will ich ihnen gern zugestehen. Sie fuhren herum, wälzten sich zur Seite und jagten Kugeln in die unmenschlichen Gestalten. Doch die Angreifer waren noch schneller. Aus den DED-Cops wurden rasch tote Cops. Ich sah ein Monster mit seiner Klauenhand zuschlagen und einem gepanzerten Cop das Rückgrat zerfetzen, um einem anderen Cop mit dem Rückschwung das Genick zu brechen. Eines der Dinger schien unter dem konzentrierten Beschuß eines halben Dutzend SMGs förmlich zu explodieren, doch die anderen beiden blieben anscheinend völlig unversehrt. Die Cops versuchten sich zurückzuziehen, ein wenig Entfernung zwischen sich und jene reißenden Klauen zu legen. Wenn sie ausschwärmen konnten, würden sie die Dinger ohne eigenes Risiko mit Blei vollpumpen können. Doch die Monster ließen sie nicht ausschwärmen. Mit unmenschlicher Geschwindigkeit drängten sie weiter vorwärts, wobei sie die zahllosen Kugeln, die in ihre Körper einschlugen, gar nicht zu spüren schienen.

Ich hielt meinen Roomsweeper schußbereit und nach einer Möglichkeit Ausschau, ihn einzusetzen. Doch die Dinger waren zu dicht bei den Cops, als daß ich einen Schuß mit der Schrotflinte in das Gemenge hätte riskieren können. Die Cops arbeiteten vielleicht für Scott Keith, aber das war kein ausreichender Grund, sie zu verheizen.

Toshi und Argent hatten dieses Problem nicht. Ihre Smartguns jagten kurze, präzise Feuerstöße in die Wesen, wann immer sich die Gelegenheit dazu ergab. Ein zweites Monster, dessen Schädel buchstäblich in Fetzen geschossen war, brach zusammen. Es sah nicht gut aus. Drei Cops lagen am Boden — höchstwahrscheinlich tot —, während ein vierter schreiend auf die zerfetzten Überreste seines linken Arms starrte. Blieben noch ein voll einsatzfähiger Cop plus Keith — ihn rechnete ich als einen halben Cop — plus mein Team.

Der verbliebene Cop wich rasch zurück, während er immer noch Schüsse in das letzte Monster pumpte. Dann klickte seine MP-5 nur noch leer. Er warf das leere Magazin aus und knallte ein neues hinein. In diesem Augenblick sprang das Monster. Es streckte beide Arme aus, packte den Kopf des Cops und hob ihn hoch. Der gequälte Schrei des Mannes brach mittendrin ab, als sein Schädel zerbrach.

Der Granatwerfer unter dem Lauf von Hawks AK-98 spie Feuer. Eine Minigranate durchschlug das Exoskelett auf der Brust des Monsters und detonierte einen Augenblick später. Der Torso des Monsters explodierte förmlich, und schwarze Flüssigkeit und Gewebe wurden meterweit in alle Richtungen geschleudert. Der letzte sterbende Cop wurde von Splittern des natürlichen Körperpanzers durchlöchert, und er brach zusammen. Es stank nach Kordit, Blut und anderen, ekelhafteren Dingen.

»Da kommen noch mehr!« schrie Rodney auf die Tür deutend, durch die wir hereingestürmt waren. Die kniehohe Beleuchtung in der Rampenwand warf scheußlich verzerrte Schatten auf die Decke und in den Raum. Trotz der Verzerrungen wußte ich, was da auf uns zu kam: Mehr von den Insektengeistern — oder was sie waren —, mindestens vier davon.

Ich fuhr herum und starrte auf die große Doppeltür am anderen Ende des Raums. Wir waren jetzt auf die Wrecking Crew, Jocasta, Rodney und mich sowie Scott Keith reduziert. Gegen vier weitere dieser Dinger? Wir hatten keine Chance. Ich deutete auf die Tür und schrie: »Da lang!«

Argent, der immer noch Theresa trug, war neben mir, bevor ich überhaupt registrierte, daß er sich in Bewegung gesetzt hatte. »Sie wollen uns in eine bestimmte Richtung drängen«, zischte er.

Derselbe Gedanke war mir auch schon gekommen. Wenn uns die Dinger nur tot sehen wollten, warum waren sie dann nicht einfach zwischen uns materialisiert, wie es die ersten drei getan hatten? »Wir haben kaum eine Wahl, oder?« sagte ich. Argent schüttelte den Kopf.

Wir setzten uns in Bewegung. Die Dinger rückten viel langsamer vor, als sie gekonnt hätten, was den Eindruck verstärkte, daß uns dieser Weg aufgezwungen wurde. Hawk und Argent taten, was sie konnten, um sie noch mehr aufzuhalten, indem sie den Eingang mit Granaten ›verminten‹, die für einen Vorhang aus Feuer und Splittern sorgen würden.

Toshi führte uns zum anderen Ende des Raumes. Die Doppeltür war gewaltig. Sie nahm die halbe Breite des Raumes ein und erstreckte sich fast bis zur Decke. Die Tür selbst bestand aus Metall und war offensichtlich so konzipiert, daß sie bei einem Druck auf den Knopf an der Wand direkt neben der Tür zurückglitt. Ich fragte mich, was, zum Teufel, sich hinter dieser Tür verbarg, daß man sie so massiv gemacht hatte ...

Hawks und Argents Verzögerungstaktik war zwar einigermaßen wirkungsvoll, reichte jedoch nicht aus. Die ersten beiden Wesen waren bereits im Raum und rückten langsam gegen uns vor. Die beiden Shadowrunner beharkten sie, aber die Monster waren noch längst nicht erledigt. Die beiden Männer zogen sich, immer noch feuernd, rasch bis zu uns zurück.

»Was ist da drin?« fragte ich Rodney.

Voller Unbehagen schüttelte er den Kopf. »Der Raum ist durch eine starke astrale Barriere geschützt, und die Hintergrundstrahlung ist enorm. Ich kann hinter dieser Tür nicht das geringste erkennen.«

»Tu es, Toshi«, bellte Argent. Mir gefiel die Sache überhaupt nicht, aber wir hatten absolut keine andere Wahl. Ich umklammerte den Kolben des Roomsweepers noch fester.

Toshi drückte auf den Knopf an der Wand. Die große

Doppeltür öffnete sich mit einem Zischen. Während Argent uns nach hinten absicherte, wirbelten Toshi und Hawk durch die Öffnung. »Frei«, schnappte der Elfen-Samurai einen Augenblick später.

»Los«, befahl Argent.

Wir brauchten keine zweite Einladung. Rodney, Jocasta und ich glitten durch die sich immer noch öffnende Tür. Scott Keith war dicht hinter uns. Seine Anwesenheit war eine unangenehme Ablenkung, aber im Augenblick gab es nichts, was ich dagegen tun konnte.

Wir befanden uns in einer Art Halle, tatsächlich mehr ein Tunnel. Während ich die Einzelheiten aufnahm, wuchsen in mir Furcht und Abscheu. Der Tunnel war oval, ungefähr acht Meter breit und halb so hoch. Vor uns erstreckte er sich vielleicht zehn Meter weit, bevor er nach links abbog, so daß sich das, was uns dahinter erwartete, unseren Blicken entzog. Der Boden gab unter meinen Füßen nach, was mir den bestürzenden Eindruck vermittelte, daß ich auf Fleisch ging. Er war ebenso blaßgelb wie die Nabelschnur, die Theresa mit den Wänden verbunden hatte. Tatsächlich war es in meiner Einbildung fast so, als seien wir irgendwie auf die Größe von Moskitos reduziert worden und jetzt *im Innern* jener Nabelschnur. Mein Magen revoltierte, und ich wollte kotzen. Zum Glück verblaßte die Einbildung, und die Übelkeit ging vorbei. Doch die Furcht blieb.

Toshi hatte in der weichen Wand neben der Tür einen weiteren Knopf gefunden, ein Duplikat des ersten. »Argent«, rief er.

Der metallarmige Samurai gab noch zwei abschließende Feuerstöße aus seinen Ingrams ab und sprang dann durch die Tür. Toshi drückte auf den Knopf, und die Türen schlossen sich wieder. Sobald sie sich geschlossen hatten, gab Toshi eine kurze Salve auf das Paneel ab, das den Knopf umgab. Funken flogen, als die Schaltkreise kurzgeschlossen wurden.

Von der anderen Seite der Tür hörte ich ein schrilles

Kreischen der Wut. Hatte eines der Wesen auf den Knopf gedrückt und festgestellt, daß das System lahmgelegt war? Wie intelligent *waren* diese Dinger? Etwas Schweres knallte von außen gegen die Metalltür.

»Hawk, kannst du sie versiegeln?« sagte Argent.

Der Schamane trat vor und betrachtete die Tür eingehend. Er stellte sein Sturmgewehr zur Seite und zog einen der vielen Fetische aus dem Gürtel. Indem er den Gegenstand aus Federn und Knochen zwischen beide Fäuste nahm, begann er leise zu singen. Was ich an Melodie heraushören konnte, erinnerte mich an Wildnis und Einsamkeit. Während ich fasziniert zusah, änderte sich die äußere Erscheinung des Schamanen. Seine ohnehin ausgeprägte Adlernase verlängerte sich und bog sich weiter nach unten, bis sie einem Schnabel ähnelte. Seine Augen wurden größer und durchdringender, und seine Haut nahm Farbe und Struktur von goldenen Federn an. Für einen Augenblick sah ich in das Gesicht eines Adlers. Die Linie, wo sich die zwei Hälften der Tür trafen, war in schwachem, elektrisch-bläulichem Leuchten nachgezogen, und in der Luft lag ein Gestank nach Ozon.

Als ich den Blick wieder auf Hawk richtete, war sein Lied beendet und seine Erscheinung wieder normal. Es war, als habe die Verwandlung nur in meiner Einbildung stattgefunden. Er holte tief Luft und bückte sich, um seine Waffe aufzuheben.

»Hawk!« schrie Rodney.

28

Der große Schamane sah auf, warf sich nach hinten. Einen Augenblick zu spät. Der Insektengeist, der über seinem Kopf materialisierte, schlug mit einer Klauenhand zu und zerfetzte Schulter und Brust von Hawks Körperpanzer. Blut spritzte, und Hawk keuchte vor

Schmerz. Das Ding landete leichtfüßig und machte Anstalten, sich auf den verwundeten Schamanen zu werfen. Ich riß den Roomsweeper hoch, doch Hawk stand zwischen mir und dem Monster. Ziellaser zuckten über Hawks Rücken, als die anderen eine ungehinderte Schußlinie suchten. Das Ding sprang.

Doch Hawk reagierte einen Sekundenbruchteil schneller. Zuerst duckte er sich unter den ausgreifenden Klauen hinweg. Dann kam er wieder hoch, wobei er sein breites Messer in beiden Händen hielt. Mit einem Grunzen der Anstrengung trieb er das Messer mit aller Kraft in den Bauch des Monsters und riß dann das Heft nach oben, um durch dessen Exoskelett zu schneiden. Das Ding kreischte ohrenbetäubend und ruderte wild mit den Armen. Seine Klauen hinterließen Kratzspuren auf Hawks Rückenpanzerung, drangen jedoch nicht durch. Der große Mann stieß noch einmal aufwärts, und das Monster kippte nach hinten, schwarzes Blut spukkend. In dem Augenblick, als die Schußlinie frei war, jagte Toshi einen langen Feuerstoß in das Ding, der dessen Kopf und Rumpf zerfetzte.

Hawk taumelte zurück. Er war mit Blut besudelt, sowohl mit seinem eigenen als auch mit der schwarzen Flüssigkeit des Monsters. Schmerz und Erschöpfung hatten tiefe Linien in sein Gesicht getrieben. Jocasta eilte zu ihm, riß seine Brustpanzerung weg und drückte ihm ein blutstillendes Heilpflaster auf die zerrissene Schulter. Nach einem kurzen Dankesnicken begann er leise zu singen. Vielleicht konnte ihm seine Magie mehr helfen als Jocastas Medkit.

Ich wandte mich an Rodney und zeigte auf die tote Kreatur. »Kann das Ding durch die Tür gekommen sein?« fragte ich.

Der Elfen-Magier schloß für einen Moment die Augen und schüttelte dann den Kopf. »Unmöglich. Die astrale Barriere ist noch intakt.« Seine Miene verriet mir, daß wir zum selben Schluß gelangt waren: Das Ding war bereits auf unserer Seite der Tür gewesen, als wir hereingekommen waren, und wahrscheinlich nicht allein.

Jocasta war immer noch damit beschäftigt, Hawk zu verarzten, doch alle anderen schienen auf mich zu warten. Vielleicht hatte das scheußliche Erscheinungsbild des Tunnels die beiden Samurai aus der Fassung gebracht. Oder vielleicht warteten sie darauf, daß der ›Mr. Johnson‹, der sie da reingeritten hatte, endlich auch mal was unternahm. So sehr mich der Gedanke auch entsetzte, ich konnte ihnen keinen Vorwurf machen.

Ich schritt vorwärts, an Scott Keith vorbei, der sich umsah wie eine Ratte in der Falle. Ich schlug ihm hart auf die Schulter. »Sie sind bestimmt froh, daß sie mitgekommen sind, was?« Seine Antwort war sowohl irrelevant als auch nicht druckfähig. Ich hielt mich an meinem Roomsweeper fest und übernahm die Führung den Tunnel entlang.

Je näher ich der Biegung kam, desto weicher wurde der Boden unter meinen Füßen. Keine roten Lichtkugeln mehr. Die Tunnelwände schienen von innen heraus in einem ekelhaften Gelb zu leuchten. Irgendeine Art Phosphoreszenz oder etwas noch Unangenehmeres? fragte ich mich. Die Luft war warm und feucht, meine klammen Klamotten klebten mir auf der Haut, und der Hefegestank war durchdringend, fast erstickend. Ich schaute mich um. Ja, die anderen folgten mir, doch sehr vorsichtig und in einem Abstand von mehreren Metern.

Genauso vorsichtig folgte ich der Biegung des Tunnels. Nichts. Die anderen hingen zurück, warteten darauf, daß ich den Weg auskundschaftete. Ich winkte ihnen zu, mir zu folgen, und ging langsam weiter.

Noch eine Biegung voraus, eine schärfere diesmal. Ich lugte um die Ecke. *Vorsichtig.*

Vor mir öffnete sich der Tunnel zu einer weiteren Kammer, einer kleineren Ausgabe derjenigen, in der wir Theresa gefunden hatten. Die Kammer wurde von den mittlerweile vertrauten roten Kugeln erhellt. Sie sah leer aus. Ich signalisierte ›alles klar‹ und pirschte mich vorwärts.

Der Boden war hier fester, seine Elastizität entsprach eher der von Rasen als von Fleisch. Die Kammer war meiner Schätzung nach etwa zehn mal zehn Meter groß. Ich suchte sie ab, wobei der Lauf des Roomsweepers meinem Blick folgte. Ich hatte recht gehabt, die Kammer war leer. Ich drehte mich um, die anderen nach vorn zu winken.

»Derek Montgomery.« Die Stimme war vertraut und kam aus der Kammer. Ich wirbelte wieder herum.

Ich kannte die Gestalt mit der tonnenförmigen Brust und dem kurzgeschnittenen sandfarbenen Haar und Bart. Einen Augenblick zuvor war niemand dagewesen — das konnte ich beschwören —, doch jetzt stand Adrian Skyhill direkt vor mir, die Hände in die Hüften gestützt und ein dreckiges breites Grinsen im Gesicht.

Instinktiv wich ich seitlich aus, riß den Roomsweeper hoch — *alles* hier unten war ein Feind — und drückte ab. Die Schrotflinte donnerte los, wobei sie in meinen Händen gewaltig bockte.

Der Schuß war genau, doch die Schrotkugeln erreichten Skyhill nicht. Statt dessen prallten sie von einer gekrümmten unsichtbaren Barriere direkt vor ihm in alle Richtungen ab. Ich lud durch, drückte jedoch nicht noch einmal ab.

Einen Augenblick später war ich von den Shadowrunnern umgeben. Rodneys und Jocastas Ziellaser zeichneten sich deutlich auf seinem dunklen Geschäftsanzug ab, der jetzt mit bösartig aussehenden Fetischen besetzt war, doch sie schossen nicht.

Skyhills Grinsen wurde breiter, doch seinem Gesicht haftete eine schreckliche Fremdartigkeit an. Zuerst führte ich das auf die Schatten zurück, welche die unheimliche Beleuchtung warf, doch dann wurde mir klar, daß es das allein nicht war. Wenn ich Skyhill direkt anschaute, sah sein Gesicht ganz normal aus. Wenn ich den Blickwinkel änderte, so daß ich ihn nur aus dem Augenwinkel sah, wurde sein Gesicht unmenschlich, schrecklich. Seine Augen waren vergrößert und facettiert, und wo sein Mund hätte sein sollen, befand sich eine Reihe gezackter Mandibeln, messerscharfer Schneidewerkzeuge und anderer Mundteile. Ein direkter Blick, und alles war wieder normal. Ich mußte an die Art und Weise denken, wie sich Hawks Gesicht bei der magischen Versiegelung der Tür verändert hatte. Sah ich das Gesicht von Skyhills Totem? Hawk hatte das Wespen-Totem erwähnt. Bedeutete das, er war ein Wespenschamane?

Skyhill sah links an mir vorbei auf Argent, der immer noch Theresa auf einer Schulter trug. Das Lächeln des Insektenschamanen verblaßte ein wenig. »Ich sehe, Sie haben Ihre Schwester gefunden«, sagte er. »Wir werden sie sehr bald wieder dorthin zurückbringen, wo sie war. Es wäre geradezu eine Schande, ihr das zu verwehren, nachdem sie es so weit geschafft hat.«

Mein Unterarm schmerzte aufgrund des Würgegriffs, mit dem ich den Roomsweeper umklammert hielt. Plötzlich glaubte ich zu wissen, was er damit implizierte. »Sie haben sie *infiziert*«, schrie ich. »Sie haben meine Schwester mit astralen Parasiten infiziert.«

Skyhill sah verwirrt aus. »Ach, ich verstehe, was Sie meinen«, sagte er nach einem Moment. »Das sind keine ›astralen Parasiten‹. Es sind unreife Schlupfwespengeister.«

»Ist mir egal, was sie, verflucht noch mal, sind!« brüllte ich ihn an. »Holen Sie sie aus ihr raus!«

Der große Mann sah ehrlich überrascht aus. »Warum sollte ich das tun? Sie werden bald voll entwickelt sein, und dann wird einer von ihnen Besitz von Ihrer Schwester ergreifen, und sie wird *dazugehören*. Für immer.«

»Wie *Sie* dazugehören?« fragte ich sarkastisch.

Er schüttelte traurig den Kopf. Sarkasmus war an ihm verschwendet. »Es wird noch einige Zeit dauern, bis ich dazugehöre«, sagte er grämlich. »Für mich gibt es noch viel zu tun, bevor ich dieses Geschenk annehmen kann.«

»Ich werde Sie töten!«

»Sie werden es versuchen«, sagte Skyhill gelassen, »und daran scheitern.«

Ich gab noch einen Schuß auf ihn ab. Wiederum prallten die Doppelnull-Schrotkugeln ab. Warum hatten die Shadowrunner nicht geschossen? Standen sie unter irgendeinem magischen Bann? Oder begriffen sie die Sinnlosigkeit meiner Bemühungen nur besser als ich?

»Ich kann Ihnen dasselbe Dazugehören anbieten«, sagte der Insektenschamane, der gar nicht zur Kenntnis genommen zu haben schien, daß ich soeben erneut versucht hatte, ihn in Fetzen zu schießen. »Ihr Wille ist stark genug. Die Verschmelzung könnte sehr gut werden.«

Ich senkte den Lauf des Roomsweepers und schüttelte den Kopf, während die dumpfe Verblüffung in mir wuchs. »*Das* haben Sie also die ganze Zeit verborgen«, sagte ich leise. »Sie haben überhaupt nichts mit 2XS zu tun.«

»*Natürlich* haben wir das«, sagte Skyhill mit einem Unterton, in dem fast so etwas wie beleidigter Stolz zum Ausdruck kam. »Es ist unsere Technologie. Wir haben sie ganz speziell entwickelt.«

»*Warum?*« Ich war wieder völlig verwirrt.

Skyhill zuckte die Achseln. »Geld, Einfluß. Aber das ist alles zweitrangig. Sie wissen, wie zerstörerisch sich der langfristige Gebrauch von 2XS auswirkt?« Ich nickte. »Wenn jemand die Kraft hat, das zu überleben — wie Ihre Schwester —, dann ist er ein perfekter Kandidat für das Dazugehören. Er ist stark genug, um für die unreifen Geister als Wirt zu fungieren, und wenn es an der Zeit ist, daß er selbst in Besitz genommen wird, bestehen ausgezeichnete Chancen, daß die Verschmelzung gut wird. Sie behalten ihre eigene körperliche Gestalt, erlangen aber die Kräfte des Schlupfwespengeistes —

die reinste Form des Dazugehörens. Verstehen Sie nicht?« fuhr er ganz ernsthaft fort. »Wir können das Dazugehören nicht jedem x-beliebigen anbieten, wir müssen uns die besten Kandidaten aussuchen. In 2XS habe ich dafür den besten Weg gefunden.«

Ich starrte ihn an. »Sie zerstören Menschen mit 2XS, und diejenigen, die Sie nicht zerstören, bringen Sie hierher, um sie *auf die Art* zu zerstören.« Ich deutete mit dem Daumen in Richtung Theresa. *»Sie dreckiger Wichser!«*

Skyhill wirkte verletzt. »Unglücklicherweise verstehen Sie nicht«, murmelte er mehr zu sich selbst. »Bedauerlich.«

Und dann begann er zu singen, ein hohes klagendes Lied mit gesummten Obertönen. Die Melodie drang in mich ein, sickerte in meinen Verstand. Ich war verwirrt. Warum war meine Waffe auf Skyhill gerichtet? Der große Wichser links neben mir versuchte meine Schwester zu entführen. War dieser ganze Ärger nicht in erster Linie ihm zu verdanken? Ich knurrte vor Wut, als ich mich Argent zuwandte.

Doch dann spürte ich jählings und schockierend Rodney Greybriars Augen auf mir ruhen, stetig und voller Anteilnahme. Ich spürte Ausstrahlung und Kraft seiner Persönlichkeit wie eine frische Brise durch meinen Verstand wehen und alle Spuren der verrückten Gedanken, die mir noch einen Augenblick zuvor durch den Kopf gegangen waren, zerstreuen, als seien sie Staub. Mein Knurren wurde zu einem Schrei des Zorns und des Entsetzens darüber, was Skyhill mir beinahe angetan hatte. Der Roomsweeper kam hoch und brüllte auf. Ich lud durch und schoß noch einmal.

Diesmal vereinigten die beiden Samurai ihr Feuer mit meinem, doch ohne Erfolg. Die Kugeln prallten von Skyhills außerweltlichem Schild ab und jaulten als Querschläger durch die Kammer. Der Insektenschamane sang wieder.

»Taktische Deckung«, schnappte Hawk. Und dann sackte der große Amerindianer schlaff zu Boden.

Skyhill unterbrach seinen surrenden Gesang. Mit einem Stirnrunzeln sank er in die Lotusposition und schloß die Augen. Die Shadowrunner stellten ihre Feuer ein.

Ich wandte mich an Argent. »Was, zum Teufel, geht hier eigentlich ab?«

Der Samurai gab einen einzelnen Schuß auf Skyhills magischen Schild ab, bevor er antwortete. »Hawk greift ihn im Astralraum an«, antwortete er gelassen. »Wenn die feindliche Barriere fällt — was sie ganz sicher tun wird —, erledigen wir ihn.«

Rodneys Gesicht erhellte sich zu einem Lächeln. »Viele Hände erleichtern die Arbeit«, bemerkte er lässig. Dann sackte er ebenfalls zu Boden.

Toshi hielt in der Kammer nach unwillkommenen Gästen Ausschau, während Argent alle zwei Sekunden einen Schuß auf den scheinbar bewußtlosen Skyhill abgab.

Es war schnell vorbei, und ich wünschte, ich wäre in der Lage gewesen, es zu sehen und zu verstehen. Skyhill schrie plötzlich auf, und einer der Fetische, den er an seiner Kleidung trug, ging in Flammen auf und erblühte zu einem Feuerball wie derjenige, der mich in Purity fast geröstet hätte. Ich wandte mich ab und schirmte das Gesicht mit dem Arm ab.

Doch das war unnötig. Die Flammen dehnten sich aus, doch nur so weit es die unsichtbare Glocke, die Skyhill umgab, zuließ. Derselbe magische Schild, der unsere Kugeln abwehrte, diente jetzt dazu, den Feuerball einzusperren.

Einen Augenblick später war der Feuerball verschwunden. Argent gab einen Schuß auf die zusammengesackte Gestalt Skyhills ab, doch der Insektenschamane war nur noch verbranntes Fleisch, über das hier und da noch ein paar widerspenstige Flammen leckten. Rußiger Qualm und der Gestank nach verbranntem Fleisch erfüllten die Luft.

Hawk und Rodney rührten sich und rappelten sich langsam auf. Sie sahen müde aus, und beide bluteten aus Kerben und Schnitten, die zuvor noch nicht dagewesen waren. Wenn jemand in einem Kampf auf der astralen Ebene verwundet wird, fragte ich mich, werden dann diese Wunden auf seinen Körper übertragen? Es hatte ganz den Anschein.

»Seid ihr in Ordnung?« fragte ich. Beide nickten, sagten jedoch kein Wort. Ihr zufriedenes Lächeln drückte auch so alles Notwendige aus.

»Wohin jetzt, Mr. Johnson?« fragte Argent leise. »Den Weg zurück, den wir gekommen sind?«

Verdammt gute Frage. Skyhill hin oder her, wir hatten immer noch die vier — oder mehr — Insektenkrieger hinter uns, und die Kammer, in der wir uns befanden, hatte nur einen Ausgang: Der Tunnel, durch den wir sie betreten hatten. Sackgasse.

Rodney bewahrte mich vor einer Antwort. »Warum gehen wir nicht einfach dort hindurch?« schlug er leichthin vor.

Ich sah in die Richtung, in die er zeigte — auf die einförmige Wand gegenüber der Tunnelöffnung. Einen Augenblick lang fragte ich mich, ob er einen Witz machte, doch dann schloß er die Augen und murmelte ein paar lateinische Worte. Vor meinen Augen begann die Wand zu flimmern, als würde ich durch Flammen oder Hitzedunst sehen. Als das Flimmern verschwand, sah ich eine Öffnung, einen weiteren Tunnel, der mit dem ersten identisch war. Ich bemühte mich um einen möglichst lässigen Tonfall und eine ebensolche Miene, als ich antwortete: »Ja, warum eigentlich nicht?«

Ich übernahm wieder die Spitze. Nicht, daß ich es wirklich wollte, aber ich hielt es immer noch für meine Pflicht ... falls dieses Wort überhaupt etwas bedeutete. Meine Gedanken und Gefühle wirbelten chaotisch durcheinander. Ich fühlte mich gespalten. Ein Teil von mir wollte sich hinsetzen und nachdenken, sich mit den Konsequenzen dessen auseinandersetzen, was Skyhill gesagt hatte. Ein anderer Teil wollte den ganzen Eimer voll Drek so tief in meinem Unterbewußtsein vergraben, daß er nie wieder das Licht des Tages erblicken würde. Im Augenblick war natürlich letzteres die logischere Handlungsweise. Jetzt überleben, später überlegen — klang nach einem guten Deal. Ich tastete mich vorsichtig den Tunnel entlang.

Eine Biegung, zwei. Dann hielt mich Argents metallener Arm zurück. »Nichts übereilen«, flüsterte er. »Ich muß zuerst etwas wissen.« Er hob sein Handmikro und murmelte: »Peg, peil mein Signal an. Hast du's? Okay, wo sind wir?« Ich konnte die Antwort der Deckerin natürlich nicht hören, aber ich sah das flüchtige Lächeln des Samurai.

Er schaltete das Mikro aus und sagte: »Wollen Sie mal raten?« Ich schüttelte den Kopf. »Wir befinden uns etwa fünfzehn Meter unter Bodenniveau, ungefähr hundert Meter südwestlich der ersten Rampe. Das bedeutet, wir sind fast direkt unter dem Verwaltungsgebäude.«

Das waren gute Neuigkeiten. Ich schätzte, daß unsere Chancen, hier in einem Stück herauszukommen, soeben um ein paar Prozent gestiegen waren. Warum direkt unter einem anderen Gebäude graben, wenn man nicht irgendeine Verbindung zur Oberfläche herstellt?

Mit der Schrotflinte im Anschlag, ging ich weiter. Noch eine Biegung. Ich war geistig erschöpft und körperlich erledigt. Was sollte das überhaupt, all diese Tunnels? Niemand, der noch ganz richtig im Kopf war, würde derartig bauen. Doch dann dachte ich daran, mit wem/was wir es zu tun hatten. Insektengeister oder Insektentotems, oder was sie auch waren, würden Gedankenprozesse haben, die denen der Menschen und Metamenschen gewiß nur vage ähnelten. Und wenn Skyhill ein Beispiel dafür war, wie die Nähe zu jenen Wesen das

Denken verderben konnte, war es wohl besser, wenn ich alle Vorstellungen über die Art und Weise aufgab, wie Dinge konstruiert oder nicht konstruiert sein sollten. Das heißt, wenn ich überleben und es jemandem erzählen wollte.

Noch eine verfluchte Biegung, doch diesmal lag dahinter alles in Dunkelheit. Ich wich wieder hinter die Biegung zurück, um die Nachtbrille aufzusetzen und einzuschalten. Dann lugte ich erneut um die Ecke.

Immer noch Dunkelheit. Da war nichts. Ich ging vorsichtig weiter, einen Schritt, dann noch einen.

Ein schwacher Lichtblitz vor mir. Ohne nachzudenken, warf ich mich zur Seite, schnell, doch nicht schnell genug. Der Strahl mystischer Energie kam knisternd und donnernd aus der Dunkelheit geschossen, ein Strahl aus blauweißem Feuer. Wenn ich nicht ausgewichen wäre, hätte mich der Strahl direkt in die Brust getroffen. So aber wusch nur seine schwache, weniger energiehaltige Korona über meinen linken Arm.

Das war genug. Ich schrie, als sich eine weißglühende Fackel aus Schmerz in meinem Körper entzündete. Mein Arm stand in Flammen, aber ich wußte nicht, ob der Arm selbst oder nur die Kleidung brannte. Ich fiel zu Boden und erstickte die Flammen mit meinem Körper. Die Dunkelheit schlug über mir zusammen, versuchte mich einzuhüllen, aber ich zwang sie mit einer olympischen Willensanstrengung zurück. Mir verschwamm die Sicht, und meine Gedanken flossen träge wie Synth-Wodka aus einem besonders kalten Gefrierfach. Die Schmerzen in meinem linken Arm waren immer noch unerträglich, doch es war so, als erlebte ich alles aus einer gewissen Entfernung. Als würde ich zugleich Höllenqualen erdulden und jemand anderem beim Erdulden dieser Qualen zusehen. Verletzungsschock war, wie ich wußte, potentiell tödlich, wenn er nicht behandelt wurde.

Doch keiner meiner Begleiter hatte die Zeit, sich um

mich zu kümmern. Sie waren zu sehr damit beschäftigt, um ihr Leben zu kämpfen. So, wie ich dalag, schien der Boden in einem Winkel von etwa dreißig Grad gekippt zu sein, wodurch alles noch viel verwirrender für mich aussah, als es ohnehin schon war. Doch ich brachte ganz einfach nicht die Energie auf, mich herumzuwälzen und die Welt wieder ins rechte Lot zu bringen.

Die Kammer vor uns wurde jetzt durch das normale blutrote Licht und zusätzlich durch Mündungsblitze, Granatexplosionen und Strahlen aus magischer Energie erhellt. Es war mehr als hell genug für mich, um zu sehen, womit ein Teil meines Verstandes die ganze Zeit gerechnet hatte.

Die Königin.

Sie war eine etwa fünf Meter große, verzerrte Gestalt im unreinen Weiß einer Made. Massiger, segmentierter Unterkörper, ebenfalls in der Farbe einer Made oder Larve. Aus dem oberen Ende dieser eiterigen Masse schien etwas zu sprießen, das wie der Rumpf einer Frau aussah, und von der Stelle, wo die beiden ›Hälften‹ zusammentrafen, hingen zwei kleine, möglicherweise verkümmerte Gliedmaßen herab.

Doch in einer Woge des Entsetzens, welche die geistige Dumpfheit des Schocks durchdrang, begriff ich, daß das nicht die richtige Betrachtungsweise war. Der weiße Unterkörper entsproß vielmehr der Frauengestalt — nicht anders herum —, und zwar ihrem Unterleib. Jene beiden vorspringenden Gliedmaßen waren tatsächlich die Beine der Frau, die von der Masse des aufgeblähten Unterleibs weit auseinandergespreizt wurden — wahrscheinlich saßen sie nicht mehr in ihren Gelenken.

Sie lag flach, stützte ihren Oberkörper mit einem Arm, so daß er halb aufgerichtet war. Die Zähne waren gebleckt — entweder zu einem Lächeln oder zu einem Fauchen. Ich sah, daß sie einst wunderschön gewesen sein mußte. Doch jetzt war ihr das lange blonde Haar an einigen Stellen ausgefallen und schien die Struktur von

Stroh zu haben. Ihre honigfarbene Haut war hier und da eitergelb verfärbt und sah aufgequollen und blasig aus. Ihre Augen waren größer als normal, und Dutzende von Facetten reflektierten Speere aus Licht.

Die Shadowrunner standen in der Tunnelmündung um mich herum und beharkten die Monstrosität mit automatischem Feuer. Die Kugeln perlten als jaulende Querschläger von ihrem Körper ab. Sie schienen tatsächlich vom Körper der Königin — anstatt von einem unsichtbaren Schild wie bei Skyhill — abzuprallen. Jocasta und Rodney waren da und gaben kurze Feuerstöße aus ihren Uzis ab. Selbst Scott Keith war da und leerte seine MP-5 in die verzerrte Gestalt.

Die Königin streckte ihren freien Arm nach uns aus. Ein weiterer funkelnder Strahl aus reinem Blau schoß auf uns zu. Er erwischte Keith voll in der Brust und verwandelte ihn in eine menschliche Fackel. Selbst für jemanden, den ich haßte, war es eine miserable Art und Weise zu sterben.

Hawk ließ sein Sturmgewehr fallen, riß einen Fetisch aus dem Gürtel und begann mit seinem Lied vom freien, offenen Himmel. Eine schimmernde Aura der Macht bildete sich um ihn und explodierte dann förmlich in Richtung der aufgedunsenen Königin. Der Strahl traf, und für einen Augenblick sah ich die Macht des Schamanen mit der ihren in einem funkensprühenden, knisternden Vorhang aus reiner Energie ringen. Aus einer anderen Richtung wurde die Königin von einer anderen Kraft gerammt, und ich wußte, daß auch Rodney tat, was er konnte.

Doch dann schoß der blaue Blitz der Königin wieder vor. Trotz seiner aufgepeppten Reflexe konnte Toshi ihm nicht ausweichen. Der blaue Blitz knallte in seine Brust und trat an seinem Rücken wieder aus. Einen Augenblick lang stand er schreiend und wie gelähmt da, dann explodierte sein Körper in einem Flammenmeer, und er schmolz förmlich zu Boden.

Ich mußte etwas tun, um meinen Freunden zu helfen. Aber was? Ihre Kanonen waren wirkungslos geblieben. Wie konnte ich erwarten, daß meine dieser Obszönität etwas anhaben konnte? Ich war nicht mal sicher, ob ich mich bewegen konnte.

Aus dem Augenwinkel sah ich ein Schimmern, als etwas im Tunnel hinter uns Gestalt annahm. Und ich stellte fest, daß ich mich bewegen *konnte,* wenn ich wirklich mußte. Eine Schmerzwelle schlug über mir zusammen, als ich mich herumwälzte, und es bedurfte aller Willenskraft, die ich aufbringen konnte, um nicht ohnmächtig zu werden, so daß ich den Roomsweeper anlegen konnte.

Es waren zwei, zwei von den Insektengeister-Kriegern, die ich mittlerweile so gut kannte. Ich drückte ab. Der Rückschlag fuhr mir durch den rechten Arm in den Körper und löste eine neue Schmerzwelle im linken Arm und einen Schrei durch zusammengebissene Zähne aus. Ich preßte den Pistolengriff des Roomsweeper gegen meine Schulter und lud einhändig durch. Dann richtete ich den Lauf wieder nach vorn und jagte eine weitere Ladung Doppelnull-Schrot in die Brust der ersten Kreatur. Ich schrie wieder, diesmal vor Begeisterung, als ich den kolossalen Schaden sah, den der Roomsweeper angerichtet hatte. Ich lud wieder durch und drückte erneut ab. *»Zum Teufel mit euch!«* Wessen Stimme war das? Einen Augenblick später realisierte ich, daß es meine war.

Inzwischen hatte Argent sich umgedreht, und seine Ingrams spien Tod und Verderben auf die näher kommenden Horrorgestalten. Die erste, diejenige, welche ich bereits massakriert hatte, brach zusammen, und ich jagte den nächsten Schuß in die zweite. Ich wollte erneut durchladen, doch ich traf auf keinen Widerstand mehr. Das Magazin war leer, und ich hatte keine Möglichkeit nachzuladen.

Es spielte ohnehin keine Rolle mehr. Argent beugte

sich vor und ließ Theresa unsanft zu Boden gleiten, als er das AK-98 aufhob, das Hawk hatte fallen lassen. Aus der Hüfte feuerte er zwei Minigranaten auf den Insektenkrieger ab. Fast gleichzeitig explodierend, rissen die Granaten das Monster in Stücke.

Hartes blaues Licht wurde von den Wänden reflektiert, und in meinen Ohren dröhnte das schreckliche Knistern der Magie der Königin. Ich wälzte mich herum, zu erschöpft, um angesichts der erneut aufbrandenden Schmerzen in meinem Arm noch zu schreien.

Diesmal war Hawk das Ziel. Der blaue Speer traf ihn, verbrannte ihn jedoch nicht. Statt dessen zischte und knisterte das Licht und leckte über seinen Körper wie Elmsfeuer. Eine Sekunde oder zwei hielt das Schauspiel an, dann verblaßte das Licht.

Der große Amerindianer sackte zusammen, sein Gesicht war grau und eingefallen. Er versuchte sein Lied wieder aufzunehmen, doch er brachte nur noch ein heiseres Krächzen heraus und gab nach ein paar Noten auf. Er wankte und fiel auf die Knie.

Im Hintergrund ließ Rodney einen weiteren Spruch los. Kaum sichtbar, wie eine Schockwelle, fegte er durch die Kammer und traf die Königin. Der Aufprall war gewaltig und warf die scheußliche Kreatur zurück. Die Haare, die ihr noch geblieben waren, standen ihr zu Berge, und ganze Büschel wurden ihr vom Kopf gerissen. Diesmal hatte Rodney Wirkung erzielt.

Doch Rodney war fast so erledigt wie Hawk. Wenn er diesen Spruch noch einmal einsetzte, würde es ihn umbringen.

Rodney sah zu mir herüber, und unsere Blicke trafen sich. Plötzlich wußte ich mit schrecklicher Gewißheit, was er tun würde. »Nein, Rodney«, versuchte ich zu brüllen, aber ich brachte nur ein Krächzen heraus.

Der Elf rannte zu Hawk und riß dem Schamanen das Messer mit der breiten Klinge aus der Gürtelscheide. Rodney bewegte sich so schnell, daß der Amerindianer keine Zeit zum Reagieren hatte, doch ich sah das Begreifen in Hawks eingesunkenen, schmerzgequälten Augen aufflackern. »Geh in Schönheit«, sagte er mit einer Stimme, die nur noch ein Flüstern war.

»Er, der in Schönheit geht, hat keinen Grund zum Fürchten«, erwiderte der Elfenmagier. Es klang wie eine rituelle Antwort. »Reicht es noch?«

Der Schamane nickte. »Es reicht noch.«

Der Elf sprang vor, lief direkt auf die Königin zu. Blaues Licht züngelte vor, leckte über den Körper des Elfenmagiers. Seine Kleidung stand in Flammen, doch er setzte seinen wahnsinnigen Angriff fort. Mit einem trotzigen, vielleicht sogar triumphierenden Aufschrei warf er sich auf den menschlichen Oberkörper der Königin. Selbst als sie ihn mit ihren Klauenhänden in Stücke riß, stieß er ihr das Messer noch tief in die Brust, genau zwischen ihre verwelkten Brüste.

Die Königin ruderte mit den Armen und kreischte. Sie griff nach dem Heft des Messers, um es sich aus dem Leib zu reißen.

Hawk nahm sein Lied wieder auf. Eine stolze, traurige Melodie. Ich wußte, es war das letzte Lied, das er je singen würde. Er hob die Arme zu einer Beschwörung und deutete auf die sich windende Königin.

Flammen — weiße, reinigende Flammen — schlugen über ihr zusammen. Als sie die Flammen verzehrten, übertönte das Tosen des Feuers auch ihre Schreie. Das Licht seines letzten Zaubers spiegelte sich in Hawks Augen. Dann kippte er vornüber und rührte sich nicht mehr.

Stille. Ich spürte eine Berührung an der Schulter und wußte, es war Jocasta. Ich versuchte mich umzudrehen und ihr ins Gesicht zu sehen, aber ich hatte nicht mehr die Kraft. Ich hatte das Gefühl, als würde mich jemand hochheben, dann öffnete sich die Dunkelheit vor mir wie eine Kohlengrube, und ich fiel hinein.

Epilog

Das Bewußtsein kehrte nicht leicht zurück. Ich verfolgte es, kam ihm manchmal auch sehr nahe, ohne es jedoch ganz zu erreichen. Da waren Träume, Träume von weißen Lichtern und stechenden Gerüchen, von Schmerzen und Übelkeit. Kurze Perioden der Erinnerung gefolgt von nicht meßbaren Spannen gesegneten Vergessens. Leute besuchten mich, glaube ich, aber ich war nicht sicher, ob sie real oder nur weitere Träume waren. Vielleicht redete ich mit ihnen, vielleicht träumte ich das auch nur.

Ich weiß nicht, wie lange dieser Pseudotod anhielt, bevor ich schließlich die Augen öffnete und in der Lage war, den Dingen, die ich sah, Worte zuzuordnen. Eine weiße gekachelte Decke, fluoreszierende Beleuchtungskörper. Gerüche in der Luft, die Krankenhaus bedeuteten.

Ich sah mich um. Jawoll, ein Krankenhausbett in einem privaten Krankenzimmer. (Wer bezahlt dafür? fragte ich mich kurz, bevor ich diese Sorge als bedeutungslos abtat. Am Leben zu sein, war alles, was zählte.)

Ich lag auf dem Rücken, mein rechter Unterarm war mit einem weichen Riemen an einer Seitenschiene des Bettes festgebunden. Ganz offensichtlich deshalb, damit ich mich nicht herumwälzen und zufällig die IV-Nadel und verschiedene Sensorelektroden an meinem Handgelenk herausreißen konnte. Mein linker Arm …

Ich schloß die Augen und holte einmal tief Luft, bevor ich auf meinen linken Arm sah. Vergebliche Liebesmüh, ich konnte ihn ohnehin nicht sehen. Die ganze linke Seite meines Oberkörpers war meinem Blick durch ein Laken über einer Art Gestell entzogen. Mir wurde schlecht.

Nach ein paar Augenblicken und noch ein paar tiefen

Atemzügen versuchte ich eine Bestandsaufnahme meiner körperlichen Empfindungen zu machen. Grundzustand normal, abgesehen von meinem linken Arm. Dort spürte ich kleine unregelmäßige stechende Schmerzen in Fingern und Unterarm. Ich versuchte die Finger zu bewegen, spürte jedoch nicht das geringste. Versuchte den ganzen Arm zu bewegen. Immer noch nichts. Das Laken über dem Gestell rührte sich nicht. Nichts rührte sich an meiner linken Seite.

Phantomschmerzen nennt man das. Wenn man ein Glied verloren hat, kann sich das Nervensystem damit nie wirklich abfinden. Man spürt Schmerzen und Stiche in einem Glied, das gar nicht mehr existiert. Phantomschmerzen. Ich ließ meinen Kopf auf das Kissen zurücksinken.

Ich hörte, wie sich die Tür öffnete, hörte zwei Menschen kommen, sah jedoch nicht auf. Eine Frau räusperte sich. Jocasta? Nein. Ich machte mir nicht die Mühe hinzusehen.

Schließlich sagte eine Männerstimme fröhlich: »Nun, Mr. Johnson, wie geht es uns denn heute?«

Es mußte ein Pfleger sein. So wie Bullen die einzigen sind, die ›verstorben‹ sagen, sind Pfleger und Schwestern die einzigen, die sagen, »wie geht es *uns* denn heute?« Ich unterließ es, die Standardantwort, »Ich glaube, *uns* geht es ziemlich lausig«, zu geben, aber ich sah auf.

Richtig geraten. Ein junger, adrett aussehender Pfleger in einem normalen weißen Overall. Neben ihm stand eine Frau, die nur Ärztin sein konnte: Ende Vierzig, ernstes Gesicht, noch ernsteres Gehabe. So bringen sie einem heutzutage also die schlechten Nachrichten bei, dachte ich. Eine verrückte medizinische Version von ›guter Bulle/böser Bulle‹.

»Guten Morgen, Mr. Johnson«, sagte die Ärztin. Ihre Stimme war ernst genug, um ihr Gesicht und ihr Gehabe im Vergleich dazu frivol wirken zu lassen. »Ich bin

Dr. Judith Zebiak und habe mich in den vergangenen zwei Wochen um Ihren Fall gekümmert.«

»Sparen Sie sich den Schmus, Doktor«, sagte ich scharf. »Sie mußten ihn abnehmen, stimmt's?« Sie sah mich verständnislos an. »Meinen Arm«, erläuterte ich.

Sie zögerte, dann traf sie offenbar eine Entscheidung. »Normalerweise hätten wir noch ein wenig gewartet«, sagte sie verdrossen, »aber wenn Sie darauf bestehen ...« Sie trat neben mein Bett.

Ich wandte das Gesicht ab, schloß die Augen — ich hatte gefragt, aber ich war nicht sicher, ob ich es überhaupt wissen wollte, nicht auf *derart* brutale Art — und ich hörte sie das Laken wegnehmen. Aber natürlich hatte es keinen Sinn, die Realität zu verleugnen. Den Kopf in den Sand zu stecken, hatte die Strauße nicht vor der Ausrottung bewahrt. Ich zwang mich, die Augen zu öffnen, und drehte langsam den Kopf.

Mein Arm war da, immer noch fest an meinem Körper. Ich spürte eine kalte Woge der Erleichterung, so intensiv, daß ich fast wieder das Bewußtsein verloren hätte. Der verkrampfte Klumpen der Anspannung in meinem Magen lockerte sich. Ich hätte am liebsten geweint.

Mein Arm lag mit der Handfläche nach oben auf dem Bett. Er kam mir ein wenig blaß vor, aber das war ein geringer Preis. Ich hätte geschworen, daß er Vergangenheit war.

Ich versuchte meine Finger zu bewegen. Nichts geschah. Die ›Phantomschmerzen‹ waren immer noch da. Betäubungsmittel, vielleicht? Irgendwelche Nervenblokker, um mich daran zu hindern, den Arm zu bewegen und damit den Heilungsprozeß zu gefährden? Ich sah zu Dr. Zebiak auf und fragte: »Wann kann ich ihn bewegen?«

»Normalerweise würde ich sagen, in einer Woche, aber dies *ist* ein besonderer Fall. Und wenn Sie darauf bestehen ...«

»Das tue ich«, versicherte ich ihr.

Sie zuckte die Achseln. Sie zog etwas aus ihrer Tasche, das wie eine kleine elektrische Sonde aussah. Irgendein medizinisches Instrument, nahm ich an. Sie beugte sich über mein linkes Handgelenk und brachte das Instrument ganz nah an die Haut.

Und ich will verflucht ein, wenn sie nicht einen winzigen Zugangsport öffnete und die Sonde einführte. Sie drückte auf einen Knopf am oberen Ende der Sonde.

Mein Arm *summte.* Das Gefühl kam zurück. Ich konnte das kühle Laken unter der Haut spüren, das Gewicht meines Arms auf dem Bett. Im Handgelenk war ein seltsames, irgendwie unnatürliches Gefühl. Die Ärztin zog die Sonde heraus, schloß den Zugangsport, und das unnatürliche Gefühl verschwand.

Mir drehte sich der Magen um. Ich glaubte, mir würde schlecht werden.

Zebiak mußte die Bestürzung auf meinem Gesicht gesehen haben. Sie eilte zum Fußende des Bettes und griff nach einem kleinen Apparat von der Größe eines Handcomputers, musterte den Schirm. »Was ist los?« fragte sie mich.

Ich konnte nicht sprechen, ich brachte die Worte einfach nicht heraus. Ich zeigte nur auf den Arm.

Sie nickte, begriff immer noch nicht. »Ja«, sagte sie, »es ist das Modell, das Sie verlangt haben, das versichere ich Ihnen. Später, wenn Sie sich daran gewöhnt haben, werden wir Hautfarbe und Behaarung anpassen ...«

»Aber ich hab doch gar nicht ...«, konnte ich mühsam keuchen. »Was, zum Teufel, ist mit mir passiert?«

Ihre ernste Miene wurde ein wenig weicher, und sie flüsterte etwas in den winzigen Computer. Ich sollte wohl nicht mithören, aber ich schnappte die Worte ›rückläufige Amnesie‹ auf. Dann redete sie wieder mit mir, doch sehr ruhig, vielleicht sogar freundlich. »Manchmal dauert es eine Weile, bis die Erinnerung zurück kommt, Mr. Johnson. Soll ich Sie ins Bild setzen?«

Ich nickte stumm. »Sie waren natürlich bewußtlos, als Sie vom Seattle General hierher überführt wurden, aber …«

Ich fiel ihr erneut ins Wort. »Wo bin ich jetzt?«

Sie blinzelte. »Harborview. Wo sonst?«

Wo sonst? Ich ließ mich zurücksinken und schloß die Augen. »Entschuldigung«, sagte ich. »Bitte fahren Sie fort.«

»Bei Ihrer Ankunft waren Sie bewußtlos, aber Mr. Barnards Anweisungen waren klar.« Mr. Jacques Barnard. Ich beschloß, sie nicht noch einmal zu unterbrechen. Ich würde mir später alles zusammenreimen. »Er sagte, Sie hätten den Wiremaster CDA-15 mit erhöhter Kraft benannt und außerdem verlangt, während der gesamten ersten Phasen der Prozedur unter Elektroschlaf gehalten zu werden.« Sie wirkte plötzlich ein wenig beunruhigt, fuhr jedoch gleich fort. »Kein allgemein üblicher Wunsch, aber der Abteilungsleiter genehmigte ihn, also haben wir Sie auf dieser Basis behandelt. Wir setzten den Vorgang der Abtrennung des nicht wiederherzustellenden Gewebes fort und …«

Ich hob eine Hand — meine *eigene* —, um ihr Einhalt zu gebieten. Ich wollte nichts mehr davon hören, wie sie mir meinen massakrierten linken Arm amputiert hatten, denn genau darüber redete sie. »Also zahlt Barnard für all das hier?« fragte ich.

»Natürlich«, sagte sie und gab mir damit noch mehr, worüber ich später nachdenken konnte. »Er hat das für Sie hinterlassen.« Sie warf einen Umschlag aufs Bett.

»Danke«, sagte ich. »Und danke, daß Sie mich aufgeklärt haben. Ich glaube, die Erinnerung kommt jetzt langsam wieder zurück«, log ich. Dann hielt ich inne. Ich hatte noch eine andere wichtige Frage, aber ich wußte nicht recht, ob ich die Antwort hören wollte. »Hat …« Ich brach ab, versuchte es noch mal. »Hat mich jemand besucht, während, während …«

Dr. Judith Zebiak lächelte, und ihr Gesicht zersprang

doch nicht. »Ms. Josie Eisenstein hat mehrere Tage hier verbracht. Sie hat mich gebeten, Ihnen auszurichten, daß sie heute ganz bestimmt hier gewesen wäre, aber ihre, äh, gemeinsame Freundin brauche ihre Hilfe. In dem Umschlag ist auch eine Botschaft von Ms. Eisenstein. Ich werde Sie jetzt allein lassen, damit Sie sie in Ruhe lesen können.« Sie zögerte. »Soll ich den Arm abschalten, oder werden Sie vorsichtig sein?«

»Ich werde vorsichtig sein.«

Sobald sie und der Pfleger gegangen waren, riß ich den Umschlag auf und ließ den Inhalt herausgleiten. Obenauf lag eine handschriftliche Notiz von Jocasta — pardon, von Josie Eisenstein —, die ich zuerst las. Es waren nur ein paar Zeilen.

»Bin froh, daß du wieder im Land der Lebenden weilst. Tut mir leid, daß ich am großen Tag nicht da sein kann: Leichter Rückfall bei Theresa. Aber keine Sorge. Die Prognosen sind günstig, es wird ein langer Prozeß. Bis bald — J.«

Ich faltete die Notiz zusammen und steckte sie wieder in den Umschlag. Die Prognosen sind günstig — ich glaube, auf mehr konnte ich nicht hoffen. Und *alles* ist ein langer Prozeß. Nun, da ich wußte, Jocasta war nicht aus der Welt, war ich froh, daß sie im Moment nicht hier war. Ich mußte noch zu viele Dinge sortieren und an die richtigen Stellen stecken.

Ich nahm die anderen zwei Bogen Papier, wahrscheinlich die Nachricht von Jacques Barnard. Es war jedoch nicht die Notiz, die ich erwartet hatte. Das erste Blatt war der lasergedruckte Auszug eines Kontos auf den Namen D. M. Johnson, auf dem die Auszahlung von 120 000 Nuyen an Demolition Man Building Services Inc. für ›geleistete Dienste‹ plus zusätzliche 30 000 Nuyen für ›zusätzliche Ausgaben‹ aufgelistet war. Offensichtlich hatte Barnard die Wrecking Crew — das heißt, Argent, Peg und die Erben von Toshi und Hawk — vollständig ausbezahlt, einen Bonus eingeschlossen.

Das zweite Blatt war die Kopie des Ausdrucks eines Lone Star-Todesberichts über einen gewissen Derek Montgomery, ohne feste Adresse und ohne SIN. Laut Bericht war ich bei einem fehlgeschlagenen Angriff auf Yamatetsus ISP-Abteilung in Fort Lewis gestorben, von einem der Höllenhunde der Gesellschaft (Genehmigungslizenznummer etcetera) buchstäblich bis zur Unkenntlichkeit verbrannt, endgültige Identifikationsbestätigung durch Gebißuntersuchung (teilweise) und Genmuster (abgeleitet), Identifikationswahrscheinlichkeit 99,91 Prozent.

Ich faltete die Papiere sehr sorgfältig zusammen und steckte sie wieder in den Umschlag. Also war ich tot. Zumindest standen die Chancen tausend zu eins, daß ich es war, und das reichte mir. Lone Star würde es mit Sicherheit reichen. Ich war aus dem Drek raus, aus dem Schneider, suchen Sie sich das passende Klischee aus. Meine Schulden bei der Wrecking Crew waren bezahlt, und ich konnte ziemlich zuversichtlich sein, daß der Star niemals wieder hinter mir her sein würde, solange ich nichts wirklich Dämliches anstellte. Man konnte sagen, daß ich noch eine Rechnung offen hatte — die mit Anwar bezüglich der Art und Weise, wie er mich an Scott Keith verkauft hatte —, aber ob ich diese Schuld beglich oder nicht, war ganz allein meine Entscheidung. Ein ziemlich bedeutendes Geschenk, besonders wenn man die Kosten für den neuen Arm plus private Behandlung in Harborview mitrechnete. Vielen Dank, Mr. Barnard.

Doch selbstverständlich machen Konzerne keine Geschenke, sondern Investitionen. Eines Tages würde sich Barnard bei mir melden und etwas von mir als Gegenleistung verlangen. Einen Dienst oder etwas anderes, je nach Bedürfnislage.

Oder vielleicht auch nicht. Ich begriff jetzt, daß Barnard mich hauptsächlich in der Hoffnung zu Skyhill geschickt hatte, daß ich seinen Rivalen zur Strecke bringen oder mich jener besagte Rivale geeken und Barnard ihn dabei erwischen würde. Nun, ich *hatte* Skyhill zur Strecke gebracht, was wahrscheinlich bedeutete, daß die ISP-Abteilung mit ihrem profitablen SPISES-Deal und der 2XS-Zugabe unter Barnards Kontrolle fiel. Vielleicht war dies seine Vorstellung von einer fairen Bezahlung für geleistete Dienste. Wahrscheinlich würde ich es erst dann genau wissen, wenn ich jenen Anruf aus Madison Park oder vielleicht sogar direkt von Yamatetsu International in Kyoto erhielt.

Ich betrachtete meinen neuen Arm. Wie er dort auf dem Laken lag, sah er gewiß real aus. Ich hob ihn vor mein Gesicht, fuhr mit den neuen Fingern über die Haut. Auch das fühlte sich real an. Alle Empfindungen waren genau wie zuvor.

Ich hatte meinen Arm verloren. Er war irgendwo unter der Erde von Fort Lewis verbrannt. Aber man hatte ihn durch einen neuen ersetzt.

Was war mit meinem Selbstbild, meinem Weltbild, meiner *Seele?* Auch in dieser Hinsicht hatte ich etwas verloren, aber *das* konnte nicht ersetzt werden. Mein Glaube — mein großspuriger, ichbezogener, hirnrissiger Glaube —, daß ich alles unter Kontrolle hatte: mich selbst und die Welt um mich. *Das* war für immer verloren.

Theresa hatte die Dinge immer schon viel klarer als ich gesehen. Das wurde mir jetzt zum erstenmal klar. Sie sah, wie düster und feindlich die Welt sein konnte, und sie akzeptierte die Wahrheit dieser Erkenntnis. Das war der Grund, warum sie nicht damit klarkam, warum sie sich den SimSinn-Chips, dann BTL und schließlich 2XS zugewandt hatte.

Und ich? Ich hatte *gedacht,* ich könnte damit klarkommen, *gedacht,* ich könnte es schaffen. Aber meine ›Klarkomm-Mechanismen‹ waren alle möglichen Arten der Leugnung, Methoden, um der Auseinandersetzung mit der Wahrheit aus dem Weg zu gehen. Alkohol, meine

›Ritter-in-schimmernder-Rüstung‹-Pose, ein Großteil meiner oberflächlichen Beurteilung von Leuten wie meine Schwester. Ich hatte immer geglaubt — tief drinnen —, daß ich besser war als sie, fähiger, mich mit der Welt auseinanderzusetzen. Nun, da ich hier lag und mein neuer Arm leise vor sich hin summte, während er irgendwelche Selbstdiagnosen durchführte, erkannte ich diesen Glauben als den Drek, der er war.

Patrick Bambra? Du und ich waren uns sehr ähnlich, mein Freund, obwohl ich es nicht sehen konnte oder wollte. Wir hatten beide unsere romantischen Illusionen. Der einzige Unterschied war der, daß ich meine besser verbarg.

Und Jocasta Yzerman, Du wirst wahrscheinlich nie ganz verstehen, was ich durchgemacht habe. Du bist mehr wie Theresa. Du kannst die Welt ehrlich betrachten, ihrer Düsternis ins ungeschminkte Gesicht sehen, weil du weißt, wer du bist. Ich? Vielleicht werde ich das eines Tages ebenfalls von mir behaupten können. Aber solange ich es nicht kann, leben wir, glaube ich, in unterschiedlichen Welten.

Wie würde es also von hier aus weitergehen. Ich empfand eine überwältigende Sehnsucht nach dem, was ich erlebt hatte, als das Signal aus dem 2XS-Chip in meinem Verstand gewesen war — der Zuversicht, daß alles unter Kontrolle war. War jene Zuversicht nicht bloß ein elektronisch verstärkter Makrokosmos jener großen Lüge, die ich mir immer selbst erzählt hatte? Daß ich der Welt entgegentreten und sie verstehen kann, und daß ich letzten Endes schon alles auf die Reihe kriege? *Darin* lag die eigentliche Anziehungskraft von 2XS, das begriff ich jetzt: Es war für Leute, die nicht so gut wie ich darin waren, sich selbst zu belügen.

Also, was jetzt? Nun, ich mußte zunächst mal gesund werden, das stand ganz oben auf der Liste. Und dann mußte ich für Theresa tun, was ich konnte. Vielleicht *würden* wir über die Grenze in irgendeine andere, weniger komplizierte Umgebung gehen. (Oder war der Glaube an eine derartige Möglichkeit nur eine weitere Lüge, ein weiterer Selbstbetrug?) Vielleicht würde Jocasta mit uns kommen, vielleicht auch nicht. Das konnte nur die Zeit erweisen.

Doch das lag alles noch in der Zukunft. Jetzt hatte ich erst mal die Zeit, mich zu erinnern. Und die Zeit zu trauern. Um Lolly und Buddy. Um Amanda, die auf die Ewigkeit verzichtet hatte, um das Leben einiger Sterblicher zu retten. Um Hawk und Rodney, deren Opfer ebenso groß war. Und um einen Teil von mir selbst.

Ich verschränkte die Finger der rechten mit denen meiner linken Hand — das Alte ging auf das Neue zu.

Und ich versuchte zu schlafen.

Glossar

Arcologie — Abkürzung für ›**Ar**chitectural Ec**ology**‹. In Seattle ist sie der Turm des Renraku-Konzerns, ein Bauwerk von gigantischen Ausmaßen. Mit ihren Privatwohnungen, Geschäften, Büros, Parks, Promenaden und einem eigenen Vergnügungsviertel gleicht sie im Prinzip einer selbständigen, kompletten Stadt.

Aztechnology-Pyramide — Niederlassung des multinationalen Konzerns Aztechnology, die den Pyramiden der Azteken des alten Mexikos nachempfunden ist. Obwohl sie sich in ihren Ausmaßen nicht mit der Renraku-Arcologie messen kann, bietet die Pyramide mit ihrer grellen Neonbeleuchtung einen atemberaubenden Anblick.

BTL-Chips — Abkürzung für ›Better Than Life‹ — besser als die Wirklichkeit. Spezielle Form der SimSinn-Chips, die dem User (Benutzer) einen extrem hohen Grad an Erlebnisdichte und Realität direkt ins Gehirn vermitteln. BTL-Chips sind hochgradig suchterzeugend und haben chemische Drogen weitgehend verdrängt.

Chiphead, Chippie, Chipper — Umgangssprachliche Bezeichnung für einen BTL-Chip-Süchtigen.

chippen — umgangssprachlich für: einen (BTL-)Chip reinschieben, auf BTL-Trip sein usw.

Chummer — Umgangssprachlich für Kumpel, Partner, Alter usw.

Cyberdeck — Tragbares Computerterminal, das wenig größer ist als eine Tastatur, aber in Rechengeschwindigkeit, Datenverarbeitung jeder Ansammlung von Großrechnern des 20. Jahrhunderts überlegen ist. Ein Cyberdeck hat darüber hinaus ein SimSinn-Interface, das dem User das Erlebnis der Matrix in voller sinnlicher Pracht ermöglicht. Das derzeitige Spitzenmodell, das *Fairlight Excalibur,* kostet 990000 Nuyen, während das Billigmodell *Radio Shack PCD-100* schon für 6200 Nuyen zu haben ist. Die Leistungsunterschiede entsprechen durchaus dem Preisunterschied.

Cyberware — Im Jahr 2050 kann man einen Menschen im Prinzip komplett neu bauen, und da die cybernetischen Ersatzteile die ›Leistung‹ eines Menschen zum Teil beträchtlich erhöhen, machen sehr viele Menschen, insbesondere die Straßensamurai, Gebrauch davon. Andererseits hat die Cyberware ihren Preis, und das nicht nur in Nuyen: Der künstliche Bio-Ersatz zehrt an der Essenz des Menschlichen. Zuviel Cyberware kann zu Verzweiflung, Melancholie, Depression und Tod führen.

Grundsätzlich gibt es zwei verschiedene Arten von Cyberware, die **Headware** und die **Bodyware.**

Beispiele für Headware sind **Chipbuchsen,** die eine unerläßliche Voraussetzung für die Nutzung von **Talentsofts** (und auch BTL-Chips) sind. **Talentsofts** sind Chips, die dem User die Nutzung der auf den Chips enthaltenen Programme ermöglicht, als wären die Fähigkeiten seine eigenen. Ein Beispiel für ein gebräuchliches Talentsoft ist ein Sprachchip, der dem User die Fähigkeit verleiht, eine Fremdsprache so zu benutzen, als sei sie seine Muttersprache.

Eine **Datenbuchse** ist eine universellere Form der Chipbuchse und ermöglicht nicht nur Input, sondern auch Output. Ohne implantierte Datenbuchse ist der Zugang zur Matrix unmöglich.

Zur gebräuchlichsten Headware zählen die **Cyberaugen.** Die äußere Erscheinung der Implantate kann so ausgelegt werden, daß sie rein optisch nicht von biologischen Augen zu unterscheiden sind. Möglich sind aber auch absonderliche Effekte durch Gold- oder Neon-Iris. Cyberaugen können mit allen möglichen Extras wie Kamera, Lichtverstärker und Infrarotsicht ausgestattet werden.

Bodyware ist der Sammelbegriff für alle körperlichen Verbesserungen. Ein Beispiel für Bodyware ist die **Dermalpanzerung,** Panzerplatten aus Hartplastik und Metallfasern, die chemisch mit der Haut verbunden werden. Die **Smartgunverbindung** ist eine Feedback-Schaltschleife, die nötig ist, um vollen Nutzen aus einer Smartgun zu ziehen. Die zur Zielerfassung gehörenden Informationen werden auf die Netzhaut des Trägers oder in ein Cyberauge eingeblendet. Im Blickfeldzentrum erscheint ein blitzendes Fadenkreuz, das stabil wird, sobald das System die Hand des Trägers so ausgerichtet hat, daß die Waffe auf diesen Punkt zielt. Ein typisches System dieser Art verwendet ein subdermales **Induktionspolster** in der Handfläche des Trägers, um die Verbindung mit der Smartgun herzustellen.

Jeder Straßensamurai, der etwas auf sich hält, ist mit **Nagelmessern** und/oder **Spornen** ausgerüstet, Klingen, die im Hand- oder Fingerknochen verankert werden und in der Regel einziehbar sind.

Die sogenannten Reflexbooster sind Nervenverstärker und Adrenalin-Stimulatoren, die die Reaktion ihres Trägers beträchtlich beschleunigen.

decken — Das Eindringen in die Matrix vermittels eines Cyberdecks.

Decker — Im Grunde jeder User eines Cyberdecks.

DocWagon — Das DocWagon-Unternehmen ist eine private Lebensrettungsgesellschaft, eine Art Kombination von Krankenversicherung und ärztlichem Notfalldienst, die nach Anruf in kürzester Zeit ein Rettungsteam am Tat- oder Unfallort hat und den Anrufer behandelt. Will man die Dienste des Unternehmens in Anspruch nehmen, benötigt man eine Mitgliedskarte, die es in drei Ausführungen gibt: Normal, Gold und Platin. Je besser die Karte, desto umfangreicher die Leistungen (von ärztlicher Notversorgung bis zu vollständigem Organersatz). Das DocWagon-Unternehmen hat sich den Slogan eines im 20. Jahrhundert relativ bekannten Kreditkartenunternehmens zu eigen gemacht, an dem, wie jeder Shadowrunner weiß, tatsächlich etwas dran ist: Never leave home without it.

Drek, Drekhead — Gebräuchlicher Fluch; abfällige Bezeichnung, jemand der nur Dreck im Kopf hat.

ECM — Abkürzung für ›**E**lectronic **C**ounter**m**easures‹; elektronische Abwehrsysteme in Flugzeugen, Panzern usw.

einstöpseln — Bezeichnet ähnlich wie **einklinken** den Vorgang, wenn über Datenbuchse ein Interface hergestellt wird, eine direkte Verbindung zwischen menschlichem Gehirn und elektronischem System. Das Einstöpseln ist die notwendige Voraussetzung für das Decken.

Exec — Hochrangiger Konzernmanager mit weitreichenden Kompetenzen.

Fee — Abwertende, beleidigende Bezeichnung für einen Elf. (Die Beleidigung besteht darin, daß amer. mit ›Fee‹ auch Homosexuelle, insbesondere Transvestiten bezeichnet werden).

geeken — Umgangssprachlich für ›töten‹, ›umbringen‹.

Goblinisierung — Gebräuchlicher Ausdruck für die sogenannte **U**ngeklärte **G**enetische **E**xpression (UGE). UGE ist eine Bezeichnung für das zu Beginn des 21. Jahrhunderts erstmals aufgetretene Phänomen der Verwandlung ›normaler‹ Menschen in **Metamenschen.**

Hauer — Abwertende Bezeichnung für Trolle und Orks, die auf ihre vergrößerten Eckzähne anspielt.

ICE — Abkürzung für ›**I**ntrusion **C**ountermeasure **E**quipment‹, im Deckerslang auch Ice (Eis) genannt. Grundsätzlich sind ICE Schutzmaßnahmen gegen unbefugtes Decken. Man unterscheidet drei Klassen von Eis: **Weißes Eis** leistet lediglich passiven Widerstand mit dem Ziel, einem Decker das Eindringen so schwer wie möglich zu machen. **Graues Eis** greift Eindringlinge aktiv an oder spüren ihren Eintrittspunkt in die Matrix auf. **Schwarzes Eis** (auch Killer-Eis genannt) versucht, den eingedrungenen Decker zu töten, indem es ihm das Gehirn ausbrennt.

Jackhead — Umgangssprachliche Bezeichnung für alle Personen mit Buchsenimplantaten. Darunter fallen zum Beispiel Decker und Rigger.

Knoten — Konstruktionselemente der Matrix, die aus Milliarden von Knoten besteht, die untereinander durch Datenleitungen verbunden sind. Sämtliche Vorgänge in der Matrix finden in den Knoten statt. Knoten sind zum Beispiel: I/O-Ports, Datenspeicher, Subprozessoren und **Sklavenknoten,** die irgendeinen physikalischen Vorgang oder ein entsprechendes Gerät kontrollieren.

Lone Star Security Services — Die Polizeieinheit Seattles. Im Jahre 2050 sind sämtliche Datenleistungsunternehmen, auch die sogenannten ›öffentlichen‹ privatisiert. Die Stadt schließt Verträge mit unabhängigen Gesellschaften, die dann die wesentlichen öffentlichen Aufgaben wahrnehmen. Renraku Computer Systems ist zum Beispiel für die öffentliche Datenbank zuständig.

Matrix — Die Matrix — auch Gitter genannt — ist ein Netz aus Computersystemen, die durch das globale Telekommunikationsnetz miteinander verbunden sind. Sobald ein Computer mit irgendeinem Teil des Gitters verbunden ist, kann man von jedem anderen Teil des Gitters aus dorthin gelangen.

In der Welt des Jahres 2050 ist der direkte physische Zugang zur Matrix möglich, und zwar vermittels eines ›Matrix-Metaphorischen Cybernetischen Interface‹, kurz Cyberdeck genannt. Die sogenannte **Matrix-Metaphorik** ist das optische Erscheinungsbild der

Matrix wie sie sich dem Betrachter (User) von innen darbietet. Diese Matrix-Metaphorik ist erstaunlicherweise für alle Matrixbesucher gleich, ein Phänomen, das mit dem Begriff **Konsensuelle Halluzination** bezeichnet wird.
Die Matrix ist, kurz gesagt, eine informations-elektronische Analogwelt.

Messerklaue — Umgangssprachliche Bezeichnung für einen Straßensamurai.

Metamenschen — Sammelbezeichnung für alle ›Opfer‹ der UGE. Die Gruppe der Metamenschen zerfällt in vier Untergruppen:
a) **Elfen:** Bei einer Durchschnittsgröße von 190 cm und einem durchschnittlichen Gewicht von 68 kg wirken Elfen extrem schlank. Die Hautfarbe ist blaßrosa bis weiß oder ebenholzfarben. Die Augen sind mandelförmig, und die Ohren enden in einer deutlichen Spitze. Elfen sind Nachtwesen, die nicht nur im Dunkeln wesentlich besser sehen können als normale Menschen. Ihre Lebenserwartung ist unbekannt.
b) **Orks:** Orks sind im Mittel 190 cm groß, 73 kg schwer und äußerst robust gebaut. Die Hautfarbe variiert zwischen rosa und schwarz. Die Körperbehaarung ist in der Regel stark entwickelt. Die Ohren weisen deutliche Spitzen auf, die unteren Eckzähne sind stark vergrößert. Das Sehvermögen der Orks ist auch bei schwachem Licht sehr gut. Die durchschnittliche Lebenserwartung liegt zwischen 35 und 40 Jahren.
c) **Trolle:** Typische Trolle sind 280 cm groß und wiegen 120 kg. Die Hautfarbe variiert zwischen rötlichweiß und mahagonibraun. Die Arme sind proportional länger als beim normalen Menschen. Trolle haben einen massigen Körperbau und zeigen gelegentlich eine dermale Knochenbildung, die sich in Stacheln und rauher Oberflächenbeschaffenheit äußert. Die Ohren weisen deutliche Spitzen auf. Der schräg gebaute Schädel hat 34 Zähne mit vergrößerten unteren

Eckzähnen. Trollaugen sind für den Infrarotbereich empfindlich und können daher nachts unbeschränkt aktiv sein. Ihre durchschnittliche Lebenserwartung beträgt etwa 50 Jahre.

d) **Zwerge:** Der durchschnittliche Zwerg ist 120 cm groß und wiegt 72 kg. Seine Hautfarbe ist normalerweise rötlich weiß oder hellbraun, seltener dunkelbraun. Zwerge haben unproportional kurze Beine. Der Rumpf ist gedrungen und breitschultrig. Die Behaarung ist ausgeprägt, bei männlichen Zwergen ist auch die Gesichtsbehaarung üppig. Die Augen sind für infrarotes Licht empfindlich. Zwerge zeigen eine erhöhte Resistenz gegenüber Krankheitserregern. Ihre Lebensspanne ist nicht bekannt, aber Vorhersagen belaufen sich auf über 100 Jahre.

Darüber hinaus sind auch Verwandlungen von Menschen oder Metamenschen in Paraspezies wie **Sasquatchs** bekannt.

Metroplex — Ein Großstadtkomplex.

Mr. Johnson — Die übliche Bezeichnung für einen beliebigen anonymen Auftraggeber oder Konzernagenten.

Norm — Umgangssprachliche, insbesondere bei Metamenschen gebräuchliche Bezeichnung für ›normale‹ Menschen.

Nuyen — Weltstandardwährung (New Yen, Neue Yen).

Paraspezies — Paraspezies sind ›erwachte‹ Wesen mit angeborenen magischen Fähigkeiten, und es gibt eine Vielzahl verschiedener Varianten, darunter auch folgende:

a) **Barghest:** Die hundeähnliche Kreatur hat eine Schulterhöhe von knapp einem Meter bei einem Gewicht von etwa 80 kg. Ihr Heulen ruft beim Menschen und vielen anderen Tieren eine Angstreaktion hervor, die das Opfer lähmt.

b) **Sasquatch:** Der Sasquatch erreicht eine Größe von knapp drei Metern und wiegt etwa 110 kg. Er geht

aufrecht und kann praktisch alle Laute imitieren. Man vermutet, daß Sasquatche aktive Magier sind. Der Sasquatch wurde 2041 trotz des Fehlens einer materiellen Kultur und der Unfähigkeit der Wissenschaftler, seine Sprache zu entschlüsseln, von den Vereinten Nationen als intelligentes Lebewesen anerkannt.
c) **Schreckhahn:** Er ist eine vogelähnliche Kreatur von vorwiegend gelber Farbe. Kopf und Rumpf des Schreckhahns messen zusammen 2 Meter. Der Schwanz ist 120 cm lang. Der Kopf hat einen hellroten Kamm und einen scharfen Schnabel. Der ausgewachsene Schreckhahn verfügt über die Fähigkeit, Opfer mit einer Schwanzberührung zu lähmen.
d) **Dracoformen:** Im wesentlichen wird zwischen drei Spezies unterschieden, die alle magisch aktiv sind: Gefiederte Schlange, Östlicher Drache und Westlicher Drache. Zusätzlich gibt es noch die Großen Drachen, die einfach extrem große Vertreter ihres Typs (oft bis zu 50 % größer) sind.
Die Gefiederten Schlangen sind von Kopf bis Schwanz in der Regel 20 m lang, haben eine Flügelspannweite von 15 m und wiegen etwa 6 Tonnen. Das Gebiß weist 60 Zähne auf.
Kopf und Rumpf des Östlichen Drachen messen 15 m, wozu weitere 15 m Schwanz kommen. Die Schulterhöhe beträgt 2 m, das Gewicht 7,5 Tonnen. Der Östliche Drache hat keine Flügel. Sein Gebiß weist 40 Zähne auf.
Kopf und Rumpf des Westlichen Drachen sind 20 m lang, wozu 17 m Schwanz kommen. Die Schulterhöhe beträgt 3 m, die Flügelspannweite 30 m und das Gewicht etwa 20 Tonnen. Sein Gebiß weist 40 Zähne auf.
Zu den bekannten Großen Drachen zählt auch der Westliche Drache *Lofwyr*, der mit Gold aus seinem Hort einen maßgeblichen Anteil an Saeder-Krupp Heavy Industries erwarb. Das war aber nur der Auf-

takt einer ganzen Reihe von Anteilskäufen, so daß seine diversen Aktienpakete inzwischen eine beträchtliche Wirtschaftsmacht verkörpern. Der volle Umfang seines Finanzimperiums ist jedoch unbekannt!

Persona-Icon — Das Persona-Icon ist die Matrix-Metaphorik für das Persona-Programm, ohne das der Zugang zur Matrix nicht möglich ist.

Pinkel — Umgangssprachliche Bezeichnung für einen Normalbürger.

Rigger — Person, die Riggerkontrollen bedienen kann. Riggerkontrollen ermöglichen ein Interface von Mensch und Maschine, wobei es sich bei den Maschinen um Fahr- oder Flugzeuge handelt. Der Rigger steuert das Gefährt nicht mehr manuell, sondern gedanklich durch eine direkte Verbindung seines Gehirns mit dem Bordcomputer.

Sararimann — Japanische Verballhornung des englischen ›Salaryman‹ (Lohnsklave). Ein Konzernangestellter.

SimSinn — Abkürzung für **Sim**ulierte **Sinn**esempfindungen, d. h. über Chipbuchsen direkt ins Gehirn gespielte Sendungen. Elektronische Halluzinogene. Eine Sonderform des SimSinns sind die BTL-Chips.

SIN — Abkürzung für **S**ystem**i**dentifikations**n**ummer, die jedem Angehörigen der Gesellschaft zugewiesen wird.

So ka — Japanisch für: Ich verstehe, aha, interessant, alles klar.

Soykaf — Kaffeesurrogat aus Sojabohnen.

STOL — Senkrecht startendes und landendes Flugzeug.

Straßensamurai — So bezeichnen sich die Muskelhelden der Straßen selbst gerne.

Trid(eo) — Dreidimensionaler Video-Nachfolger.

Trog, Troggy — Beleidigende Bezeichnung für einen Ork oder Troll.

Verchippt, verdrahtet — Mit Cyberware ausgestattet, durch Cyberware verstärkt, hochgerüstet.
UCAS — Abkürzung für ›**U**nited **C**anadian & **A**merican **S**tates‹; die Reste der ehemaligen USA und Kanada.
Wetwork — Mord auf Bestellung.
Yakuza — Japanische Mafia.